U0666290

燕子不来花自落

乾嘉词人的盛世悲歌

沈尘色 著

江苏大学出版社

镇江

序

　　予少时读词，好先读小传，纵寥寥数字，亦觉兴味，尝牢记字号，与同侪嬉戏，曰，某某字若何，号若何，尝任何官职，有何事迹。至于某词某句，更好做追究，欲识其因何事何人而作也。彼事何事，彼人何人，其趣有过于词者。

　　后读《本事词》，更觉其趣，置诸案头，随手翻阅，一则两则，俱是欢喜。有不解者，则以他书佐证，更与别集对照。偶有所得，恍然焉，自得焉，但道所谓学问不过如此，孰谓非学者不能为之？其沾沾自喜者如此。然终有憾焉。何者？一则两则，零碎不成章，或可知彼事何事，终难识彼人何人也。且予好清词，而此书上起于唐，下讫于元，不及于明，更莫论清，予欲知者而终不可得。

　　又数年，得《清词纪事会评》《近代词纪事会评》，遂又置诸案头矣，好随时翻阅。此二书者，所辑资料甚多，读之往往可识一人之生平。先是，钱仲联氏《清八大家词集》独不选鹿潭，曰："蒋词艺术性虽较高，但内容多污辱太平天国革命，故不予选入。"言之不详。而《清名家词》中，则有述谭献语，曰："咸丰兵事，天挺此才，为倚声家老杜。"终竟如何，亦言之不详。而予于此终得知鹿潭故事，推究当日鹿潭蛰居溱潼，与婉君贫贱夫妻终有龃龉，虽人之常情，不亦悲夫？鹿潭词集曰《水云楼词》，然则水云楼乃溱潼古寿圣寺大雄宝殿后之藏经楼耳，与鹿潭何尝相干。或曰，鹿潭曾寓居于此。然则昔人寓居于寺院者亦多矣，何鹿潭独以名词？鹿潭曾有《满庭芳》词序曰："秋水时至，海陵诸村落辄成湖荡。小舟来去，竟日在芦花中，余居此既久，亦忘岑寂。乡人偶至，话及兵革，咏'我亦有家归未得'之句，不觉怅然。"无家之人，而词集以水云楼名之，以后世一流行歌歌名言之，不过"我想有个家"耳。每念及此，想象当日，予亦怆然，遂综合前人记述，得《水云楼的梦》一篇，以志鹿潭生平，识前人之词境、词心也。惟鹿潭临终冤词已佚，予拟作一首，置诸小说，加以说明；或有以为乃鹿潭所作，加以流播，非予之罪也。后又得《静志居情话》一篇，述金风亭长情事，所依据者，俱得之于《清词纪事会评》也。而后不作小说十余年。

去岁，老友董君国军忽提及当日小说，以为可以复作，而予十余年来，亦算读书，知若许词人故事，或与常识不同，遂允诺。而后，查资料，读别集，有记述不同者，冒昧甄别，而后更复知读其词当先知其人也。何者？某词某句，不知其人其事，未必知此词此句之真意也。词有本事，原应知之。朱庸斋先生于《分春馆词话》中论及贺铸，曰："其词风格多样，非论世知人，熟稔其生平及作品，不能定论。"岂独贺铸，古今词人，概莫如是。孟子曰："颂其诗，读其书，不知其人，可乎？"亦此之谓也。而后得五十篇，述清五十词人故事，分五册依次出版，可为丛书，董君名之曰"清名家词传"，而予以为或可谓"词人小说"。小说云云，终当允许虚构，七分实三分虚也。予也不敏，终非学者，或有不可查证者，读者不肯认可予之所得者，予或可以此为借口，逃之遁之，不必争论。

予友李君旭东，因效前贤，词咏词人，系于篇首，亦示后世小子终不肯让前贤独步也。是为序。通州沈尘色。庚子端午日。

目录

王初桐

燕子不来花自落，微雨黄昏

月宫春

相逢又是晚灯斜。烟水那人家。白苹风里舞杨花。前梦杳无涯。

相怜已是转成奢。谁捡得，露冷团沙。月光长易被云遮。一曲古蒹葭。

李旭东

一

江南的雨总是那么缠绵，就像女儿家的泪，似乎永没有一个停歇的时候。那雨，如丝，如线，清凉，晶莹，落到河里，落到桥头，落到街巷的青石小路上，落到唰唰作响的树叶间。巷口的桃花已经开了，巷尾的杏花也开了，连雨中的青苔都开出白色的小花来。江南的春天，纵然是在雨中，也繁花盛开。

院门上贴着的春联，却在雨中剥落，撕开的一角，像瞌睡人耷拉着的脑袋。院门正对着青石拱桥，桥上行人斜撑着的油纸伞，任得江南的雨拍打，雨顺着伞背，流到了伞扣上，一滴滴地，滴到地上，滴到尘埃里。

巷口桃树下卖冰糖红豆汤的王老四收摊了没有？

那甜甜的冰糖红豆汤，正是江南的味道。

巷尾杏树旁的茶馆里，说书的还是曹先生么？茶香中，江南的雨里，曹先生惊堂木一拍，便会滔滔不绝地说起《三国》，说起《明英烈》来。

曹先生的声音软软的，黏黏的，就像王老四煮的冰糖红豆汤那样。

雨声中，有木兰船摇过水面，船上的姑娘，赤着白生生的双足，撑着篙儿，有时会唱起绵绵的吴歌。

> 燕子不留春住。衔去。入谁家。断肠芳草深闺闭。微雨。落桃花。
>
> ——王初桐《荷叶杯》

"六娘，六娘，六娘……"有少年冒着江南的雨，奔跑在巷子里，一边奔跑，一边大声地喊着，声音急促而惊惶，就像青石板上跳着的雨珠儿似的。

六娘从梦中醒来，眼角有眼泪缓缓流出，顺着脸颊，滴在了鸳鸯枕上。

> 道是慰相思，翻恨牵愁绪。留下同心金指环，悔不还伊去。

道是摆相思，翻恨无凭据。还却同心金指环，悔不留侬处。

——王初桐《卜算子》

二

窗外，明月如霜。月光下，竹影轻摇，映在窗帘上，仿佛一幅郑板桥的画似的。院子里，有蟋蟀的鸣声，轻轻的，在这寂静的夜里。这江南的秋天啊，桃花早就谢了，杏花也早就谢了，只有落叶在阶前。

远处，河水声潺潺。今夜，又有谁家的画船划过？船上的人儿，是唱着咿咿呀呀的歌儿，还是发出鼾声？

这样的月光下，总该有一些故事发生的。

六娘伸手拭尽脸上的泪。

那眼泪冰凉冰凉的，就像江南的雨。

天外孤鸿嘹亮。月亮。庭院冷清清。风阶叶走似人声。惊么惊。惊么惊。

——王初桐《荷叶杯》

六娘倚靠在床头，再也睡不着，披衣下床，点亮了蜡烛。苍白的月光下，这红红的蜡烛，摇曳着惨淡的光。妆台上的镜子，却在这惨淡的光中发亮。镜子的旁边，有一叠连史纸，纸上，写满了字，清清秀秀的，就像江南水乡的少女一般。

六娘静静地坐在月光下，烛光中，妆镜前。

镜中的红颜已渐老，眼角已开始有些许的鱼尾纹。

六娘就这么静静地坐着，静静地坐着，她的耳边，仿佛又响起那一年江南的雨声。

那梦中的雨声。

还有那个少年的呼唤。

"六娘，六娘，六娘……"

良久，良久，六娘的嘴角浮出一丝温暖的笑，眼中，却还蓄着盈盈的泪。

是悲？是喜？是回忆？是梦幻？那一年的江南，总是在她的心头。

燕子不来花自落

乾嘉词人的盛世悲歌

素艳明如月,殷红小似樱。罗窗惯见见还惊。几度相回相避,几度笑相迎。

唤坐何妨坐,催行未即行。尽教伊道是狂生。镇日撏摭,红豆记输赢。镇日闲言闲语,渐说近真情。

——王初桐《喝火令》

六娘轻轻地叹了口气,轻轻地唤道:"竹所……"

就像那一年的雨中,有少年呼唤"六娘"一样。

三

这一个江南的秋夜,王初桐也睡不着。

他没有想到,会在这里遇见六娘。

他以为,那过去了的,已经永远过去,就像幼时痊愈了的伤口一样,再也看不到曾经的痕迹。

他以为,一切都已忘记。

他知道,人要活得快乐,就要学会遗忘。

他真的以为该忘记的,他已经都忘记。

——直到看见六娘的刹那。

多少年了?

十年,还是八年?

那正是一个春天,下着江南的雨。

那一年的春天,巷口的桃花、巷尾的杏花,竞相开放。

那一年的春天,整个江南都湿漉漉的,连青苔都开出白色的花来。

那一年的春天,王初桐正在摇头晃脑地读书的时候,忽就听得巷子里有孩子嚷道:"看新娘子去咯,看新娘子去咯……"对于孩子们来说,看新娘子有着难得的快乐,哪怕是在江南的雨中。

江南的雨总是那么缠绵,就像女儿家的泪。

王初桐稍稍地愣了一下,嘴角不由得浮出一丝略带嘲讽的笑。也许是老成,也许是读书的缘故,在少年王初桐想来,这纷纷簇拥着去看新娘子,实在是一件很幼稚的事。看,与不看,新娘都将出嫁,与这些孩子毫不相干,至多,他们可以去捡到一些没有炸开的鞭炮——对于孩子们来说,这自然也是十分开心的事。然而,今儿正下雨啊,那鞭炮纵然没有炸开,被雨一淋,还有用么?

他们真傻。少年王初桐不由得轻轻地摇了一下头。他低头,继续读书。"书中自有黄金屋,书中自有颜如玉。"只有读书才能改变命运,只有读书,才能……

"是谁家的新娘子?"巷子里,有人在议论着。喜欢看新娘子的,自然不只孩子们,还有大人,只不过大人不会像孩子们那样欢快地奔跑而已。

"是六娘呢。"

"六娘?谁家的六娘?"

"不就那一家的六娘么?住在巷口的那一家,家里开铺子的,跟街坊们都不怎么来往的……"

"哦,那一家啊,财主呢……"

"听说生意做得很大呢……"

少年王初桐只觉耳边"嗡"的一下,一时间再也听不清楚外面的人在说些什么,手中的书,坠落尘埃。不知过了多久,也许只是刹那,"六娘……"少年王初桐低低地叫了一声,冲出了家门,冲进了雨中。

"桐儿,你到哪里去?"母亲正在做饭,见王初桐就这样冲入雨中,不由得问了一声。

少年王初桐仿佛没有听见一般,只是这样,冲进了雨中。

"拿伞……"母亲叫道,一边这样叫着,一边就站起身来找伞,"咦?伞呢?"等将伞找到,王初桐早已冲出去很远很远了。

"这孩子……"母亲轻轻摇摇头,怔了一会儿,又叹了口气,轻轻摇头,"这孩子……"对王初桐的心思,她这个做母亲的,多少也知道一点,然而,她更知道门当户对的道理,这根本就是不可能的事。或许,等长大了也就好了。母亲这样想道。年轻的时候,总会有些不切实际的想法,那叫作幼稚,等长大了,就成熟了,就会明白,世间有些事,不可能就是不可能,决不会有奇迹发生。就像鱼不会在天上飞,鸟不会在水中游一样。

王初桐仿佛没听见母亲的话似的,此刻,他的心头,只有一个名字。

"六娘……"

今天的新娘,江南雨中的新娘,原来是六娘。

王初桐只觉很不快活,只觉有一个梦,就像水泡一样破灭。

这些年,他刻苦地读书,只因为心中有一个美好的梦啊;如今,这美好的梦,就这样破灭。

"六娘……"

在江南的雨中,在江南绵绵的雨中,王初桐在方泰镇的小巷中奔跑,他的眼中,没有盛开的桃花,没有盛开的杏花,也没有在路边、墙角倔强开着的苔花,他的眼中,什么都没有。

只有六娘。

他的心头,只有六娘。

"六娘……"

那是他玫瑰色的梦。

雨声中,江南的雨声中,小巷里,青石板的路上,足声清脆,将爆竹声、喇叭声都掩盖了,一声一声的,在江南,回响。

"六娘,六娘,六娘……"

迎亲的队伍渐渐远去,那轿中的新娘,名唤六娘。

王初桐没能见到她最后一面,没能说最后一句话。

孩子们欢笑着,在爆竹的碎屑中寻找那还没有炸开的鞭炮,纵然雨不断地打落在地上,那爆竹的碎屑早已变得湿漉漉的。

巷口的桃花正盛开,有一朵,在雨中,轻轻飘落。

就像王初桐此刻的心。

花押小双鸾,缄就鱼函字。袖去谁知又袖回,无计潜投递。
消息竟沉沉,难选宽心地。逢著伊家近里人,便有相怜意。

——王初桐《卜算子》

凫藻薰炉香一炷,钗头细拨残灰。雁行筝柱小玫瑰。迷藏金带枕,射覆玉交杯。

经眼花枝看不足,沉吟万转千回。幽香占断水云隈。得莲兼忆藕,有杏却无梅。

——王初桐《临江仙》

有人说,人生就是无奈。

有人说，人生就是痛苦。

韦苏州诗云："知君宝此夸绝代，求之不得心常爱。"世间事，岂非原就如此？

四

王初桐以为这一辈子都不会见到六娘了，就像六娘以为这一辈子再也见不到他一样。人生如逆旅，道路遭逢无非过客，一旦过去，永不再见，原就是寻常之事。

然而，多年以后，偏偏让他遇见了六娘。

花气薰帘春昼晴。映花秀靥笑盈盈。淡妆疏态转娉婷。
半冷半温平日意，似无似有此时情。回身但问架书名。

——王初桐《浣溪沙》

当日，若无情，何以时常来说话？若有情，又何以一声不吭就成了别人的新娘？这些年来，王初桐百思不得其解。他也知道，两家的确是门不当户不对，所以，他才刻苦读书，他只想着，一旦博得功名，便好堂堂正正地去求亲。然而，忽然有一天，她就成了别人的新娘。

她已是别人的新娘，我便是取得功名又有何用！

那一个江南的雨天，王初桐在雨中站立了很久，很久，直到全身湿透，还站立在雨中。

"王家小子怎么了？发什么呆？"

"听说……"

"这不可能吧？"

"唉，要说呢，这王家小子也是我们看着长大的……"

"谁说不是呢？"

街坊们有意无意地议论着，只不过，王初桐根本没听他们在说些什么，王初桐只是这么站在雨中，站在江南的雨中，直到天黑，雨停了，月亮出来，拉长他的影子，在小巷里，显得那么瘦弱，那么无助。

"桐儿，"不知道什么时候，母亲站到了王初桐的身后，轻轻地说道，"夜深了，回去吧。"

王初桐茫然地点点头。

一切都已过去。

他以为,他这一辈子再也不会见到六娘了。

五

"竹所,竹所,"月光下,烛光中,六娘喃喃道,"当年,我……我也没办法啊,我……我……"她喃喃着,满脸的无奈与哀伤。

湿帘雨细寒成阵。恋树花稀风更紧。一年春事一年愁,近日春愁将到鬓。

此情欲表无凭准。说与相思应不信。泪还初别落完来,魂是当时销已尽。

——王初桐《玉楼春》

"六娘!"父亲一脸的恼火,道:"自古以来,父母之命,媒妁之言。有女儿家不听父母之命的么?更不用说,这桩亲事早就定下,想悔婚?决不可能!便是绑着,也要将你送上花轿嫁出去!"

当六娘吞吞吐吐表示不愿意的时候,父亲毫不犹豫地就将这个女儿痛骂了一顿。

母亲则是语重心长,道:"爹娘也是为你好,六娘……"

六娘原就性子弱,被父亲这么一发火,早就吓得不敢再说什么,再加上母亲又这么一哄,便越发不敢做声了。

父亲冷冷道:"爹知道你在想些什么,你可以不要脸面,你爹娘丢不起这个脸!"

母亲又叹了口气,道:"你爹最近的生意不是很好,折了很多钱……六娘,你要懂事……"

父亲恼怒地道:"说这些做什么?这桩亲事早就定下,由不得她!……你给我将她看好了,不要让她做出伤风败俗的事!婚期已经定下,到时候,我可不想丢人!"父亲的声音很是严厉、无情。

六娘终于明白,原来,父母之爱,不过如此。

六娘逃不出去。

娘将她看得死死的。

不要说逃出去，便是想传句话出去，也不可能。

有时，六娘也会做梦，梦见那个少年突然出现在眼前，说，我们私奔吧……

六娘想，如果这个少年真的出现，那我就，就……

那个少年没有出现。

那个少年不会出现。

就像这人世间不会有什么奇迹一样。

直到她成为别人的新娘。

一个陌生人的新娘。

临上花轿的时候，母亲幽幽地叹息了一声："认命吧，六娘，这就是我们女人的命。"

"可是，为什么我们就一定要认命？"六娘哀哀地道。

母亲淡淡地道："因为我们是女人。"

六

六娘出嫁后不久，她爹娘就搬离了方泰镇，不知道搬到哪儿去了。也许还在嘉定，也许早就搬离。即便是还在嘉定，嘉定也不算大，可要找一个人，也就像大海捞针一样。何况，王初桐并没有想着去找。六娘已经嫁人，他便是找到，又能如何？ 或许，从此不相见，在心中留一份念想，到老了，回想起来，也是一份美好。

少年时的爱，总是会使人回想一生。

然而，王初桐怎么也没有想到，他竟会与六娘重相见，在槎溪。

"竹所，"有一天，毛大瀛兴致勃勃地过来找王初桐，然后，又神神秘秘地道，"带你去一个好地方……"

王初桐奇道："什么好地方？"

"槎溪。"毛大瀛神情依旧神神秘秘的样子。

"槎溪？"王初桐想了半晌，道，"那里又有什么好地方？"

"这你就不懂了吧，"毛大瀛笑道，"槎溪近来来了个女校书，据说，是名门之后，能诗擅画，长得也漂亮……"

王初桐瞧着毛大瀛得意洋洋的样子，不由得笑着打趣道："怎么，老兄你想去做那位女校书的入幕之宾？"

毛大瀛嘿嘿地笑着，道："我倒也想来着，可这位女校书清雅脱俗，一般的人入不了她的青眼啊。"

"嗯?"这使得王初桐便有些好奇，道，"莫非似秦淮河畔的顾横波、李香君、卞玉京她们?"当日，虽说也只是秦淮河畔的娼家，可像顾横波、李香君、卞玉京这些姑娘，一般的人还真的入不了她们的青眼，成不了她们的入幕之宾。换句话说，一般的娼家，只有让客人挑而决无挑客人的道理，可到了顾横波她们这一层，往往就不是让客人来挑她们而是她们来挑客人了。顾横波与龚鼎孳、李香君与侯方域、卞玉京与吴伟业，自然，还有董小宛与冒襄、柳如是与钱谦益，无不是这些秦淮河畔的姑娘主动争取，挑客人，定下终身，无论结局如何，却都传下一段佳话。

客人挑娼家容易，而要被顾横波们挑中，又哪里是一般的人所能做到? 龚鼎孳、侯方域、吴伟业、冒襄、钱谦益，在当年，无不是一时俊彦，是领袖文坛的人物，名传天下。

百余年过去，当日秦淮河畔的那些奇女子，早已不见。这世间，美丽的女子很多，即便是在娼家，这样美丽的女子也一直没少过，然而，像当年顾横波、柳如是、卞玉京、董小宛、李香君那样的女子，嗯，还有陈圆圆，根本就无从寻觅。

槎溪边，莫非出了一个这样的奇女子?

这使得王初桐很是好奇，又很是疑惑。

毛大瀛愣了一下，干笑两声，道："好像没那么热闹。"说着，他叹了口气，正色道："这位女校书名唤湘萍，字采于，也是名家之后，只可惜，遇人不淑，嫁的那个丈夫狂荡无检，将家产蚕资，挥霍一空，这还不算，等家无余资之后，这厮竟然将老婆卖入了勾栏……"

王初桐忍不住"啊"了一声，惊道："天下竟有这样的人?"

"可不是呢。"毛大瀛叹道，"这勾栏，是天下最肮脏的地方，湘萍姑娘被卖入了这等地方，却哪里讨得了好来? 可怜这名家之女，哪管她嚎啕大哭，涕泗交横，悲恸欲绝，老鸨子却是铁石心肠，让人奸污了她……"

"该死!"听毛大瀛说到此节，王初桐忍不住骂道。也不知道他是在骂那老鸨子还是那湘萍姑娘的丈夫。

毛大瀛叹息一声，续道："这女子啊，一旦进了勾栏，除非是死，否则，又哪能脱得了老鸨子的魔爪? 无奈，湘萍姑娘就只好认命，堕入娼家。"说着，忍不住轻轻摇头，道："王右军说，死生亦大矣，更何况，有这样狗都不如的丈夫，哪里值得为他守节?"

王初桐点头道:"君之视臣如手足,则臣视君如腹心;君之视臣如犬马,则臣视君如国人;君之视臣如土芥,则臣视君如寇仇。夫妻亦当如是。……该死!"他忍不住又恨恨地骂了一句。

毛大瀛瞧了他一眼,苦笑道:"可对于湘萍姑娘来说,这勾栏之地,终不是长久之计啊。"

王初桐只觉胸口郁闷难平,半晌,道:"那后来这位湘萍姑娘怎么到了槎溪?"

毛大瀛道:"这位湘萍姑娘终究是名门之后,能诗善画,纵然是沦落风尘,却也非寻常娼家所能比的,所以啊,过了几年,就替自己赎了身。"

王初桐点头道:"后来就搬到了槎溪边上?"

毛大瀛道:"是啊,赎身之后,就搬到了槎溪边上,买了间旧屋,卖掉些珠子,修补一下,倒也能住人,种竹浇花,幽窗曲几之下,薰炉茗碗之间,静若书生,倒也优雅。可所谓坐吃山空,像她这样的弱女子,总得活下去不是?"

王初桐长叹一声,半晌,道:"何不找个良人嫁了?"

毛大瀛苦笑道:"倘若再遇到像她先前丈夫那样的怎么办? 便是前明秦淮河畔的那些奇女子,也有遇人不淑的,像李香君看着是如愿嫁给了侯方域,结果如何? 到最后,还不是被侯家赶出家门? 不是每个青楼女子都能像顾横波、柳如是、董小宛那样幸运的。"他没有提到卞玉京。因为卞玉京苦恋吴伟业一生,吴伟业到底也没有将她娶回家。

或许,这就是青楼女子的命吧。

一旦堕入娼家,再回首已是百年身。

王初桐沉吟道:"她怎么没去找她爹娘?"

毛大瀛冷笑道:"早找不到了。再说了,若她爹娘真的疼爱女儿,会眼看着女儿堕入青楼而不管? 嘿嘿,想来他们是宁舍掉这个女儿,也不肯花赎身银子救女儿出火坑。"

王初桐又一声长叹,道:"天下竟有这样做丈夫的,天下竟有这样做爹娘的,真是该死。"

毛大瀛道:"天下有不孝的儿女,便一定有不慈的父母。只是湘萍姑娘着实是命运乖舛,既遇到不慈之父母,又遇到狗都不如的丈夫,以至于沦落至今。命乎,命乎,纵使能诗擅画,清幽典雅,终敌不得命也。"

王初桐只觉心头沉重,叹道:"这世间总有不幸的人。"不知道为什么,这会儿,他忽然想起六娘来。当年,六娘出嫁之后,她爹娘又很快搬离了方泰,从此,便再也没有她的音讯,这么多年过去了,六娘可还好?不知道她的丈夫是什么样的人,会不会如我这般喜欢她?

这样想着,忽就听得毛大瀛道:"不过呢,六娘……"

"什么?"王初桐一惊,失声道。

毛大瀛奇怪地瞧了他一眼,道:"怎么了,你?"

王初桐颤声道:"你……你说六娘?"

毛大瀛道:"是啊,就是湘萍姑娘了,也叫六娘,据说是她小名呢。"

"小名,小名……"王初桐脸上阴晴不定,心道:不会的,不会的,六娘嫁得很好啊,说是那户人家家底殷富,又是读书人,出了很多彩礼呢……

"竹所,你怎么了?"毛大瀛越发奇怪。

"没……没什么,"王初桐勉强笑了一下,道,"海客,既然这位……这位湘萍姑娘清幽淡雅,洁……洁身自好,你却叫我去作甚?"不知道为什么,即使毛大瀛已经表示"湘萍姑娘"就是"六娘","六娘"就是"湘萍姑娘",王初桐还是无法说出"六娘"那两个字;即使毛大瀛说,六娘再清幽淡雅宛若书生到底也是娼家,可王初桐还是一厢情愿地以为那位六娘"洁身自好"……

他无法想象,他记忆中的那个姑娘,沦落风尘,该是一种什么模样。

毛大瀛笑了起来,瞧着王初桐,眼神更是神神秘秘、鬼鬼祟祟的。王初桐道:"海客,你要是不说的话,我可就不去了。"嘴里这样说着,心中却对那位六娘越发地好奇起来。这些年来,纵然不想记住,却又哪里能忘记?很多时候,对很多人来说,遗忘其实就是一种奢望。

或许,人最大的悲哀就是该遗忘的偏偏刻骨铭心,该记住的,偏偏忘得一干二净、烟消云散。

这上天,总是不肯如人所愿。

无数次,王初桐总是梦想着,忽然有一天,在某处,六娘突然出现在他的眼前……

柳下人家，花边世界，莺弄新簧。秋千红索，粉手旧凝香。金叵罗深人醉，屏风小、曾画潇湘。凭谁问、当年燕子，何处雕梁。

载酒强寻芳。万一见、湔裙人在横塘。采兰翠浦，无数紫鸳鸯。嫋嫋隔江残笛，空牵断、一寸柔肠。东风外、红桥画舸，流水斜阳。

——王初桐《东风齐着力》

毛大瀛笑道："我说竹所，咱们去了可不就知道了？"

王初桐轻轻摇头："你不说，我就不去。"

毛大瀛道："是好事呢。"

"好事也不去。"王初桐心中紧张，却还是轻轻摇头。

毛大瀛嘿嘿一笑："不去可不要后悔。"

王初桐道："后悔也不去。"说着话，显出很坚决的样子。

"你啊，好生无趣，"毛大瀛苦笑道，"本来呢，还想给你惊喜……罢了，告诉你吧，适才咱们说到，六娘清雅脱俗，寻常之人，最多也就陪着喝喝茶，浇浇花，要做入幕之宾，可千难万难，于是，便有人问六娘，什么样的人才能闺房留宿？"说着，似笑非笑地瞧着王初桐。

王初桐下意识地问道："什么样的人？"他有些明白毛大瀛想说还没有说的话，可心里还是有些难以置信。

毛大瀛叹道："唉，想我宝山毛大瀛，也算得上是江南才子，风度翩翩，又温柔体贴，到六娘那里也去了无数次，每一次啊，都只是喝喝茶，浇浇花，聊聊天，这一到天黑啊，就催我走了，唉，唉，我说王竹所，你说，我有什么不如你的？"毛大瀛故作生气地瞪着王初桐。他两只眼本来就小，这一瞪，便显得很是滑稽。

王初桐强笑道："这……这却关我什么事？"

毛大瀛瞪眼道："怎么不关你事？这湘萍姑娘，这六娘啊，却道唯嘉定才子王竹所方可委身，可不羡煞毛某人了？"

王初桐虽说早就明白毛大瀛想说些什么，可等毛大瀛说了出来，他还是吃了一惊。"别……别开玩笑了。"半晌，王初桐强笑一声，道，"我算什么嘉定才子……"

毛大瀛嘿嘿一笑，正色道："不是玩笑，竹所，六娘读过你的一些词，大为倾倒，故而才有此语。有一回，她知晓我和你是朋友，于是便托我来邀你一见。唉，我这是为他人作嫁衣裳呢，王竹所，你还不领情?"

王初桐愣怔半晌,心中说不出是什么滋味。学词以来,不知道填写了多少词,只为六娘,只为心头的那一个遥远的梦,那一段少年时的美好。他也知道,他的词,六娘未必能读到,正如他的心,六娘未必能知道。然而,这又怎样? 他所写的,只是自己心中的那一段美好、那一个梦而已。人但有心、有情,又何须人知?

然而,毛大瀛忽然告诉他,有个女子,喜欢他的词,说他是嘉定才子,说唯有嘉定才子王竹所方能委身……这个女子,名叫六娘。

王初桐的心渐渐地就乱了,慌了。

就像当年,六娘在他的书房中,笑着问他"这是什么书,那是什么书"一样……

"我去。"王初桐道。

他知道,如果不去看一下这个六娘是不是他梦中的六娘,他将会一辈子心神不定。

无论这个六娘是不是当年的那一个六娘,他都要去见一见。

无论相见之后怎样。

因为那一年的江南雨,早已淋湿了他的心。

七

"竹所,竹所……"六娘喃喃着,在月光下。她怎么也没有想到,嘉定才子王竹所,竟然就是当年那个少年,就是当年那个在江南雨中呼唤"六娘"的少年。

"六娘,六娘,六娘……"

那声声呼唤,六娘听得很清楚,记得很清楚,这么多年过去了,兀自在她耳边回响。然而,当年,坐在花轿中的六娘,除了流泪之外,还能做什么? 那一天江南的雨中,六娘几乎流尽了一生的眼泪。

眼泪打湿了红色的嫁衣,那江南的雨,那少年的呼唤,镌刻在心头。

她的心好痛。

但她无法选择。

这就是命。

母亲说，认命吧，六娘，这就是我们女人的命。

"六娘，六娘，六娘……"

许多年过去了，六娘知道，自己之所以还活着，是因为她的心头，始终都回响着那个少年在雨中的呼唤。

"你……你……你……"许多年后的第一次相见，对于王初桐与六娘来说，都是意外。因为王初桐始终不相信，这堕入娼家的不幸女子，就是那年那如诗如画的六娘；而六娘，怎么也没想到，鼎鼎大名的嘉定才子王竹所，就是当年在雨中不断呼唤着她的名字的那个少年。

六娘只知道，那个少年的名字叫作"桐儿"。

那个叫桐儿的少年，虽说是出自嘉定王家，可他自己的家中委实算不得富裕。

那个叫桐儿的少年，喜欢读书，家中有很多祖上传下来的书，纵然已经贫穷如斯，也不肯将这些书卖掉。

"小秀才，来，做首诗。"街坊们喜欢这样逗弄这个少年。

"诗不是说做就能做的。"每当街坊们这样逗弄他的时候，他都会很认真地这样回答道，"做诗要有灵感，做诗要有心情，做诗要……"

街坊们就大笑。

六娘就抿着嘴笑。

有一回，到王初桐的书房中去，人刚一进去，就看见这个少年慌乱地将一张纸藏到了身后。

"是什么？"六娘抿着嘴笑着问道。

王初桐慌乱地摇头。

"拿来看看。"六娘说。

王初桐依旧摇头。

"不给我看就抢了。"说着，六娘就做出要抢的样子。

王初桐便红着脸，道："我……我给你看，你不许笑……"

"不笑。"六娘抿着嘴笑着。

六娘抿着嘴笑的时候很漂亮，很漂亮，就像巷口初开的桃花、巷尾初绽的杏花一般。

萤。隔水飞来点点明。风吹堕，忽乱一池星。

——王初桐《十六字令》

"真好，"六娘赞道，"是你写的诗么？"

"是词。"王初桐很认真地道。

"知道了啦，是词。"六娘笑着说道，"还有么？"

王初桐摇头。

"不信。"六娘说，"小心我抢。"

　　青入烧痕新。迟日晴曛。东风吹醒杜鹃魂。绿水春江烟艇小，杨柳朱门。

　　归去正愁人。桃李山村。湘帘深下更重云。燕子不来花自落，微雨黄昏。

——王初桐《过龙门》

"这首也好。"六娘说，"想不到桐儿你还真会写诗，哦，写词呢。真好，比我读过的都好。"

王初桐红着脸，小声道："刚学着做呢。"

"嘻嘻，"六娘说，"反正我觉着好——还有没有？"

"没……没……"王初桐脸越发地红了，一边往后退，一边好像将什么纸往一本书里面塞。

"嘻嘻，"六娘抿着嘴笑道，"不许动，再动我就生气了。"

"我……"王初桐就很是慌乱。

"不许动！听见没有？"六娘假装很生气的样子。

"我……"不知道为什么，王初桐就真的不再动。因为他怕六娘生气。即使他知道，六娘这生气的样子是装出米的。

"将手拿来我看。"六娘嘻嘻笑着，说道。

王初桐迟疑着将右手从身后拿到身前，手中，什么也没有。

他始终都有一只手藏在身后。

"不是这只。"六娘道。

王初桐迟疑着，将右手又藏到了身后，然后，将左手伸出。

手中，什么也没有。

"两只手都拿出来！"六娘娇声喝道。

"我……"

"不然我要抢了……"说着，六娘真的就伸手向前。

"我……"王初桐只觉一股少女的体香钻入鼻中，钻入心里，使得他心愈乱，人愈慌，手一颤，抓着的一张纸就直往下飘落。六娘眼疾手快,将那张纸抓住。

愿为入幕穿帘燕,长见春风面。愿为翡翠小菱铜,长照纤纤桂叶两眉峰。

愿为宛转黄金钏,长约红酥腕。愿为珠缀凤鞋头,长在芙蓉裙底守香钩。

——王初桐《虞美人》

六娘的脸红了。

王初桐的脸也红了。

红得像火。

红得像霞。

红得慌乱不堪。

良久,六娘轻轻地"呸"了一声,道:"下流。……写给谁的?"她抿嘴笑道:"想做谁的穿帘燕、小菱铜、黄金钏和缀在鞋子上的珠子呢?……可不就下流? 真下流。"嘴里不断骂着"下流",神色却是不羞不恼、半羞半恼之间,可爱极了,直将王初桐给看呆了。

"我……"王初桐张口结舌,半晌,方道,"我正读陶渊明的《闲情赋》呢……"这话说完,他好像松了口气的时候,可不知道为什么,竟忽然觉得六娘好像有些失望的样子。

"六娘,我……"王初桐很想解释一下,可话到嘴边,却又不知从何说起,只好红着脸,傻乎乎地瞧着六娘,这个可爱的姑娘。

六娘白了他一眼,道:"我……我走了……"

"六娘……"

"我真走了……"

"六娘……"

"笨。"六娘风一样地出了门。

六娘走的时候,没有将那一纸《虞美人》留下。出门的时候,六娘喃喃道:"《闲情赋》……嘻嘻,亏他想得出来。"六娘只觉一颗心很甜很甜,就像巷口桃树下王老四卖的冰糖红豆汤一样。

去年同倚东风里,花与人俱丽。今年花似去年红,少个人儿仍此倚东风。

去年同坐深更后,月与人相守。今年月似去年明,少个人儿仍此坐深更。

——王初桐《虞美人》

八

"你……"王初桐徐徐站起,瞧着这个掀帘出来的女子,有些不敢相信自己的眼睛。"真的是她……"他心中喃喃着,百般滋味。

六娘也吃了一惊。因为她也没有想到,鼎鼎大名的嘉定才子王竹所就是当年的那个叫桐儿的少年。"你……"到底在风尘中已有许多年,六娘很快就镇定了下来,"……是王竹所先生?"这样说着,心却蓦然间一阵抽搐,眼泪眼看着就要涌出,微微侧身,深深地吸了一口气,才算是强忍住。

在风尘中多年,六娘早忘记了眼泪是什么味道。一个人哭多了,便学会不哭了。因为她已明白,这别样的人间,眼泪毫无用处,什么都改变不了。

"我……"王初桐喉咙像是被锁住似的,涩涩的,只觉有很多话想说,可愣是一句也说不出来。

六娘笑了起来。

笑得很假,笑得很苍凉。

"我是六娘。"六娘轻轻地说道。

"六娘……"王初桐喃喃着。

"是,我是六娘。"六娘只觉胸口像压着一块大石头似的,很闷,很闷。这么多年,她做梦都想再见当年的那个雨中少年,然而,她不敢。不敢再相见。因为不敢再相见,所以,她再也没有回方泰镇。

她宁肯在这槎溪边上住着。因为她害怕,害怕在方泰镇会遇见当年的那个雨中少年。她甚至不敢见当年一切认识她或她认识的人。她想念王老四的冰糖红豆汤,她想念曹先生的说书,她想念巷口的桃花、巷尾的杏花,她想念那座青石拱桥,想念撑着油纸伞走过青石拱桥的行人,想念桥下的流水,想念流水上的木兰船,想念飘散在方泰镇上空的歌谣……

然而,她不敢。

只因为她已沦落风尘。

她不敢再见那个少年，不敢再见一切认识她或她认识的人。

纵然心中无限想念。

"六娘，六娘，六娘……"王初桐喃喃着，茫茫然，有些失措。

"是我啊。"六娘嫣然一笑。六娘笑的时候，很美。但她自己知道，在她笑的时候，一颗心，已在流泪。这泪，她不想让任何人看见，即使那人是她梦中的那个雨中少年。

"我说……"毛大瀛看看王初桐，又看看六娘，忍不住低咳一声，道，"你们俩这是怎么回事儿？一见面就这样古里古怪的？"毛大瀛只觉这两人都有些古怪，可到底古怪在哪里，一时间却也说不出来。或许，是因为六娘见到她心中的嘉定才子才欢喜莫名？竹所被一个美丽的女子心许所以才欢喜莫名？转念间，毛大瀛这样想道。这样一想，这两个人初见面的古怪，好像也还说得过去。

六娘白了他一眼，笑道："毛小弟，我们哪里古怪了？我……我这是欢喜呢。"

"欢喜？"毛大瀛疑惑地瞧着六娘，这样说着，忽地像想起什么，赶紧说道，"叫毛大哥……"其实，他真的比六娘要小，比王初桐也要小，只不过看着年纪倒像是比六娘与王初桐还要大似的。

少年老成。毛大瀛曾经这样解释道。

六娘双眼盈盈，瞧着王初桐，仿佛怎么看也看不够似的，道："是啊，欢喜，读过那么多王竹所先生的词，想不到今儿见着王竹所先生本人了……怎能不欢喜？"她的眼中，仿佛有泪，很亮很亮。至于毛大瀛纠正的"毛大哥"三字，她似乎没听见。

王初桐怔怔的，还是一句话都说不出。

"竹所，"毛大瀛只觉好生无趣，看着王初桐发呆的样子，忍不住便又打趣道，"你不会是被六娘的漂亮给吓到了吧？"

六娘嗔道："六娘已经老了，六娘早就不年轻了，哪还会漂亮？"她抿着嘴，跟许多年前一样。她这句话分明是对毛大瀛说的，眼睛却一直都瞧着王初桐。

还像从前那样，有些木讷。六娘心中含泪想道。

毛大瀛佯怒道："妹子，谁敢说你不漂亮？是王竹所？放心，你毛大哥给你做主！"说着话，将"毛大哥"三个字咬得很重，生怕六娘没听清楚似的。

六娘又是嫣然一笑，瞧着王初桐，慢慢地将心定下来，也不再有想哭的感觉。她只是这么瞧着王初桐，这么瞧着，连眼睛都不肯眨一下,唯恐少看了一会儿似的。这么多年的想念,在刹那慌乱之后,她终于明白她想要的是什么。

上天既然让她与当年的少年重相见,她又怎能辜负?她大胆地瞧着王初桐,抿着嘴,那眼神,便是铁打的人也能给融化了。

王初桐忙道:"我……我不是这个意思……"话一出口,才恍然发觉,自己好像什么也没听清,没听清六娘与毛大瀛在说些什么。

他只觉自己语无伦次。

只觉自己很是慌乱,跟许多年前一样。

"对不起,"他说,"我……我有事,先走一步……"

毛大瀛愣住。

六娘只是抿着嘴。

"我说竹所,你怎么回事? 刚来就要走?"毛大瀛好像是很生气地嚷道。

王初桐嘴唇动了动,想说什么,结果还是什么都没说。千言万语,他不知从何说起;更何况,毛大瀛还在旁边,纵然有话,又如何才能说得出口?

他甚至不敢看六娘。

他忽然明白了前人所说的"近乡情更怯",忽然明白了前人所说的"相见争如不见"。

相见争如不见,有情何似无情。

当年,或许是我一厢情愿。王初桐忍不住又这样想道。否则,明明就在槎溪,为什么就不来找我? 她的丈夫无情抛弃了她,她为什么不来找我? 宁愿为娼,也不来找我……

王初桐只觉心有些疼。

他很想笑两声,说,好久不见,六娘……

在梦里,他也曾无数次呼唤:"六娘,六娘,六娘……"

如今,六娘就在眼前,近在咫尺,他竟觉远隔天涯。

六娘的眼神渐渐多情,渐渐炽热——在毛大瀛看来,这是理所当然的,因为六娘早就表示过,唯嘉定才子王竹所方可委身。

王初桐不敢看六娘的眼。

"对不起,"王初桐低着头,低声说道,"我……我真的有事……先走一步……"

说着,下定决心,也不管毛大瀛怎么在身后怒骂他,就径直往外走去,仿佛是在逃避什么似的。

"王竹所,你见鬼了!"毛大瀛骂道,刚骂完,就觉得不对,忙转头对六娘道,"对不起,对不起,六娘,不是说你,你……这个,我去看看这个家伙到底搞什么鬼……"说着,便追了出去。

六娘抿着嘴,浅浅地笑着。

我不会错过。她想。这一次,无论如何,我都不会错过。错过了当年的那一个雨天,又怎可错过今生?

九

籫钱时候新相见,头上垂螺浅。几番枉道尚无情,谁信初三夜月已分明。

花深不碍双栖蝶,最恨匆匆别。从今对面远于天,纵有重逢都只在人前。

——王初桐《虞美人》

讨胜闲追笙管丛。彩筵初散夕阳红。歌台东畔惊心目,只隔疏帘第一重。

徒脉脉,太匆匆。今番转恨是相逢。春来梦见知多少,不及相逢在梦中。

——王初桐《鹧鸪天》

窗外,很好的月亮。

天,已经渐渐地凉了。

这是江南的秋天。

江南的秋天,水还是那么蓝,天还是那么碧,月还是那么明。

王初桐提笔写罢,又怔怔了良久,长叹一声。

相见争如不见,有情还似无情。

他不知道该如何面对六娘,即使六娘曾表示,唯嘉定才子王竹所方可委身。可王初桐明白,六娘说方可委身的"嘉定才子王竹所"并不是他王初桐啊。

有情?无情?

王初桐涩涩地笑着,在月光下,怎么也睡不着。

今晚的月色很好,可王初桐只觉时间过得很是漫长,漫长。

妻早在旁边的卧房里睡着了,发出轻微的鼾声。

当窗外传来鸟儿第一声啼鸣的时候,王初桐方才觉得有些困倦,便伏在书桌上,迷迷糊糊地睡了过去,直到被一个大嗓门儿的声音吵醒——

"竹所,竹所,王竹所……"

王初桐揉着惺忪的睡眼,没好气道:"我说海客,这大清早的,你发什么疯啊。"

"大清早,大清早,这还大清早? 早已日到中天了——嫂子,你忙,别管我。"毛大瀛风风火火地闯了进来,道,"我说,王竹所,你不会是一觉睡到这日上三竿吧?"

他的手中,小心地拿着一卷书画,也不知又是从哪里得来的。

王初桐瞧瞧窗外,还真的已是日上三竿,不由得干笑了两声,道:"打了个瞌睡,就瞌睡到现在了……"

"给你看张画。"毛大瀛也没有接他的话茬,而是将手中的画儿轻轻打开。

"什么画?"王初桐奇怪地问道。说话间,毛大瀛已经将画儿平铺在书案上。画的下方,画着一个女子,倚靠着竹石;画的留白处,用清秀的小楷写着"天寒翠袖薄,日暮倚修竹"十个字。

没有题款。

但那女子的眉眼,依稀可辨。

"是……是六娘?"王初桐颤声道。

毛大瀛笑道:"你一眼就认出来了? 我说王竹所,你是一见倾心、一见钟情啊? 就见了一面,就刻骨铭心了?"

王初桐只是瞧着这幅小影中的六娘,心头不由自主地就浮现出六娘的影子来,仿佛正抿着嘴笑……

"绝代有佳人,幽居在空谷……"王初桐提起笔来,在这幅小影上题写了"绝代佳人"四个字。然而,刚刚写完,不由自主就是心中一痛。

因为他想起,这"绝代有佳人,幽居在空谷"的后面,是"自云良家女,零落依草木"……

十

中秋无月,舟次山塘,雨就密密麻麻地下将起来。秋天的雨,总是那么地清凉，更何况，今晚还是中秋。王初桐坐在船舱中，听着潇潇雨声，心中是越发地想念六娘。

他想，那一日，久别重逢，他不该吓得慌慌张张地跑掉的，连问一声别后的情况也没有。即使他知道这些年来六娘沦落风尘，他也该问一声的啊。

沦落风尘，又不是六娘她自己的错。为什么要将别人的错算在六娘身上？是的，当他与六娘重逢，除了慌乱之外，他的心还隐隐地有些痛，隐隐地有些不舒服，不能接受。起初，他还有些不明白，当他走出六娘家之后，风一吹，才恍然觉得，对于六娘的沦落风尘，他很在意。

这使他自己都很可笑。六娘是他什么人？六娘与他毫不相干啊。即使六娘说想委身嘉定才子王竹所，可毕竟也还没委身不是？而且，在六娘说委身时，还不知道，王竹所就是王初桐，就是当年的雨中少年桐儿。

更何况，六娘原本就是娼家你又怎么可能要求娼家守贞节？

可这样笑着，王初桐的心，依旧很痛，很伤。

"去看看她吧。"毛大瀛将六娘的小影留下，然后，收敛起笑容，很认真地说道，"竹所，她是真的想委身于你。"

"怎……怎么会？"王初桐强笑道。

"别辜负了他。"毛大瀛少有一本正经地说道。

王初桐到底还是决定再去槎溪了。

因为他知道，六娘在槎溪等他。

无论这些年来发生了什么事，如今，六娘正在槎溪边等他。

这些年，王初桐时常梦见那个女子；这些天，王初桐心头总是牵挂，怎么也放不下的那个女子。当年，方泰镇上，喜欢来看他读书、逗他说话的女子；那个喜欢吃王老四家冰糖红豆汤的女子；那个还喜欢听曹先生说书的女子……如今，正在槎溪边等他。

卖珠补屋，种竹浇花，幽窗曲几之下，薰炉茗碗之间，静若书生的女子……

这样想着，王初桐不由心中一动。他想起，毛大瀛似乎说过，替自己赎身之后住在槎溪边上的六娘，从不肯让人留宿，至多也就陪人喝喝茶、浇浇花、说说话……

唯嘉定才子王竹所方可委身。为什么她会说这句话？或许，这只是她推诿那些想做她入幕之宾者的借口？这样的借口，好像很拙劣，不过，也不能说没有用，不是么？

王初桐到底还是决定再去槎溪了。

雨还在下着。

正是中秋夜。

舟次山塘。

王初桐原准备从苏州直接回嘉定，现在，决定去槎溪了。

当日，毛大瀛留下六娘的小影，匆匆离去之后，王初桐便像是逃离似的离开了嘉定，来到苏州。

然而，他纵然能够逃离嘉定，还能逃得开自己的心么？

人的心，便是自己也无法做主啊。

雁声蛮雨秋娘渡，客梦欲归无路。数处断歌零舞，灯火山塘暮。

新词谱就凭谁度，空忆旧家眉妩。分付夜潮流去，直到销魂浦。

——王初桐《虞美人影·中秋夜山塘舟次对雨缄怀六娘》

今年的中秋，没有月。

只有雨。

就像那一年的江南一样。

十一

槎溪轻轻流动，流过小小南翔。这一个江南小镇，许多年以后，曾经因小笼包扬名四海。此时，只是一个普通的江南小镇而已。这一个江南小镇距离嘉定城二十余里，距离方泰镇也二十余里。槎溪，也叫槎水，流过这个江南小镇，使得这个小镇竟有"赛苏城"之称。

小小南翔赛苏城。

船在槎溪上慢慢地行走着，两岸，是逐渐展开的一幅水墨江南，那么清新，那么优雅，那么甜美，就像江南的女儿家似的。

进南翔没多久，王初桐心中一动，便上了岸，信步向前。南翔不大，走不多会儿，便看见六娘住的那所院子。院墙上，爬着秋藤，犹是绿色，院墙不是很高，人在院墙外，犹能看见院子里种的竹子，竹子很高，竹叶萧萧，虽已是中秋以后，却还是葱郁丛碧。这里是江南，秋天的万木凋黄总会来得很晚；江南的秋天，总是不那么干脆，总是那么姗姗而来迟。

夕阳西下。

王初桐的心渐渐地就有些紧张，脚步竟也渐渐地慢了下来。路上行人渐少，有些人家的屋顶已经飘出炊烟，谁家的女子又在高声叫唤，"三儿，回家吃饭了……"

南翔人的口音黏黏的，糯糯的，很软，很绵，就像女儿家的眼波似的。

王初桐忍不住想起少年时，每当他在巷子里玩耍，不知道玩到什么时候哪个角落，母亲找不到他的时候，好像也是这样呼唤着他，桐儿，回家吃饭了……

声音柔柔的，甜甜的，一波三折，好像船上姑娘唱的吴歌。

那时，他还是个少年，母亲还没有白发。六娘抿嘴笑着的模样，好像初绽的桃花，使少年的心变得软软的，黏黏的，又像江南的水，风一吹，随风荡漾，泛起阵阵涟漪。

这样想着，王初桐的心也渐渐地变得绵软起来，不知不觉，已到六娘的门前。

院门虚掩着、两扇竹子做成的门，竹身还带着绿色，发出淡淡的竹子清香。王初桐站在门前，稍稍迟疑了一会儿，便推开了竹门，吱呀一声轻响，门向两边分开，便看见满庭的秋竹，还有桂树，开着满树的花儿；还有秋海棠，花朵开得那么红硕、浪漫。这瞬间，王初桐恍惚觉得，这槎溪边上的小小院子，不是秋天，而是春天……

"喵……"王初桐抬头看时，有猫儿趴在屋顶，蜷缩着，懒洋洋的，好像……好像一只大老鼠似的。

"喵……"王初桐便也冲着那只猫儿轻轻地叫唤了一声，微笑着。猫儿瞧了他一眼，便又蜷缩成一团，再也不理会他。

"谁啊?"屋子的后面，有个声音轻轻响起。

王初桐行过曲栏，绕到屋后，蓦然见屋后正是一个小小的花园，六娘正手持着水瓢，慢慢地浇花。

后门的帘笼漫卷,夕阳西下,六娘在夕阳之中,也像是花儿一样。

王初桐恍然觉得,眼前不是秋天,而是……

当年的那个春。

门掩满庭新绿,春睡起,步廊东,趁残红。

行过曲栏深处,无语立东风。尚有一枝花影照帘笼。

——王初桐《定西番》

十二

转眼又已暮春。

王初桐慵慵醒来,淡淡的天光透过窗棂,带来丝丝凉意,耳边,仿佛传来轻轻的雨声。

"醒了?"仿佛是心有灵犀似的,六娘挑开帘笼,从外面进来,柔声道,"早饭已经准备好了。"

"六娘……"王初桐忍不住低唤了一声。这些日子以来,王初桐时常住在南翔,与六娘就像寻常人家的夫妻那样。六娘柔情似水,使王初桐恍然觉得这才是过日子,这……过得才像个男人——不像妻子,死板板的,一点情趣也没有。虽然说,有时候王初桐也会忍不住想起,六娘这么像一个女人,是因为她沦落风尘那么多年;然而,也正因为六娘这么像一个女人,这么像一个女人地来服侍他,他才体会到做一个男人的乐趣啊。

在南翔,王初桐才真的体会到做一个男人的乐趣;

在南翔,王初桐才真的明白什么叫女儿如水;

在南翔,王初桐才真的知道,什么叫作鱼水之欢。

更何况,六娘是他少年时的梦想与哀伤,这梦想与哀伤,他已经牵挂了许多年,到今朝,终于是苦尽甘来,哀伤化作了欢乐——曾经有多少哀伤,如今,便有多少欢乐。

六娘嫣然一笑,道:"起来吧,不然,再过会儿,粥要凉了。"

王初桐点点头,翻身起床。起床之后,忍不住就想去抱一下六娘。六娘笑着躲过,道:"快吃早饭了,再晚一点的话,赶不上去赴考的船了。"

王初桐苦着脸,抓住六娘的双手,嘟囔道:"舍不得走……"

六娘抿嘴笑着，道："行李都已经收拾好了。"

"舍不得走……"

"考完就回来……"六娘依旧抿着嘴，甜甜地笑着。

窗外，细雨濛濛，春天就要过去了。然而，王初桐却觉满心都是春意。

吃罢早饭，王初桐又将六娘抱在了怀中。这一回，六娘没有挣扎，而是任得他抱着，享受着这临别前的温存。六娘的眼，柔情似水。良久，王初桐方才松手，放开六娘，提笔写道：

歌罢云分雨散，酒醒月黑风多。销魂无奈别离何，不是不曾真个。

宿粉未消衣袂，余香犹在巾罗。橹声咿轧满烟波。一夜拥衾愁坐。

——王初桐《西江月·槎溪别六娘之郡》

写罢，王初桐低低地说道："等我。"

"嗯。"六娘也低低地应声回答道。

"我很快就会回来。"王初桐道。

"嗯。"六娘扑到王初桐的怀中，双手拢到他的背后，用力地抱了一下，低声道，"我等你。"

小雨昼濛濛，把春光、偷去无踪。几番花草匆匆过，桃花片片，梨花片片，流水西东。

镇日敞房栊。劈藤笺、咏翠吟红。多才若与长相守，春来也好，春归也好，怨甚东风。

——王初桐《似娘儿》

窗内愁人窗外雨。雨自响、人无语。听润绿深中啼杜宇。朝啼也，催春去；晚啼也，催春去。

走马知他何处所，回首妆楼暮。有万叠、苍山相间阻。马上也、山无数；楼上也，山无数。

——王初桐《酷相思》

十三

　　山儿知我登楼望,江儿知我慵妆。灯儿知我影悽惶。镜儿知我,眉宇不曾扬。

　　带儿知我腰肢瘦,袖儿知我啼行。身儿知我病郎当。心儿知我,盟誓不曾忘。

——王初桐《临江仙》

　　春暮裁缝刀尺暖。白纻红绡,商略衫长短。燕子杨花帘不卷。绿窗静处人忘倦。

　　百草千花都绣惯。绣到鸳鸯,针线频频断。一点芳心如絮乱。黄昏独向深深院。

——王初桐《蝶恋花》

　　王初桐到底还是想着远在槎溪的六娘。登楼远望,望不到槎溪,槎溪边上的六娘,现在正在做什么? 在浇花么? 还是在刺绣? 春天已经过去,夏天也将过去,眼看着,秋天又将来临。一年年,一月月,一天天,春去秋来。有人说,想念一个人的时候,会觉得时间过得很是漫长,然而,再漫长的日子,也会像流水一样过去。

　　就像一个人的一生。

　　"竹所,我想到苏州去散散心,"毛大瀛好像喝醉了似的,有些大舌头地向道,"你去不去?"

　　"苏州?"王初桐微一皱眉。

　　"是,是苏州,"毛大瀛醉气熏熏,"要去苏州,怎么着,不行么?"说着话,便斜着眼睛看王初桐,仿佛在说你不答应我跟你没完的样子。

　　王初桐心里不乐意,皱着眉头,道:"海客,你醉了。"

　　毛大瀛瞪眼道:"我没醉! 听着,我没醉! 清醒着呢。我告诉你,年底我要成亲了,吴家的姑娘,你说我醉没醉? 成亲了就不好怎么出去玩儿了。唉,没想到就要成亲了,竹所,你说我醉没醉?"

　　王初桐苦笑道:"吴家的姑娘是才女,娶了她,是你的福分。"这样想着,心中暗自叹息一声。毛大瀛要娶的吴家姑娘名蕙,能诗,博学,性格更是开朗,不像王初桐的妻子那样,古板,无趣,不要说写诗了,便是字也认不得几个。很多时候,回到家中,王初桐只觉妻子就像是一个陌生人一样。

草堂一带傍林阿,独倚阑干对薛萝。云气平添浓淡画,鸟声时作短长歌。风生小园蒙香篆,雨湿闲阶衬软莎。红紫纷纷开欲尽,春光已觉二分过。

——吴蕙《草堂》

王初桐记得,毛大瀛刚定亲那会儿,就将他未婚妻子的这首诗拿出来炫耀,惹得王初桐好一阵笑话,说,海客,你家要多个女先生了。

毛大瀛怒道,胡说,什么女先生?明明是要多个女门生!

王初桐嘿嘿乐着,直乐得毛大瀛恼羞成怒,嚷嚷着要绝交。自然,毛大瀛也只是嚷嚷而已,因为对这桩亲事,他着实很满意,否则,也不会将未婚妻的诗拿出来炫耀了。

王初桐不管心里如何不乐意,结果还是没能拗得过毛大瀛,只好随他乘船前往苏州。因为他知道毛大瀛心里不快活。因为他也不快活。这一次的乡试,他们都名落孙山。即使他们还年轻,有的是机会,可落榜终究是使人很不快活的事。

重阳后一天,泛舟石湖之上,直到黄昏以后,弯弯的月亮冉冉升起,倒映在水中,王初桐瞧着又喝得醉醺醺斜躺在船上的毛大瀛,苦笑一下,忽地便又想起六娘来。

此刻,如果跟他一起在船上的不是毛大瀛,而是六娘,那该是怎样的一种幸福与快乐?

其实,我要的,一直都很简单,与我爱着也爱着我的人在一起,游遍湖山,此生便已足够。王初桐望着那九月初十的弯弯月亮,悠然神往。

落日水微澜,雁齿弯环,酒船去后月华闲。回首楞伽云外寺,塔火阑珊。

吟罢独凭阑,归路漫漫。小莲音信渺乡关。安得相携乘一舸,游遍湖山。

——王初桐《过龙门·小重阳石湖望月有怀六娘》

十四

"哈哈哈哈哈。"王初桐哈哈大笑着,笑声爽朗,快活。从一进门,就笑,等笑得好不容易止住了,六娘方一发问,他竟然又忍不住笑了起来。

"这人疯了。"六娘喃喃着。

"你不知道,六娘……"王初桐笑着说道。

"知道什么?"六娘嗔怪地瞧了他一眼。

王初桐笑着,想说,却又笑了起来。

六娘起身倒了杯水,道:"喝杯水,定定神,再笑的话,真要……真要变成疯子了。"说着,抿嘴一乐。

王初桐将水一口气喝完,抹了一把嘴,强忍着笑意,道:"你不知道啊,六娘,这毛海客啊,这一回,算是遇到克星了。"

"克星?"六娘便有些疑惑,道,"这孩子天不怕地不怕的,还会遇到克星?"每次到槎溪,毛大瀛便要让六娘呼他作"毛大哥",六娘呢,偏偏称他作"小弟",到后来,索性便道"这孩子"……这将毛大瀛气得不断说要与王初桐绝交。王初桐笑道,我比你大不是?比你大你要叫我哥不是?我是你哥称你作这孩子又有什么不对?六娘是你嫂子不是?你嫂子称你作这孩子又有什么不对?称你作这孩子,这是疼你呢,你还不谢谢你嫂子?这七绕八绕的,直将毛大瀛绕得头昏眼花加脑胀,到最后,只好气哼哼道,王竹所,小心将来我写书来编排你们。王竹所奇道,编排我们什么?毛大瀛眼珠子转着,道,编排你们,编排你们……反正就是编排你土竹所与六娘,编排得就像西门庆与潘金莲似的,一对奸夫淫妇,哈哈哈。说着,便像奸人似的大笑起来。好好儿地给我说些好话,叫几声大哥,我可以考虑饶过你们,否则的话,嘿嘿,王竹所,你与六娘的奸情,我全都知道。

王初桐自然不会将毛大瀛的话当真,更何况,毛大瀛即使想写,又能写他什么?写六娘委身于嘉定才子王竹所?还是王竹所写了很多想念六娘喜欢六娘的词?无论写的是什么,王初桐都不会觉得自己会生气。六娘也不会。至于说将他们写成西门庆与潘金莲……有人信么?

孩子话。六娘笑着说道。

其实，毛大瀛还真不是孩子了。这不，已经成亲了？娶了吴家的姑娘，一个会写诗的姑娘。

王初桐瞧着六娘有些疑惑的样子，忍不住又想笑，强忍着，道："海客前些日子不是成亲了么？"

六娘点头道："我知道。"说着，便有些黯然。毛大瀛成亲，她没有去，因为毛家没有请她，也不会请她。纵然在她心中，已经将毛大瀛看作朋友，纵然毛大瀛是王初桐最好的朋友。她也知道，像她这样的身份，是不可能去喝毛大瀛的喜酒的，可她还是不快活。"自云良家女，零落依草木。"这就是她的命。她想起，当年，母亲就这样对她说过，认命。如今，父亲与母亲早不知搬到哪里去了。他们没来找她。她也不想去找他们。是他们，当年将她硬嫁给那个男人，是那个男人将她卖入了勾栏。或许，这就是命吧。人啊，要认命。既然已经认命，又何须去找他们？他们，只曾经是她最亲的人。如今……最好不相见。或许，今生也不会再相见。人啊，要认命。

王初桐正回想起毛大瀛成亲那一天的事，兴致勃勃，也就没注意到六娘稍稍有些黯然的神色，道："成亲那一天啊，宾客们都说海客好福气，说新娘才貌双全，又笑着说海客配不上新娘，结果海客不服气，便写了一首诗，其中有两句是这样的……"说到这里，王初桐轻咳了两声，算是清了清嗓子，然后慢慢念道："他日深闺传盛事，镜台先拜女门生……"王初桐自然知道，这是当初他与毛大瀛的玩笑话，却不料，毛大瀛始终都记着，想来对吴家姑娘，他欢喜之余，到底还是有些不服气。要知道，毛大瀛也是有才子之名的，却被笑话不如妻子，面子上他哪里过得去？

这首诗写罢，毛大瀛洋洋得意，环顾宾客，踌躇满志。

——妻子再有才华又怎样？那也是我女门生嘛。

做丈夫的，当然要压妻子一头，尤其是在这洞房花烛之夜。

六娘抿嘴笑道："海客就这德性——后来呢？"

王初桐笑道："后来，众人自然起哄，要问一问新娘，是不是乐意做女门生呢。"

六娘笑道："新娘要是乐意，就无趣了，竹所你也不会一直笑到现在。更何况，新娘素有才女之名，聪明绝顶，海客既然出招，她也决不会忍住不应招的。"这就像下棋，一旦棋逢对手，任谁也不会退缩。

王初桐瞧着六娘,赞道:"我家六娘也是聪明绝顶,居然这也猜得到。"

六娘又笑:"我再猜啊,新娘的应招,也决不会让海客下不了台,那样的话,就太尴尬了,夫妻真的要变成冤家了。"

王初桐忍不住再次赞道:"聪明,聪明。新娘自然不会忍住不应招,可也不能让海客下不了台,那你说,六娘,新娘该怎么应招?"

六娘笑着轻轻摇头,道:"这个我可猜不出来。"她便有些好奇地瞧着王初桐,问道:"那新娘如何应招?"心道:我要是猜出来了,竹所,那你该说我无趣了。六娘当然不想做一个无趣的女人,尤其是在王初桐跟前。

王初桐笑道:"新娘啊,她道,要改一字……"

"改一字?"六娘好像有些好奇的样子。

王初桐点头,道:"是。新娘说,要改一字——你道是要改哪一字?"

六娘抿嘴笑道:"我哪知道改哪一字——海客怎么说?"

王初桐道:"海客自然也是这么问新娘——你猜猜是哪一字?"

六娘摇头道:"不猜,也猜不着。你说嘛,新娘怎么回答?"

王初桐的脸上忍不住又漾起笑意来,道:"新娘真是聪明啊——新娘笑道:'门'字改'先'字方妥。"

"'门'字改'先'字?"六娘喃喃着,"他日深闺传盛事,镜台先拜女先生?"念到最后三个字,忍不住也大笑起来,笑得直像风吹花枝一般。

王初桐微笑着,瞧着这大笑的女子,心中满是欢欣。

十五

"六娘,水够不够了?"王初桐一边烧着水,一边高声问道。

"够了,够了。"六娘一边低头洗着长发,一边回答道。

一大早起来,六娘说,想洗头发,王初桐立刻就跑去厨房烧水,烧了第一锅,舀入木桶之中,而后,又开始烧第二锅,絮絮叨叨地说道,秋天了,天气凉了,洗头的话,水要热一些,不然的话,对身子骨儿不好……

六娘抿嘴笑着,听着他的絮叨。

六娘喜欢他的絮叨。

因为六娘知道，王初桐的心在她这儿，才会这样的絮叨。将来的事怎样，六娘不知道，那么，且自珍惜眼前吧。

珍惜眼前人。

将来的事，谁知道呢。

昨晚，情到浓时，王初桐忽道，等等，六娘，你头上有根白发……

这使得六娘忽就有些心凉。

已经有了白发。六娘恍然想起，原来，自己已不复是当年方泰镇上的那个少女，纵然依旧喜欢抿着嘴笑，可她真的已经老了。这样想着，六娘心头忽就很是害怕。

"老了，"六娘似笑非笑，瞧着王初桐，道，"六娘已经老了，当然会有白发了。"

"哪里老了？"王初桐随口道，"不老，不老，那根白发，拔掉就是了。"

六娘抿着嘴，笑盈盈地道："竹所，你有没有想过，将来有一天，六娘真的会老去？会……老得你也不认识？"

"胡说！"王初桐瞪眼道，"哪会老得我也不认识？"

"会满头的白发，会满脸的皱纹，眼袋下垂，肌肤松弛，耳朵聋了，牙齿掉了，眼睛也花了，就跟，就跟寻常的老太太一样，变得很丑，很丑，"六娘轻轻地说道，"那时，竹所，你还会喜欢我么？"

说话的时候，六娘倚在王初桐的怀中，头枕在他的臂上，长发散开，流云一般，发出淡淡的香味。

"别动，"王初桐仿佛没听见她在说些什么似的，一用劲，将那根白发拔掉，道，"我找找，还有没有……嗯，这儿还有一根，别动啊，我将它拔掉……好了，现在应该没了。你刚刚说什么，六娘？"

"……没什么。"六娘嫣然笑道。然而，她的心头，忽然真的很害怕，害怕有朝一日会老得王初桐也不认识，到那时，王初桐还会像现在这样么？像现在这样，疼她怜她？

六娘这样想着，不由自主地就打了个寒战。人在娼家，她明白，无论曾经有过怎样的美丽，一旦年老色衰，便像用旧了的笤帚、抹布似的，会被人无情丢弃。自古以来，概莫如是。六娘无法想象，到那时，她与王初桐会是怎样的结局。

男人，永远都靠不住。谁也靠不住。当年的那个假母曾经不止一次这样对她说道。要不然,你丈夫会将你卖入勾栏？六娘,你要记住,婊子无情,不是因为我们是婊子,而是天下没一个男人是好东西。

老鸨子说这话的时候,咬牙切齿,面目狰狞。

当年,我像你这么年轻的时候……有时候,老鸨子也会讲述她年轻时的故事。

六娘明白,是老鸨子让人玷污了她,是老鸨子让她堕入娼家,可罪魁祸首,决不是她啊。

"怎么了？很冷么？"王初桐这样说着,便将六娘又抱紧了一些。那温暖的肉体,使得王初桐的心也变得温暖起来。"刚刚你真没说什么？"王初桐紧抱着六娘,总觉得六娘好像不对劲儿,便又追问道。

"真没说什么,"六娘嫣然笑道,"只是说,我头有些痒了,明儿想洗个头发。你帮我烧水好不好？"

"好。"王初桐毫不犹豫地应承道,"明儿一早我就起来烧水,帮你洗头发。"

"帮我洗？"六娘奇道。

王初桐笑道:"昔日张敞能画眉,今日我王竹所就不能洗发？"说着,将六娘的长发抓在手中,就像抓着这一世的爱一样。

葱葱蝉翅丫兰气,洗向温风迟日里。犀梳捞处万丝长,鬓枣拨来双路细。

檀郎臂上香云腻,遥夜沉沉犹晏起。坐怀寻惯枕边钗,随手先盘荷叶髻。

——王初桐《玉楼春·发》

洗罢,王初桐取过一块干毛巾,细心地擦拭着六娘的长发,道:"小心让风吹着,着凉了就不好。"

六娘轻轻地点头,脸上带着红晕。

她享受着这一刻的温馨。

"要学着自己关心自己,知道么？年纪也不小了……"王初桐絮絮叨叨,"这一次,我不会出去多久的,考完就回来……"

六娘轻轻点头。今年的乡试即将来临,王初桐怎么也不会放弃这一次机会的。无论中与不中,这样的机会,都不能放弃。前些年，族叔王昶已经高中进士，如今已升任刑部郎中，这使得王初桐欢喜之余，更是发愤。何况，也只有考取举人、进士，或许才有机会将六娘娶回家去啊。嘉定王家，尤其是在王昶已经任刑部郎中的情况下，作为王家子弟的王初桐，想要娶回曾经沦落风尘的六娘，还真不是一件容易的事。

就像当年，李香君到底还是被侯家赶出去一样。

情到浓时，王初桐也曾忍不住将心中的梦想说出，道，六娘，等我金榜题名，就来娶你。六娘含笑点头。王初桐兴致勃勃，道，将来啊，给你挣个诰命夫人回来……六娘只是抿着嘴笑，心中很是甜蜜。

"好了，"王初桐将长发擦干之后，道，"再过会儿，待干了，再盘起来。"

"嗯。"六娘点头。

"六娘……"王初桐忽就心中一动，低声唤道。

"嗯？"

王初桐将六娘轻轻抱着，喃喃道："真舍不得走啊。"

六娘轻轻地依偎在他的怀中，微风撩起发丝，万丝长。

苔满旧房栊，叶满闲亭榭。风雨一番寒一番，捱到秋深也。

待得蓼花开，又见芦花谢。明月与人有甚仇，只照分离者。

——王初桐《卜算子》

十六

舟过横塘，两岸山似螺黛，水自潺湲。

"君家何处住？妾住在横塘。停船暂借问，或恐是同乡。"王初桐站立在船头，喃喃自语着，"家临九江水，来去九江侧。同是长干人，生小，生小自相识……"王初桐念出最后一句，脸上不觉荡漾起欢喜的笑来。

毛大瀛皱了一下眉头，疑惑道："不对，不对，竹所，不是'生小不相识'么？怎么变成'生小自相识'了？"他倒不是怀疑王初桐记错了，而是疑心王初桐或许是看了别的不同的版本，或者是某个孤本。古来诗词，或有文字不同，原也寻常。或者是作者后来有所修改，或者是传抄中出现讹误，对于后世人来说，择其善者即可。问题是,毛大瀛可从未听说过崔颢的《长干行》有别的版本,更重要的是,这"是"与"不"字,虽说只是一字之差,意思却完全不一样了。从版本来说,这也似乎不大可能。

王初桐微微一笑:"长干里就那么大,自然是'生小自相识'。"

毛大瀛小心道:"有出处?"

王初桐悠悠道:"郎骑竹马来,绕床弄青梅。同居长干里,两小无嫌猜……"

毛大瀛愣了一下,大笑道:"好你个王竹所,你这是篡改前贤呢。"

王初桐道:"前贤莫须有……"

毛大瀛又愣了一下,忍不住挠挠头,道:"嘿,你还别说,竹所,或许真的如你所说那样呢,同居长干里,生小自相识……不错,不错。"说着,便又笑将起来。

舟过横塘,天色渐黄昏,两岸山似螺黛,渐渐地,看不分明。

南京,已在眼前。

秋风吹笛钩栏。月初弯。不信匆匆别去又吴关。

横塘路。扁舟暮。怕看山。半似伊家螺黛半烟鬟。

——王初桐《忆真妃·再别六娘之郡》

十七

乡试是八月。

八月,桂花渐渐地开满江南。

从南京的贡院里出来,回到客栈,毛大瀛忽就鬼鬼祟祟道:"竹所,有首词,你给看看。"

"词?"王初桐愣了一下,道,"什么词?"

"你先给看一下。"

"谁的?"

"不要管谁的,你先看一下,说好不好就是。"

王初桐狐疑地瞧着他,道:"那你先拿来我看。"

毛大瀛答应一声,便从包袱里取出一首词来,递给了王初桐。

曲阑干外,有碧梧高耸,绿蕉低亚。小坐摊书凉意足,正好风前消夏。香熱龙涎，茶烹凤饼，余兴挥毫罢。双双红袖，横波暗转娇姹。

对此小小唇朱，弯弯眉翠，绰约真如画。只隔一痕青玉案，便近越罗裙衩。半臂修书，澹妆侍阁，谁是忘情者。银釭背处，桂香何况新惹。

——毛大瀛《百字令·题竹岩孝廉明新双鬟伴读图》

"怎样？怎样？"还没待王初桐看多会儿，毛大瀛已自忍不住问道。

王初桐沉吟了一会儿，道："应酬。"

毛大瀛急道："这替人题词，自然应酬。"

"谁的词？"王初桐奇道，"你这么着急做什么？"

毛大瀛干笑道："你只说这词写得怎么样吧。"

王初桐轻轻摇头，道："一般。"

"一般？"毛大瀛不死心，追问道，"什么叫一般？"

王初桐瞧了他一眼，淡淡道："词中无情。"

毛大瀛叫屈道："什么叫无情……"

王初桐道："不是忘情，而是无情。"

毛大瀛瞪着他，道："别人家的双鬟伴读，作者如何有情？"

王初桐道："所以才说此词一般。而且，不是词笔，只是有韵之文耳。"顿了一下，道："将图中景象叙述了一下而已。"

毛大瀛垂头丧气，嘟囔道："别人家的双鬟，作者自然无情了……"

"你很羡慕？也想有个双鬟伴读？"王初桐随口问道。

"那自然了，"毛大瀛兴致勃勃，道，"男人嘛，有两个俏丫鬟伴读，嘿嘿，多美的事儿……"

"你家女先生肯答应？"

"我……"毛大瀛警惕地瞧着王初桐，道，"王竹所，你想说什么？"

王初桐嘿嘿道："这首百字令，是海客你所做吧？"

毛人瀛恨道："便是我做的又如何？我……"

王初桐道："要是你家女先生知道你想有个双鬟伴读，那该如何？"

毛大瀛讪讪道："她会说都是她不够温柔，然后，就红袖添香伴我读书，真成了女先生了……关你什么事，王竹所？"方才说了几句,毛大瀛便警惕了起来。

王初桐嘿然不语。

毛大瀛干笑道:"我也就这么一想不是? 事实上,我……我对我家女先生,不,女门生,忠贞不二……"

王初桐大笑。

"有词为证!"毛大瀛瞪着他,便又取出一张词笺来,递给了王初桐。

绿酒共倾鹦鹉盏,红潮脸上微添。倦来闲自枕檀衾。暗风窥鹤帐,斜月透虾帘。

坐起低鬟频细语,罗衣最恰秋严。听来清漏夜厌厌。香残银鸭细,灯炧玉虫纤。

——毛大瀛《临江仙·同内夜坐》

收砚匣,掩书奁。香兔微将麝火添。一阵东风花外冷,燕归时节不开帘。

——毛大瀛《捣练子·春夜同内绛衣,次妹亚芩作》

王初桐赞道:"这个有情。"

毛大瀛洋洋得意,道:"那是。"

王初桐一本正经道:"你家女先生看到这两首词应该会很开心。"

毛大瀛负手哼了一声,道:"那是她的荣幸——不对,不是女先生,是女门生! 王竹所,你要是再说错,我……我跟你绝交!"

王初桐莞尔一笑,忽地便想起六娘来。

六娘不是他的妻。

六娘是他什么人?

王初桐忽然惊恐地发现,对于他来说,六娘什么也不是。

或者说,他只是一个嫖客,而六娘,是娼家。

这样想着,王初桐的心猛然就是一痛。

"我……"王初桐喃喃着。他答应过六娘,等金榜题名,就娶六娘。可是,什么时候才能金榜题名? 从贡院出来,连中举都没有把握啊。这样的话,想将六娘娶回,真的是很难,很难。

王初桐蓦然间真的变得很是惊恐。

十八

抱着渺茫的希望,王初桐与毛大瀛直等到发榜才离开南京。离开南京的时候,毛大瀛垂头丧气,道:"没脸了,没脸见人了。"他嘟囔着,上了船,就坐到船舱的一角,就像大户人家的小媳妇儿似的。

王初桐也是怏怏不乐。

无论谁,屡试不第总是会怏怏不乐的。

更重要的,乡试都落榜,会试自然就更渺茫,至于金榜题名,那更像是一个遥远的梦了。

"没脸去见六娘了。"王初桐这样想道。与毛大瀛所不同的是,毛大瀛是直接将没脸说了出来,而他,只是在心里这样想上一想。因为对于他来说,六娘真的什么也不是。

要不,这一次回去,就跟六娘说娶她?就跟当年钱牧斋娶柳如是一样?这样想着,王初桐到底还是轻轻摇头。钱牧斋娶柳如是的时候,已是名满天下,是钱家的家主。王初桐呢?嘉定王家的王初桐,空耽个嘉定才子的大名,功名无望,族中又焉能让他娶回一个曾经的娼家?便是族中不言,家里这一关也难以过去啊。他很难想象,母亲、妻子会答应他将六娘娶回。

王初桐可不认为自己能说服她们。

如果不说服她们就将六娘接回家……

当年的李香君与侯方域就是前车之鉴。

坐在船上,王初桐心乱如麻,偶尔抬头,与毛大瀛对望一眼,更有一种难兄难弟的感觉。

"要不……"两人几乎是异口同声。

"你先说!"

"你先说!"

"一起说!"

"好!"

"……要不,我们先去苏州散散心吧?"说罢,两人抚掌大笑。笑声中,先前满心间的阴霾便消散了许多。

姑苏的秋月,似乎比别处的更明。

明月照在被子上，王初桐恍然发现，这被面之上，居然绣的是一双一双的鸳鸯。这使他觉得很是好笑。

他没有想到，客栈里居然还有鸳鸯被。

毛大瀛嘿嘿笑道："也有人家小夫妻投宿的嘛。王竹所，你想想，要是一对小夫妻投宿，客栈给的是鸳鸯被的话，这客人还不开心死？"

王初桐一想，好像还真是这样的道理。可问题是，如今，他可不是小夫妻投宿……

这鸳鸯被看起来还是新的，即使用过，肯定也没用几次，而且，洗得很干净，发出淡淡的幽香。毛大瀛又笑道："王竹所，你盖上被子，然后，闭上眼……"

"做什么？"王初桐奇道。

毛大瀛悠悠道："然后，你就去使劲儿地想，这床鸳鸯被呢，先前有个小媳妇儿盖过，那个小媳妇儿呢，香香的，说不定啊，呵呵呵呵……"说到后面，毛大瀛就故作淫猥地笑将起来。

王初桐又好气又好笑，道："毛海客，你年纪也不小了，能不能正经一点？就一天到晚胡说八道。"

毛大瀛正色道："这却哪里胡说八道了？我敢肯定地说，睡过这床鸳鸯被的小夫妻，肯定云雨了，而且，动静还不小呢，要不然，这店家会将被子洗得这么干净？"

"去你的！"王初桐顺手抓过一个枕头，就扔向了毛大瀛。

两人说笑一阵，窗外，响起了三更的梆子响。毛大瀛打了个哈欠，道："睡了。"说着，倒头就睡，不大一会儿，就再也无声无息。

连打鼾也没有。

王初桐倚靠在床上，月光照在被面的鸳鸯上，却怎么也睡不着，总像有件事没做，牵挂着，心神不定。

他忽然有些后悔。

他不该来苏州的，而应直接回嘉定，去槎溪。

因为他想六娘了。

一个人，想着另外一个人，想得像老鼠挠着心似的，想得辗转无眠……这仿佛很可笑，可是，就这么想着，又有什么办法呢？

人最难控制的，往往就是他的心。

艳借芙蓉色，香防豆蔻烟。鸳鸯何用绣三千，但绣万花深处一双眠。

不解松挑线，相思薄衬绵。泠泠清梦嫩凉天。记取半床斜月五更前。古诗："著以长相思，缘以结不解。"长相思，被中绵也。结不解，被中线也。

——王初桐《南柯子·被》

十九

今年的雪下得特别早。秋天刚刚过去，冬天刚刚来临，这第一场雪，就纷纷扬扬地下了起来。雪下得很大，直将整个江南都变成了一片银白的世界。

有早梅，在雪中开放。

"六娘！"王初桐兴冲冲地上了岸，刚走到门前，便高声唤道。这一刻，他比任何时候都想见到六娘，仿佛这一生的快乐，就凝聚在这一刻一般。

有时候，人的快乐真的很简单。

有一个名字，能够时常挂在嘴边，能够一生刻在心上，就是无边的快乐。

一个名字，快乐的时候，高声呼唤；忧伤的时候，轻轻呼唤；睡着的时候，在梦里；醒着的时候，在心上；死了，刻在同一块碑上。

这一个名字，就是一生。

这样的一生，就是快乐。

"六娘！六娘！"王初桐一边推开竹门，一边再次高声唤道。不知道为什么，他现在只想附在六娘的耳边，一声声地唤她的名字，就像少年时在梦中一声声唤这个名字一样。

"六娘，六娘，六娘……"那一年江南的雨中，他就是这样呼唤着这个名字，在雨中，一边奔跑，一边呼唤，一步一步地，踏在青石板的路上，足声回响在小巷里。

"六娘，六娘，六娘……"后来，又在无数个夜晚，默默地，在心头，想着这个名字，这个名字，使他忧伤，使他快乐，使他明白，他这一生都无法忘记。

院子中,满地积雪,寂寂无声。

院子的一角,有一树梅花开放。

王初桐忽就心里一沉。

"喵……"有猫儿轻轻地叫了一声。

"喵……"王初桐就是一喜,然而,很快就感觉不对,抬头看时,那在屋顶上行走的,根本就不是六娘养的那一只。

六娘养的那一只猫儿呢?

那一只猫儿,一直都是很乖的,从不自己走出院子,要么是在屋子里,要么是在屋顶上,要么就是在院子中。以往,每一次王初桐到来,那一只猫儿都会迎出来,有时候,还会直迎到竹门边。

因为王初桐每一次来的时候,都会带些虾来。

那只猫儿喜欢吃虾。

六娘曾笑道,猫儿成精了。

王初桐便笑道,跟你一样,小妖精。

每当这时,六娘的两颊便会变得很红很红。

"我只做你的小妖精……"

六娘嘤嘤地说道。

"喵,喵,喵喵……六娘……六娘……"王初桐瞬间便变得有些慌乱起来。

一阵凉风吹过,梅花落雪。

竹叶萧萧。

六娘当然没有出门。因为如果出门的话,门应该锁着的。这院子的竹门一推就开,六娘自然应该是在家。如果六娘在家,何以呼唤了那么多声,她也不答应一声?还有猫儿。那只猫儿呢?那只六娘唤作"喵喵"的猫儿?

堂屋的门虚掩着,没有锁。

或许,是在睡觉,睡熟了。王初桐这样安慰着自己。还是……她病了?

当一大步跨上堂屋前的台阶,伸手就要推开屋门的时候,王初桐的心居然越发慌乱起来,而不是那种原应该拥有的久别重逢的惊喜。

门吱呀一声开了。门一开,便有一股寒气,森森的,从屋子里迎面而来。这使得王初桐脸色大变。他再怎么迟钝，到此刻，也应该想得明白，这屋子里，没有人。

而且，应该是很多日子都没有人居住了。

因为只有很久没人居住的屋子，才会变得如此之森森。

"六娘……"站在堂屋的门口，王初桐只觉手脚有些发软，低低地呼唤了一声。半晌，便向卧房走去。

他不死心。

掀开门帘，推开房门，王初桐一步跨入："六娘……别藏了，我找到你了。哈哈……"王初桐声音有些颤，跟往常那种捉迷藏时的声音完全不一样。

卧房中当然没有人。

王初桐呆呆的，站立在门前。

窗上，被褥叠得整整齐齐的；梳妆台上，空空的。

好像有封信。

王初桐双手有些颤，拆开信来……

美人自古如名将，不许人间见白头。

信笺轻轻地从手中飘落，堕入尘埃。

良久，良久，王初桐喃喃道："六娘，六娘，你……你怎么那么傻呢……"

他恍然想起，他在六娘头上看到的白发。

梅花问我恨绵绵。恨花前。恨尊前。对酒逢花，何事不开颜。却问梅花当日里，同对酒，有人人，在那边。

那边。那边。两萧然。不泪涟，自泪涟。揾也揾也，揾不尽、湿透香纨。待寄人人，倩个雁儿传。谁道雁儿都过了，一字字，一行行，入远天。

——王初桐《江城梅花引》

二十

王初桐踏遍大江南北，再也没有找到六娘。

多年后，他携带着六娘的小影入京，遍请友朋题词，只是想通过这样的方式找到六娘。

可惜,没能找到。

嘉庆二年(1797),王初桐刊印《奁史》。

嘉庆三年(1798),王初桐完成《猫乘》。

没人知道,王初桐的编著,只是想着,六娘在某个地方能够看到,能够跟从前一样打扮美丽,能够知道有一个人,已经跟她一样,喜欢猫儿。

多年后,毛大瀛编著了《戏鸥居词话》,在词话中,记下了他的朋友王初桐与六娘的这段故事。

这段故事没有结局。

因为不是所有的故事都有一个结局的。

郑燮

荥阳郑、有慕歌家世，乞食风情

南乡子

看碧转成朱。消息经年渐不如。依旧红桥当日月，须沽。一盏闲描竹影疏。

烟水荡菰芦。画里春风略似初。马首尘埃吹又起，糊涂。写得人间未尽书。

—— 李旭东 ——

一

　　扬州二月，郑燮信步前行。二月扬州，正是好春时节，桃花、杏花、梨花，在路旁，在水侧，在房前屋后，快活地开着，微风中，白云下，自由自在。瘦西湖的水更是碧绿碧绿的，如翡翠般温润，又如扬州女儿般娇柔。

　　"千家养女先教曲，十里栽花算种田。"这便是扬州。

　　郑燮喜欢扬州。

　　"十年一觉扬州梦，赢得青楼薄幸名。"

　　郑燮卖画扬州，算下来，已经十余年了。

　　有妻，已经去世；有子，已经夭亡。曾经青梅竹马的王一姐，多年以后重相见，恍如隔世。

　　竹马相过日。还记汝、云鬟覆颈，胭脂点额。阿母扶携翁背负，幻作儿郎妆饰。小则小、寸心怜惜。放学归来犹未晚，向红楼存问春消息。问我索，画眉笔。

　　廿年湖海长为客。都付与、风吹梦杳，雨荒云隔。今日重逢深院里，一种温存犹昔。添多少、周旋形迹。回首当年娇小态，但片言微忤容颜赤。只此意，最难得。

　　　　　　　　　　　　　　　　——郑燮《贺新郎·赠王一姐》

　　纵然情犹在，缘早断，此生此世，终须是在彼此的梦里，而不可能相倚相依。二十年前是这样，如今重相见，依旧如此。相见争如不见，相见，徒然使人增添几分怅惘罢了。郑燮苦笑着摇摇头，努力地将一姐从心头赶走。有的人，有的事，终须忘却，才会有新的人生。

　　前面已是虹桥，横跨于瘦西湖之上。隐约间，有女儿家在唱着竹枝词：

　　青溪碧草两悠悠，酒地花场易惹愁。月暗玉钩人散后，冷萤飞上十三楼。

　　不厌朝阴爱晓晴，园林相倚百花生。梨红杏白休轻唤，帘底防人认小名。

　　　　　　　　　　　　　　　　——程梦星《虹桥竹枝词》

郑燮细细倾听，听到最后两句，不觉一笑，想："原来唱的是程午桥的竹枝。"程梦星，字千桥，江都人，康熙进士，官翰林院编修。"还以为会有人唱王渔洋呢。"郑燮忍不住又这样想道。

康熙初年，王士祯任扬州推官期间，两度举行虹桥修禊，邀集名士，诗词唱和，风行天下。王士祯的那两首《浣溪沙》，更是脍炙人口，多少不曾参予虹桥修禊甚至没有到过扬州的词人都是词兴大发，唱和不已，以至于一直到如今，都还有人在次韵咏唱。

北郭清溪一带流。红桥风物眼中秋。绿杨城郭是扬州。
西望雷塘何处是？香魂零落使人愁。淡烟芳草旧迷楼。

白鸟朱荷引画桡。垂杨影里见红桥。欲寻往事已魂消。
遥指平山山外路，断鸿无数水迢迢。新愁分付广陵潮。

——王士祯《浣溪沙·红桥》

无恙年年汴水流。一声水调短亭秋。旧时明月照扬州。
曾是长堤牵锦缆，绿杨清瘦至今愁。玉钩斜路近迷楼。

——纳兰性德《浣溪沙·红桥怀古，和王阮亭韵》

历历寒田江水流。寥寥废莽野花秋。广陵城郭似西州。
未识红桥何处是，可怜头白不胜愁。且拚沉醉牧之楼。红桥怀古

凤舸龙船泛画桡。江都天子过红桥。而今追忆也魂销。
绣瓦无声春脉脉，罗裙有梦夜迢迢。漫天丝雨咽归潮。红桥感旧

斑竹帘开露内家。延秋门窄遇钿车。今年学唱浣溪纱。
游女髻环临水照，娼楼舞袖倚风斜。看人偷捻柳绵花。红桥即事

——陈维崧《浣溪沙》

虹桥初建于崇祯年间，原是一木板桥，围以红色栏杆，故名"红桥"。后来，因桥形似彩虹卧波，遂改名为"虹桥"。

郑燮踏过虹桥。桥上有亭，正是王渔洋所建，这使得郑燮忍不

住便想起当年的盛况来。词以桥名？还是桥以词名？瞧着桥下瘦西湖的湖水，郑燮的心上忽就涌出这样一个古怪的念头来。若无当年的唱和，大约这虹桥即便是建在瘦西湖上，大约也没多少人知晓吧？同样，若无虹桥，又焉能有当年的词人们在此修禊、唱和？词以桥名？还是桥以词名？不过，这都是很久以前的事了，后人至此，终不过缅怀而已。陶潜说，缅怀千载，托契孤游。如此而已。

瘦西湖上，水流依旧；瘦西湖的边上，花开依旧，绿柳依旧。数十年过去，仿佛什么都没有改变。王士禛早已在康熙五十年（1711）去世，至于今，已二十余年矣。

郑燮忽然又想到，今之人站立在虹桥之上，忍不住便缅怀起古人，那么，再过几十年，后世之人，来到这虹桥之上，是不是也会缅怀起今之人呢？

这样想着，郑燮清癯的脸上竟浮动起一丝微笑来。

扬州，扬州，扬州卖画十余年，郑燮自信也有了些许薄名，纵不如当年的王渔洋，想来后世总也会有记起他的人的。

二

"月暗玉钩人散后……玉钩斜路近迷楼……玉钩斜，玉钩斜……"郑燮喃喃自语着，忽然便想去看一看这传说中的玉钩斜罢了。卖画扬州十余年，郑燮还没去过这传说中的玉钩斜。

玉钩斜，也作玉勾斜，江都境内，古时游宴之地，相传隋炀帝葬宫人亦于是处。陈师道在《后山诗话》中写道："广陵亦有戏马台，其下有路，号玉钩斜。"前明陈子龙有《江都绝句同让木赋》曰："千重阁道覆云霞，宫女东都自忆家。当日便为伤别地，胡香不起玉钩斜。"

至于迷楼，亦是当年隋炀帝所建。迷楼中千门万户，复道连绵，幽房雅室，曲屋自通。有误入者，终日而不得出。隋炀帝在《迷楼记》中写道："使真仙游其中，亦当自迷也，可目之曰迷楼。"

然而，无论是玉钩斜，还是迷楼，至于今，终为陈迹矣。迷楼就不用说了，早已灰飞烟灭；便是玉钩斜，如今也只是遗迹，早不复当年盛况。或许，古今盛衰，原就如是，只不过郑燮踏过虹桥，还是想去寻访一下这传说中的玉钩斜了。或许，这便是文人痼疾吧，便是一片荒山野岭，也能发"思古之幽情"，想起当年在这片土地的人，和曾经发生在这片土地上的故事。虽然说，这些人，这些事，与这些文人,原本毫不相干。

然而,世间事,岂非原本就是不相干?总有人想着去相干,然后,才会相干起来。

当日,郑燮与王国栋、顾于观原本就毫不相干,只是后来他们都拜入种园先生门下,才慢慢地相干了起来。

也许,世间事原本就这么奇妙吧。

"你不懂,板桥。"王国栋兴致勃勃地说起他的朋友。他的这位朋友叫徐述夔,东台人,曾考中举子,却不肯出仕,宁下帷授徒,如一般不得志的文人一样。

郑燮苦笑。他无意与王国栋争论,只是隐隐地,总有些担忧。

"自是不求人见赏,拼受霜威未肯降。"王国栋依旧兴致勃勃,说着他朋友的诗句,"明朝期振翮,一举去清都……大明天子重相见,且把壶儿搁半边……好诗,好诗啊。当浮一大白。"

这些诗句,根本就用不着解释,然而,却直听得郑燮心惊肉跳,满身寒意。

王国栋鄙薄地瞧了他一眼,道:"怎么,板桥,你不觉得这是好诗么?"

郑燮再次苦笑一下,半晌,道:"殿高,国朝定鼎,已经将近百年了。"虽说还不到百年,不过,算下来也差不多了。

王国栋一瞪眼,道:"那又如何?你是汉人,还是胡人?"

郑燮吓得慌忙站起,道:"你小点儿声,殿高,就不怕让人听见?"

王国栋嘿嘿一笑,一口饮尽杯中酒,带着三分酒意,慢慢吟哦道:"……尧之都,舜之壤,禹之封。于中应有,一个半个耻臣戎。万里腥膻如许,千古英灵安在,磅礴几时通。胡运何须问,赫日自当中。……胡运何须问,赫日自当中。"这是宋时陈亮的《水调歌头》,这词中的"胡",自然指的是女真人,可问题是,女真人便是当年满人的祖先啊。

王国栋的两眼盈盈有泪。

郑燮却是越发胆战。要说不怕,那是假的。因为郑燮明白,即使国朝定鼎已经将近百年,承平日久,人心不复思明,可这些话,依旧是大逆不道,要是让有心人听了去,只怕会给王国栋带来塌天大祸,作为同学、朋友的郑燮,连带着也难逃干系。

吕留良案这才过去了几年,王国栋就忘了么?

"当年,扬州十日……"王国栋喃喃着,吓得郑燮几乎跳了起来,伸手就捂住他的嘴。

王国栋没有挣扎。只是他的眼中充满忧伤。

"殿高兄,"郑燮慢慢地将手松开,缓缓说道,"小心祸从口出啊。"

王国栋也明白,郑燮这是为他好,可是,这胸中的愤懑抒发不出,着实使人难受,忍不住便放声大哭起来。王国栋向来就凌厉傲岸、愤世嫉俗,与徐述夔相交之后,更是意气相投,同吐不平。

哭罢,王国栋冷冷道:"板桥,我忘了你如今是举人了,将是本朝显贵了,怎么,想去告发我?"

郑燮苦笑道:"殿高,你我相交二十余年,觉着我是这样的人?"

王国栋点点头,道:"那你如此小心做甚?"

郑燮叹了口气,心知无论如何是说服不了王国栋了。王国栋生性傲岸,又愤世嫉俗,要是能够说服得了他,早二十年就说服他了。或许,与其父王仲儒有关吧。郑燮心中忍不住又这样想道。王仲儒的《西斋集》,郑燮当日也曾读过,直读得心惊胆战,堪堪读罢,便急急地还了回去。国朝文字狱向来严酷,一旦有人告发,家破人亡原是常事。

想到这里,郑燮取过纸笔,道:"殿高,我送你一副对子吧。"

"对子?"王国栋愣了一下,笑道,"那好,那好,板桥,如今你的字可比我的要值钱多了。嘿嘿。"王国栋对自己的书画向来自负,曾用"书宗王内史,画近李将军"这样的话来说自己。王内史者,王羲之也;李将军者,李公麟也。由此可见,王国栋自负到何等程度。然而,这么多年过去,郑燮书画俱已成名,淮扬盐商无不以获得一幅他的书画为荣,而王国栋,游学大江南北,广交天下名士,可书画却依旧不值钱。这多少使他心中有些不平,即使与郑燮是二十余年的同学、老友。唐时段成式诗云:"银黄年少偏欺酒,金紫风流不让人。"高官显贵,王国栋未必想去争;可这书画,自负如王国栋,是不肯让人的。

郑燮倒没有将王国栋的这话放在心上。他知道,这话,王国栋并不是嫉妒,而是自负。更重要的是,王国栋的书画,确也值得如此自负。只是,书画能否成名,往往与书画本身无关,时也势也运也,实在都是说不清的事。要知道,书画再好,也须要大众接受才是。

郑燮微笑着轻轻摇头，落笔写道：

务必小心；不要大意。

写罢，将笔一放，便拱手告辞。

"等等，"王国栋嚷道，"你这话，可不像是个对子呢……"再抬头时，郑燮已经出门远去。王国栋苦笑一下，喃喃道："这个郑板桥……好吧，好意我心领了，可是……"说着，又轻轻地摇了一下头，眼中依旧满是不平。

三

当时帝子到扬州，二十四桥清夜游。玉骨香肤都化土，随风又入洗妆楼。

——王仲儒《扬州竹枝词》

扬子江头长大潮，东关门外画旗摇。追游不向红桥去，闲杀城西柳万条。

——王仲儒《端午竹枝词》

郑燮信步前行，不经意间便想起与王国栋的不欢而散，又想起王仲儒的《竹枝词》来。王氏父子实是才人，可要是不知收敛的话，那些悖逆的言语、文字，只怕早晚会给王家带来大祸。郑燮心中叹息一声，想，作为朋友，能做到的，也只有这些了。如果这样劝着都不听，他也没办法。

嗯？走着走着，郑燮忽地站住，想起自己的诗文之中，与王国栋有瓜葛者也着实不少。二十余年的朋友、同学，诗文往来，岂非原就是常事？可是，这些文字，他年要是王国栋贾祸的话，只怕……

这样一想，郑燮不由得冷汗涔涔，喃喃道，不行，不行，这些文字，不能要了……

也许，不应该害怕。可是，国朝的那些文字狱，能不叫人害怕么？庄廷鑨明史案、戴名世《南山集》案、吕留良案、曾静案……这些大案,无不掀起腥风血雨,不知多少才人因此受到牵连,枉送了性命。

郑燮可不会以为,一旦自己受到牵连会没事。

不行。一定不能留下了。走过红桥,郑燮已自下了决心,与王国栋相关的诗文,是一点都不能留下来了。

然而,这使得郑燮的心中不免又多了几分苦涩。

有些事,纵然不愿,也必须去做的。他想。

人啊,有时候,还是糊涂一点的好。郑燮忍不住又这样想道。像王殿高,又何必想那么多呢?这大清,已经定鼎将近百余年了。扬州十日?一举去清都?且把壶儿搁半边?这大清,决不会因此而失去天下,可说这些、写这些的人,却会惹来杀身之祸啊。

郑燮苦笑着,想:难得糊涂,难得糊涂,人啊,最难得的,就是糊涂……

他想起当年老师种园先生赠他的一首词来:

> 寻思百二河山壮。更蹴莲峰上。那能牖下死勾留。恨煞尘缘欲脱苦无由。
>
> 故人一觉荒唐甚。娓娓殊堪听。君还有梦到秦中。我并灞桥驴背梦俱空。
>
> ——陆震《虞美人·郑克柔述梦》

"君还有梦到秦中。我并灞桥驴背梦俱空。"郑燮喃喃着,想,那时,我还年轻,故还有梦,而老师已经老了;到如今,老师已经去世多年,而我,也早已过了有梦的年纪。

当年,老师好酒,对饮而不择人,每当饮醉,便会折桃枝簪于头上,长歌过闹市,襟袖飘拂,桃花沾身,旁若无人。

难得糊涂,难得糊涂。郑燮微笑着,想当年,老师应是得个中三昧,方佯狂于市啊。老师满腹才学,却连秀才也不肯去考,安贫乐道,又好酒如命,有时没酒资了,便将写字的笔质于酒店,来换得酒喝。倘若有人来请他写字,他便将那人带到酒店,请他赎回那支写字的笔来。当年,刚拜入老师门下的时候,郑燮对老师还不是很明白,如今,他明白了。

纵然有满腹的不平,也得先保全自己。庄子说:"为善无近名,为恶无近刑。缘督以为经,可以保身,可以全生,可以养亲,可以尽年。"岂非也正是这样的道理？

郑燮信步前行，已出城很远，已近雷塘。忽就听得有人不知在什么地方唱着道情。这使得郑燮心中一动，仔细听时，不由得哑然失笑。

枫叶芦花并客舟，烟波江上使人愁。劝君更尽一杯酒，昨日少年今白头。自家板桥道人是也，我先世元和公公，流落人间，教歌度曲，我如今也谱得道情十首，无非唤醒痴聋，消除烦恼。每到青山水绿之处，聊以自遣自歌，若遇争名夺利之场，正好觉人觉世。这也是风流事业，措大生涯，不免将来请教诸公，以当一笑。

老渔翁，一钓竿。靠山崖，傍水湾。扁舟来往无牵绊。沙鸥点点轻波远。荻港萧萧白昼寒。高歌一曲斜阳晚。一霎时波摇金影，蓦抬头月上东山。

老樵夫，自砍柴。捆青松，夹绿槐。茫茫野草秋山外。丰碑是处成荒冢，华表千寻卧碧苔。坟前石马磨刀坏。倒不如闲钱沽酒，醉醺醺山径归来。

老头陀，古庙中。自烧香，自打钟。兔葵燕麦闲斋供。山门破落无关锁，斜日苍黄有乱松。秋星闪烁颓垣缝。黑漆漆蒲团打坐，夜烧茶炉火通红。

水田衣，老道人。背葫芦，戴袄巾。棕鞋布袜相厮称。修琴卖药般般会，捉鬼拿妖件件能。白云红叶归山径。闻说道悬岩结屋，却教人何处可寻。

老书生，白屋中。说黄虞，道古风。许多后辈高科中。门前仆从雄如虎，陌上旌旗去似龙。一朝势落成春梦。倒不如蓬门僻巷，教几个小小蒙童。

尽风流，小乞儿。数莲花，唱竹枝。千门打鼓沿街市。桥边日出犹酣睡，山外斜阳已早归。残杯冷炙饶滋味。醉倒在回廊古庙，一凭他雨打风吹。

掩柴扉，怕出头。剪西风，菊径秋。看看又是重阳后。几行衰草迷山郭,一片残阳下酒楼。栖鸦点上萧萧柳。撮几句盲辞瞎话,交还他铁板歌喉。

邈唐虞,远夏殷。卷宗周,入暴秦。争雄七国相兼并。文章两汉空陈迹,金粉南朝总废尘。李唐赵宋慌忙尽。最可叹龙盘虎踞,尽销磨燕子春灯。

吊龙逢,哭比干。羡庄周,拜老聃。未央宫里王孙惨。南来薏苡徒兴谤,七尺珊瑚只自残。孔明枉作那英雄汉。早知道茅庐高卧,省多少六出祁山。

拨琵琶,续续弹。唤庸愚,警懦顽。四条弦上多哀怨。黄沙白草无人迹,古戍寒云乱鸟还。虞罗惯打孤飞雁。收拾起渔樵事业,任从他风雪关山。

风流家世元和老。旧曲翻新调。扯碎状元袍,脱却乌纱帽。俺唱这道情儿归山去了。

——郑燮《道情十首》

那人唱的,可不就是雍正七年(1729)时郑燮所作的道情?这《道情十首》一出,便唱遍扬州,据说,连北京都有人在唱。只不过,郑燮依然没有想到,这出了扬州十余里,可谓是荒郊野外,居然也有人在唱着他当年所写的道情。

那人的声音显得有些嘶哑、沧桑,但那人似乎唱得十分快活。

然而,道情岂非原本就应该唱得快活?

"老渔翁,一钓竿。靠山崖,傍水湾……"听着那隐约传来的道情,郑燮忍不住也哼哼了起来。随着哼哼,先前的隐隐不快,似乎也似太阳出来之后的晨雾一般,慢慢地消散了。

四

这里已是雷塘。李渊建唐之后,便将隋炀帝以帝王之礼葬于此处。隋炀帝一生功过是非,到最后,如此而已。罗隐《炀帝陵》诗云:"入郭登桥出郭船,红楼日日柳年年。君王忍把平陈业,只博雷塘数亩田。"郑燮心中吟诵一过，不觉叹息一声。

他自不会以为隋炀帝真的就像市井说隋唐故事所说的那样，可是，眼前的雷塘，岂非也正述说着很多故事？

　　山河同敝屣。羡废子传贤，陶唐妙理，禹汤无算计。把乾坤重担，儿孙挑起。千祀万祀。淘多少、英雄闲气。到如今，故纸纷纷，何恨秦头汉尾。

　　休倚。几家宫寺，几遍藩王，几回戚里。东扶西倒，偏重处，成乖戾。待他年、一片宫墙瓦砾。荷叶乱翻秋水。剩野人、破舫斜阳，闲收菰米。

——郑燮《瑞鹤仙·帝王家》

古来帝王家，到头来，不过如此。莫说是隋炀帝，便是秦皇汉武唐宗宋祖，一般如是。

"先生来找炀帝陵吧？"正沉吟间，忽就听得有人冷不丁地问道。郑燮微微一惊，回头看时，是个四十来岁的樵子，背着一捆刚打下来的柴火，腰间斜插着一把斧子，辫子盘在头上，面色黝黑，两眼带着笑意，那笑意，满是热情。

那声音……

郑燮只觉那声音好生熟悉，似乎就是适才唱道情的声音，不过，也不敢确定。

"炀帝陵？"郑燮想了想，还是有些好奇地问道，"老兄怎么知道我是来找炀帝陵？"

那樵子笑了起来。那樵子笑着的时候，就好似瘦西湖的水一般，满是春波荡漾。

"先生一看就是读书相公的打扮嘛，"那樵子道，"跟我们这些乡下人可不一样。"

郑燮笑道："那老兄也不能因此断定我就是找炀帝陵的吧。"

那樵子微笑道："城里的读书相公到我们雷塘来，可不就是为了找炀帝陵？除了炀帝陵，我们雷塘可没什么能让城里的相公们所牵挂的了。"

郑燮略一思忖，想，好像还真是这样。"那老兄知道炀帝陵在什么地方？"郑燮问道。

那樵子笑着轻轻摇头。

"老兄的意思是……"郑燮心中一动。

那樵子道:"听祖上说,炀帝陵是在我们雷塘呢,不过呢,现在可找不到了。我打小就在雷塘,砍柴,打猪草,可没见过什么炀帝陵。那些读书相公也没哪个找到炀帝陵的。"

郑燮点点头,也知樵子说的没错,可心中还是有些失望。算下来,已经一千多年了,扬州又屡经战乱,这炀帝陵,大约早就化作瓦砾了,找不到也是寻常之事。

那樵子笑道:"要我说啊,这隋炀帝也不是什么好东西,杀父淫母,抢夺皇位,惹起天下十八路反王,断送了隋室江山,这样的昏君,也不知你们读书相公找他的陵墓来做甚。"

郑燮一笑,自不会与他争论。

那樵子道:"有个板桥道人,写的好道情,说得好啊。"清了一下嗓子,唱道:"老樵夫,自砍柴。捆青松,夹绿槐……"

郑燮莞尔一笑,心道,适才听着唱道情的,果然便是此人。转念一想,便明白,若只是寻常樵子,又哪会这般聒噪,遇到个人就啰嗦半天?

"你这先生,"那樵子住嘴不唱,愠道,"老汉这儿唱着板桥道人的道情,你却笑什么?莫非是生怕老汉向你要钱来着?"

郑燮大笑。陡然间,他便明白,这樵子大约是遇着个读书人就会搭讪,然后,说几句话,唱几句道情,那些读书人一高兴,就会给几个赏钱。乡间遇着个会唱道情的樵子,读书人十之八九都会有些惊奇的。

笑着,郑燮便摸出一小块碎银子来,递给那樵子,道:"老兄莫嫌少,买碗酒好。"

那樵子愣了一下,道:"这……这……"便有些讪讪的模样,一张黑脸也开始有些发红。他搭讪读书人,唱几句道情,自是为了哄得读书人开心,然后,给几个酒钱。可那些读书人,一般也就给几个、最多十几个铜钱,哪有像眼前这读书相公一给就给块碎银子的?一小块碎银子,能抵得上百十个铜钱了,最不济,也要七八十个铜钱吧?

"拿着吧,"郑燮笑道,"我还有事请教老兄呢。"

那樵子有心不要,却又哪里舍得,便讪讪地将银子接了过来,掂了掂,塞到怀里,道:"先生请问,我打小就在雷塘,这雷塘的事儿啊,没个不知的。"这口气,跟刚才比起来,一下子就殷勤许多。

郑燮沉吟一下，还是忍不住好奇心，问道："老兄说适才唱的是板桥道人的道情？"

那樵子得意地道："可不就是板桥道人的道情？郑板桥！先生可认得？这扬州城里有名的画师，他的字画啊，老汉听说，可值钱呢。不过，要老汉说呢，这位板桥先生啊，还是道情写得好，写得好啊……"

郑燮微笑道："却不知这板桥道人的道情哪里写得好来？"

"这个……这个……"那樵子道，"老汉可说不上来。反正就是好，连玉钩斜的饶家五姑娘都说写得好。"

这使得郑燮一愣："玉钩斜的饶家五姑娘？"

"先生不认得饶家五姑娘？"那樵子仿佛很惊奇的样子。

郑燮苦笑道："我从扬州城出来，第一次到你这雷塘，玉钩斜嘛，还没去过，又哪里认得饶家五姑娘？"

那樵子恍然道："是了，是了，这却是老汉的不是了。玉钩斜饶家有五个姑娘，四个姐姐呢，都已经出嫁了，只有这饶家五姑娘啊，知书达礼，识文断字，今年已经十七岁了，还不肯许人，说是啊，说是……"

郑燮奇道："说是什么？"

那樵子笑道："说是非扬州城板桥道人不嫁呢。"

"啊？"这使得郑燮一惊。

"唉。"那樵子叹息道，"难难难。难呐。想那板桥道人是扬州城有名的画师，一幅画就要卖几百两银子的，又哪里瞧得上饶五姑娘哦。这饶五姑娘在我们眼里，就像是天上的仙女儿似的，可在板桥道人的眼里，可不就是一个乡下丫头？……唉，老汉跟你说这些做甚？老汉的这道情啊，便是饶五姑娘教的。走咯，走咯，谢先生赏，今儿可以喝个痛快咯……"那樵子原本就是快活的模样，如今，更是快活无边。

"等等。"郑燮忙道，"请问老兄，玉钩斜该怎么走？"

"玉钩斜啊，"那樵子道，"瞧着没？沿着这条路啊，一直往前，到第二个三岔路口的时候啊，有个卖茶的茅亭，到那儿啊，再问一下路，要是不问的话呢，就向南直走，不多会儿啊，就到玉钩斜了……先生到玉钩斜去做甚？那里可没几户人家了。哦。不会是访饶家五姑娘吧？哈哈，呵呵，嚯嚯，走咯……老樵夫，自砍柴。捆青松，夹绿槐。茫茫野草秋山外。丰碑是处成荒冢，华表千寻卧碧苔……"那樵子渐渐远去，太阳也渐渐爬上中天。

五

玉钩斜。树木丛茂,居民渐少。这使得郑燮不由感慨万分。隋时,炀帝在扬州的时候,玉钩斜何等繁华,至于今,早已繁华不再。世事变迁,山河变异,大约自古以来就是如此吧。　　郑燮暗自叹息。他也明白,这与本朝开国初的"扬州十日"有关。可这事儿啊,他又哪里敢多想?人啊,还是糊涂一点为好啊。郑燮这样想道。

遥望文杏一株,在围墙竹树之间。这里,大约就是饶家吧?一路行来,问了几次路,几乎每一个人都会笑着反问道,先生是去饶家吧?饶家五姑娘俊着呢,还识文断字。不知不觉间,郑燮的耳朵里便充满了饶五姑娘的名字。

他也知道,五姑娘或许也算不得什么名字。除了那些大家闺秀有个名字之外,一般的小家碧玉,都是将某娘、某姑娘作为名字。什么玉娘、鱼娘、芸娘、四娘、六娘、五姑娘、一姐……

蓦然想起王一姐,郑燮心头不由得又是一恸。唉。他低低地叹息一声。二十年重相见,王一姐人到中年,两鬓微白,早不是当年的那个娇俏小姑娘了。然而,郑燮却还是难以忘记,难以将王一姐从心头移开。有些事,总是这样,心也难以做主。或许,这就是昔人所谓的"不由自主"吧。

郑燮叩门而入,徘徊花下。文杏,也即银杏,王摩诘有《文杏馆》诗云:"文杏裁为梁,香茅结为宇。不知栋里云,去作人间雨。"李义山则在《越燕二首》中写道:"卢家文杏好,试近莫愁飞。"这银杏树高高大大的,花丛缭绕之中,似鹤立鸡群一般。

"先生,喝口茶吧。"适才开门的是个老妇人,这时,显得很热情。这也使郑燮很是惊奇。他没想到,玉钩斜如此荒僻之处的老妇人,竟见人不惧,落落大方。郑燮上下打量了两眼,暗自点头,心道,从打扮上来看,这老妇人也决不像是从未出过门的寻常村妇。再一想,扬州女儿,岂非自古以来原本如是?想来年轻的时候也曾有过故事,老了,方才住到这玉钩斜来吧?自然,这样的忖想,只是忖想而已,可作不得数。

"多谢多谢。"郑燮答应一声,便随那老妇人到茅亭小坐。围墙竹树,文杏高耸,丛花缭绕,这茅亭坐落其间,倒也优雅。

"我们这玉钩斜啊，一向都少有人来。"老妇人一边倒着茶，一边笑道，"先生这便是踏青寻春呢。"

郑燮捋须微笑，却见茅亭壁间有一幅字，仔细看时，正是一词：

杏花深院红如许。一线画墙拦住。叹人间咫尺千山路。不见也，相思苦；便见也，相思苦。

分明背地情千缕。翻口恼从教诉。奈花间乍遇言辞阻。半句也，何曾吐；一字也，何曾吐。

——郑燮《酷相思·本意》

这使得郑燮心中莫名欢喜，暗道：这玉钩斜也有喜板桥词者乎？郑燮书画名世，然则对于诗词，却更是自得，尤其是词。郑燮十六岁拜入种园先生陆震门下原就是为了学词，至今已经二十余年。只可惜，世人道板桥书画出色，却不知板桥诗词更为出色也。

"先生，请喝茶。"老妇人已将茶水倒好，递给郑燮。青绿色的茶水在茶盏中微微地冒着白烟，发出阵阵茶香。

郑燮接过茶盏，却指着壁间道："识此人乎？"老妇人瞧了一眼壁间的板桥词，笑道："闻名，不识其人。"

郑燮微微一笑："板桥，即我也。"

老妇人愣了愣，半晌，道："先生便是板桥？郑板桥？"

郑燮微笑道："我正是板桥。"

"扬州郑板桥？"

"扬州郑板桥。"

老妇人大喜，大声嚷道："女儿子起来，女儿子起来！郑板桥先生在此也。"

郑燮捋须微笑。此时，早已日上三竿矣。老妇人进屋后很快就出来，道："女儿子还没梳妆呢，可不好意思与先生相见——先生可曾饿了？"

郑燮老脸微红，道："早上倒也吃了两个烧饼……"

老妇人笑道："这却要到晌午了也。先生请稍待，老身这便准备吃食去。呵呵，女儿子却也要梳妆打扮一番，才好与先生相见。"老妇人这是第二次说女儿子要梳妆的话了。不过，很奇怪的是，郑燮竟也没有觉着她聒噪，只是笑着点头，道："如此，麻烦您了。"

"不麻烦，不麻烦。"老妇人笑道，"先生请先喝杯茶，老身这就去准备吃食也。"不大会儿，老妇人便准备好吃食，很简单的几个小菜，一碗饭，用托盘托了出来。"可惜没酒，"老妇人歉然道，"我们这荒郊野地的，连个沽酒的地方也没有，还望先生莫怪。"郑燮笑道："用不着，用不着，我这正腹中饥馁，如此小菜，正好正好。"郑燮自幼家贫，考取秀才之后，卖画扬州，虽说也能卖几个钱，却决不似那个樵子所说的，板桥字画能够卖几百两银子呢。事实上，也就几两银子而已。多年以后，郑燮罢官回到扬州，曾经自定润笔，将《板桥润格》高挂：

> 大幅六两，中幅四两，小幅二两，书条、对联一两，扇子、斗方五钱。凡送礼物食物，总不如白银为妙。公之所送，未必弟之所好也。送现银则中心喜乐，书画皆佳。礼物既属纠缠，赊欠尤为赖账。年老神倦，不能陪诸君子作无益语言也。画竹多于买竹钱，纸高六尺价三千。任渠话旧论交接，只当秋风过耳边。

那时，郑燮早已名满天下，

此际的郑燮，卖画扬州，也就聊以糊口而已，对于吃食，又哪会挑三拣四？

郑燮很快就将午饭吃好，那老妇人收拾掉碗筷，笑道："女儿子，郑先生已经吃好了。"屋中的女子答应一声，艳妆而出，向郑燮盈盈下拜："久闻公名，读公词，甚爱慕。闻有《道情十首》，能为妾一书乎？"

郑燮心中欢喜，含笑点头。那女子大喜，取过淞江蜜色花笺，湖颖笔，紫端石砚，纤手磨墨，两眼则瞧着郑燮，脉脉含情。郑燮提笔即书，书毕，沉吟一下，又写道：

> 微雨晓风初歇，纱窗旭日才温。绣帏香梦半曚腾。窗外鹦哥未醒。
>
> 蟹眼茶声静悄，虾须帘影轻明。梅花老去杏花匀。夜夜胭脂怯冷。
>
> ——郑燮《西江月》

"姑娘贵姓？"郑燮一边书写，一边问道。其实，他多少倒也猜出，眼前的丽人应该就是那樵子所说饶家五姑娘了，只不过总要问个清楚才好。否则，倘若弄错，那便是笑话了。

"妾身姓饶，有四个姐姐，俱已出嫁，"那女子笑道，"妾身排行第五，所以，名儿便唤作五姑娘。"

饶五姑娘这边方才说完，郑燮"赠饶五姑娘"那五个字便也写完，轻轻搁笔，抬起头来，笑道："小词一首，还请笑纳。"

老妇人想也是识得字的，与饶五姑娘母女两人一起读过，笑领词意，道："谢过郑先生赠词。"

郑燮悠然自得。

老妇人与饶五姑娘对望一眼，忽道："闻君失偶，何不纳此女为箕帚妾？亦不恶，且又慕君。"老妇人说这话的时候，饶五姑娘脸色红红的，带着几分欢喜，几分羞涩。

郑燮大吃一惊。老实说，眼前丽人，说不心动，那是假的，可是，这还是使郑燮大吃一惊。"五姑娘今年芳龄几何？"郑燮想起，那樵子似乎说过，饶家五姑娘今年已经十七岁。

老妇人笑道："女儿子今年已经十七了。"

郑燮苦笑一下，道："我今年已经四十三岁了。"他想起，早年夭亡的葳儿，如果还活着的话，早不止十七岁了。

老妇人笑道："无妨，无妨，女儿子她自己乐意。"

郑燮沉吟一下，又道："仆寒士，家贫，何能得此丽人？"笑道："传说板桥一幅字画能卖数百两，那只是传说，可当不得真。"

老妇人微微一愣，与饶五姑娘又对望一眼，道："不求多金，但足养老妇人者可矣。"

郑燮心动，却终是沉吟不语。饶五姑娘微微一笑，道："昔日朝云愿意追随东坡先生，又何尝嫌东坡先生老来？又何尝嫌东坡先生贫来？妾也不敏，岂不如东坡先生之朝云哉？"

郑燮大笑，点点头，道："如此，委屈五姑娘了。不过……"

"不过什么？先生请讲。"饶五姑娘眉眼盈盈。

郑燮道："今年乙卯，来年丙辰计偕，后年丁巳，若成进士，必后年乃得归，能待我乎？"三年前，已取中举人，若能再中进士的话，郑燮想，自己倒也配得上如此丽人了。更何况，再多两年时间，也能让饶家母女认真思忖一番。虽说只是纳妾，可郑燮已经无妻。

"能。"饶五姑娘毫不犹豫道。老妇人迟疑一下，也自点头。

"如此，等我。"郑燮整顿衣裳，向饶五姑娘深施一礼，平静地说道。

六

掷帽悲歌起。叹当年、父母生我,悬弧射矢。半世销沉儿女态,羁绊难逾乡里。健羡尔、萧然揽辔。首路春风冰冻释,泊马头浩渺黄河水。望不尽,汹汹势。

到看泰岱从天坠。矗空青、千岩万嶂,云揉月洗。封禅碑铭今在否,鸟迹虫鱼怪异。为我吊、秦皇汉帝。夜半更须陵日观,紫金球涌出沧溟底。尽海内,奇观矣。

独有难忘者。宁不见、慈亲黑发,于今雪洒。检点装囊针线密,老泪潺湲而泻。知多少、梦魂牵惹。不为深情酬国士,肯孤踪独骑天边跨。游子叹,关山夜。

颇闻东道兼骚雅。最羡是、峰峦十万,青排脚下。此去唱酬官阁里,酒在冰壶共把。须勖以、仁风遍野。如此清时宜树立,况鲁邹旧俗非难化。休沉溺,篇章也。

常君,名建极,字近辰,旗下人。有《登泰山绝顶》诗云:"二三星斗胸前落,十万峰峦脚底青。"又云:"烟霞历乱迷齐鲁,碑版零星倒汉唐。"皆警句也。

——郑燮《贺新郎·送顾万峰之山东常使君幕》

雍正元年(1723),顾于观应常建极之邀,入幕山东。常建极是满州正蓝旗人,曾任泰州州同(州同,知州的左官,属于直隶州的,相当于同知;属于散州的,则与州判分掌督粮、捕盗、海防、江防、水利诸事,均从六品官。)正是在泰州州同任上,常建极与顾于观相识,也可以说,在陆震弟子当中,他独独看中顾于观,所以,调任山东泰安府东平州州判的时候,便邀顾于观入幕。当时,郑燮填写了这两阕《贺新郎》,以为值此开明之世,顾于观终当建功立业也。词中,郑燮将顾于观许作"国士",而自己,"最羡是、峰峦十万,青排脚下"。对顾于观的才学,郑燮推崇如斯。然而,十余年过去,顾于观依旧一介布衣。

操我扁舟,涉此洪河。飙风自东,我行蹉跎。洪波汩汩,忧心迟迟。风多水浊,欲渡伤悲。

——顾于观《渡河》

壁上，是顾于观自书的一首四言诗，显得苍凉无比。郑燮抬着头，心中未免有些黯然。当年，顾于观往赴山东的时候，何等意气风发，到如今，却是"忧心迟迟"。

或许，年轻时的梦一旦醒来，就是如此吧。

"进京吧。"郑燮对顾于观说道，"不管怎样，进京才会有机会。"

顾于观讥诮似的瞧着郑燮，道："怎么？郑大举人可怜我？可怜我到现在连个秀才都不是？"

郑燮苦笑一下，自也不会和他计较，道："咱们老师也连个秀才都不是……"陆震一生无意功名，然而，陆震之才，别人不说，他们这作为弟子的，又哪能不知？只不过陆震的无意功名，与顾于观的十年布衣，终有些不同罢了。陆震曾有词道：

孤冢狐穿螗。对西风、招魂剪纸，浇羹列鲊。野老为言当日事，战火连天相射。夜未半、层城欲下。十万横磨刀似雪，尽孤臣一死他何怕。气堪作，长虹挂。

难禁恨泪如铅泻。人道是、衣冠葬所，音容难画。欹仄路傍松与柏，日日行人系马。且一任、樵苏尽打。只有残碑流汉字，细摩挲不识谁题者。一半是，荒苔藉。

——陆震《贺新郎·吊史阁部墓》

史阁部，即史可法，死后葬在城外的梅花岭上。陆震的这阕词，名为凭吊前贤，实多故国之思；也正是这故国之思，才使得陆震无意于功名。甚至因担心朝廷征辟而佯狂闹市，终不肯成为"一队夷齐下首阳"中的一个。

国朝定鼎之后，曾下诏"山林隐逸有志进取，一体收录"，于是，那些口称心怀故国的读书人便纷纷涌向了考场。时人有诗云："一队夷齐下首阳，几年观望好凄凉。早知薇蕨终难饱，悔杀无端谏武王。"等这些读书人到了考场之后，蓦然发现，他们的人数竟然超过了考场的桌椅板凳，于是，只好又返回山林，等待朝廷的再次征辟。诗曰："失节夷齐下首阳，院门推出更凄凉。从今决意还山去，薇蕨堪嗟已吃光。"

跟这些所谓读书人比起来，陆震其气节，更值得尊敬。虽然说，陆震从未表示过什么对朝廷的不满。

一个人无法改变时代，但他可以拥有自己的坚持。

顾于观与陆震不同。

顾于观并非是无意功名，而是终不得售。

考中与否，很多时候，与一个人的学识，真的无关。像前朝的徐渭徐文长，何等天才人物，然而，二十岁考中秀才之后，直到四十一岁，八次乡试，八次落第。郑燮曾有词道：

墨沈余香剩。扫长笺、狂花扑水，破云堆岭。云尽花空无一物，荡荡银河泻影。又略点、箕张鬼井。未敢披图容易玩，拨烟霞直上嵩华顶。与帝座，呼相近。

半生未挂朝衫领。狠秋风、青衫剥去，秃头光颈。只有文章书画笔，无古无今独逞。并无复、自家门径。拔取金刀眉目割，破头颅血迸苔花冷。亦不是，人间病。

——郑燮《贺新郎·徐青藤草书一卷》

郑燮平生极爱徐渭，到后来，甚至请好友吴于河刻了一枚闲章，印文曰："青藤门下牛马走。"在郑燮想来，这功名固然重要，然则，终不如真才实学更使人服膺。

顾于观听得郑燮说起种园先生一生也不曾是秀才，怔怔良久，忽道："板桥，我想起一首词来。"

郑燮奇道："什么词？"陆震精于词，郑燮少年时就随陆震学词，但同时拜师陆震的王国栋与顾于观，却都无意于词，至少，郑燮从未见过他们填词。所以，当顾于观说"想起一首词来"的时候，郑燮便觉得很是奇怪，心道：万峰也读词么？

在郑燮想来，顾于观读词，还真是一件新奇的事儿。

顾于观嘿嘿一笑，缓缓念道：

花亦无知，月亦无聊，酒亦无灵。把夭桃斫断，煞他风景；鹦哥煮熟，佐我杯羹。焚砚烧书，椎琴裂画，毁尽文章抹尽名。荥阳郑、有慕歌家世，乞食风情。

单寒骨相难更。笑席帽青衫太瘦生。看蓬门秋草，年年破巷；疏窗细雨，夜夜孤灯。难道天公、还钳恨口，不许长吁一两声。颠狂甚、取乌丝百幅，细写凄清。

——郑燮《沁园春·恨》

这是郑燮当年考取秀才之后乡试屡屡不售时所作,词中,充满恨意。比郑燮要年轻二十余岁的顺天人查礼曾在《铜鼓山堂遗稿》中评价道:"其风神豪迈,气势空灵,直逼古人。"推崇之至。然则到后世,陈廷焯在《白雨斋词话》中则写道:"似此恶劣不堪语,想彼亦自以为沉着痛快也。"同一个陈廷焯,在《云韶集》中却又写道:"此词太野,然痛快可喜。"想来不同时期、不同心境,此词给人的感觉俱不相同也。

郑燮怔怔地瞧着顾于观,半晌,点指道:"其心可诛,其心可诛,其心可诛啊。"两人相视而笑。

乾隆元年(1736),春,郑燮应礼部试,中贡士;殿试中二甲第八十八名进士。

顾于观随郑燮进京,诗墨会友,然而,也仅此而已。乾隆七年(1742),宫门詹事张鹏翀将顾于观的诗进呈御览,未果。乾隆十六年(1751),皇帝下江南,顾于观途中迎驾献赋,皇帝大喜,恩赐大缎数匹。然则,山呼万岁之后烟消云散,依旧是青云无路。

道路凭魑魅,生涯辗转迷。天非厌良士,人自少崇基。江海行吾素,波涛任尔为。三山在天末,长啸展双眉。

——顾于观《道路》

世间事,到头来,不过如此,总不能如人所愿。

七

程子骏怎么也没有想到,他偶然的一次回顾,竟改变了几个人的命运。

程子骏,一名之骏,字雨宸,又字采山,徽州歙县岑山渡人。康熙二十六年(1687)生人,比郑燮大六岁。贡生,做过教谕,如今却是茶商,仅在苏州的茶号就有几十处之多。这一日,程子骏过真州江上茶肆,喝了一杯茶之后,将要上船离开,偶尔回顾,忽见一对联云"山光扑面因朝雨,江水回头为晚潮",傍写"板桥郑燮题",不觉很是惊异,问这板桥郑燮却是何人?茶肆主人笑道:"但至扬州,问人便知。"

程子馼心道,这郑燮郑板桥莫非很有名? 心中牵挂,便命人将船直接开往扬州。

程子馼虽是茶商,可这具体的生意,都交给手下人了,他自己,依旧是读书人痼习,游山玩水、访朋问友,才是他所喜欢做的事。生意做得这么大,老实说,银子真的已不是问题。船便开往了扬州。腰缠十万贯,骑鹤下扬州。不过,程子馼一到扬州,首先想做的事,却是去寻访那位郑燮郑板桥。

"板桥?"程子馼方一开口,扬州人便都笑了起来,"认识,认识,我们扬州人谁不认识板桥先生啊……"

当然,也有人将郑燮唤作"板桥道人",还有的人呢,索性便扯开嗓子,唱起郑燮的那《道情十首》来:"老渔翁,一钓竿。靠山崖,傍水湾。扁舟来往无牵绊。沙鸥点点轻波远,荻港萧萧白昼寒。高歌一曲斜阳晚。一霎时波摇金影,蓦抬头月上东山……"直听得程子馼满心欢喜。

"板桥先生的词也是极好的。"又有人笑着说道。然后,便将郑燮的词念出几首来给程子馼听。

留春不住由春去,春归毕竟归何处。明岁早些来,烟花待剪裁。

雪消春又到,春到人偏老。切莫怨东风,东风正怨侬。

——郑燮《菩萨蛮·留春》

留春不住留秋住,篱菊丛丛霜下护。佳节入重阳,持螯切嫩姜。

江上山无数,何处登高去。松径小山头,夕阳新酒楼。

——郑燮《菩萨蛮·留秋》

盈盈十五人儿小,惯是将人恼。撩他花下去围棋,故意推他劲敌让他欺。

而今春去花枝老,别馆斜阳早。还将旧态作娇痴,也要数番怜惜忆当时。

——郑燮《虞美人·无题》

便又有人道:"板桥先生最好的是他的书画,咱们扬州画师极多,在我看来,排第一的,应是板桥先生。"这话,也有人不服气,不过,争论来争论去,却终究还是以为,板桥先生的书画,在扬州,纵说不得第一,也是极好的。

程子骏所遇到的扬州人,只要说起郑燮郑板桥来,几乎都是眉飞色舞,这使得程子骏也忍不住眉飞色舞起来。

"如此才人,当与之浮一大白也。"程子骏想道。有人好金钱,有人好美女,程子骏则好与天下才人为友,如今,听得郑燮郑板桥如此才学、声名,程子骏焉能不心动?恨不得立刻与郑燮相见、抵足畅谈才好。

"不知板桥先生住在何处?"程子骏问道。

"这可就不巧了,今春板桥先生赴京赶考,得中二甲进士,如今正留在京师呢。想来板桥先生将要做官了吧?大清朝将要多一个清官,我扬州却要少一个画师了。"说的人惋惜地叹道。

程子骏笑道:"你却如何知晓板桥先生必是清官?"

那人便睁大了双眼:"板桥先生的人品我们扬州谁人不知?他卖画也卖不了几个钱,可只要有人需要,他必然接济。这要是说板桥先生做官不是清官,打死我也不信。"

程子骏大笑,笑罢,叹道:"可惜,缘铿一面,要有待他日了。"

那人便笑道:"先生要是不急的话,在扬州留些日子,板桥先生很快就会回来的。"

"哦?"程子骏奇道,"板桥先生不是要留在京师等待选官么?"新科进士一般都会留在京师等待选官,获得实授官职。留在京师,未必能够得官,可要是离开京师,那肯定是不能得官。做官,要经过殿试评议,年龄、仪止、成绩,当然,更重要的是要朝中有人。

那人悠悠道:"先生听说过饶家五姑娘没?"

"饶家五姑娘?"程子骏一愣。

那人点点头,道:"便是玉钩斜饶家的五姑娘。"

程子骏失笑道:"我第一次到扬州,可不认得什么饶家五姑娘。"心道:这饶家五姑娘与板桥却有何关联?

那人笑道:"板桥先生却与饶家五姑娘有过婚约,说,等他中了进士,就会回来迎娶。现如今,板桥先生中了进士,可不很快就会回扬州?这大小登科,原是人生快意之事呢。"那人这样说着,满脸的羡慕之意。因为扬州人都认识郑燮郑板桥,当然也就知道,板桥先生虽说诗词书画无一不通,如今又中了进士,可他仪止、相貌实在不怎样,即使不说丑陋,却也差不了多少了。更重要的是,板桥先生已经四十多岁,相貌又丑,便是有人说他年近半百,都不会有人怀疑。而饶五姑娘呢?饶五姑娘花儿一般的丽人,年纪又小,才十七八岁,这要是嫁与板桥先生为妾的话,虽不好说是"一朵鲜花插在牛粪上",却也着实是羡煞人也。

"好事,好事。"程子骏哪里晓得这说话的人怎么想,只是听说板桥先生大小登科,便不免为板桥欢喜。程子骏与郑燮从未见过,一直到现在,郑燮应也不认识他,然而,在程子骏心中,说不清为什么,却早已将郑燮当作是多年相识的朋友一样。

"难。"在旁边忽就另有一人冷不丁地说道,"你们只知其一,不知其二。"

"哦?"程子骏道,"其一我倒是晓得了,板桥先生大登科之后便会回扬州小登科嘛,那其二,我却不知了,还请教……"

"唉。"这人叹息道,"板桥先生这一去就是一年多,却不知饶家有了一些变故,这桩亲事啊,只怕……只怕难成呐。"

程子骏心中一动,道:"这却是何意?"

这人沉吟一下,道:"这一年多来,饶家也不知出了何事,先是将花钿服饰折卖殆尽,而后,又将宅子边上的五亩小园也卖了给人,这饶家,据说,已经一贫如洗,度日艰难。"说到此节,这人未免叹息一声。他不知饶家出了何事,但先是折卖花钿服饰,而后将五亩小园也都变卖,想来,应是遇到过不去的坎儿了吧?家家有本难念的经,这原也是无可奈何的事。

程子骏点点头,不过,没有声。

"那后来呢?"先前那人忍不住问道。

"后来,有商贾见饶家困难,又曾与饶五姑娘见过一面,大为倾心,于是,便托人与饶家说,愿意出七百两购五姑娘为妾。"

"这……这不是趁火打劫么?这是谁?莫非不知饶五姑娘已与板桥先生有过婚约?"

"婚约?也说不得是婚约吧?既不是娶妻,也没有文定,板桥先生只不过是与饶家约好等中了进士就来娶五姑娘过门而已。你须不要忘了,板桥先生娶五姑娘终也是娶妾而已。既然是妾室,对于饶家来说,与板桥先生,与商贾,又有什么分别?更何况,那商贾还肯出七百两银子,而饶家,如今正需要银子。"

"这……"

程子骏沉吟一下，道："那饶五姑娘却又怎么说？"

"要说呢，这饶五姑娘也是烈性。七百两银子，她老母自是心动，饶五姑娘却道，已与郑公约，背之不义，且七百两亦有了时耳，不过一年，彼必归，请待之。她老母原就听这个女儿的，女儿这么一说，这商贾的事儿，也就没答应。不过，照我说啊，长贫难安，要是板桥先生还不回来，饶家的日子再过不下去的话，只怕……"说到此节，这人叹息一声，道，"板桥先生在京师等选官，没个一两年的话，只怕也难回扬州。我听说，有的进士为了选官，在京师一呆就五六年的，据说，连七八十来年的都有。"

要是郑燮真的在京师呆得久了，而饶家又度日艰难，只怕这桩亲事还真的难成。饶五姑娘能够等他一年，总不成等他一辈子。传说，昔日，杜牧之在扬州也曾与人有约，结果等他辗辗转转再回到扬州，那女子早已嫁人生子了。杜牧之因此而有《叹花》诗曰：自是寻春去较迟，不须惆怅怨芳时。狂风落尽深红色，绿叶成荫子满枝。有人说，这只是传说，然则，世事原就如是，由不得人。

程子骏道："你们是说，这饶五姑娘心向着板桥先生，只是家中长贫，度日艰难，所以，面对商贾的七百两银子，她老母才会意动？"

"谁说不是呢。"这人苦笑道，"七百两银子呢，在扬州的话，瓦房都可以买几十间了，便是我，也会意动了。"

这任谁都会意动的。当日，陈之遴买下苏州拙政园，不过二千两白银。现如今，养廉银不算，四品道员年俸不过一百零五两，而七品知县才四十五两。

七百两白银，实在是一笔巨款。如果不买房，在扬州买地的话，扬州上好良田每亩不过四五两，欠一些的才二三两，这七百两银子的话，至少也能买一百多亩地。一百多亩地，足以使普通人家衣食无忧了。

程子骏微微一笑。七百两对普通人家自是一笔巨款，可对程子骏来说，还真不是什么事儿。

"请问两位这玉钩斜的饶家该怎么走？"程子骏问道。

"玉钩斜？饶家？"

"或许，我可以帮到她们。"程子骏悠悠道。

程子骏很快找到玉钩斜的饶家，取出五百两银子，道，这便算是板桥的聘金吧。有了这五百两银子，饶母的心一下子就安定了下来，也就不再想着将五姑娘卖与商贾为妾。

再说郑燮,在京师兜兜转转一年,终不能获得实授官职,只道是貌寝,年纪又大,不能为官,郑燮自知,说到底还是朝中无人的缘故,无奈,乾隆二年(1737)的开春,悻悻然地回到扬州。

回到扬州之后,与程子骏一见如故,结为至交,以兄事之。程子骏笑道:"既以兄事我,那你的事,便是我的事。"竟自作主张,替郑燮打点起娶亲的事来。"饶五姑娘终只能做妾室。"程子骏道,"板桥,你如今也是进士,将来早晚会做官,这只有妾没有妻,可不大好,容易惹人闲话。"于是,便谋划着替郑燮娶了一个郭家的姑娘为妻,而后,方才将饶五姑娘娶回。这纳妾之费,程子骏又花了五百两银子。

程子骏极好郑燮书画,每每向郑燮索要,然而,当郑燮不开心的时候,决不硬索。程子骏游踪几遍大江南北及楚越东鲁,而登眺不倦尤在黄山,曾有诗曰:

山心高望四无极,回合烟岚恣登陟。六六峰推一一奇,到此输灵咸效职。莲花如幕列侍臣,洞中待漏光常黑。老人天外进朱砂,多自轩辕台畔得。翔舞青鸾报喜音,歌为上寿丹书勒。西走狮子东飞龙,吼号天矫凭封敕。唯有天都稍与齐,九百仞余通气息。他如罗列实附庸,北把云门对南直。我欲长呼绝顶间,摩挲颈项天风拭。惆怅真仙招不来,容成陈迹浮丘匿。昂藏磊落丈夫身,何用吞霞饮瀣力。掉头返照迫苍黄,嶙峋倏变金翠色。朝天万笏晚朝开,此即中天一海国。

——程子骏《黄山登光明顶》

郑燮因此而做长诗《题程羽宸黄山诗卷》。

乾隆二十五年(1760),程子骏去世,郑燮有诗曰:

余江湖落拓数十年,惟程三子骏奉千金为寿,一洗穷愁。羽宸是其表字。

世人开口易千金,毕竟千金结客心。自遇西江程子骏,扫开寒雾到如今。

十载音书迥不通,蓼花洲上有西风。传来似有非常信,几夜酸辛屡梦公。

——郑燮《怀程羽宸》

八

　　乾隆六年(1741)，慎郡王允禧折简相招郑燮，自作骈体五百字以通意，使人持之至扬州。

　　爱新觉罗·允禧，康熙帝第二十一子，康熙五十年(1711)生人，字谦斋，号紫琼，亦作紫嘀，别号紫琼崖道人、春浮居士等。雍正八年(1730)二月，封贝子，五月晋封贝勒，十一年(1733)八月，授镶黄旗满州都统，十三年(1735)十月，授宗人府左宗正，正黄旗汉军都统，乾隆登基后，晋封慎郡王，乾隆三年(1738)七月，擢任议政，五年二月，授正白旗满州都统。

　　四年来，郑燮卖画扬州，朝廷仿佛已经忘记他是一个进士，可以参加选官，可以获得实缺。这使得郑燮很失望，很不甘。

　　乾隆元年(1736)，也就是郑燮中进士的那一年，卢见曾任两淮盐运使，治扬州，重建平山堂。郑燮待官未得，回到扬州之后，便想着走走卢见曾的门路。乾隆四年(1739)，郑燮写诗呈送卢见曾：

　　扬州自古风流地，唯有当官不自怡。盐策米囊销岁月，崖花涧鸟避旌旗。先生德泽原沦髓，此日宽闲好赋诗。试把青鞋踏隋苑，壶浆献出野田儿。

　　龙标格韵青莲笔，复以精华学杜陵。吟撼夜窗秋纸破，思凝寒涧晓星澄。楼头古瓦疏桐雨，墙外清歌画舫灯。历遍悲欢并喧寂，心丝衰入碧云层。

　　宦途翻覆总埃尘，策足何须要路津。世外清标能寿国，古来高爵不荣人。去毛折项葫芦熟，赤足蓬头婢仆真。从此飞腾附霄汉，相期努力继先民。

　　何限鹓鸾供奉班，唯予引对又空还。旧诗烧尽重誊稿，破屋修成好住山。自我鹅群教幼妇，闲拈玉笛引双鬟。吹嘘更不劳前辈，从此江南一梗顽。

　　乾隆四年十月廿日，恭赋七律四首，奉呈雅雨山人卢老先生老宪台，兼求教诲。板桥后学郑燮。

——郑燮《赠卢雅雨诗墨迹》

在诗的最后，郑燮又是"恭赋"又是"奉呈"又是"老宪台"又是"教诲"又是"后学"，竭尽奉承之能事。也许，这就是做人的无奈吧。然后，到乾隆五年（1740），卢见曾被人诬告，皇帝也没有查明真相，便将他革职充军塞外。

卢见曾离开扬州的时候，扬州的画家们画了一幅《雅雨山人出塞图》，画上吴敬梓为之题写了一首七古，郑燮则修改了一下前作，以为送别：

扬州自古风流地，唯有当官不自怡。盐策米囊销岁月，崖花涧鸟避旌旗。一从吏议三年谪，得赋淮南百首诗。昨把青鞋踏隋苑，壶浆献出野田儿。

清词颇似王摩诘，复以精华学杜陵。吟撼夜窗秋纸破，思凝寒涧晓星澄。楼头古瓦疏桐雨，墙外清歌画舫灯。历尽悲欢并喧寂，心丝袅入碧云层。

尘埃吹去又生尘，泪尽英雄为要津。世外烟霞负渔钓，胸中宠利愧君臣。去毛折项葫芦熟，豁齿蓬头婢仆真。两世君家有清德，即今风雅继先民。

何限鹓鸾供奉班，惭予引对又空还。旧诗烧尽重誊稿，破屋修成好住山。自写簪花教幼妇，闲拈玉笛引双鬟。吹嘘更不劳前辈，从此江南一梗顽。

——郑燮《送都转运卢公见曾》

卢见曾的充军塞外，使郑燮不免怏怏，只觉前程越发渺茫。也正是在这时，慎郡王允禧派人相招。

慎郡王派来的人，一个是易祖式，另一个是傅凯亭。

郑燮当然不会放过这次机会。他将饶五姑娘送回兴化老家，与郭氏住在一起，安顿好之后，便随易、傅二人进京。到了慎郡王府，慎郡王热情接待，着便服与郑燮叙谈，到吃饭的时候，更自执刀切肉递与郑燮，道："昔太白御手调羹，今板桥亲王割肉，后先之际，何多让焉？"如此礼贤下士，使郑燮很是感动。郑燮便留在了慎郡王府，一面等待选官，一面帮慎郡王编订《随猎诗草》与《花间堂诗草》——慎郡王千里迢迢将郑燮从扬州请到北京，原就为了此事。

乾隆七年(1715)春，郑燮被任命为范县县令。郑燮明白，这是因为慎郡王在其间出了力。

红杏花开应教频，东风吹动马头尘。阑干苜蓿尝来少，琬琰诗篇捧去新。莫以梁园留赋客，须教七月课齿民。我朝开国于今烈，文武成康四圣人。

——郑燮《将之范县拜辞紫琼崖主人》

万丈才华绣不如，铜章新拜五云书。朝廷今得鸣琴牧，江汉应闲问字车。四廊桃花春雨后，一缸竹叶夜凉初。屋梁落月吟琼树，驿递诗筒莫遣疏。

——爱新觉罗·允禧《送郑板桥令范县》

九

十年盖破黄绸被。尽历遍、官滋味。雨过槐厅天似水。正宜泼茗，正宜开酿，又是文书累。

坐曹一片吆呼碎，衙子催人妆傀儡。束吏平情然也未。酒阑烛跋，漏寒风起，多少雄心退。

——郑燮《青玉案·宦况》

郑燮书罢，旁边的一个小皂隶抿嘴一乐，眉眼弯弯。

"笑什么？"郑燮没好气地道。郑燮范县上任之后，便将饶五姑娘接了过来，不久，饶五姑娘生下麟儿。郑燮要忙于公事，饶五姑娘一个人带着孩子，也着实不便，无奈，郑燮便将她们母子又送回了兴化老家。只可惜，麟儿六岁那年，病殁了。

郑燮身边没人，见皂隶中有个长相清秀的，便留在了身边，照顾他起居。便是眼前的这个小皂隶了。老实说，这个小皂隶要是打扮起来，说是女儿家都肯定会有人相信。也正因此，传言郑燮好男风。这样的传说，郑燮也有所耳闻，不过，他只是一笑，从未辩解。或许是真，或许是假，郑燮好像根本不在乎似的。

那小皂隶又是抿嘴一乐："小的想起一首诗来。"

"诗？什么诗？"郑燮奇道。

那小皂隶悠悠吟道：

衙斋卧听萧萧竹，疑是民间疾苦声。些小吾曹州县吏，一枝一叶总关情。

——郑燮《潍县署中画竹呈年伯包大中丞括》

这是乾隆十一年（1746），郑燮刚刚由范县改任潍县时所作。包括，字银河，钱塘人，康熙四十五年（1706）进士，乾隆年间，任山东布政使，署理巡抚，故郑燮称之为"中丞"。

听得小皂隶吟起这首诗来，郑燮不觉莞尔，笑道："你这孩子，却懂什么……"这样说着，忍不住叹息一声。当年，为官还不久，郑燮何尝不是满心的"修齐治平"？然而很快他就发现，这官场根本就不是他想象的那样。其间，他也曾托李锴向慎郡王求助。

李锴，字铁君，号眉山，又号豸青山人，祖籍辽东铁岭，李成梁后裔，康熙己卯年刑部右侍郎李辉祖之子，内阁大臣索额图之婿，汉军正黄旗人。与慎郡王甚是交好。

紫琼居士，天上神仙，来佐人间圣世。河献征书，楚元设醴，一种风流高致。论诗情字体，是王孟先驱，钟张后起。岂屑屑丹青绘事。已压倒董巨荆关数子。羡一骑翩翩，肯访山中盘根仙李谓梅山李锴。

我亦青玉烧灯，红牙顾曲，醉卧瑶台锦绮。一别朱门，六年山左，老作风尘俗吏。总折腰为米。竟何曾小补民生国计。凭致书青膴林边李氏庄园，紫琼天上，诗文不是忙中事。举头遥望燕山翠。

——郑燮《玉女摇仙佩·寄呈慎郡王》

也许，慎郡王依然将他当作朋友，但在官场上，慎郡王再也没有给他任何臂助，即使他"举头遥望燕山翠"。原来，慎郡王所好者，吾之书画耳。有时候，郑燮也未免这样涩涩想道。

小皂隶笑道："小的却知老爷这官做得不开心呢。"

呵呵。郑燮一笑，又提起笔，想了想，顺手另拿过一张纸来，用六分半书写道：难得糊涂。

郑燮以隶书笔法形体渗入行楷，创出这种介于楷书与隶书之间而隶又多于楷的字体。隶书又称"八分"，因此郑燮将他自创的这种字体称为"六分半"。"板桥既无涪翁之劲拔，又鄙松雪之滑熟，徒矜奇异，创为真隶相参之法，而杂之以行草。"郑燮如是说道。

"可做一匾额了。"郑燮瞧着自己刚刚写下的这四个字，喃喃说道。

"难得糊涂？"小皂隶站在他的身边，也喃喃念道，"难得糊涂……老爷？"小皂隶便有些不明白。他忽然想起市井间有关于老爷糊涂断案的传说来。传说，穷人与富人打官司，老爷便会断穷人赢；士绅与普通百姓打官司，那赢的肯定是普通百姓。传说，老爷断案，全凭一己好恶，可不就是糊涂？甚至有人背地里直接便将老爷唤作"糊涂县令"了。老爷到底是不是糊涂？不要说士绅百姓了，便是衙门里的皂隶们都说不清，有人说，老爷是真糊涂；也有人说，老爷是假糊涂——富人、士绅输了官司还是富人、士绅，穷人要是输了官司，可能一家大小就要喝西北风了，老爷这是心向着穷人呢。这话，自然还是很有道理的。可是，断案不是应该断出个是非曲直么？为什么老爷就非要断富人、士绅输官司呢？

这些话，小皂隶自然也就是心里想想而已。老爷的好，小皂隶明白，小皂隶心向着老爷呢。

小皂隶正胡思乱想着，便见郑燮再次落笔写道：

聪明难，糊涂难，由聪明而转入糊涂更难。放一着，退一步，当下心安，非图后来福报也。乾隆辛未秋九月十九日，板桥。

写罢，仿佛放下一桩什么心事似的，郑燮捋须微笑。

他的头发，早已花白了。

乾隆十七年（1752）年底，郑燮罢官。其罢官原因，莫衷一是。有人说，是贪污；有人说，是忤逆上官；有人说，是厌倦官场乞休而归；有人说，是以病归；还有人说，是以又老又病而归。总之，这一年的年底，六十岁的郑燮卸任潍县县令，从此，无官一身轻。

或许，这也正是郑燮所想要的。

我梦扬州，便想到、扬州梦我。第一是隋堤绿柳，不堪烟锁。潮打三更瓜步月，雨荒十里红桥火。更红鲜冷淡不成圆，樱桃颗。

何日向，江村躲；何日上，江楼卧。有诗人某某，酒人个个。花径不无新点缀，沙鸥颇有闲功课。将白头供作折腰人，将毋左。

——郑燮《满江红·思家》

绝塞雁行天，东吴鸭嘴船。走词场三十余年。少不如人今老矣，双白鬓，有谁怜。

官舍冷无烟，江南薄有田。买青山不用青钱。茅屋数间犹好在，秋水外，夕阳边。

——郑燮《唐多令·思归》

乾隆十八年（1753），春，六十一岁的郑燮离开潍县。离开潍县的时候，百姓痛哭挽留，郑燮为作竹图并题识。

乌纱掷去不为官，囊橐萧萧两袖寒。写取一枝清瘦竹，秋风江上作渔竿。

——郑燮《予告归里画竹别潍县绅士民》

当其去潍县之日，止用驴子三头：其一板桥自乘，垫以铺陈；其一驮两书夹板，上横担阮弦一具；其一则小皂隶而豢童者骑以前导。板桥则风帽毡衣，出大堂揖新令尹，据鞍而告之曰："我郑燮以婪败，今日归装若是其轻而且简，诸君子力踞清流，雅操相尚，行见上游器重，指顾莺迁。倘异日去潍之际，其无忘郑大之泊也。"言罢，跨蹇，郎当以行。

——曾衍东《小豆棚》卷十六

返回乡里，连居住都是问题。好在此时老友李鱓伸出援手，将所住浮沤馆东部分出几间来，让与郑燮。郑燮也没有客气，题上"聊借一枝栖"的匾额之后，便施施然地住了下来。

李鱓，字宗扬，号复堂，别号懊道人、墨磨人，与郑燮同是兴化人，前明状元宰相李春芳六世孙，比郑燮要年长七岁。乾隆三年（1738），李鱓曾出任山东藤县知县，因得罪上司而罢官，回到扬州，卖画为生。后世所言"扬州八怪"，虽说说法不一，李鱓、郑燮却都是在其间的。

安顿好家小之后，郑燮便随李鱓来到扬州，同住在城北的竹西寺里，这时，距离离开扬州为官范县、潍县，已十余年矣。然而，扬州并没有忘记郑燮。郑燮一到扬州，新朋旧友纷纷来会，宴席之上，老友李葂笑道："板桥，我撰有一联，正好赠你。"

李葂，字啸村，又字让泉、磐寿，号铁笛生，安徽怀宁县人。工诗,善山水,兼精翎毛花卉,尤其善画荷花。卢见曾官安徽时,最赏识的两个文士,一个为高凤翰,另一个便是李葂。所以,后来卢见曾为官两淮,李葂便来到扬州;卢见曾获罪充军之后,李葂仍留在了扬州。故而后世所言"扬州八怪",亦有以为李葂是其中一怪者。

李葂比郑燮年长两岁。听得李葂说有联相赠,郑燮不觉笑道:"啸村韵士,必有佳语。"便先观其出联云:"三绝诗书画。"这"三绝诗书画",自然说的便是郑燮平生得意之处。人都道郑燮书画名世,却不知郑燮平生最为得意者乃其诗词。这短短五字,恰便似搔到痒处,直使郑燮心花怒放。然而,郑燮沉吟一阵,却轻轻摇头,道:"此难对。昔契丹使者以'三才天地人'属语,东坡对以'四诗风雅颂',称为绝对。吾辈且共思之,限对就而后食。"

众人思忖一晌,却都道,难难难。

三绝诗书画。下联的第一字须是数目字,可问题在于,"诗书画"对应了个"三"字,而下联第一字又不可能仍旧使用"三",那么,除了"三"字之外的数目字,又能用哪三个字来概括?东坡天才,故而以"四诗风雅颂"来对"三才天地人","风雅颂"者,"雅"分大雅、小雅,故而正概括"四诗"。

众人久久思忖,俱对不上来,便道,板桥,你便看啸村如何对来。李葂以此联来赠郑燮,这下联,自然是早就对上,早就写好的。

郑燮点点头,便打开下联,看了一眼道:"妙,妙,果然是妙。"说着,将下联举起给众人看,那下联写的是:"一官归去来。"

三绝诗书画;一官归去来。

上联说的是郑燮平生得意之处,下联则恰好对应郑燮此次罢官回到扬州之事——这陶潜"归去来兮"的典,用在此处,也端的是恰到好处,更妙的是,这"一官",可不就是"归去来"?

众人俱赞叹不已,道,啸村此联,果然是工妙。

又有人道,要我说呢,此联不仅工妙,更说的是板桥呢。

又有人道,不错不错,此联说的正是板桥,要换一个人的话,还真不行。

便又有人道,不对,不对,复堂先生岂非也是"三绝诗书画,一官归去来"?

李鱓大笑道:"老朽还欠一个字。"顿了顿,道:"老朽这'书'字,可比不得板桥啊。板桥的'六分半书',自成一家,在老朽看来,是必能传诸后世的,至于老朽,这诗画二字,差足还可,这书嘛,要藏拙了。"

众人也自大笑。李葂的这十字绝对自此不胫而走,世人以为这十字,正是郑燮一生。

"板桥,"有人便笑道,"啸村有此佳联相赠,阁下却不好无声无息也。"郑燮便自大笑,命人取过纸笔,挥毫画竹,题诗道:

> 二十年前旧酒瓶,春风倚醉竹西亭。而今再种扬州竹,依旧淮南一片青。
>
> ——郑燮《初返扬州画竹第一幅》

这幅画上,用了两枚印章,一枚是"燮之印",另一枚是"二十年前旧板桥"。唐时刘禹锡有《杨柳枝词》云:"清江一曲柳千条,二十年前旧板桥。曾与美人桥上别,恨无消息到今朝。"郑燮以"板桥"为号,重来扬州又近二十年,故以此句为印,大有"前度刘郎今又来"之意了。

与郑燮一样,时隔多年重回扬州的,还有卢见曾。

早在乾隆九年(1744)的时候,卢见曾就已冤案昭雪,被补为直隶滦州知州。乾隆十八年(1753),也就是郑燮罢官的这一年,卢见曾复调两淮盐运使赴任扬州。

> 一代清华盛事饶,冶春高宴各分镳。昔渔洋先生同诸名士修禊红桥,各赋冶春绝句。风流间歇烟花在,又见诗人郑板桥。郑进士燮有板桥集。
>
> ——卢见曾《扬州杂诗》(十二首之其一)

乾隆二十二年(1757),卢见曾决定红桥修禊。

这一年,郑燮已经六十五岁,饶五姑娘也已年近四旬了。

十

中表姻亲,诗文情愫。十年幼小娇相护。不须燕子引人行,画堂到得重重户。

颠倒思量,朦胧劫数。藕丝不断莲心苦。分明一见怕销魂,却愁不到销魂处。

——郑燮《踏莎行·无题》

饶五姑娘悠悠念罢，似笑非笑，瞧着郑燮。这一年，郑燮的头发差不多已经全白了，一条辫子，在正午的阳光下，也发着银光。只他的两眼依旧有神，微微地眯着，仿佛看穿这世间的一切似的。

"你这丫头，你这丫头……"郑燮失笑道，"这都是多少年前的词了，亏你还记得。"

饶五姑娘的眉角也早已爬上了淡淡的皱纹，嘻嘻笑道："板桥先生的词，妾身都记得。"她笑的时候，嘴角微微上翘，跟年轻的时候一样，很是好看。岁月流水，年华不再，然而，有些人、有些事，总是不会改变，就像饶五姑娘的笑、饶五姑娘对板桥词的喜爱一样。

郑燮忽地叹了口气，神情一下子变得有些伤感，半晌，道："如果还活着的话，她今年也要六十多岁了。"说着，忍不住轻轻摇头。"四十多年前的事了。那个时候啊，每天放学，我都会到她家里去，看花。"郑燮仿佛是在追忆从前的时光，连满是皱纹的脸上都多出几分年轻时才会拥有的光泽来。

饶五姑娘笑道："板桥先生是去看美人吧？"成亲二十年，两人相处，很多时候，饶五姑娘还是喜欢称丈夫作"板桥先生"，就像当初在玉钩斜的初相见一样。

郑燮瞪了她一眼，道："那个时候，她才七八岁，算什么美人？不过……不过，还真是好看，呵呵……"说着说着，郑燮笑了起来，悠悠道："板桥平生好色，可能就从那个时候开始吧。"

饶五姑娘莞尔一乐，轻轻地说道："男人都好色，要不然……要不然……"忽就脸色一红，道："当年，若妾身长得并不漂亮，先生还愿娶我么？"

郑燮瞪了她一眼，道："当年，板桥貌寝，未中进士之前，还真觉配不上你，唯恐耽误了你终身。"

饶五姑娘道："所以，先生才约定等中了进士再来娶我？"

郑燮点头，笑道："或许，这便是男人的自尊吧。"

饶五姑娘心头甜蜜，便向郑燮轻轻地依偎了过去，道："妾身能遇到先生，也是妾身的福气，比……比王一姐要好多了。"她自然知道王一姐在郑燮心中的地位，她自然知道，即使这么多年过去，如果王一姐还活着的话，也应是六十多岁的人了，然而，在郑燮心头，依旧是"藕丝不断莲心苦"。

有些人，有些事，天荒地老，无论怎样改变，总不会忘记。

郑燮叹息一声，道："那几天，我与王一姐见过一面。"

饶五姑娘点点头，道："妾身知道。"

郑燮的神情便又有些伤感，道："昔人云，相见争如不见，有情何似无情……"这是宋时司马光的词句。在世人眼里，司马光似乎就是编纂《资治通鉴》的那个人，古板，刻板，一脸的道貌岸然；可实际上，他也一样会吟咏着"相见争如不见，有情何似无情"的词句而黯然神伤。

宝髻松松挽就，铅华淡淡妆成。青烟翠雾罩轻盈。飞絮游丝无定。

相见争如不见，有情何似无情。笙歌散后酒初醒。深院月斜人静。

——司马光《西江月》

"……只此意，最难得。"饶五姑娘喃喃着，道，"先生便是与王一姐见过之后，心里不快，所以……所以才出城散心，到了玉钩斜的么？"饶五姑娘冰雪聪明，很容易就想到，当年，郑燮与王一姐相见之后，心情快快，故而出城散心，不知不觉之间才到了玉钩斜。只不过谁也没有想到，郑燮会在玉钩斜进入饶家的院子，从而，改变了两个人的一生。冥冥之中，仿佛是天注定一般。饶五姑娘想。当年，若郑燮没有与王一姐相见，或许，就不会出城散心吧？从这个角度来讲，也可以说，是王一姐改变了两个人的一生。

即使饶五姑娘从未见过王一姐，与王一姐素不相识。

郑燮沉吟一下，道："倒也不仅是此事。"

"哦？"饶五姑娘奇道，"还有什么事？"

郑燮苦笑一下，道："那几天，与王殿高相谈……结果是不欢而散。"他想起，这些年来，王国栋与徐述夔等人越发走得近了，每每相晤，总是牢骚满腹、月旦人物，对朝廷，更是颇有微词，与二十年前相比，不但没有收敛，反而越发地肆无忌惮。当年，郑燮嘱咐他"务必小心，不要大意"的话，大约他从未放在心上。这几年，郑燮罢官回家、卖画扬州，与这位老友也时常相见，说起从前的事，王国栋便笑道，板桥，你也忒小心了，这二十余年，你看，哪里有什么事？

王国栋也已老矣，只是其脾性丝毫没变。《板桥诗钞》已经刊刻，其中，《七歌》的最后一首，写到种园先生陆震、顾于观与王国栋。王国栋揶揄道，怎么，郑大进士，你就不怕被牵累？郑燮神情怏怏，面对王国栋，只好再次说道，务必小心，不要大意。并且再次将这八个字写成条幅，赠与王国栋。王国栋笑道，这个我收下了，如今，郑大进士的字可值不少钱呢。

二十余年不曾有事，可谁能说将来就一定不会出事？郑燮心中依旧担忧。好在，徐述夔的诗还没有刊刻，想来朝廷还没有注意到吧。王国栋曾手抄徐述夔的数十首诗与郑燮，郑燮读过，便一把火烧了。

他明白，这样的诗，倘若被有心人告发的话，徐家只怕是灭门之祸，而王国栋与徐述夔如此之交好、亲近，又哪能幸免？乾隆二十年（1755），王国栋刊刻《竹楼诗钞》，是请徐述夔作的序……

这样想着，郑燮不觉长叹一声。从十六岁与王国栋相识，至于今，已经差不多要五十年了，五十年的同学、老友，就因为这件事，郑燮心中始终犹豫，想将与王国栋相关的文字一概不留。只是几次三番，郑燮终下不了决心。文字能删，那份交谊，又如何可能说删就删？

难得糊涂，难得糊涂。人啊，有时候，又何必那么清醒？还是糊涂一点的好啊。郑燮心中想道。当年，在南京乡试，郑燮曾写下《念奴娇·金陵怀古十二首》及《满江红·金陵怀古》，词中何尝没有沧桑慨叹？只是，终不能似徐述夔那般，对朝廷恨恨不满啊。

淮水东头，问夜月、何时是了。空照彻、飘零宫殿，凄凉华表。才子总缘杯酒误，英雄只向棋盘闹。问几家、输局几家赢，都秋草。

流不断，长江淼。拔不倒，钟山峭。剩古碑荒冢，淡鸦残照。碧叶伤心亡国柳，红墙堕泪南朝庙。问孝陵、松柏几多存，年年少。
——郑燮《满江红·金陵怀古》

夫妻两人说着闲话，不知不觉，已过了虹桥。饶五姑娘忽道："先生，我……我想去玉钩斜看看。"

郑燮愣了一下，笑道："好，好，那我们就去看看。"

饶五姑娘脸色微红，仿佛回到了年轻时代。

　　从虹桥,到雷塘,再到玉钩斜,一路之上,春光正好,跟二十余年前没什么两样。只不过,郑燮没有听到有人唱他的《道情十首》。这使得郑燮不经意地就想起当年的那个樵子了。那个樵子如果还活着的话,今年,也该有六十多岁了吧?

　　桃花、杏花、梨花,在路旁,在水边,在眼前,在身后,竞相开放。

　　这是乾隆二十二年(1757)的春天,这一年,郑燮六十五岁,卢见曾正准备召集天下名士,虹桥修禊,就跟许多年前王士祯在扬州举办的虹桥修禊一样。

十一

　　"文杏,那棵文杏!"当远远地瞧见那棵高大的文杏树时,饶五姑娘快活地嚷了起来。这一刻,这一个年近四旬的女子,竟一点也不像是个中年妇人。

　　郑燮将须微笑,自然而然地想起,当年,正是这一棵文杏,才使他叩开饶家的大门。当他叩开饶家大门的时候,或许曾有着美好的梦,或许那樵子说的饶家五姑娘喜欢板桥词的话也曾在心头缭绕。然而,年轻的时候,谁不曾有过美好的梦?此际的郑燮,忽然觉得,二十多年前的自己,真的是很年轻。

　　"先生,我们去看看,好不好?"饶五姑娘快活地问道。

　　二十多年前,那里是饶家。饶五姑娘嫁与郑燮为妾之后,那里,便卖与别人了。这么多年过去,这里还有人住着么?住着的,又会是什么样的人家?不要说饶五姑娘,便是郑燮,蓦然之间,也未免心生好奇了。

　　"好。"郑燮点头。

　　饶五姑娘瞧着那棵文杏,又瞧瞧郑燮,忽然笑了起来,抿着嘴,嘴角弯弯,眼角也弯弯,有几分沧桑,又有几分调皮。

　　"先生,"饶五姑娘笑道,"院子里说不定又有哪家的姑娘喜欢先生的词呢……"

　　郑燮不觉莞尔,道:"那我是不是要再娶一个回去?"

　　饶五姑娘点点头,一本正经道:"那也是应该的。反正先生好色是出了名的。"

　　郑燮大笑道:"平生酷嗜山水,又好色,尤多余桃口齿,及椒风弄儿之戏……"这是许多年前《行书板桥自叙》里的话。

饶五姑娘抿嘴笑道：“然自知老且丑，此辈利吾金币来耳……”这也是《行书板桥自叙》里的话。

郑燮忽地站住了脚，转头瞧着饶五姑娘，很认真地说道：“我却知道，你决不是这样的人。”当日，与饶五姑娘相识之时，郑燮虽说已经中举，却依旧只是一个穷画师；即便是中了进士，也还是不名一文。倘若没有程子骏相助，与饶五姑娘之事只怕难成。更重要的是，当年，有商贾出资七百两银子，饶母已经心动，而饶五姑娘只是坚持要等郑燮回扬州。二十余年过去，蓦然回首，郑燮不由感慨。

“先生……”饶五姑娘不觉也有些感慨，“那时，妾真的是极好先生之词，只愿平生能够第一个读到先生之词……千金不换。”

郑燮已有些昏花的老眼中慢慢地多了几分柔情，半晌，叹息一声，道：“板桥老丑，好色好男风，平生几无一是，连官也不会做，所得意者，三绝诗书画，终不过如此，换不得柴米油盐，到于今，六十五岁，犹自寄人篱下，穷困潦倒……”

“先生……”

“跟着我，你受苦了。”郑燮叹道，“当年，我以为中了进士，做了官，能够让日子好过些……人道是‘三年清知府，十万雪花银’嘛……”他轻轻摇头，只觉自己平生一无是处，然而，却决不肯做贪官，去贪那些不该得的银子。滑稽的事，他的罢官，据说，就是因为他“贪污”。

饶五姑娘笑道：“先生不是那样的人。”顿了顿，道：“先生好色，好男风，又穷又丑，平生几无一是……唯一不肯做的，就是贪官。我知先生，故当年愿为先生姜。”

郑燮心下感动，道：“可这二十余年，苦了你了。”

饶五姑娘轻轻道：“我愿意的，先生。”

说着话，不觉已到二十余年前的饶家门前。两人相视一笑，竟没有叩门，而是相依着转过身，慢慢离去。

这二十余年前的饶家院子，如今里面住着什么样的人家，与郑燮、饶五姑娘又有什么关系呢？倘若记忆永在心头，这眼前的春光便与二十余年前一样。

十二

乾隆二十七年（1762），郑燮作《墨竹四屏条》并题识。

其一曰:"琼条玉线才开碧,凤尾鸾翎已扫空。自是书窗借青翠,砚池茶碗色如葱。乾隆壬午初夏,板桥郑燮。"

其二曰:"秋风昨夜窗前到,竹叶相敲石有声。及至晓来浓露湿,又疑昨夜未秋清。板桥。"

其三曰:"细细的叶,疏疏的节。雪压不垂,风吹不折。板桥郑燮。"

其四曰:"老老苍苍竹一竿,长年风雨不知寒。好教真节青云去,任尔时人仰面看。板桥郑燮。"

乾隆三十年(1765),十二月十二日,郑燮于兴化去世,享年七十三岁,葬兴化县城东之管阮庄。

有的人,这一生,总有些事,是万万不肯做的。

十三

乾隆二十八年(1763),徐述夔去世。

乾隆四十一年(1776),王国栋去世。

乾隆四十三年(1778),江苏学政刘墉在金坛办理试务,《一柱楼诗稿》案发,案涉两百余人,自江苏布政使陶易、前礼部尚书沈德潜以下,纷纷被斩首、抄家、毁墓戮尸。徐述夔被戮尸,徐家满门抄斩。其时,王国栋已经去世两年,其孙因惧祸,将王仲儒的《西斋集》、王熹儒的《勿斋集》,以及王国栋的《竹楼诗钞》等藏本及板片上缴至兴化县衙。兴化知县层层上报,至乾隆四十六年(1781),谕旨将王仲儒"锉尸枭首",王熹儒的《勿斋集》因有"讳爱语",王国栋的《竹楼诗钞》因系"一柱楼诗案"主犯徐述夔作序且书中又有为徐述夔题照等逆诗,与《西斋集》一体禁毁。王国栋已故,未予追究。王氏一门,俱成钦犯。

此后,郑燮的文字再行刊刻之时,便再也不见"王国栋"三字。

洪亮吉

脸从花索笑，心与石争顽

浣溪纱

准拟尘心未转凉。闹红深处费思量。
几回花外看斜阳。

剩得微波存旧迹，更生烟雨记昏黄。
当时相与较词场。

———

李旭东

———

这是乾隆三十一年（1766）的六月，天气已经渐渐地热了起来，暖暖的风从江上吹过，吹进了江阴城，使得整个城池都显得懒洋洋的，没精打采。只有知了在不知疲倦地唱着，一声声地，躲在树的高处。

还有栀子花，在院子里发出肆意的清香；无论是盛开的，还是含苞欲放的，都使人心生欢喜，忍不住便会掐一朵下来，插在瓶中，放在枕头边，伴随一个夏日的梦。

还有荷花，在江边，在湖中，在星星般散落的池塘里，渐渐开放。

江南的夏天，纵然是在懒洋洋的时候，也显得那么美好，就像是午睡之后的姑娘，叫人"我见犹怜"。

然而，洪亮吉的心头，却始终都有些惆怅，像沾在头上的蛛丝一般，淡淡的，轻轻的，拂不去。

夏天原也美好，可春去的时候，总还是会有几分惆怅与无奈。

花事关心，东风吹到荼蘼架。燕儿多谢，咒得春成夏。

不放春归，斜日帘微亚。秋千下，游丝无赖，又向荷钱惹。

——洪亮吉《点绛唇》

洪亮吉轻轻地叹息一声，收回望向天空的双眼，轻轻地低头。

江南的天空，无边浩瀚。天边，有白云在飞。

"你在看什么书？"洪亮吉忽就听得身后有一个声音。声音很轻，很优雅，可在这寂静的江南夏日的午后，还是使洪亮吉吓了一跳。

洪亮吉下意识地回过头来，正见一张年轻的脸，清秀，俊美，两眼又是那么热切，紧盯着洪亮吉手中的书，就像饕餮盯着美食一样。

"你是？"洪亮吉微微皱眉。他自然不认识这个年轻人。虽说对陌生人的搭讪他也早已习惯，可在他的心中，总还是存有几分排斥感。人未必是孤独的，可决无人喜欢一个陌生的人忽然之间侵入属于自己的空间。

那年轻人腼腆地笑了一下，两眼却依旧紧盯着洪亮吉手中的书，显得很没礼貌的样子："我姓黄，叫黄景仁，字仲则，一字汉镛，来赴岁试的。"本朝生员三年一考，分列等级，谓之"岁试"。也就是说，眼前的这个叫黄景仁的年轻人已过了童子试，获得秀才功名，在府学或县学读书了。

"黄景仁……"洪亮吉微微皱眉，只觉这个名字好熟，似乎听过。

黄景仁点点头，道："不知兄台尊姓大名？"他的眼，依旧紧盯着洪亮吉手中的书。

"鄙姓洪，洪亮吉，字稚存。"洪亮吉轻轻地说道。迟疑一下，又道："我是阳湖的，听口音，仲则兄是武进的？……仲则？黄仲则？"洪亮吉心中一动，恍然想起，两年前的府试第一，似乎便是眼前的这个少年——士子们说起黄景仁的时候，都是以字名之，故而其名不甚显。也正因如此，当黄景仁自报姓名的时候，洪亮吉只觉耳熟，一时间就没能想起。

黄景仁点头，道："正是小弟。"顿了顿，笑道："不过，小弟却没想到兄台是洪亮吉稚存。"

"你……听说过我？"洪亮吉愣了一下，问道。嘴里虽然这样问着，显得有些疑惑，心里到底还是有些欢喜。他想，倘若黄景仁听说过他的话，大约是因为他的诗词了。洪亮吉很早就学诗学词，自以为有些小小的声名。只可惜，年已二十，还没有功名，与十六岁就府试第一的黄景仁相比，终自觉有些羞惭。

洪亮吉这一次到江阴，是来应四月的府试的。只可惜，跟五年前一样，依旧名落孙山。不过发榜之后，洪亮吉依旧留在了江阴，没有回常州。他的心中，终有些不服，想与其他榜上榜下的士子们交往一下，看看自己到底差在什么地方，方好对症下药，准备下一次的府试。老实说，洪亮吉一直以为自己通过府试、获得秀才的功名，应该是轻而易举的事。

"稚存兄诗词俱佳，闻名常州，小弟如何会不知？"黄景仁的两眼终于移向洪亮吉的脸，而不是他手中的书。

洪亮吉脸色微微一红，道："仲则见笑了。"说着，便将手中的书递给了黄景仁，心道：他原是因这书而来。

黄景仁自然是因洪亮吉手中的书而来。旅舍之中，四围寂静，唯有蝉声。黄景仁却没有午睡的习惯，出门来想打点井水擦把脸，却正见洪亮吉坐在葡萄架下的石桌旁发呆,手中还拿着本书……

手倦抛书午梦长。

洪亮吉手中拿的是什么书,在发什么呆,是不是真的会手倦抛书午梦长……这一切,自然与黄景仁毫不相干。可当他看到洪亮吉手中有书的时候,就是心痒难耐,忍不住就举步向前。他知道,他必须问清楚这是本什么书,无论是他读过的,还是没读过的。否则,大约会寝食难安。不说一辈子,至少,在江阴的这些天会这样,离开江阴之后,也会一直都牵挂着。

没办法,他无法克制住这样的欲望。从小到大,对书的欲望,他都无法克制,即使家境贫寒,很多书,都买不起。

当黄景仁不由自主举步上前去搭讪的时候,却也没有想到,他想要搭讪的这个人是闻名常州的洪亮吉。

朋侪当中,早有洪亮吉的诗词文章在传抄,从十二岁的,到现在的,都有。黄景仁记得,最初,当有人说这些诗词是洪某某十二三岁时所作的时候,他是不大相信的。因为那些诗词很老到,不见丝毫稚气,实在使人难以想象,写下这些诗词的,是个十二三岁的孩子。

那个孩子如今就在眼前,比他还要大两岁。

黄景仁心里想着,不由哑然失笑,早就接过了洪亮吉递来的那本书。

"汉魏乐府?"黄景仁眼前一亮。

这是一册汉魏乐府的刻本,打开看时,朱墨点点。

洪亮吉点点头,道:"临来江阴时,家母给我的。"洪亮吉明白慈母的心。他知道,母亲是担心他会过于紧张,而这册汉魏乐府,或许会使他高度紧张的神经松弛几分。府试也罢,其他考试也罢,很多时候,俱"非战之罪也"。

黄景仁犹豫一下,道:"能不能借我看看?"他的手紧握着那册汉魏乐府,眼紧盯着洪亮吉,亮亮的眼神之中,充满了乞求,仿佛很害怕洪亮吉不答应似的,以至于使得洪亮吉相信,倘若真的不答应的话,黄景仁大约将书抢走都有可能。

"你……没读过?"洪亮吉有些疑惑地问道。

黄景仁脸色一红,便有些羞赧,吞吞吐吐地说道:"一直学着作时文……"顿了一下,道:"从前,倒也学着作了几首诗,后来,先祖父嘱咐莫可为诗……"黄景仁四岁而孤,有赖祖父抚养成人。祖父黄大乐，以岁贡生官高淳县学训导。黄景仁开蒙极早，八九岁就学作时文，立马而就；当时，祖父黄大乐就再三叮嘱，不可为诗，以为徒然分心。乾隆二十五年（1760），祖父去世，但黄景仁始终都记着祖父的教导，即使偶尔摹写几篇，也是为进考场准备，——试帖诗终须是学着作的。

洪亮吉愣了一愣，轻轻道："令祖是对的，时文有益于举业，这诗嘛……"苦笑一下，心道：诗词固然喜好，可真的是无益于举业的。不但无益，分心过多的话，甚至会有害。洪亮吉想，这些年来，倘若不作诗词，不读诗词，专心制举的话，只怕童子试应该过了吧？或许，连乡试都能过了。二十岁不要说获得举人功名，便是考中进士的也有啊。

洪亮吉向不以为自己不如人，无论是前贤，还是今人。或许，这叫作狂妄。可年轻的时候，谁没有这样狂妄过？

黄景仁脸色愈红，低着头，看了一会儿，忽地又抬起头来，迟疑一下，道："这……是稚存兄写的诗？"他指的，自然是洪亮吉写在天头地脚的拟作。一个爱诗的人，在读诗的时候，每当读到使之心动的，总是会忍不住拟作一下，想与前贤争胜；纵有所不如，其心向往。

洪亮吉点头道："正是拙作。仲则兄见笑了。"

黄景仁的脸上现出一丝奇异的神采，又低下头去，一边看着，一边嘴唇微微地蠕动，仿佛在默读一样。这使得洪亮吉忽然有些紧张起来，就像当年将文章交给董献策先生评改时那样。洪亮吉十三岁从常州府学附生董献策学《春秋左传》，并开始学作制举文。早一年，也就是十二岁的时候，开始学作诗。

良久，黄景仁方才又抬起头来，目光炯炯，道："稚存兄，不情之请……能不能将这本书借我几天？"顿了一下，道："我就住在这间旅舍，暂时不会走的。"又顿了一下，道："放心，我会还的。"说到"还"的时候，神情很是真诚。

洪亮吉笑了起来，心道：到底还是个孩子。对于二十岁的来说，十八岁，可能真的就是个孩子。因为二十而冠，二十以后，才算是成人。

"无妨。"洪亮吉道，"暂时我也会住在这里。"说着，便将住的房间告诉给了黄景仁。将书借出去也好。洪亮吉想。这汉魏乐府，终是闲书，有碍于举业的。

二

梦中醒来,天还未亮,启明星发出微弱的光,仿佛风中的油灯,随时都会熄灭似的。还有蛙声,一声声,不知疲倦,在池塘中,在湖畔,在淡淡的夜色里。洪亮吉坐起身来,回想着梦中的点点滴滴,直到远处有隐隐的鸡鸣。

天,渐渐地亮了。

洪亮吉蓦然觉得,每一天的清晨似乎都一样。所不同的是,当每一天的清晨到来之时,有的人已经醒了,有的人,还在沉睡之中,做着各种各样的梦,或者,没有梦。

不是每一个人都有梦的。

不是每一天都有梦的。

纵然有梦,也说不清,总是那么徜恍迷离。

周公解梦。洪亮吉怔怔地想道。如果真的能够解梦,那么,这一个梦,该如何去解?

更何况还有梦中所作的词。

是的,梦中所作。

学诗学词以来,洪亮吉已不知多少次梦中吟咏。只是,从前每一次的梦中吟咏,醒来以后,便渐渐模糊,很快忘却;而今晚,却是异常清晰。那异常清晰的梦,那异常清晰的梦中所作的词。

无端踏却轻鸥。共清游。梦里居然东海向西流。

云中屬,风中纛,不能收。幸喜天鸡初叫始回头。

——洪亮吉《相见欢·梦中作》

洪亮吉心中又默诵几遍,借着渐明的晨光,取出纸笔,将这首梦中所作的词写下。写罢,又默读几遍,心道:却如何做出这样的梦来?这样的梦,到底是什么意思?可惜,不知怎样解梦。这样想着,忍不住苦笑一下,轻轻摇头,忽就有些惘然。

金榜题名,是所有士子的梦。

可是,梦里居然东海向西流……

云中屬,风中纛,不能收。

这时,天鸡初叫,使人梦醒……

是啊，天鸡初叫，使人梦醒。

今科的府试，再次不售。

洪亮吉忽就又想起从前的一首词：

林禽唤我作春游，烟景逼南州。蓝舆卸处幽吟好，寻僧话、又引闲愁。无事衔杯，有山埋骨，此外总悠悠。

消沉白了少年头，青镜惜风流。江山胜处余归也，等几度、白玉成楼。悟彻孤花，雕残心字，春总不如秋。

——洪亮吉《一丛花》

江山胜处余归也……江山胜处余归也……江山胜处余归也……

洪亮吉喃喃着，心头未免有些涩涩。这时，太阳已经喷薄而出，泼洒下煦暖的阳光来，将整座江阴城都笼罩其间。窗外，更渐有人声，与喳喳鸟声相应和着，使人恍然觉得，这是别样的人间，而非虚幻的梦。

等几度、白玉成楼。

白玉楼，白玉楼……

洪亮吉心中就悚然心惊。"帝成白玉楼，立召君为记。天上差乐，不苦也。"如何学李长吉说话？这样的鬼气森森，暮气沉沉，在从前……也无怪乎今科再次不售了。

窗外，人声越发喧闹起来，就像将要煮沸的开水一样。

该回家了。

洪亮吉怔怔地坐着，想回家了。可一旦想着回家，便开始有些胆怯。今科又不中，母亲大约会很失望吧。想起母亲可能会失望的神情，洪亮吉隐隐地就有些心痛。

也正是在这时，忽就听得有人敲门道："稚存兄，稚存兄……"声音显得有些疲倦，又显得有些兴奋。洪亮吉愣了一下：仲则？心道：这么早来找我做甚？这样想着，人已迅速站起，去开了门。

"包子，"门一开，黄景仁便递过用荷叶包着的两个包子来，"给。"打开荷叶包，是两个热气腾腾的大肉包。洪亮吉接过，道："谢谢。"心道：因为我借书给他，所以他买两个包子表示感谢？这样一想，对黄景仁的好感便多了几分。虽说只有十八岁，却并非不晓事之人啊，如何传说黄仲则傲岸不近人情？洪亮吉忍不住又这样想道。传说,黄景仁夺得府试第一之后,有人有心相识、交往,他愣是傲岸如斯,不理不睬。当这样传说的时候,有人便笑道:名士习气。

名士习气自然便是这样的。只不过当人们说某某有"名士习气"的时候,总不无揶揄之意。在人们看来,所谓"名士",往往是仕途不利,故而才装出个"名士"嘴脸来的。就像唐时的终南隐士一般。唐时,倘若能够踏入官场,荣华富贵,谁会去终南结庐而居?同样,在本朝,倘若能够科考顺利,一步一步的,从秀才到举人到进士,从而踏入官场,谁又会装出个傲岸不近人情的名士模样来?"名士",往往就是那些科考失败者。那些以为黄景仁有"名士习气"的,大约是想着,这傲岸的少年,终会在以后的科考中碰钉子吧?

府试第一。

府试第一,而乡试不得过的,古来尽有,原是寻常。

"吃,"黄景仁热情地说道,"趁热吃,冷了味道就没那么好了。"

洪亮吉瞧着他,心中奇怪,苦笑一下,道:"仲则,有什么事么?"

黄景仁嘿嘿嘿地笑了起来。这一笑,使洪亮吉越发相信,这个少年这么早就来敲门,还带着包子,必然是有事。

"先吃包子。"嘿嘿笑罢,黄景仁殷勤地催促道。一边催促着,一边就走到桌边,提起水壶,倒了一碗水,递给洪亮吉。洪亮吉只觉古怪,不过,也没有再多问,而是就着凉开水,将两个包子吃完。

黄景仁嘿嘿地笑着,俊秀的脸上,泛出一丝红晕,在夏日的初阳下。

"现在可以说了吧?"洪亮吉笑道。

黄景仁依旧嘿嘿地笑着,从怀中摸出几张纸来,迟疑一下,递给了洪亮吉。洪亮吉好奇地接过,低头看时,那几张纸上,都写满了字,蝇头小楷,工工整整,正是台阁体。

"这是……"洪亮吉问道。

黄景仁轻声道:"这些天看汉魏乐府,……便学着作了一些。"

洪亮吉微微一惊,低头看了一会儿,又是一惊:"仲则,从前你作过乐府?"

黄景仁道:"没有。"

“……真没作过？”

“近体的倒作过几首。只是后来先祖父不许作，便不怎么作了。”

洪亮吉又低头看了会儿，苦笑不语。

黄景仁便有些焦急，道：“这是我第一次作乐府，也不知作得怎样。稚存兄，你实话实说，我作的这些，还能看不？”

洪亮吉长叹一声，正色道：“仲则，你的天分，在我之上啊。”

黄景仁一愣：“稚存兄……”

“算下来，我学诗七八年，竟不如仲则你这短短一个月啊。”洪亮吉又是一声长叹，苦笑着说道，“……吾不如也。”

黄景仁愣愣地说道：“稚存兄，要是作得不好，你只管批评，我……我受得了。”

洪亮吉轻轻摇头，道：“吾可断言，百年而后，后人或不知吾洪亮吉，而必知君黄仲则也。”

“稚存兄……”

“假以时日，必成大家。”洪亮吉瞧着眼前的这个十八岁的年轻人，很认真地说道。

这是乾隆三十一年（1766）六月，洪亮吉与黄仲则于江阴逆旅相识，就此订交，可托生死。

三

常州。龙城书院。

龙城书院始建于前明隆庆六年（1572），到万历年间，张居正下令“尽毁天下书院”，龙城书院自然也难逃此劫，被迫停办。万历三十一年（1603），知府欧阳东凤在龙城书院旧址建先贤祠讲学，以避书院之名。天启年间，魏忠贤擅政，又下令禁办书院，知府曾樱上书坚称“龙城系课文之所，非讲学之地”，“故独得不毁”。后倭寇侵犯东南，书院一度改为兵备道署。直至本朝，几度兴废。乾隆十九年（1754），常州知府宋楚望将先贤祠复称龙城书院。乾隆三十一年（1766）春，邵齐焘为常州知府潘恂礼聘，主龙城书院。

邵齐焘，字荀慈，号叔山，苏州府昭文县人，乾隆七年（1742）进士，改翰林院庶吉士，散馆授编修。居馆十年，编修书局者再。

乾隆九年（1744）、十七年（1752）两充顺天乡试同考官。年三十六，即罢官归，自颜其堂曰"道山禄隐"。邵齐焘善骈体，并以此名世。邵家兄弟五人，齐烈、齐然，乾隆十年乙丑同榜进士；齐焘，乾隆七年壬戌进士；齐熊，丁卯举人；齐鳌，附贡生。

"稚存兄，稚存兄……"这一日，刚吃罢午饭，洪亮吉想小休一会儿，便又见黄景仁兴冲冲地赶来，一边走着，一边大声地嚷嚷着。

洪亮吉不觉苦笑，有心想躲开，可龙城书院就那么大，又能躲到哪儿去？更何况，作为朋友，洪亮吉还真有些不好意思这样做。黄景仁的朋友并不是很多，因为他依旧傲岸，依旧喜欢白眼朝天，久而久之，在书院，很多士子对这位当年的府试第一都是敬而远之。洪亮吉也曾劝说过几回，黄景仁都是呵呵笑道："古来知音难求，人之一生，但得其一，足矣。"黄景仁的朋友自然不止洪亮吉一个，然而，真的不多。

"稚存。"洪亮吉正迟疑之间，黄景仁早快步进来，手中是一叠写满字的纸。洪亮吉喃喃着："疯子……入魔了……"他想起昔日白乐天的诗：酒狂又引诗魔发，日午悲吟到日西。这两句诗用来形容此际的黄景仁，真的很贴切。

从在江阴与洪亮吉订交以来，黄景仁仿佛是想将一辈子的诗写完似的，拼命地写了起来，几乎每日都写，一写就是几首、十几首，不知疲倦。洪亮吉就没见人这么拼命写诗过。

没有一千，也差不多了吧？洪亮吉想。对于一个诗人来说，一千首诗自然不多；可对于黄景仁来说，这还不到一年时间啊。更重要的是，黄景仁虽说学诗时间很短，在同侪之中，已几无敌手，便是邵齐焘先生，也称赞有加，不仅和其诗，还以诗相赠勉其学——这是连作为朋友的洪亮吉也有些嫉妒的事。

黄生汉镛，行年十九，籍甚黉宫，顾步轩昂，姿神秀迥，实廊庙之蝴蝶，庭阶之芝兰者焉。家贫孤露，时复抱病，性本高迈，自伤卑贱，所作诗词，悲感凄怨。辄贻此诗，用广其意，兼勖进业，致其郑重云尔。

生身一为士，千载悲不遇。所藉观诗书，聊以永其趣。群经富奇辞，历史贯时务。九流及百家，一一精理寓。遍窥而尽知，十年等闲度。文采既已成，穷通我无预。大炉铸群材，往往有错迕。旷览古今事，万变皆备具。而我生其间，细比蝼蚁数。得失亦区区，何事成忿怒。家贫士之常，学贫古所虑。愿子养疴暇，时复御缃素。博闻既可尚，平心亦有助。努力年少时，白日不留驻。

——邵齐焘《勤学一首赠黄生汉镛》

对镜行，哀且苦。童稚孤贫少侪侣。偏亲织作伴书灯，只影嬛嬛行踽踽。一身寥落已自怜，况复疾疢来相缠。旁人尽道太消瘦，对镜自惊非去年。少年意气争雄壮，腾骞欲出青云上。多病多愁乖宿心，长夜幽吟独惆怅。对镜行，怨且悲。劝君自宽莫伤怀，劝君自强莫催颓。功名富贵真外物，前言往行皆吾师。轻狂慎戒少年习，沉静更于养病宜。群居饱食可无事，检素对书聊自怡。优柔餍饫将有得，怨尤忧患夫何为，爱君本是金玉质，苦口愿陈药石词。年华一过岂再得，四十五十须臾期。此时对镜头如雪，少壮蹉跎悔已迟。

——邵齐焘《和汉镛对镜行》

去年冬，观汉镛所作《对镜行》，爱其光怪有古意，又伤其贫病伶仃，词旨凄怨，因和其诗，晓之以富贵功名之不足重，而终以劝学。盖以汉镛之材之美而充之以学，其所造岂可量哉。然以其体弱多病，又不欲其汲汲发愤以罢敝其精神，而第劝以博观泛览，优游而自得焉，则于进学养身，均有助矣。今年二月来毗陵，汉镛益病，出前后所为诗读之，则其词益工，是汉镛方将镂心鉥肝以求异于众，亦增病之一端也，殊与仆私指谬矣。夫人百忧感其精，万事劳其形，故其神明易衰，疾疢得而乘之。而文人为尤甚。今日所望于汉镛者，方欲其闭户偃息，屏弃万事以无为为宗，虽阁笔束书以诵读吟咏为深戒可也。汉镛当解此意。

——邵齐焘《跋所和黄生汉镛对镜行后》

邵齐焘对黄景仁的爱护、器重，整座书院无人不知。只可惜，《对镜行》一诗，黄景仁不肯留存，纵使洪亮吉索要亦不可得。"邵师之命，故而不存。"黄景仁这样说道。黄景仁感激老师的劝诫，故而将凄怨之语摒弃。

"稚存，"黄景仁快步向前，一副唯恐洪亮吉逃之夭夭的模样，哪里像是个刚刚病愈的人，"我刚填了几首词……"

黄景仁身子骨儿一向都不行，虽说年轻，却时常病倒在床上。可就像这样，还是不忘写诗填词。对于黄景仁来说，写诗填词，似乎已成为他生活的必须，就是吃饭、穿衣一样。只不过，言为心声，因为多病，黄景仁的笔下，往往就多出几分森森之气，也正因如此，邵齐焘先生才会写诗劝勉。

洪亮吉暗叹一声，苦笑道："仲则，你没听邵先生的话。"

"什么话？"黄景仁眨巴眨巴眼，一副无辜的模样。

"人患才少，君患才多，"洪亮吉正色道，"再加上体弱多病……仲则，还是听邵先生的话吧，少作些诗词。劳心伤神，不好。"洪亮吉说得很是真诚、关切。黄景仁才大如海，可谓是天生的诗人，可他笔下的那种阴森、暮寒，还是使人读着不舒服。就像唐时的李长吉一样。洪亮吉从前也曾以李长吉自比，可现在看来，真像李长吉的，是眼前的黄景仁才是。

李长吉才活了二十七岁。

黄景仁自然明白他这位几乎是唯一的朋友的好意，但还是嘿嘿笑了起来，道："没事。来，替我看看。刚学词，也不知怎样……"黄景仁学词比学诗晚，写得也比诗要少很多。与黄景仁不同，洪亮吉素有词名，常州人以为他诗词俱佳。在书院，洪亮吉与黄景仁已有"二俊"之名。

管甚行人行不得。谁是哥哥，慢唤生疏客。只许隔花啼碟碟。啼时又惹天如墨。

败叶遮身休叹息。有地孤飞，莫问江南北。前度诗人头已白。黄陵庙外逢寒食。

——黄景仁《鹊踏枝·鹧鸪》

偏是春来干汝事。报向林间，聒耳何时已。叫人五更忙欲死。请君一饮黄梅水。

顾昐自知怜绀尾。百种新声，舌底澜翻起。纵使学成些子是。半生只为人忙耳。

——黄景仁《鹊踏枝·百舌》

洪亮吉无奈，接过黄景仁递来的词稿，慢慢地读了起来。

"怎样？怎样？"黄景仁几乎是迫不及待地问道。

洪亮吉苦笑一下，很认真地说道："君才大如海，我望尘莫及。"

黄景仁清澈的眼中便多出几分欢喜，讪讪地说道："真的假的？"好像是不相信洪亮吉的话，可他的神情，终究是出卖了他。

洪亮吉白了他一眼，心道：终还是有些孩子气。转念一想，很多时候，自己岂非也有些争胜争强之心？那不是孩子气是什么？

"仲则，"洪亮吉道，"如果是其他人的话，我会说，诗词要多作，多作方能作得好……"

黄景仁嘿嘿道："如果是我的话，就要少作，是不是？只是……"

"只是什么？"

黄景仁挠着头，道："有时候，就是想写，要是不写出来的话，寝食难安。"

洪亮吉默然无语，良久，苦笑一下，心道：这话倒也不算错，只不过，寻常人的话，可真没有仲则这样入魔。在洪亮吉看来，黄景仁对于诗词，真的已经入魔了。

他又复低下头去，看黄景仁这些新写的词，心中叹息着：仲则这如海之才，果真是天生的……

他自是明白，黄景仁之词，纵不如其诗，却胜过同侪许多了，便置诸国朝名家，也不遑多让。

"你也写两首，你也写两首……"黄景仁忽地催促道。

"什么？"洪亮吉愣了一下，瞧着黄景仁。

黄景仁嘿嘿干笑两声，道："稚存兄，你也写两首咏鸟词吧，这样的话，好有个比较，也让我知道'山外有山，人外有人'……"

洪亮吉又愣了半晌，方才缓缓说道："黄仲则，你好无耻哦……"

黄景仁呵呵地笑着，已自在桌上铺好宣纸，然后，便磨起墨来。

墨香淡淡。

洪亮吉略一沉吟，提笔写道：

草绣平堤花绣树。如此江南，只影堪飞度。毕竟尘情犹未悟。雨晴帘角闻呼侣。

倚树鹡鸰争笑汝。三度营巢，依旧无家住。几日酒痕兼墨污。楼头催浣春袍裤。

——洪亮吉《蝶恋花·啼鸠和仲则》

莫向天涯栖苦竹。只遇啼鹃,归计须频属。望帝愁魂魂已续,此间乐亦应思蜀。

何事啼声常傍屋。解唤哥哥,引起春人独。花到黄陵千度落,这回尚忆诗人谷。

——洪亮吉《蝶恋花·鹧鸪》

写罢,洪亮吉不觉哂笑:终还是有争强心啊。沉吟一下,又道:"仲则,有句话,我还是想说一说。"

黄景仁一边读着洪亮吉刚写下的两首咏鸟词,一边漫不经心道:"你说,稚存,我这边'黄陵庙外逢寒食',你这里就'花到黄陵千度落'了……"黄陵庙,相传为娥皇、女英之庙,亦称二妃庙。《水经注·湘水》云:"湖水西流,径二妃庙南,世谓黄陵庙也。"唐人郑谷《鹧鸪》诗云:"雨昏青草湖边过,花落黄陵庙里啼。"洪亮吉的这一句词,正是化用郑谷诗意。当日,郑谷便是因这首诗而被人称为"郑鹧鸪"。

"像这样的词,"洪亮吉轻声道,"以后还是少作为好。"他指的是黄景仁的一首小令,《点绛唇》:

细草空林,丝丝冷雨挽风片。瘦小孤魂,伴个人儿便。
寂寞泉台,今夜呼君遍。朦胧见,鬼灯一线,露出桃花面。

——黄景仁《点绛唇》

这首小令,鬼气森森,比李长吉尤甚,古来词家,殆无如此作者。再加上黄景仁一向体弱,平日里每有身后事之言,洪亮吉怎不为之担忧?

黄景仁嘿嘿笑道:"没事。"

洪亮吉怒道:"古有诗谶词谶之说,为诗词者焉可不鉴?"

看着洪亮吉有些着急的模样,黄景仁不觉心头一暖,渐渐地收敛起笑容,缓缓吟道:

仙佛茫茫两未成,只知独夜不平鸣。风蓬飘尽悲歌气,泥絮沾来薄幸名。十有九人堪白眼,百无一用是书生。莫因诗卷愁成谶,春鸟秋虫自作声。或戒以吟苦非福,谢之而已。

——黄景仁《杂感》

洪亮吉长叹一声，瞧着黄景仁俊秀而又有些憔悴的脸，心中忽就有些难过，想：或许，这就是命运吧。转念又想道，"十有九人堪白眼"，他须在这"十有九人"之外，不免又感觉到一阵温暖。黄景仁朋友极少，能称之为"知音"者，大约就只有洪亮吉了，此外，便应是邵齐焘先生。

黄景仁终于走了。走的时候，还有些依依不舍的样子，使得洪亮吉忍不住就开口催促："我还要温习功课呢。"洪亮吉现在秀才都还不是，自然要将功课放在第一。乾隆三十二年（1767），洪亮吉第三次应童子试，依旧不售。

黄景仁嘿嘿笑道："是要养好身子，准备成亲吧？"笑得有些促狭。

洪亮吉已经订亲，未婚妻是舅父蒋实君之女。去年，外祖母去世之前，再三嘱咐，让他们表兄妹早些成亲。洪亮吉五岁而孤，因家贫，与母亲、弟弟蔼吉及三个姐姐，大多数时间都寄居在外祖母家。外祖父蒋敦淳曾任云南熠峨知县。

洪亮吉顺手抓过一个纸团，向黄景仁扔了过去，道："你已是成亲的人了……"黄景仁十九岁那年，与赵氏成亲。

黄景仁大笑着，快步走了。

他笑得像个孩子。

黄景仁走后，洪亮吉却怎么也没心情温习功课，踌躇良久，提笔写道：

尺五荒坟，小桃一树伤心艳。寄将花片。没个人儿便。
芳草多情，引他归骑寻教遍。模糊见。月残如线。雾隐伤春面。

——洪亮吉《点绛唇·次黄仲则韵》

写罢，一声长叹。再读时，蓦然发现，下片的第二句，似乎多了两个字，提笔便想圈掉，可到落笔之时，这笔，竟怎么也落不下去。"引他，引他……终须有个'他'字，若无'他'，却去'引'谁？"洪亮吉喃喃着，"罢了，罢了，便当是变格吧。"一笑，将笔搁下。

芳草多情，引他归骑寻教遍。那么，便莫再看那"尺五荒坟"吧。人间固有"荒坟"，更多的，却应是多情芳草，纵使"月残如线"，纵使"雾隐伤春面"，也须能"模糊见"也。

洪亮吉终是替黄景仁担忧着。

因为他知道,他几乎是黄景仁唯一的朋友。

四

乾隆三十四年(1769),五月,洪亮吉应童子试,录取为阳湖县学附生。官立社学"学生有五等,学生亦曰廪生,一也;增广生,二也;附学生,三也;青衣附学生,四也;社学俊秀生,五也"。然而,不管怎样,总算已是秀才,可以去参加乡试,博取举人的功名了。

乾隆三十五年(1770),七月,与黄景仁一起前往江宁,参加乡试。九月,榜发,不售。黄景仁笑道:"可谓难兄难弟者乎?"不过,这一次前往江宁,洪亮吉初识袁枚,倒也不可谓全无收获。

乾隆三十六年(1771),五月,与表弟赵怀玉前往江阴。洪亮吉祖母乃赵怀玉曾祖赵熊诏之女,两人有这一层关系,故而交往甚是密切。七月,与黄景仁再赴江宁乡试,不售。十一月,因家贫不敷养亲,无奈,前往安徽太平府,欲谒学政朱筠。时朱筠尚未抵任,遂留知府沈业富府署。不久,恰逢安徽道俞君成想请书记,沈业富便让洪亮吉应聘,已至芜湖,作《留上朱学使书》。十一月二十八日,朱筠由京师抵太平,就安徽学政任,得洪亮吉书,以为文似汉魏,就派专人请他入幕。十二月八日,洪亮吉再次抵达太平,入学政幕,执弟子礼。此前,黄景仁因龚怡所荐,已入朱筠幕,亦执弟子礼。龚怡,字爱督,号梓树,武进人,与其兄龚克一,皆为黄景仁读书宜兴氿里时的同学。龚怡乃朱筠长婿。

朱筠,字竹君,一字美叔,号笥河,乾隆十九年(1754)进士。与其弟朱珪皆以能文有声于时。沈业富,字既堂,号方谷,扬州府高邮州人,乾隆十九年(1754)进士。两人因是同年,相交甚深。

乾隆三十七年(1772),三月初十日,上巳,朱筠偕诸幕友高会于采石太白楼。黄景仁作《笥河先生偕宴太白楼醉中作歌》,一时名声大噪,士子争相传抄其诗,且纷纷模仿。

三月上巳,为会于采石之太白楼。赋诗者十数人,君年最少,著白袷立日影中,顷刻数百言,遍视坐客,坐客咸辍笔。时八府士子以词赋就试当涂,闻学使者高会,毕集楼下,至是咸从奚童乞白袷少年诗竞写,一时纸贵焉。

——洪亮吉《候选县丞附监生黄君行状》

学使尝游宴太白楼,赋诗,时宾从数十人,皆一时名彦,仲则年最少,著白袷,颀而长,风貌玉立,朗吟夕阳中,俯仰如鹤,神致超旷,学使目之曰:"黄君真神仙中人也。"俄诗成,学使击节叹赏,众皆阁笔。一时士大夫争购白袷少年太白楼诗,由是名益噪。

——左辅《黄县丞景仁状》

黄少尹风仪俊爽,秀冠江东。初依竹君学使,公宴太白楼,援笔成诗,时有神仙之望。

——毕沅《吴会英才集小序》

望着夕阳影里的白袷少年,洪亮吉的心头忽地觉得一阵阵的寂寞。

寂寞是春天里的花,盛开之后,总是凋零。

寂寞是原野上的草,碧绿之后,总是枯黄。

寂寞是倒影着月亮的江水,当晨曦初上,那明明的月,就像梦幻一般消失。

寂寞是人群中的欢笑,那无边的欢笑声,只在耳边回响,总不到心头。

寂寞是此刻的白袷少年。

纵然热闹,可那少年的眼中,始终都有着淡淡的傲岸,那傲岸所掩饰着的,就是无边的寂寞。

就像江边的绝壁,阅尽沧桑,无人可语。云来,盘桓;水来,汹涌;风来,呼啸;雨来,潇潇。绝壁依旧,千年万年,不改。

也许,天才就是这样。洪亮吉这样想道。毫无疑问,黄景仁就是这样的天才。

洪亮吉悄悄地退出了太白楼。

太白楼外,士子们正纷纷议论着,脸上满是狂热。

洪亮吉苦涩地笑了一下,想:这无益于举业,也妨碍学业的精进啊。仲则在诗词上花的时间与精力太多太多了。他天分极高,天生诗人;他将名噪当时,将名垂后世。可是,对于仲则来说,这真的是一件好事么?

洪亮吉已经不填词很久很久了。即使偶尔有作,一年也不过两三首耳。无他,有妨于学也。

与黄景仁不同,洪亮吉是一个很理智的人。尤其是随着年岁的增长,人也变得越来越理智。而黄景仁,情感恣肆,天才横溢,后世龚定庵所云"之美一人,乐亦过人,哀亦过人",正此之谓也。

"神仙中人……"洪亮吉叹息着,"既是神仙中人,又焉能久谪人间?"洪亮吉明白,仲则在幕府中不会待很久的。

因为他白眼朝天,能够瞧得上的人,实在是太少,又不会掩饰自己,那么,就注定会得罪太多的人。

即使他对朱筠是执弟子礼。

幕府中,也是一个小小的江湖啊。

君日中阅试卷,夜为诗,至漏尽不止。每得一篇,辄就榻呼亮吉起夸视之,以是亮吉亦一夕数起,或达晓不寐,而君不倦。居半岁,与同事者议不合,径出使院,质衣买轻舟访秀水郑先生虎文于徽州。越日追之,已不及矣。其标格如此。

——洪亮吉《候选县丞附监生黄君行状》

相识以来,唯不变者,便是每得诗词,都会拉洪亮吉起来夸视之,乐此不疲。洪亮吉知道,这是因为仲则将他当作朋友的缘故。

仲则的朋友,实在是不多。洪亮吉叹息着想道。

五

乾隆三十七年(1772),冬,洪亮吉在扬州拜访了蒋士铨、汪端光。

汪端光,字剑潭、涧昙,扬州府仪征县人。洪亮吉与汪端光在朱筠幕府之中相识。朱筠幕府之中,一时人才济济,除洪亮吉、黄景仁、汪端光之外,还有戴震、邵晋涵、王念孙、章学诚等人。许多年以后,洪亮吉想,自己年轻的时候之所以不再作词,大约就是受到他们的影响吧?对于读书人来说,经史终究比诗词重要得多。自然,诗还在作着,只不过比少年时要少作得多了。

汪端光去年已举顺天乡试。

"心余先生在扬州呢。"一见面,汪端光就这样说道。乾隆三十七年(1772)的二月，蒋士铨应两淮盐运使郑大进之延聘，全家抵达扬州，始掌教安定书院，寓居芳润堂。这一年的六月，蒋士铨与妻子同登栖霞山，在士林中惹起轩然大波。不过，蒋士铨不仅不以为意，更以诗记之，可谓惊世骇俗：

联车似向鹿门游，双鹤飘然一径幽。罗袜上追飞鸟疾，缟衣时为白云留。难寻冀缺挥组地，久别文箫写韵楼。绣幰雕鞍已抛却，果然簪珮落林丘。

松涛石浪坐低回，展放愁眉笑眼开。偕老烟霞最宜称，累他猿鹤屡惊猜。游仙境迥凭肩过，采药图新把臂才。归写夫妻改装像，布衣休浣摄山苔。

——蒋士铨《六月同安人往秣陵遂登栖霞留连半日而去僧雏樵妇不知谁何也》

田夫汲妇互穿云，老佛低眉苦不分。客路偶然携眷属，游踪未必感星文。漫劳史笔传遗事，却被山灵识细君。谁与洪厓描小影，鹿皮冠畔著青裙。

——蒋士铨《明日城中传说有夫妇游踪甚异者子才前辈来问戏书奉答》

后世有人考证说，《儒林外史》第三十三回，"杜少卿夫妇游山"，便是以此为原型，这自然是无稽之谈。蒋士铨夫妇携手共游栖霞山时，吴敬梓已经去世近二十年了。不过，倘若读过《儒林外史》，蒋士铨以书中第一等人物杜少卿自比，从而夫妇游山，倒也未必不可能。

蒋士铨不肯做皇帝词臣，毅然辞官南还，原就不是一般人所能做到的。

"随园老人说起过心余先生呢。"洪亮吉想起，在江宁，与黄景仁一起去随园拜访袁枚的时候，袁枚评点当今诗人，以为蒋士铨可为大家。事实上，后世便是将袁枚、蒋士铨、赵翼三人，并称为"乾嘉三大家"的。

洪亮吉在安定书院拜访了蒋士铨。

蒋士铨笑道："子才前辈曾道，一日之内，得识两位小友，快何如之。"

这使得洪亮吉很是讶异。他知道,这"两位小友",自然指的便是他与黄景仁。

蒋士铨含笑瞧着洪亮吉,悠悠道:"子才前辈一向都喜奖掖后辈。"他想起年轻的时候,袁枚不过偶然读到他的几首诗,便千方百计与他相识,就此订交,一生不变。对于后辈的奖掖、提携,袁枚一直都是不遗余力。

"不过,"蒋士铨沉吟一下,又道,"子才前辈也曾道,稚存你也好,仲则也好,都写得太多了一些,当有所删汰才好。去粗存菁,方是诗之道。"

洪亮吉不觉脸色微微一红。他虽然没有精确算过,可也知道,从十二岁开始学诗,到现在,写了大约有两千首上下了;黄景仁虽说写得比自己似乎要少些,可他一直到十八岁才学诗啊。洪亮吉亲眼看见,黄景仁一天可以写数首、十数首,有时一写就是通宵,深更半夜也会将他拉起来让他夸赞一二……

有时,洪亮吉甚至会有些后悔,当初,在江阴,倘若没有与黄景仁相遇;或者,相遇之时,手中没有那本汉魏乐府;又或者,手中有那本汉魏乐府,却不肯借给那个优雅的少年……

一切是不是会改变?或者说,黄景仁是不是就不会学诗?不会这样疯狂地写诗?

"古人晚年编集,都会删汰的,"蒋士铨含笑道,"不然,将一些应酬之作全部留下来,只会徒惹后人笑话。便是韩昌黎也不能免俗啊。"他说的是韩愈集中有大量阿谀死者的墓志铭。其实,不仅韩愈,很多人都这样,有诗,有文。

蒋士铨这样说着,忽地叹息一声,道:"老夫年轻的时候,也写了很多,现在老了,便想着好好删存一下了。不过呢,当年到底也是用心写的,这删存的时候啊,存还好说,删呢,总有些不舍啊。"说着,就呵呵地捋须笑了起来。重新看年轻时的文字,一字一词,都是回忆。删掉文字固然简单,可删掉记忆,又哪是那么容易的事?

"他年死后,或可请朋友删存,"蒋士铨笑着说道,"子才前辈是一个,瘦铜也可以……"说到朋友,蒋士铨的脸上,满是温馨。所谓朋友,纵然久不见,也始终都在心头;所谓朋友,就是没事或不通音讯,可一旦有事,首先就会想起;所谓朋友,可托后事,可托生死。

蒋士铨脸上的温馨,使得洪亮吉忽然想起黄景仁来。这些年来，或者说，与黄景仁订交以来，两人几乎一直在一起，读书，应考，纵然分离，也很快就会相见。可在这刹那，他还是想起那个少年来。那个清秀似神仙中人的少年。

其实，黄景仁已经不复年少。可在洪亮吉的心头，黄景仁始终都是在江阴旅舍中初相遇的那一个。

可能是年纪大了的缘故，蒋士铨絮絮叨叨地，说了很多很多；洪亮吉虽说也说了一些话，可更多的时候，他只是一个听者，以至于使他怀疑，来拜访蒋士铨，是不是只要带着一个耳朵就行了。

做书院的都这样。洪亮吉便想起邵齐焘先生来。邵齐焘先生生前，也是特别喜欢说话，尤其是在勉励劝学的时候。

邵齐焘先生已经去世四五年了，葬在常熟虞山。邵齐焘先生去世那一年，洪亮吉与表妹蒋氏成亲。成亲后五日，往吊邵齐焘先生。

蒋士铨像是想起了什么，忽地又笑了起来："稚存，说不定我们是亲戚呢……"

"啊？"这使得洪亮吉又吃一惊。

"令堂姓蒋，令阃也姓蒋，老夫也姓蒋，五百年前是一家，可不就是亲戚？"蒋士铨呵呵呵地笑着。其实，蒋士铨先祖姓钱，国朝初，其祖父钱承荣在战乱中被清将收容，后过继给铅山蒋圣宠为嗣，方改姓蒋。不过，既然已经改姓继嗣，自然便是蒋氏族人，要是有精力细细考证的话，说不定还真与洪亮吉母族一脉是亲戚呢。

洪亮吉自然还没有考证，但他还是感觉到一种异样的亲切。不仅是姓氏的亲切，更是作为前辈的蒋士铨的亲切。蒋士铨进士出身，掌教安定书院，又是诗坛前辈，名满天下；而洪亮吉，虽有薄名，终只在常州，最多也就有限的几个师友而已。太白楼之会，黄景仁名声大噪，他洪亮吉可没有。在这样的情况下，蒋士铨这样的和蔼，又焉能不使洪亮吉感觉到亲切？还有一丝感动。他虽然不知蒋士铨何以忽然说起"亲戚"的话来，但他知道，蒋士铨这样说，就是拉近两人的距离，将他当作自家的子侄来看。

"既然是亲戚，稚存啊，"蒋士铨微笑着，"有什么困难的话，就不要客气了，不然，岂非就是不肯认老夫这门亲戚？"蒋士铨虽说是微笑着，却显出很是认真的样子。

"我……"洪亮吉张口结舌，"先生……"他现在自然是生计艰难。否则，也不会远离老母妻儿，飘零在外谋生了。不仅是他，黄景仁也如是。男人，总要撑起一个家，可当男人真的来撑家的时候才会发现,原来撑起一个家,真的很难,很难。

很多时候,并非努力去做了,就能克服困难,就能有所收获。人世间最大的悲哀,就在于你无论付出怎样的努力,都无法得到你所想拥有的收获。并非所有的付出都会有收获。这就是人生。有人说,需要外物以相之。也就是说,需要得到别人的帮助。可是,天底下,又有多少人愿意帮助一个陌生的人?要获得这样的帮助,又需要付出多少代价?更不用说,这终究有"嗟来之食"之嫌。也许,"嗟来之食"并非可耻,可总也会使人羞惭。

蒋士铨收敛起笑容,瞧着洪亮吉,正色道:"死者为大,入土为安啊,稚存。"

洪亮吉心头一酸,向蒋士铨深深地施了一礼,道:"先生之恩,生死肉骨;先生之风,山高水长。"此外,他什么也没有再说。只是他的眼睛,瞬间已经湿润。

乾隆三十七年(1772),洪亮吉访汪端光、蒋士铨于扬州,得蒋士铨之资助,岁终归里,葬祖父母、父亲及叔父母等于城北钱桥村。

先是,亲人去世,家贫不能安葬。

洪亮吉所不知道的是,这笔钱,已是蒋士铨所能拿出的全部。

六

常熟。虞山。仲雍祠前。夕阳西下。

黄景仁遥望远方,闷闷良久,只觉无限感慨,一时之间又无从说起。

洪亮吉笑道:"怎么,还不开心?"这一次的乡试,两人同往南京,结果,一个副榜,一个落榜。副榜,即获得一个入国子监读书的机会,与落榜其实没什么区别,名列副榜者,还是要继续奔波在乡试之路上。

在南京的时候,黄景仁还显出满不在乎的样子;出了南京之后,一路山水,来到常熟,黄景仁渐渐地就变得有些不开心起来。说起来也应该是这样。因为与洪亮吉不同,黄景仁原是心高气傲之人,对这不断地落榜,又哪会开心?即使曾经掩饰,但那样的掩饰,终只是伪装,更何况黄景仁原就不是一个善于掩饰自己情绪的人。

其实，黄景仁也明白，洪亮吉与他一样的心高气傲，只不过，黄景仁的傲，任谁都看得出，而洪亮吉的傲，任谁都看不出。就像李杜。李白的傲，任谁都看得出；杜甫的傲，任谁都看不出。黄景仁也曾因此嘲笑，洪亮吉却悠悠道："疯狗狂吠，唯恐人不知；老虎在山林之中，懒洋洋的，倘若不是饥饿，便是有行人走过，也不会去理会。"黄景仁记得，那一次，他瞪着眼，瞪了好久，方才苦笑道："好在我们是朋友。你不会说的是小弟吧？"洪亮吉嘿嘿地笑着，瞧着他这位多年的朋友。任谁都看得出，他的眼中，有几分笑谑、几分真诚。良久，黄景仁叹息一声，道："我也知道我因此得罪的人多……不过，狗狂吠，未必是疯，而是叫人不要来打他的主意，这样的话，至少一身肉，不会落入那些人的肚子里去。狗吠，其实是保护自己。"说着，他的眼中，便多出几分深邃、几分忧伤。洪亮吉点点头，道："昔日，夫子自喻，惶惶如丧家之犬……"他瞧着黄景仁的眼神之中，便多出几分关怀、几分温馨。

这是很多年前的事了。那时，都还年轻。

不过，好像现在，两人也并没有怎么老去。

只是不断地落榜，终使人有些不开心。两人离开南京之后，便直接到了常熟，在邵齐焘墓前，嗟呀良久。在书院的时候，虽说两人齐名，可邵齐焘更看重的，是黄景仁。

"辜负了老师的期望。"在先生墓前，黄景仁神情黯然。洪亮吉虽说脸上还带着微笑，可他的心里，与黄景仁一样，最多，就是还有几分不服，不服凭他们两人的文章才学，居然连个江宁乡试也通不过。一个副榜，一个落榜。

那些考官，真真是盲目。在心中，洪亮吉自也曾这样咬牙切齿地恨恨想道。

"不开心？"夕阳下，虞山之上，仲雍祠前，黄景仁轻轻地摇头，道："没什么不开心的，只不过有些想法。"

"想法？"洪亮吉奇道，"什么想法？——不会是又要作诗了吧？我说仲则，可不要这么拼命地作诗，我算是怕了你了。"洪亮吉自幼学诗，作诗极多，也曾因此自傲，可也不曾像黄景仁这样，作诗作到废寝忘食，作到拼命。有时，半夜被黄景仁叫醒，洪亮吉揉着惺忪的睡眼，会没好气地说道："仲则，我真是后悔，当年在江阴与你相识了。"正是两人在江阴相识，黄景仁才开始真正学诗。倘若当初两人不相识,又或者说,当初,洪亮吉手中的书不是一本六朝诗集,黄景仁还会学诗么? 那还真不好说。或许会,或许不会。谁能说得清?

黄景仁北望邵齐焘墓,缓缓说道:"知我者死矣,假若我比君先死,君为我刊刻遗集如玉芝堂乎?"邵齐焘死后,王太岳为他刊刻《玉芝堂诗文集》。

王太岳,字基平,号芥子。乾隆七年(1742)进士,与邵齐焘正是同年,遂结为平生好友,一生不变。

洪亮吉怔住,瞧着黄景仁很认真的神色,半晌,干笑两声,道:"仲则,你真会玩笑……"心中知晓,黄景仁固然有时天真,却向不玩笑,再加上体弱多病,又不注重保养自己,熬夜读书、写诗,身子骨儿便显得更加孱弱……

洪亮吉只觉不祥,忽就想起前人关于谶言的说法来。

黄景仁凝视着洪亮吉,轻轻地但很是坚决地说道:"答应我。"

洪亮吉又干笑两声,道:"好了,不要再胡说八道了,下山吧,我们还要赶往破山寺呢,三绝碑你看过没?"常熟破山寺,也就是兴福寺。唐时常建《题破山寺后禅院》诗云:"清晨入古寺,初日照高林。曲径通幽处,禅房花木深。山光悦鸟性,潭影空人心。万籁此俱寂,但余钟磬音。"三百年后,米芾将这首诗写成大字。又七百年,乾隆三十七年(1772),常熟人言如泗任襄阳知府时偶获米芾所写常建诗的真迹,便带回了家乡,请名刻工穆大展勒石立碑于破山寺中。常建诗、米芾字、穆大展刻碑,时为三绝。算下来,这只是两年前的事,然而,三绝碑之名,早就慢慢地在江南传了开来。人们每到常熟,都要到昔日之破山寺今日之兴福寺来看看这三绝碑,尤其是诗人,更是会兴致勃勃而来。

因为"曲径通幽处,禅房花木深",委实是千古名句,古来五律之中,能出其上者,可谓寥寥。

洪亮吉相信,这一次到常熟,黄景仁怎么也要到破山寺去看一下那块三绝碑的。

黄景仁没有搭理洪亮吉的话,而是一把抓住他的手,便往仲雍祠里走。

"做甚?"洪亮吉大惊道,"仲则,朋友归朋友,我可不习惯一个男人拉我的手……"

黄景仁不觉莞尔,笑骂道:"进来吧。"说着,就将洪亮吉强拉进仲雍祠中。

仲雍，又称虞仲、吴仲，字孰哉，姬姓，名雍，周太王古公亶父之子，行二，其兄太伯，其弟季历。太王有意传位于季历之子姬昌，太伯与仲雍遂主动避让，从渭水之滨，迁居到无锡、常熟，易服毁容，断发文身，耕田自足。后太伯建立吴国，是为吴国第一任君主，年老无子，而由仲雍即位。相传，仲雍死后，葬于常熟虞山东麓，虞山也因此而得名。

仲雍祠依仲雍墓而建，为后人缅怀先贤之处所。

仲雍祠中，当门的正是仲雍神像。黄景仁爇香而拜，转头道："君也拜。"

洪亮吉呵呵道："我拜什么拜？我……"有心多说几句，终觉对先贤不敬，只好话说半截便停顿了下来，忽就心中一动，想：太白、仲雍、季历，可谓兄友弟恭，千古佳话，仲则要我也拜，却是何意？

这些年来，两人朋友相处，实似兄弟一般。同侪曾有笑言道，君二人同去同来，也不会厌烦。朋友相处，近则狎，远则敬，否则，再好的朋友，曾经似兄弟一般，到最后，往往也会分道扬镳。

因为会厌烦，厌倦。

就像家乡的风景，看得多了，便不再觉得是风景。

黄景仁道："当我还是朋友的话，君请拜。"

洪亮吉苦笑一下，只好似黄景仁那样，在仲雍神像前爇香而拜。

"君在神前发誓，他日我若死于君前，君当为我编订刊印遗集。"黄景仁顿了顿，低叹一声，道，"平生一无可说，唯诗词当可传世，吾不欲身方死而遗稿供后人覆瓮矣。"

没来由，洪亮吉忽就大恸，半晌，勉强笑道："仲则，你好像比我还要小三岁呢。"

黄景仁正色道："稚存，我的身子骨儿我自己清楚……"

洪亮吉心头越发大恸，道："仲则，这话是说不清的，古来体弱者自有高寿，神康体健者或者夭殇……"

黄景仁呵呵一笑，不以为意，道："昔文信国云，'死生，昼夜事也，死而死已'……我想得明白的……只不过，人死之后，平生文字，随之埋没，吾不忍也。而此生可托付者，唯君耳。"说着，眼睛紧盯着洪亮吉，眼中不见哀伤。

洪亮吉长叹一声，撩衣服在神像前跪倒，道："诺。"他也没有多说什么。有些事，根本就用不着多说。

黄景仁呵呵地笑了起来，笑得很是开心。"记得么，"黄景仁道，"当日，清风亭梦李白，君有一曲金缕，吾亦和之？"

洪亮吉点头道："君词大佳。"

黄景仁嘿嘿一笑："却不知他日吾死之后，有无人在吾墓前凭吊也——这须看君为我如何编订遗集了。"说着，开心地大笑起来。

天与人俱老。又何为、一千年后，此间凭吊。一半江山归李白，一半分还谢朓。我到也、只余衰草。毕竟微躯容易尽，觅些须、身后名才好。勤打叠，零星稿。

青衫百计供人笑。只悠悠、非公知我，恨和谁告。金粟前身真小劫，堕作五湖年少。有梦也、不离蓬岛。猛忆人生何者是，只浮云、偶寄孤飞鸟。残梦破，余归了。

——洪亮吉《金缕曲·清风亭梦李白》

何事催人老。是几处、残山剩水，闲凭闲吊。此是青莲埋骨地，宅近谢家之朓。总一样、文章宿草。只为先生名在上，问青天、有句何能好。打一幅，思君稿。

梦中昨夜逢君笑。把千年，蓬莱清浅，旧游相告。更问后来谁似我，我道才如君少。有或是、寒郊瘦岛。语罢看君长揖去，顿身轻、一叶如飞鸟。残梦醒，鸡鸣了。

——黄景仁《贺新凉·太白墓和稚存韵》

"毕竟微躯容易尽，觅些须身后名才好……"洪亮吉心中默默念诵着自己昔日的词句，不觉越发黯然，想，仲则大约当日便有这托付遗集的想法了吧？

只不过在虞山，凭吊邵先生之后，他说了出来。

有些事，终须还是要说出来的。

七

生怕数秋更，况复秋声复夜惊。第一雁声听不得，才听，又是秋蛩第一声。

凄断梦回程。冷雨愁花伴小庭。遥想故人千里外,关情。一样疏窗一样灯。

——黄景仁《南乡子·秋夜寄怀稚存》

洪亮吉决定到北京去。

这不仅仅是因为丁母忧期满之后应人延聘入四库馆任校雠,更重要的是,黄景仁在北京。

黄景仁在信中说,昔日读元白诗篇,"不梦闲人只梦君",还有些不明白,昨夜,忽然就明白了。信的后面,附了这首《南乡子》。

这使得洪亮吉的心忽就变得软软的,想,有人记挂着,终是一件叫人愉快的事。

"在北京乡试的话,或许会容易一些。"在信中,黄景仁又这样悠悠说道。许多年以后,江浙一带的学子,三本甚至以下的,倘若能够到北京、上海这样的大城市参加高考,或许,就能进北大、清华、复旦、交大等第一流的大学了。自古以来,江南一带的科考就十分之艰难,倘若江南的读书人能够到北京参加顺天乡试,那么,没什么意外的话,中举是很简单的事。

这使得洪亮吉未免有些心动,又未免有些赧然,便沉吟着,拿不定主意。

蔼吉说哥,还是到北京去吧。

洪亮吉笑道,怎么,你瞧不起你哥?就断定你哥在江宁不能中举?

蔼吉嘿嘿道,听说,心余先生与人在北京组织诗社,力邀仲则,仲则说,要与哥你一起加入呢。顿了顿,续道,哥你要是不去北京的话,这诗社,仲则便是想加入也难了。

这使得洪亮吉不觉莞尔。

这个诗疯子。洪亮吉喃喃说道。

北京的五月,依旧像春天一样,清凉的风吹过,吹乱了碧天的云,吹皱了运河的水。洪亮吉的心忽地也就像这碧天的云一样,有些乱了。昔人云,近乡情更怯。如今,我如何是近京城而有些情怯?

这京城,早晚要来的,即使不是为了顺天乡试。普天下的读书人,中举之后,终须会到北京来参加礼部会试,博一个前程。

车缓缓前行。

与洪亮吉不同,蔼吉则显得有些兴奋,仿佛从未出过远门的孩子一般。

事实上,这些年,蔼吉还真的没怎么出过远门。

这一个时代,出远门可不是一件有趣的事。

"哥,是仲则!"蔼吉眼尖,一下子就瞧见站在路边亭子外的黄景仁。

黄景仁一袭青衫,微风轻轻地吹拂他的衣襟,也吹动了他鬓边的几茎白发。一晌不见,他的两鬓,居然有了几茎白发。这使得洪亮吉忽就有些心痛。他也明白,这些年,黄景仁一直飘零在外,似浮萍一般,风往哪儿吹,人便往哪儿跑。可他还是没想到,黄景仁竟憔悴如斯,苍老如斯。

冠盖满京华,斯人独憔悴。

今年,黄景仁才三十岁啊。

洪亮吉就想起当年太白楼中、夕阳影里的白衣少年来。

有些事,与时间无关。

有些人,与年龄无关。

"稚存!稚存!"这时,黄景仁也瞧见了坐在车上的洪亮吉、蔼吉兄弟,不由得开心地大叫了起来。对于黄景仁来说,这是难得的开心。对于黄景仁来说,人世已经很辛苦,值得他开心的事,实在是太少、太少。

洪亮吉微笑着,略有些矜持。或许,是因为他心头的担忧要远过于开心吧。

"哥,"蔼吉忙低声提醒道,"仲则在叫你呢。"

洪亮吉点点头,远远地瞧着黄景仁,仿佛依旧矜持。然而,车行未远,他就跳了下来,直向黄景仁走去,越走越快,以至于几次差点儿被自己的长衫给绊倒。

"稚存,小心些。"还坐在车上的缪公俨忍不住叫了一声。

缪公俨,后名公恩,字立庄,号棋澥,别号兰皋。汉军正白旗,沈阳人,随父宦游江南,有秀才功名。洪亮吉是在一间旅舍之中与正好也要回京的缪公俨相遇的,结果一见如故,遂与订交,而后,顺理成章地,便联车北行。

蔼吉轻轻地笑了起来,笑道:"没事,他心急呢。"心道:哥到底还是想着仲则了。不由得有些羡慕他们，想，到底我是他兄弟，还是仲则是他兄弟啊。洪亮吉一向都显得很是恬淡，仿佛一切都不放在心上似的，唯有提起黄景仁的时候，不是这样。只不过在旁人看来，黄景仁很热，洪亮吉很冷，仿佛黄景仁是一厢情愿的模样。其他不说，仅仅从他们的笔下，就可以看出：黄景仁的笔下，比比皆是洪稚存；而在洪亮吉的笔下，黄仲则只是偶尔出现。然而，蔼吉明白，他的大兄，只是讷于言而已。

人世间的很多事，原就不需要太多的语言的。

缪公俨远远地瞧着几乎已经拥抱在一起的洪亮吉与黄景仁，喃喃道："我好像明白了什么才叫作朋友……"

八

园空胆小愁无侣，锦幕时时风欲举。生憎梁燕不归来，衔得径泥何处去。

五更又是潇潇雨，剩得灯光青几聚。小楼西畔窅无人，一片落花浮鬼语。

——洪亮吉《玉楼春》

"满目鬼语，不好，不好。"一进宅子，黄景仁便向洪亮吉索取近稿，一首一首看下去，一边看着，一边便随口评价，有时是赞不绝口，有时是毫不客气地道，不好，不好。诗人也罢，词人也罢，每有新作，无论好坏，其实他自己的心里，总是以为好的。有人说，自己笔下的文字就像自己的孩子一样，不仅珍惜，还会毫无条件地自以为好。也正因如此，诗人、词人们在交流的时候，总是会毫不吝啬地赞叹对方，你道我是当世太白，我道你是今朝东坡，或者渊明，或者老杜，甚至屈子，有时候，都会脱口而出，以为对方真的便是千古诗人、词人一般，哪怕他的心里丝毫瞧不起对方，以为对方写成如此文字，也敢自名诗人、词人，真真是贻笑大方，徒使士林齿冷。

洪亮吉也不恼，只是嘿嘿笑着，瞧着黄景仁那副一本正经的样子，心头只觉阵阵温暖。这些年的经历，使他也明白，这世间，愿意对你说几句实话的人，着实不多。不知道为什么，当他瞧着黄景仁点评的时候，忽就想起袁枚来。前些年，在南京拜访袁枚之后，便一直都有所交往，可谓"忘年之交"。袁枚也不止一次地表示过对

他的赏识,然而,在信中,也一样会时不时地批评,表示不满:

> 足下前年学杜,今年又复学韩,鄙意以洪子之心思学力,何不为洪子之诗,而必为韩子杜子之诗哉。无论仪神袭貌,终嫌似是而非。就令是韩是杜矣,恐千百世后人仍读韩杜之诗,必不读类韩杜之诗。
>
> ——袁枚《与洪稚存论诗书》

倘若要害一个人,便是一味地对他说好话,恭维,到最后,让他自己也不明白自己是个什么东西;否则,便应在他得意的时候,当头棒喝,让他明白他到底是个什么东西。这世间,已有太多的人不能认清自己了。就像照镜子,决非所有人愿意照镜子,更非所有人能够看清镜子中的自己是什么东西的。

黄景仁絮絮叨叨着,半晌,也不见洪亮吉反驳,便不觉有些无趣,道:"你怎么不生气?"

洪亮吉含笑道:"我为什么要生气?"

黄景仁道:"没有不开心?"

洪亮吉依旧含笑:"为什么要不开心?"

黄景仁正色道:"我这是在批评你呢,说你不好呢。"

洪亮吉淡淡地说道:"本来就不算好。"

黄景仁忍不住笑道:"那你还写那么多?"顿了顿,续道,"'暇日整旧所为诗,凡得二千首。举凡描摹古人者去之,应酬朋辈者去之,尚可得其千二百篇。虽为敢平视辈流,抗心前哲,然要皆亮吉之诗,而非他人之诗矣。'——那可是你自己说的话呢。"这是洪亮吉在《答随园前辈书》中的话,这段话,很明显是针对袁枚的批评而言的。前辈的批评,固然是为了他好,可他到底心中还是有些不服,对自己的诗,终还是有些自信。从这一点来看,洪亮吉与其他诗人、词人似乎也没什么不同。洪亮吉听得黄景仁忽然念起他写给袁枚前辈书信中的话,先是一惊,心道,他怎么读到那封信来?转念一想,或是袁枚前辈抄录了来给他,又或者索性便是他在随园看到。袁枚一向喜欢提携、奖掖后辈,多年前,偶然读到蒋士铨的诗便千方百计想与之结识;如今,以黄景仁的才情,前辈又怎么可能放过?想来前辈与仲则也应是忘年之交了。这样想着,洪亮吉不由苦笑一下,道:"这自我辩解的文字,亏你还记得。"这话里,便有几分幽怨,半真半假的样子。

黄景仁大笑道:"由此可见,适才你的话,口是心非。"一边说着,一边便放下手中的洪亮吉近稿,忽地轻轻叹息一声,道:"心余前辈他们在京师组了一个诗社……"

洪亮吉点头道:"我知道。"他听蔼吉说过。蔼吉还说,诗社邀黄景仁加入,黄景仁却道,要加入的话,便要与洪稚存一起。却不知这事情蔼吉是从什么地方听来的。

黄景仁悠悠道:"诗社雅集我倒也去过几次,结果每次都是你说我好、我说你好,你说我当今才士、我说你自成一家……好生没意思。"

洪亮吉道:"诗社成员可都是当今诗坛名宿,还有心余先生。不过,好像还没有正式成立吧?"

黄景仁轻轻摇头,道:"准确说,是正在筹备,故而才邀我加入。"说这话的时候,他不仅没有自得,反而显出有些疲倦的样子。洪亮吉知道,世人都将他看作诗人,他自己也以为自己是诗人,然而,他平生最大的愿望,又哪里是想做诗人?四海奔波,天涯浪迹,"悄立市桥人不识,一星如月看多时",那是怎样的一种寂寞?洪亮吉也知道,其实,并非世人不识,准确来说,世人几乎都识,可这不是仲则所需要的啊。仲则是诗人,不错,可他其实真的不想世人以诗人来名之。只可惜,世人眼中的仲则,终只是一个诗人而已。诗人?呵呵,说得不好听一些,俳优耳——据说,当今圣上就曾说过类似的话,是对纪昀纪晓岚说的,说,朕不过将你们这些才子、诗人看作倡优耳……这话不知真假,但洪亮吉也明白,在世人眼中,尤其是在那些官吏们的眼中,只会写诗的诗人,与倡优真的也没什么区别。君不见,每有聚会、雅集,达官们唤来诗人写几首诗、填几首词,而后赞叹几声,与唤来几个歌女唱几首曲子博得几声喝彩又有什么区别?歌女唱罢曲子之后,达官挥手之间,便让她们退下去,返回人来之处。而诗人们?似乎也一样。最多,也就是勉励几声,道,诗不错,诗不错……如此而已。而诗人们还要投桃报李,面对达官们的那些文字,一连声地称道,大人的诗足可千秋,流传后世……有人说,这叫作礼尚往来;殊不知,这是吃人嘴短、拿人手软,不得已而为之。

洪亮吉不由得低低地叹息一声。

"我明白。"他说。

黄景仁便笑道："好在你来了。"顿了一下,道："不过,说起来的话,这一次在京师想发起结社的,还真都是一时名宿呢。除了心余先生之外,还有争三先生、鱼门先生、驳远先生、圣征先生与商言先生。"

翁方纲,字争三,一字忠叙,号覃溪,直隶大兴人,乾隆十七年(1752)进士,授编修。

程晋芳,字鱼门,号蕺园,歙县岑山渡人,乾隆三十六年(1771)进士,由内阁中书改授吏部主事,迁员外郎,被举荐纂修四库全书。

周厚辕,字驳远,一字驾堂,号载轩,乾隆三十六年(1771)进士,任翰林院编修,上书房行走,实录馆纂修官。

吴锡麒,字圣征,号谷人,钱塘人,乾隆四十年(1775)进士。

张埙,字商言,号瘦铜,吴县人。(见张埙篇)

黄景仁一个一个名字报将出来,洪亮吉便有些惊叹,道:"都是进士大人呢……"

黄景仁迟疑一下,道:"商言先生倒不是进士出身……"顿了顿,续道:"现正以举人身份入四库馆呢。"这样说着,心中也不知是什么滋味。他自也知道,张埙自幼便有神童之名,曾获前辈沈德潜的赏识,又被金德瑛收入门下,与蒋士铨成为同门师兄弟,在曲阜的时候,又与圣人后裔孔继涵成为知己……这些关系,对于一个读书人来说,真真是求也求不来的。然而,在科举一途上,张埙却始终坎坷,会试屡屡落第,怎么也不得中。蒋士铨词云,"十载中钩吞不下",可蒋士铨终能金榜题名,而且,名次还很高;张埙却就是不得中,不得中就是不得中,到最后,差不多便死了心,以举人身份入了四库馆。

举人与进士的区别,谁也不会不明白。

黄景仁说起张埙的时候,不知道为什么,心中想到的,便是他自己与洪亮吉。同张埙相比,或许,他们更不如。

因为他们一直到现在,连举人都不是……

科举一途,充满坎坷,果然非人力所能为。

"不过,你倒也是进四库馆呢。"黄景仁忍不住又笑了起来,道,"这样的话,倒可以与商言先生相识了。商言先生与心余先生不仅是师兄弟,更是很好的朋友,就像我和你一样,可托生死者。"说着,便爽朗地大笑。

洪亮吉沉吟一下，道："如此，前辈诗人倒也不似如你所说那样，一无是处。"

黄景仁笑道："他们的道德文章，我可什么都没有说。我只是不喜欢他们这样互相恭维、只说好好好而已。像商言先生，诗词多则多矣，其实大不如人。不如你，更不如我。"说着，又大笑起来。

洪亮吉怔了怔，瞧着黄景仁，半晌，道："仲则，你真敢说啊……"

"咱们兄弟之间才这样说嘛。"黄景仁依旧笑着，"商言先生与心余先生齐名，其实，是真不如的。"

洪亮吉点点头，道："自古以来，名不副实者多矣。不过，今人以为不好，焉知后世之人不以为好？若陶潜，若老杜，当时之人可不以为好。"

黄景仁瞪着他，道："你这是不相信我的眼了？"

洪亮吉笑道："那可不敢。我只是想说，我们看前辈，只看其好就行。譬如商言先生，能得沈归愚赏识，又得金桧门先生收入门下，与心余先生、瓯北先生为友，自有其好处。"说着，洪亮吉很认真地瞧着他的这位十几年的兄弟，目光之中很是真诚。他相信，他的这位兄弟能够明白他的话。黄景仁一向都很傲岸，故而极少朋友，即使飘零四方，人以为其才高，他却依然没有多少朋友。因为在黄景仁的眼里，实在是没几个人值得做他朋友。而在洪亮吉看来，一个人过于傲岸，决非好事。而要不那么傲岸，最简单的办法就是看人的时候多看人的好处、长处，而不能紧盯着他的坏处、短处。十个指头都有长短，更何况人呢？

其实，在洪亮吉心里，还有一句话没有说出来：和光同尘。做人，其实应该和光同尘。但他也知道，黄景仁最不愿意做的，就是和光同尘。否则，当初，在朱筠幕下，黄景仁也就不会白眼朝天，与人一言不合便扬长而去了。

他根本不会在乎别人的感受，只在乎自己的心。

黄景仁沉吟着，没有反驳。不是不想，而是这些年的经历，使他也明白，倘若始终都如少年时那样，这人生，真的会很艰难。没人愿意自己的人生艰难。只不过，很多人在艰难的时候，也不愿意放弃心底的那一点最后的坚持而已。

"如此，这诗社，我倒是应该加入了。"黄景仁道。

洪亮吉道："既然前辈们邀请你，便是看得起你，你自然应该加入。可是，你自己加入便加入了，却又如何拉上了我？"

黄景仁眨眨眼,笑道:"谁教我们是难兄难弟呢?"顿了一下,道:"反正无论好坏,我们兄弟都要去共同面对。更何况,心余先生对你真的很赏识呢。"

洪亮吉忽地叹了口气,遥遥地向空中一拱手,道:"心余先生之恩,我这一生难忘。"

黄景仁道:"可能你还不知……"

"不知什么?"洪亮吉奇道。

"当初,心余先生资助你的钱,是他所能拿出的全部。"黄景仁很认真地说道,"那一年的新年,蒋家没能添一件新衣,没能买一斤肉食。"

洪亮吉大惊,道:"我……"他只说了一个字,两只眼睛立刻就湿润了起来。"我……我真的不知道啊……"他喃喃着。他是真的不知道。但他的耳边,立刻就回想起蒋士铨爽朗的声音来。

"这个诗社,我加入。"洪亮吉郑重其事道,"只要前辈们愿意接纳,我就加入。"

黄景仁忽地也叹了起来,想:稚存说得也不错,看人,真的应该看其好处、长处的。像心余先生,诗是极好的,可他的词,真的只是叫嚣啊,可谓是板桥余絮,却与其年差得太远,更不用说稼轩了。然而像他这样如此资助后生小子,却是古今罕见;也由此可见其道德人品,果然当为吾辈楷模。

这样想着,黄景仁的一颗心,也变得开朗起来。老实说,此前,他是真的不大想参加那个什么诗社的。如他所言,不是瞧不起那些前辈的诗词文章,而是不愿意像他们那样,"你好我好大家好"地互相恭维,恭维着恭维着,真的就以为满堂都是大诗人、大词人了。

黄景仁所没想的,或者是不敢去想的,便是,其实,他是真的瞧不起那些前辈诗人、词人的。在他的心里,能够称得上是诗人的,古往今来,大约只有李太白。

人言其诗有太白之风。

这是真的。

因为在他的心里,他真的便是以太白自居。

一个以太白自居的诗人,又焉能瞧得起那些所谓诗人、词人?

他们只不过年纪大些、名声大些,又或者官位高些而已。

可诗词的好坏,真的与这些无关。

如猿嗷夜雁嗥晨,剪烛听君话苦辛。纵使身荣谁共乐,已无亲养不言贫。少年场总删吾辈,独行名终付此人。待觅他时养砂地,不辞暂踏软红尘。

身世无烦计屡更,鸥波浩荡省前盟。君更多故伤怀抱,我近中年惜友生。向底处求千日酒,让他人饱五侯鲭。颠狂落拓休相笑,各任天机遣世情。

——黄景仁《与稚存话旧》

壮志都从忧患移,别离如梦见犹疑。寻山踪迹谁还健,戴斗文章尔独奇。尘海此时容小住,书仓终日坐长饥。朝来欲上燕台望,好觅天街瘦马骑。

是五年前将母身,同携幪被出城闉。缘知来日非今日,已觉吾亲即若亲。晚岁互看谋粟米,衰龄密共祷星辰。登堂此度先垂涕,我已伤心作鲜民。

——洪亮吉《与黄大景仁话旧》

乾隆四十四年(1779),五月,洪亮吉携弟蔼吉抵达京师,居黄景仁寓所。八月,与黄景仁参加顺天乡试,都未取。京师翁方纲、蒋士铨、程晋芳、周厚辕、吴锡麒、张埙共结诗社,邀洪亮吉、黄景仁参加。

是年,洪亮吉得骈体文四十首,词约二百篇。然而,后来删订的时候,这些词所留无几。想来,对这些应酬唱和之作,他心中到底是不满意的。因为与黄景仁一样,洪亮吉一样傲岸。所不同的是,黄景仁的傲岸人看得见,而洪亮吉的傲岸,人不大容易看得见而已。

饭已熟,忽呼茶。满盘堆得雨前芽。瓷杯到手复挥去,独自开帘看杏华。

——洪亮吉《桂殿秋》

九

乾隆四十五年(1780),洪亮吉在孙溶延寓校书。弟蔼吉忽得咯血症,离京归里。二月至七月,为大吏代作赋颂应制文五六十篇,得酬金四百两。八月,参加顺天乡试,九月榜发,中为第五十七名举人,而黄景仁与去年一样,名落孙山。

乾隆四十六年(1781),三月,参加礼部会试,未中。此前,收到时在陕西巡抚毕沅幕下的孙星衍来信,表示毕沅有钦慕之意。这钦慕云云,洪亮吉虽不会当真,可心中还是有些温暖,想,世间终有认可我的人的。只是转念一想,又未免有些悲哀:毕公邀我游秦,大约是为了应制文吧?这些年来,洪亮吉的应制文可谓写得炉火纯青。

四月,洪亮吉偕同年崔景仪离京西行。临行前,有诗写道:

抛得白云溪畔宅,苦来燕市历风尘。才人命薄如君少,贫过中年病却春。

枵腹谁怜诗思清,掩关真欲废逢迎。期君未死重相见,与向空山证世情。

——洪亮吉《将出都门留别黄二》

黄景仁之兄黄庚龄,乾隆二十九年(1764)已经去世。若从黄庚龄而论,黄景仁的朋友们便都称其为黄二;若不论,则称其为黄大。

乾隆四十六年(1781),五月,抵达西安。时毕沅幕中,除了孙星衍之外,还有吴泰来、严长明、钱坫,都可谓朋友。这世间,相识即为友,原也寻常。洪亮吉终不似黄景仁那样,眼高于顶。

孙星衍,字渊如,号伯渊,阳湖人。毗陵七子之一。时二十八岁。当日,有好事者,将洪亮吉、孙星衍、赵怀玉、黄景仁、杨伦、吕星垣、徐书受等七人称为"毗陵七子",以为是常州继赵翼之后的年轻才子,可为常州张目。七子之中,黄景仁诗名最盛,而此刻的孙星衍,还未中举,更未成一代经学大师。孙星衍为后世所知者,便是他的经学成就,可实际上,年轻的时候,与黄景仁、洪亮吉一样,他是以文学见长的,袁枚品其诗,曰"天下奇才",与订忘年交。其妻王采薇,知县王光燮之女,亦能诗,后有《长离阁集》传世。

吴泰来,字企晋,号竹屿,长洲人。时五十一岁。年轻时与王昶、王鸣盛、钱大昕、赵文哲、曹仁虎、黄文莲等合称"吴中七子"。

乾隆二十五年（1760）进士，逾二年召试赐内阁中书，竟不赴官。家有遂初园，藏书数万卷。

严长明，字冬有，一作冬友，一字道甫，江宁人。时五十岁。年十一，为李绂所赏，告方苞曰："国器也。"遂从苞受业。博学强记，所读书，或举问，无不能对。

钱坫，字献之，号小兰、十兰。嘉定人。钱大昕之侄。时三十七岁。乾隆三十九年（1774）举人。精训诂，明舆地，尤工小篆。

毕沅，字纕蘅，亦字秋帆，因从沈德潜学于灵岩山，自号灵岩山人。太仓人。时五十一岁。乾隆二十五年（1760）进士，廷试第一，状元及第，授翰林院编修。乾隆三十八年（1773），已累官至陕西巡抚。

"黄仲则是你朋友？"甫一见面，毕沅便这样问道。

洪亮吉微微一愣，道："是的，毕公。"迟疑一下，他又道："自幼相识，十几年的朋友了。"

毕沅点点头，道："他现在还在北京？"

洪亮吉心中微微一叹，道："是的，还在北京。"洪亮吉虽说今年会试落榜，可好歹去年算是中了举，如今，是举人身份。可黄景仁呢？在他想来应该很容易的顺天乡试，依旧将他阻在了门下。黄景仁一向心高气傲，可这区区乡试，无论是在江宁，还是在顺天，他就是不得过。

毕沅沉吟一下，道："还待在北京做甚？到陕西来吧。"

这洪亮吉又是一愣："毕公……"

毕沅笑道："没什么，稚存，既然他是你朋友，就让他到陕西来吧，老夫幕下，要这样的才子。呵呵。"

洪亮吉心中狐疑，暗道：莫非又是渊如的推荐？两眼便瞧向在一旁正慢慢饮茶的孙星衍。孙星衍一笑，放下茶盏，道："前些日子，毕公读到仲则的一组诗……"

乾隆四十年（1775），黄景仁抵达京师；四十二年（1777）秋，从家乡接来母亲与妻子；四十四年（1779），秋，写下这组《都门秋思》。

四年前，黄景仁刚到北京的时候，以为这里将会有他的机会，从此走入仕途，使得全家的生计不再那么艰难；四年以后，他蓦然发现，即使是在北京，他依然没有机会。

冠盖满京华，斯人独憔悴。黄景仁纵然诗名满天下，那又如何？纵然在北京也结识了很多诗人、词人，而且，以官场上的居多，可那又如何？对于黄景仁来说，他以为很容易获得的机会，终究像是水月镜花一般，遥不可及。

而全家的生计，已是越发艰难。

楼观云开倚碧空，上阳日暮半城红。新声北里回身远，爽气西山拄笏通。闷倚宫墙拈短笛，闲经坊曲避豪骢。帝京欲赋惭才思，自掩萧斋著《恼公》。

四年书剑滞帝京，更值新来百感并。台上何人延郭隗，市中无处访荆卿。云浮万里伤心色，风送千秋变徵声。我自欲歌歌不得，好寻骆卒话平生。

五剧车声隐若雷，北邙唯见冢千堆。夕阳劝客登楼去，山色将秋绕郭来。寒甚更无修竹倚，愁多思买白杨栽。全家都在风声里，九月衣裳未剪裁。

侧身人海叹栖迟，浪说文章擅色丝。倦客马卿谁买赋，诸生何武漫称诗。一梳霜冷慈亲发，半甑尘凝病妇炊。寄语绕枝乌鹊道，天寒休傍最高枝。

——黄景仁《都门秋思》

孙星衍苦笑一下，道："毕公读到这一组诗之后，便一连声道，这人怎生凄苦如斯，怎生凄苦如斯，故而便想邀仲则来陕西。只是仲则一向心高，只恐一纸书信，他未必肯来。"说着，低低叹息一声，续道："好在稚存你来了。我可知道，其他人的话，仲则未必肯听，你的话，他肯定会放在心上。"

洪亮吉也苦笑一下，半晌，道："去年的顺天乡试，我侥幸得中，而仲则依旧落第……"

孙星衍点头："我已听说了。"

毕沅忽地一拍桌子，道："野有遗贤，孰之罪也？"

"毕公……"洪亮吉与孙星衍俱是一惊。

毕沅嘿嘿冷笑，道："古来才子命薄，又孰之罪也？"

洪亮吉与孙星衍面面相觑，却俱不敢答话。他们也算是人到中年，经历甚多，自然明白，以他们的身份，很多话可说不得，即使他们的内心也对毕沅感激，也一样有毕沅之问。便是不论黄景仁，他们蹉跎至此，可也没有会试得过。论学问，论文章，他们可有十足的自信，不让于人。

毕沅瞧了他们一眼，忽就叹道："罢了。老夫可左右不得朝廷选人，这古来才子，落第者也多矣。远的不说，就近在眼前，老夫幕下，谁不是一时人杰？却俱在榜外。可恼，可叹，可恨。"

"毕公……"洪亮吉与孙星衍忙就深施一礼，却还是不敢也不好答话。说什么？说吾二人正是此等人杰？这话，心里可以这样想，却真的是说不得的。

毕沅又叹道："吾师归愚先生也是直到暮年才算得中进士。倘若他老人家也似吾一样……"说着，忍不住轻轻摇头，脸上满是惋惜之色。毕沅三十岁状元及第，而沈德潜是直到六十六岁方才成进士。

洪亮吉忍不住道："归愚先生虽说暮年才进士及第，可很快就得到皇上重用……"心道：进士及第而不获用者，古来也亦多矣，跟他们相比的话，沈归愚虽说中进士很晚，却真的是成为朝廷重臣的。还有眼前的毕公，归愚先生弟子，状元及第或许与归愚先生无关，可中进士之后青云直上，不过二十年便已是国家封疆大吏，想来与皇上念归愚先生的旧有关吧？只不过这终只是猜测，洪亮吉可不好直说出来。

毕沅呵呵笑道："皇上重老臣，那是他老人家圣明。"说着，遥遥地向帝都方向一拱手。

"圣明。"洪亮吉与孙星衍忙也遥向帝都拱手。

洪亮吉迟疑一下，道："毕公，公看重仲则，想让仲则也到陕西来，我想，仲则应也会遵公命，只是……"

"只是什么？"毕沅问道。

洪亮吉苦笑道："'全家都在秋风里，九月衣裳未剪裁。'吾只恐仲则连这路费也拿不出啊。"黄景仁这些年混在北京，只混到个四库馆誊录生，抄抄写写的，比洪亮吉的校书更不如，又能赚到多少银两？黄景仁对洪亮吉说，难兄难弟。论贫穷的话，还真是。即使这样，洪亮吉到北京的时候，黄景仁还是拉着他住进了自己的家里。黄景仁朋友不多,但只要是他所认可的,必一片真心相待。

毕沅一拍大腿,道:"这是老夫的不周全了。"说着,便吩咐人准备银两,道:"这《都门秋思》四章,可值千金,老夫先寄五百金,让他西游;不然,吾恐仲则得千金而不肯入秦也。"说着,爽朗大笑。

洪亮吉心下感动,道:"毕公厚爱,仲则必来。"

毕沅道:"吾重其诗,其才,恨不能早日得识啊。倘若他来,吾必不使其虑贫也。"这几句话,说得很是真诚。

黄景仁很快就来到西安,在这一年的闰五月,与洪亮吉抵达西安相距不过一个月。

接风宴上,洪亮吉指着黄景仁悠悠道:"明人说部《杨家将》中有一句话,唤作'焦不离孟,孟不离焦',吾与汝,亦如是也。"众人大笑,道:"这也是缘分呢。"洪亮吉道:"当日,在江阴,吾不过闲来无聊,读一本汉魏乐府而已,结果与他相识,以至于今。想来,这还真的算是缘分呢。"便说起他的少年时代,说起黄景仁的少年时代,到最后,满斟一杯酒,向毕沅道:"吾敬毕公。吾二人这些年江湖漂泊,几陷绝境,唯公爱才,才使吾二人有个落脚之处……"说着,便有些哽咽。说起来,四库校书、誊录,也能混口饭吃,可这,哪里是洪亮吉与黄景仁所想要的?

洪亮吉敬酒之后,黄景仁忙也敬酒,之后,是严长明、吴泰来、钱坫与孙星衍,各自表达敬意。毕沅呵呵笑道:"天下有才,老夫都重之。在座的诸位,无论科考如何,在老夫眼里,俱是才子,老夫又焉能不重?国家如何,老夫不可左右,但老夫还是可以做些老夫想做的事情的。"

众人更是恭维,道:"毕公之德,山高水长……"

一场接风宴,仿佛宾主俱欢。然而,不知道为什么,洪亮吉总觉得黄景仁有些勉强,勉强地来西安,勉强地应酬,勉强地说着些恭维的话……

他的脸色很不好看。

虽然说,洪亮吉也早已知道,这一次入秦,黄景仁是扶病而来。

五百金。千金。从京师到西安,千里迢迢。这样想着,洪亮吉忽就觉得有些心痛,想,这一次让仲则入秦,到底是对,还是不对?

黄景仁久病,多病,实不宜远行的。

黄景仁在西安呆了半年，终是辞别毕沅，要回北京去，说是要待选。待选，待选，一个秀才，回北京待选？便是举人在北京待选者也多啊。便是进士，都有。一个秀才，真的回北京待选？据说，是四库馆结束之后，给四库馆功臣的"福利"……

不过，毕沅也没有说破，只是含笑，送走了黄景仁。

当行之际，洪亮吉有诗写道：

欲别复念我，我归犹无时。江流入海家倘在，越客到秦寒自知。同居江城中，门临北风里。三月发一书，迢迢及秋尾。君言少贱耽百忧，欲为卑官已不羞。长生如鹤善俛仰，莫更高视轻同侪。翰林仙人瘗黄土，鹤恍离巢猨失主。余与君早为朱笥河先生所知，有猨鹤之目。今先生已下世。我非忧患不克伸，兀兀何为著书苦。昨来得家书，一纸犹不足。妻常归宁儿罢读，草堂雨圮西头屋。寻檐读罢色亦怡，不嫌才奇贫亦奇。吾家阿连亦志士，都下索米时长饥。虽然一二年，亦须约归期。倾资搆草堂，买石安渔矶。儿童不读书，日课种一畦。君迎饭舆行入官，我守亲墓居江干。居者自戚行者欢。南溪边，北江口。他时官满放归艘，我倘持鱼寿君母。

——洪亮吉《关中送黄二入都待选》

这一年的七月，洪亮吉与黄景仁闻朱筠之讣，痛哭于兴善寺。虽然说，在朱筠幕下不久，黄景仁便与人龃龉，扬长而去，可朱筠的知遇之恩，终不能忘。

"去矣，去矣。"黄景仁将洪亮吉的这首诗郑重地收好，呵呵笑道，"吾往京师待选矣。"

洪亮吉迟疑一下，道："毕公言，倘事不可为，还是回西安吧。"

黄景仁呵呵呵地笑着，一拱手，也不多言，便扬长而去，似脱离了牢笼的燕子一般。望着他渐行渐远的背影，洪亮吉叹了口气，心道：长生如鹤善俛仰，莫更高视轻同侪。唉。仲则终不肯和光同尘也。

不知道为什么，洪亮吉竟又隐隐地不安起来。

因为他不知道，这一次分别，他们将永不再相见。

"焦不离孟，孟不离焦"，却原来终有永别之时。

西安的夏天姗姗而来迟,分明已是五月,天气还依旧凉爽,那浩瀚的天空就像水一样,蔚蓝蔚蓝的,使洪亮吉到底有些想念江南了。

洪亮吉在西安已经两年了。

他来时,满心头的汉唐古都,那时,西安还叫长安啊。

汉赋中的长安。

唐诗中的长安。

秋风吹渭水,落叶满长安。

然而,黄景仁已经离去,那么决然。

黄景仁到北京以后,便寓居在法源寺,等候选官。

洪亮吉知道,对于黄景仁来说,这或许是莫大的希望,即使这希望其实很是渺茫。可这人世间,又有多少没有这样渺茫的希望?是的,这希望或许真的很渺茫,可人生要是没有希望的话,又如何才能挣扎着度过眼前?人之所以还能挣扎、坚持,就在于他的心头始终都有那一份渺茫的希望啊。

不知他身体好些了没?洪亮吉这样想道。还有他的脾气……

听说,这一次在北京,黄景仁时从伶人乞食,登场歌哭,以泄其愤。洪亮吉叹息着。他知道,一个人,哪怕是名满天下的才子,越是这样谑浪笑傲、旁若无人,当权者就越是不喜欢啊。无论科举得中与否,当权者所喜欢的,是驯服的人,是能听话做事的人,而决非像黄景仁这样,所谓"豪宕、不拘小节"的人。"博通载籍、慨然有用世之志"那又如何?这世间,这样的人委实很多的;更何况,要"用世",首先得"融"于这个"世"啊。

黄景仁与这个"世",却始终都是格格不入。他宁肯"龌龊猥琐""使酒恣声色""讥笑讪侮",也不肯"融"于这个"世"。无疑,这是一个天才。可问题在于,这一个"世",不需要这样的天才。即使是那些赏识他的人,最终也只是赏识而已,就像赏识一盆花、一株树或者一册宋版书一样。

赏识你的人,未必就肯用你。这原就是这个世界的常态啊。

洪亮吉想起,新年过后,严长明要回南京,众人相送,纷纷写诗填词。轮到洪亮吉的时候,他愣是一字也无。

长安何限好，雪消云霁，刚值卸灯初。韶光无赖甚，才助欢筵，却又促离驹。分襟三度，到今番、倍觉愁余。行看取、白头伴侣，两地月同孤。

征途。马头风露，雁底关河，算匆匆此去。那更省、谁家草绿，何处花疏。归时拟趁青溪曲，觅水天、深处闲渔。但只愁、旧盟鸥鹭都无。

——严长明《渡江云·留别长安诸同好》

十年三话别，灞陵踏雪，才过落灯时。拥炉寒料峭，欲去频留，屋后马长嘶。离愁饱惯，到今宵、怕说将离。谁遣此、金尊红烛，双鬓已成丝。

垂垂。秦淮柳色，绿似青门，任春风自吹。待再来、环香吟阁，秋以为期。记曾同泖天池水，怎回头、仙梦都非。人去远，莲华共予相思。

——毕沅《渡江云·送严道甫归金陵》

传柑过令序，落灯风紧，忽又把离觞。灞亭明霁雪，草帽冲寒，草草促归装。南朝佳丽，忍重吟、金粉凄凉。应只有、乌衣双燕，款语对斜阳。

难忘。香围翠幕，锦泛红毹，听玲珑才唱。早唤起、三生杜牧，几叠回肠。相思不隔横江月，定梦寻、庾亮胡床。好趁取、画兰桂树秋光。

——吴泰来《渡江云·送东有同年归金陵兼订仲秋重来之约》

春来君正去，天涯离思，烟树绕冥冥。骊歌催唱处，灞岸攀条，遥向马头青。三年同客，怅分携、目断归程。遥羡却、江关词赋，名重庾兰成。

行行。冰消渭水，雪霁梁园，正迟迟昼永。盼到日、花飞草长，携酒听莺。画船弦管秦淮路，记旧游、兴尚飞腾。书一纸、平安递到寒厅。时伯兄教授江宁，托寄家信。

——钱坫《渡江云》

毕沅笑道："稚存，你一向擅词，道甫南归，如何无词相送？"

洪亮吉苦笑一下，告罪不已，道，中年以后，戒词久矣。众人自不相信。洪亮吉眼珠一转，便道，渊如也无词呢。

孙星衍瞪他一眼，道，我向不填词。

洪亮吉笑道，那一首"连天烟月，如水衙斋"却是何人所作？

连天烟月，如水衙斋，仙风吹下空虚。兴发胡床，庾公风度原殊。花丛漫争问顾，好评量、南部西歈。吟付与、抵缠头异锦，系体明珠。

试问司空小杜，是谁深惆怅，绿暗红疏。草草相逢，孤负捧砚围炉。繁华那知似梦，雾裁衣、花帖成歈。飞去也，想灵芸、红泪凝壶。

——孙星衍《声声慢》

孙星衍愣了愣，道，仅此而已。又道，就似昔日之钱牧斋，今日之袁简斋，偶作小词……

众人俱笑，笑罢，却道，渊如不擅词，这小词只是偶作，是我们所知道的。稚存，你不同，你却是一向擅词也。

洪亮吉叹息一声，道，擅词的是仲则。顿了顿，续道，人道仲则擅诗，却不知仲则亦擅词也。团团一揖，道，诸位包涵，人到中年，我委实已久不填词矣。又解释道，没年轻时的那个心情了。填词，终须是要有心情的。没这个心情，又如何能够填好词？这样说着，又向严长明告罪。严长明自不以为意，道，吾辈学者，原也少填词，便是毕公，填词也少啊。今日诸位高贤为老朽送行填词，是老朽的荣幸，感激不尽。说着，也是向众人团团一揖。

毕沅道，道甫回去之后，要是没什么事的话，还是早些回来吧。

严长明忙答应一声，道，老朽愿为毕公效力。

毕沅又转头向洪亮吉道，仲则现在在何处？要是没地方去的话，还是到西安来吧。

毕沅对黄景仁始终都是赏识，这一点，两年以来，没有改变。才子嘛，总会有些脾气。毕沅曾这样笑着说道。老夫自信还容得下，只要他来。

毕沅始终都微笑着，很是和蔼。

十一

当黄景仁的信送到洪亮吉手上的时候，洪亮吉不由自主地就是心中一颤，只觉有什么事要发生。这样的感觉毫无理由，可偏偏就发生了。又或者，人世间的很多事，当发生的时候，都是毫无理由的吧。

信封上是黄景仁的字，潦草，无力，颤抖，还有些悲伤。这使得洪亮吉接过信的手忍不住又是一颤，脸色也变得有些苍白。

"先生，你没事吧？"送信进来的衙役问道。

洪亮吉深吸一口气，道："没事。"待那衙役将信将疑地转身离去，洪亮吉又深吸一口气，方才小心地将信拆开。

是黄景仁的遗书，托以后事，"以老亲弱子拳拳见属"。

洪亮吉无声坠泪。

原来，人的感觉，往往是真的。

洪亮吉几乎没有丝毫犹豫，借来驿马，快马加鞭，直向解州。

黄景仁便是在解州沈业富的官署中去世的。

沈业富时任河东盐运使。

"稚存！"看见洪亮吉在眼前出现的时候，孙星衍几乎吓了一跳，道，"你怎么来得这么快？"他知道黄景仁临终遗书将后事嘱托给洪亮吉，只是没想到，洪亮吉竟来得这么快。从西安到解州运城，千里迢迢，只有马不停蹄，才会在这短短几日之内赶到。

洪亮吉看见孙星衍的时候，却有些惊讶，道："渊如你也是……"他以为孙星衍应也是跟他一样，来处理黄景仁的后事。

孙星衍叹了口气，道："我是与述庵前辈来见沈君的，结果……见到仲则最后一面。"

王昶，字德甫，号述庵，又号兰泉，江苏青浦人，乾隆十九年（1754）进士，"吴中七子"之一，在后世，以辑有《湖海诗传》《湖海文传》《明词综》《国朝词综》著名。

洪亮吉忽就心中大恸，泪也滚落。

"我……"他哽咽着。

孙星衍又叹息一声，将洪亮吉带着去见黄景仁遗体。当看到静静躺在灵床上的黄景仁时，洪亮吉心中又是一恸，失声大哭。

灵床的周围，摆放着一些冰块。时正夏日，倘无冰块的话，只怕黄景仁遗体早就腐坏了。

孙星衍道，沈君说，要等你来，见仲则最后一面。

洪亮吉泪眼模糊，想起十八年来的点点滴滴。这十八年来，他们真的几乎是"焦不离孟、孟不离焦",每次乡试,江宁、顺天,都是同去同来,还有同落榜,而后,同行同醉,便是为了生计做人幕僚,也往往是在一起,从朱筠幕下,到北京入四库馆,或者这几年入秦在毕沅官署之中——黄景仁这一次原本也是准备重返西安的啊。人生路上,这十八年,他们始终都互相提携着,面对着贫穷与困窘。洪亮吉想起那一年在虞山,拜谒邵先生墓之后,黄景仁对他的托付,说,倘我死去,还望君为我整理、刊行遗集。

黄景仁身体一向都不好,可是,那一次的托付后事,洪亮吉终没有怎么放在心上,毕竟,他还年轻啊。

在洪亮吉的心头,黄景仁始终都是太白楼头的那一个白衣少年。

到傍晚,沈业富公事归来,与洪亮吉相见,道,仲则作遗书与太夫人之后,原已瞑目,忽又复苏,复作书与君,托以后事。苦笑一下,道,我们这么多朋友之中,仲则临终前最为放心的,却是稚存你。任是我说仲则你的遗集我来刊印,他还是不放心,还是嘱咐着要将遗稿交给你,说是从前已经约定好了的。

孙星衍点点头,道,正是这样,仲则只放心将遗稿交托给稚存你。

王昶也叹息着,仲则才大,只可惜……他没有将话说完,但洪亮吉明白,他想说的是,仲则虽才大,却家贫,一旦身故,遗稿失散,也是很正常的事。当年,在虞山,拜见邵先生墓之后,黄景仁最担心的,也是这个,所以,那一回,他才会郑重其事地向洪亮吉托付后事。黄景仁自幼多病,悲观,觉得自己不能活得太久。洪亮吉曾不断劝告,那你注意保养啊。黄景仁只是笑着点头,却从不肯改,尤其是终夜作诗这样的事。

人生原已很苦,倘若不能做些随心所欲的事,便是活个百年、千年,又有何意义? 有时,被洪亮吉劝得不耐烦了,黄景仁便会这样慨叹着说道。

众人断断续续,将黄景仁临终前的事说给洪亮吉听,说,这么多朋友,黄景仁只信任稚存你一个。

沈业富道,千里迢迢,老夫还以为你赶不过来的,想不到……

从西安到解州运城,千里迢迢,洪亮吉要是赶不过来的话,真的谁也不会说什么的,可洪亮吉还是赶过来了,而且,来得很快。更重要的是,这也使得众人不觉慨叹,仲则没有错,洪稚存果然是他平生知己，可以托付后事。要知道，托付后事云云，说起来很简单，可古来多少人去世之后遗稿便星散不见，难道他们临终前就没有托付人？无他，所托非人而已。如果说得再刻薄一些，有的儿孙满堂之人，在他们死后，他们的遗稿，一样会散失殆尽。这世道，儿孙都有可能靠不住，遑论朋友？

洪亮吉只觉心中难过，想，无论如何，都要将仲则的遗稿刊印出来。黄景仁平生自负，倘若死后遗稿散失，又焉能甘心？好在他天才横溢，这世间，喜其诗词者多矣……

比如毕沅。

洪亮吉想，或许，毕公肯出资将仲则遗集给刊印出来。

这一个时代，刊印一个人的集子，实在不是一件很容易的事。

生何憔悴死何愁，早觉年来与命雠。病已支床还出塞，君扶病自京师逾太行，出雁门，始抵安邑，故病益殆。家从典屋半居舟。魂归好入王官谷，名在空悬太白楼。君早年以《太白楼诗》得名。一事语君传欲定，卅年心血有人收。西安幕府将为君梓遗诗。

归骨中条我未安，为怜亲在欲凭棺。君病中欲葬中条。须营江畔坟三尺，好种篱前竹百竿。君生平喜竹。空有头衔书尺旐，愁余名纸伴高冠。君衣裘为医药质尽，卒后余名纸及敝冠数事。才人奇气难销歇，六月松风刮殡寒。

早年猨鹤与齐名，月旦人先赴九京。朱筠河先生尝呼余及君为猨鹤，今先生已下世。共哭寝门思往日，向偕君在西安，闻筠河先生讣，同哭于兴善寺。独临遗殡怆生平。贞孤论尽朱公叔，存没交余范巨卿。却愧素车来未晚，树头飘雨旐将行。

倜傥平生孰可如，遗缄欲发屡踟蹰。交空四海唯余我，魂到重泉更付书。君作太夫人书毕，目已暝复苏，乃更作书予于西安。庚亮报函疑可达，台卿服友感难除。伤心昨岁青门道，执手危言未尽纾。君不擅摄生，去岁别西安，余又苦规之，君虽领之，而不能从也。

——洪亮吉《自西安至安邑临黄二景仁丧奉挽四首》

今之运城，古名安邑。

十二

死者死矣，最多也就遗留在活着的人的记忆当中，偶然想起，慨叹几声。那样的慨叹，一则见同情；二则见爱才；三呢，则是告诉世人，我也是一个读书的人，也是一个知道文章诗词好坏的人。对于死去的人，世人总会将自己的一颗嫉妒之心深埋起来，取而代之的，是怜才、爱才。昔人云，"世人皆欲杀，吾意独怜才"，对于一个死去的人，世人都能很好地做到。而洪亮吉却忽然觉得，这是一种消费。世人对死者的消费。不过，也许，这也正是仲则所想见到的。洪亮吉又这样不无感慨地想到。一个人的文字，留下来，总希望能够有人看到，有人谈到，无论褒贬，而不是默默无闻，就像十字街头的乞儿，身边是熙攘的人群，却无人会在意这乞儿的存在；纵使有朝一日这乞儿死去，像一朵花、一片叶，凋萎，飘零，世人依旧不会在意。不是忘却，而是不在意。就像我们不在意天空中飞走的某一朵云一般。这又是人世间一种怎样的悲哀？古往今来，不知多少人的文字，生前自以为得意的，却很快就埋没在历史的长河之中。

因为没人在意他们的文字。

黄景仁死后，写文章诗词纪念的人多了起来。也许吧，这真是一种对死者的消费；然而，或许，这真的是黄景仁所想要的……

黄景仁不想自己被人忘却啊。

因为他珍惜自己的文字。

洪亮吉所不知道的是，许多年以后，当人们忘却了这一个时代大多数诗人词人的时候，也没有忘却黄景仁；黄景仁的一组《绮怀》十六章，更是不知有多少人次韵叠唱，多少人因此缅怀着这一个曾经的白衣少年的困顿生平。"独立市桥人不识，一星如月看多时。"那样的寂寞、凄凉、孤独、无奈，数百年后，依旧震撼着人心。

据说，还曾有人因此到常州，去寻访黄景仁的后裔，自然，寻不见了。就像张埙死后，有人去寻访张埙后裔一样，寻不见了。

唯有文字才能不朽。

死者死矣，而活着的人，无论悲伤或者快乐，生活总要继续。

也许，这是一种无奈。可人世间的事，又有多少不是这样的无奈？总是无奈地做着他所不愿、不想做的事，说着他所不愿、不想说的话，面对着他所不愿、不想面对的人……

古来真的没几个人能够做到随心所欲。天，不会如人所愿；人，不会心想事成。

然而，人总会有所坚持，哪怕是在困境之中，前途一片渺茫。有人说，纵然前途渺茫，却也不能说没有丝毫希望不是？或许，正是这份渺茫的希望，才会使人在困境之中坚持下去吧。又或许，正是这样充满不可知变数的人生，才会使人觉得，活着才有意义。只有活着，才能使自己的心不至于在困境之中沉沦啊。

只可惜，仲则不明白这个道理；又或者，他也明白，只是不肯这样做而已。"茫茫来日愁如海，寄语羲和快着鞭……"

乾隆四十九年（1784），三月，洪亮吉收拾起失去朋友的心情，前往北京，参加礼部会试，未中。出都之后，前往西安，依旧寄身在毕沅帐下。

乾隆五十二年（1787），三月，参加礼部会试，未中。与他同来的孙星衍高中榜眼。洪亮吉先是回乡居住了几个月，然后，前往开封，依旧寄身在已是河南巡抚的毕沅帐下。

乾隆五十三年（1788），七月，毕沅迁任湖广总督，洪亮吉随其前往湖北。时毕沅幕中，有汪中、毛大瀛、方正澍、章学诚，俱为一时名流。

乾隆五十四年（1789），二月，抵达北京，居住在孙星衍的琉璃厂寓斋。三月，参加礼部会试。未中。这一年，洪亮吉已经四十三岁，人到中年。

洪亮吉忽然想起年轻时的一个僮仆唤作窥园的。窥园随了他八年，奔波在科举之路上。那时，洪亮吉还只是个秀才，乡试一直都不得过。那时，黄景仁还活着。

僮窥园从予八年矣，体弱善病，今年予秋试被落，忽尔辞去。念事伤离，不能无作，命沽酒歌此调以送之。

衣薄还如纸。最凄凉、前宵氍毹，今宵送尔。八载追随无别事，伤病伤离伤死。总误尔、朝饥饮水。苦访虫鱼摩篆籀，但论才、尔便成佳士。休更作，朱门使。

无家我共居僧寺。只萧萧、寒云丙舍,尚堪南指。入梦总从吾父母,醒处怕逢妻子。况薄命、久无人齿。明日出门谁念我,就飘蓬断梗商行止。尔去矣,泪流驶。

——洪亮吉《金缕曲》

僮得词,泣不忍去,复成此调。

暗里惊闻泣。一声声、无端惹我,青衫又湿。多病经旬谁得似,欲共候虫秋蛰。尔似燕、旧巢还入。典尽衣裘频拥絮,更同扶、瘦影当风立。浑不怕,霜华袭。

八年侍我肩差及。笑囊空,新诗屡付,佣钱来给。费尔一杯村落酒,为我解除狂习。说月好,今宵初十。楼上三更云气净,看星辰如豆天如笠。吟正远,催归急。

——洪亮吉《金缕曲》

乾隆四十四年(1779),顺天乡试,洪亮吉不第,僮窥园辞去。

乾隆四十五年(1780),顺天乡试,洪亮吉终得中举。

然而,那又怎样?乡试之后,还有更重要的会试啊。十年来,从西安到北京,从北京到常州,从常州到开封,从开封到武昌,从武昌到北京……洪亮吉一路奔波,换来的,只是落第。

也许,当年,窥园的选择是对的。洪亮吉这样想道。不然的话,这十年,岂非还要随我落拓?更何况,窥园的身子骨儿一向都不好,跟仲则一样……不知他现在在哪里?成亲了没有?还活着么?

年轻时说"伤病伤离伤死",或许还不是很明白;现在,洪亮吉是真的很明白了。朋友们当中,除了黄景仁之外,程晋芳也已经去世了,去世的时候,人在陕西,而不是他的家乡。程家累世巨富,程晋芳年轻的时候好交友,"遇文学人,喋然意下,敬若严师。虽出已下者,亦必推毂延誉,使其满意"。"延接宾客,宴集无虚日","江淮耆宿,一时若无锡顾震沧、华半江,宜兴储茗坡,松江沈沃田诸君子,咸与上下其绪论"。然而,短短一生,到晚年,老人家居然是贫病交迫,不得已以垂暮之年入秦,寄身到毕沅帐下。人世之事,又有谁能说得清?

人到中年,总是会想得多些,总是会在不经意之间想起从前,想起从前的人与事。可不知道为什么,洪亮吉总是想不起仲则来,或许是不愿,或许是不敢。即使这十年来,仲则的声名越发大了起来,世人谈诗,无不以谈仲则为乐。后世金庸有句话"平生不识陈近南,纵称英雄也枉然",倘若将陈近南三字换作黄景仁三字,英雄二字换作诗人二字,"平生不识黄仲则,纵称诗人也枉然"……居然很贴切,而且,贴切了黄景仁死后的几百年。到如今,倘若写诗的人说不识黄景仁,大约会惹来白眼一片。与黄景仁同等待遇的,还有纳兰性德,"平生不识公子纳兰,纵称词人也枉然"……

可洪亮吉仿佛真的已经忘却了。

这世间,没多少人明白,珍藏在心底的记忆,才是真的记忆。

"稚存,"孙星衍鼓励道,"明年恩科,再来。"

洪亮吉苦笑道:"老了,走不动了。"

孙星衍瞧着他日渐憔悴的面庞,很认真地说道:"纵使为了仲则,也要再考一下。"

"渊如……"洪亮吉愣愣的。

孙星衍道:"洪黄齐名。洪所能做到的,相信黄也能做到。"

洪亮吉蓦然胸口一痛,一双已经有些昏花的眼,变得湿润了起来。"好。"洪亮吉道,"明年恩科,再来。"

洪黄齐名。洪所能做到的,黄也应能做到——倘若黄还活着的话……

乾隆五十五年(1790),正月,洪亮吉北上京师。二月,抵都,居住在已是崇文门副使的蔼吉的海岱门三条胡同寓所。三月,参加恩科。四月,榜发,录取,经殿试,钦定一甲二名,也就是榜眼。五月初一,觐见皇帝,授职翰林院编修。七月,充国史馆纂修官。

乾隆二十六年(1761),三月,洪亮吉初次参加童子试,不中。

乾隆三十四年(1769),五月,应童子试,录取为阳湖县学附生。

乾隆四十五年(1780),八月,参加顺天乡试,中第五十七名举人。

乾隆五十五年(1790),三月,参加恩科会试,榜上有名;殿试榜眼。

……

这一条功名之路,洪亮吉花了整整三十年的时间。

不填词久矣。尤其是为官以后,日日忙忙碌碌,更没心情去填什么词了。填词是需要心情的。诗言志,词言情。其志宛在,其情何以不复?

或许,是因为老了。洪亮吉这样想道。

八年来,洪亮吉依旧奔波在功名之路上。所不同的是,从前,奔波是想获得功名;而今,已是榜眼出身,已是朝廷庞大官僚队伍之中的一员……从前,津津以求的,岂非就是这个?然而,何以这样的奔波,还是使洪亮吉忽然之间开始厌倦?

两年前,毕沅已经去世。嘉庆帝闻奏,诏赠太子太保,但拒绝加谥号。到今年,太上皇去世,嘉庆帝查办和珅,抄家、赐死,而后,忽然想起已经死去两年的毕沅来,说,毕沅曾巴结和珅……便下令褫夺世职,籍没家产……想来,当毕沅去世的时候,嘉庆帝就已经准备"秋后算账"了吧?

有些事,决不是人死了以后就算了的。

嘉庆四年(1799),已退位为太上皇的乾隆帝去世,回家料理弟弟蔼吉丧事的洪亮吉束装北上。一到北京,就闻得皇帝遵皇祖、皇考"颁旨求言"之例,循"兼听则明,偏听则蔽"之训,谕令"九卿科道有奏事之责者,于用人行政一切事宜,皆得封章密奏",使"民隐得以上闻,庶事不致失理",以符"集思广益至意"。降旨求言、广开言路。果然是新朝新气象。

四月,洪亮吉派充实录馆纂修官,以乾隆帝升祔太庙,赠封洪亮吉父为奉直大夫、母为宜人。可谓皇恩浩荡。

六月,嘉庆帝又发上谕,曰:"治天下之道莫要于去壅蔽,自古帝王达聪明目、兼听并观,是以庶绩咸熙、下情无不上达。朕自亲政以来首下求言之诏,虚己咨询、冀裨国是……设非诸臣应诏直陈,则贪劣之员岂能即时败露。"皇帝求言之意,宛然真诚。

洪亮吉决定上书。

已经中举的长子洪饴孙迟疑道:"要不,再等等……"洪饴孙总觉得皇帝求言虽说真诚,可做臣子的,自古以来,又有谁上书而能有好下场的?便是唐时魏徵,太宗皇帝都好多次说,要杀掉这个乡巴佬。至于本朝，纪昀不过插了几句嘴，便惹来乾隆帝的勃然大怒，说，朕只是将尔等所谓才子当倡优来看罢了，也敢议论国家？而后，便毫不犹豫地将纪昀充军到了乌鲁木齐。后世拍摄《铁齿铜牙纪晓岚》，将个乾隆帝与纪晓岚拍得君臣和睦、其乐融融，只是"纯属虚构"罢了。

太上皇去世，今上亲政，和珅获罪，抄家、赐死，这固然可见新朝新气象，可是，和珅真的是一无是处？今上拿下和珅，真的只是锄奸、肃贪？古来新旧权力交替的时候，都是以这样的借口，来除去旧时权臣的。不错，和珅是权臣，这些年来，满朝文武，几人不曾奔走在和珅门下？因为满朝文武都知道，和珅这个权臣，是太上皇所默许甚至暗中怂恿的。

苟如是，今上刚刚亲政，其求言之心，到底何在？洪饴孙当然不敢质疑嘉庆帝，但他还是以为，父亲应该再等一等，等看清形势再说。如今的形势，表面上看来明明朗朗，可实际上，又有谁知道嘉庆帝他到底是怎么想的？

洪亮吉淡淡地瞧了儿子一眼，轻轻提起笔来，写道：

己未中秋内城南池寓舍作。

叹八年此夜，移八处，看阴晴。算几载持衡，两番入直，一度归耕。西风欲催人老，趁乍寒、刮得鬓星星。已被月中人笑，从今莫更多情。

依然薄醉拥桃笙。如水玉阶平。只三十年前，境难依约，梦不分明。沉思那回尘劫，把深杯、都向夜台倾。一例碧虚解事，半宵霞采横生。

——洪亮吉《木兰花慢》

夜台者，墓穴也。沈约《伤美人赋》云："曾未申其巧笑，忽沦躯于夜。"今夜正是中秋，窗外明月高悬，洪饴孙忽见父亲在词中写到"夜台"二字，不觉心下一凛，又见"已被月中人笑，从今莫更多情"之句，更知父亲对上书的结局早有准备，不由得又是心下一寒。

"父亲，"洪饴孙沉吟一下，道，"三十年前，那回尘劫……"

洪亮吉笑了起来，微微地眯着眼，瞧着窗外的满月，却没有回答儿子的话。有些事，总在心头，却永不会向旁人说起，哪怕三十年已经过去。

三十年前,邵先生去世,洪亮吉新婚,黄景仁还活着……

什么样的尘劫,会使洪亮吉写出"把深杯、都向夜台倾"的词句来?洪饴孙有些不明白。他不明白,三十年前到底发生了什么事,使父亲一直都以为是"尘劫"。

"你不晓得的,不晓得的……"洪亮吉微微一笑。

他想起那一年在邵先生的墓前,与黄景仁说起邵先生的辞官,说起邵先生生前的那些话。邵先生一向话少,可在面对得意弟子洪、黄的时候,话却变得多了起来,谆谆教诲,道,官场是险地。邵先生年未四十,即罢官而归。洪亮吉与黄景仁没有问邵先生罢官的原因,即使后来听到很多传言,他们也没有问。邵先生也没有说。即使那些传言传到他的耳朵里,他也只是呵呵一笑,不置可否。

官场险恶。在与洪、黄单独在一起的时候,邵先生却屡次这样说道。稚存我不担心,我担心的是仲则你。

黄景仁性子傲岸,容易得罪人。如果只是一介布衣,诗人身份,那些高官或许还不会介意,以显其度量;可一旦进入官场,被得罪的人,就没那么好说话了。"蛾眉谣诼,古今同忌。"因为官场上的位置就那么多,再容易得罪人,其下场也就可知。

黄景仁却道,有些事,总得人去做;有些话,总得人去说。

黄景仁无疑是对的。

这样的对,也无疑是不适合官场的。

可读书人,所为何事?"修齐治平"而已。而要做到"修齐治平",就得科考,就得做官。更不用说,无论洪亮吉与黄景仁,生计都艰难,而要改变这样的艰难,科考、做官几乎是唯一的出路。

人的一生,很多时候,是无从选择的。所谓"林间有两条路",往往只是人的错觉。

如果仲则还活着……

洪亮吉忍不住又这样想道。

洪黄齐名。洪所能做到的,黄应也能做到。

八年来,所见所闻,洪亮吉不吐不快,如果黄景仁还活着,也会这样么?

"父亲……"洪饴孙又叫了一声。他眼见着父亲微笑的样子,心中却是越来越惊颤。

洪亮吉呵呵一笑,道:"有些事,总得人去做;有些话,总得人去说。"

洪饴孙不知道,这是三十年前,黄景仁的话。

当年,听到这话的,只有洪亮吉与邵齐焘。

嘉庆四年(1799),中秋,洪亮吉填词《木兰花慢》。九天后,上《乞假将归留别成亲王极言时政启》。成亲王,乾隆帝第十一子,名爱新觉罗·永瑆,字镜泉,号少厂,时任军机大臣行走,总理户部三库。洪亮吉的这封上书,明面上是呈给成亲王,实际上,是委托成亲王,还有吏部尚书朱珪、左都御史刘权之代为呈递嘉庆帝。

"可恶!"嘉庆帝大怒。

这使得朱珪吓了一跳。朱珪,字石君,号南崖,朱笥河先生之弟,嘉庆帝师。去年,太上皇还活着的时候,洪亮吉就已历陈内外弊政数千言,为朝廷所不喜,不得已,以弟丧乞归。到今年,太上皇驾崩,和珅伏诛,朱珪方才重新启用了洪亮吉,让他回到北京。在朱珪想来,如今,正是百废待兴,用人之际,而去年洪亮吉所言弊政,与和珅有关,最不济也是与太上皇有关,与嘉庆帝可没什么关系。说得再准确些,如今,嘉庆帝广开言路,正是想拨乱反正,洪亮吉上书,应是嘉庆帝所期许的啊。却如何嘉庆帝读罢上书,就勃然大怒?

即使是身为帝师,此际,朱珪不觉也背心出汗,有些不敢做声。朱珪想,皇帝亲政之后,越来越有帝威了。自古帝威不可测。

嘉庆帝瞟了朱珪一眼,一边指着洪亮吉的上书,一边阴恻恻地说道:"今天子求治之心急矣,天下望治之心亦孔迫矣,而机局尚未转者,推原其故,盖有数端。……一则处事太缓……一则集思广益之法未备……一则进贤退不肖似尚游移……何以云用人行政尚未尽改也……何以言风俗则日趋卑下也……何以言赏罚仍不严明也……何以言言路似通而未通也……何以言吏治则欲治肃而未肃也……朱师傅,在这洪亮吉看来,不仅乾隆朝一无是处,便是朕这四年,也是一无是处了?……什么'天子求治之心急矣',莫非朕求治也错了?"

朱珪心道,俗话云,积重难返,皇上你真的是心急了一些啊。还有,虚己咨询、冀裨国是,也是皇上你诏书中明明写的啊……

朱珪这样想着,却到底还是不敢出声替洪亮吉辩解。朱珪在官场也久矣,很明白,很多时候,做臣子的,纵然心有千言万语,也决不能辩解一字。

"朱师傅,你说说。"朱珪没有做声,嘉庆帝却不肯这样放过他,而是紧盯着他,等他表态。

朱珪心中苦笑,道:"皇上下诏求言……"

嘉庆帝打断了他,冷笑一声,道:"朱尚书是想说,这倒是朕的过错了?这位洪编修是投朕所好咯?"皇帝将"朱师傅"三字换作"朱尚书"三字,很显然,是表示他很生气。

朱珪忙道:"臣不敢。臣……"

"听说,洪编修是令兄的门生?"嘉庆帝再次打断朱珪的话。

朱珪一身冷汗,道:"曾在先兄的幕下,却不是门生。"

嘉庆帝呵呵一笑,森然道:"这么说,令兄是其恩主咯?"恩主云云,在官场上很重要,倘若有谁背弃恩主,必然会为人所不齿,从此寸步难行。从某种程度上说,恩主与恩师,可谓同等重要;也就是说,洪亮吉身上早就打下了朱筠的印记,可谓是朱家的人。朱筠已经去世,朱珪如今是吏部尚书,那么,也可以说,洪亮吉是他朱珪的人。那么,洪亮吉的上书,有没有朱珪的影子在?还是朱珪借洪亮吉上书来投石问路?朱珪虽说不上绝顶聪明,可他是帝师,晓得皇帝的多疑性格,又在官场上这么久,很容易就明白了皇帝的心思,不由得冷汗涔涔。

"皇上,"朱珪嘶哑着声音撩起朝服,跪倒在嘉庆帝的身前,"老臣先兄已经去世十年了……"说着,老眼一红,道:"洪稚存不忘本,依旧对先兄尊敬有加,老臣、老臣……"他哽咽着,好像想辩解却又不敢的样子。

嘉庆帝瞧着眼前有些惶恐的老师,满头白发,终不免想起这些年来老师对他的教导,不由心中一软,叹息一声,道:"朱师傅,你先起来吧。"

"皇上……"

"朕相信这件事与师傅无关。"嘉庆帝淡淡地说道。一边说着,一边便俯身将朱珪扶起。

"洪编修上书以前,就已乞假还乡?"将朱珪扶起之后,嘉庆帝忽就又这样问道。乞假云云,其实与辞官无异。官场上的位置就那么多,人一走,这位置必然会为人所占;倘若朝中无人,只怕会一直乞假下去。去年,若不是朱珪,洪亮吉也没有可能再回到北京。

"由此可见洪亮吉对皇上的一片赤诚。"朱珪忙替洪亮吉说好话,"他不是想逢迎君王,而是……"

"够了!"

"皇上……"朱珪愣住。

"朕说够了!"嘉庆帝面色狰狞。

朱珪不敢再多言,心道,待皇上消了气再说吧。

"正见诛心,"嘉庆帝冷笑一声,道,"正见诛心哪。这是要置君父于何地? 逼宫么? 还是要朕下个罪己诏昭告天下,国是若此,都是朕的错? 朕不该急于求成? 不该处置和珅?"

这话说得极为诛心,直吓得朱珪忙又跪倒,道:"皇上,皇上,言重了,言重了……"老人忙就向成亲王求救。从入殿以来,成亲王与刘权之横竖都不说一句话。

刘权之,字德舆,号云房,长沙人,纪昀门生。这一次,洪亮吉的上书,原是托了成亲王与朱珪、刘权之,成亲王径以上达,而朱珪与刘权之,未即呈奏,原本是想压一压的。嘉庆帝大怒之下,便将他们两个叫了过来。朱珪与洪亮吉的关系密切,又是帝师、吏部尚书,面对嘉庆帝的质问,终不好不闻不问。

"刘御史,你怎么看?"嘉庆帝转头问刘权之道。

刘权之心中苦笑,知道终无法躲过皇帝的诘问,一咬牙,道:"老臣以为当请严议。"

朱珪惊道:"云房,你……"

"朱师傅?"嘉庆帝森然道。

朱珪很显然听出嘉庆帝语气中的不耐烦与愤怒,无奈,小声道:"臣附议。"心道,还是等皇帝消了气再说吧。

"成亲王?"

"臣只是个递送折子的。"成亲王嘿嘿笑道,"这上书,可与臣不相干。不瞒皇上,洪稚存这上书写的是呈给臣,其实,臣一眼都没瞧过。"

嘉庆帝满意地点头,道:"十一哥做得对。"

成亲王正色道:"在臣看来,非议朝政者,都有罪。更何况,皇阿玛刚刚龙驭上宾,洪稚存就如此迫不及待,臣以为,就如皇上所言,其心可诛,其心可诛啊。"成亲王说着说着,显出义愤填膺的模样来。

嘉庆帝又点点头,道:"这样好。朱师傅,拟旨,着拿下编修洪亮吉,严加诘问!"

"臣……臣遵旨。"朱珪心下一片寒凉。

嘉庆四年(1799),八月二十四日,洪亮吉上《乞假将归留别成亲王极言时政启》,托请成亲王永瑆呈递皇帝,副本交托吏部尚书朱珪与左都御史刘权之。二十五日,皇帝下旨,革除洪亮吉职务,交军机大臣会同刑部严审。成亲王永瑆表面散淡,内心惊恐,想起与洪亮吉互有唱和,如今,这个折子又是由他呈递,皇帝倘若多心的话,只怕会以为私交大臣了……为表忠诚,以永瑆为主的会审大臣们在二十六日拟以大不敬罪,判洪亮吉斩立决。只不过到底心中不忍,在奏疏中,又道:"亮吉自称迂腐小臣,并罔识政治,一时糊涂,实在追悔无及,只求从重治罪。"算是向嘉庆帝求情。嘉庆帝发上谕,将洪亮吉戍发伊犁。上谕中,嘉庆帝道:

昨军机大臣等将洪亮吉呈递成亲王书札进览,语涉不经,全无伦次。洪亮吉身系编修,且在上书房行走,若有条奏,原可自具封章,直达朕前,或交掌院及伊素识之大臣代奏,一无不可。乃洪亮吉辄作私书,呈递成亲王处,并分致朱珪、刘权之二书,因命一并呈阅。书内所称,如前法宪皇帝之严明,后法仁皇帝之宽仁等语。洪亮吉以小臣妄测高深,意存轩轾,狂谬已极。又称,三四月以来,视朝稍晏,恐有俳优近习,荧惑圣听等语。朕孜孜图治,每日召臣工,批阅章奏,视朝时刻之常规,及官府整肃之实事,在廷诸臣,皆所共知,不值因洪亮吉之语,细为剖白。若洪亮吉以此等语,手疏陈奏,即荒诞有甚于此者,朕必不加之责,更为借以自省,引为良规。今以无稽之语,向各处投札,是诚何心?设成亲王等,不将各札进呈,转似实有其事,代为隐讳矣。

……

朕方冀闻谠论,岂转以言语罪人,亦断不肯为诛戮言臣、自敝耳目之庸主,今因伊言,唯自省于心,有则改之、无则加勉而已。洪亮吉平日耽酒放纵、放荡礼法之法,儒风士品扫地无余,其讪上无礼,虽非谏诤之臣可比,亦岂肯科以死罪,俾伊窃取直名,致无识者流妄谓朕诛戮言事之人乎?唯近日风气,往往好为议论,造作无根之谈,或见诸诗文,自负通品,此则人心士习所关,不可不示惩戒,岂可以本朝极盛之时,而辄蹈明末声气陋习哉?……洪亮吉着从宽免死,发往伊犁,交与将军保宁严行管束。

同日,又传谕保宁:

俟洪亮吉解到后严加管束,随时察看,如能改过自新、安静守法,俟三五年后据实具奏,侯朕降旨。倘或故态复萌,使酒尚气,甚或妄肆议评、诋訾国是,又复形诸笔墨,保宁即一面锁拿,一面据实严参具奏,毋得稍为讳饰。

皇帝不屑细为剖白,是因为皇帝真的"在二十七个月孝服内,尚于八月间选看包衣三旗女子,本年二月选看八旗秀女"……刑部郎中达冲阿之女未送选秀女即行许婚,皇帝便加以申斥,并晓谕八旗及包衣三旗,必须在送选秀女之后方能婚配……

其余种种,不一而足。洪亮吉不吐不快,而皇帝是真的很不快,三天之内,便将他发配到了伊犁。

八月二十八日,洪亮吉从刑部南监被押到刑部主管赦免案件的江苏清吏司卸下刑具,然后,由兵部车架司拨车一辆,押出彰义门,踏上前往伊犁的路程。

当出京之际,洪亮吉真的明白了当日邵先生的话。

原来,我不是英雄。洪亮吉又不无自嘲地苦笑了一下。

在狱中,他到底认了罪。

因为他知道,只有认罪,才能免死。

人,或许只有在真的面对死亡之时,才能明白自己是个什么东西。

洪亮吉在狱中之时,前去看望他的有赵怀玉、张惠言、王苏、庄曾仪、陶登瀛、王引之、汪端光等人;出彰义门时,前去相送的有戴敦元、管同、赵怀玉、王苏、庄曾仪等人;追送不及者,还有王念孙、法式善、汪端光、张问陶、阮元等人。

其中,作为弟子的张惠言,与其他两人将洪亮吉直送到卢沟桥……

吾道终不孤。

春明门外驻征轮,簪笏同来唁逐臣。我视黄州已侥幸,缀行相送较情亲。

——洪亮吉《卢沟桥口占赠张吉士惠言并寄同馆诸君子》

第二日,洪饴孙筹措费用、车辆、衣物,赶到卢沟桥。洪亮吉嘱咐儿子回家,"阖门戴罪,恐惧修省",而后,带着两个仆人、一个车夫,直向伊犁……

十四

不许饮酒。不许写诗。

洪亮吉小心翼翼。

终不如仲则啊。瞧着门外的冰天雪地,洪亮吉心底暗自叹息一声。虽说他不认为自己错,朝廷内外,大多数的人也不认为他错,然而,他终是屈服了。

他想起当日,一进监狱,整个人就懵了,然后,一种恐惧感就像宣纸浸入水中一样,很快就漫遍全身。这使他羞愧。张惠言来看他的时候,安慰说,东坡乌台诗案之中,也曾恐惧。虽说那只是一场误会。但这场误会,使东坡以为自己死定了,那死亡的恐惧,便铺天盖地而来。

英雄不是恐惧死亡,而是如何去面对。张惠言很认真地说道。在学生看来,老师就是英雄。

洪亮吉苦笑道,老夫认罪了。

张惠言道,南八终是好男儿。

南八南霁云,曾欲留有用之身,以待将来。

洪亮吉涩涩地苦笑着,轻轻摇头。

他真的知道,自己不是英雄。入狱的时候,他已知道不是。出京的时候,更知道不是;到如今,他甚或以为,自己不仅不是英雄,相反,是一个懦夫。

因为当皇帝谕旨不许他饮酒、写诗之后,他真的就不饮酒、不写诗了。纵使是在诗情满腹的时候,那诗句也只是在他的心头流淌,决不敢写将出来;有时,忍不住写出几句,也郑重地收好,决不敢让别人知道。

诗是痼习。这又使得洪亮吉不无苦笑着想道。不许诗人写诗,无异于不许黄莺歌唱、不许鹰隼飞翔。这样的折磨,不写诗的人是永远也不会明白的。

洪亮吉忽然就明白了仲则。

那些年，黄景仁彻夜写诗，每有佳作，哪怕是三更五更，也会将熟睡的洪亮吉拉将起来，而后，兴奋地说着。当黄景仁说诗的时候，两眼炯炯，就像暗夜之中的星星一般。

伊犁的天空很是寥廓，远处的山，横亘在眼前，仿佛伸手就可以触摸一般。有鸟儿高高飞起，打几个旋儿，然后，向更远更高处飞去，很快地，就化作几个黑点，不见了。他们还会回来么？昔人云，鸟倦知还。那是因为鸟的翅膀上，没有铁链锁着。鸟儿飞去飞来，自由自在。可是人呢？人几时得似鸟儿？

不许饮酒。不许写诗。"倘或故态复萌，使酒尚气，甚或妄肆议评、诋訾国是，又复形诸笔墨，保宁即一面锁拿，一面据实严参具奏，毋得稍为讳饰……"洪亮吉的喉咙已被锁住。

他屈服了。

他不是英雄。

可是，此身能屈服，此心，又如何能屈服？

天上的神灵，人间的帝王，能够使无数人屈辱地低下他们的头颅，弯下他们的背脊，跪下他们的膝盖……但决不能使人的心也似他们的头颅、背脊、膝盖一样。纵然死了，屈辱地死去，那心，依旧会似顽石一样。

也许，不是英雄；也许，真的屈身，可一颗心，偏偏就似顽石。这样的心，未必要与人知，免得贾祸，连累家人、朋友。可这样的心，宛然长在啊。

我不是英雄。洪亮吉仰面瞧着伊犁的天空，黯然叹息着。

那颗顽石般的心，却始终都在坚持着。

绿鬓学仙愁已晚，即今况复苍颜。天空鸟去不曾还。未知双蜡屐，再入几名山。

半世著书难得了，砚台肯放清闲。酒人相约掩蓬关。脸从花索笑，心与石争顽。

——洪亮吉《临江仙》

皇帝的心也很不舒服。

去年，洪亮吉上书，几揭皇帝隐私，使得皇帝恼羞成怒，便以雷霆手段，一举将他拿下，发配到了伊犁。皇帝之所以没有开杀戒，一则是刚刚亲政，满朝文武，俱是老臣，一旦杀戮，只怕会使人有"兔死狐悲"之感；二呢，皇帝终不昏庸，至少，不想做一个历史留名的杀言臣的昏庸之君。

皇帝是想有所作为的。

皇帝相信，自古帝王，无不想做汉武、唐宗、宋祖那样的皇帝，做圣祖仁皇帝那样的皇帝。而要做这样的皇帝，就不能、无法随心所欲。

皇帝忽然就明白了唐太宗当日想杀乡巴佬时的心情。

没人喜欢听不想听的话，听揭私隐的话。

皇帝也一样。

"从此君王不早朝。"对于皇帝来说，这是一种快乐。可这样的快乐，让做臣子的来批判，那就不是一件快乐的事了。

有的事可以做，却决不能说的。

尤其是做皇帝的。

皇帝知道臣子们在议论。

皇帝也知道，臣子们的议论，都只在他们的心底。

他们不会写诗写文章，也不会上书上折子，不会像洪亮吉那样。

他们的表情，甚至跟往常一样。

可皇帝知道，他们的心，与他们的表情不一样。

心口不一，心口不一啊。这使得皇帝很是恼怒，却又无从将怒气发泄出来。就像虚空打拳一样，发不得劲，做不得力。

腹诽，这是腹诽啊。皇帝恨恨地想道。可古往今来，只有昏君才会以"腹诽"之名罪人，倘若皇帝也以此拿人的话……

皇帝苦笑。

皇帝也不自由啊。

倘若皇帝不想在历史上拥有昏君之名的话。

……可为什么,很多时候,皇帝竟有些羡慕史书中的那些所谓昏君?

满朝文武,土偶木梗。

他们恐惧着。

洪亮吉是前车之鉴。

每当上朝,唯唯诺诺,就像庙里的菩萨。

皇帝的心,又怎么可能舒服?

皇帝真的是想做明君的……

嘉庆五年(1800),入春以来,雨泽较少,立夏以后,仍未降雨。朝臣们私下里议论,以为是去年洪亮吉一案,朝廷不公,故而上天降兆,以彰天意。这样的议论,也传到了嘉庆帝的耳朵里,嘉庆帝勃然大怒,将龙书案几乎就踢翻了,可最终也只能颓然地坐在龙书案边,长叹一声,久久无语。

然而,嘉庆帝终不甘心。他只是降旨,将各省军、流以下案件减等,同时派官员致祭风神,甚至如高皇帝那般,亲至社稷坛斋心步祷。当年,乾隆朝,也曾有过干旱之年,皇帝"亲制大雩祝文,斋心步祷,驾未还宫,甘霖立沛"。然而,很可惜,纵然嘉庆帝如高皇帝一样的祷告,这雨,却始终不降。这使得嘉庆帝终不免内心狐疑,也有些许的恐惧,想,莫非真的是去年洪亮吉一案,惹怒了上苍?虽然说,子不语怪力乱神。可这冥冥中的事,谁又能说得清?或许,"唯有渥沛恩施,庶可仰祈昊贶"。于是,在闰四月初二那一天,嘉庆帝谕令刑部详查从前所办重案中久禁囹圄犯官及各员子孙释放回籍……对于发遣新疆等地永远不准释回的官常人犯,只肯"酌量加恩"……雨,依旧不见。

嘉庆帝叹息,想,莫非真的应在洪亮吉身上?

初三日,嘉庆帝谕令洪亮吉释放回籍,着江苏巡抚岳起留心查看,不许出境。谕旨一自颁发,彤云密布,子时,"甘霖大沛,连宵达昼",京师"近郊入土三寸有余,保定一带亦皆渗透"……

嘉庆帝苦笑,作诗以记其事。

三春孟夏久不雨,寸心恐惧时遑遑。二麦失候已难获,旱气又虑民罹殃。

——爱新觉罗·颙琰《得雨敬述闰四月初三日》

第二日,朱珪觐见,嘉庆帝手书见示,朱珪顿首,泣曰:"臣所郁结于中,久而不敢言者,至今日而皇上乃自行之,臣负皇上多矣,尚何言。"

朱珪身为帝师,一向都知道什么时候该说什么话,什么时候该说话,什么时候不该说话……

十六

日斜时候,日斜年纪,又是日斜风味。断肠言语不须多,况正值断肠天气。

前宵牢记,昨宵牢记,此夜更须牢记。半生最怕说销魂,敢再到销魂田地。

——洪亮吉《鹊桥仙》

夕阳西下。

常州,黄景仁墓前,一个老人默默地坐着,坐在墓前的石阶上。微风吹过,吹动他鬓边的白发,丝丝如银。

老了。良久,老人低低地慨叹一声。走不动了。仲则,可能这是我最后一次来看你了。

仲则。仲则。老人忽地就有些怔怔。因为他忽然发现,黄景仁的面庞在他的心头变得模糊起来……仲则长什么样子来着?什么样子来着?老人锁着眉头,苦苦地想着,可到最后,他发现,他怎么也想不起来了。

他想不起黄景仁的面庞。

这使得老人大为惊恐。

老了。真的老了。良久良久,老人又自长叹一声,神情之间,是说不出的落寞与惆怅。

记得那一年在江阴……是春天,还是夏天来着?哦,应该是夏天。童子试是秋天呢。那应该是夏末秋初?不对,好像天气还没凉呢。那一天,仲则,你穿什么衣服来着?一身白衣?像那一年的太白楼上?白衣,白衣,白衣好啊,纤尘不染,纤尘不染……仲则,你喜欢白衣呢,我……我好像喜欢灰色的多一点。白衣容易脏啊,脏了,一下子就看出来了,看着,不舒服,心里不舒服……唉,记不清了。那一天,仲则,你到底穿着什么衣服来着?那一天,我穿什么衣服来着？好像是灰色的褂子呢。我娘说，灰色的，耐脏，脏了，别人也看不出……

老人絮絮叨叨地，低着声音，在风中。

没人听得清他在说些什么。

他的身边，也没有人。

原本倒也有人跟着的，被老人赶走了。

老人说，别打搅老夫与仲则说会儿话。

仲则，仲则，天下谁人不识君。然而，知你者，又有几人？知你者又能如你者，又有何人？"十有九人堪白眼，百无一用是书生。"

……知道么，仲则，那一年，我上书皇上了……其实呢，我也知道，这样做，可能很傻，可我还是上书了。当时，我就想啊，倘若是仲则你啊，你会不会上书？"十有九人堪白眼"，这里，包不包括皇上？呵呵，大不敬了，大不敬了……不过，我已经老了，而且啊，也就和你说说，……放心，不会传到第三个人的耳朵里。我啊，老了，胆子早变小了……也就那一年，想"白眼"一下……结果是九死一生，九死一生啊……

老人默然良久，在风中。

那一年啊，我怕了，一进去啊，就怕了。什么罪都认了，求饶了，丢人啊，丢人……

老人心一酸，早已昏花的双眼便有些湿润。

臣罪当诛兮，皇上圣明。皇上圣明兮，臣罪当诛。

老人口中讷讷着，任得白发在风中凌乱，任得两行浊泪在苍老的脸颊上缓缓滚落。

直到月上东山。

老人站起身来，面对着那长满杂草的坟茔，轻轻地叹了口气，轻轻地说道："我走了，仲则。"顿了顿，忽地笑了起来，道："不再来打扰你了。也不让你笑话了……不来了。"说着，缓缓地转过身来，踽踽而去。

嘉庆十四年(1809)，五月十二日，洪亮吉病故。

这正是：

偶厌玉虚在，屈作世间人。人生谁最快意，良夜与良辰。我欲花开地下，更使水流天上，耳目一番新。倘荷化工允，宁惧俗流嗔。

又谁愿,朝列阙,叩群真。百年三万多日,卧足几回伸。九野分铺列宿,五岳填平四海,从此罢扬尘。万事等闲耳,无鬼亦无神。

——洪亮吉《水调歌头》

黄景仁

如此凄凉风更雨，便去也、还须住

浣溪纱

扑面黄尘梦一场。星辰霜露两难当。
依稀丛桂隔栏香。
四海几人堪入目，秋风何处转新凉。
晓烟愁散月茫茫。

李旭东

黄景仁白衣胜雪,站立在船头,显得寂寞无限,又潇洒无限。清晨的凉雨轻轻飘落,飘落在他的身上,打湿了他白色的衣裳。

黄景仁在清晨的雨中,在雨中的轻舟之上。

小舟从此逝,江海寄余生。

黄景仁没有去向朱筠辞行,便是兄弟一般的洪亮吉,他也没有去说一声。

他去意已决。

他知道,倘若真的辞行,朱筠无论真假,大约都会挽留;而洪亮吉,则会劝他和光同尘。这些年来,洪亮吉劝他的话,已经很多很多,劝他和光同尘,适应这一个世道,劝他保养身体,不要通宵作诗,不要动则生气。

这世间,使人生气的人,事,实在是太多,人既然活在这世上,面对这些,又焉能不生气? 黄景仁心中愤愤地想道。至于通宵作诗……我喜欢啊。我喜欢通宵作诗,喜欢这样的生活。人之一生,总要有些喜欢去做的事情,否则,这人生,岂非太无趣了一些?

黄景仁当然知道洪亮吉是为他好,是真的关心他,可他还是宁愿按照自己的意愿去活着,而不是活在别人的目光中。即使那人是他最好的朋友,甚至可谓是唯一的朋友,当作兄弟一般的朋友。

没人能够左右别人的生活,便是兄弟也不行。

他这一生,最向往的,就是随心所欲。

人活着已经很累,如果连心里话都不能说,心里想做的事也不能做,那么,岂不是更累? 这样累的活着,这样的人生,又还有什么意义?

——然而,为什么心中却又觉得阵阵苦涩?

或许,是我不适应这一个世界。黄景仁黯然想道。可我还得在这样的世上活着,即使是为了老母、妻子和孩子。

人,总不能只为自己活着。

人,为什么总是那么不自由?

那么,就让自己的心获得自由吧。

心的自由。

即使这也很艰难。

雨越下越大，豆粒大的雨点儿，很快就将黄景仁的衣裳打湿了。雇来摇橹的船家说，先生，进舱避避雨吧。那船家五十余岁的年纪，面色黝黑，身量不高，雨刚刚开始落下的时候，便已经戴上斗笠、披上了蓑衣。

黄景仁抹了一把脸上的雨水，转头冲那船家笑了笑，却没做声，也没有进舱。

两岸青山相对，正在如烟的雨中。

船家心中很是奇怪，想，这位相公看着怎么怪怪的？雨都下得那么大了，也不肯进舱去避避？

黄景仁忽地清了清嗓子，在雨中，在船头，高声唱了起来：

犹记去年寒食暮。曾共约、桃根渡。算花落花开今又度。人去也，春何处；春去也，人何处。

如此凄凉风更雨。便去也、还须住。待觅遍天涯芳草路。小舟也，山无数；小楼也、山无数。

——黄景仁《酷相思·春暮》

这是多年前的一首词。

人去也，春何处？

春去也，人何处？

那记忆中的痛与无奈，无论隔了多久，只要想起，依旧还在，就像折叠在箱子底的旧衣服一样。有人说，既然是旧衣服，何不扔掉？然而，对于很多人来说，这旧衣服……舍不得啊。就像舍不得忘却某个人、某件事一样。

在今晨的雨中，小舟之上，不知道为什么，黄景仁忽就想起这首词来。

也许，这一首词，始终都在他的心头，就像沉在杯底的茶叶一样，只要将杯子轻轻摇动，那茶叶就会轻轻浮沉，在水中。

那船家笑道，先生唱的小曲儿倒也动听。

黄景仁哈哈一笑，也不辩解，说，他唱的是词，而不是小曲儿。词雅，曲俗。词与曲终究不同。

那船家一边摇着橹，一边就笑眯眯地絮叨，小老儿年轻的时候，倒也学了不少小曲儿，那个时候啊，行船的时候啊，客人都喜欢小老儿唱的曲儿呢。

这使得黄景仁眼前一亮,笑道,老人家还会唱曲儿?

那船家得意道,年轻的时候啊,在这江上,小老儿一开口啊,四乡八里的妹子啊,都涌过来了呢。

黄景仁越发大笑,只觉这临时雇来的船家好生有趣,道,老人家年轻的时候是不是也长得很……嗯,很俊俏?这样说着,再看那雨中摇着橹的船家,黄景仁蓦然觉得,这老人好像也很耐看。这使得黄景仁转念间却又觉荒唐,心道,一个江上讨生活的船家,风里来雨里去的,又能耐看到哪里去?……不对,好像不对,黄景仁微微地锁着眉头,只觉自己的想法很不对。

读书人?前明以来,说部流行,那些才子佳人的故事……才子自然便是读书人,俊俏。说部中,读书人都俊俏,而那些渔夫、樵夫,似乎便是插科打诨的,长得似小丑一般。日常所见,何曾如此?只是文人所作说部之中,偏偏便如此。

一念及此,黄景仁不觉哑然失笑。他想起,从前,读那些说部的时候,何尝没有将自己当作才子——俊俏,会作诗,一身白衣,风度翩翩,然后,所到之处,无论大家小姐,还是小家碧玉,乃至青楼清倌人,无不一见倾心,欲与订终身,哪怕做小做妾,也是心甘情愿……

那真是别样的梦!

所谓才子……

在雨中,黄景仁轻轻地笑着,笑得有些冷,有些悲凉。

所谓佳人……

似此星辰非昨夜,为谁风露立中宵。

人世间的事,如此而已。

"老人家,"黄景仁深吸一口气,使自己已自波动的心情平复了一下,而后笑道,"那你便唱个小曲儿吧,也让小生见识见识老人家年轻时的丰彩。"

那船家大笑,道,不行,老了,老了,再唱那些个勾引姑娘的小曲儿,惹人笑话呢。

黄景仁又自失笑,道,没事,这船上,也就小生一个呢。

那船家抹了一把脸上的雨水,沉吟了一会儿,道,要不,真的就唱一个?老人黝黑的脸上竟有些奕奕的神采来。这使得黄景仁恍惚看见老人的年轻时代。

老人也曾有过属于他的年轻时代。

老人也曾俊俏。

老人也曾在这江上，唱着小曲儿，歌喉婉转，韵律悠扬，以至于四里八乡的姑娘们都纷纷涌到江边……

那些曾经年轻的姑娘们，如今，也应老了吧？

那船家就学着黄景仁的模样，清了清嗓子，又顿了顿，仿佛是酝酿情绪似的，半晌，方才开口唱道：

情人进门你坐下，袖儿里掏出了一子子头发。泪汪汪叫情人，你可全收下。我的爹妈今年打发我要出嫁。你要想起了奴家，看看我的头发。要相逢除非等奴回门罢。那时节与你再解香罗帕。

——《霓裳续谱·寄生草》

声音略带些嘶哑，更带着沧桑，就像生了锈的铜丝在空中乱旋一般，又有江声、雨声，与这曲子声混合在一起，直使人觉得人生无奈，莫名悲恸。黄景仁不觉就听呆了，两行泪水无声滚落，顺着脸颊，和着雨水，滴落在小船的甲板上，仿佛能使人听到滴答滴答的声响。

有一艘小船从后面追了过来，无声地，跟在黄景仁的这艘小船的背后，那船上的人，仿佛是被船家的曲子声吸引过来似的。

船家一曲唱罢，笑道，老了，唱不好了……

他的笑声，蓦然之间，也似他的曲子声一样，变得有些嘶哑，黯然。

这是一个有故事的人。黄景仁心中一动。原来，不仅我有故事。这船家，看起来很普通的一个老人，原来也有他的故事啊。

读书人会将他们的故事写出来，而眼前的这老人，故事，似乎只在他的心头。

黄景仁没有询问那老人的故事。

因为他知道，一个人的故事，对于他自己来说，是记忆，是感动，而对另一个人来说，或许，只是一个笑话，而且，这笑话往往还并不好笑。

"船家，"跟在后面的小船上，有人高声嚷了一句，"再唱一个……"

"好，那便再唱一个。"船家沉默了一会儿，笑着说道。

姐儿房中自徘徊。一对蝴蝶儿，过粉墙、飞将过来。哎哟，飞将过来。姐儿一见,心中欢喜,用手拿着绮扇将他扑,绕花阶。穿花径,扑下去,飞起来。眼望着蝴蝶儿飞去了,只是个发呆。我可是为甚么发呆?

——《白雪遗音·剪靛花·扑蝴蝶》

这一回,是捏着嗓子唱的,唱得着实欢快、活泼,仿佛使人能瞧见那在花丛中扑蝴蝶的姐儿似的。然而,听在黄景仁的耳朵里,却依旧是感觉那么沧桑,还有些悲凉。

年华不再。在心底,黄景仁忽然便涌起这样的念头来。当年华不再、人渐渐老去的时候,为什么总是会怀想起遥远的从前?从前的姐儿,从前的蝴蝶,还有从前的,那一子子头发……

人渐老,情难老。纵使眼前的这个船家,看着着实不起眼。或许,年轻的时候,他真的曾经俊俏吧。黄景仁这样想道。

姐在河边洗菜心,掉下个戒指一钱零六分。定打是纹银。定打是纹银。那个君子拾了去,烧黄二酒打半斤。请到我家的门,请到我家的门。虾米拌素菜,黄瓜拌面筋,油炸笋鸡懒翻身。蒜拌海蜇皮,蒜拌海蜇皮,情人上面坐,奴在下面陪,知心的话儿说几句,莫要告诉人,莫要告诉人。

——《白雪遗音·剪靛花·洗菜心》

一曲唱罢,那船家仿佛是唱出兴致来似的,也不待人说话,便又唱将起来。一曲一曲,直唱到嗓子哑了,唱不动了,方才住嘴不唱。

跟在黄景仁小船后面的那艘船,不知什么时候已经不见了。

乾隆三十八年(1773),已在朱筠幕下半年有余的黄景仁与同僚一语不合,径自出了使院,质衣买轻舟,直往徽州。等洪亮吉知道消息已是第二天,再去追时,已经来不及了。

二

露浓烟重,一阵衣香何处送。倚遍回廊,九曲栏杆九曲肠。去年今夕,木犀花底曾相识。此夜花前,只有清光似去年。

相思谁说，水晶帘外朦胧月。憎煞婵娟，偏对楼头作意圆。绮窗人静，露寒今夜无人问。廿四桥头，一曲箫声何处楼。

——黄景仁《减兰·中秋夜感旧》

我是扬州狂杜牧。似水闲情，占得烟花目。酒醒月明花簌簌。小红楼上春寒独。

犹记绿阴深处宿。帘卷东风，重把幽期续。泪眼细将红豆嘱。那人家住雷塘曲。

——黄景仁《蝶恋花》

"我想写一组诗，"黄景仁很认真地对看榜回来的洪亮吉说道，"好好儿地写一组诗。"在他身前的书案上，是乱七八糟的一叠词稿，有的写得还算清晰，有的则涂抹得像厨房的抹布一样，连字都看不清，更不用说词句了。黄景仁一向才大，写诗填词，虽不好说文不加点、一字不易，写成之后，大多也就改动寥寥数字而已，像这样整张纸改得几乎看不清的情况，还真不多见。这些年积累下来的诗词稿，他一直都带在身边，哪怕是来江宁乡试的时候。

他与洪亮吉所住之处，是前明徐达东花园旧址。其他朋友，各有住处。

这一科，一群朋友，黄景仁、洪亮吉之外，还有邵培德、吴蔚光、孙星衍、杨揆、赵怀玉等，一起来到江宁，一起进考场。等发榜的时候，其他人相约前去看榜，黄景仁却没有。

"看与不看，又有什么区别？"黄景仁这样说道。

洪亮吉想了想，笑道，好像仲则这话还很有道理。不过，话是这样说，他还是和朋友们一起出了门。朋友们当中，有自己的表弟赵怀玉，还有恩师邵齐焘先生的哲嗣邵培德，一起高中的话，似乎不大可能；一起落榜的话，似乎……倒有这个可能……

洪亮吉想起，这些年，与黄景仁同来江宁多少次，每一次都以为，两个人总要中一个吧？结果呢？结果都是同来同归，双双落榜。

这乡试之艰难，唯有亲历者才会明白。

与学识、文章无关。

洪亮吉这一次出门去看榜的时候，跟往常一样，心中有些忐忑；看榜回来，半是开心半是惆怅。饶是这样，还得竭力控制着自己的情绪,不断地说着"侥幸侥幸"的话,以此来安慰落榜的朋友们。副榜,看起来总比落榜要好很多啊——这一科,只有他与邵培德得中副榜,或者叫副车。副车者,副榜也,副榜贡生也,乡试录取名额外列入备取,可入国子监读书。这就像原本想嫁人做妻结果却只是被纳为小妾一样,虽说终得以伴在萧郎身侧,可在旁人看来,终未免有些像笑话。

还不如不中。当看到那些名登正榜的士子们兴高采烈地从身旁呼啸着走过的时候,原本还很是开心的洪亮吉这样对孙星衍说道。

孙星衍大笑。

孙星衍与洪亮吉今年方才相识、订交。

对于落榜,孙星衍根本就没有放在心上。不仅没有放在心上,相反,对于洪亮吉的副榜贡生,他时不时还会嘲笑几声。赵怀玉则显得有些落落寡欢的样子,嘀咕着说,文章没觉得哪里不对啊,经义好像也没错啊……

各人自有表情。等将近东花园的时候,众人对望一眼,道,稚存,还是你对仲则去说吧。而后,他们各回住处,散了。他们知道,即使是朋友,也是分亲疏远近的。无疑,黄景仁最好的朋友,只能是洪亮吉。

洪亮吉苦笑,想,该如何与仲则说?说,中了副榜还不如不中?还是直接安慰,说,那些考官瞎了眼?黄景仁一向傲岸,又敏感,虽说不至于与他也一语不合就翻脸,可那是因为这么多年以来每与黄景仁在一起的时候,都很注意到他情绪的缘故。一个人,如果真的将他当作朋友,无论做什么,就都会为他打算,照顾他的情绪,而不是随心所欲,想说什么就说什么,想做什么就什么。黄景仁就是这样,所以,才没什么朋友。朋友们说,洪黄倒是很互补。此言得之。

这样想着,一进门,便见黄景仁从书案边抬起头来,对他说道:"我想写一组诗,好好儿地写一组诗……"

而后,他看到那摊在书案上的词稿,有的写得还算清晰,有的涂抹得不成模样。这些词稿,洪亮吉基本都很熟悉,因为刚刚写就的时候,黄景仁几乎都拿给他读过,有时,尤其是同在朱筠幕下的时候,深更半夜的,黄景仁只要写好,都会将他叫醒,而后将写好了的,拿给他看。洪亮吉记得,那半年,在昏暗的灯光下,黄景仁叫醒他读那些文字的时候,往往会笑,直笑得双颊晕红,就像春日的桃花一般,天真,灿烂。洪亮吉惺忪地笑,揶揄着问这些诗词的本事,尤其是词。黄景仁还只是笑,笑得得意,腼腆,又有些忧伤。黄景仁一向都不会掩饰自己的情感,尤其是与洪亮吉在一起的时候。

情感归情感,秘密归秘密。

每一个人的心底都会珍藏着一份秘密。黄景仁说。这些秘密,对于别人来说,或许根本就不算什么,可对他自己,却很珍贵。

他不肯说这些诗词的本事。

洪亮吉明白他的意思。

哪怕是最好的朋友,对于珍贵的认可,也未必相同。我之珍贵,或许,就是汝之草芥。世间事,原就如此。

不如留一点神秘吧。黄景仁有些真诚又有些惆怅地说道。就像当年李义山的无题一样。

洪亮吉便笑着点头,道,我不再问。虽说不再问,心中到底还是有些好奇的,想,仲则这是喜欢上谁了?便跟黄景仁一样,又有些怅然,想,仲则与我一样,难兄难弟,江湖奔波,困顿异常,纵使有喜欢的姑娘,又能怎样?徒然远望而已。

在这看榜的时候,黄景仁忽然将这些从前的词稿翻捡了出来,又说了这样的话,到底何意?就是想好好儿地写一组诗?

洪亮吉随手翻看着这些词稿,心中却想,到底要不要将他落榜的消息告诉他?不过,以仲则的聪明,应该也能知晓,因为如果中了的话,一进门,我应该是恭喜他……有时候,不说,也是说啊。

“稚存!”黄景仁见洪亮吉没有搭理他,不由得有些生气,忍不住就叫了一声。

“什么?”洪亮吉问道。他的眼睛瞧着那些词稿,从“此夜花前,只有清光似去年”,到“泪眼细将红豆嘱,那人家住雷塘曲”,心中却在乱想着,忽而想仲则到底是喜欢上了哪家的姑娘?在扬州认识的?忽而又想,到底要不要说这一次发榜的事?这副模样,看在黄景仁的眼中,便是心不在焉。

“我说我想好好儿地写一组诗!”黄景仁冲着洪亮吉大声说道。

“写就写呗,”洪亮吉随口道,“写诗对你还不是像喝水那样容易……”

黄景仁越发生气,道:“洪稚存,你到底有没有听我说话!”

洪亮吉抬起头来,苦笑一下,道:"我在听着,仲则,只是……"他的脸色依旧有些迟疑。

黄景仁恨恨地瞪了他一眼,道:"不要跟我说发榜的事!我知道我又没中!"

"仲则……"洪亮吉便有些尴尬。

"你中了?"

"……好像是。"洪亮吉苦笑着。

"第几?"黄景仁追问着,脸上似笑非笑。

洪亮吉叹了口气,道:"副榜。"

"副榜?"

"……嗯。"

黄景仁忍不住大笑起来,跟孙星衍一样。

洪亮吉没好气道:"好歹也算中了不是?笑什么……"到最后,这话,说得还是没了底气。副榜,副榜,跟落榜的确是不同,算是中了;可这中了,也只是获得一个入国子监读书的机会,还不算是获得举人功名啊。如果要在功名之路上走下去,还是得继续乡试。洪亮吉看榜回来,一路之上,早想明白了这个问题,心情便也由最初的开心慢慢地变得有些不开心,到最后,索性是有些惆怅与沮丧,尤其是在孙星衍大笑之后。

"……罢了,下一科,咱们再来考过就是。"说罢,洪亮吉忍不住又道,"这样,你开心了?"

黄景仁揶揄道:"我根本就没放在心上,倘若不是邵先生的嘱托的话,倘若不是……"他叹了口气。平生所愿是做一个诗人,而不是走在功名之路上;可要生存,作为一个读书人,还得在这条路上走啊。有时候,人真的很无奈,想做的事无法去做,不想做的事却非做不可。去岁岁末,除夕,他曾有诗写道:

千家笑语漏迟迟,忧患潜从物外知。悄立市桥人不识,一星如月看多时。

年年此夕费吟呻,儿女灯前窃笑频。汝辈何知吾自悔,枉抛心力作诗人。

——黄景仁《癸巳除夕偶成》

写诗填词，是他所喜欢的，他平生所愿，是做一个诗人。可这样的话，赚不到银两啊，即使那诗词或许也能获得几个名士、高官的赞叹，让他在大江南北也有了小小的声名。

洪亮吉也叹了口气。因为他与黄景仁有同样的感觉。"诗词终是小道……"沉吟着，洪亮吉这样说道。

"罢了，不说这个了。"黄景仁打断他的话。

"……嗯。那说什么？"洪亮吉问道。

黄景仁佯怒道："你到底有没有在听我说话？从你一进来，我就说，我想好好儿地写一组诗！"

洪亮吉微微一怔，这才觉得，眼前的黄景仁似乎比从前的任何一个时刻都要认真得多、庄重得多，这使得洪亮吉不由心中一动，道："像老杜的《秋兴》八首一样？"老杜的《秋兴》八首，或许在当时并不怎样，可到了后世，尤其是本朝，影响之大，直教人匪夷所思。或许，跟国朝初钱牧斋的十三叠《秋兴》八首韵有关吧。洪亮吉这样想道。

"不一样。"黄景仁笑了起来，笑得有些腼腆，又有些得意，"你知道的，我并不学老杜……"

"……太白？"洪亮吉心想，仲则虽说诗学太白，可太白似乎并没有什么组诗啊，像《古风》五十九首，那可算不得是一组。所谓组诗，看起来是若干首，其内在关联，层层递进，是可当作一首来读的。老杜的《秋兴》八首便是如此。牧斋的十三叠《秋兴》韵，也是如此。组诗，非大手笔不可为之，也不能为之。那些松散的，即便是在同一个标题下，也是不能当作组诗来看的。

黄景仁再次摇头，道："应该不是学太白。"又白了他一眼，道："太白天才，不可学。"

洪亮吉笑道："那要看是什么人的。像你黄仲则，愚以为，假以时日，必能神似。太白楼之事，我可不敢忘。"太白楼头，黄景仁立马成诗，宛然太白风范，众人惊叹，等在太白楼外的士子们更是惊为天人，纷纷传抄，以至于这个夕阳中的白衣少年一时名动，甚至许多年后，还有人不断提起，直到民国时期，郁达夫还曾写过一篇小说《采石矶》，叙述黄景仁的故事。故事中，黄景仁天才横溢，只是有些神经质，以至于在朱筠幕下，除了洪亮吉之外，其他人他谁都瞧不起——自然，这话是不确切的。朱筠幕下，不乏一时名士，黄景仁曾写过诗词给他们当中的一些人，像万黍维，就写过《貂裘换酒·题万黍维持筹读律图》《风流子·送黍维归宜兴》。黄景仁并非是完全不近人情,只是终究傲岸,白眼朝人时多,一语不合便翻脸时多而已。

万黍维之外,朱筠幕下,还有王念孙、章学诚、戴震、戴霖、庄炘、瞿华、汪中……不乏名动后世的大学者,要说这些人黄景仁一个都瞧不起,那还真说不过去。只不过当日到底与谁吵翻以至于买轻舟飘然而去,洪亮吉与他再次相见时也曾问起,他却死活都不肯说了。自然,如果愿意的话,洪亮吉也能打听出来,但他没有。

因为他们是朋友。

洪亮吉相信他的朋友。

黄景仁笑着说道:"承你吉言,不过……"他转头瞧了瞧桌上的词稿,道:"我翻出了这些,重新看了一下……"笑道:"感觉自己写得还不错,只是又感觉还有很多想说的话没能说出来。……很多话……"神情显出些落寞来。

人想说话,很多时候,是怎么也憋不住的。从前,闲聊的时候,黄景仁与洪亮吉便曾这样说起。这个比方很粗俗,但同时也很形象。所以,我们才写诗、填词。洪亮吉这样回答道。写诗、填词,与文章不同。文章很理智,而诗词很情感;无情者,难以为之。无论家国情怀,还是个人情感,俱是如此。

洪亮吉心中一动,徐徐说道:"你是说……你忘不了的……那个人?"虽说不知到底是一个怎样的女子才让黄景仁这些年来都难以忘怀,但洪亮吉知道,这些年来,黄景仁真的是忘不了。或许,这已足够。

黄景仁点点头,自嘲似的笑道:"是不是很傻?"喃喃念道:"'老来多健忘,唯不忘相思'……"这是白居易的两句诗。十一岁时,白居易与七岁的邻女湘灵相遇,从此,一生不忘。

洪亮吉轻轻摇头,道:"朱竹垞一生爱怜静志,其居处索性名之曰'静志居',其《风怀》二百韵,宁肯死后不进文庙也决不肯从集子中删掉……没人说他傻。"叹道:"'共眠一舸听秋雨,小簟轻衾各自寒',其词数百,唯这两句深情,叫人过目不忘。"

黄景仁大笑,指着洪亮吉,道:"知我者,稚存耳。"

洪亮吉便也大笑起来,笑罢,说道:"如此,你是准备似义山无题那样了?"

黄景仁笑道:"不会那么晦涩。"

洪亮吉道："我却还是不知到底是哪个女子让你黄仲则念念不忘。"

黄景仁嘿嘿一笑，道："不说。"

"不够朋友。"洪亮吉佯作生气道。

"那也不说。"黄景仁略带得意地说道。

"那你跟我说要好好儿地写一组诗是什么意思？"

"没什么意思。"

"没什么意思又说什么？"

"因为你是我朋友啊。"

"那你还不告诉我到底是哪家的女子？"

"嘿嘿，就不告诉。"

"那还是不够朋友。"

……

乾隆三十九年（1774），九月，江宁乡试榜发，洪亮吉得中副车，黄景仁落榜。

这副车与落榜，看起来似乎不同，其实一样：得中副车，也只是获得一个入国子监读书的机会，这乡试之路，依旧得走下去。

他无法选择。

作为读书人，很多时候，真的是无法选择的。

其实，人生岂非也是一样？功名，事业，情感，又有什么是能够自己选择的？人似风中零叶，总是随风而转。

三

从常熟祭拜邵齐焘先生墓不久之后，洪亮吉便与黄景仁分了手，各自东西。黄景仁在为谋生而奔波，洪亮吉同样如此。只是与黄景仁别后的洪亮吉心头始终都有些惴惴不安。

因为在常熟，仲雍祠前，黄景仁向他托以后事，要他答应。

洪亮吉说，君才二十七岁……

黄景仁却很认真，道，我自己的身子骨儿我自己知道。

这使得洪亮吉很是黯然。因为他很清楚，黄景仁自来体弱，又不注重保养自己，每每通宵作诗，直到天明。从前，邵先生活着的时候，也曾因此而劝过他，然而，黄景仁听则听矣，却从不肯改。洪亮吉自己,这些年来,也不知劝过多少次,黄景仁同样也只是听听而已。有时,被劝得烦了,便道:"我也知道这样不好,可每有诗意,难以克制,非要起身写出来不可……"洪亮吉苦笑。他明白,作诗就是这样,当心有诗意的时候,即使不起身写下来,估摸着也不可能睡得着了。对于诗,黄景仁比任何人都要执着,都要疯魔。

洪亮吉自然不肯答应黄景仁的请托,说,别急,你还年轻着呢……

结果,黄景仁将他拉入仲雍祠中,几乎是强迫着他在神像前跪下……

这使得洪亮吉越发地担心与忧伤。

洪亮吉想起,从前,邵先生刚刚去世的时候,他们来虞山,祭拜先生,黄景仁哭以为词,连填四阕:

君来因底事,今依旧,主芙蓉。空廿载经空,半生阆苑,名落寰中。只何故、夺君恁早,诟天心、真个忌才工。万里月明惨惨,五更海雾濛濛。

九原休恨别匆匆。天上更相逢。待鹤唳归来,钟鸣萧寺,影落青枫。今宵故人来此,问吟情、可与旧时同。千点泪珠零雨,数丝霜鬓临风。

人间呼殆遍,君似醉,也应醒。但枯树粘天,浮云挂地,有影无形。痛一点、墓门紫火,空呕将、心血误浮名。一自子期去后,曲终江上峰青。

南沙城枕尚湖滨。曾约共登临。怎芒屩来时,青山有恨,流水无声。此间玉霄不远,扣天关、风雨泣山灵。千载仲雍言偃,一般蔓草荒城。

——黄景仁《木兰花慢·月下登虞山哭邵叔宀先生》

余年刚弱冠,曾饮博、惯纵狭斜场。幸北海尊前,容吾跌宕,东山座上,恕我疏狂。相将久、庭前逢玉树,帐后识诸郎。绿酒黄花,时陪欢宴,风晨月夕,每话行藏。

期间频离别,空江明月,野渡清霜。几度诗缄远道,瓣祝名香。诟半生落拓,天憎遇合,数行风雨,碑断文章。一梦蚁窝醒也,万古斜阳。

哲人今萎矣，算百岁、齿发未凋残。怪庚子日斜，妖禽有验；龙蛇岁在，恶梦无端。伫望处、征车来地下，丹诏别人间。讲院归来，半床书掩，夜台吟罢，数杵钟阑。

枫林红于血，荒冈泪洒，万树齐殷。下有累累古冢，不辨何年。想先生当日，也曾凭吊，此时弟子，空哭青山。月落屋梁时候，想见苍颜。

——黄景仁《风流子·月下登虞山哭邵叔宀先生》

当时读过，洪亮吉只觉词意悲伤，或许是因为仲则情不自禁，感激邵先生的教导之恩、知遇之情。可不过短短几年，洪亮吉重新想起，蓦然觉得，仲则的这几首词，好像是伤人伤己，"九原休恨别匆匆，天上更相逢"，这样的词句，实不应出自仲则笔下的。要知道，写下这样词句的时候，仲则才二十出头啊。

词言情。词中所体现的，正是仲则内心真实的情感。这样的情感，洪亮吉现在想来，只觉惊心动魄。或许，是因为去年黄景仁郑重其事地向他托以后事的缘故吧。

但愿是我多心，更是他多心了。洪亮吉这样想到。

洪亮吉正胡思乱想着，忽就见左辅与赵怀玉匆匆从外面赶来，一进门，便道："稚存，仲则给你的信收到没有？"

"什么信？"洪亮吉愣了一下。年初的时候，洪亮吉经彭元瑞推荐，入江宁知府陶易署，修校李锴《尚史》，后又教陶易之孙，还兼着做书记，也就是后世的秘书。直到四月，陶易进京，他无事可做，方才回到常州。七月，重回江宁，想谋个新的事情来做。九月，应句容县知县林光照之聘，教课其婿。直到岁末，次子洪盼孙出生，洪亮吉方才又回常州。江湖奔波，这个月甚至还不知道下个月会身在何方，想及时收到朋友的来信，实在不是一件很容易的事。

左辅道："那你先看看这个。"说着，将手中的信笺递给了洪亮吉。

是一首词。

生怕数秋更，况复秋声彻夜惊。第一雁声听不得，才听。又是秋蛩第一声。

凄断梦回程，冷雨愁花伴小庭。遥想故人千里外，关情。一样

165

疏窗一样灯。

——《南乡子·秋夜寄怀维衍》

洪亮吉读罢,抬头笑道:"仲则就是这样,好好地写给朋友的词,都会写得凄凄切切的。"他心中却有些疑惑,道:"仲甫的意思是,仲则有词给你,也会有信给我?"

赵怀玉笑道:"仲甫不是这个意思……"

这一说,却使洪亮吉越发疑惑,道:"那你们今儿来找我的意思是……"这样说着,不觉笑了起来,道:"是我的不是了。仲甫与亿孙联袂而来,我这厢絮絮叨叨的,着实是我的不是了。"说着,赶紧让两人坐下,然后,吩咐妻子蒋氏沏茶。赵怀玉忙道:"嫂子别忙。稚存,仲则在给仲甫的信中说,有一组《绮怀》诗寄给你了,所以……"洪亮吉恍然道:"原来这样。"瞧着这两人眼巴巴的样子,不觉又笑了起来,道:"你们莫非是为这一组诗而来?"左辅与赵怀玉相视而笑,道:"还真是这样。"顿了一下,左辅道:"仲则说,他平生为诗数千,倘若有可传者,当是此组《绮怀》。"洪亮吉怔了怔,道:"他当真这么说?"左辅笑道:"所以我很好奇啊。刚好亿孙到吾家来,合计了一下,就来找你了。不知道那封信你收到没有?"

洪亮吉点点头,道:"早就收到了。"

左辅与赵怀玉俱大喜,道:"那赶紧拿来看看!"

洪亮吉苦笑,道:"绮怀,绮怀,仲甫、亿孙,听这个题目,你们也应知仲则他写的是什么了。嗯,给我的时候,那组诗写的题目是《绮忆》,莫非……"

"没错了,应该是同一组。"左辅笑道,"仲则说,原先是写作《绮忆》的,后觉'忆'字无情,故而改作了'怀'字,'怀'字便有情多了。"

洪亮吉沉吟不语,半晌,叹息一声,道:"我倒觉得,这一组诗,无论是'忆'还是'怀',他都不该写的。"说着,神情便有些黯然。

这一回,轮到左辅与赵怀玉有些不解了,道,为什么?

"你们看了便知。"洪亮吉这样说道。说着,便从书房中将黄景仁的那组诗找了出来,递给左辅与赵怀玉。

"我想写一组诗,好好儿地写一组诗。"洪亮吉想起去年黄景仁说的话来。黄景仁果然好好儿地写了一组诗,《绮忆》,或者叫《绮怀》,洪亮吉也相信,这一组诗,应能传世。可为什么接到这一组诗之后,他就一直都不快活? 一直都在为他的朋友担忧?

楚楚腰肢掌上轻,得人怜处最分明。千围步障难藏艳,百合葳蕤不锁情。朱鸟窗前眉欲语,紫姑阢畔目将成。玉钩初放钗初堕,第一销魂是此声。

妙谐谐谑擅心灵,不用千呼出画屏。敛袖掬成弦杂拉,隔窗掺碎鼓丁宁。湔裙斗草春多事,六博弹棋夜未停。记得酒阑人散后,共搴珠箔数春星。

旋旋长廊绣石苔,颤提鱼钥记潜来。阑前罽藉乌龙卧,井畔丝牵玉虎回。端正容成犹敛照,消沉意可渐凝灰。来从花底春寒峭,可借梨云半枕偎。

中表檀奴识面初,第三桥畔记新居。流黄看织回肠锦,飞白教临弱腕书。漫托私心缄豆蔻,惯传隐语笑芙蕖。锦江直在青天上,盼断流头尺鲤鱼。

虫娘门户旧相望,生小相怜各自伤。书为开频愁脱粉,衣禁多浣更生香。绿珠往日酬无价,碧玉于今抱有郎。绝忆水晶帘下立,手抛蝉翼助新妆。

小极居然百媚生,懒抛金叶罢调筝。心疑棘刺针穿就,泪似桃花醋酿成。会面生疏稀笑靥,别筵珍重赠歌声。沈郎莫叹腰围减,忍见青娥绝塞行。

自送云耕别玉容,泥愁如梦未惺忪。仙人北烛空凝盼,太岁东方已绝踪。检点相思灰一寸,抛离密约锦千重。何须更说蓬山远,一角屏山便不逢。

轻摇络索撼垂恩,珠阁银栊望不疑。栀子帘前轻掷处,丁香盒底暗携时。偷移鹦母情先觉,稳睡猧儿事未知。赠到中衣双绢后,可能重读定情诗。

中人兰气似微醺，芗泽还疑枕上闻。唾点着衣刚半指，齿痕切颈定三分。辛勤青鸟空传语，佻巧鸣鸠浪策勋。为问旧时裙衩上，鸳鸯应是未离群。

容易生儿似阿侯，莫愁真个不知愁。夤缘汤饼筵前见，仿佛龙华会里游。解意尚呈银约指，含羞频整玉搔头。何曾十载湖州别，绿叶成阴万事休。

慵梳常是发鬔鬙，背立双鬟唤不应。习得我抨珠十斛，赚来谁费豆三升。怕歌团扇难终曲，但脱青衣便上升。曾作容华宫内侍，人间狙狯恐难胜。

小阁炉烟断水沉，竟床冰簟薄凉侵。灵妃唤月将归海，少女吹风半入林。炧尽兰缸愁的的，滴残虬水思愔愔。文园渴甚兼贫甚，只典征裘不典琴。

生年虚负骨玲珑，万恨俱归晓镜中。君子由来能化鹤，美人何日便成虹。王孙香草年年绿，阿母桃花度度红。闻道碧城阑十二，夜深清倚有谁同。

经秋谁念瘦维摩，酒渴风寒不奈何。水调曲从邻院度，雷声车是梦中过。司勋绮语焚难尽，仆射余情忏较多。从此飘蓬十年后，可能重对旧梨涡。

几回花下坐吹箫，银汉红墙入望遥。似此星辰非昨夜，为谁风露立中宵。缠绵思尽抽残茧，宛转心伤剥后蕉。三五年时三五月，可怜杯酒不曾消。

露槛星房各悄然，江湖秋枕当游仙。有情皓月怜孤影，无赖闲花照独眠。结束铅华归少作，屏除丝竹入中年。茫茫来日愁如海，寄语羲和快着鞭。

——黄景仁《绮怀十六首》

起初，左辅与赵怀玉两人还边看边笑，边议论，道，听说，是仲则姑母家的一个婢女……读到最后，"茫茫来日愁如海，寄语羲和快着鞭"，两人俱自动容，道："仲则他何苦如斯？何苦如斯？只是一个婢女而已。倘若开口的话，他姑母还不给他？"

洪亮吉轻轻摇头，想：你们不明白的。你们不会明白，这一个女子，在仲则的心中，是何等之重要。至于这个女子到底是不是婢女的身份，到底是不是黄景仁姑妈家的一个婢女，其实，对于黄景仁来说，一点都不重要的。重要的是，这一个女子，从相遇之后，就一直在黄景仁的心头。

四

舟泊怀远，暮色苍茫。黄景仁站立在船头上，伫望着水面的粼粼波光，心中忽就有些忐忑起来，想，一组《绮怀》，写得倒是畅快了，倘若让妻子看了去，她会怎样？这样想着，忐忑之外，未免又有些内疚。

是我的错。黄景仁微微地眯着眼，苦笑了一下。然而，我又有什么办法？一个人，要喜欢上另一个人，这一生，都记挂着那个人……又有什么办法？即使那个人身份低微，即使旁人知道了都会笑话，可是，我又有什么办法？我就是喜欢她，就是记挂着她，想着她。这一路行来，睁眼的时候，想着；闭眼的时候，想着；写诗的时候，想着；不写的时候，也想着。"茫茫来日愁如海，寄语羲和快着鞭。"我……我又有什么办法？

就像当日的白乐天，一生都想着湘灵；就像国朝初的朱竹垞，一生都想着静志……

我又有什么办法？

即使我也知道，那样的挂念，是怎样的绝望。

就像眼看着夕阳西下，无法挽回的，绝望。而更使人绝望的是，当我这样想她、挂念着她的时候，她是否知道？倘若知道，她是否也会如同我想着她一样地想着我？

如此星辰非昨夜，为谁风露立中宵。

应该是知道的。黄景仁幽幽想道。当日，我们也曾经那样快乐。然而，当我知道我为什么快乐的时候，她是否也知道？

黄景仁想起那快乐时的心动。

那样的心动、那样的快乐，也许，今生不会再出现。

细雪乍晴时候,细水曲池冰皱。忽地笑相逢,折得玉梅盈手。肯否?肯否?赠与一枝消酒。

闻说玉郎消瘦,底事清晨独走。报道未曾眠,独立闲阶等久。寒否?寒否?刚是昨宵三九。

一阵雀声噪过,满院沉沉人卧。此去是书斋,只在春波楼左。且坐。且坐,我共卿卿两个。

一抹蓬松香鬓,绣带缩春深浅。忽地转星眸,因甚红潮晕脸。不见。不见。日上珠帘一线。

——黄景仁《如梦令·晓遇》

天色渐渐地暗了下来,微风拂过水面,泛起层层波澜,簇拥着密密麻麻停泊在岸边的船。船上的船夫们已经开始生火做饭,船客们三三两两地,站在船头,眺望着河岸上昏暗的灯光,有一搭没一搭地议论着,道,这里是怀远呢。便又有人道,便是汉时的沛郡吧?又有人道,无支祁应也是在此处吧。又有人疑惑地道,无支祁?什么无支祁?先前那人便笑,兄台不读书也。唐李公佐《古岳渎经》中有记载,这无支祁,是淮河水神呢,说是"形若猿猴,缩鼻高额,青躯白首,金目雪牙"……原来是只猴子啊。孙行者?不是,不是,只是说形若猿猴,又没说便是猿猴。我说诸位,我们读书人,不是应该读圣贤书么?子曰,子不语怪力乱神。读这些荒诞不经之书,读之何益?唉,闲来无聊之时读读罢了。袁子才写过一本笔记,便唤作《子不语》呢。纪晓岚有《阅微草堂笔记》。呵呵,这可都是当今名士,也著荒诞不经之书呢!

众人或作高深状,或作调笑状,或作天真状,或作博学状,打发着这黄昏时的时光。

黄景仁忽地想起前明张岱的《夜航船》来,不觉莞尔,原本有些闷闷的心情,竟也因此而有些轻快起来。

我说,禹王治水应也经过这里吧?应该是吧?据说,禹王新婚不过四日,便治水去了。嗯,是呢,禹王其圣人乎?"三过家门而不入。"哈哈,"三过家门而不入",就不想老婆?圣人嘛。禹王圣人,天下为公。三年后回家,方才见其子呢。等等,等等,禹王"三过家门而不入"？是呢。三年后回家方才见其子？是呢。这孩子？哈哈，你这家伙，龌龊了，禹王新婚后方才离家的嘛。是呢。哈哈。呵呵。那要考证一下，这孩子，应是启吧？这启，当时多大？怎么考证？本朝多学者喜欢这样考证呢……

众人呵呵呵地笑着，一边笑着，一边议论，将个大禹治水的故事，编排得真个有些龌龊了。然而，听在黄景仁的耳朵里，那原本已经有些轻快起来的心情，蓦然之间，又渐渐地有些沉重起来。成亲以来，一直都奔波在外，对这个家，黄景仁始终都有些内疚，尤其是在他的心里，还装着另一个人，始终都装着。也许，这对于黄景仁来说，是美好，是绝望，是绮怀，是忧伤，是"如此星辰非昨夜"，是"有情皓月怜孤影"，可对于妻子来说呢？或者说，又有哪个做妻子的，愿意她丈夫的心头始终都装着另一个女人？即使他们的婚姻，原就是"盲婚盲嫁"……

黄景仁叹息一声，心头浮现出妻子的身影。她的脸色略有些苍白，她的嘴角浮着些讪讪的、淡淡的笑，她身材矮小，小得就像个孩子。

她不美丽，也没有梨涡，更没有星眸。

她只是个寻常的女子。

然而，此际，在写完《绮怀》之后很久，黄景仁的心头，那一个身影，或许曾经模糊的身影，竟渐渐地清晰起来。

是我对不起她。黄景仁喃喃着。待在北京安顿下来，是该将她与孩子们接来了。

因为她是他的妻。

无论他喜不喜欢，她都是他的妻，是他孩子们的母亲，是将陪伴他这一生的人。而《绮怀》，"绮怀"中的那一个人，这一生，都只能存在于他的心头。

人生真的无法选择。黄景仁无奈地叹息着。他想得到的，得不到；而他得到的，将陪伴他一生，即使死了，他们的名字，也将镌刻在同一块墓碑上。倘若将来后人给他编年谱的话，那个《绮怀》中的女子，或许说不清，可他的妻子，将明明白白地在他的年谱中，从新婚那一日，到渐渐老去，死去。

就像树与藤。

无论树愿不愿意，藤愿不愿意，那树与藤，都将纠缠一辈子啊。

"下雨了，下雨了……"忽有人嚷嚷了起来。冬日的雨，不知道什么时候开始,轻轻地洒落了下来,冰凉冰凉的,落在船头,落在水面,落在岸上。起初,只是小雨;然后,雨渐渐地就大了起来。

黄景仁忽就想起那一日与人一言不合便买舟直下徽州,似乎也是在雨中。

在那雨中,他听着一个老人唱着一支又一支的小曲儿,想着一个人。

此刻,也一样。

在雨中。

想着一个人。

那一个人,始终都在他的心底。

即使在他感觉对妻子内疚的时候。

人的情感就是这样。我,又有什么办法?

为语长年,前途暝色,莫犯支祈神怒。向渔火丛中,将毋小住。拥鼻待赋怀人,剪灯风、又在篷疏处。一船离恨,一腔思泪,付淮流去。

梦断兰闺路。对古国涂山,荒祠启母。为问娶涂人、别家何遽?天地平成犹易,只此恨、绵绵终莫补。萧萧雨,拍枕波声,似有英灵来诉。

——黄景仁《催雪·怀远舟夜忆内》

写罢,黄景仁心中总觉空空落落的,沉吟良久,又提笔写道:

珠斗斜擎,云罗浅熨,蟾盘偷减分之一。重逢又是一年着,明年看否谁人必。

今夜兰闺,痴儿娇女,那知阿母销魂极。拟将归棹趁秋江,秋江又近潮生日。

——黄景仁《踏莎行·十六夜忆内》

这是三年前的一首词,也是他平生第一首写给妻子的词。古来都有忆内的韵语,便是在人想来应该很刻板的老杜,都有过"清辉玉臂寒"的绮句。

黄景仁将笔轻轻搁下,借着昏暗的烛光,听着船舱外的潇潇雨声,苦笑一下,想,词果然不可强作。

因为无情。

因为只是内疚。

词中，决无《绮怀》那样的刻骨铭心……

船舱外，雨声依旧。

五

汪端光进来的时候，黄景仁正默默垂泪。他的身前，是眼泪滴湿了的一张词笺和一张诗笺：

记得去年寒食暮。细马轻衫，花里扬鞭去。一路楼头招袖语。银筝弹遍萧郎句。

三五冰轮檐际吐。为问惊乌，今夜栖何处？两地相思无一语。燕南赵北多红树。

几度针诗愁共寄。望断楼头，不见双双鲤。常是故人书一纸。手香三载留怀里。

我亦飘零无定止。君赠梅花，莫问江南使。日暮红尘飞又起。天边何处无归骑。

——黄景仁《鹊踏枝·寄龚梓树》

相逢两小意相亲，转眼青山哭故人。到死未消兰气息，他生宜护玉精神。抛残小劫初三月，正月初三卒。看尽名花二十春。怪道年时频梦汝，半身霞帔礼群真。

十年旧雨阻燕云，把袂俄惊冥契分。一喘夜窗犹待我，兼程朔雪似因君。时予至都甫十日。每忧谢弟年难永，不信龚生蕙竟焚。回首荆南读书处，满山猿鹤吊斜曛。

——黄景仁《哭龚梓树》

汪端光自然没在意书案上那两张词笺诗笺上到底写着些什么，他只是见黄景仁正默默垂泪，便不由得吃了一惊，道："仲则，你这是……"

"梓树死了。"黄景仁漠然地抬起头来，忧伤地道。

　　龚梓树死了。龚怡龚梓树，黄景仁少年时的同学，朱筠朱筠河之长婿。当日，正是龚怡所荐，黄景仁方得以入朱筠幕下。也正是在朱筠幕下，汪端光方得以与黄景仁、洪亮吉相识。

　　"唉。"汪端光叹息一声，斟酌着说道，"已经是一个多月之前的事了。"他心中苦笑不已。早在正月初三，龚怡便去世了。如今，一个多月过去了，黄景仁居然还在流泪。这使得汪端光实不知该说什么才好。有朋友说，黄仲则哀乐过于常人。或许，真的是这样。

　　"我知道。"黄景仁伸手将眼泪擦拭了一下，道，"梓树死后，我一直都没心情写什么诗，就想将旧稿稍稍整理一下，结果，翻到了当日写给梓树的两首词……"说着，便将那一纸词笺递给了汪端光。

　　汪端光接过，草草看了几眼，也没往心里去，沉吟一下，道："我倒记得你的那两句诗……"

　　"什么？"黄景仁愣了一下。

　　"到死未消兰气息，他生宜护玉精神。"汪端光道，"这两句诗，端的是梓树知音。梓树纵在九泉之下，也会很开心的。"

　　黄景仁幽幽道："但我还是想梓树能活着。他……他才二十来岁，那么年轻……"这样说着，心头未免又是一酸。他忽然想起《石头记》里林黛玉的那两句诗来："侬今葬花人笑痴，他年葬侬知是谁。"龚怡生前曾慨叹道："恨不与曹雪芹相识……"龚怡因着朱筠的关系，与敦诚相识，而敦诚是曹雪芹生前好友。也曾有人质疑道，《石头记》果真是曹雪芹所著么？曹家没落时，曹雪芹不过是个孩子，又焉能记得大家族如此多的事？每当这时，龚怡便会生气道，世间焉有骗人之松堂？爱新觉罗·敦诚，字敬亭，号松堂，阿济格五世孙，虽说与当今圣上血脉远了些，可还是宗室。谁敢质疑宗室的话？

　　龚怡相当推崇《石头记》，曾将从敦诚那里借来的抄本拿给黄景仁看，黄景仁看着却有些不以为然，道，不过小说家言而已。说是这样说，《石头记》中的一些诗句，黄景仁还是过目不忘。

　　因为在《石头记》中，他仿佛看见自己的影子。不仅他自己有这样的感觉，龚怡也曾笑道，倘若仲则你不是我朋友，又晚生了一些年，我还真会疑心，雪芹先生写的黛玉，就是仲则你呢。说着，龚怡便大笑，直笑得黄景仁恼羞成怒……

　　那大笑声宛然在耳，而斯人已经不在。

汪端光叹息一声，瞧着黄景仁有些羸弱的脸庞，心中未免就有些担心，道："死者去矣，而活着的人，总得活下去。"忽就瞧着黄景仁很认真地说道："我今儿来，是找你有事。"心想，仲则应只是一时情绪，过了这一阵，就好了。人的快乐与悲伤，其实，都是这样。

黄景仁奇道："什么事？"

汪端光笑道："仲则你这两天没看邸报？"

黄景仁疑惑道："没有。莫非朝廷又要开恩科？"在他想来，读书人最关心的，应该就是恩科了。因为多一次恩科，就会多一次机会，虽然说，这机会对于大多数的人来说，没什么用处。

"恩科？"汪端光想了想，道，"倒也未尝不可能……"笑道，"这一次，大小金川平定，皇上很是开心，有御诗记之。想来开心之余，开个恩科也是有可能的吧？"

"大小金川平定？"黄景仁微微一愣，神情却很是异样。

"是的。"汪端光点头。说着，从怀中掏出抄来的御制诗，递给了黄景仁。

谒陵本为告功来，是日红旗即至哉。皇祖九霄垂佑显，孙臣五载慰心才。勋成一将能无缱，气复万民要在培。速俾喜音达萱闱，高年定博笑颜开。

——爱新觉罗·弘历《二月十二日驻跸桃花寺是日红旗报功喜而成什》

黄景仁恭敬地接过，读罢，心头异样。因为从本心来说，他是着实瞧不上这样的诗的，可这是圣上所作，御制诗啊。据闻，圣上很喜欢作诗，御制诗集就已经出了三部，还不包括潜邸时所作。有人说，圣上天纵之才，作诗已经数万首，古来决无人能比……

黄景仁将御制诗又交给了汪端光，沉吟不语。他早就知道，大小金川偏居川西一隅，弹丸之地，人口不过数万，乾隆十二年（1747），大金川土司娑罗奔叛乱，此后，反反复复，至于今已经近三十年，渐渐地就成了朝廷的心腹之患。据说，朝廷先后投入金川的兵力就近六十万，耗银更是达七千万两。

没想到这一回，真的就平定了。

汪端光瞧着黄景仁沉吟不语的样子，笑道："仲则，你在想什么呢？"

"没什么。"黄景仁淡淡地说道。不错，这一会儿，他心中的确是想道,三十年时间,六十万人马,七千万两白银,平定只有数万人口的大小金川……这样的战功……圣上应该是会很开心吧。三十年的心腹之患,总算平定,圣上应该开心的。

有些话,潜藏在心底,黄景仁最多也就偶尔触及,怎么也不敢继续想下去;便是这些偶尔触及的,也决不敢对外人说,即使这人是汪端光。

汪端光又疑惑地瞧了他一眼,却没有追问下去。"我来找你,"汪端光道,"就是因为这件事。"

"这——件——事?"黄景仁眼中满是疑惑,心道:平定金川与我又有什么关系? 如果是圣上因此而开恩科……那还是没关系啊。黄景仁乡试都还没能过,到现在也还只有秀才的功名、贡生的身份。这恩科,即使开了,也与他无关。这样想着,黄景仁心头未免便有些苦涩。功名之路,对于他来说,比写诗填词要难得太多了。

汪端光笑道:"我是想着,这一次的金川平定,圣心大悦,我们国子监是不是可以锦上添花,向圣上献赋呢?"汪端光前些年举顺天乡试,如今,正任国子监助教官。

黄景仁一愣。

汪端光正色道:"仲则,这一次的献赋,对于你来说,未尝不是一次机会。"

"我……"说黄景仁不心动那是不可能的,可这要向圣上献赋……当日,司马相如便是因献赋使汉武大悦而进入官场的。当今圣上不是汉武。可三十年的心腹大患一朝得除,圣上圣心大悦,此刻有人献赋的话……

"我……没写过什么赋……"黄景仁有些心虚道。

"迂,迂,"汪端光大笑道,"这献赋献赋,谁说就一定得是赋?仲则,你擅诗,自然便是写诗了。"

"……这也行?"

"皇上好诗,天下人皆知。"汪端光似笑非笑地瞧着黄景仁,轻轻说道。

黄景仁依旧有些迟疑:"可是……"心中暗道,这样献赋,会不会让天下人笑话? 这样一想,原本有些苍白的脸色竟发起烧了,显出一抹晕红,额角更有一丝丝汗珠渗出。

汪端光惊道:"仲则,你……"

黄景仁勉强笑道:"我没事。"他深吸一口气,竭力使自己突然波动的心平复下来。他很清楚,汪端光所说的"献赋",对于他来说,真的是一次很好的机会。即使这样做可能会使有些人笑话,可这真的是一次很好的机会,无论将来的乡试能不能通过,都是。

"还有谁?"黄景仁吃力地问道。

汪端光道:"人应该不少。圣上正驻跸津门,听说,很多士子都过去了,进士、举人都有,监生、贡生就更多了。嗯,吴蔚光、王初桐应该都会去。"吴蔚光,字哲甫,号执虚,安徽休宁人,寄籍常熟,以为天下能诗者多矣,"而私心叹赏为精能者,一武进黄景仁(仲则),一昭文孙原湘(子潇)"——此刻的孙原湘还只是个十七岁的少年,刚与席佩兰成亲,还未有诗名。

吴蔚光年过而立,久试不中,与黄景仁一样。吴蔚光曾叹道:"老子已经蹉跎考试十六年了⋯⋯"那是前年的事。那一年,在号子里,郁结于胸,题词于壁:

知己知谁是。记当年、花城结队,酒场分垒。常赋凌云行殿下,意气公然无比。谁说道、而今若此。席帽毡衫多少泪,数残更、明远楼之底。我十有,六年矣。余己卯应省试始。

韶华回首真如水。笑曾经、南浮楚泽,北瑜燕市。抵得镶金诗句重,一路携归田里。君试看、龙门赤鲤。点额暴腮同返者,恐重登、不免雷烧尾。挥彩笔,笑而起。

——吴蔚光《贺新凉·甲午秋题号舍壁》

黄景仁记得,当吴蔚光将此词示之的时候,他始是莞尔,继而大笑,然后渐渐地就有些笑不出来,到最后,两人相对唏嘘,苦笑不已。"如我如君,"吴蔚光涩涩地道,"惯于落第。然而⋯⋯"然而,对于读书人来说,这又是唯一的出路,无论如何也不能放弃;更重要的是,倘若放弃,这一生,又还能做什么? 文章诗词,从来都不值钱啊。

原来吴蔚光也准备去津门。黄景仁涩涩地想道。想来,也是久试不第,心中近乎绝望了。

还有王初桐,应也是一样。

想去献赋的,都是俗话所谓"不得志"的。

也许吧,这样做,真的会让人笑话,然而,对于"不得志"的人来说,除此之外,还能有什么好办法? 这终是一个机会啊。

吃惯了山珍海味的人,永远也不会知道"饿"的滋味,永远也不会知道,所谓"嗟来之食",对于"饿"的人来说,那便是"山珍海味"。

"仲则?"汪端光见黄仲则犹豫不决的样子,便想再劝几句。

"我写。"黄景仁忽道,很认真的模样。

"真的?"汪端光脱口道。虽说他希望黄景仁答应下来,可当黄景仁真的答应的时候,他还是微微地吃了一惊。因为他知道,黄景仁是何等傲岸之人。"宁向直中取,莫向曲中求",这才是黄景仁啊。

黄景仁答应之后,一颗心忽就变得有些轻松起来,想,倘若献赋有成,家里人可以接到北京来了。

对家,对妻子,黄景仁始终都有些内疚。

乾隆四十一年(1776),大小金川平定,黄景仁先后作七古《平定两金川大功告成恭纪》、杂言《平金川铙歌十章》、七绝《平金川铙歌》十章,准备前往津门,向圣上进献。

也正是这个月,作《春感》二首,以示吴蔚光。吴蔚光诗以和之。此前,吴蔚光已作《平定两金川大功告成恭纪》《平定两金川铙歌三十首》。

三月不青草,萧然蓟北春。千金无马骨,十丈是车尘。气尽常为客,心孤渐畏人。路旁知几辈,家有白头亲。

亦有春消息,其如雨更风。替愁双泪烛,对雨独归鸿。宫阙自天上,家山只梦中。东君最无力,不放小桃红。

——黄景仁《春感》

今岁几相见,匆匆将暮春。年光催白发,日色淡黄尘。懒性宜违世,浮名信误人。不知孤馆客,谁比夜灯亲。

爱汝诗无敌,幽燕老将风。惊人为谢朓,高士是梁鸿。立脚闲云外,朱筠河学士每言仲则如闲云野鹤。回肠细雨中。试看桃与杏,消得几时红。

——吴蔚光《黄大景仁以燕京春感诗见示和之》

乾隆四十一年（1776），四月，黄景仁与赵希璜步行赴津门献赋，乾隆帝召试于柳墅行宫。榜发，与吴蔚光、黄骅等列二等，赏缎二匹。

赵希璜，字子璞，一字渭川，广东长宁人。时未中举，与黄景仁、吴蔚光一样，俱只有秀才功名。

六

"四库誊录生？"当吴蔚光前来告诉黄景仁这一次献赋召试名列二等者俱充四库誊录生的时候，黄景仁不觉惊讶地叫了起来。他也早有准备，献赋召试与正常的科考不同，与恩科也不同，可还是没想到，最终给他们的，只是这样一个抄抄写写的活儿。

吴蔚光神情也有些无奈，苦笑一下，轻声道："不过，听说，四库馆结束之后，朝廷会任官的……"这也许是真的。然而，对于此刻的他们来说，这就像画饼一样。

黄景仁冷笑一声，道："只怕这任官，也没那么容易吧？吏部等着候补的，不知道有多少人呢。更何况……"这话，他没继续说下去。他想说的是，这等在吏部候补的不知有多少，要获得实缺的话，只怕上下打点是必须的，倘若没有银两，那么，就一直候补下去吧。

吴蔚光叹道："总也是一次机会。不然，连候补都不可能。"

黄景仁漠然，良久，涩涩地说道："是，哲甫兄所言正是，不管怎样，这总是一次机会。"

吴蔚光一笑，道："但乡试咱们还是不能放弃的。"顿了顿，道："入四库馆的话，至少有一个好处，咱们可以在顺天乡试了。"说着，呵呵地笑了起来。黄景仁不觉也微微一笑。因为他们谁都知道，这顺天乡试，可比江南乡试要容易多了，尤其是江南的士子到顺天来乡试。如果用后世的高考来打比方的话，就是江浙一带的考生到北京去高考……一般说来，在江浙只能考个二本的，到北京的话，有可能一不小心就进了北大、清华……

黄景仁忽就心中一动，道："听说，这一次四库馆要招好多人？"

吴蔚光点头："誊录的，校对的，是要招好多。据说，是要广招天下学子来四库效命的。"自嘲地笑了一下，道："没进士功名的，估计也就只能做誊录、校对了。"

黄景仁笑了起来，笑得很是愉快。

"仲则，你……"黄景仁艰难困苦，来京师后，虽说认识了很多人，也算是交了一些朋友，可他的困顿，几乎没什么改变，所以，他的脸上也一直都少笑意；现在，忽然笑得如此愉快，使吴蔚光几乎吓了一跳，只觉眼前这人怎么就有点不像他所认识的黄仲则了。

黄景仁悠悠道："入四库馆便可名正言顺地在顺天乡试……"

吴蔚光狐疑地瞧着他，道："自然是这样。"

黄景仁笑道："哲甫兄，倘若有人推荐的话，稚存有没有机会进四库馆？"

吴蔚光点头道："以稚存的学识，进四库馆自然是没问题的，更何况，最多也只能如你我一般，或誊录，或校对……你是说……"吴蔚光说到最后终于明白了黄景仁的意思：进四库馆便可参加顺天乡试，那么，洪亮吉如果得以进四库馆的话，岂非也可在顺天乡试？上一年的江宁乡试，洪亮吉虽说中了副榜，可这与没中，也没多少区别啊，要取得功名，终还是要进入考场，而顺天乡试，不管怎样，总要比江宁乡试容易得多。

吴蔚光没想到的是，这刚说起顺天乡试，黄景仁就想到了洪亮吉，就想到洪亮吉或许也可以到北京来，然后，在顺天，搏一搏……

黄景仁点点头，笑道："其实，我也有些想他了。"他想起，那一年，在江阴客舍里，一眼瞧见那个慵慵读书的少年；那一眼，他就认准了这个少年将是他的朋友，一生不变。

有时候，交朋友，真的很简单。

梦梦天正睡。怪静夜谁来，盗他清气。廓廓落落，着手蔚蓝光腻。一钩残魄死。是小劫、前身堪记。仙梵起，却被天风，断续吹细。

何人能到此？算此间唯君，尚堪位置。换了狂奴，便有几行清泪。无边飞动意。切莫问、人间何世。还放尔，脚底青峰，出个头地。

——黄景仁《应天长·题稚存小照》

七

北京的诗人很多。后世曾经有句话，说，天上随便掉下块石头，就会砸死一个诗人。这话听起来好像有些夸张，可对于这一个年代的北京来说，好像还真是那么回事儿。

这些诗人们，无论是混在官场或准备混在官场的；又或者是奔走四处想混入官场的；又或者是故作清高分明结交官场人物却时时表示无意功名只想做诗人名士的，他们都有一个共同点，那就是以为诗是相当了不起的东西，诗人是相当了不起的人……

他们时时唱和，在法源寺，在陶然亭，在某个诗人的寓所，又或者在一个有月亮的晚上，在一个没月亮的晚上，又或者在花开的时候，在花落的时候……在这些诗人们的眼里，天地万物，四时节序，无不可为诗。他们愉快地写诗，哦，还有填词，个个都显出诗人的模样，仿佛随时都在告诉别人，他不仅是官或名士，更重要的是，他会写诗，诗人，或词人……

"啊，仁兄，大作骨气奇高，词采华茂，可为上品……"

"惭愧，惭愧，仁兄大作顿挫沉郁，已臻绝顶……"

"当世诗坛，仁兄或可为祭酒也。"

"不敢不敢，祭酒可不敢当，不过，若排点将录，这天罡之数，区区或当仁不让也。"

"仁兄七律当今第一，这天罡之数，是必在其间的，愚以为纵不在总头领之位，也须在五虎上将之列。"

"仁兄七绝独步天下，小弟一向佩服得紧，若这五虎上将嘛，仁兄也须是在其列的。"

……

诗人们很真诚地互相赞叹着，俨然是诗人的模样。

黄景仁是诗人。他自以为也是诗人。其他诗人也以为他是诗人，而且，是很好的诗人。于是，进京以后，尤其是任四库誊录生之后，自然而然地，黄景仁与北京的诗人们交往起来，今天你为我写一首诗，明天我为你题一下诗集；今天你请我吃饭，明天……还是你请我吃饭……

因为北京的诗人们似乎明白黄景仁的困顿似的。

诗人们总是这样善良。

素景商飚，正羁怀落漠，病思萧寥。忽飞天外赏，来赴酒边招。群公车盖满亭皋。文雄谈绮，书狂饮豪。非此会，可不负，凤城秋好。

清眺，山容悄。偏爱秋山，耐得斜阳照。对酒能歌，拈花解笑。未损年时怀抱。吟情孤嫋。蓦停杯，长天看得征鸿小。归鞍迟鞚，角声催度林杪。

——黄景仁《换巢鸾凤·王述庵先生招集陶然亭》

是何人，生生擘碎湘云。掩映绮阁银栊，漠漠漾波纹。界土一丝丝月，又几丝花气，约住炉熏。任软红十丈，此间清绝，不到纤尘。

昔游还记，黄陵庙外，青草湖滨。细认绿烟一段，有未枯怨血，不断离魂。昼长宰地，看模糊、犹带烟痕。斜卷处，把冰纹簟展，楚词读罢，如见湘君。

——黄景仁《湘春夜月·竹帘同荅裳赋》

王昶，字德甫，一字琴德，号述庵，又号兰泉，青浦朱家角人。乾隆十九年（1754）进士，授内阁中书，协办侍读，入军机处，后又擢升刑部郎中。乾隆三十三年（1768）随大学士、云贵总督阿桂入川，平定大小金川，加军功十三级，记录八次。凯旋之日，皇帝赐宴紫光阁，擢为鸿胪寺卿，赏戴花翎，不久，又升为大理寺卿，都察院右副都御使。不过，后人之所以知道王昶，是以为他辑有《湖海诗传》《湖海文传》《明词综》《国朝词综》等。黄景仁进京后不久，便由朱筠介绍，与王昶相识。

杨芳灿，字才叔，号蓉裳，常州府金匮县人。杨抡从弟。杨揆之兄。（详见杨芳灿篇）

北京的诗坛热热闹闹的。然而，在这样的热闹中，黄景仁却感觉到无边寂寞。

坐夜如年，将宵作昼，不知是底心情。怪愁偏黯淡，影最分明。又是一丝凉雨，和风卷入疏棂。□真凄绝，梦都抛我，忒可怜生。

屏空屋古，骨冷神清。阶前叶堕还惊。谁省识、抛干铅泪，湿遍桃笙。偏是黄鸡睡稳，滴残花漏无声。再休相笑，空堂燕蝠，各有生平。

——黄景仁《雨中花慢·不寐》

八

"进之，稚存就要来了。"这一日，黄景仁回到寓所，很开心地对施晋说道。

施晋，字进之，又字锡藩，号雪帆，常州府无锡县人，比黄景仁要小七岁。乾隆四十三年（1778），二十二岁的施晋来到北京之后，就一直住在黄景仁的寓所里。黄景仁曾笑，说，君与我，亦可谓难兄难弟。黄景仁曾自绘《揖樵图》，并自题一词，以示施晋：

记曾听春山伐木，丁丁声度林杪。斧声渐歇歌声近，带得夕阳归了。君莫笑，我识字无多，不解谈王道。名山难到。便到得山中，也愁歧路，片语乞相告。

尘世扰，谷口携家须早。半生唯尔同调。人间无处容长揖，愁绝蹇驴席帽。休懊恼。判尔许腰身，折向伊曹好。浮生草草。待烂得残柯，梦醒蕉后，相与出尘表。

——黄景仁《摸鱼儿·自题揖樵图》

施晋便亦题词一首：

笑指前山，携竹杖、萧然而去。恰好是、一声樵唱，逗来深坞。有梦但寻藏鹿地，相逢且问看棋处。忍悬崖、一线似奔蛇，穿云路。

危石罅，泉流怒。绝壁上，苔纹古。恐终南捷径，此中多误。伐木相求吾有意，披裘结伴君应许。正满天、枫叶下斜阳，红如雨。

——施晋《满江红·题黄仲则揖樵图》

当看到"终南捷径，此中多误"句时，黄景仁不觉大笑。他想起前年向圣上献赋，哦，应该说是献诗。虽然谁也没有说，但无论是劝说他献诗的汪端光，还是与他一起献诗的吴蔚光，心中都很清楚，这所谓"献诗"，其实，便是想走终南捷径。

只可惜，这终南捷径，哪里是那么好走的？吴蔚光还好些，去年的顺天乡试，他顺利中举。去年，黄景仁也兴致勃勃地参加了顺天乡试，以为这一回将要高中了，结果还是落榜。仿佛是宿命，无论在江宁，还是北京，这乡试，始终都不肯为他打开大门。

不仅是他,去年,赵怀玉、杨揆、孙星衍等朋友,一样落第。

如果说这些年还有些快乐的事情的话,那就是朱筠回调北京之后,不断为之揄扬,使他在北京诗坛算是真正站住了脚,可以名正言顺地以诗人的身份到处去"打秋风";此外,便是在朱筠等人的帮助下,将老母妻儿都接了过来,移家北京。

虽说依旧穷困,可对于黄景仁来说,也总算是有了一个安定的家。

"洪稚存不是丁母忧在家么?"施晋疑惑地问道。对洪亮吉,施晋闻名久矣,只是一直都没有见过面。这些年,施晋科考不如意,以诸生的身份长年奔波在外,江湖浪迹,想寻找一个机会。然而,到北京之后,他方才明白,很多时候,机会就像天边的云彩,看得见,摸不着,很是渺茫。

黄景仁解释道:"三年前的事了。"说着,低低地叹息一声。他很清楚,老母的去世对于洪亮吉来说,意味着什么。然而,人有生老病死,这是谁也没有法子的事。"这一次来北京,稚存也是受人所邀,入四库馆,任校雠。"说着,他自嘲似的笑道,"我誊录,他校雠,倒也有趣。"

施晋忍俊不禁,道:"好像是呢。"两人相视而笑。然而,他们各自在对方的眼中,都看到一丝无奈与苦涩。施晋进京之后,虽说也认识了很多诗人,也算是在京城的诗坛中混出个小小的名头,然而,这又有什么用?最多,也就是在诗人们聚会的时候,拈得一个分韵,又或者,给诗人们的什么什么图题诗、题词而已。哦,有时,某个诗人离京的话,他也会获得一个为其送行同时写送行诗送行词的机会——如果这也算是"机会"的话。

乾隆四十四年(1779),五月,洪亮吉携弟蔼吉抵达京师,居黄景仁寓所。四库馆总裁董浩嘱总校孙溶延聘洪亮吉为校雠,岁银二百;弟蔼吉入方略馆效力。

只可惜,当洪亮吉进京的时候,施晋已经离开了北京,未能与他相见。

施晋在黄景仁处前后住了四个月。临行前,黄景仁绘《江上愁心图》,施晋题词道:

望长江、烟波浩淼,几时容理归艇。焦山远树金山寺,眼底玉峰高并。应记省,向落木湾头,结伴携笭箵。碧波如镜。看日脚斜时,虹腰断处,淡著鸳鸯影。

尘世扰,煞羡珊鞭珠镫。北轩若个高枕。笔床茶灶消闲事,不信吾侪无分。归梦稳。好饱挂蒲帆,寻到清凉境。客窗人静。只罗幕如烟,凉宵似水,隔树兔华晕。

——施晋《摸鱼儿·题黄仲则江上愁心图》

黄景仁说,不再等些日子么? 稚存很快就要到了?

施晋一笑,说,将来有机会的话,总会相见的。

他没想到的是,一直到二十余年之后,洪亮吉应邀前往宁国府修府志时,他们方才有今生的第一次相见。那还是洪亮吉写信邀请施晋来同修府志的缘故。

此前,他们自然也有唱和,交往。

因为黄景仁是他们共同的朋友。

九

与洪亮吉一起到北京的,还有缪公俨。缪公俨是汉军正白旗人,其祖缪礼山历官刑部主事、员外郎、郎中,河南道监察御史,特简江南苏松太仓兵备道,转安徽庐凤道、陕西榆葭道,钦命河南布政使司布政使;其父缪廷玢,历任甘泉、金坛、溧阳等县知县,升授高邮州知州、海州直隶州知州。一进城,缪公俨便拉洪亮吉到自家去住,说,缪家虽说不大,可再住进去几个人是肯定没问题的,又道,等安定下来,再将嫂子他们接过来,也能住。

缪公俨很年轻,今年才二十三岁。

黄景仁瞪眼道,稚存当然是住到我那里去。

缪公俨道,你那里能住?

黄景仁毫不犹豫地回答道,能。

等他们到达黄景仁所租住的寓所时,缪公俨不觉失声道,这里还能住人? 说罢,心知这话说得有些伤人,不觉脸色一红,道,不如仲则兄与稚存兄都住到我家去吧。心道,缪家便是下人住的地儿也比这里要好啊。

洪亮吉笑着摇头,道,这里甚好。

黄景仁也笑,道,是的,这里甚好。

缪公俨奇怪地瞧着这两个笑得很温暖的人,不明白,为什么他们会觉得这里甚好。

跟缪家相比,这里实在是太简陋了。

长安百万人,中有贱男子。日挟卖赋钱,来游酒家市。昨日送君回,今日约君来。送君约君于此桥,长安酒人何寂寥。酒人无多聚还喜,破帽尘衫挈吾弟。摄衣上坐只三人,爽语寥寥落檐际。君言内热需冷淘,我惯手冷应持螯。闲无一事且沉醉,不然辜负青天高。青天高高复飞雨,二十四楞风欲举。飞篷卷叶十里间,直视城南落惊羽。浓云欲暗南郭门,斜日忽破千林昏。阴晴万态斗秋景,醒醉一梦恬吟魂。持千螯,挥百尊。不觉楼上空无人。君归虽遥莫先走,万事要须落人后。君不见,门前豪骑控双龙,笑我西行马如狗。

——洪亮吉《八月二十日偕黄二暨舍弟饮天桥酒楼》

洪亮吉兄弟找到住处搬出去之后,依旧几乎日日与黄景仁相见,三人饮于天桥酒楼,浑忘了什么叫作贫穷,什么叫作困顿。

洪蔼吉说,你们这是苦中作乐。

黄景仁便大笑,说,既然已在苦中,为什么不作乐?

洪蔼吉想了想,点头道,好像还真是这样。

三人更是大笑。

他们不谈诗。

因为在诗社,与北京的诗人们在一起的时候,谈得太多太多了。

十

黄景仁拥坐在床头,举目瞻顾,四壁萧然。

老母、妻子与儿子,已经回乡三四个月了,如今,北京的寓斋之中,就只剩下他一个。

因为这些年来,他四库馆誊录生的俸禄无法养家,甚至连这一次老母他们回乡的路费,都是洪亮吉筹措的。

因为他病着。

从小到大,这病,就像他兄弟一样,一直都伴随着他。

好在还有朋友。

好在这几年,洪亮吉一直都在北京。

乾隆四十六年(1781),新年过后不久,金兆燕招饮,黄景仁病不克赴,词以柬之。

后日春来也。迟酒伴,将春借。梅皱玉蕾,酿浮花乳,春影如画。剩薄寒、料峭融春冶。便结个嬉春社。更红笺春词好,霎时传遍都下。

频念苦吟人,似未解春来,孤负清夜。待作计春游,奈丝骑慵跨。恋银灯翠罺,相望春城,但愁和烛奴话。留约听谯鼓,看春将春打。

——黄景仁《塞恒春·初九夜金棕亭招饮,病不克赴,词以柬之》

与金兆燕已经相识多少年了? 七年,还是八年? 那一年,是在扬州。那梦一样的扬州。那每当想起,一颗心就会隐隐发疼的扬州……

金兆燕,字棕亭,乾隆三十一年(1766)进士,官国子监博士。

到十三那天,余鹏翀相邀,去看灯市。

余鹏翀,字少云,号月村,别号息六,安徽怀宁人。朱筠弟子,有诗名,诗为朱筠、翁方纲所称。如今,正与其兄余鹏年寓居法源寺。余鹏年,原名鹏飞,字伯扶,号雪村,别号枳六。

与余鹏翀相识,是哪一年? 那一年,他们一起参加顺天乡试,然后,一起落榜……也许,这落榜对于他们来说,倒也未必是坏事,因为他们从此而成为朋友。

又或者与他们同是朱筠弟子有关。

余鹏翀比黄景仁还要小七岁。

城东昨见青旗转。陡扑面、风情软。玉箫吹起试灯人,门巷笑声烘暖。六街抛得,月华如练,今夜无人管。

和君旧是清游伴。奈往事、心头满。无情一片是春云,隔得两家天远。星桥影堕,踏歌声散,三叹归空馆。

——黄景仁《御街行·十三夜偕少云同步灯市》

转眼已是十五。黄景仁虽说病好了些,可身子骨儿还是软软的,不想动弹。尤其是前天晚上看灯,走了很久,直走得走不动了,方才与余鹏翀分手,各自回家。

中午时分,金兆燕派人相邀,说,今晚到法源寺,到余氏兄弟处去,一起看月。还有王初桐。在短笺中,金兆燕这样说道。

王初桐,字竹所,王昶族侄。进京以后,笥河先生便介绍他结识了王昶,自然而然地,黄景仁也就与王初桐相识了。

在北京,笥河先生逢人说项,黄景仁也因此认识了很多人,翁方纲、蒋士铨、张埙……俱是一时名士、诗人。当翁方纲他们结诗社的时候,便盛邀黄景仁与洪亮吉加入,黄景仁虽说心头有些不愿,可到底还是加入了,与洪亮吉一起。去年,张埙请刻“长毋相忘”仿汉瓦当铜印,黄景仁答应了,并且刻了。虽然说,黄景仁也知道,在京诗人之中,张埙并不以为其诗佳,即使是在很多人说他是奇才甚至余鹏翀说他是天才的情况下。多少次,余鹏翀都表示,黄景仁的诗“以天胜”。

无他,因“长毋相忘”四字。

毋相忘。毋相忘。我未相忘,那一个女子呢? 此刻,她的心头,是不是还有着我的影子?

当黄景仁到达法源寺余氏兄弟的寓斋时,金兆燕与王初桐早就到了,正在议论着什么。黄景仁笑道:“什么事这么热闹?”

“仲则来了啊。”金兆燕招呼着,“好好好,你也来看看,这月村与雪村啊,说不会填词,新学着填了几个,叫我们看看呢。来,你也看看。”

黄景仁奇道:“少云没填过词?”恍然想起,与余鹏翀相识以来,好像还真的一直没见他填过词。他们所唱和的,一直都是诗。虽说前辈诗人也有很多从不填词的,像赵瓯北,像袁子才——据说,袁子才一辈子就填过一首《满江红》,可实际上,能诗者,一般都填词的,像国朝初的吴梅村、龚芝麓、陈其年、朱竹垞,像当今诗坛的蒋心余、张瘦铜,朋辈中,若洪稚存,都是这样。不过,孙大孙星衍填过词没有? 即使有,应该也不会多吧?

余鹏翀笑道:“也不是没填过,就是一直都填不好,不敢拿出来丢人。”

余鹏年道:“我与舍弟一样。”

"那……"黄景仁一边接过金兆燕递来的两张词笺，一边就疑惑地瞧着他们，心道，这便是没填得好的词？

王初桐道："棕亭公说今儿上元，雅聚妙香居，自然是要填词的，少云与伯扶都说不会填词，棕亭公不信，这不，就逼着他们拿出两首旧词来了。我与棕亭公都说，这两词足以入词林，说不会填词，是瞎说呢。"说着，呵呵呵地笑了起来。

王初桐五十余岁年纪，与金兆燕相仿，小词典雅，有一种淡淡的忧伤，介乎有情无情之间。据说，他曾与一个唤作六娘的青楼女子相爱，又传说，那个唤作六娘的青楼女子，与他曾经青梅竹马。这样的传说，自然是信不过的。不过，又或许是真的呢？总之，不管怎样，那个六娘，王初桐终没有娶回去，因为忽然有一天，那个女子不见了。据说，是不想让王初桐见到她老的样子，想让王初桐对她始终都有一个美丽的念想。

如果他们真的是青梅竹马的话，那个唤作六娘的女子，也应是五十多岁了。

王初桐喜欢猫。据说，是因为当年，六娘也喜欢猫。

这件事的究竟，黄景仁没有去打听。

因为他不喜欢打听别人的故事。

就像不喜欢别人来打听他的故事一样。

这些年来，《绮怀》十六首流传南北，曾有很多人来打听，有意无意地，问，这个女子，究竟是谁。

每当这时，黄景仁都会很不喜欢。

因为那是他心中的秘密，是他心中永恒的痛。

这样的痛，他不愿被别人触及。

他宁愿独自忍受。

这样的痛，只能属于他。

不愿与别人分享。

任何人。

黄景仁这样想着，瞧着王初桐，心中忽然感觉到一阵亲切。他想，一个人，默默地恋着一个女子，默默地，在生活中留着她的痕迹，在文字中留着她的痕迹，那么，这个人，就不会太坏，这个人，就值得做朋友。

一个多情的人，总不会太坏。黄景仁这样执着地认为。

荒村近处多时立，残夜暗风吹冥色。无僧古屋一灯青，落月平原千树黑。

重来谁记江南客，自绕苍苔寻履迹。无端影堕碧溪边，一片寒芦秋瑟瑟。

——余鹏翀《玉楼春·独夜》

小园一晌轻阴护，不省春深几许。人面春风那处，多少黄鹂语。

隔年情事当时误，懒更轻抛诗句。锦浪扁舟来去，卧看江南雨。

——余鹏年《桃园忆故人·见桃花，遣兴》

黄景仁读罢，默然无语。

王初桐道："仲则，你说说吧，怎么看这两首词？愚以为是足以入词林的。家叔正效金风亭长欲编《国朝词综》，这两首词当可入选。"

余鹏年忙道："不敢当。愚兄弟俱不会填词，只是见诸位每每好词，一时见猎心喜，效颦一二。"

余鹏翀笑道："亦不无争胜之心。只是填罢，始觉词与诗终究不同，决非人人可为之。"

黄景仁沉吟道："也不是这样说，诗与词虽说不同，却也没有多少明显的差异，故而宋人词中，往往化用前人诗句，或索性便是隐括，如清真之《西河》，便是隐括刘梦得之诗了。所谓诗与词截然不同，这样的话，是不确切的。"一笑，道，"自然，也不可道但凡长短句便是词了。若乐府，便有长句短句间杂而参差者，却决非词。此间差异，写得多了，自然明了。至于……"他瞧了金兆燕、王初桐与余氏兄弟一眼，续道，"词话中所言，不可全信的。古来但凡词话佳者，其词则未必。若清真、白石，何尝有词话来？李杜也未曾有诗话也。"

众人自是点头。创作与理论，往往未必一致。其实，这也就像学堂里的先生一样，先生可以教授学生考个秀才、举人乃至进士，而他自己，却往往功名无望。同样，倘若先生是进士出身，他所教授的学生，却也未必个个都能金榜题名。

金兆燕没好气地道："仲则，你说了这么多，却也没说如何看这两首词呢？怎么样？评一评吧？"

余氏兄弟也俱道："不错，仲则，你就评一评吧。放心，我们都是刚刚学词，自知填得也不怎么样，有什么说什么，我们不怕。"

金兆燕也笑了起来，不无揶揄地说道："仲则眼光高，可未必肯说好哦。"

余氏兄弟笑道："我们正是想知其不足呢。"

黄景仁脸色微红，瞧着金兆燕，道："棕亭公，我可说不得什么眼光高，只是……"他迟疑着，不知该不该将话继续说下去。

王初桐笑道："仲则是想说，他不是眼光高，只是这如今啊，值得说好的诗词呢，可不是很多呢。"叹了口气，道，"赵瓯北说'江山代有才人出，各领风骚数百年'，这话呢，原本也是不差的，不过，在我看来，也正如仲则所说，这些年来的诗词，是真不如国朝初的。国朝初名家辈出，到如今，便是袁子才、蒋心余、赵瓯北辈，认真说来，也是比不上钱牧斋、吴梅村、龚芝麓诸公的。"

金兆燕忙道："竹所，当今圣上可是将那三位列入贰臣的……"

王初桐老脸微红，忙接口道："我只是说诗，可不是说人。便是论词，今之词坛，也是远不如顺康年间的，若其年、竹垞、容若辈，当今谁堪继踵？我也自幼喜词，至于今，也填了三十余年了，算是老手了，呵呵，各位可莫笑，可若与国朝初诸公相比，着实是望尘莫及。仲则，论诗的话，你也可谓当今一家，可论词的话，恕我直言，也是大不如国朝初诸公的。"

黄景仁一笑，道："拙词原不如诗，自不如国朝初诸公。"这话他倒还真不以为意。虽说向来自信，却终还是自知，知己之长，亦知己之短。只不过，还有一句话他没有说：拙词纵不如国朝初诸公，却也远胜当世之所谓名家的。这话倘若说出，自然会得罪很多人。放十年前，大约说也就说出了，纵得罪人又有何妨？放现在，在北京呆了这么多年的黄景仁，是怎么也不会说出的了。因为他已懂得人世之艰难，原就不是他所能应付的。

因为很多时候，白眼朝人、眼高于顶固然快意，收获的，却往往是越发之艰难。年少轻狂，年长之后，无论如何是不应也不能再轻狂的。

王初桐呵呵一笑，心道：久闻黄仲则目无余子，现在看来，应也未必呢。

金兆燕忍不住笑道："我说，咱们还是回归正题吧。我正想听仲则如何看月村、雪村的这两首词,竹所,你这一岔,不知道岔到哪里去了。"

王初桐白了他一眼,道:"金棕亭,可是你先说起什么贰臣、贰臣的,不然,我也没那么多话。"众人哈哈大笑,自也都明白他的意思。金兆燕或许是无心说到"贰臣",王初桐却怎么也要为自己辩解一番的,说自己只是说国朝初三大家的诗,而不是他们的人。读其诗,鄙其人,或可如是。毕竟,那三位,纵使乾隆爷以为"贰臣",其诗,却怎么也无法无视——即使乾隆爷早已下旨,禁毁了钱牧斋的几乎所有文字,尤其是《投笔集》,更被视为狂悖。

众人这样笑着,也未免心中暗道:近年来,文字狱时常出现,叫人落笔之时,又焉能不小心? 当落笔时时留心处处在意之时,这笔下文字,又焉能与前人相较?

只不过这等想法,都只能缠绕在各人的心头,无论如何,都是不足与外人道的了。

黄景仁又自沉吟片刻,道:"少云此作可允为佳,然则鬼气森森,窃以为不取也。此外,荒村、残夜、暗风、冥色、古屋、落月、一灯青、千树黑、苍苔、影堕、寒芦,宛然一部聊斋,固构筑出'独夜'之徜恍迷离,然亦有叠床架屋之嫌,若山水画中,满目山水,而不见留白;又似上元之日,满目行人,而不见'灯火阑珊处'。"说着,向余鹏翀一揖,问道:"我记得少云是乾隆二十年生人?"余鹏翀含笑道:"正是。"黄景仁点头道:"如此,则比我要年轻多了。"余鹏翀笑道:"也不年轻了,二十六岁了。"众人大笑:"二十六岁都不算年轻,那我们更要算是老人了。"

黄景仁一笑,道:"不管怎样,总是比我们在座的都要年轻。"沉吟一下,续道:"少云如此年轻,词意如此,窃以为断断不可也。"迟疑一下,又道:"或可偶尔为之,终不可成为常态。"他低头叹道:"拙词亦往往如是,只我依旧以为,不可如此填词。"想了想,仿佛很犹豫的样子,但最终还是很认真地向余鹏翀一揖,道:"古有词谶之说,我亦因此而担忧。少云,李长吉之流,断不可学,其缘由也正在乎此。"此刻的黄景仁还不知道,余鹏翀已只剩下最后的一年多一点时光。乾隆四十七年(1782),余鹏翀去世,年仅二十七岁。而他自己,亦只隔了一年,病逝于解州河东盐运使沈业富府邸之中。(余鹏翀卒年有乾隆四十七、四十八、四十九年三种说法,此取第一种。小说家言,莫须较真。)

余鹏翀站起，很恭敬地向黄景仁一礼，道："谨诺。"

黄景仁呵呵一笑，转身向余鹏年也是一揖，笑道："伯扶兄此词，比诸令弟，失之无自家面目。何以言之？若小园、轻阴、春深、黄鹂等，俱是寻常词家语，而若人面桃花之典，更可谓烂熟矣。至于隔年情事句，更是不当说而说，说则显得做作了。词家手段，在于不说而说……"忽向王初桐一拱手，道："竹所前辈有句云，'新词谱就凭谁度，空忆旧家眉妩。分付夜潮流去，直到销魂浦。'正此之谓也。"王初桐却没有想到黄景仁会以他的词为例，不由得吓了一跳，忙也一拱手，想说几句谦虚的话，蓦然想起，这首词，写的正是当日与六娘离别之后对伊人的思念，而今，词犹在，伊人早已无处可寻，一时之间，不觉就痴了，只觉眼圈一红，险些落泪。这些年来，踏遍南北，想寻得伊人消息，终不可得。痴儿，痴儿。王初桐心中叹息。你会老去，我亦会老去；你有白发渐生，我亦如是啊，何苦，何苦啊。他自是怎么也不会想到，当日，六娘之所以悄悄离去，不仅是白发渐生的缘故，更大的原因，是不愿意让他为难——王初桐想娶回曾为青楼女子的六娘，原就是一件很艰难的事，像王家这样的家族，哪怕是在贫困当中，也断难接受六娘的。

王初桐平生情词，大半因六娘而作，然而，这些年来，久觅伊人而不得，慢慢地，也就失望，绝望，不再去想了，却不料黄景仁忽然说起，自然而然地，不经意之间，便触动了他心底的那根琴弦，使人焉得不痴？

众人自是知晓王初桐昔日情事，不说倒也罢了，听黄景仁蓦然说起，再看老人之时，神情各自异样。不过，也正是知晓，才谁也没有追问，更不会说破。

黄景仁仿佛是无心说起那句词似的，转头依旧瞧向余鹏年，续道："到'懒更轻抛诗句'，则更显得拙了，像是凑泊出来的句子似的。然后，这最后的两句结，更是好没来由。前面分明说的是'人面桃花'，是'隔年情事'，蓦然之间，'锦浪扁舟''卧看江南雨'，那却是归隐江湖之意了。总不成是因那'人面桃花'之女子而欲归隐吧？"这样说着，众人俱笑了起来。余鹏年笑着点指，指向黄景仁，道："仲则，仲则，你这张嘴啊，我算是明白了何以当日戴东原被你气得差点儿吐血。"

黄景仁一愣，脱口道："你怎么知道？"

众人大笑。

黄景仁脸色不觉涨红，吃吃地道："你……你们都知道了？这……"心道：这事儿，到底是谁说出来的？朱笥河先生？还是其他什么人？转念一想，这事儿知道的人也不少，传到京师，想来也不是什么不可思议的事吧？只是，这差不多是十年前的事儿了，怎么到现在还有人在传？戴震戴东原都已经去世多年了。

王初桐见黄景仁有些发窘，便笑道："谁都有过年轻的时候……"

黄景仁苦笑一下，自嘲道："年少轻狂，年少轻狂……"心道：当日，倘若一直都在笥河先生幕下，而不是因与戴东原一语不合便买舟远去，那么，如今，该是一副什么模样？笥河先生一直都对我很好，到京师以后，更是逢人说项。当日，笥河先生闻说我不告而别，他……他有没有生气？

黄景仁脑海之中便浮现出朱笥温和含笑的脸。

已经好久没有去看望先生了。黄景仁心中忽就有些内疚。因为每次去看望朱笥的时候，他总会想起当年的事，总会觉得，当年自己的不告而别，着实是无礼。而这些年来，朱笥似乎并没有责怪他。便是戴东原，似乎也没有责怪他。只可惜，直到戴东原去世，也没有去对他说声"对不起"。黄景仁这样想着，一张老脸便有些发烧。他想，要去看望笥河先生了，作为及门弟子，真是惭愧。如今，笥河先生正提督福建学政，应该快期满了吧？等他回京，还是去一趟福建？

对于黄景仁来说，江湖奔波，原是寻常。

余鹏翀忽地笑道："仲则，当日因何与戴东原吵了起来？"

黄景仁瞪了他一眼，道："不说。"

余鹏翀笑道："还是说说吧，当日，到底发生了什么事？"

黄景仁嘿嘿道："就不说。"

众人再三要求黄景仁说说当日的事，但黄景仁咬紧牙关，愣是不肯开口。当日，朱笥幕下，很多人知道他与戴东原吵了起来，而后不告而别，但没人知道为什么。十余年过去，事情传到京师，依旧没人知道为什么，想来戴东原生前亦不曾说过缘由吧？又或者，当日与黄景仁的一语不合，戴东原根本就没有放在心上。

众人说着闲话，天色就渐渐地晚了，月亮冉冉升起。法源寺外，有爆竹响起、有烟花升上天空，绚烂开放。

今夜，是上元，元宵佳节。

"'东风夜放花千树，更吹落、星如雨。'"金兆燕一杯酒喝罢，脸色晕红,道,"稼轩元夕词,可谓独步千古,后无来者,可叹,可叹。"

余鹏年忍不住道:"'月上柳梢头,人约黄昏后',非稼轩之后乎?"

金兆燕笑道:"你说的是《断肠词》了。不过,这《断肠词》,可未必在稼轩之后,或在稼轩之前呢。且这一首'月上柳梢头',或为欧阳公所作呢。"

王初桐点头,道:"若为《断肠词》,前明杨升庵以为不贞……"

"迂腐。"金兆燕断然道,"若以此论词,五代以来,俱为不贞矣。"

王初桐笑道:"《断肠词》外,多男子代言。"

金兆燕悠悠道:"所以,才道这首小词乃欧阳公所作也。"

众人俱是大笑。杨升庵论词固是荒诞不经,不过,若道此词乃欧阳公所作,倒也免了一段公案。

众人一边喝酒,一边谈诗论词,说些京师的轶事。王初桐忽道:"听家叔说,四库馆功臣,朝廷会授予官职。"

金兆燕笑道:"这事是有的,不过,估计也就县丞、主簿之类佐官,其他的,可能性不大。"顿了一下,又道:"早些年,板桥有个朋友,顾万峰,也曾向当今圣上献赋,圣上大喜,就赏了他几匹绢,然后,就什么也没有了。板桥说,那一回,顾万峰气死了,还不可与外人道。"说着,呵呵呵地笑了起来。金兆燕曾在卢见曾幕下,与板桥交好。

王初桐也笑,道:"所以啊,如今这样子,对我们来说,已经很不错了。"数年前,与黄景仁一样,王初桐也曾向皇帝献赋;然后,又与黄景仁一样,入四库馆,成为誊录生。如今,《四库全书》编成,他们这些誊录生马上就要失业,朝廷以为亦可谓功臣,故而安排选官,出任县丞、主簿之类的佐官……无论如何,比二三十年前,是要好多了。苦笑一下,王初桐续道:"科举正途无望如我辈,这已经很不错了。"说着,忍不住就瞧了黄景仁一眼。黄景仁也自苦笑,将酒杯举起,隔着桌子向王初桐遥遥相敬。科考很难么?对于后世之人,或许很难理解这个问题。因为很多人,在后人看来,或许都是天才一类的人物,然而,科考对于他们来说,偏偏就像"蜀道"一般,"难于上青天"。天下人才济济,想获得那样的名次,谈何容易。韩愈说,"闻道有先后,术业有专攻",诗词写得好,文章写得好，小说写得好，谁说他就一定能在科举上走得远些？后人以此来攻击科考，端的是一叶障目，很没有道理的。

余鹏翀轻轻摇头，道："即便只是佐官，只怕也不是每一个人都能获得的。"

"少云。"余鹏年低低地叫了一声，仿佛是在责怪他实话实说似的。在座诸人，都已经在京多年，他们都很明白，如今在京候补的有多少，而官职，哪怕只是县丞、主簿之类的佐官，也是有限的。所谓功劳，像四库馆出来的，除非皇帝特别点名，否则，在吏部堂官们看来，就只是个笑话。那么，在这样的情况下，僧多粥少，哪个"僧"才能获得"粥"？很显然，看谁能精心打点了。

只是这事哪怕真是这样，这话，却不能这样说，否则，对朝廷似有大不敬之嫌了。

余鹏翀嘿嘿一笑，便也不再言语。

金兆燕道："应该会考一下的。"不过，说是这样说，他心里也没底。因为倘若要考一下的话，对有些人来说，是一次机会；而对于另外一些人来说，便是失去机会了。

余鹏年忙道："考一下好，考一下好，考一下的话，如竹所，如仲则，都可为官了。来，我先敬二位一杯。"

王初桐忙与黄景仁各自举起酒杯，与余鹏年碰了一下。

又说了会儿闲话，酒到半酣，金兆燕道："咱们先前说过，今儿元夕，不可无词，诸位，怎样？"

王初桐笑道："我听棕亭你的。"

黄景仁一笑，也道："行。"

余氏兄弟却道："三位，你们写，我们就不丢这个人了。"不管金兆燕三人如何劝说，他们兄弟都只是摇头，说："不丢人了。"

王初桐笑道："仲则，这都是你的不是了。要不是你将他们批得体无完肤……"

黄景仁也笑，道："我向二位赔不是，自罚一杯。"说着，又倒上一杯酒，一口饮尽。

金兆燕悠悠道："其实，仲则这两年脾气要好多了，我记得好像听谁说过，当日翁正三、蒋心余他们组织诗社，力邀仲则与稚存参加，结果，每有聚会评诗，仲则都是抢起大棒一顿乱打……"

黄景仁忙笑道："哪有的事？哪有的事？这是谁在编排我啊？"心道：最多也就冲着稚存说几句吧？可好像没当面这样乱打。

不过,有时喝醉了,醉后说了些什么话,还真记不得了。好像稚存是说过,说我借酒使气,骂人,还劝我戒酒来着……

金兆燕斜着双眼笑道:"没有就没有,着急做甚? 反正在这京师,听到你的事还少了? 仲则,这满京师的名士、才子、诗人,可没有不知道你黄仲则的,没有不知道你黄仲则脾气大的。"

黄景仁老脸微红,也不言语,倒满一杯酒,又是一口饮尽。连续几杯酒入肚,黄景仁早就双颊晕红,头也有些昏了。然而,他依然显出一副很开心的模样,与众人说笑着,说着诗词,说着从前,说着从前的年少轻狂,说着将来,说着将来或许可以做个县丞、主簿,说着哪里的县丞、主簿有空缺……

然而,为什么在他的心底,却感觉到一阵一阵的悲哀?

> 辛丑元夕,同王竹所、黄仲则小饮余雪村、月村兄弟法源寺寓斋。醉后更深,步至虎坊桥看月。

> 佛火屯寒,钟声送暝,客中今夕何夕。剪烛开樽,怎把愁襟消得。绕凤城、一片笙歌,滞鸿爪、三年踪迹。凄寂。耐冷筵蒲馔,短床苴席。

> 看遍六街灯色。止似水蟾光,尽人怜惜。钿毂香留,何处拥归华舄。料者番、絮雪门庭,定一样、团圞内集。羌笛。莫惊回良梦,玉梅花侧。

——金兆燕《月华清》

> 晴雪楼台,春烟门巷,禁街灯意催晚。睡起蟾妃,照破一城弦管。有数辈、落托荆高,在十笏、寂寞亭馆。闲款。把重帘下了,翠樽教满。

> 窈窕东华尘软。尽艳引香风,近来游懒。曾几今宵,旧日心情都换。忘不尽、赋笔词笺,愁不到、舞裙歌扇。吟断。渐疏钟晓动,冻云天远。

——王初桐《月华清·上元集余少云妙香居》

> 丝面搓成,香斋煮熟,招携同话松院。解事灵妃,早拥一轮天半。是今年、初度逢圆,祝后会、一樽常满。行散。爱流辉紫陌,分光翠殿。

> 莫道夜蛾心懒,被几阵衣香,暗中勾转。似水车轮,不遣车中

人见。十分清、露下歌声，一例俊、灯前人面。流玩。算年华畅好，忍教轻换。

——黄景仁《月华清·十五夜偕金棕亭、王竹所》

十一

乾隆四十六年（1781），三月，洪亮吉参加礼部会试，不中。四月，偕同年崔景仪离京，前往陕西巡抚毕沅署。

临行前，洪亮吉到法源寺去了一趟。

因为这里有他的朋友。

——正月过后，黄景仁便搬到了法源寺，与余鹏年、余鹏翀兄弟做了近邻。

"仲则怎么不在？"在法源寺，洪亮吉没有找到黄景仁，便到妙香居去问余鹏翀。妙香居云云，文人痼习，原只是余氏兄弟在法源寺的寓斋而已。文人每到一处，只要有个遮雨的地方，总会习惯性地题个"斋名"，余鹏翀是这样，洪亮吉、黄景仁，其实，都是这样。洪亮吉早年书斋名"卷施阁"。卷施者，卷葹也，又名"宿莽"，《尔雅·释草》云："卷施草，拔心不死。"晋人郭璞《卷施赞》云："卷施之草，拔心不死；屈平嘉之，讽咏以比。"李太白《寄远》诗云："卷葹心独苦，抽却死还生。"洪亮吉年轻时的志向，于斯可见。到后来，他又题书斋名曰"附鲭轩"。鲭是古书中的一种蚌，其内有小蟹共生——此时的洪亮吉，正江湖飘泊，做人幕僚。到晚年，从伊犁回乡，书斋名"更生斋"，自是有"九死一生"之意。而黄景仁之"两当轩"，原是取"既当书斋，复当寝室"之意，正见其困顿、穷迫。至于"妙香居"之"妙香"二字，自是与佛教相关，《楞严经》云："见诸比丘烧沉水香，香气寂然来入鼻中……尘气倏灭，妙香密圆。"然则，老杜有《大云寺赞公房》诗云："灯影照无睡，心清闻妙香。"由此观之，则知余鹏翀居处名"妙香"，固与寓居法源寺相关，亦足见其志趣也。

余鹏翀苦笑一下，道："他应该在戏园子吧。"

"戏园子？"洪亮吉微微一皱眉。

余鹏翀道："这些天，他几乎天天都到戏园子，跟那些伶人混在一起，喝酒，使气，醉了就骂人，我怎么说他也不听，说多了，他就威胁我,说,再说,咱们连朋友都没得做。"说着,余鹏翀叹息一声,续道:"不过……"声音便有些迟疑。

"不过什么?"洪亮吉忍不住问道。

余鹏翀微微一笑,悠悠道:"其实,我也想像仲则一样……"

洪亮吉一愣,不觉莞尔,点指道:"你啊你,这是唯恐天下不乱呢。"其实,他早就听说,或者说,京师很多人都在说,余少云就是第二个黄仲则……或许,这也是为什么黄景仁与余鹏翀成为朋友的缘故吧。

人总是愿意与自己相近的人交朋友。

说过几句,洪亮吉便拉着余鹏翀出了法源寺。余鹏翀道:"这边戏园子多着呢,我可不知仲则他会在哪一处。"洪亮吉一瞪眼,道:"那就一处一处找。"余鹏翀也瞪眼,道:"反正要是找到了,有什么话都你说,我可不敢惹他,他会骂人的。"说到"骂人"二字,余鹏翀咬得很重,可他的嘴角却是弯弯的,像是在笑。

洪亮吉心中叹息一声。这一路之上,他已问明白,仲则何以忽然之间又发了疯。要知道,这两年,黄景仁脾性已经改了很多了,很多时候,诗会聚集,都是温文尔雅的模样。洪亮吉也知道,仲则他这是在竭力地装,可人世间,尤其是在这北京城,又有谁不是在装?那些装得高明的,甚至出将入相,成为朝廷重臣。

或许,仲则真的不喜欢这样装……

人世间,多少事,都是这样,再不喜欢,也得装着喜欢,去做,做给人看,直做得自己信以为真,做得像真的一样。"假作真时真亦假,无为有处有还无。"这世道,原就如是啊。

上元妙香居聚会之后不久,黄景仁便搬到了法源寺,一则是与余鹏翀做了近邻;二呢,就是便于打听"选官"的事。很快,他就打听到,这个消息是确切的。《四库全书》编成,皇帝很是高兴,从四库馆出来的,哪怕是誊录生,皇帝也以为是功臣,要给予奖励,而这个奖励,就是"选官",县丞,或者主簿。对于黄景仁他们来说,这自然是个好消息。他们也深知,即使他们是从四库馆出来的,可秀才生员的身份,已经注定他们不可能去争夺县令之类的主官,县丞、主簿这样的佐官,已是他们最好的选择。或许,做过一任、两任佐官,升任主官也未尝不可能。他们当中的很多人不无乐观地这样想道。因为这是有先例的。朝廷任官,固然要看功名,政绩也一样会看的,只要政绩出众,朝廷就不会辜负。

然而，很快，黄景仁就打听到这样一个事实：要打点。

是的，要打点。

余鹏翀说过，要打点。

余鹏翀这样说的时候，老实说，黄景仁也未尝不信。可他心底总还是有那样的幻想：他们是从四库馆出来的啊，是皇帝编成《四库全书》的功臣啊，当年，津门献诗献赋，皇帝是龙心大悦的啊……这还要打点？

余鹏翀大笑："仲则，你比我还要大那么多……就那么天真？"

黄景仁不服气地道："他们这是欺君！"

"欺君？"余鹏翀冷笑，"他们不会欺君，他们会让你选官，只是这时间嘛，嘿嘿，选官选官，要有空缺不是？选官的人很多不是？老兄，你就慢慢等吧，等个四五十年，或许就轮到你了。"

黄景仁心中早已相信，可嘴里还是说着不信，又去问了一些朋友，结果，几乎无一例外，对黄景仁说，要选官，不打点是肯定不行的，仲则，要多准备银两，还要找到人，不然的话，恐怕没戏。不过，这花些银子嘛，还是很划算的，只要选上官，县丞也罢，主簿也罢，只要选上，这银子嘛，很快就会有了。放心，肯定是划算的，不会亏。

起初，黄景仁还睁着双眼，表示自己的吃惊，到最后，他只觉一阵阵的愤怒与悲哀。

"原来这样，原来这样，"他喃喃着，"我早知道会这样，可这些年，我居然还以为不会这样……"

"什么这样那样？"有朋友就不解地问道。

黄景仁惨笑道："没什么。是我傻。真的，很傻。"说着，就哈哈大笑，笑声凄厉。

　　他那里开筵下榻，教俺操槌按板把鼓来挝。正好俺借槌来打落，又合着鸣鼓攻他。俺这骂一句句锋芒飞剑戟，俺这鼓一声声霹秀卷风沙。曹操，这皮是你身儿上躯壳，这槌是你肘儿下肋巴。这钉孔儿是你心窝里毛窍，这板杖儿是你嘴儿上獠牙。两头蒙总打得你泼皮穿，一时间也酬不尽你亏心大。且从头数起，洗耳听咱。

　　　　　　　　　　——徐渭《狂鼓史渔阳三弄·混江龙》

　　鼓声清越。伴随着鼓声，是一段嘶哑凄厉的唱腔。起先，洪亮吉还没能听得清这唱的什么，只是微一皱眉，道："这唱戏的，好像很有气啊。"伶人唱戏，自然是要有气的，据说，最好的伶人，能够一开腔就气压全场，使人的悲欢都为之左右，据说，明末的柳敬亭就有这个本事，那柳敬亭还只是个说书的，而不是唱戏的。可问题在于，伶人的这个气，应是来自于戏本身，而不是他从舞台下带到舞台上去的。也就是说，伶人不能够将台下的喜怒哀乐带到台上去，说得再直白些，哪怕在台下的时候，家里死了人，悲伤之至，但只要一上台，该笑还是得笑，而且，还要笑得真诚；反之亦然。

可洪亮吉从这段唱腔中听到的"气"，分明是来自于心底，仿佛这伶人在台下不知受到多少委屈的样子，借上台演戏来发泄，击鼓骂曹，骂个痛快。

投至得文场比较。都不用贾生文、马卿赋，衡一味屈原骚。见如今鹍鹏掩翅，斥鷃摩霄，枭争鸾食，鹊让鸠巢。隋珠暗色，鱼目光摇。驽驹伏轭，老骥长号。捐弃周鼎而宝康瓠。哑邹生谈天馆争头鼓脑。瞽毛施明光宫炫服称妖。野水渡春波拍拍，无媒径荒草萧萧。题名记是一篇募修雁塔，泥金缄是一纸抄化题桥。猛听得胪传声，彤墀头齐唱白铜鞮，近新来浪桃花禹门关收纳鸦青钞。出落得一个个鲜衣怒马，簇仗鸣镳。

——沈自徵《杜秀才痛哭霸亭秋·混江龙》

腔板一换，猛听得那人又唱将起来。这一回，却是唱得无限凄凉、悲伤，还有几分无奈。洪亮吉大吃一惊："是仲则？"他总算听出是黄景仁的声音。余鹏翀竖着耳朵听了一会儿，道："是仲则。"迟疑一下，道："前一段我知道是徐文长的击鼓骂曹，这一段，唱的是什么？好像没听人唱过。"洪亮吉苦笑道："是沈自徵的《霸亭秋》，从前，他就唱过。"说着，叹息一声。他想起，当年，在江宁，落榜之后，黄景仁就喜欢唱这几句，尤其是在喝醉酒之后。这么多年过去，原以为他已经改了，却不料，还是一样。或许，"江山易改，本性难移"，就是这个意思吧。从前，洪亮吉也时常劝导，道："你骂了，使气了，能够改变现状么？"黄景仁毫不犹豫地回答："不能。"洪亮吉道："那何必骂呢？骂了，还会让人，嗯，让人对你没有好感。"黄景仁呵呵笑道："他们有没有好感关我何事？反正我骂得痛快就是了。"虽然没用，但是痛快。这就是黄景仁的理由。这些年来,洪亮吉也一直都在想着黄景仁的这个理由,尤其是在几度落榜之后,只可惜,他始终都只敢在心中痛骂,表面上,一直都是清风和气的模样。

戏园子里人不多。

准确说,现在还没有开戏,在戏园子里,除了黄景仁,便是戏班子里的一些人,有的在练功,压压腿睃睃眼什么的;有的在聊着天,带着些戏腔;还有一个老者在吸着水烟,长袍马褂,余鹏翀说,那是班主。

还有几个孩子,在水池边嬉戏。那是学戏的孩子。学戏很苦。对于孩子们来说,在水池边的嬉戏,是难得的休闲,比在吃饭的时候抢到一块肉还要艰难。

黄景仁在舞台之上,化着妆,依旧在唱着。琴师拉着琴,琴声凄凉。

说与他小儿曹。不索乔。一任他子曰诗云,我甘守着陋巷箪瓢。奚童也,俺不穷也。穷得俺的甑尘中桂炊玉饱。穷不得俺的笔尖头锦簇花韶。

——沈自徵《杜秀才痛哭霸亭秋·鹊踏枝》

满腔悲愤。

"好!"那抽着水烟的老者将烟袋放下,大声叫道。台上的黄景仁哈哈哈大笑起米,直笑得园子里栖息在树上的鸟儿扑棱棱地飞起,飞向天空。然而,他们也只是在天空中打了个旋儿,然后,又轻轻飞落,落到了高树之上。

十二

回到法源寺,黄景仁洗了把脸,将已经卸了妆还剩下的一点油彩洗掉,而后,对洪亮吉说道:"怎么样?怎么样?我唱得怎么样?"

洪亮吉苦笑一下,没好气道:"好,好,好,你可以粉墨登场,做戏子去了。"

黄景仁冷笑一声,道:"这偌大的北京城,满朝文武,谁不是戏子？谁不是粉墨登场？独我就不能么？"

"疯了，疯了，"洪亮吉与余鹏翀对望一眼，喃喃着，"黄仲则，你疯了……"

黄景仁嘿嘿地笑着，走到书桌边，翻出一张词笺来，道："昨儿作的。"说着，递给了洪亮吉。

是次洪亮吉韵的两首词。

怪道夜窗虚似水，月在空枝，春在空香里。一片入杯撩不起，风前细饮相思味。

冷落空墙犹徒倚。者是人间，第一埋愁地。占得百花头上死。人生可也当如此。

莫怨妒花风雨浪，送我泥深，了却冰霜障。身后繁华千万状，苦心现出无生相。

隐约绿纱窗未亮，似有魂来，小揭冰绡帐。报道感君怜一晌，明朝扫我孤山葬。

——黄景仁《蝶恋花·落梅和稚存》

洪亮吉读罢，默默无言，只是眼神之中又多了几分担忧。余鹏翀道："稚存的原词呢？"黄景仁一笑，便也翻了出来，递给了余鹏翀。

白白红红开未止，一样孤标，即兆飘零始。如此人生刚半世，问年一样输余子。

入夜春愁为剪纸，属汝重来，休昧初来旨。多分柔魂犹在水，五更吟断梅花诔。

窗外游丝空复漾，十见花残，那得人无恙。莫向酒闲矜跌宕，春风已把飞琼葬。

花未开时愁已酿，寄语桃根，春到休轻放。人世有情还有障，招魂供汝青绫帐。

——洪亮吉《蝶恋花·落梅》

203

余鹏翀沉吟一晌，道："仲则与稚存的词风完全不同啊。"

黄景仁笑道:"做人也不同。"

"什么?"余鹏翀一愣。

"稚存这个人啊,做事、说话,都小心,唯恐得罪人,我就不同,一开口就得罪人。"黄景仁悠悠说道。

洪亮吉白了他一眼,道:"我又不是爆竹,一点就放。"

黄景仁嘻嘻笑道:"我不点也会放。"

洪亮吉没好气道:"是啊,不点也会放,这样,明里暗里,也不知得罪了多少人。唉。其他不说,就今儿的事,在戏园子里,和戏子混在一起,又是喝酒,又是唱戏,仲则,用不了几天,你就看京城的人怎么编排你吧。"

黄景仁笑道:"无非是说我脾气怪,借酒使气,登场歌哭,谑浪笑傲,还能怎样? 总不成说我是到戏园子乞食吧?"

洪亮吉上下打量了一番,道:"也未必不可能。不要忘了,你很穷呢。"

黄景仁点点头,笑道:"好吧,乞食就乞食,赶明儿,我就画个《吹箫乞食图》,稚存,还有,少云,你们可要为我题词。"

余鹏翀忙道:"我向来不擅填词,填得少,也不好,仲则,你就不要为难我了。"

洪亮吉沉吟一下,道:"我要到秦中去了。"

"秦中?"黄景仁愣了一下。

洪亮吉点头,道:"孙大来信,说毕公有意招邀。"他叹了口气,苦笑道:"再者,也想出去走走,散散心。"三月会试,洪亮吉未中。也许,对于洪亮吉来说,已经习以为常,可心中到底还是有些不舒服的。

洪亮吉已举顺天乡试,总要努力一把,博得个正途出身。否则,大约也要与黄景仁、王初桐等人一样,去参予"选官"了。

黄景仁忽就有些伤感,半晌,道:"连你也要走了……"

洪亮吉嘴唇哆嗦了一下,也有些不舍,道:"仲则,不是我说你,你说这年后,你已经病了多少次了? 病了也就算了,我知道你身子骨儿一向不好,可这病了就要养病,还是动则饮酒、作诗,你……唉……"洪亮吉恨恨地叹息一声。他说的是这个月的月初,黄景仁招邀一些朋友在法源寺寓斋做饯花之饮。洪亮吉、余鹏翀之外,还有冯敏昌、张锦芳、安嘉相,先是饮酒,而后余鹏翀作图,而后众人分韵赋诗。对于诗人来说,这样的雅集原是常事。问题是,黄景仁正在病中,哪里禁得起这样的折腾?更何况,雅集总要花些银两,而黄景仁已经穷得差不多要当裤子了。年前,一直到除夕,都有人来逼债。

黄景仁呵呵一笑,道:"总要找些事儿做,不然的话,活着还有什么意思?"

"唉。"洪亮吉又自叹息一声,也不再劝。因为近二十年的朋友,他明白,黄景仁不是听人劝的人。

余鹏翀忽道:"我有一个问题……"

"什么问题?"洪亮吉与黄景仁几乎异口同声地问道。

余鹏翀道:"你们两个如此不同,怎么就成为朋友了?"

洪亮吉与黄景仁对望一眼,都笑了起来。洪亮吉悠悠道:"因为他当年向我借了一本书,到现在也没还……"

黄景仁反驳道:"还了吧?"

"没有。"洪亮吉摇头。

黄景仁道:"我记得还到伯母手上的。"

洪亮吉嘿嘿道:"反正我没有见到。"

黄景仁便叫起撞天屈来:"反正我是还了……"

余鹏翀目瞪口呆,喃喃道:"我好像有点明白了。"

洪亮吉道:"黄二这人还特别喜欢次韵,当年,我一有什么诗或者词,他都会来唱和。"

黄景仁一瞪眼,道:"好像说的是你吧?是你喜欢次韵才是。"

洪亮吉道:"明明是你,你个诗疯子,深更半夜将我拉起来,一起看他的诗。苦哇……"

黄景仁嘿嘿道:"写完了没人看,好无聊呢。"

洪亮吉道:"所以就拉我起来?那个时候,我还那么年轻,好贪睡的。唉,不知有多少好梦,就硬生生地让这厮给坏掉了。"

黄景仁道:"我比你还要年轻好吧。"

洪亮吉道:"好像少云比你更年轻吧?"

余鹏翀忙道:"别,别,您二位继续,可别管我。"

黄景仁与洪亮吉又都望了余鹏翀一眼,呵呵地笑了起来。笑罢,洪亮吉道:"我要走了。"黄景仁点头:"我知道。"洪亮吉道:"要不,也一起去西安吧。"黄景仁笑道:"毕秋帆又没有招邀我,我可没那个脸去主动投靠。"洪亮吉沉吟一晌,道:"那我先去吧。"顿了顿,道:"大约毕公没读过两当轩。"黄景仁大笑:"稚存,你太瞧得起我了。"洪亮吉轻轻摇头,正色道:"很多人这样说,乾隆朝,论诗,两当轩可为第一。"余鹏翀道:"我也听说了。"黄景仁笑道:"一样要借酒使气,一样会茫然失措。"洪亮吉道:"那是他们不识人。"黄景仁笑道:"稚存,你就别安慰我了,我知道,我得罪人多,又没银子打点……"看了洪亮吉与余鹏翀一眼,续道:"认得的朋友,又跟我一样穷,想借个银子也借不到。"这样笑着说着,可他的眼中,分明是不愤。

洪亮吉呵呵一笑,道:"走了……"不复相劝。

黄景仁迟疑一下,道:"什么时候再相见?"

洪亮吉笑道:"期君未死重相见,与向空山证世情。"说着,提起笔来,写了两首绝句。写罢,将笔一扔,扬长而去。

黄景仁没有注意到,当洪亮吉出门之后,双眼盈盈,似有泪将要涌出。

抛得白云溪畔宅,苦来燕市历风尘。才人命薄如君少,贫过中年病却春。

枵腹谁怜诗思清,掩关真欲废逢迎。期君未死重相见,与向空山证世情。

——洪亮吉《将出都门留别黄二》

洪亮吉走了。余鹏翀又聊了几句,也告辞回妙香居。法源寺的寓斋之中,只剩下黄景仁一个。黄景仁兀自坐着,默然良久,站起身来,提笔写道:

静念平生,忽不乐、投杯而起。无因泻、长江万斛,剖胸一洗。识路漫夸孤竹马,问名久似辽东豕。道飞扬跋扈欲何如,穷杀尔。

裈中虱,真堪耻。车中妇,伊谁使?向青山恸哭,只应情死。斫地莫哀终有别,问天不应无如已。且浮生花月醉千场,吾行矣。

——黄景仁《满江红》

写罢,也似洪亮吉那般,将笔一扔,哈哈大笑,直笑得眼泪滚滚而落。

不知道为什么,当洪亮吉扬长而去的时候,他竟想起当年的那个女子来,那个在他心头长驻的女子……

十三

"仲则,仲则。"五月的北京,法源寺中,余鹏翀兴冲冲地来到黄景仁的寓斋前,高声嚷道。

黄景仁揉着惺忪的眼,在书桌旁直起身子,又打了个哈欠,道:"什么事啊?少云,你不会又填了一个词吧?那个,那个《眼儿媚》,还不如先前那个鬼气森森的《玉楼春》呢。"

前些天,余鹏翀也是这样兴冲冲,拿过来一首《眼儿媚》,说,这一回,可没有鬼气森森……

寻梦寻春一色迷。凝望草萋萋。晓烟愁散,轻风愁荡,夕照愁低。

莲勾香印魂销处,独有燕丸泥。珠帘细雨,画梁明月,夜夜双栖。

——余鹏翀《眼儿媚》

黄景仁毫不客气地道:"连用三个'愁'字,似巧实拙,偷懒。"又道:"全词乱七八糟,忽而草,忽而烟,忽而风,忽而夕照,忽而细雨,忽而明月,你瞧瞧,这到底是什么所在?时序也乱,叫人看不清。不过,这不是最主要的,最主要的是,你整首词只是想说'夜夜双栖'吧?都已经'双栖'了,可不叫我这个形单影只之人羡慕煞?"说着,哈哈大笑。

余鹏翀说:"那我再去写。我还真就不信了,这小词,我就写不好。"这不,才过了几天,余鹏翀又兴冲冲地来了,嚷嚷着,仿佛新填的词一定能让人刮目相看、大吃一惊似的。

"瞧瞧,这是什么?"余鹏翀一边兴奋地说着,一边将一张白色的纸递给了黄景仁。

"饶了我吧,少云,你还是写诗吧。那个,你行。"黄景仁虽是这样说着,但还是伸手接过余鹏翀递来的那张白色的纸。只不过当他接过的时候,心头还是有些诧异,因为这与余鹏翀平日所用的纸不一样……读书人对笔墨纸砚都很有讲究的,一般说来,不会随手拿过一张纸来就用。

　　黄景仁狐疑着低头，忽就一愣，像是不相信自己的眼睛似的，又揉了揉眼，再看一眼，失声道："银票？五百两？"这使他吓了一大跳。要知道，五百两，在北京的话，能够买一套很不错的四合院了，而且，还是盖了十几间房的那种。黄景仁记得，刚来北京的时候，那种普通的瓦房，连在一起的四间，不过开价七八十两。洪亮吉任四库校雠的时候，岁银也只二百两。

　　这五百两，实在是很大的一笔钱了。

　　"这是……"黄景仁抬头瞧着余鹏翀，眼中满是狐疑。他不明白，余鹏翀忽然将这五百两银票给他看做甚。莫非，余鹏翀发财了？可做什么，也难以一下子获得五百两吧？去年，洪亮吉替人写赋颂应制文四五十篇，所得酬金不过四百两。黄景仁记得，当时还嘲笑他，说，稚存，你这是为五斗米折腰啊，丢人。洪亮吉苦笑，一家子要养，没银两，怎么活？后来，黄景仁送老母、妻子与儿子回乡，路上的盘缠，是洪亮吉筹措的，想来也是从这笔润笔中支出的吧？这些年，黄景仁已记不得花了洪亮吉多少钱了。不过，他也没有说多少感激的话。

　　因为他们是朋友。

　　这一生。

　　"你的。"余鹏翀笑道。仿佛这五百两是黄景仁的，比是他自己的还要高兴似的。

　　"我的？"黄景仁再次失声道。

　　余鹏翀点头："你的。"

　　黄景仁愣了片刻，干笑道："少云，你发财了？给我这么多？"他的心中着实怀疑。一则是，余氏兄弟与他一样穷困，寄寓在法源寺中，哪会一下子得那么多银两？能一下子送他五百两，岂不意味着余氏兄弟所得更多？二呢，虽说与少云也是多年的朋友，可黄景仁也明白，他们的交情，大约还不到这程度，能够值五百两。与余鹏翀，他们更多的是文字之交。

　　余鹏翀笑道："可不是我给你的。"

　　"那……"黄景仁愣愣的，瞧瞧手上的银票，不明所以。

　　"是陕西毕秋帆寄来的。"余鹏翀一边笑着，一边又掏出一封信，递给了黄景仁，道，"信我可没看。"

　　"毕秋帆？"黄景仁蓦然便想起洪亮吉来。洪亮吉四月初十离京，如今，应该早到了西安了吧？毕秋帆的这信……

黄景仁心中一动，将信拆开，读罢，久久无语。

"怎么样？"余鹏翀急迫地问道。

黄景仁瞧了他一眼，道："我可能要去一趟西安了。"

余鹏翀道："跟稚存一样？"这自然是余鹏翀早就猜到的。像他们这样的人，做幕僚差不多是最好的出路。像他自己，如今就在直隶总督杨景素幕中。只不过，以黄景仁的脾性，一直都不大肯依附人，宁肯留在京中，等机会选官。

黄景仁微微抬头，道："我也不知道。"顿了顿，解释道："毕秋帆偶然看到我的那组《都门秋思》，以为价值千金，故而先寄我五百两，待到西安，再给另外的五百两。"说着，有些唏嘘。

余鹏翀怔怔地瞧着他，道："那组诗，就这么值钱？"

黄景仁苦笑道："我宁愿相信是稚存在帮我说话。"

余鹏翀笑道："不管是毕秋帆赏识，还是洪稚存说项，仲则，这都是好事，西安，得去，不然，这五百两，可就拿不到了。"

黄景仁点头："至少也要去说声谢。"

"嗯，"余鹏翀沉吟道，"打点的话，五百两可能还欠些，再有五百两的话，应该没问题了。我听说，王竹所可能已经定下来了，到山东，好像是齐河县，任县丞。"

这是在意料之中的。毕竟王初桐是王昶的从侄，三服之内，已经算是很近了；而王昶，先后任大理寺卿、都察院右副都御使，都是正三品的高官，深受皇帝信任。

"早些动身吧。"余鹏翀说，"也好早些回京。"顿了顿，补充道："夜长梦多。"

"好。"黄景仁点头，"我这就动身。"

在这刹那，他只觉前程一路光明。

乾隆四十六年（1781），五月，洪亮吉抵达西安陕西巡抚毕沅署。

闰五月，扶病离京的黄景仁抵达西安。

分别两个月的洪黄，在西安重逢。

只不过此刻的他们，谁也没有想到，这将是他们今生今世在一起的最后时光。

黄景仁在西安没待多久，就返回北京，等待选官。

毕沅没有挽留。

回到北京后，他依旧租住在法源寺里。

十一年后，洪亮吉独游法源寺，有诗云：

出门谁是看花路，纵马直前知不误。斜行七里破曙光，马不识途能嗅香。平明一寺拦街出，万绿冲门马惊逸。客行下马方拂尘，花下已有先来人。羡君何止寻花早，花气入帘餐欲饱。十分花事惜已过，砌下渐比枝头多。明朝更惜花无几，窗外怪风成阵起。看花人老花莫悲，花下几见常追随。不然花枝南头两间屋，曾有花魂抱花宿。眠时如鸥立如鹤，看得开时复开落。如今寂寞锁几春，花屋只当诗人坟。门阑雨圮纸窗破，时聆吟声夜深堕。君行叹息欲出门，我更代花招客魂。君不见，客魂定在花深处。怪底曙鸦啼不住。

——洪亮吉《三月晦前一日，清晓独游法源寺看海棠，花下值冯户部敏昌，因同过寺旁亡友黄二景仁旧寓，室已倾圮不可入，感赋一首》

时乾隆五十七年（1792）三月二十八日。洪亮吉已于两年前中榜眼，任国史馆纂修官。

十四

昔乾隆间黄仲则居京师，落落寡合，每有虞仲翔青蝇之感，权贵人莫能招致之。日唯从伶人乞食，时或竟于红氍毹上现种种身说法，粉墨淋漓，登场歌哭，谑浪笑傲，旁若无人。如明代杨慎在滇南时，醉后以胡粉傅面，簪花满头，偕门生诸妓舆以过市，唐伯虎与张梦晋大雪中游虎丘，效乞儿唱莲花落，才人失意，遂至逾闲荡检，此亦幸际圣朝，容其傲兀耳。

——杨懋建《京尘杂录》

（仲则）性豪宕，不拘小节，既博通载籍，慨然有用世之志，而见时流龌龊猥琐，辄使酒恣声色，讥笑讪侮，一发于诗。

——包世臣《黄征君传》

辛丑复遇仲则，寓京师，病寝一木榻，出新著诗两卷，皆其游太远、秦中所寄兴者,持示余,且起且太息曰:"景仁惫甚,脱不幸死,奈何?"余视其貌过戚,强慰之曰:"君何遽死? 君才犹未尽,天忍夺之速耶?"仲则是日为余谋设一饭,饭已别去,自是绝不复闻。

——武亿《吊黄仲则文》

余鹏年来辞别的时候,脸色很是难看,满是忧戚之色。

"我们要去太原了,"余鹏年嘶哑着声音说道,"省亲。"

黄景仁默默无语。因为他知道,年后不久,余鹏翀便病了。起先,还以为没事,却不料一直都不得好,到最后,来看的郎中都只是摇头,道,请另请高明。

余鹏翀身子骨儿一向都还不错,却不料,这说病就病,一病不起。

人真的就像风中之叶,不知道什么时候就会坠落尘埃。

"这次分别,不知什么时候才能重相见。"余鹏年有些伤感地说道。

黄景仁叹道:"我这身子,也不知什么时候就死了。"

"仲则,"余鹏年强笑道,"不至于……"

黄景仁呵呵一笑:"我不怕死。从小到大,一直都这样,随时要死的样子,可不也活到现在?"

余鹏年默然,良久,叹息一声。

他也不再安慰。

因为这些日子以来,余鹏翀的病,已经使他明白,人的生死,殆由天乎? 人力实无法强求。

"仲则。"临走前,余鹏年迟疑一下,还是说道,"还是打点一下吧。"

黄景仁从西安回来,带回五百两。原先,毕沅已寄给他五百两。一千两,打点一下的话,应也够了。

黄景仁呵呵地笑着,一拱手,道:"保重。"

余鹏年苦笑一下,也只好一揖而别。

"打点?"余鹏年走后,黄景仁喃喃道,"我知道我该打点,可我就是不愿意啊。"

他宁愿花天酒地。

他也生怕,这笔银两如果还在手边的话,他会忍不住去找人打点。

可这打点，是他真的所不愿去做的事。

有些事，即使明明知道应该去做，可他就是不愿意啊。

乾隆四十七年（1782），六月，余鹏年与其弟余鹏翀省亲太原，行前，来法源寺与黄景仁话别，黄景仁作《送余伯扶之太原序》以送之。不久，余鹏翀去世。

乾隆四十八年（1783），黄景仁自作小传，付翁方纲。然则待黄景仁去世，翁方纲再去寻这篇小传时，"遍检不获"。

三月，黄景仁扶病离京，再次前往西安。有人说，是被逼债；也有人说，是欲谋选资于毕沅。毕沅先前赠与的那一千两白银，实不知黄景仁用于何处了。

四月，抵运城，病重，留河东盐运使沈业富署中。昔沈业富为安徽太平知府时，黄景仁与洪亮吉俱曾幕于其府署。

十五

当孙星衍进来的时候，黄景仁居然一眼认出，挣扎着坐起，道："渊如。"

孙星衍忙道："仲则，你躺好，躺好。"说着，快步向前，将黄景仁小心地扶着，让他在床上躺好。

黄景仁微微地喘着气，瞧着孙星衍，嘴角有一丝笑："想不到我临死还能见到老友。"

孙星衍心头一酸，安慰道："没事，你的病，过几天就好了。"强笑道，"反正你一直都这样，这一回，还不是一样？"

黄景仁轻轻摇头，道："我自己的病，自己知道。"他的声音也轻，轻得叫人听不出绝望，听得叫人觉得，他将死只看作是归家一样。有人说，死是人类永恒的家园。也许，道理真的是这样，可自古以来，又有谁真的能够看穿？

孙星衍听着这话，差点儿落泪。虽说他与黄景仁的交谊比不得洪亮吉来得深厚，可也是多年的朋友，又都是同乡，眼见着黄景仁如此模样，心里还是很不好受。

眼见着孙星衍难过的样子，黄景仁不由心头一暖，却笑道："活着很累，还不如早些死了的好。"

"仲则！"孙星衍忍不住叫了一声。

"这样不死不活地拖着,更累。"黄景仁依旧笑着。

"仲则!"孙星衍只觉喉咙被什么扼着似的,有些说不出话来。

"对了,渊如,你怎么也到了运城?"黄景仁问道,"你不是在西安的么?"

孙星衍脸色便有些忸怩,半晌,赧然道:"出资纳了个贡生,这次是去京兆试……"

病中的黄景仁忽就睁着惊异的双眼,瞧着孙星衍,一眨不眨,脸上更是似笑非笑,像是嘲笑,又像不是。孙星衍直被他瞧得恼羞成怒,道:"怎么,纳个贡生怎么了? 天下那么多人纳个贡生,怎么了,我就不能了? 不就纳了个贡生么,有什么好笑的?"黄景仁嘿嘿笑道:"以你孙渊如的学识,居然还要纳贡生,自然好笑。"笑着笑着,黄景仁忽然之间就再也笑不出来,与坐在床头的孙星衍相对唏嘘。良久,孙星衍恨恨地说道:"他年,我总要考个前三甲,也让人看看,我孙星衍……""怎样?"黄景仁问道。孙星衍愣愣的,愣了半天,颓然道:"不怎么样。只是觉着憋气。不考个前三甲的话,这口气出不来。"黄景仁呵呵地笑了起来,忽就笑得大声咳了起来:"到那时,至少也能做个县丞、主簿之类的不是?"说着,两人相视而笑。乾隆五十二年(1787),孙星衍殿试榜眼,距离他出资纳这个贡生不过区区四年。只是到那时,黄景仁已经去世四年了。孙星衍有诗写道:

我识黄郎最少年。典裘一赋正翩翩。花裁吟骨须输俊,鹤比天姿合逊妍。尚诀巨卿真死友,予在安邑遇君,病甚剧。不辞阿㜷竟神仙。方城一尉犹难得,君时尚候铨。可有科名到九泉。

——孙星衍《六哀诗·黄仲则少府》

两人正笑着,笑得凄凉,这时,沈业富带着王昶从外面进来。一进门,沈业富便道:"仲则,你看谁来了?"黄景仁便又挣扎着想坐起:"述庵公?"

来人正是王昶。

王昶年近六旬,身量不高,精神却很好。

老爷子穿着便服,一副和蔼可亲的模样,跟在京城的时候一样。

见黄景仁要坐起,王昶赶紧上前,道:"躺好,躺好。"与孙星衍，将黄景仁扶着，让他躺好。只是这一阵动弹，黄景仁的身上又出了一身冷汗，蜡黄的两颊像是被水洗过一样。

王昶道："老夫调任陕西按察使，刚好经过运城，既堂说你在这里养病。唉，仲则，早知道你也要去陕西，老夫就早几天动身，跟你做个伴儿了。"

黄景仁笑道："述庵公公事繁多，小子不好打扰啊。"

王昶一瞪眼，道："什么公事不公事的？仲则，你我之间，还说这样的话？行了，老夫就多留几日，等你病好了，咱们一起入秦。入秦之后啊，毕秋帆那边要是不如意的话，仲则，你就到老夫这边来。唉，仲则啊，不是老夫要说你，在京城的时候，选官这样的事，你为什么不来找老夫？老夫还在都察院任上的时候，多少还是能说点话的。如今，调出京城，虽不说人走茶凉，总会麻烦些。不过，不要紧，咱们慢慢来，这么多朋友，总会让你得偿所愿。"说着，爽朗地笑了起来，仿佛根本就不知道黄景仁已经病入膏肓似的。

黄景仁也笑了起来。

虽说他不会将王昶的话当真，但王昶的这番话，还是使他心里温暖些。

"好，"他说，"待过几天，病好些，我便陪述庵公入秦。"

然而，到四月中旬的一天，黄景仁忽然索要纸笔。孙星衍说："要不，仲则，你说，我写。"黄景仁吃力地摇头，道："给阿㜷的信，我自己写。"阿㜷，楚人呼母亲为㜷。孙星衍这一听，心下便是一沉，感觉不对。他赶紧准备纸笔，然后磨墨，扶着黄景仁在床上坐好，然后，将一张小书案摆在黄景仁的身前。黄景仁吃力地提笔，慢慢地给老母写遗书。正是初夏，一封遗书写罢，黄景仁额头粒粒汗珠，缓缓滚落。

孙星衍说："仲则，你……你歇会儿吧。"

"我没事。"黄景仁低低说道，"给我阿㜷的信写好了。"说着，将身子微微地向后，倚靠在床帮上。

孙星衍将那遗书收好，而后，便想将小书案从床上搬下来。

"等等。"黄景仁道。

"仲则？"

"……我还要写封信，"黄景仁说，"给稚存。"说着，蜡黄的双颊之上，竟漾出丝丝微笑。

"……给稚存?"这却是孙星衍所没有想到的,或者说,是他应该想到却没有想到的。

黄景仁微微一笑:"我死了,总不能让他舒服,要找些事情让他做做。"他脸上的笑,就像春日的花儿一样,愉快极了。

孙星衍不会想到,此刻的黄景仁,想起了那一天,那一个黄昏,夕阳之下,他将洪亮吉拉进了仲雍祠中,硬逼着洪亮吉在神像前跪下,答应在他死后,为他刊印遗集。对这样的"硬逼",黄景仁没有丝毫的后悔,更没有丝毫的内疚。因为他觉得,在他死后,为他刊印遗集,处理后事,是洪亮吉所应该做的。

因为他们是朋友。

从那一天,在江阴的客舍开始,他们就是朋友。

从青涩的少年,到漂泊江湖的青年,到狼狈不堪的中年。

从生,到死。

一生一世。

乾隆四十八年(1783),四月二十五日,黄景仁因肺病病逝于运城河东盐运使沈业富府署之中,年仅三十五岁。

五月十六日,洪亮吉抵达运城,为黄景仁处理后事。

八月初一,洪亮吉扶柩抵里,葬于黄氏先垄之侧。

十六

十驿五驿,兼程以驰;俟我瞑目,云何敢迟。中条西去兮,随雨奔波;饥不择食兮,掬盈怀之饼饵。鬼伯催人兮,倏不及待;一书缠绵兮,尚附棺盖。蠡河之东兮,妥此旅魂;遗经而可读兮,庶以期夫愍孙。右《萧寺哭临图》第十三。

亡友黄君景仁,体素瘰,又不善珍摄,二十内即自知年命不永,每以后事见属,主人初以为戏也。及壮岁游燕赵,历秦晋,遇益穷,疾亦益甚。先是,君以天津召试二等,在三馆缮写,当得官,以费无所出,癸卯三月,遂力疾出都,将游西安。至运城沈运使业富官廨,疾已亟,飞书达主人,促急行以属后事。主人闻耗,即借马疾驰,日走四驿,而君已不及待矣。运使已移君殡古寺中,入门而遗篇断章、零墨废楮尚狼藉几案。哭奠后,主人日三临,并为文告殡,始偕其柩以归葬之于黄氏先垄之侧。呜乎。主人与君交二十年,不见者又二年，竟不获执手以诀，亦命也。刘刺史大观、赵大令希璜已两刊君诗，杨方伯揆又刊君诗余入丛集中。呜乎。君矣可以传矣。

——洪亮吉《平生游历图序》

自渡风陵，易车而骑，朝发蒲坂，夕宿盐池。阴云蔽亏，时雨凌厉。自河以东，与关内稍异，土逼若衒，涂危入栈。原林黯惨，疑披谷口之雾；衢歌哀怨，恍聆山阳之笛。

日在西隅，始展黄君仲则殡于运城西寺。见其遗棺七尺，枕书满箧。抚其吟案，则阿？之遗笺尚存；披其繐帷，则城东之小史既去。盖相如病肺，经月而难痊；昌谷呕心，临终而始悔者也。犹复丹铅狼藉，几案纷披，手不能书，画之以指。此则杜鹃欲化，犹振哀音；鸷鸟将亡，冀留劲羽；遗弃一世之务，留连身后之名者焉。

伏念明公，生则为营薄宦，死则为恤衰亲。复发德音，欲梓遗集。一士之身，玉成终始，闻之者动容，受之者沦髓。冀其游岱之魂，感恩而西顾；返洛之旐，衔酸而东指。又况龚生竟夭，尚有故人；元伯虽亡，不无死友。他日传公风义，勉其遗孤，风兹来祀，亦盛事也。

今谨上其诗及乐府共四大册。此君生平与亮吉雅故，唯持论不同，尝戏谓亮吉曰："予不幸早死，集经君订定，必乖余之指趣矣。"省其遗言，为之堕泪。今不敢辄加朱墨，皆封送阁下，暨与述庵廉使、东有侍读，共删定之。即其所就，已有足传，方乎古人，无愧作者。唯稿草皆其手写，别无副本，梓后尚望付其遗孤，以为子泽耳。

亮吉十九日已抵潼关，马上率启，不宣。

——洪亮吉《出关与毕侍郎笺》

遗札到三更，老母孤儿唯我托；
炎天走千里，素车白马送君还。

——洪亮吉挽联

潦倒三十年，生尔何为，合与虫沙同朽质；
凄清五千首，斯人不死，长留天地作秋声。

——左辅挽联

道谊知交，又弱一个；

清平遗韵，自有千秋。

——袁枚挽联

黄景仁殁后，天下才人纷纷写诗哭之。

七月，吴阶进京，闻黄景仁耗，诗以哭之。曰：《哭黄仲则》。先是，余鹏翀殁，吴阶有诗曰：《伤逝歌为怀宁余少云作》。

九月，吴蔚光闻黄景仁耗，有诗哭之，曰：《闻黄仲则殁于山西，诗以哭之》。

十月，武亿过襄城访李叔原，闻仲则死信，长痛久之，后作《吊黄仲则文》。

十一月，王昶作《哭黄仲则六十六韵》。

十一月十五日，翁方纲编次黄景仁诗竟，作《悔存斋诗钞序》，旋复赋诗五首，曰：《编次黄仲则诗偶述五首》。

吴锡麒作《题黄仲则遗诗后》。

张锦芳作《冯鱼山以黄仲则凶问见讣感赋》。

乾隆五十年（1785），黎简作《检亡友黄仲则手书》。

乾隆五十三年（1788），余鹏年作《吊仲则》。

乾隆五十四年（1789），管世铭作《追悼黄上舍景仁》。

……

直到两百余年后的网络时代，犹自不断有人写诗、填词、著文，悼念着这个天才诗人，或者向这个天才诗人致敬。尤其是那一组《绮怀》十六章，十数年来，已不知有多少才人次韵，为之疯狂。

这是与他同时代的其他任何一个诗人都比不上的。

只是没人说得清，《绮怀》诗中的那个女子，到底是谁——是他姑妈家的一个婢女？或者不是？黄景仁死后，那一个女子，可曾为诗人痛哭几声？黄景仁临终前，是不是还牵挂着那一个女子？

或许，这一切都已不重要。

因为爱一个人，想着她，这一生，这一世，已经足够。

子规窗外一声声。把醉也醒醒，梦也醒醒。细忆别时情状忒分明。盈盈。

夜长孤馆更清清。把钟也听听，漏也听听。直到五更斜月落疏棂。冥冥。

——黄景仁《凤马儿·幽忆》

　　乾隆五十一年(1786)，二月，黄景仁殁后的第三年，夫人赵氏卒于里。

　　道光二年(1822)，黄景仁子黄乙生卒于家。黄乙生无后，有同人求于其族，得一独子，广两祧之例，以为黄乙生之嗣，名志述，字仲孙。

　　咸丰八年(1856)，十二月，黄志述刊刻《两当轩全集》竟，存诗一千一百七十首、词二百十六阕。

　　光绪二年(1876)，黄志述妻吴氏重刻《两当轩全集》竟。

　　按照左辅的挽联所述，黄景仁平生为诗，当在五千首上下，传于今者，不过五分之一强。

　　然，已足以不朽。

赵怀玉

肝胆好凭三尺托，空负闻鸡怀抱

忆少年

白云一点，青衫一点，京尘一点。

轮蹄渐飞去，渺春风秋雁。

待得故人星又散。道归程，世情都惯。华灯寄何处，恰鹧鸪啼遍。

李旭东

入秋以来,赵怀玉心中一直都不是很舒服,总好像是有着什么牵挂似的。然而,有时坐在院子里的大槐树下,一番思索,却又实在不知自己到底有什么牵挂。人过中年,记忆力便大不如前,很多从前记得很深刻的事,到如今,渐渐变得模糊。甚至有时候,一些从前的面孔突然之间在脑海之中出现的时候,竟会忘了他们的名字;又或者,当那些名字出现的时候,竟会惊恐地发现,已经模糊了他们的容颜。那么熟悉的容颜啊,到如今,就好似零落成泥的花,再也记不得他们的曾经。

午后,赵怀玉在院子里的大槐树下站了很久,不知所措。院子外的胡同里,有孩子们在嬉闹着,时不时的还会间杂着一些小贩的叫卖声。虽然说今儿已是中秋,可那些小贩依旧在忙着讨生活,仿佛这中秋佳节与他们不相干似的。

赵怀玉似乎也没有觉得这中秋与他有什么相干。

年年中秋,年年如是。中秋的月,与往日的月,又哪里会有什么区别?都是悬在天边,悬在杨柳枝头,冷冰冰的,仿佛亘古都不会融化似的。也许,会有人产生错觉,说,天上月圆,人间团圆,多么美好的事啊。但赵怀玉知道,天,决不肯如人所愿,即使是在中秋,在月圆时节,这人间,一样有无数的人,远隔千里,不能相见。所谓"但愿人长久,千里共婵娟",终只是自欺欺人的呓语罢了。

也许,这样的自欺欺人能够使人快活些,叫赵怀玉不愿意这样欺骗自己啊。

人世间,有很多愿意做的事,就肯定也会有很多怎么也不愿做的事。有人说,人似风中落花,随风而逝;人似水上浮萍,随波逐流。可人到底不是落花、不是浮萍啊。

秋风吹过,清凉如许,一如赵怀玉此际的心。

胡同里,越发地热闹了起来。

赵怀玉轻轻地走出了院子,带上门,信步而行。一双早已旧了的青布鞋,软软地,踏在青石板的路上,无声无息。

他远离了胡同,远离了热闹。

因为他不喜欢。

不知道为什么,当他走出胡同的刹那,忽然想起江南来。

江南的中秋,又该是一副什么模样?

停桨处,依旧柳藏鸦。碧草几丛蝴蝶绕,酴醿开后已无花。深巷夕阳斜。

——赵怀玉《望江南》

二

不知道什么时候,已是满天秋雨。

秋天的雨,总是这样,悄悄而来,悄悄而去,不管人们喜欢还是不喜欢。或者说,人们的喜欢与不喜欢,对于秋天的雨来说,原不相干。

而街上的行人,也没有因这场悄悄而来的秋雨有什么改变。他们或疾步而行,或撑着一把油纸伞悠悠漫步,或与对面相遇的熟人打着千儿说着客气的话,或到街边的某家店铺的屋檐下躲会儿雨……跟往常的每一个黄昏,似乎也没什么不同。该匆忙的,依旧匆忙着;想悠闲的,一样悠闲着。

而雨,便下得越发自在起来。

赵怀玉站在雨中,站在法源寺的山门之外,忽然想起那一年的黄景仁来。

那一年,大家都那么年轻,年轻得就像初春时节一场雨后竞相开放的花儿似的。

那一年,从江宁应试回来,黄景仁便画了这幅《蒲团按剑图》,哦,准确来说,就只是画了这幅图,图上,没有字。

一个字也没有。

就像诗中的"无题"似的。

赵怀玉说:"可叫《蒲团按剑图》。"

左辅摸着下颔——其实,下颔上只有软软的绒毛,并不见须——若有所思地沉吟了片刻,摇头道:"不妥,不妥。"

赵怀玉奇道:"如何不妥?"

左辅老气横秋,道:"这'按剑'么,似有不臣之心……"

赵怀玉怔怔地瞧着左辅,半晌,喃喃道:"我算是明白周兴、来俊臣是什么样子的了……"

众人俱笑了起来。众人自也知左辅只是玩笑。只是,这样的玩笑,怎生还是叫人心里有着别样的感觉?

当年,任广西学政的胡中藻有诗云"一把心肠论浊清",皇帝闻知,大发雷霆,曰:"加'浊'字于国号'清'字之上,是何肺腑?"于是,从大学士、九卿到翰詹、科道都纷纷奏称:"胡中藻违天逆道,覆载不容,合依大逆,凌迟处死。"对于官场中人来说,落井下石原是司空见惯。皇帝皇恩浩荡,终没有将胡中藻凌迟,而是处斩,然后,追究到其师鄂尔泰,将鄂尔泰祭牌从贤良祠撤出,鄂尔泰之侄甘肃巡抚鄂昌被赐自尽。鄂昌的孙女顾春,后来却嫁入宗室,成为乾隆帝重孙奕绘之侧福晋。

虽然说,对普天下的读书人来说,这"文字狱"可谓禁忌,有事没事,决无人议论,也不敢议论;即使是在迫不得已的情况下,也只会高呼"皇恩浩荡,胡逆罪该凌迟"。也许,对于还"处江湖之远"的读书人来说,显得还很遥远……康熙年间的《明史》案,却总不成真的忘了。

读书人不说,甚至不想,但并不意味着他们就忘了。

洪亮吉笑道:"那你给这幅图取个名字吧。"

左辅一本正经地说道:"可叫《蒲团看剑图》。"

洪亮吉点头道:"嗯,这'看'字,的确比'按'字要温和多了。"

赵怀玉忽道:"'醉里挑灯看剑,梦回吹角连营',这可不温和。"

众人瞧着赵怀玉,愣愣地,良久说不出话来。

"这可是个老实孩子啊,"左辅哀叹道,"什么时候也变得这样坏了?"

赵怀玉白了他一眼,道:"左仲甫,你要不要脸? 我好像要比你大吧?"算下来,赵怀玉比左辅要大上四岁。

左辅正色道:"有的人年纪很大,其实很幼稚;有的人年纪虽小,却很成熟。"

洪亮吉忍住笑,道:"仲甫,这前一个人,你说的是亿孙,后一个,说的是你左仲甫,是吧?"

左辅狡黠地眨眨眼,道:"我可没这么说。不过,你要这么想,我可也没办法,是不?"

众人大笑。黄景仁悠悠道:"我说,你们这些家伙,这幅图,是我画的好吧? 是不是也应该问一问我的想法?"

"你的想法？"左辅将两眼又眨了眨，道，"这很重要么？"

黄景仁愣怔道："我的画，我的想法难道不重要？"

左辅嘿嘿一笑，提笔便在画的空白处写了起来：

昔年读书复击剑，如今按剑将逃禅。雄心岂向湖海尽，欲摄天地归蒲团。鱼鳞不合尚鸣跃，怜君犹被嗔猿缚。纳之入匣悄无声，如鸟归巢水归壑。四山风急号鼯鼪，虚堂嵌空佛火青。松萝藏云不知晓，白日欲雨天冥冥。谁欤甘此坐衰朽，仍倚长虹烛牛斗。刲蛟不让伙飞先，成佛肯随灵运后。侧身天地何处归，此意沉吟恨难剖。还君此图为君寿，毕竟生才天不苟。神物会合当有时，黄郎嶙峋将安之。

——左辅《题黄秀才蒲团看剑图》

"好诗。"写罢，众人俱忍不住赞道。

左辅洋洋得意："我也觉得不错。"

赵怀玉一声不吭，几乎是从左辅手中将笔抢了过来，在砚台中轻轻地蘸了墨，缓缓写道：

炎冷都尝到。耐蒲团、空山风雨，狐狸悲啸。肝胆好凭三尺托，空负闻鸡怀抱。算慧业、多应得道。触起心头千古恨，试摩挲、未许鱼鳞老。人世事，几凭吊。

真空毕竟何时了。误平生、输它柔骨，工于媚灶。放下屠刀原作佛，吾辈行藏难料。便一任、路旁鬼笑。仙释英雄皆偶耳，却名心、未尽还留貌。尘障外，把头掉。

——赵怀玉《贺新郎·黄仲则蒲团按剑图》

赵怀玉一阕新词写就，众人读罢，默然无语，只是各自的脸上，蓦然之间便都多了几分惆怅与不忿。他们都是毗陵才子。而黄景仁、洪亮吉、赵怀玉、孙星衍、杨伦、吕星垣与徐书受七人，更被人称之为"毗陵七子"。然而，这又怎样？江宁乡试依旧似一座高不可攀的山，山下的人怎么也攀登不上去。

他们这些所谓才子，说到底，就是一群落第秀才而已。

那些在朝廷任高官的，那些成为一方封疆大吏的，又有谁会自命为"才子"？"才子"云云，对他们来说，不仅是笑话，更是讽刺。

那么,索性就放弃? 就像陶潜那样,"不为五斗米折腰"? 又或者像李白那样,"安能摧眉折腰事权贵,使我不得开心颜"?

然而,倘若真的就此放弃,又怎么甘心? 陶潜"不为五斗米折腰",那是在"误落尘网中"之后,而李白不是不肯事权贵,而是没有那个机会,一旦机会降临,李白就会"仰天大笑出门去",而为了这个机会,他会"生不用封万户侯,但愿一识韩荆州",到晚年,差不多可谓是风烛残年的时候,永王一纸书招,我们的诗仙立刻就屁颠屁颠收拾行装,准备去投靠了——到头来,被发配到夜郎。

"是进亦忧,退亦忧,然则何时而乐耶?"孙星衍喃喃着,"仲则,你这可真是给我们出了个难题啊。"

"蒲团,与剑,"洪亮吉点点头,也道,"蒋心余前辈有句云,'十载中钩吞不下',大约也正是这样的两难吧?"

孙星衍道:"仲甫所言之'雄心岂向湖海尽,欲摄天地归蒲团'与亿孙所言'仙释英雄皆偶耳,却名心、未尽还留貌',其实,也正是此意。然则,如吾辈读书人,终须如何?"

洪亮吉沉吟一下,道:"'雄心'与'名心'不同。'名心'诛心。"说着,深深地瞧了赵怀玉一眼。毗陵的这些年轻人,虽说乡试一直都落榜,可谁不是饱读诗书? 谁不是聪明绝顶? 也正因如此,他们才会明白,古来读书人,都会为自己所做的事找到一个很好的借口,比如,分明是"名心",却道是"雄心";分明是想做官,却道是"修齐治平"……

赵怀玉苦笑一下,叹道:"蒲团按剑,蒲团按剑,我以为,仲则到底还是不服啊。"

黄景仁淡淡地道:"你服?"

赵怀玉轻轻摇头:"'名心未尽'。"

左辅忽地叹了口气,向赵怀玉一揖,道:"亿孙此言果如稚存所说,诛心。我无言以对。"他虽说在诗中道是"雄心",可他自己也明白,说到底,还是"名心"。他也曾想过给自己找些借口,什么"修齐治平"啦,什么"圣人之训"啦,什么"忠君报国"啦。总之,古来读书人无论做什么,都能够替自己找到一个很好的借口的,像是牺牲女子的名节去勾引某个需要勾引的人,就会光明正大地说,这唤作"美人计";像是惯于说谎欺骗,为达到目的而不择手段,做出许多卑鄙无耻之事,也会光明正大地说,这叫作"兵不厌诈"。这样的借口史不绝书。而在历史上,真正光明正大、堂堂正正欲与对手在平等状况下交战的宋襄公，则被嘲笑了两千多年。

左辅真的可以为自己找到一个很好的借口的。

但他没有。

因为他知道，无论是他，还是仲则，又或者在座的洪亮吉、孙星衍，这"雄心"二字，真的只是自欺欺人。

因为他知道，他们走在这功名之路上，只是为了将来能够当官，能够改变自己的生活，能够让自己的这一生，不至于一直都像现在这样，狼狈不堪。

他们这些常州的才子，这些年来，一直都在困顿之中。

他们不喜欢这样的困顿，他们一直都想着摆脱这样的困顿。

那么，他们就必须在这功名之路上继续走下去。

因为对于他们来说，这几乎已是唯一的出路。

黄景仁微微仰头，看着窗外的天空，涩涩地道："然而，那又如何？如你如我，还有稚存、渊如、仲甫……都一样，这区区乡试，都不得过啊。"

洪亮吉勉强笑了一下，道："没事，这一科不行，下一科，我们再来过就是。"顿了顿，道："我们都还算年轻嘛。想想前辈沈归愚，他老人家进士及第的时候，都六十多岁了。"

左辅也勉强笑了一下，道："七八十的童生也有。"

黄景仁冷笑道："我却是黄景仁！"

赵怀玉也道："嗯，我是赵怀玉！"

洪亮吉三人先是微微一怔，而后，很快就明白了他们俩的意思：我就是我，而决不是其他什么人。那么，将"我"与其他人作比，又有什么意思？是安慰么？

孙星衍站起身来，笑道："我支持稚存。我们到底还年轻嘛。这一科不行，下一科；这十年不行，那就下一个十年。我就不信，凭我们几个，这区区乡试，还真的就将我们给难倒了。李太白说，'仰天大笑出门去，我辈岂是蓬蒿人'，男子汉大丈夫，原应如是，岂能效小儿女状，说什么'尘障外，把头掉'？亿孙，我想了又想，还是觉着应该如仲甫所言，不能失了'雄心'。至于'名心'……"他顿了顿，斩钉截铁地说道："人也正因有了'名心'，才会有'雄心'啊。更何况，无论'名心'还是'雄心'，俱是'吾心'不是？——仲则，你不可气馁，蒲团可坐，到底还是要按剑！'神物会合当有时'，'直挂云帆济沧海'。"

左辅一拍大腿，一改之前的颓然，道："我说就是嘛，不能像亿孙那样，好像看破红尘似的；分明好像是看破红尘似的，却又道'蒲团按剑'，做甚？按剑而起？"

赵怀玉愣愣地，心道：我原就是此意啊。只不过是想说，我们终是因"名心"奋起，而不是"雄心"啊。

其实，赵怀玉的意思与左辅的意思，还真是一样。所不同者，他老老实实地说是"名心"，而左辅找了一个很好的借口："雄心"……

赵怀玉刚想反驳，洪亮吉轻轻地伸手，摁在他的肩膀上。赵怀玉回头，眼神中有些疑问。洪亮吉轻轻摇头，示意他不要说话，而后向众人团团一揖，道："'看剑'也罢，'按剑'也罢，'雄心'也好，'名心'也好，总之，吾辈终不放弃。适才渊如问道，吾辈读书人，终须如何？我想，很简单，首先得让我们自己的日子过得下去，是为'修齐'；而后，将来若有机会为官，总得为老百姓做些什么，为朝廷做些什么，而不是碌碌无为，甚至索性似那些贪官一般，贪婪枉法，是为'治平'。亿孙也罢，仲甫也罢，所言不同，或许初衷也不同，然而我以为，这最终也将是殊途同归。我可不信，你赵亿孙将来倘若为官，只是因这一个'名'字。"

赵怀玉喃喃道："我上阕明明说了'闻鸡怀抱'了……"

众人一愣，旋即大笑。

这"闻鸡怀抱"，可不就是雄心？

只不过在那四字之前，还有"空负"二字……

笑声依稀，宛然在耳，当年的年轻人，如今，都已人过中年，各自飘零，饱尝了人世间的酸甜滋味。

而那一个画《蒲团按剑图》的人，已经去世十年了。

"那时，真年轻啊。"法源寺前，秋雨之中，赵怀玉喃喃着，"那时，年轻得还有牢骚，还有不服，还有所谓'雄心''名心'。"

年轻的时候，所拥有的东西，真的好多啊。

可到而今，还剩下些什么？

庞山湖上水连空，惜孤踪，守孤篷。野渡无人，渔火一星红。刻意求眠仍不稳，吹梦断，五更风。

十年潦倒任天公，路重重，事匆匆。弹指春情，多寄雨声中。

只有金尊长醉倒,消不尽、气如虹。

——赵怀玉《双调江城子·舟夜》

三

"你要去献赋?"当赵怀玉说要去向正巡游江南的当今圣上献赋的时候,洪亮吉不觉就有些惊异地睁大了双眼。

赵怀玉神色悻悻然,低头看着自己的脚。

他不敢看洪亮吉的炯炯双眼。

"是……"赵怀玉低声说道,"这一次,很多人都要去的……"

他这样为自己解释着。

洪亮吉涩涩地说道:"亿孙,几年前,仲则也曾献赋,可如今呢?"如今,黄景仁还在北京苦苦挣扎,功名无望。至于洪亮吉自己,原在孙溶延寓所校书,年初的时候,蔼吉得咯血症,方才陪他回到常州。

赵怀玉叹了口气,声音也有些苦涩,道:"表哥,我已经三十四岁了。"

洪亮吉默然无语。

十年前,他们参加江宁乡试,落榜回家以后,洪亮吉曾说,我们还年轻,这一科不行,下一科继续。如今呢?十年已经过去,当年的少年人,如今,俱已人近中年,而他们秀才的身份,依旧不变,江宁乡试,依旧是横亘在他们眼前的高山。

十年。

十年没能考取一个举人。

洪亮吉、赵怀玉、张惠言、孙星衍、左辅……都没有能考取。

人生能有几个十年?

十年勤苦,一无所用。

赵怀玉道:"表哥,不如……"他迟疑着。多年的朋友,又是表兄弟,他明白洪亮吉的性子是外软内刚,有些事,一旦认准了,是怎么也不会改变的。

洪亮吉轻轻摇头,道:"我就不去了。"

这就使得赵怀玉有些失望,同时,也有些羞涩之意。对于读书人来说,献赋固然是一次机会,古来也不知有多少人曾去献赋,也决无人敢说献赋不好、不应献赋,但只要稍有点羞耻之心,便会明白,向皇帝献赋,与谄媚无异。

赵怀玉心道,倘若还有选择的话……

他已经三十四岁了。更重要的是,他一直都多病,与黄景仁相似,天知道这一生还有多少日子可活。与黄景仁相比,如果说还有什么不同的话,那就是黄景仁一直都将"死"挂在嘴边,已不知有多少次向洪亮吉"托以后事",尤其是在常熟的那一次……洪亮吉也曾在信中像讲笑话似的讲给赵怀玉听,说,仲则就是多杞忧啊。赵怀玉知道,洪亮吉并非真的就将仲则的话当作笑话,只不过不愿、不敢相信而已。

赵怀玉没有像黄景仁那样。

因为他相信,倘若他突然死了,他的后事,稚存不会不管。

他相信洪亮吉,就像相信他自己一样。

然而,即使这样,他也明白,一个健康的人,是怎么也不会明白一个多病之人的担忧的。

因为人世间的苦痛,只有亲历者才会明白。

前些年,中秋后的一天,赵怀玉曾有词道:

一样清光照。却人人、道他颜色,不如昨好。我本广寒仙吏谪,那得团圆长抱。叹令节、人多草草。便是百年能几见,况愁中、病里都除了。愿长健,别无祷。

木犀今岁花偏少。只萧条、空阶懒坐,瑶阶重到。三五良朋三五月,愿共醉乡终老。唯赢得、狂名为宝。人影衣香聊逐队,倘逢场、不乐空添恼。人世事,几逢笑。

——赵怀玉《金缕曲·十六夜》

人世事,几逢笑。

对于一般的人来说,这样的词句,最多也就是故作潇洒,就像喝醉了酒之后的疯话。这样的疯话,当不得真。小杜诗云:"尘世难逢开口笑,菊花须插满头归。"他当时正在池州词史任上。

赵怀玉不同。

赵怀玉是真的不知"人世事,几逢笑"。

也正因不知,赵怀玉才更珍重现在。

"倘逢场、不乐空添恼。"

"亿孙，"洪亮吉见赵怀玉有些怏怏不乐的样子，不觉笑了起来，悠悠道，"我刚接到个活儿。没空。"

"接到个活儿？没空？"赵怀玉愣了一下。

洪亮吉轻轻地道："要帮人写赋颂呢，四五十篇的样子。"他伸出四根手指，道："四百两。差不多算是十两一篇。"他笑着，笑得有些苦涩。四百两当然不是一个小数目。四百两，在京城的话，差不多可以买一个有十几间房的四合院了。当洪亮吉在京师任校雠的时候，岁入也不过二百两。所以，他无法拒绝这活儿。

赵怀玉轻轻说道："莫非……也是有人要献赋？"赵怀玉立刻想到的就是，有人向洪亮吉买赋颂，然后，呈献给圣上。一般说来，圣上是不会去追究这献给他的赋颂是不是有人代笔的。

洪亮吉笑道："这个我就不知了。也不会去管。"他顿了顿，道："亿孙，你去行在的时候，倘若圣上问起，太子太保恭毅公之后，这句话，可不要不好意思说。对名臣之后，圣上都会很照顾的。"

赵怀玉高祖赵申乔，康熙朝曾任刑部主事、浙江布政使、户部尚书等职，去世之后，谥恭毅。雍正元年，加赠太子太保，入祠贤良祠。当康熙朝时，赵申乔曾有"天下第一清官"的美誉。只可惜，其子赵凤诏，则被康熙帝斥为"天下第一贪官"，康熙五十七年（1718）的二月，被斩首。赵申乔之后，赵家渐渐没落，或许也与此有关吧。

赵怀玉嘟囔道："君亦恭毅公之后好吧……"

洪亮吉微微一笑。

洪亮吉的祖母赵氏，正是赵申乔之女、赵怀玉之祖姑。

"算了，表哥你不去就算了，我自己去吧。"赵怀玉站起身来，伸了个懒腰，道，"年纪大了，老了，等不得了。反正这乡试啊，考了十多年了，就是考不上，就去见圣上碰碰运气吧。反正你别笑话我就是。"

"不会。"洪亮吉轻轻摇头，"我这边要写四五十篇赋颂文呢，又哪会笑话你？"

赵怀玉嘿嘿一笑，道："走了，走了，回去好好儿写一下，总要让圣上知道恭毅公之后的本事。"

洪亮吉大笑："祝君好运。"

赵怀玉也自大笑。

然而，当他出门的时候，何以心中还是有些怏怏不乐？

昨宵风雨,问行云何在,隔峰遥阻。听啭莺、霁色新开,向七里塘前,遍看花谱。一种仙葩,问狼藉、众芳谁伍。况慧从性出,瘦是家传,放诞如许。

春光自来易去,怪东皇少力,替人做主。已尽拚、月落参横,奈多事谯楼,叠催更鼓。侥幸兰香,只赢得、秋云千缕。待重来、恐它绿叶,又繁别圃。

——赵怀玉《解连环》

乾隆四十五年(1780),赵怀玉献赋行在,圣上召试钟山书院,恩赐举人,授内阁中书。

四

法源寺外,秋雨之中,赵怀玉久久站立。

雨不是很大,丝丝点点,清清凉凉,一如赵怀玉此刻的心境。

赵怀玉是今年才到的北京。

乾隆四十五年(1780),赵怀玉献赋有功,恩赐举人,授内阁中书。乾隆四十九年(1784),母亲叶宜人去世,赵怀玉不得不辞官回乡,一则是丁忧,二则是老父老矣,赵怀玉决意侍奉。古人云,树欲静而风不止,子欲养而亲不待。母亲的去世,使得赵怀玉深刻地明白了这样的道理。然而,在家十年,坐吃山空,穷病交加的赵怀玉决定再次进京,去谋求一个出路。

因为读书人不事稼穑,除了做官之外,似乎也没有其他什么更好的出路。至于做人幕僚,虽说也有一些收入,可终非长久之计。

穷,病,始终都是赵怀玉今生最大的困扰。

赵怀玉是正月到的北京。到北京的时候,气疾未平,自东华门至内阁后门,必再憩息而始达。三月,应礼部试;四月,仍下第。到五月,端午那一日,心情抑郁的赵怀玉,一直都在病中。

赵怀玉已经四十七岁了。在家的老父赵绳男,已经年过七旬。

唐老为郎,朔饥索米,佳节又逢人病。可笑粽难益智,艾未蠲疴,缕犹长命。纵消息有酒,怎浇得、埋愁深阱。再休嗤、竖子成名,哈也何妨生并。

盼断南来雁影。客梦连宵，都被雨声惊醒。遥忆云溪水榭，珠箔高悬，画船方竞。料家庭聚话，也说到、长安风景。却谁知、八尺桃笙，日午还嫌衾冷。

——赵怀玉《夺锦标·癸丑五日病中》

五

"施主，下雨了。"不知什么时候，有个小沙弥站在赵怀玉的身侧，轻轻说道。

"哦，没事，雨不大。"赵怀玉一边说着，一边转头看那小沙弥。那小沙弥十一二岁的年纪，身量不高，眉清目秀，穿着一袭青灰色的僧袍。那僧袍看样子已经很旧了，不过，洗得很是干净。

"秋雨凉，"小沙弥很认真地说道，"淋了雨的话，很容易得病的。施主，进寺里躲躲雨吧。"

这使得赵怀玉心里蓦然感觉到一阵温暖。大半年以来，或许，这是他第一次感觉到温暖，在这冷漠的京城里。

"谢谢你。"赵怀玉真诚地说道。说着，便随着那小沙弥进了法源寺。一进法源寺，那小沙弥像换了个人似的，叽叽喳喳地说个不停：

"施主，您是第一次到法源寺来么？"

"施主，我师傅说，咱们法源寺唐太宗的时候就有了，是么？"

"施主，我师傅说，雍正爷的时候，咱们法源寺才叫法源寺的呢。"

"施主，您来晚了呢，早些时候来啊，海棠花开着，好看着呢。"

"施主，您去大悲殿么？您去天王殿么？您去无量殿么？您去净业堂么？……"

……

赵怀玉啼笑皆非。

"这还是个孩子。"赵怀玉含笑看着这活泼泼的小沙弥，心想，"也不知是谁家的孩子，竟忍心送到寺院里来，做了和尚。"

这使他想起学震来。

去年的十一月，儿子学震出生。九个月了。赵怀玉想。学震该学会说话了吧？年初离开常州的时候，学震还在襁褓中。好在，他们很快也要来北京了，妻子和孩子们。

"大叔……"小沙弥说得兴起，竟忘了自己是一个出家人，没叫"施主"，而是叫了一声"大叔"，只不过这"大叔"二字方才出口，便已醒悟过来，一吐舌头，左右瞻顾一下，嘻嘻笑道，"我师傅说，出家人不该再用世俗中的称呼的，要叫'施主'。可我师傅又说，要是'施主'愿意给香油钱的话，叫什么都行……"

赵怀玉先是一愣，而后大笑，心道：这小和尚的师傅，倒也是个妙人。

"阿弥陀佛，"刚走到大悲殿前，便见一个中年和尚含笑迎来，道，"施主，这孩子没烦着你吧？"

"你是……"

"是我师傅。"小沙弥大声说道。

"贫僧道可，"那道可和尚笑道，"这孩子是贫僧俗家的外甥，最是多话，想叫他闭嘴让人清静一会儿都难。"道可和尚这样说着，瞧着小沙弥的眼神之中满是爱昵。

"师傅！"小沙弥抗议道，"您不是说过，出家人不再用世俗中的称呼？还有还有，出家人六根清净，跳出红尘外，不在五行中，是没有什么外甥不外甥的。"

道可嘿嘿一笑，道："那为啥一听说你娘病了就急急忙忙地去看她？"

"这个……"小沙弥眼珠子乱转，一时间竟也想不出什么理由来。他已出家。出家人是应该断绝与世俗中亲人的关系的。可那个病了的，是他娘啊。

道可伸手，抚摸着小沙弥新剃的光头，向赵怀玉笑道："这孩子有五个哥哥，都没能养得大，我姐姐、姐夫生怕这孩子也一样，就送他出了家。想不到这孩子还真算是与我佛有缘，这经文呐，几乎就是过目不忘。就是实在是太喜欢说话了。这寺院里呢，可没哪个喜欢说话的，除了诵经，就是静坐，结果这孩子是一见有人来，就会跑过去嘀嘀咕咕说个不休。"

赵怀玉含笑道："没事。我也是刚到。"他明白道可和尚是在替小沙弥解释，也算是委婉地表达一下歉意吧。

"施主是第一次来法源寺？"道可和尚问道。

赵怀玉轻轻摇头，笑道："不是第一次，也不止一次了。"

小沙弥奇道："那我怎么没见过你啊。"

道可和尚笑啐道："每天香客、游客那么多，你就每个人都见过？见过还记得？"

"好像是呢。"小沙弥不好意思地挠着头，说道。

赵怀玉微微一笑，道："我最后一次来法源寺，嗯，差不多是十年前了，那个时候，小师傅，你大概还没出生吧？"赵怀玉微微弓腰，瞧着这个小沙弥。

"好像是呢。"小沙弥想了想，说道。

"十年啊，"道可和尚也笑，"十年前，贫僧还没来本寺呢。"

十年前。十年前，赵怀玉正在北京，母亲叶宜人也还活着，朋友们当中，黄景仁、余鹏翀，也都还活着。

活着，真好。赵怀玉忍不住这样想道。

他想起，那一年的除夕，那一年的元日……

我本风尘惯。笑舟车、辞家廿日，征途未半。任贴桃符喧爆竹，那及春回江县。珍重是、今宵茆店。短烛两条人四座，更村醪、也抵屠苏劝。鸡与黍，咄嗟辨。

飞腾暮景情怀倦。纵区区、微名博得，斗筲何算。身尚浮沉亲已老，只此未能排遣。且客路、勉加餐饭。骨肉渐疏童仆昵，赖亲朋、好作消愁伴。商陆火，几番换。

——赵怀玉《貂裘换酒·癸卯除夕》

渐觉东方曙。看纷纷、林鸦散影，非关列炬。三十八年空堕地，孤负头颅如许。又踪迹、蹔来东鲁。回首南云飞不远，怪宵来、梦被关河阻。离思郁，与谁语。

争如归筑闲村坞。尽逍遥、采兰岁月，看花伴侣。斗酒虀肩长在手，哙等亦堪为伍。谁耐说、文章迁固。便是经生夸夺席，也硁硁、没齿终无补。胸别有，事千古。

——赵怀玉《貂裘换酒·甲辰元日》

乾隆四十八年（1783）的除夕、乾隆四十九年（1784）的新年，赵怀玉是在山东独自度过的。前两年，老母、老父的六十大寿，赵怀玉俱未能还乡，始信官身不自由，到去年，方才南下，然而，到十月，又将北行。

家在毗陵，人在京华，南上北下，原是常事。只不过这一次的北行，赵怀玉怎么也没有想到，从此，他将再也见不到老母。此后的十年间,赵怀玉一直都在想,倘若不北行,一直留在家里侍候老母,老母是不是能够多活几年?

只可惜,人世间的事,永无"倘若",只有不尽的"后悔"。

> 莺歌乍啭。浪说枝头春尚浅。家本江南。稍喜天生一种憨。
> 不曾真个。残月荒鸡容易过。絮已沾泥。一任风花著意飞。
>
> ——赵怀玉《减字木兰花》

"絮已沾泥。一任风花著意飞。"既然已经选择献赋、做官,到如今,即使有些后悔,又还能怎样?

人总要为自己当初的选择负责,无论对错。

六

"十年前?"道可和尚像是忽然想起什么,两眼忽就一亮。

赵怀玉笑道:"不确切了,大概是十年前吧,年纪大了,记不清楚了。"近来,赵怀玉真的是觉得记性越来越差,从前很清晰记得的事和人,如今,都渐渐地模糊起来。

道可和尚两眼放光,道:"那先生你见过黄仲则没有?"

赵怀玉一愣。他没想到,眼前的这个中年和尚,竟问起黄景仁来。至于那"施主"二字悄悄地变成"先生"二字,他是真没在意。

"黄仲则?"赵怀玉喃喃着。

"是啊,黄仲则,"道可和尚谓,"十年前,住在法源寺的黄仲则……"

赵怀玉依旧喃喃:"是啊,十年前,黄仲则住在法源寺,还有余少云……"

"余少云?余少云是谁?"道可和尚不解地问道。

赵怀玉一笑:"也是住在法源寺的一个人,我一个朋友。"

"朋友?"道可和尚双眼亮亮的,"那先生与黄仲则……"

"仲则是常州人,我也是常州人,"赵怀玉笑道,"差不多算是自幼相识吧。"他这样说着,心头却不免有些黯然。黄景仁比他还要小两岁,到如今,却已去世十年了;还有余鹏翀,比黄景仁还要小六岁。人过中年,友朋凋零,重游故地,能不感慨?

"先生是……"道可和尚问道。

"我姓赵,叫赵怀玉。"

"赵怀玉?"

赵怀玉大笑:"大和尚不识得赵怀玉?"

道可和尚老脸一红,讪讪道:"好像听说过。"

赵怀玉越发大笑,笑得极是愉快。他想,倘若放在从前,或许他会有些许的失落,而到如今,年近五旬,竟只是觉得好笑而已。

原来,一个人,决不会天下人都认得你。赵怀玉笑着想道。所谓"天下谁人不识君",终只是自欺欺人而已。

然而,何以仲则去世十年,依旧有人记得他? 还是法源寺的一个和尚?

乾隆五十八年(1793),中秋,赵怀玉重游法源寺。

法源寺依旧,而故人早已不在。

到寺忽微雨,雨余逗夕曛。闲人能几辈,秋色已平分。碑访灵芝古,庭延野草芬。伤心旧吟侣,谓黄仲则、余少云。两两早修文。

——赵怀玉《中秋日雨中游法源寺》

七

"你要上书?"嘉庆四年(1799)八月的那一天,赵怀玉闻说洪亮吉要向皇帝上书,不觉就大吃一惊,就像许多年前,他对洪亮吉说要向皇帝献赋时洪亮吉的表情一样。

洪亮吉郑重地点头。

"可是……"赵怀玉心里便有些着急,想,这献赋与上书,完全不同啊,甚至可说是截然相反。献赋,是颂扬皇帝的丰功伟绩,这是无论哪个皇帝都乐意看到的;而上书呢,上书往往就是直谏,古来直谏的,又有多少是有好下场的? 便是英明如唐太宗,也曾痛骂魏徵是乡巴佬,想将他给杀了啊。

洪亮吉一拱手,向着紫禁城的方向,正色道:"圣上下旨求言,我们做臣子的,又焉能惜身?"

赵怀玉一跺脚,有心想说,圣上的这个求言的旨意,又焉能当真? 圣上即位没多久,朝中多老臣,当然会装出一副虚心纳谏的样子;可做臣子的,要是真去直谏,说些不动听的话,岂非就是让圣上在一群老臣面前丢人？圣上又焉能容忍？想想吧，先帝六十年皇帝，然后又是四年太上皇，六十四年时间，谁敢说什么？如今，嘉庆帝刚刚即位，你就去直谏了，这说明什么？说嘉庆帝天生就不如先帝？好吧，不如先帝倒也罢了，可那些直谏的话，不是不如先帝的问题，而是直接说嘉庆帝是昏君、是好色之徒啊。古往今来，决无一个皇帝肯接受这样的直谏的。

赵怀玉将洪亮吉的《乞假将归留别成亲王极言时政启》抓在手中，掌心直冒冷汗。他心里想到很多很多，可愣是一句也说不出。说什么？说嘉庆帝不会纳谏？说嘉庆的求言之旨是骗人的？还是说稚存表哥你真傻，连这个也信？

稚存稚存，唉，这……这……这上书，真的是很幼稚啊。

"唉！"赵怀玉急得又是一跺脚，瞧着他这位几十年的朋友，表哥，眼睛都几乎红了。

洪亮吉笑了起来，道："你怕？"

赵怀玉恨恨地说道："稚存，我如今的号唤作'味辛'，你道何意？"

洪亮吉嘿嘿笑道："那是你老了。"

赵怀玉道："那是因为这些年，我看穿了很多事啊。"

"变圆滑了。"洪亮吉嘿嘿道，"不过，我怎么总觉得，这不像是你赵亿孙啊。"

"是赵味辛！"赵怀玉瞪眼说道。

洪亮吉依旧嘿嘿地笑着，直笑得赵怀玉心里很不舒服，几次三番，想将手中的洪亮吉上书撕掉，可到底也没有。因为他知道，这封上书，肯定不止一份；更何况，即使撕掉，大约也不能改变洪亮吉的决定。

洪亮吉外柔内刚，从少年，到中年，到如今，一向如此。洪亮吉做事，不会轻易决定，但只要决定了，就决不会改变。赵怀玉记得，年轻的时候，很多人就是这样让洪亮吉的外表给骗了，以为这是一个很好说话的人，尤其是在与黄景仁作对比的时候。可赵怀玉知道，洪亮吉真的是一个很倔的人，只不过那种倔，一般都隐藏在心底而已。

如果说黄景仁像条鬣狗，始终都是一副凶巴巴的样子，冲着人叫，仿佛随时都会咬人一样，那么，洪亮吉就是安南、暹罗的大象，看着温顺、文质彬彬，可一旦愤怒，能裂虎豹。

"好吧，味辛，"洪亮吉笑道，"我只问你一个问题。"

"问。"赵怀玉没好气地说道。

洪亮吉道："如果再年轻那么二十岁，你会不会上书？"

赵怀玉愣了一愣，没做声。

"如果仲则还活着，他会不会上书？"洪亮吉又问道。

赵怀玉默然良久，长叹一声，道："洪稚存，你赢了。"

洪亮吉缓缓说道："吾宁谔谔而死，不能默默而生。"

赵怀玉苦笑。自小相识，他明白，洪亮吉的性子，原自超迈，否则，也不会在仲则死后，日夜驱驰，到运城去处理后事，然后，又将仲则棺枢送回故里。不仅如此，在此后的岁月里，仲则遗稿的整理、老母妻儿的安置、子女的教育婚嫁，都由洪亮吉一手承办。这样的人，一旦认准的事，又哪里可能轻易改变？

赵怀玉想起，年轻的时候，在杭州，凭吊岳武穆的时候，曾有词道：

十二金牌，风波起、雄图竟歇。千载后、我来凭吊，尚余激烈。朔骑不嘶春陇草，杜鹃还叫南枝月。与诸君、痛饮捣黄龙，平生切。

伤北伐，仇难雪。归北寺，冤难灭。叹长城坏后，水残山缺。三尺乌金魑魅像，一抔黄土英雄血。看宋家、遗骨记冬青，空陵阙。

——赵怀玉《满江红·岳鄂王墓次韵》

何等慷慨激烈！只可惜，那是年轻时的自己，还有着心的"激烈"，到如今，唯余"味辛"了。

居然乞食吹箫，伍行人后斯人继。谁将顽铁，铸成清管，授君绝技。度曲风前，卖饧花下，可如吴市。此非常人也，今无市正，且聊作、逢场戏。

漫说英雄儿女，到穷途、一般蕉萃。间关游倦，参差吹彻，行行止止。才出墦间，便骄门内，眼中多矣。笑我拙言词，亦思托钵，请从公子。

——赵怀玉《水龙吟·谭子受吹铁箫乞食图》

谭光祜，字子受，一字铁箫，号栎山，亦号午桥。刑部右侍郎谭尚忠之子。谭光祜曾有诗曰：

雪奈何。风奈何。行人穷奈何。

绿奈何。红奈何。美人慵奈何。

春奈何。秋奈何。壮夫愁奈何。

——谭光祜《奈何曲》

以谭光祜贵公子的身份，都知人世之奈何，何况已味尽酸辛的赵怀玉？

谭光祜另有一幅《英雄儿女图》，洪亮吉题词道：

大纛高牙，问此是、谁家年少。只亘亘、倚天长剑，势将离鞘。千里偶追流电影，万金顾买倾城笑。算渠侬、二十五年前，堪同调。

且缓缓，金樽倒。更草草，离愁搅。看车前努目，急思投效。儿女情怀何者是，丈夫志业谁能料。问卿卿、何日定天山，红旗报。

——洪亮吉《满江红·谭子受英雄儿女图》

洪亮吉的心，一直都很刚烈，从未改变。

或许，是因为他还没真的味酸辛吧。赵怀玉这样想道。洪亮吉虽说早年一直都不如意，可也一直都被人看重，从朱筼河，到毕秋帆；中年以后，又金榜题名，榜眼及第，可谓“一举成名天下知”；而后，各地为官，都是顺顺利利的。

赵怀玉不同。

赵怀玉一直多病，举人的功名，又是因献赋被恩赐的，进京之后呢，最多也就中书舍人，也就是作些缮写册文、诰敕之类的活儿的，与其说是官，七品，倒不如说是吏，前程有限。这些年来，看不到前程的赵怀玉味尽了世间炎凉。

嘉庆四年（1799），八月二十四日，洪亮吉上《乞假将归留别成亲王极言时政启》，托请成亲王永瑆呈递皇帝，副本交托吏部尚书朱珪与左都御史刘权之。二十五日，皇帝下旨，革除洪亮吉职务，交军机大臣会同刑部严审，判斩立决。嘉庆帝上谕，戍发伊犁，不得赦还。

八

当洪亮吉就逮东华门外，全身被绑得严严实实，扔到地上的时候,赵怀玉匆匆赶到,心头一酸,伏倒在地,放声大哭,丝毫不管他这样做的话,或许会受到牵连。乾隆朝宽仁,不至于牵连过甚,可要是被有心人利用的话,只怕赵怀玉也难逃此劫。

在这个时候来看洪亮吉,实在是需要莫大的胆量的。

洪亮吉从容笑道:"昧辛今见稚存死耶,何悲也?"此刻的洪亮吉决没有想到,对于他来说,入狱意味着什么。人啊,总是会对未来有些乐观,却不知,等待着他的未来,往往是凄惨无限。因为正常情况下的人们,永远都不会想到,一个人的坏,会坏到什么程度。

洪亮吉被捕之后,便被送入刑部大牢。昔日康熙朝,方苞为戴名世案所牵连,便被送入刑部大牢,两年后方才出狱。出狱后的方苞,写有《狱中杂记》一文,记述的便是他在刑部大牢中的所见所闻。对戴名世一案,赵怀玉向有了解,因为当年这件案子,就是由高祖赵申乔所揭发的,直接原因,据说是戴名世在《与余生书》中提出,应该给南明的几个皇帝,弘光、隆武、永历,记述事迹,以便流传。

　　昔者宋之亡也,区区海岛一隅,仅如弹丸黑子,不逾时而又已灭亡,而史犹得以备书其事。今以弘光之帝南京,隆武之帝闽越,永历之帝西粤、帝滇黔,地方数千里,首尾十七八年,揆以《春秋》之义,岂遽不如昭烈之在蜀,帝昺之在崖州? 而其事惭以灭没。近日方宽文字之禁,而天下所以避忌讳者万端,其或菰芦泽之间,有廑廑志其梗概,所谓存什一于千百,而其书未出,又无好事者为之掇拾流传,不久而已荡为清风,化为冷灰。至于老将退卒、故家旧臣、遗民父老,相继渐尽,而文献无征,凋残零落,使一时成败得失与夫孤忠效死、乱贼误国、流离播迁之情状,无以示于后世,岂不可叹也哉!

　　　　　　　　　　　　　　　　　——戴名世《与余生书》

对高祖赵申乔事,赵怀玉不好评价,但因此而注意到此案、注意到方苞的《狱中杂记》,使他对刑部大牢有一种莫名的恐惧。往日里还没什么,因为小心翼翼,这刑部大牢对于他来说,还显得很是遥远,就像少年时想到遥远的死亡一样:恐惧则恐惧矣,然则终究遥远。可如今,一闻得洪亮吉被押入刑部大牢,赵怀玉只觉头发晕,整个人几乎就要倒下。

毕竟是五十多岁的人了,头发、胡须,早已发白。

赵怀玉眼看着洪亮吉被绑走,毫无办法,只是大哭不已。翌日,清晨起来,想都没想,便赶往刑部大牢,想去看看这被关进去的洪亮吉一夜以后会变成一副什么模样。

他实在很是担心。

在刑部大牢的门前,赵怀玉正想叩门而入,便见张惠言匆匆而来。这使得赵怀玉微微一惊。

"皋文,你不怕?"赵怀玉问道。

张惠言道:"前辈不怕我就不怕。"

赵怀玉想了想,道:"老夫还是有些怕的。不过,即使怕,也得去看看稚存。"人世间很多事,当想去做的时候,不是不怕,而是即使怕也要去做啊。

张惠言深施一礼,道:"身为老师的弟子,也是一样。"

赵怀玉大笑,胸中的郁闷与恐惧,竟也因此消散了很多。

张惠言道:"还有很多人要来看老师。"

赵怀玉点点头,便与张惠言在刑部大牢门口等了起来。不大会儿,便见王引之、汪端光、王苏、庄曾仪、陶登瀛等人相继而来。这使得赵怀玉大为欢喜,道:"吾道不孤,吾道不孤啊。"

张惠言迟疑一下,道:"不过,也有人说,老师这是卖直求名……"

"放屁!"赵怀玉脱口而出。

"前辈……"

赵怀玉怒道:"稚存卜书,或有言语失当,其忠诚之意,正直之心,谁不能见? 吾老矣,或不能为之,却心向往之,对稚存,我只有敬重! 而竟有人以为这是卖直求名,不是放屁是什么? 倘若人人以此不复上书进言,那么,天下间还有忠臣孝子么?"

"前辈说得好!"王引之赞道,"若人人以好名多事为嫌,则天下忠臣孝子绝矣。"王引之三十余岁年纪,王念孙之子正在北京等待今年的会试。

汪端光等人也俱点头,道:"吾等虽不能为之,却心向往之,又焉能让忠臣孝子寒心?"

判决很快就下来了。刑部拟斩立决,但皇帝宽仁,免去洪亮吉死罪,改为成发伊犁,立刻出发。算下来,前后不过四五天的工夫:

八月二十四日,上书。

二十五日,被押入刑部大牢。

二十六日,判斩立决。

二十八日,押送出京,前往伊犁。

广宁门外,当赵怀玉将一小包银子交到洪亮吉手中的时候,洪亮吉一惊:"你哪来的银子?"洪亮吉当然明白,他的这位表弟、老友,比他还要穷困,这些年来,也是靠亲友接济才能勉强度日。至于常州老家的田亩,这些年来,早已典卖得差不多了。

家中人口多,父亲又已年近八旬,全家老小又都不事稼穑,不穷困才怪呢。前些年,洪亮吉就注意到这问题,并且写成一篇《治平篇》,以为人口众多而最终会导致穷困。只可惜,如今,能注意到这篇文章的价值的,实在是不多。

赵怀玉微微一笑,道:"放心,得路很正。"

洪亮吉也是一笑。他明白赵怀玉的意思。当年,乾隆帝还活着,和珅当权,他们都曾有过机会的,只要投入和珅门下,但他们没有。

"但……"洪亮吉沉吟着,没有伸手。

赵怀玉却早将银子塞到了洪亮吉的手中,轻轻地道:"此去伊犁,山高水长,要花钱的地方多。我在北京,总有办法。"

"好。"洪亮吉一拱手,接过银子,纳入怀中,不复多言。然而,等他转身向城外走去的时候,老眼之中,分明闪着盈盈的光。

待洪亮吉走远,赵怀玉忽地又笑了起来,喃喃道:"全家都在秋风里,九月衣裳未剪裁。呵呵,呵呵,呵呵。"他笑得很是爽朗。

这些银子,是赵怀玉典衣而来的。

如今,已是八月末,秋风起,天气就要转凉。

一样青衫,检点泪痕,江州最多。叹林泉未遂,空抛省披;轮啼已倦,又涉风波。黄口科名,白头令仆,唤醒宁烦春梦婆。除非是、把甲兵尽洗,手挽天河。

半生事事蹉跎。挽到了而今鬓渐皤。问贫犹兼病,计将安出;才偏无命,人敢谁何。儿女情深,家庭乐大,莫负光阴一刹那。思量遍、总不如归去,对酒当歌。

——赵怀玉《沁园春》

九

嘉庆五年（1800），赵怀玉因在北京升迁无望，由人保举外放，十二月，选山东青州府海防同知。

然而，这真是他所想要的么？

从洪亮吉被戍发伊犁之后，赵怀玉的心中，便隐有归计了。

康熙年间，叔曾祖赵凤诏之死，他始终都不敢忘。

也许，叔曾祖是罪有应得。然而……

赵怀玉不无悲哀地想着。

他没有一直想下去。

他只是想着，什么时候，就回去吧。

那里，才是属于他的家园。

又是新年矣。进屠苏、今居最后，老之将至。卷地风狂连日吼，吼裂北窗窗纸。抬眼望、白云天际。妻病每添医药债，况景升、豚犬而稚。尘世大，几如意。

此腰折为衰亲仕。任浮沉、青衫司马，青州从事。除日难修人物表，不过逢场作戏。但默祝、早成归计。山色对门花绕屋，尽余生、细嚼闲滋味。春梦好，偶然尔。

——赵怀玉《貂裘换酒·辛酉元日》

嘉庆七年（1802），赵怀玉署登州知府，再署兖州。

嘉庆八年（1803），老父赵绳男去世，赵怀玉遂弃官，决意不仕。

这一年，他已经五十七岁了。

黄景仁已经去世二十年。

洪亮吉也在三年前被圣上赦还，监视居住在江南。

十

白狼之名天下昭，经岁思一登嶒嶤。昔望徒令心目注，兹游恰得朋侪招。萃景楼荒惧泯没，转轮藏古愁漂摇。僧伽灵独占此岭，士女膜拜连昏朝。事往犹思战争苦，时平但欣民物饶。我来意自在凭眺，聊复假此祛尘嚣。足渐腾空谢携屬，杖□扶老徒悬瓢。支云一塔入云表，余勇一贾身俱超。济胜几忘筋力惫，临危未敢心神骄。从游且喜有二客，呼气直欲通三霄。树多如荠短压地，麦碧于水遥生潮。鹰隼都从下方过，神仙疑在空中招。混茫势已江海合，缥缈路岂蓬壶遥。豪情惭无痛饮助，白首屡向青天搔。我闻狼山本在水，江心突兀问金焦。数百年来几迁变，波涛竟为田畴消。遐寄偏兴陵谷感，归心又逐风烟飘。两三点雨忽然止，斜日移影明山椒。

——赵怀玉《登狼山绝顶放歌》

云亦能支塔，先看塔下云。百盘飞磴峻，五色采霞薰。海结雷霆阵，江浮鹅鹳军。天南青一发，黄欲入斜曛。

——洪亮吉《支云塔观海》

紫琅山上，支云塔中，赵怀玉满头白发，豪兴大发，放声吟哦，一点也不像是个六十二岁的老人。洪亮吉喃喃着，道，怎么看着你倒是像我，我倒是像你？

从前，年轻的时候，每有聚会，豪兴大发、笑噱非常的，都是洪亮吉，而赵怀玉，始终都是温文尔雅的模样。有时候，洪亮吉也会笑他性子懦，赵怀玉则笑而不语。因为赵怀玉自己明白，他的性子，并不是懦，而是不大愿意随时表现自己而已。

他有他的坚持。

但更多的时候，他宁做风中飘叶。

因为那样的话，人就不会太累。

人这一生，已经很累，为什么不在能放松自己的时候放松自己呢？

更何况，赵怀玉一生多病，有时，会连病数月，仿佛随时都会死去似的。

赵怀玉捋须微笑，道："不在官场，便觉自在。"说着，一伸懒腰，悠悠道："不过，兹游还得多谢唐刺史之招也。"

唐仲冕，字云枳，号陶山居士，乾隆五十八年进士。曾任通州知府。

洪亮吉笑道："我才算是被招邀而来，味辛，你却算得上是通州的半个主人吧？"

赵怀玉大笑。同游的张焘、陆镛也大笑。

"味辛先生在书院很受爱戴的。"张焘笑着说道。赵怀玉辞官之后不久,便到了通州石港,主文正书院。北宋名臣范仲淹任泰州西溪盐官时,曾在石港筑堤捍海,名范公堤;到南宋末,文天祥从镇江元营出逃,途经石港渔湾水道,渡海南归。后世便因此而建二贤祠以纪念范、文二公。这文正书院,便是因文正公范仲淹而得名。

赵怀玉笑道:"老夫这一生功名无望,所以啊,教几个弟子出来,也足慰平生。洪稚存,老夫可比不得你啊,榜眼,翰林院编修,本来可以出将入相的……"按照正常升迁,洪亮吉出将入相,原也并非不可能。

洪亮吉也笑道:"老家伙,你嫉妒啊。不过啊,现在你可嫉妒不了,老夫这出门呐,还要去向衙门报备的。"说着,便是爽朗的笑。

张焘道:"洪公,谁不知衙门也只是走走过场啊。洪公上书,天下读书人无不敬仰。"说着,就一拱手。

洪亮吉笑道:"现在想啊,当时,却是老夫犯了傻。"

赵怀玉悠悠道:"人,这一辈子,总会犯些傻的。"

张焘、陆镛俱自点头,道:"要是太精明了,就没朋友了。"

洪亮吉与赵怀玉相视而笑。或许,正因为他们这一辈子经常犯傻,所以,一直到现在也还是朋友吧。

太精明的人,真的是很难交到朋友的。

狼山顶上,赵怀玉、洪亮吉言笑晏晏,满心欢喜。只是他们谁也没有想到,这一次通州之行,将是他们这一生的最后相见。

在通州逗留七天后,赵怀玉前往石港,因为乡试临近,他这个做老师的,要给学生们加些课了。而洪亮吉前往杭州小住,然后回舟至苏州;六月到焦山;八月送三子符孙前往江宁参加乡试,回途至扬州,又重游焦山;月底回里;十二月,游荆溪南山;次年正月,又至苏州邓尉看梅;三月,又到了焦山。四月,胁病,月底渐愈;五月初五,胁复痛;十二日,病故。

这最后一年,洪亮吉仿佛知道自己这一生将要终结似的,走了很多地方,看了很多朋友,写了很多诗。

我之先王姑,实为君大母。君才长一龄,肩随少相狃。中间迹稍疏,订交始己丑。过从鲜虚日,亲串兼密友。泛舟云溪滨,襄衣林屋口。同叨乡曲誉,牵连数某某。君才日腾上,说项争恐后。诸侯老宾客,经训大渊薮。我惭通籍先,鸡栖玷曹右。岁再历上章,君策冠侪偶。史奏云五色，学穷山二酉。初衡日下文，识璞得琼玖。旋持牂牁节，辨兰辟稂莠。还朝列承华，夙莫勤职守。去因令原丧，出为鼎湖叩。今皇甫亲政，狂言甘碎首。特宽东市刑，但令西荒走。曾纳请室饘，追折都门柳。百日即赐环，恩慈倍高厚。无何我归田，春秋剪菘韭。我既好尽言，君尤善使酒。盛气两弗下，赵瑟必秦缶。宁嫌欢燕数，常以直谅负。昨还自海隅，闻君卧病久。往讯语不详，谓亦故态有。乃恃素禀强，遂误庸医手。声名寰寓重，著录金石寿。修短各随化，树立斯难朽。独悲卅年契，永从一朝剖。濡笔陈生平，灵其鉴之否。

——赵怀玉《哭洪大亮吉》

赵怀玉写罢，老泪缓缓而下。

他没想到洪亮吉竟走在他的前面。

要知道，洪亮吉身子骨儿一向都比他要强啊。

十一

春赋驭娑宫。分外春浓。宦余袖但有清风。想见襟期冰雪净，皎月当空。

海上讬高踪。万卷罗胸。白头应厌软尘红。绝世文章经百炼，那问穷通。

云锦笔头花。南国才华。耽诗耽酒是生涯。恰得赏音人未远，谓陈上舍邦栋。同傍苍葭。

杖履带烟霞。不弃山家。蓬门何意驻因车。二月和风欣乍拂，媿献涂鸦。

——熊琏《浪淘沙》

半亩便为宫。苔砌痕浓。可知林下有高风。除却笔床同砚匣，身世都空。

尘梦了无踪。冰雪填胸。王桃董杏敢争红。且喜绛纱轻慢近，一叶舟通。

我亦悟空花。爱读南华。浪游犹滞海之涯。只有鹭鸥成熟识,迎过蒹葭。

好句似餐霞。闺阁名家。偶来谭艺一停车。记得幽栖堪入画,古木寒鸦。

——赵怀玉《浪淘沙·次韵答女史熊澹仙》

如皋离石港不是很远,然而,或风或雨,船不得通,赵怀玉费了好大的劲儿,才总算是到了这水绘园所在之处。在如皋,赵怀玉与熊琏相见。

熊琏的诗词,已于嘉庆二年(1797)刊刻,翁方纲、法式善、罗聘俱有题词。往日,赵怀玉在北京,难以与之相见;如今,人在石港,到如皋来访见这位曾被袁子才称赞的女才人,也是理所应当的事。

赵怀玉已经六十多岁了,而熊琏也是五十上下的老妇人,如今,已从其弟熊瑚处搬了出来,独自在外,以做人塾师为生。所以,一相见,赵怀玉便笑道:"女史,我们是同行呢。"熊琏是塾师,赵怀玉在文正书院,可不就是同行?

熊琏悠悠道:"先生是教出举人、进士的,老妇人只是教几个女孩子识得几个字罢了。"

赵怀玉笑道:"惭愧,老夫这举人是乾隆爷恩赐的,进士嘛,估计这一辈子也无缘咯。"放从前,这话,即使赵怀玉再豁达,也是不好意思说出来的;到如今,人已老去,早就看穿了这一些,说与不说,也就无所谓了。有时候,赵怀玉也会想,老了就是好啊,老了,可以倚老卖老,可以说一些从前不愿、不敢或不好意思说的话,说了,年轻后辈也不会笑话。

熊琏微微一笑,道:"前辈的学识,天下谁人不知?常州孙、洪、黄、赵,天下驰名,便是老妇人却也熟知呢。"

赵怀玉开怀大笑,笑着笑着,忽然感觉笑不出来,那原已似绽开的花儿一样的笑,就慢慢地在脸上冻结了起来。

这使得熊琏一惊,道:"前辈,你没事儿了吧?"

"稚存死了……"赵怀玉嘴一张,放声痛哭,老泪纵横。

<h1 style="text-align: center">十二</h1>

嘉庆二十三年(1818),孙星衍、吴锡麒、顾炳相继去世。

吴锡麒,字圣征,号谷人,乾隆四十年(1775)进士,能诗,工倚声,擅骈体文。去世时七十二岁。

顾炘,字景炎,一字似撰,号虚庵,与孙星衍、洪亮吉、赵怀玉、张惠言共为汉学,精于声音训诂。去世时,年八十四岁。

孙星衍去世时六十六岁。

至此,当日齐名之孙、洪、黄、赵,唯余赵怀玉一人。这使得七十二岁的赵怀玉颇为伤感。他也知道,人固有一死,谁也逃不掉,就像行路之人,无论路之远近,都一定会走到终点。可是,当这些老友的死讯传来,他还是伤感啊。

三月朔日清明,爱山讲舍对雨,用癸酉清明韵。

三月今朝起。怪清明、余寒料峭,了无春气。自向秦关扶疾返,踪迹无端来此。且领略、新泉茶味。雨骤风狂游不得,望湖山、咫尺如千里。非我懒,实天使。

空庭割半栽桃李。却何人、看花肯过,有门长闭。但把残编消白昼,何用群经诸子。问快事、遭逢能几。便令年年赏佳节,笑吾生、也只须臾耳。贤达论,尽之矣。

——赵怀玉《双燕飞》

赵怀玉在石港文正书院呆了六年,然后又前往陕西关中书院,因病想返回江南,于是,便又到了浙江湖州爱山书院。老人南北奔波驱驰,固然是想教出几个举人、进士的弟子来,又何尝不是为生活所迫?父亲还活着的时候,赵家已经窘迫;父亲去世之后,赵家似乎也没什么改变。赵怀玉记得,嘉庆十六年(1811),妻子生病,关中所寄的路费很快就用尽,无奈,将观庄田五十亩卖与了孙星衍。祖产卖与人,能不叫人浩叹?而到今日,孙星衍也已去世了。

赵怀玉挣扎着坐起。去年年底以来,左足疼痛,已不能履地。不过对于赵怀玉来说,这已只能算是小病了。从小到大,赵怀玉早已习惯了病痛。辞官不做,固然有为老父守制的缘故,有厌倦官场的缘故,又何尝没有病痛折磨之由?

如果稚存还活着……

祖田卖掉以后,赵怀玉时常也会这样想道,假如稚存还活着……

每当这时,赵怀玉忍不住就会长叹。

也许，他也没有责怪孙星衍，买田卖田，原是应当；可不知道为什么，这些年来，他的心里，总还是有些不舒服。

也许，错的是我。赵怀玉自嘲似的笑着。总不成让孙大将银子直接送与我吧？他能够在我最困难的时候伸出援手，已经尽了朋友的本分。然而……

然而，那又怎样？对，与错，又怎样？如今，孙大已经去世，而他，还活着。这蓦然之间，这些年来那小小的怨恨竟烟消云散，剩下的，只有淡淡的伤感。

他想起少年时，想起他们曾经年轻的脸庞，孙星衍、洪亮吉、黄景仁、杨抡、杨揆、杨芳灿、徐书受、杨伦……

此杨抡非彼杨伦。赵怀玉想起，平生所遇，好多人都将杨抡与杨伦搞混淆了，甚至有人以为这就是一人，只不过是将字写错了而已。却不知，此杨抡真非彼杨伦也。

名列毗陵七子的是杨伦。

杨伦，字西禾，一字敦五。阳湖人。

而杨抡，字方叔，名满天下的杨潮观之子，杨芳灿之从兄。金匮人。

然而，这又怎样？时至今日，他们都已不在了。

当日的孙、洪、黄、赵，只剩下他赵怀玉。

当日的毗陵七子，也只有他与吕星垣还活着。

可在那个时候，我以为，我们这些人当中，我应该是走在前面的啊。赵怀玉挣扎着起身，坐在书案前，轻轻地笑着。那一群年轻人，唯仲则与我多病。仲则早逝，我以为我会跟在仲则后面去的，却不料，老友们一个接一个地离去，而我，竟会活到现在。而且，这些年来，还一直都在奔波着。带病奔波。

或许，这就是无常？

赵怀玉轻轻地笑着，提笔仿少陵八哀体，作《三哀诗》，以纪念今年去世的孙星衍、吴锡麒与庄炘。

写罢，赵怀玉忽就想起年轻时的一首词来：

草可宜男，丝能续命，算来总是空言。怕又逢佳节，艾酒当筵。记得深闺，去岁持尊劝，病已沉绵。谁知是、回头即梦，犹胜去年。

堪怜。锦标易夺，便报道真龙，也只徒然。况独吟憔悴，客尚

如原。踏遍云溪旧路,箫声断、一带寒烟。休留恋、人生草草,几个
华颠。

——赵怀玉《凤凰台上忆吹箫》

休留恋、人生草草,几个华颠。

那个时候,赵怀玉真的便是这么想的啊,尤其是在雨中法源
寺,远望黄景仁与余鹏翀故居之后。到如今,黄景仁、余鹏翀已经
变得那么遥远,洪亮吉、孙星衍也已然成为古人,而他,病怏怏的赵
怀玉,竟还活着,活到古稀之年。

休留恋、人生草草,几个华颠。

赵怀玉轻轻地笑了起来,笑得很是愉快。

活着,真好。

即使穷困。

即使病痛。

但他终还是活着,看这个变幻无常的世界。

五年后,道光三年(1823),赵怀玉去世,年七十七岁。去世的
前一年,有词道:

九月三十日列菊施有堂,有诗纪事。至十月廿九日,已弥厥月,花事亦阑,
设酒饯之,为拈此解。

收拾秋容,羡傲霜不怕,又过初冬。记花才放,迓来北郭,今花
将散,送向西风。翠销紫褪黄添瘦,为君饯、酽绿灯红。问座中。
甚人情重,先动离惊。

明年此会谁同。笑逢场戏后,迹等飞鸿。病因熨遣,兴还尔
尔,豪虽未减,时竟匆匆。夜深莫惜,深杯酹到,来如已委荒丛。要
寻踪。梦魂但绕篱东。

——赵怀玉《惜黄花慢》

想来当作词之时,赵怀玉便预料到自己的结局了吧?

人能预感到自己的死亡,或许,也是一种从容。

杨芳灿

春愁如梦不分明，央及杏梁燕子唤他醒

生查子

秋雨雀寒时，萧索相栖处。来往各

成眠，难解离人住。

小梦暗潮回，世事凭谁诉。不若燕

交飞，林月长如故。

——李旭东——

　　杨芳灿怎么也没有想到,当年的北京一别,竟会是与黄景仁的最后一次相见。然而,倘若能够预料到将来,他就会留在北京么?

　　不会。不会的。杨芳灿喃喃着。他知道,即使一切都能预料,他也一样会离开北京的。就像明明知道春来之后,就会春去,而人们还是会迎接春来一样。

　　人往往就是这样,明明知道结局,也会让故事继续,直到结局如所料的到来,一切都没什么改变。或许,是人力根本就无法改变这人世间的一切。

　　羡尔抽鞭早。把人间、玉堂金马,付之一笑。人说用才多错近,我说此行偏好。便潘令、输伊年少。却怪连宵同按曲,早风前、屡犯伊凉调。是此日,送行稿。

　　长城尽处河流绕。更经心、洮湟关泷,几重边要。昔日羌戎皆锦绣,试拥专城坐啸。莫认作、功名草草。只我送君真有泪,为文章、知己如君少。名山约,莫忘了。

　　　　　　　　　　　　——黄景仁《金缕曲·送杨才叔试令甘肃》

　　那是乾隆四十四年(1779)的事了。

　　乾隆四十二年(1777),杨芳灿、吴蔚光等人江宁乡试不售。然则,这一年是丁酉年,按旧例明拔贡生,也就是所谓的"拔页"。拔贡是指生员由地方贡入国子监。国朝初,科举艰难,为了选拔人才,所以制定了这个制度,六年选拔一次,让科举失败、无望的读书人能够有一个出路,或者说,是给他们一个报效朝廷的机会。到乾隆中期,科举逐步正常,便改为逢酉一选,也就是十二年考一次。但这个也是有名额限制的,府学两个名额,州、县学各一个名额,由各省学政从生员中考选,保送入京,作为拔贡,参加廷试,倘若合格,可充任京官、知县或教职。对于一心科举图个进士出身的读书人来说,一般都会放弃拔贡,因为这毕竟不是正途,即使走入官场,前程有限,升迁极难,一般来说,终其一生,也就是小京官、知县或者教谕。不过,朝廷也没有剥夺拔贡科举的机会,倘若放弃任官,一样可以参加下一科的科举。如果以后世的话来说,朝廷的拔贡制度是极为人性化的:考不到举人的贡生,朝廷给你机会参加廷试,考得好的,就任官;如果嫌官小,不乐意,那也没关系,下一科继续考就是。五四运动之后,国人对科举不遗余力地诋毁,实在是没有丝毫道理的。自然,这是题外话了。只是行文至此,略有感慨而已。

杨芳灿有这个到北京参加廷试的机会。因为这一年的春天,杨芳灿赴澄江(江阴)应科试,古学、经解及时文,俱列第一。打个比方,就像后世的高考,嗯,就道是中考吧,中考最后一次的模拟考试,杨芳灿门门第一,可到了正式考试的时候,也就是丁酉年的江宁乡试,他落第了。考试这个东西,又有谁能说得清呢?

更不用说,在此之前,乾隆三十七年(1772),到江阴常州府考场参加岁试,古学、文章,亦俱列第一,复试古学,文章为学使、与蒋士铨合称"江右两名士"的彭文瑞所击节叹赏;乾隆三十八年(1773),参加常州府澄江科试,古学、经解、时文,还是俱列第一——这连续的门门第一,引得洪亮吉、黄景仁、赵怀玉忍不住联袂来访,就此订交。

杨芳灿这但凡有考便是第一,可谓后世所言之"学霸"。然而,乡试,他愣是不得中,落第了。只不过,这年年的第一,使他乡试落第之后,获得了拔贡的机会。问题在于,这机会是获得了,可到底要不要去北京参加廷试呢?或者说,是等下一科,还是先参加廷试获得个小京官或知县或教谕再说?

这一年,二弟杨揆"应京兆试,报罢回家",顺天乡试,落第。

对于杨家来说,这自然不是一个好消息,虽说也在意料之中。毕竟,杨芳灿才二十五岁,而杨揆,才十八岁。

彭元瑞闻讯,写信给他,说:"新正唯福门多祉,若朝考上第,连入仕途,则非所愿颂也。"并赠以资斧,即盘缠。杨家,早已家道中落,倘若杨氏兄弟继续读书等待下一科的话,只怕生计会越发艰难。

有人说,贫穷不是问题。说这话的人,肯定是没有贫穷过的。因为对于很多人来说,贫穷就是问题。洪亮吉替人写赋颂文,赵怀玉六七十岁犹到关中去教书,黄景仁在京中数度搬迁乞食伶人……这些,就都是因为贫穷。对于一个人来说,做他不愿意、不喜欢做的事,该会是怎样的一种痛苦?然而,他还得去做,还得努力去做好。

因为贫穷。

贫穷会改变一个人，改变一个人的一生。

杨芳灿决定到京城去了。

到京城，以拔贡参加廷试，倘若得中，就能走入仕途，即使只是小官也是一个前程。

杨家，实在是生计艰难。

乾隆四十三年(1778)，元宵节后，杨芳灿与杨抡起身，前往京城。杨抡，字方叔，杨潮观之子，杨芳灿从兄。杨芳灿、杨揆、杨英灿三兄弟的父亲杨鸿观，已在几年前去世了。

杨抡比杨芳灿年长十二岁。对这位堂兄，杨芳灿一直都尊敬有加。杨抡终生无子，后来，杨芳灿将次子杨承宪过继给杨抡。这是后话了。(杨芳灿长子杨夔生，另见《恋他芳草不多时》之杨夔生篇。)

两人元宵节后动身，三月初一到京。

"方叔、才叔。"刚一下车，便见黄景仁迎了上来，脸上满是笑意。黄景仁是三年前到的北京，如今，在四库馆任誊写生。去年的顺天乡试，黄景仁也参加了，结果跟以往的每一次乡试一样，不售，落榜了。常州的这些才子，似乎落榜与他们有缘似的，一次次满怀希望，一次次榜上无名，无论是在江宁，还是顺天。黄景仁一向傲岸，虽说相识很多，可相交无几，洪亮吉之外，大约便是杨芳灿了。便是与赵怀玉，也一直都是淡淡的，虽说他们都一向多病，可谓"同病相怜"。

杨芳灿没想到在北京第一眼看见的便是黄景仁，这使他初到北京时的那种惶恐，一下子减少了很多。

"仲则!"杨抡也很是欢喜，道，"你怎么来了?"

黄景仁嘿嘿一笑，道："我可不是来接你的……"

杨抡一愣，道："那你来……"他便有些不解。不过，他倒也没有生气，一则是两人是朋友，即使黄景仁的脾气并不是很好;二则呢，此刻黄景仁的脸上分明有笑噱之意。

黄景仁一指杨芳灿，道："我是来接他的。"

杨抡又愣了一愣，忍不住笑啐道："我说仲则，你这是存心来气我不是?"

三人相视而笑。杨芳灿偷偷地瞧了杨抡一眼，见他真没生气，一颗心方才放了下来。俗话说,长兄如父。杨抡虽说只是堂兄,可堂兄也是长兄啊,尤其是在父亲杨鸿观去世以后,杨潮观、杨抡父子,对杨芳灿三兄弟一向照顾有加。当日,将杨芳灿介绍给袁枚、拜入随园门下的,便是杨潮观。

笑罢,黄景仁正色道:"其实,我也是受人所托,前来接你们兄弟的。"

这一回,杨抡、杨芳灿兄弟俩都是一愣,心道:北京还有谁来接我们? 除了黄景仁之外,还有哪些老友? 如果只是老友的话,也当不得黄景仁说一个"托"字啊。这一个"托"字,只是说明,这"托"黄景仁前来的,应是一个长者,以至于黄景仁不得不来。老实说,如果只是一般人的话,即使黄景仁要来接人,那一个"托"人的人,只怕也会被黄景仁"怼"回去。

见杨家兄弟微微愣怔的样子,黄景仁莫名欢喜,悠悠道:"大廷尉在蜀中的时候,偶然读到才叔的诗文,大为激赏,所以,一听说才叔要来北京,便托区区前来迎接,好见上一面。方叔,你真是沾了才叔的光呢。"

大廷尉便是大理寺卿。读书人,往往喜用古称谓,像大理寺卿,便用大廷尉;知府,便用刺史……大约使用古称谓的话,更显得雅致吧。无论是黄景仁,还是杨氏兄弟,对这样使用古称谓,早已司空见惯。

"大廷尉?"杨抡小心地问道,"如今的大廷尉是哪一位?"

对朝廷的这些高官,他们并不是很了解。一则是他们远在江南,距离北京实在是遥远;二则朝廷人事经常变迁,昨日大廷尉,今日阶下囚,也是等闲之事。

"是王述庵先生。"黄景仁恭敬地说道。黄景仁初到北京的时候,朱笥河先生逢人说项,将他介绍到王昶府中,王昶对他也很是赏识,收入门下。只可惜,王昶是大理寺卿,又不是在吏部,而且,回京任官也没多久,对黄景仁的前程,恐怕也有些有心无力。这些年,黄景仁一直都在四库馆中作誊写生,据说,四库馆结束以后,可以通过考试,外放一个主簿、县丞之类的官职,算是从此正式走入仕途。

但黄景仁也知道,这事儿,王昶说了可不算,甚至皇上说了也不算……

京中,等着实缺的人实在是太多太多了,不上下打点妥当,想获得实缺，只怕很难，即使只是主簿、县丞这样的可谓是不入流的小官。

"是……是王述庵？"杨氏兄弟俱有些吃惊。

黄景仁笑道："正是。二位，请吧，大廷尉正等着替二位接风洗尘呢。"顿了顿，笑道，"大廷尉府上，还有一些老友，等着与二位相见呢。"

杨抡与杨芳灿略略商量了几句，笑道："恭敬不如从命。"大廷尉相招，他们不敢不去，也不好不去，更不愿不去。

因为那人是王昶，早年的时候，与王鸣盛、吴泰来、钱大昕、赵升之、曹仁虎、王文莲并称为"吴中七子"的王昶。后世学者，大多会对王鸣盛、钱大昕景仰膜拜，而学诗学词之人，则会叩谢王昶，因为他编写了《湖海诗传》《明词综》与《国朝词综》，乾嘉朝不知有多少非知名诗人词人的诗词，有赖王昶而不至于失传。王昶一生交游，也可由《湖海诗传》与《国朝词综》得见。

二

王昶五十余岁年纪，头发还是黑的，只有一丝丝白发，如果不仔细看的话，还真看不清楚。他的脸上满是笑意，和蔼可亲的模样。可不知道为什么，当杨芳灿看见他的时候，心里就是一突，只觉这个看着和蔼可亲的老人身上，有着些许杀气，叫人不自禁地感觉到一阵寒意。

也许，与老人曾在战场厮杀、如今又是大理寺卿有关？王昶随大学士、云贵总督阿桂入川，平定大小金川，前后在军营九年，所有奏檄，皆出其手；大小金川平定之后，乾隆帝称其"久在军营，著有劳绩"，擢为鸿胪寺卿，不久，升为大理寺卿。这掌管刑狱之官、在军中又有九年，即使脸上含着笑，也使人不由自主地就感觉到寒意啊。

"杨抡？"一见面，也不待介绍，王昶便望着杨抡问道。

杨抡忙道："正是。见过大廷尉。"说着，伸手一拉杨芳灿，就要跪下。躬身一揖只是小礼，面对大理寺卿这样的高官，杨抡觉着，还是应该跪下施大礼才是。

"别、别，用不着，"王昶大步上前，不待杨氏兄弟跪倒，已自一手一个，抓住他们两个，笑道，"老夫又不是以大理寺卿的名义来请你们过府相见,哪里用得着大礼参拜? 老夫痴长几岁,便将老夫当作一个前辈即可,呵呵。这位便是杨芳灿杨才叔?"

杨芳灿忙道:"正是芳灿。"

王昶上下打量了几眼,赞道:"好,好,果然是一表人才。"说着,便让二人与其他客人相见。杨氏兄弟这才注意到,大厅之内,还有他们的一些朋友,汪端光、施晋、余鹏翀……

众人一一相见,俱是欢喜。俗语所谓"他乡遇故知",原是人生欢喜之事。待坐罢,黄景仁忽地笑问:"先生还知道有个杨抡杨才叔?"一边说着,一边就冲杨抡挤眼睛,扮鬼脸。杨抡又好气又好笑,道:"仲则,你跟着稚存,好的没学到,这个就学到了?"洪亮吉平日里看着还好,可每当朋友聚会,他都会搞怪,搞得大家尴尬不已,也欢喜不已。洪亮吉如今正在安徽学政刘权之幕中,也不知他现在怎样。

黄景仁嘻嘻笑道:"述庵先生只知道杨家杨芳灿杨才叔诗文写得好,可未必知道还有个杨抡杨方叔呢。"

王昶瞧着黄景仁嬉笑的模样,也自啼笑皆非,心道:人道是仲则放浪,想来应是这样的了,看其他人,哪个不是屏声息气? 独此人每次聚会,都是放浪形骸。在老夫处都是如此,想来在他处,更是如此了。这样想着,便有些不喜。只是黄景仁着实才高,而王昶向来又是个爱才之人,朱筠在他面前更是屡次褒奖,道,仲则天生诗人,故而时有天真之意,就似昔日太白一般,述庵,你可要大人有大量。王昶也正因此,才算是将黄景仁收入门下。

人有痼癖,也是寻常。有时不喜的时候,王昶便会这样想道。好在黄景仁对他倒是一直都显得很是尊敬。

重情。有一回,与朱筠说起,朱筠便道。仲则重情。对他好的人,他一辈子都会记得。然后,便说起邵齐焘,说起邵齐焘去世之后,黄景仁如何伤心难过,如何一有时间就到常熟去拜祭。

王昶不觉动容。自此,即使有时对黄景仁有些不喜,但还是时时招邀,饮酒唱和。

或许,等他正式为官,这些痼癖,就会改掉了。王昶这样想道。

杨抡听得黄景仁玩笑,却也不恼,笑道:"杨抡原是无名小子……"

王昶忽地爽朗地笑了起来,道:"才叔,别听仲则这小子胡扯呢。杨抡杨才叔,杨笠湖之子,老夫焉得不知?"杨潮观,字宏度,号笠湖,以《吟风阁杂剧》名世。

杨抡还未说话，却听得黄景仁又挤兑道："先生是识得笠湖先生呢……"他将"笠湖先生"四字咬得很重，意思是王昶知道世间有个杨抡只是因为这杨抡是杨潮观之子而已。

王昶朝着黄景仁一瞪眼，转头冲着杨抡道："'春来芳草绿无边'，方叔之词乎？'花下相逢刚巧'，方叔之词？都仲则抄示老夫的……"

众人先是一愣，而后大笑，纷纷点指，道："仲则啊仲则，你啊……"杨抡这才恍然明白，在王昶面前，黄景仁早就为之说项了。

春来芳草绿无边，春到离亭柳自绵，一缕愁丝到处牵。有谁怜，倚遍阑干思悄然。

——杨抡《阑干万里心》

花下相逢刚巧，微笑。留下去时踪，小楼西畔曲屏东，心照不通风。

真个夜堂人静，侥幸。伴退又迁延，绕身一步一生怜。休恼柘枝颠。

——杨抡《荷叶杯·无题》

"不过，方叔，"待众人笑罢，王昶笑道，"恕老夫无礼，方叔之词，远不如令弟才叔啊。"

"原是不如。"杨抡一笑，毫不在意。

杨芳灿忙道："吾兄之才，胜吾十倍……"

王昶呵呵一笑，叫人取过一叠词笺来，笑道："来，才叔，你看看，这些是不是你的词？可别弄错了。不过，错了也不好怪老夫，都是仲则抄示老夫的。呵呵。"说着，便是爽朗的笑。

兽环不启文鳞锁，寂寞熏香坐。阴阴斜照上帘衣，一片落花无语背人飞。

罗衣巧衬双金凤。犹怯寒威重。春愁如梦不分明，央及杏梁燕子唤他醒。

——杨芳灿《虞美人》

宿雨初晴度泄云。流莺犹自惜余春。栋华落尽闭闲门。

小市酒旗风帖帖,横塘渔网水鳞鳞。垂杨影里浣衣人。

——杨芳灿《浣溪沙》

镜奁眉妩,湖水清如许。兰叶轻风槐叶雨,好个秋光无主。

兴阑欲泛归桡,隔溪渔子相招。一带藕花深处,夕阳人影红桥。

——杨芳灿《清平乐·泛舟》

落叶带愁飘,敲响窗寮,相思人度可怜宵。几片凉云流不住,夜雨萧萧。

鹊尾嫩香销,灯也慵挑,罗衾如水梦无聊。自是侬家听不得,错怪芭蕉。

——杨芳灿《浪淘沙·听雨》

乍引离舫,已添别绪。美人和泪星星语。今宵身在木兰舟,梦魂仍向楼头住。

明月芦花,清霜枫树。出门便是天涯路。一声新雁送残秋,个侬也到秋边去。

——杨芳灿《踏莎行·别情》

杨芳灿接过,看了几眼,便知都是自己所写,只不过笔迹都是黄景仁的。

"仲则,这……"杨芳灿心下感动,却又不知该说些什么才好。

黄景仁笑道:"述庵先生说想编一部《国朝词综》,所以,我就抄了一些给他,还有方叔的。"说着,又瞧了杨抡一眼。杨抡依旧面带微笑,即使恍然间他已明白,今儿他真的似陪衬了,正如黄景仁所说,是沾了杨芳灿的光,方能做客王昶府上。

王昶点头,捋须微笑:"金风亭长之《词综》,只有唐宋,老夫敢效前贤,续编至今。在老夫看来,论词的话,本朝已不亚于两宋,不论国初诸家,便是乾隆朝,以词名世者,亦大可置诸两宋而不遑多让。不过,老夫所读有限,交往亦甚有限,诸位俱是年少才子,但有好词,还烦抄示老夫,好让老夫有所采撷。老夫编写此书,旨在以词传人,使后世小子亦知吾辈词人也。"

众人俱道,敬诺。

王昶又道："方叔，老夫适才说君词不若令弟，君也莫生气，在老夫看来，君词纵不若令弟，也胜过寻常之人的，譬如说——"说着，一指黄景仁，道："仲则之词，便不若君词嘛。"黄景仁词名不如诗名，不过，要真论起来，也还是要远胜杨抡的。王昶这样说，一则是故意打趣；二呢，也是消除一下说杨抡词不如其弟的尴尬。杨抡的词，比不得杨芳灿，这样当众说出来，终究还是让他没面子的事，即使他脸上一直都带着笑，浑然不在意的模样。

众人俱笑。黄景仁也是似笑非笑，瞧着杨抡。

杨抡苦笑："仲则天才横溢，无论诗词，晚辈实不如的。前辈这样说，是将晚辈置诸火上呢。"

众人又笑，对杨抡的敦厚，俱不觉高看一眼。说到底，说诗论词，诗词固然重要，可更重要的，还是这个人，看这个人是不是值得相交。否则，纵然表面上看着还好，实际上却会敬而远之。

京师之中，多少人背后对黄景仁有所腹诽，就是这个原因。

待众人笑罢，王昶忽地问道："才叔，方叔，有住处否？"

杨抡忙道："愚兄弟刚到北京，还未找到住处。"

"那就住在老夫这里吧。"王昶一挥手，说道，"仲则、少云、剑潭、雪帆，这些日子都住在老夫这里呢。"

"这……"杨抡愣了愣，有些不知道该不该答应下来。毕竟是刚到北京，与王昶初次相见，这样打扰的话，他也实不知是好还是不好。

王昶笑道："老夫这里地方还算大，还有呢，人多，热闹，咱们也好分韵写诗填词不是？再说呢，才叔还有什么新作没有？老夫也想看看呢。呵呵呵。"王昶的笑声满是爽朗、欢喜与不容置疑。

杨氏兄弟对望一眼，一起向王昶深施一礼，道："如此，恭敬不如从命。"

众人也自欢喜。

乾隆四十三年（1778），杨芳灿偕从兄杨抡进京，留住大理寺卿王昶寓斋数日。不久，新任四库馆总校杨懋珩延请杨芳灿校勘书籍，方才移居扬州会馆。又与赵希璜、韦佩金时向过从，再加上黄景仁、汪端光、施晋、余鹏翀，众人或诗词唱和，或隶事属对、剪灯煮茗，每至夜分不倦也。

五月，廷试，杨芳灿字画拙劣，不望入等，而独以诗佳，钦取一等第三名。旧制选拔贡生入一、二等者，由钦派大员挑验，可任命为知县、教职，而本年，又开始有以七品小京官分部者。杨芳灿被挑验的结果是"奉旨以知县用"。在京的一些朋友便纷纷劝说，以为杨芳灿应具呈以改教职，才会更有前途。王昶道："不然，择官而仕，古人所非，且命中应作县令，即中进士入翰林，亦不能免也。"说得通俗些，就是倘若杨芳灿不肯出任县令，而去挑选教职，就会给朝廷留下极坏的印象，那才真的是有碍前途。不要说是拔贡，倘若命中要做县令，便是进士出身入了翰林，也不能这样挑三拣四。

王昶的话，无疑是长者之言。任何人，任何时期，对朝廷的任命挑三拣四，肯定都不会有一个好的前途的。因为朝廷决不会喜欢一个挑三拣四的人。

杨芳灿听从了王昶的话，到吏部抽签，分发甘肃。

这一年，杨抡进士及第。

二人买舟偕归，处理家事，到乾隆四十四年（1779）正月，杨芳灿启程，前往甘肃。

三

侧侧轻寒夜漏分，纤纤月影碧笼云。逗出春光刚一线。初见。如尘似梦最销魂。

看到团圞知有待，无奈。清辉偏照别离人。才把闲愁抛撒去，凝伫。镜中眉样又逢君。

——杨芳灿《定风波·道中见新月》

屈指春来才七日，行人去去何之，别离不惯苦相思。倩谁簪彩胜，为我把金卮。

雁后归期全未稳，吟情也比花迟，江南消息早梅知。疏香官阁梦，冷蕊草堂诗。

——杨芳灿《临江仙·人日》

旅舍见迎春一树，花甚烂漫，因成此阕

除却江梅，算春风消息，伊最先知。萧疏篱根石角，见两三枝。宫罗几叠，怯朝寒、纤瘦难支。依稀似、玉人栀貌，恹恹小病阑时。

香国何人试巧，怪轻匀蜂额，细翦莺衣。风流未输弱柳，金缕低垂。初三淡月,逗微光、偷照幽姿。凭寄语、东君著意,莫教担误花期。

——杨芳灿《汉宫春》

行行重行行。过邯郸,渡漳水,二月,抵达西安。时陕西巡抚正是毕沅,以爱才闻名于世,此前此后,若章学诚、洪亮吉、孙星衍、段玉裁、黄景仁、汪中等人,俱曾来其幕下——这是后话了。(参见洪亮吉、黄景仁篇)

更重要的是,毕沅与袁枚也算是朋友。作为随园门人的杨芳灿,人到西安,倘若不去拜谒的话,大约无论从哪个方面来讲,都是不大合适的。而后,再从另一个方面来讲,杨芳灿虽说是前往甘肃任职,作为陕西巡抚的毕沅并不是他的顶头上司,然而,官场上的事,谁又能说得清? 杨芳灿虽说年轻,这些道理,他还是明白的。

在官场上,谁也不能得罪,哪怕眼前看着毫不相干的人。

杨芳灿准备好名刺,然后,又将自己的诗文抄录了一份,前往陕西巡抚的府署,拜见毕沅。毕沅果真似传言中的那样,爱惜人才,一点巡抚的架子也没有,将杨芳灿请进了府署之内,就像当日在北京的时候,大理寺卿王昶那样。

越是高官,越是平易。杨芳灿这样想道。其实,这也是彭元瑞、袁枚都曾告诉过他的。因为只要进入官场,天晓得今日之知县,会不会是明朝之朝廷大员。总之,在官场上,无论大官小官,一般都是你好我好大家好,不会轻易得罪一个人。当然,倘若有谁得罪了皇上,那么,对不起,也就别怪昔日之同僚、上司或下属,落井下石了。官场中人,既喜欢锦上添花,也喜欢落井下石,至于雪中送炭,那个比较难。

仕途凶险。袁枚这样说道。也正因如此,袁枚方才及早归隐,筑随园而居,落得个清闲自在。一个归隐的诗人,对官场上的任何人都不再有威胁的时候,他的声名也就慢慢地大了起来,大得几乎任何官场中人都乐意与他交往,以期能获得他的一两句褒扬。自然,投桃报李,给随园的报酬也决不会少,否则,坐吃山空,袁枚又如何能够养活一大家子? 更不用说,按照后世的话来说,袁枚还是一个"吃货",从《随园食单》便可知。

"才叔,"毕沅和蔼可亲,热情地招呼着杨芳灿,道,"来来来,介绍两位朋友与你认识。"

一个年近五旬的中年人含笑瞧着杨芳灿，在他的旁边，另有一人，也是五十上下的样子。

"这位是张埙张瘦铜，"毕沅笑道，"这位呢，是严长明严冬友。"

杨芳灿忙施礼道："小子见过二位前辈。"心道：原来瘦铜先生到了陕西。张埙原也在四库馆，后来丁母忧方才回乡守制，却原来又到了陕西毕沅的幕下。严长明也与之类似，先是在军机处，后来被提拔为侍读，也是因丁忧回乡，而后客毕沅所。

这毕沅果然了得。杨芳灿想。不管怎样，张瘦铜、严冬友俱曾在京师任职，尤其是严冬友，曾在军机处，如今，到毕沅幕下，其上书朝廷的奏章，想来会更妥当了；而对于张瘦铜与严冬友来说，也不是坏事，因为地方大员对于有用的幕友，都不会吝啬，所给的俸禄，大约要远超在朝廷为官，二呢，倘若还有意官场，这奏章又为皇帝所赏识，那么，其前途真的就可谓是一片光明。王昶之所以能够获得皇帝赏识，就因为他在军中九年，所有奏檄，俱出其手，皇帝早就对他熟得不能再熟了。两百多年以后，网络兴起，许多人素未谋面，依旧会成为朋友，甚至是很好的朋友，往往就是因为文字的功劳，两百多年前，也是一样。

张埙含笑道："在京中的时候，早就听王述庵说，常州多才子，洪稚存、黄仲则，还有就是更年轻的杨才叔，只是一直都无缘得见，今日一见，果然是一表人才。"

严长明笑道："我说瘦铜，你又不是招女婿，夸人家一表人才做甚？照老夫说啊，是才叔的诗文好，方才惹得王述庵逢人说项呢。"

众人俱笑。

毕沅道："老夫也曾听子才说起过，他新近有一个得意弟子唤作杨才叔，诗词文章俱佳，只是老夫一直都在陕西，却不曾见过。"说着，呵呵笑道，"今日得见，也算有缘。才叔，既是有缘，便在西安多住几日，如何？也好让老夫尽一尽地主之谊。"

严长明笑道："东翁是起了吟兴吧？"

毕沅大笑："有才子过访，这诗嘛，自然是要吟的。怎么，两位，你们是生怕被后生小子超过了去？"

严长明笑道："东翁可莫激我，我一向不善于诗，这诗，还是张瘦铜来吧。瘦铜，可别让后生小子给笑话了去。"

张埙苦笑："我一大把年纪，早淡了年轻时的诗兴了。早些年，读到江郎才尽之说，总觉疑心，一个人，怎么就会写啊写的，就写不出来了呢？不是应该越写越好么？'庾信文章老更成'嘛。如今啊，我算是明白了，这人啊，年纪一大，经历的事情一多，就不复年轻时的天真，这诗啊词啊什么的，就写不好了，也就是'江郎才尽'了。"

严长明啧啧连声，笑道："老夫可听说张蒋齐名，张在蒋前呢。"张埙年轻时便与蒋士铨齐名，道是"张蒋"，张在蒋前。张埙曾因此笑谓蒋士铨，道："与公齐名，人言张蒋，不言蒋张，何也？"蒋士铨笑道："只是姓仄韵者吃亏。"张埙又道："公贻吾诗云'友君无异黄友苏'，何让吾为东坡？"这一句诗，蒋士铨自以为是山谷，而让张埙为东坡，山谷、东坡齐名苏黄，苏黄，苏黄，黄终在苏后。张埙自不会因此洋洋得意，只是也因此而揶揄，却不料蒋士铨答道："老夫图叶韵耳。"这样的问答，张蒋之谊宛然可见。

张埙听得严长明说起张蒋，不觉也有些想起老友蒋士铨来，叹道："年少齐名，而吾实不如心余也，他日，吾或可因心余而传名哉？人读心余，或道此张瘦铜者，心余之友也。"说着，自己便捋须笑了起来。

张埙原就豁达，对蒋士铨声名渐渐超越到他之上，也没怎么放在心上，相反，还为之高兴。此刻的张埙还没想到，到后世，蒋士铨声誉愈隆，与袁枚、赵翼并称"乾嘉三大家"，而曾与蒋士铨齐名的他，渐渐无闻，极少人知了。

或许，文章诗词就是如此，当世知名，未必后世能知。

严长明悠悠道："那后世读瘦铜，或亦可道此严冬友者，张瘦铜之友也？"说着，也是爽朗地笑。

毕沅笑道："怎不言二公乃杨才叔之友也？照老夫看来，以才叔之才，将来名动天下也是早晚的事。"

杨芳灿只觉汗涔涔下，忙道："折杀小子了，毕公，小子可不敢当。"

毕沅呵呵笑道："不敢当那就多住几日，他日后人或可记述，杨才叔盘桓于毕沅处十数日，相谈甚欢，宾主同乐，岂非也是一段佳话？"

众人俱笑，道："正是，正是。"

这是毕沅第二次挽留了。杨芳灿迟疑道："可是……"

毕沅自是明白杨芳灿担心什么，一笑，道："甘肃那边迟几日去又打什么紧？果真要问起的话，就说是老夫挽留你杨才叔了，老夫就不信甘肃那边还能怎样。"说着，爽朗大笑。

杨芳灿忙施礼道："恭敬不如从命。"一则是他也想借机与毕沅搞好关系；二则呢，毕沅话已至此，他是怎么也无法拒绝的。

因为他明白官场之上谁也不能得罪的道理。更何况，看样子毕沅对他又是那么赏识。古云，士为知己者死。而现在，只不过是在西安多盘桓十数日而已。

杨芳灿在西安盘桓一阵，终还是辞别了毕沅等人，前往甘肃，于四月二十七日抵达兰州；七月，署西和县事，派家人回无锡，去接眷属与老母。不久，接到袁枚来信，说："毕秋帆中丞书来，以足下宏笔丽藻、惊才绝艳，出自仆门作贺。如此聆音识曲之长官，世不多得。所惜羡邻妇之美者，偏不是堂上姑嫜，奈何。"杨芳灿既是欢喜，又是感激，与此同时，也与袁枚一样，有些遗憾。他在甘肃任官，毕沅是陕西巡抚，终不是"堂上姑嫜"，能够帮到他的地方，实在是不会太多。

然而，世间事，不如意者十之八九，又哪里有可能事事遂人所愿？

四

是湘云一片，谁剪落、影娟娟。看愁泪无痕，离魂欲化，院后廊前。玲珑冷波低荡，任花风袖上水沉烟。晓露千丝碧窨，夕阳一桁红偏。

明玕。戍削可人怜。最好已凉天。忆旧家风景，蕨花小阁，箬叶轻船。而今水云无分，只红尘遮断便疑仙。留伴桃笙八尺，日长枕手闲眠。

——杨芳灿《木兰花慢·竹帘》

官署之中，杨芳灿整理旧作，翻出这首在京时所作的词来。这使他不由自主就想起黄景仁来。他记得，当时，黄景仁也曾有过同题之作，只是再去翻检书箧，却怎么也翻不出来了。这使他未免有些怅然。（黄景仁同题之作见黄景仁篇）

从北京，到无锡，又到西安，然后到兰州，到西和，辗转多地，想来不知什么时候丢失了。杨芳灿这样想道。这样想着，又使杨芳灿觉着自己有些对不起朋友。他想起,在王昶府上的时候,王昶从侄王初桐曾道,王昶平生师友所投赠往来的诗词文章,他老人家一直都收得好好儿的,准备将来编订成书——也就是他老人家所说的《国朝词综》的由来。还有《湖海诗传》,也是如此。

他日相见,让仲则再写一过吧。杨芳灿这样想道。师友唱和的诗词,委实应该好好儿地收着的。

这样想着,杨芳灿提起笔来,慢慢写道:

兰露娟娟清欲滴,嫩凉天气先秋。相思独夜倚层楼。懒排金燕柱,怕卷海犀钩。

记起离居多少事,无眠数遍更筹。研红笺纸写新愁。锦鳞三十六,凭向玉河流。

——杨芳灿《临江仙·寄仲则》

写罢,怅然一笑,想,仲则在北京,吾今在甘肃,也不知什么时候才能重相见了。所谓一入官场不自由,想来,便是此意吧。

杨芳灿在西和待了没几个月,到乾隆四十五年(1780),便调任到了庆阳府的环县任知县。老母他们到来的时候,他正在环县。

与老母、妻子一起来的,还有弟妹,与妹婿顾敦愉。顾敦愉,字学和,人称“双溪四子”的无锡顾氏四兄弟之一。无锡顾家书香门第,据传,是三国时顾雍之后,到这一代,顾家顾奎光生有四子,顾敏恒、顾敦愉、顾敬恂与顾敫宪。顾奎光与顾斗光有一妹,嫁杨鸿观,生杨芳灿兄妹。而杨芳灿的祖母、杨鸿观的母亲,则是顾奎光、顾斗光兄弟的姑母。到如今,杨芳灿之妹,又嫁顾敦愉为妻。顾杨两家,可谓世代姻亲。

当日县试,杨芳灿与顾敏恒分获金匮与无锡两县的第一名,曾是一时佳话,表兄弟二人更因此齐名,时比之“颜谢”。顾敏恒也即词人顾翰之父。(参见《恋他芳草不多时》顾翰篇)

母亲顾氏,三弟英灿,妹妹、妹婿。还有妻子徐氏,以及抱在徐氏怀中的女儿德芸。杨芳灿环视着他这一辈子的亲人,忽地想起什么,脱口道:“二弟呢?”

顾氏笑道:“你二弟早成亲了,莫不成还要来投奔你这做大哥的?”

杨芳灿恍然想起,前年,二弟杨揆已经成亲。不仅二弟,二妹也在前年嫁人了。大妹与妹婿之所以前来，一则是因为要照顾母亲，一路行来，没个男子的话，可不方便，三弟英灿毕竟才十三岁，还小；二则呢，顾敦愉不仅是杨家的女婿，也是顾氏的娘家侄儿，这亲上加亲，跟既是姑母又是岳母的顾氏跑这一趟，也是理所应当。

可道理即使是这样，听罢母亲的话之后，杨芳灿还是不免觉得有些失落，半晌，自嘲似的笑道："二弟他长大了……"他想起，父亲去世那一年，他二十岁，二弟才十三岁，就像三弟现在这般大小。

大妹忽地笑道："大哥，你还不知道吧，二弟现在已是举人了。"

"举人？"杨芳灿一愣，心道：在江宁还是顺天考的？可乡试三年一次，逢子、午、卯、酉方才开考，三年前的丁酉年，二弟与他一样，乡试都落榜了；那么，是今年？今年也不可能啊。如今才是六月，而乡试的话，应该是八月。莫非这两年朝廷开了恩科？却也没听说过啊。这样想着，杨芳灿便有些疑惑。

顾敦愉笑道："皇帝在江宁行在，二弟进献诗册，召试钦取一等第四名，恩赐了举人、内阁中书。"

杨芳灿这才恍然明白，不觉也为二弟欢喜。忽地又想道，倘若他没去应拔贡廷试，还留在江南，也像二弟一样去进献诗册，皇帝会不会也恩赐他一个举人呢？这样一想，不由得脸色就是一红，心道：杨才叔，莫非你嫉妒你二弟不成？不由得就有些羞愧，脸腾地一下就红了。

"阿，阿耶……"正尴尬之际，杨芳灿听得女儿德芸怯怯地叫了他一声。转头看时，徐氏怀中的女儿正怯生生地看着他，仿佛看着陌生人似的；而徐氏，正轻声地哄着她，道："这就是你阿耶啊，还不叫阿耶？"杨芳灿的心忽就一软，笑道："德芸，才一年多不见，怎么，就不认得阿耶了？"德芸轻轻地咬着手指，瞧着杨芳灿，眼神依旧有些怯生生的。

德芸已经七岁了。

杨家德芸，后来的名字叫杨芸，字蕊渊，与此时还未出生的杨夒生一起，成为杨家新一代的词人。

杨家，顾家，诗书传家，代代诗人、词人。

乾隆四十五年（1780）九月，杨芳灿题补巩昌府伏羌县，无奈，只好离开这屁股还没坐热的环县，带着老母顾氏、妻子徐氏与三弟英灿、大妹，以及妹婿顾敩愉前往伏羌。

此刻的杨芳灿决未想到，这伏羌，几乎改变了他的一生。更没想到，到伏羌的第二年九月，顾敩愉就病逝于他的官舍。

此前的六月，长子杨夔生出生。只不过当杨夔生出生的时候，杨芳灿给他取的名字是承宪。

一生一死，殆亦天意乎？

五

乾隆四十六年（1781），回教内部有唤作马明心者，倡立新教，回民称为"罕职"，意即"圣人"，从者甚众，但也因此与老教产生矛盾。官府原是支持老教的，布政使王廷赞遂巧妙设计，诱捕马明心，本以为一场大祸就此消弭，却不料这直接导致了马明心得力弟子苏四十三暴动起事，率教众两千余人前来攻打兰州，索要教主马明心。王廷赞大为惊恐，更担心将马明心放回的话，只怕会惹起更大的祸乱，便在城墙上当众将马明心诛戮。回军愤恨，奋力攻打而终不能克，此时，朝廷大军已经集结，增援兰州，回军不得已，退守龙尾山，清军围攻百余日而全歼回军，苏四十三战死。

这件事原本与杨芳灿无关。然而，当马明心与老教拘衅时，伏羌有马得建等十六家回民募集银两，欲为马明心讼费之用。老实说，倘若王廷赞不是诱捕马明心，回民倒也未必起事。自然，这话，即使是在事情过后，杨芳灿也是决不敢说的。

回乱平定之后，按察使福宁亲自到了伏羌，捕获马得建等二十余人，严加审讯。马得建等人承认，这些募集来的银两的确都是进献给回教的，可谋逆之事，他们实不知。二十余人的家属不下数百人，闻讯之后，各自大哭。杨芳灿听得这满城哭声，不觉心生怜悯，祈求福宁，是不是能够以末等治罪。不久，得率军平定回乱的英勇公阿桂传檄，曰："马得建等馈送银两，在苏四十三未起事之前，究与从逆有间，罪止其身，免其缘坐。"于是，福宁只将马得建等人解入省城，而没有祸及家人。这使得马得建等人的家人对杨芳灿感念不已。

事情至此，原也应该告一段落了。却不料，杨芳灿竟在不久之后，被牵连到一件"折捐冒赈"的案子里去。

这也是本年发生的事。在甘肃，查获了一起地方官员以赈济灾民的名义上下勾结折收监粮肆意侵吞的大案,涉及总督、布政使及以下道、州、府、县官员一百余人,追缴赃银二百八十一万余两,波及直隶、盛京、江苏、浙江、云南等好几个省份,震动全国。时称"甘肃冒赈案"。

说来,案发也是偶然,与苏四十三起事更是有关……

苏四十三起事之后,围攻兰州,官军一时间不能速胜,皇帝一怒之下,撤了陕甘总督勒尔谨的职。这一撤职,使得甘肃地方官员惶惶不可终日,布政使王廷赞生怕步总督大人之后辙,灵机一动,便主动向皇帝上奏,说,臣甘愿将历年积存廉俸银四万两,缴贮甘肃藩库,以资兵饷。他哪里料到,皇帝竟从这道奏折中看出问题来了,责问:"王廷赞仅任甘肃藩司,何以家计充裕?"便传谕已在甘肃的大学士英勇公阿桂和署理陕甘总督李侍尧严密访查,是不是与甘肃捐监一事有关——清廷俸禄,包括养廉银、藩司的话,一年所得不过万两;更何况在甘肃,贫瘠之地,这四万两,实不是王廷赞所能够拿出来的。

捐监一事,是指凡愿意取得国子监监生资格的读书人,须按规定数目向当地官仓捐交谷粮,遇到灾荒即用这些粮食赈济灾民。王廷赞的前任王亶望以甘肃仓储不足可用"捐监"粮米赈济灾民为由,说服陕甘总督勒尔谨,奏请朝廷获准。然而,在具体实施过程中,王亶望让监生将应捐豆麦折为白银,从而中饱私囊。与此同时,王亶望又为各县预定灾情,按照各县报灾的轻重,定出收捐数额,由藩司衙门预定份数发单给各县,令各县照单开赈,是为"冒赈"。这一来一去,甘肃上上下下、大大小小一百余官员几乎都吃饱了。

王廷赞接任甘肃布政使之后,虽说发现了监粮折银不合"捐监"的规定,也曾与总督商议,欲请停捐,然而,最终还是陷了进去,不仅没有据实陈奏,反而又将私收折色一事,由各州县办事改为兰州知府总办,变本加厉,复蹈泥潭。

可怜杨芳灿到任不久,这折捐之事分明不关他事,可还是追究到他头上。好在伏羌县折捐不及十名,杨芳灿又可谓是情有可原,终得以从轻处分,只是"奉旨革职,留任八年无过,方准开复"而已。用后世的话来说,就是"留职察看"。这样的处分,比起甘肃大大小小人头落地的官员来说,的确是轻多了。

要知道,总督勒尔谨是赐令自尽,两任布政使王亶望与王廷赞、兰州知府蒋全迪是依法正法,然后,又将侵贪赈银千两以上的五十六名官员全部正法,此外,还有免死发遣四十六人,革职、杖流、病故、畏罪自杀者数十人。甘肃官场几乎为之一空。

跟他们比起来,杨芳灿又焉能不庆幸?

他很明白,在这样的通天大案之中,倘若受到牵连,没人会关心到底是怎么回事、你是不是真的受冤枉的。

或许,可待戴罪立功。杨芳灿这样想道。

　　红遍花枝青遍柳。弹指韶华,又是清明后。长日恹恹如中酒。闲愁空在眉尖斗。
　　抛却金针慵刺绣。窣地帘波,料峭轻寒透。薄暮倚栏垂翠袖。落花风里春人瘦。

——杨芳灿《蝶恋花》

在杨芳灿以为事情终已过去,可以松一口气的时候,朝廷忽地开始清釐各属仓库起来。乾隆四十七年(1782),六月,知府张燮查出伏羌县亏空仓粮一万六千石,具以上闻。这使得杨芳灿全家一下子就陷入惶恐当中。好在上面批示,说:"伏羌县亏短仓粮一万余石,杨令接自前任,系向来积习,固无足怪。但仓贮岂可悬虚?应勒令赔补。着道府督同委员采买,勒限于岁底,具报通完。"杨芳灿无奈,典质丐贷,得七千两白银,再加上这一年年谷大熟,总算是又渡过了这一次的难关。

县令难为。杨芳灿心中苦笑,还不敢抱怨。不仅不敢抱怨,还得时刻表示对上司的感激。因为他知道,倘若真的追究,是没人在意这到底是你前任的错还是你的错的。因为从法理来说,前任有亏空,接任者是应该追究的,应该向前任追讨的;可实际上,接任者都是默默地将前任的亏空接下来,然后,再传给他的接任者。

又一年过去了,天下总算太平,杨芳灿便整修了朱圉书院,以彰文教。在书院附近有姜维祠,年久倾圮,杨芳灿又为之修葺。后来,杨揆到了伏羌,为之题联曰:

　　九伐出奇兵,斗胆常寒司马胆;
　　三分膺重寄,存心不负卧龙心。

——杨揆

然而，也仅此一年的太平而已。乾隆四十九年（1784），回民田五、张文庆、马四桂在石峰堡起事……

与三年前所不同的是，杨芳灿在伏羌任职已经三年，面对回乱，虽不好说胸有成竹，却至少不至于惊慌失措了。他招募乡勇，修守御工具加以防范。五月，有几个回民向杨芳灿投诚、告密，杨芳灿因此而捕获了伏羌城内回军的内应。当伏羌被围之后，杨芳灿又征得民夫四千余人，亲上城墙督战，与回军相持了五昼夜。

民心可用。当相持不下的时候，杨芳灿不觉也想到自己这些年来在伏羌的所作所为，终使百姓肯为他所用，而不是趁机作乱。

这一次的回乱，也很快就被平定。杨芳灿因守城有功，福宁保奏，奉旨送部引荐。此时，杨揆在京，闻得伏羌被围，惊悸成疾。等回乱平定，他赶紧派人到伏羌来看望太夫人顾氏。杨芳灿想着自己很快就要进京，估摸着正常情况的话，应该获得升迁，不会再留在伏羌，而太夫人又有些想念杨揆，再加上徐氏的父母侨居济南，也想顺道归宁，于是，新年后不久，便将全家老小从伏羌送走。却哪里料到，这全家老小一离开伏羌，便有人道，杨县令冒销军饷，拥厚赀，所以才会先将眷属送走。于是，朝廷派来会同阿桂一起镇压民变、后又出任陕甘总督的嘉勇公福康安下令开始追查，百般刁难。这使得杨芳灿有口难言，只能自己安慰自己，寄希望于嘉勇公的公正廉明了。他也知道，固然他不曾做过那些事，可要是上司是个糊涂蛋的话，办一个糊涂案，也未必是一件不可能的事。

好在嘉勇公福康安一向名声在外，想来倒也不是一个糊涂的人，否则，皇帝也不会一直都很重用他了。

乾隆五十年（1785）岁末，候补令沈维基来伏羌接任。新年过后，杨芳灿前往兰州。然而，亏累既多，接任的县令沈维基不能结报，便派人追讨。这使得杨芳灿几乎陷入绝境。好在王昶时任陕西按察使，杨芳灿无奈，派人前去借贷。然后，老友咸宁县县令庄炘、临潼县县令蒋骐昌相助二千两，在兰州又借得二千两，都交与沈维基，方得结报请咨。

杨芳灿接任伏羌的同时，也接下了前任的亏空，以至于到后来赔补了七千两白银。如今，卸任伏羌，又不得已补足因战事而出现的亏空。也许，这就是命运吧。

当杨芳灿七月份离开兰州的时候，随身携带者，不过数十金耳。

多年以后,杨芳灿重来兰州,登上皋兰山,想起往事,忍不住写道:

倚层楼、晴云数点,霜空万里无际。年年此日题糕会,佳客樽前同醉。离别易。真个似、萍蓬聚散无根蒂。漫郎憔悴。也中酒怀人,星星满镜,旅鬓早斑矣。

谁相念,十载边城孤寄。西风吹梦迢递。故山云壑应无恙,何日好寻归计。又猛拍阑干,曼声长啸,塞雁忽惊起。

——杨芳灿《摸鱼儿·九日兰山登高》

对于杨芳灿来说,这样横眉怒目、曼声长啸的词,是极少的。倘若不是想起往事,心头郁郁,大约也不会这般猛拍阑干吧。

六

"稚存!"杨芳灿刚进入开封,便看见含笑站在城门处的洪亮吉。虽然说他也早就知道毕沅已经调任河南巡抚,洪亮吉正在毕沅幕下,可他还是没有想到,洪亮吉竟会到城门口来接他。

"瘦了。"洪亮吉上下打量了他一会儿,笑道,"黑了,好像也变得老了。"

这样的打趣,对于杨芳灿来说,使得数年不见的陌生感一下子消散了很多。

杨芳灿呵呵笑道:"三十四了,焉得不老?稚存,算下来我们多少年没见了?好像八年了吧?"

洪亮吉想了想,点头道:"是八年了。"

八年前,洪亮吉将母亲与父亲合葬,杨抡、杨芳灿兄弟刚好从京师回里,便前来参予其事。此后,洪亮吉江湖奔波,大多时间在毕沅幕下,而杨芳灿则在甘肃为官,不见者便有八年。八年后再相见,杨芳灿已经三十四岁,而洪亮吉,已经四十岁了。

几句闲话之后,杨芳灿忍不住便问起黄景仁死前死后的事。当黄景仁去世的消息传到伏羌时,杨芳灿正忙着修建朱圉书院与姜维祠,再加上路途险阻,回民又蠢蠢欲动,杨芳灿实不敢就此离开。

官身不自由。这大约只有为官之人才会明白吧。

听杨芳灿问起黄景仁，洪亮吉忍不住便叹息一声，道："仲则他是自己害了自己。"然后便说起黄景仁的最后一年，在京中，如何放荡形骸、不自检束。杨芳灿默然良久，道："他这是心里苦啊。"这"苦"字方一出口，便见洪亮吉眼泪夺眶而出，满面哀伤。

多年以后（嘉庆八年，1803），袁通进京，组织燕市联吟，相约赋词，读黄景仁《悔存斋词》，杨芳灿在《悔存斋词》中，重新读到当日黄景仁和他同作的"竹帘词"与"归鸦"词，不由得唏嘘不已。

> 倚柴门、晚天无际，昏鸦归影如织。分明小幅倪迂画，点上米家颠墨。看不得。带一片斜阳，万古伤心色。暮寒萧淅。似卷得风来，还兼雨过，催送小楼黑。
>
> 曾相识，谁傍朱门贵宅。上林谁更栖息。几丛枯木惊霜重，我是归飞倦翮。飞暂歇。却好趁江船，小坐秋帆侧。旧巢应忆。笑画角声中，暝烟堆里，多少未归客。
>
> ——黄景仁《买陂塘·归鸦同蓉裳少云作》

而杨芳灿的归鸦词，却怎么也找不到了，不知道丢在哪里了。这使得杨芳灿越发唏嘘。大约人就是这样，当日不以为意的，多年以后，忽然珍重起来；可当要去寻找的时候，却怎么也找不到了，空留下一段叫人唏嘘怅惘的记忆。

> 击节悲歌放。吊词人、九原风雨，北邙相望。仲则客死山右，途中有句云"九原风雨逐人来"，遂成诗谶。百斛龙文扛入地，空说此才难量。只博得、半生惆怅。一领青衫枯似叶，裹峻嶒、瘦骨和愁葬。□蜕化，吟魂荡。
>
> 果然慧业生天上。怕琳宫、也难消受，高寒情况。尘世莺花经小劫，烟月原来无恙。可还忆、踏歌门巷。铁拨铜弦弹绝调，早秋星、迸落青瑶帐。商声急，万山响。
>
> ——杨芳灿《金缕曲·题黄仲则先生悔存斋词，用集中赠汪剑潭韵》

那一年，杨芳灿已经五十岁，而黄景仁已经去世二十年了。当一个人去世之后二十年，还有人不断想起，读他的诗词，悲慨他的境遇，这该不该算是这个人的幸运呢？

杨芳灿只觉得是莫大的悲哀与惆怅。

七

人行迤逦，不日已到良乡。杨芳灿知道，这已是北京的地界了。杨芳灿下了车，遥望着前方的北京城，忽就有一种想哭的感觉。

但他没有。

他只是久久地站立着，久久地，望着北京的天空。

北京的天空，与伏羌似乎也没有什么不同，都是一样的蓝，一样的空阔，一样的白云悠悠。可为什么在杨芳灿的心头，却总是有那么一种沧桑？

或许，沧桑的不是这京城的天空，而是他的心。

八年时间，已足以使一个人的心变得那么沧桑了。

草满瑶阶尘满镜，鹊炉残麝香焦。相思瘦损楚宫腰。花廊月庑，从此罢吹箫。

倚遍危阑十二曲，平芜去路迢迢。夕阳流水小红桥。别时折柳，今又长新条。

——杨芳灿《临江仙》

这是多年前的一首词了。当写这首词的时候，对沧桑，他真的还不懂。现在，他懂了。"昔年种柳，依依汉南。今看摇落，凄怆江潭。树犹如此，人何以堪。"

多情风雨，伴春来、忽又送春归矣。弹指声中春九十，丽日轻云有几。笑也含愁，醒还似梦，慵上高楼倚。床头醹酿，判他真个沉醉。

萋萋芳草池亭，蝉前鸠后，到处愁人意。拟趁良朋樱笋约，锦字奚奴先寄。小钵研香，围炉焙茗，寂寂帘垂地。无聊频问，杏梁双燕归未。

——杨芳灿《念奴娇》

"哥。"杨芳灿听得身后有人叫他，不由得浑身一颤。那声音，那么熟悉，又那么遥远，八年来，始终都在心上。

残照冷江潭。衰柳毵毵。怀君五夜梦长酣。有梦也知归路远，不到江南。

别况旧曾谙。怅怅何堪。小斋岑寂似禅龛。燕子欲归秋社近，向我呢喃。

——杨揆《浪淘沙·寄伯兄》

杨芳灿没有回头。

他忽然想起前人的一句诗来：近乡情更怯。这是宋之问的诗："岭外音书断，经冬复历春。近乡情更怯，不敢问来人。"

也许，北京不是他的家乡，可是，母亲顾氏、二弟杨揆、三弟杨英灿，还有妻子徐氏、儿子承宪、女儿德芸和德嬿都在北京啊。妻子徐氏离开伏羌的时候，德嬿还没出生呢。妻子在家书中说，德嬿是在济宁出生的。

德嬿长得什么样？那小东西，是不是像她姐姐一样聪慧？

德芸已经开始学着填词了……

杨芳灿只觉，自己这一生，最重要的人，都在北京，那么，这北京与家乡，又有什么区别？

有亲人在的地方，就是家；亲人在哪里，这家乡就在哪里啊。

"哥。"杨揆又轻轻地叫了一声。只是这一声，带着些许的颤抖，仿佛想哭的模样。

他忍住了。

泪，在眼眶中滚动，终没有落下。

"你……"杨芳灿方才说出一个字，喉咙便似被什么堵住似的，哽咽着，良久，平复了一下心情，缓缓续道，"……可还好？"

"……好。"杨揆的胸口也是一阵起伏。他知道，这些年，大哥很苦，而他在京城，对大哥，什么也帮不了。恩赐举人之后，授内阁中书，可这内阁中书，也就类似于后世的秘书一样，掌撰拟、记载、翻译、缮写。如果说得再准确一些，应该是相当于后世秘书处的秘书，而不是某个领导的贴身秘书，更不可能是皇帝的贴身秘书了。在京师，这样的内阁中书，实起不到什么作用。

"好，好，好。"杨芳灿点点头，半晌，轻轻说道，"我们回家。"说着，便直步向前。

没有回头。

始终都在身后的妹婿张湜与杨揆对望一眼，紧步跟上。

在孟县，杨芳灿去看望嫁到这里的二妹与妹婿。等他离开的时候，妹婿张湜便随他北上进京，到了良乡。

张湜，字澄予。

八

"嫂子他们已经到北京了。"杨揆紧跟数步，在杨芳灿身后轻轻说道。

他知道大哥的牵挂。

"承宪、德芸、德嬿，都来了。"杨揆微笑着说道，"德嬿还小，不过，很喜欢笑。娘说，她看着就很开心。"

杨芳灿没有停步，依旧前行。但杨揆看见，他大哥的两肩不由自主地就动了一下。

"还有……"又向前走了一段路，杨揆迟疑一下，说道。

"……还有什么？"

杨揆苦笑一下，轻轻说道："家乡来人了。"

"嗯。"杨芳灿微微地皱了一下眉头。

杨揆道："亲友们听说大哥这一次要升官了，所以……"他轻轻摇头。当杨芳灿在伏羌艰难挣扎的时候，家乡的亲友们没人愿意去甘肃，去帮杨芳灿一把；当杨芳灿欠下几千几千两银子的时候，家乡的亲友们，杳无声息，仿佛从未听说过有这件事一般。如今，听说杨芳灿立下军功，要升官了，他们就迫不及待地出现在北京城。他们来得很快。比杨芳灿回京还要快。

也许，这是人之常情。

可是，杨家，如今都已经窘迫到现在这程度了，他们到北京之后，吃在杨家，住在杨家，一副心安理得的模样。便是到杨家断炊的时候，他们也没有离开。

因为，据说，杨芳灿将要升官了嘛。

杨芳灿将要升官了，众亲友前来投奔，岂非理所当然？

杨芳灿又微微地皱了一下眉头，有些不高兴。但这样的不高兴，很快就深藏在心底，不敢表现在脸上。因为他知道，在这一个时代，倘若有亲友投奔，而他显出一点点不高兴的话，家乡的人会说他"六亲不认"；他知道，即使这些亲友像蝗虫一样，他也得忍着。

杨揆叹了口气,轻声道:"家里断炊都断了好几次了。"

杨芳灿蓦然便站住了脚。

杨揆苦笑道:"来的人太多了,饭量又大,好几次,家里能吃的都被吃光了。"他抬头瞧着杨芳灿,忍不住将这些日子以来想说而一直没敢说的话说了出来。

张湜忍不住道:"那还将他们留在家里做什么?"

杨揆转头瞧了他一眼,道:"妹夫啊,不留着,你敢赶他们走?那还不让人给骂死?"二妹与杨揆是同一年出生的,只不过杨揆是年头,正月,顾太夫人所出;二妹是年尾,十一月,盛孺人所出。

张湜愣了愣,脸色微微一红,心道:换我的话,好像也不敢赶走他吧?便道:"那……家里没吃的了,他们不会自己出去吃?"

杨揆呵呵呵地笑了起来。

他想起,有一回,家里实在是找不出吃的来了,那些人便去找太夫人,冷言冷语,大致上无非就是说杨家要升官了,要发达了,家乡的亲友就不认了么?

太夫人,便是你们不认,一笔也写不出两个杨字。他们几乎是这样威胁着说道。

顾太夫人无奈,只好与杨揆商议着,是不是能找人去借些银子,或者典些银子回来。借钱本就不易,而典当,家中能典当的,几乎都典当掉了,再典当的话,只怕真的是出门都没衣服穿了。

"等你大哥回来,就好了。"顾太夫人仿佛是安慰着杨揆,这样说道。或许,她老人家这样说,也是安慰着自己。在伏羌,那样的难关都过来了;如今,跟当时比,真的是不算什么的。

杨芳灿依旧没有言语。

他无法说亲友们的不是,也就无法安慰二弟;同样,他也无法责怪二弟。一家老小,人原就很多,如今,这些亲友们一哄而上,能够吃得杨家断炊,想来,杨揆也实在是力尽了,没有办法了。

毕竟,杨揆也只是一个小小的内阁中书,俸禄有限——内阁中书为从七品,俸银四十五两,米四十五斛。如果折算一下,大约相当于后世的人民币九千左右。更重要的是,这指的是年俸,而不是月薪。虽然说,跟后世相比,北京的房价还不算高,一套有八间房的普通四合院,也就七八百两银子,可这七八百银子,也差不多是杨揆十七八年的所有俸禄了。

也许,对于一些高官来说,这七八百两银子,真的不算什么。

因黄景仁的《都门秋思》写得好,陕西巡抚毕沅一下子就赠送给他一千两银子。可对于杨揆来说,这实在是一笔巨款。也由此可以想见,在伏羌,杨芳灿先后背负起的那七千两的亏空,对于杨家来说,是怎样的一座大山。事实上,为了偿还这些银子,杨芳灿几乎是倾家荡产,还要加上朋友的资助。

杨揆的这些俸禄,在北京,养活一家老小,本来已经很是艰难,更何况突然之间出现那么多的亲友?

"三弟怎么没来?"杨芳灿忽地问道。

杨揆愣了一下,脸色微微一红,苦笑着低声说道:"两人同一衣,我出来,三弟就只能卧床不起了……"

杨芳灿愣了愣,忽就心头大恸,半晌,哽咽道:"没事,我……我回来了,没事……"

杨揆迟疑一下,小声道:"大哥,你……你还有多少银子?"他当然知道大哥一贫如洗。先是,初到甘肃,就被追赔了七千两,以至于杨家几乎是倾家荡产;到如今,分明是立下了战功,却又有流言蜚语,说他冒销军饷,据说,又是勒令追赔七千两……

杨揆还不知道,在兰州,杨芳灿得师友之助,这一次的难关,总算是已经度过,只不过离开兰州的时候,囊中盘缠只剩下数十金而已。

可要是不问的话,杨家,委实是已经断炊了啊。要不然,又哪会他来良乡接大哥而三弟英灿就只能卧床不起?家中能典当的都典当了,连他们兄弟的衣服都只剩下一件,谁出门谁穿……

杨芳灿心中越发难过,他微微侧转着身子,不想让杨揆与张溟看见他忧伤的脸。他勉强地想笑一笑,结果却只是嘴角颤动着抽搐了一下,发出"嗤"的一声轻响。

"大哥,没事,没银子没事,我……我再去找同僚借借看……"杨揆担心大哥因没银子而难堪,忙这样安慰道。一边这样安慰着,一边便想,同僚当中,又还有谁能够借一些银两来应应急?还有,大哥这一次回京,说是立功升迁,可吏部的打点,好像也是少不了的,不然的话,就候着吧,候个一年两年算是时间短的……

杨揆这里正思忖着,却听得杨芳灿道:"在开封的时候,毕中丞给了我五百金……"

"毕沅?"杨揆脱口道。

杨芳灿转头瞪了他一眼,低喝道:"二弟!"

　　杨揆自也明白直呼毕沅之名为大不敬，忙不好意思地笑了笑，轻声道："弇山公一向都是很爱才的，听说，仲则死前的一年，弇山公曾给了他一千金。"毕沅是太仓人。明时王世贞在太仓筑弇山园而居，后世遂以之代太仓之名，以示尊崇王世贞一代文魁，言毕沅为弇山公，亦有尊其人为一代文魁之意也。

　　杨芳灿叹息一声，胸中便有些闷闷，想，平生所负师友者亦多矣，不知何日才能回报？彭元瑞、袁枚、王昶、毕沅、庄炘、蒋骐昌……人这一生，无论怎样的狼狈，总还是有几个人愿意帮助他的，不计回报，可这又让被帮助的人情何以堪？即便是毕沅给他的五百金，也相当于杨揆十余年的俸禄了，在北京的话，能够买下一座普通的四合院。

　　杨芳灿想起，离开开封的时候，他曾向洪亮吉表示对毕沅的感激之情，洪亮吉笑道："弇山毕公一向如是。"说着，指了指杨芳灿，又指了指自己，道："如君如我，如仲则，如渊如，概莫如是。"慨叹一声，道："人道毕公爱才，却不知，这话说起来容易，真要做起来，很难很难。"两人对望一眼，俱自想到，毕公往往出手便是五百金、一千金，即使他如今是河南巡抚，可这俸禄，也着实是有限的……

　　巡抚是从二品，年俸银一百五十五两，米一百五十五斛，养廉银一万三千两。可从毕沅的开销来看，这一万三千两，是怎么也不够他花的。

　　杨芳灿想到这里，轻轻摇头，想：朝廷封疆大吏俱是如此，又何止弇山公？只不过有人被朝廷发现，然后查抄；有的，只要不被朝廷知晓，想来朝廷也就睁只眼闭只眼吧。这样想着，又瞧了瞧二弟，想，这京官，也着实是穷困，同样的七品，要是外放为知县的话，也会有养廉银的，虽说少些，也有一千二百两呢。只不过，知县手下的一些人，像师爷、轿夫、家中的仆佣等，都是需要知县自己掏腰包来养活的。这样算下来，一千二百两的养廉银，着实是不够用的。

　　唉。这官场，官场……

　　可要是不做官的话，全家老小又怎么办？

　　当初，决定去甘肃任职知县，不就因为看中这养廉银？

　　京官，尤其是七八品的小京官，除了年俸之外，额外收入是极少极少的，更不用说一些清水衙门，根本就没人理睬；倘若是在吏部，即便也是七八品，也会混得风生水起啊。要谋个实缺的，想外放的，外地进京述职的，谁敢不去打点吏部？即便自己这一回是立功升迁，回到北京，可这吏部，还是要想法子打点啊。

杨芳灿忽就想起黄景仁来。

黄景仁原本有机会外放出任主簿、县丞之类的佐官，可大约就是没能打点好，结果几乎是逃出了北京，客死在运城。

"大哥？"见杨芳灿若有所思的样子，久久不语，杨揆忍不住便叫了一声。只不过这一回，他不再像先前那样担心，想，弇山公给了大哥五百两，路上应也会花销一些，那么，现在应该还会有几百两吧？有几百两就行，家里的那些亲友们，就能打发了。

对那些亲友，杨揆心中痛恨，可在表面上，怎么也不敢得罪啊。

杨芳灿恍然回过神来，叹道："仲则去世的时候，我在伏羌，山高水长，未能去奔丧，现在想来，真的是感觉对不起朋友啊。"未待杨揆做声，却道："弇山公虽说给了我五百金，不过，这一路之上，也花销了一下，如今，只剩下两百来金了。"说着，瞧着杨揆的眼神之中便带着些许的歉意。

杨揆愣了愣，脱口道："没关系，已经足够用了。"他没有问大哥这从开封到北京的路上，何以会花掉两百多两银子。因为他相信大哥。相信大哥花掉这些银子必然有他的理由。

杨芳灿也不再在这个话题上继续说下去。

张湜欲言又止，不过，当他看到杨芳灿眼神之时，嘴唇动了动，终究没有说什么。

有些话，实在是不应说的。

也没有必要。

乾隆五十一年（1786），杨芳灿回到北京。时北京家中一贫如洗，二弟杨揆、三弟杨英灿，两人共有一件衣裳，谁出门谁穿。回到北京不久，闻听嘉勇公福康安从甘肃入觐，杨芳灿迎至涿州，于行馆谒见。此前，在开封的时候，毕沅便曾表示要写信给福康安，说，蓉裳啊，有些事，要说清楚才行，不然，上下之间便容易误会了。杨芳灿心道，弇山公啊，在兰州的时候，我何尝不想去找嘉勇公自辩？可问题是，连总督衙门的大门也不得进啊。心里虽说这样想着，可对毕沅还是暗自感激，明白毕沅是为他好。要知道，这件事，与毕沅毫不相干。毕沅为他写这封信，至少，是要欠福康安一个人情了。因为有了这封信，无论杨芳灿在伏羌的时候是有事还是没事，是真的冤枉还是不冤，都将变成没事、变成他的确是受到别人冤枉了。在官场这么多年，这样的道理，杨芳灿早就明白了。

相见之后，福康安便是责怪，道："在甘肃的时候，你怎么不来见我？"接着便道："要不是秋帆书来，我都不知你竟贫窘至此。唉，说起来也是我的不是，误听人言了。"他自然不会说他到甘肃不久，对下属府县的状况，都只能"听人言"，而不可能事事躬亲，去查探个一清二楚。

虽说毕沅早就表示要写信给福康安，可如今从福康安的口中说出来，杨芳灿还是莫名感激，只觉弇山公知遇之恩，可谓山高水长，今生今世，大约难以相报了。杨芳灿记得，洪亮吉曾笑着说道，但有新作，诗词文章，寄予弇山公，便是"报恩"了。

这世间，真的并非所有的"恩"都能"报"的，也许，唯有记在心头，便是最好的"报恩"了。

寒暄几句，福康安又问起杨家家事，显得很熟悉的样子，道："令弟可是中翰杨揆？"中翰者，内阁中书之别称也。杨芳灿点头说是，不觉就有些疑惑。福康安笑道："秋帆在信中说，杨氏兄弟俱是一时人杰，故而我对令弟也算是闻名久矣。"这使得杨芳灿对毕沅越发感激。

十一月，杨芳灿顺利引见，奉旨仍回甘肃，以知州题补。清制，京官在五品以下、外官在四品以下，由于初次任用、京察、保举、学习期满留用等，均须朝见皇帝一次，文官由吏部、武官由兵部分批引见。

对于杨芳灿来说，虽说这也是意料之中的事，可他也明白，这其间，嘉勇公的作用必然不小。否则，便是上下打点到位，也未必能这样顺利。

当从紫禁城出来，晕晕乎乎地回到寓斋，杨揆迎上前来，说："嘉勇公令人送来三百两银子，说是让大哥你好奉太夫人回甘肃。"虽说杨芳灿回家的时候也还带有二百来两，可一旦任官，这一家子又要回甘肃，这二百来两又哪里够用？要知道，北京的家里，还有一帮子家乡来的亲友呢。

杨芳灿心中感激，便到福康安府邸去表示谢意，福康安笑着安慰，道，要谢就谢皇上。

杨芳灿知道他的意思。当初，曾有奏本给皇上，说他冒领军饷之事。结果皇上只是说，知道了。没有要追究。想来皇上圣明，也明白战时之事，发饷、赏银，都不可能及时与有司联系的；而杨芳灿正是因为这些，才被人中伤，说他冒领军饷。老实说，要是认真追究的话，这还真是罪。

杨芳灿出了福康安府邸，心头回旋着福康安那些安慰、勉励的话，不由越发感激。然而，此时的他还没想到，第二天，二弟杨揆在直庐值班的时候，福康安就亲自去找了他，加以详谈，说杨揆他日功名必然远大，京官清窘，何不乞假赴甘？很显然，福康安这是想给杨揆一个机会……

腊月十九日，杨英灿、张湜奉太夫人先行，前往孟县二妹处过年。腊月二十九，小除夕，杨芳灿与杨揆出京，前往甘肃。

眷属暂时先留在北京。

因为德媛还小，寒冬腊月的，车马劳顿，总有不便之处。

乾隆五十二年（1787），正月，到开封，杨芳灿与杨揆拜见毕沅，呼其为"弇山师"，正式成为毕沅门下。又与洪亮吉、孙星衍等人相见，诗篇酬和，一时极盛，毕沅为刻《吴会英才集》。到二月，洪亮吉、孙星衍北上应礼部试，杨芳灿与杨揆也辞别毕沅，前往甘肃。先是到孟县二妹婿处与太夫人及杨英灿汇合，而后到会宁三妹婿嵇承裕处小住一阵，顺便等夫人徐氏与孩子们的到来。四月初十，杨芳灿与杨揆前往兰州，杨揆便留在了福康安的幕中，而杨芳灿前往伏羌县，即题补灵州。

到伏羌不久，接替杨芳灿担任知县的沈维基因病去世，亏空白银两千多两。徐氏恨恨地道，活该！太夫人顾氏、夫人徐氏已与孩子们赶来与杨芳灿汇合，奔波这么久之后，一家人又重新团聚在伏羌，而后，等公文下来，好再一起去灵州。

杨芳灿苦笑道："当日，沈公上任，追索前任的亏空，也是他应该做的事。"这样说着，到底忍不住唏嘘不已。

杨芳灿等待赴任灵州，这沈维基亏空之事，自是与他无关。然而，当他看到沈维基死后家人的惨况，终不由心生恻恻，不仅为沈维基经纪丧事，还为其补足了那两千多两的亏空。杨芳灿说，也就一年的养廉银而已……

清制，知州的养廉银，大约每年是两千两。

乾隆五十二年（1788），十一月，杨芳灿正式上任灵州。

九

乾隆五十四年（1790），杨英灿成亲之后，带着妻子吴氏来到灵州。这使得杨芳灿很是高兴，想，他们三兄弟，到如今，总算是都成亲了；三个妹妹也都已出嫁。

太夫人顾氏也很开心，说，你们的父亲，也该瞑目了。

这整整齐齐的一家人，使得太夫人真的很开心。

"承宪要是也在就好了。"顾氏忍不住又这样说道。

杨芳灿笑道："承宪现在在你的娘家呢。"承宪如今改名唤作夔生，正住在顾家。顾家人丁单薄，顾敏恒四兄弟，如今，就只剩下顾敏恒一个。杨芳灿还不知道，这少年时与他齐名的顾敏恒，将在今年去世，顾家，将只剩下满门孤儿寡妇。

顾氏一瞪眼，道："你大妹也在顾家呢。"大妹无出，将住在顾家的杨夔生视同己出；或许，也正因大妹无出，所以，杨芳灿才默认他的长子住在顾家的吧。听说，承宪与顾敏恒之子顾翰很是要好，这倒是老一辈小一辈的交情了。杨芳灿与顾敏恒既是表兄弟，又是好友，少年齐名，一个无锡县第一，一个金匮县第一；如今，杨夔生与顾翰也是表兄弟兼好友，想来，顾杨两家的交情，总要继续下去了。（参见《恋他芳草不多时》之顾翰篇、杨夔生篇。）

徐氏讪讪道："秦家女婿就要来灵州迎亲，承宪也应该回来送送他姐的……"长女德芸早已许给秦家的秦承需，秦家写信来说，秦承需将在年底的时候来灵州，就在灵州成亲。一个在金匮，一个在灵州，委实是千里迢迢，秦家愿意到灵州来成亲，而不是要杨家将女儿送到金匮，也可见秦家对杨家的态度了。可不管怎样，大姐成亲，杨夔生这个做弟弟的，总该送一送亲吧？作为母亲的徐氏，在这会儿，满心都是即将出嫁的长女德芸。

而杨芳灿闻言却是满心的不乐，就像珍藏多年的珍宝，忽然就要被人偷了去一样，满心都是空空落落。嗯，不是，不是，应该是就像心肝将要被人摘去，不仅空落，还有些疼……

"吾家词女也。"杨芳灿这样评价他的长女德芸。许多年后，徐乃昌编印《小檀栾室汇刻闺秀词》，开卷便是杨芸的《琴清阁词》。

杨芸,字蕊渊,金匮人。户部员外郎杨芳灿女,同邑景州知州秦承霈室。幼受四声,慧辨琴丝,妙修箫谱,词风美流,发在片玉、冠柳之间。著有《金箱荟说》,皆古今闺阁诗话。

——徐乃昌《小檀栾室汇刻闺秀词第一集词人姓氏》

徐乃昌没有在意,杨芸的原名唤作德芸。

双燕归来语不休,风前柳絮弄轻柔。梨花更作十分愁。
斗草池塘何寂寞,伤春人倦懒梳头。任他红日上帘钩。

——杨芸《浣溪沙·春闺》

当杨芳灿看到德芸的这词时,便明白,他的女儿,将不再属于他了。

这就使他越发地感觉到失落。

柳褪霏微雪,桃烘浅淡霞,东风作意做繁华。无奈浓春好景在天涯。
香梦寻寒蝶,闲愁怯晓鸦,故乡消息盼仍赊。怅触离心隔院又筝琶。

——秦承霈《南歌子》

秦承霈的这首词,自然不是写给德芸的。他还没那么大胆。然而,当德芸将这首词拿给他看的时候,他还是不高兴,冷笑一声,道:"这倒真是少游的后人了。"无锡秦氏,相传正是宋时秦观之后。

这使得德芸是又好气又好笑,白了父亲一眼,然后,柔声道:"女儿成亲之后,还是父亲的女儿嘛。"顿了顿,嫣然一笑,续道:"承宪应也要成亲了吧?等他成了亲,父亲膝下岂非又多了一个女儿?"杨夔生早已与德清沈氏订亲,只不过婚期还要过几年。

其实,杨芳灿已有二子二女,只不过长女已经将要嫁人,长子也很快就要成亲,而次女德嫄、次子承惠还小,承惠是到灵州之后才出生的。

可儿女再多,每一个也都是他这个做父亲的心头最爱啊。也许,对于杨芳灿来说,家人才是最重要。又或者,不仅是杨芳灿,杨家的几乎每一个人，都是这样想的。

杨芳灿想起，在兰州与杨揆分手的时候，杨揆很认真地说，我要去从军。对杨揆的这一个想法，杨芳灿并没有吃惊。当他们兄弟出京的时候，他便已明白；等到了兰州，杨揆又留在了福康安幕府，杨芳灿就更明白。只是做福康安幕僚，跟从军出征，到底还是有所不同。

杨芳灿经历过民变，打过战，知道打战意味着什么。在伏羌，乱军攻城的时候，他曾亲眼看见一个一个的人倒下，战后，又曾亲眼看见一个一个的人头被砍了下来。他不仅亲眼看见，还亲身参与了进去，所以才立下军功，才能因功升迁，成为如今的灵州知州。

杨揆轻轻地说道："我要从军，我要立功，要做官，做很大的官，好守护这个家。"他的声音轻轻的，神态却极为坚决。这使得杨芳灿心中一恸，明白是自己这个做大哥的，没能守护好这个家，所以二弟才做出这样的抉择。

他们兄弟科考之路走不过，那么，要守护这个家，就只有走从军这条路了。从军，立功，获得升迁，当升迁到一定程度的时候，就不再有人能够对他们造成威胁，只要他们忠诚于大清、忠诚于皇帝就行。

皇帝或许会肃贪，但皇帝更需要的，是忠诚。

乾隆五十四年（1790），十月，杨揆回京，秦承需抵达灵州。

乾隆五十五年（1791），六月，长女德芸出嫁。七月，杨揆补授内阁中书，旋入军机处行走。

乾隆五十六年（1792），三月，三女德华出生。是年廓尔喀侵扰卫藏，皇帝令福康安督师进剿。福康安奏请军机人员随行，杨揆正在其间。

廓尔喀是尼泊尔的一个部落，大约二十多年前征服尼泊尔的玛拉王朝，建立起了沙阿王朝，于是，尼泊尔也就改名为廓尔喀。乾隆五十二年（1788），因与西藏有盐税银钱纠纷，再加上白教祖古夏玛巴教唆，廓尔喀入侵西藏，意图抢劫遍布西藏各地的寺庙中的财富。朝廷派四川成都将军鄂辉、副都统佛智、四川提督成德等率官军三千出兵西藏。当成德赶赴日喀则时，廓尔喀撤退，并提请议和。朝廷驻藏官员私自答应。乾隆五十五年（1791），廓尔喀再次入侵，一度占领后藏地区，并且在扎什伦布寺大肆抢劫，达赖喇嘛与班禅额尔德尼相继向皇帝求援,皇帝遂派福康安率一万多官兵入藏。杨揆正是在这样的情况下,成为福康安麾下大军中的一员。

福康安受命之后,率军星夜兼程,赶往西藏,打了廓尔喀一个措手不及,"六战六捷,杀敌四千,收复后藏",并且打算越过喜马拉雅山,兵临廓尔喀首都阳布城下。廓尔喀国王不得不求和,表示愿意臣服,向大清每五年朝贡一次。这一从属关系直到清末尼泊尔彻底为英国控制、英国禁止廓尔喀向大清朝贡,方才算是结束。有人以为,廓尔喀是大清的最后的一个藩属国。

战胜的消息传来,杨家欢欣鼓舞,尤其是不久以后,又听说杨揆以军功升授内阁侍读,赏戴花翎……

朝廷内阁设大学士、协办大学士、学士、侍读学士、侍读、中书等官。从中书到侍读,杨揆这是升官了。先前,在中书任上这么多年,硬是不能升迁;如今,只是随福康安走了一趟,获得军功,回来便升迁了。

更重要的是,对于杨揆来说,这是一个开端。一个能够立下军功的人,朝廷又焉能不给他继续立功的机会?打战与做官不同。官,人人都能做,做好做坏,对于朝廷来说,问题都不大;而战,只有能够打赢的人,才算是能打战,那些打了败仗的,即使不在战场上灰飞烟灭,回来以后,朝廷也决不会饶过他。

打战,原就是生死存亡之事,赢了,立下军功,将会拥有一切,朝廷决不会吝啬;输了,就会输掉一切,有时候还要包括性命。

果然,不久以后,杨揆就简放四川川北道——诮府以上方能称之为"简放"。又过了几年,乾隆帝驾崩,嘉庆帝即位,杨揆已以军功升授四川按察使,正三品的高官,掌管一省司法与军事。这一年,杨揆不过三十六岁,从七品京官,到三品封疆大吏,前后不过花了六七年时间。

而杨芳灿,一直都在灵州任上,纹丝不动。

十

不知不觉之间,人就变老了。转眼已是嘉庆三年(1798),杨芳灿已经四十六岁了,鬓边已有了丝丝白发,额下,也有了根根白须,而身子骨儿,也觉大不如前,晚上往往睡不着,而清晨,又往往在鸟鸣声中早早醒来，到白天呢，只要坐下来，就会不由自主地打瞌睡，还有，牙齿开始松动，有一颗门牙，酸酸的，摇摇的，仿佛随时都会掉落的样子，从前喜欢吃、能吃的东西，如今，有很多都吃不了了，像南方来的甘蔗、家乡的菱角……

前一阵子，德清来人，带来了一些菱角，路途遥远，早就吹干了，还有些变质了，来人便歉意地说，天凉了，我以为没事的……

秋菱秋菱。杨芳灿想起江南的采菱来。采菱是江南独特的风景，江南水乡的女子，乘着小船，穿梭在水面，一面唱着吴歌，一面采菱，那白生生的手儿捉住水淋淋的菱角时，便是江南最美的风景了，更何况还有动听的吴歌。

好多年没看到这样的风景了。杨芳灿想。从二十年前离家到北京，然后便到了甘肃，就很少回江南了。那江南，对于杨芳灿来说，早就成了一个遥远的梦。

江南路远。江南路远啊。杨芳灿慨叹着。他想起三弟杨英灿的一首词：

出山泉浊，离岫云轻，飘流堪叹。役役程途，节序偏惊频换。归燕引雏飞不定，迁莺求友声相唤。最难禁、是清明今日，短长亭畔。

更吹到、纷纷细雨，点点桃花，春风撩乱。好景蹉跎，直教行人肠断。村外帘青争卖酒，客中釜热呼炊饭。据征鞍，望江南，故乡天远。

——杨英灿《倦寻芳·洛阳道中，清明日作》

据征鞍，望江南，故乡天远。

兄弟三人都一样，一直飘零在外，天各一方。他们兄弟更不复似少年时那般，日日相聚，这二十年，几乎是数年不得相见。三弟小时候还好，依着他这个大哥而居，等长大了，成亲了，也就像鸟儿一样，放飞了。

还有德芸，嫁人了，远走了。

承宪，前些年一直都不在身边，留在无锡，住在顾家，由大妹照顾，直到顾敏恒去世，方才到灵州，与全家团聚。承宪到灵州之后，便填写了很多词，使杨芳灿很是开心。杨芳灿记得，当时，他曾拿出儿子、女儿、女婿的词来，在郭楷面前炫耀，以为一门风雅，无过他们杨家。

郭楷是乾隆六十年(1795)进士,比杨芳灿要小七岁,当时正任灵州奎文书院山长。论功名的话,郭楷比杨芳灿要强多了,有时候,面对郭楷,杨芳灿心里也未免有些酸溜溜的。只可惜,他们兄弟三人,在功名之路上,都走得那么艰难。

再过两年,承宪也要成亲了。杨芳灿想,该打发他去德清了。女婿来灵州就婚,使杨芳灿下定决心,让儿子也学女婿那样,到德清去就婚。千里迢迢,送自家女儿去江南就婚秦家固然不便,德清沈家送女儿到灵州杨家来就婚,岂非也一样不便? 将心比心,杨芳灿明白这样的道理。只是不知道为什么,他总觉得,承宪对这桩婚事似乎有些抗拒。

这一回,德清来人,便是商议承宪的亲事。

"丢了吧,杨老爷。"来人再次表示歉意,道,"等杨老爷有时间的话,到我们德清来,有的是好菱角。"又道,"我们家老爷去年吃菱角的时候,崩断了一颗牙,如今啊,菱角是咬不动咯。"

"等等……"杨芳灿就瞪大了双眼,瞧着来人。

"杨老爷?"来人愣了一下。

杨芳灿道:"你是说莘塘兄崩断了一颗牙?"他的双眼之中仿佛充满惊异。

来人奇怪地瞧了他一眼,道:"是啊。去年,就是我将新菱角送给我家老爷的,我家老爷很开心,可是崩断了一颗牙……"

杨芳灿忽就放声大笑。

他的这位老友名叫沈朝宗,字莘塘,曾为甘肃同安知县。也正是在甘肃任上,与同是甘肃伏羌知县的杨芳灿成为好友,并且为儿女订下了亲事。如今沈朝宗已经调任南河山安,任同知,算是升迁了。

杨芳灿记得,当年,沈朝宗可是自夸牙好,说,铁菱角也能一口咬断。一边说着,一边就张开口,让杨芳灿看他的牙。当时,杨芳灿正牙疼,疼得捂着腮帮子,说不出话来。这"仇",杨芳灿可一直都记得,想不到这还没几年工夫,沈朝宗的牙就被菱角崩断了,这焉能不使他放声大笑? 笑着,杨芳灿未免在心中又是一声叹息,想,老了,大家都老了。一过四十,真的就开始老了。韩愈在《祭十二郎文》中说:"……吾年未四十,而视茫茫,而发苍苍,而齿牙动摇……"当时,杨芳灿还不是很明白,现在,他明白了。

很多东西，真的是要老了之后，才能明白的。

见杨芳灿放声大笑，来人心中越发奇怪，想：这又有什么好笑的？便道："后来，我家老爷就说起小姐与杨家公子的亲事，本来呢，去年，就是夫人让我去见我家老爷，问一问小姐的亲事的……"

"唔。"杨芳灿一边听着，一边依旧忍不住在笑，仿佛这么多年都不曾有过这么开心这么值得笑的事情似的。

"……我家老爷说，要和杨老爷商议一下，是我沈家送小姐到灵州呢，还是杨公子到我们德清去……"来人被杨芳灿笑得心里没底，不过，还是硬着头皮，续道，"我们老爷的意思，还是杨公子到我们德清就婚吧。这千里迢迢的，我们小姐到灵州的话，到底还是有些不便，万一路上出现什么事情的话，就不好了。不过，我们老爷还是说，要问　问杨老爷的意思。我们老爷说，既然要来灵州问一问杨老爷的意思，那就顺便带些菱角来给杨老爷，他说，杨老爷也是喜欢吃菱角的，这甘肃啊，可没有菱角……"

杨芳灿起先一边听着一边点头一边想着沈朝宗崩断牙齿时的狼狈就忍不住笑，忽就听得来人说到最后几句，愣了一下，问道："你是说，这菱角，是你家老爷让你送来的？"

来人点头，说："是的，我家老爷说，在甘肃的时候，杨老爷好多次都说起江南的菱角，还说，是德清的菱角好吃，还是无锡的好吃。我家老爷说，那个时候，杨老爷老是在他面前说，无锡的太湖湖菱好吃。他还说，杨老爷牙好，什么样的菱角都能吃。"来人絮絮叨叨、啰里啰嗦，但话还是说得很清楚了。这就使得杨芳灿目瞪口呆。

"荸塘兄说我牙好？"杨芳灿愣愣的。

来人点头，很认真地说道："说杨老爷连铁菱角也能咬断呢。"

杨芳灿怔怔地，那脸上的笑，像是一下子被冻结住似的。半晌，恨恨地说道："这家伙……"这家伙，这么多年了，还不忘刺我两下呢。这样说着，想着，可不知道为什么，在他的心底，却隐隐有着一丝温暖。当年的几句笑言，许多年后，朋友还能记着，这又怎能不使人温暖？

有时候，人世间的温暖，真的很是简单。

"只可惜，这菱角，还是坏了。"来人惋惜道，"丢了吧，杨老爷，等杨老爷到我们德清来……"

杨芳灿微笑着，将这包硬硬的又有些味道的菱角重新包好，放过一边。

他没有吩咐人扔掉。

"其实，即使苇塘兄不让你来，我也想着，该让伯夔到德清去就婚了。"杨芳灿轻轻说道。承宪成年以后，改名杨夔生，字伯夔，那"承宪"二字，算是小名，是家里人亲昵的呼唤。

将德清来人送到客房住下，杨芳灿将那包菱角拿了出来，用清水清洗了几遍，直洗得味道很淡，方才作罢。瞧着眼前的这洗得几乎发白的菱角，杨芳灿忽就想起无锡家乡那湖菱的清香了。

这使他不由自主地便又想起江南来。

半晌，杨芳灿独自一人，拿着那包菱角，到厨房找出一把菜刀，很费力地切开，而后，将硬壳剥掉，露出早已干透了的菱角肉来。他轻轻地拈起那干透了的、又剥坏了的菱角肉，慢慢地塞进了嘴里……

那菱角早已变质，味道很坏……

杨芳灿没有吐出。

他慢慢地咀嚼着，两行眼泪顺着眼角缓缓落下。

衰柳石桥边，且放江船，夕阳明上鹭鸶肩。瑟瑟丛芦声似雨，万顷秋烟。

风紧布帆偏。黯淡霜天。夹衣寒重要添绵。回首家山青渐远，乡思凄然。

——杨芳灿《浪淘沙》

记否微歌桃叶渡，当筵频醉罗裙。东风吹暖一楼春。花香欢气息，柳弱妾腰身。

漂泊天涯人易老，佳游早谢前尘。药炉经卷伴黄昏。鬓沾秦塞雪，梦断楚山云。

——杨芳灿《临江仙》

十一

纤云乍敛，喜窥窗、微逗一弯凉月。曲槛无风灯未上，小步斜簪晞发。选梦安床，看茶移灶，漏箭声清切。唾壶击处，漫教奇气消歇。

惆怅今夕何年,澄澄玉宇,容我双眸豁。如此楼台风露外,应称心肠冰雪。墙荔争青,檐萝媚绿,庭竹横枝折。不成欢笑,阿奴毋乃痴绝。

——杨揆《百字令·六月初七夜,对月即事与三弟同作》

去年今夜,忆爇香、小圆举杯邀月。遍地萧萧凉意早,满座斜风吹发。花底分题,尊前得句,快若昆刀切。消人无寐,鼕鼕街鼓声歇。

偏是容易分离,秦关蜀栈,山势千层豁。重梦金城关下路,恍听河流喷雪。烽火心惊,音书目断,杨柳难攀折。看云两地,羁怀同此愁绝。

——杨揆《百字令·初九夜寄怀伯兄,次初七夜对月韵》

词是附在家书后面寄来的。家书中说,杨揆即将回甘肃。

其实,嘉庆二年(1797),杨揆已经由四川按察使升为布政使,二品高官。只不过当时四川达州匪乱,有司将杨揆暂时留川,总理粮饷事宜。如今,两年过去,杨揆是也该回甘肃了。

是奉旨。杨揆在信中这样说道。

这些年,我与三弟倒时常相见,可就是与大哥你天各一方……在信中,杨揆又这样写道。

三弟杨英灿,如今,正任四川松州松潘同知。杨芳灿想起三弟在信中附的一首词来:

沿门爆竹,长街箫鼓,桃符贴遍年换。官斋寂寂仍如旧,只向花前雁后,研笺搁管。却忆当时行乐处,偏望到、江南天远。最难忘、点额新妆,艳衬彩旛展。

柏酒浅斟玉斝,殷勤争捧,绣幄围香昼暖。盛年难再,坠欢难续,添出新愁一段。叹客中滋味,多少凄凉有谁伴。独对那、寒梅数点,冷落枝头,也如人意倦。

——杨英灿《八归·除夕松州署中作》

二弟、三弟,你们在四川时时能够相见,不过,去年,为兄我调任平凉府知府,却与三妹一家连墙而居,也算是人间乐事了。杨芳灿微笑着想道。

嘉庆三年(1798),杨芳灿终于离开灵州,调任平凉知府,而此前,三妹婿嵇容圃署平凉县事,而后赶赴达州军营效力,三妹因此在平凉赁屋而居;等杨芳灿上任平凉,自然便在三妹的隔壁租下了屋子,然后,在墙上开了一道小门,两家便又如一家,就像很久以前在家乡一样。

不仅如此,秦承需去年以州同衔——州同,知州的佐官,属于直隶州的,则相当于同知;属于散州的,则与州判分掌督粮、补盗、海防、江防、水利诸事,均从六品官——投效入川,却不料,投效未准,到今年,也从四川回到甘肃。不久,夫人徐氏与德媛、承惠也来到了平凉。太夫人顾氏,已被杨揆接到了四川。

这样的话,一家子虽说不得团聚,可到底也没有四分五散。这也是使杨芳灿很是开心与欣慰的事。如今,杨揆要回甘肃……

杨揆要回甘肃,这样的话,岂非一家子就能在甘肃团聚?

杨芳灿正这样想着,忽觉有些不对,心道:二弟是回甘肃任官,任布政使,我岂能还在甘肃任知州?按朝廷体制,是需要回避的。是的,是应该回避的。

这样一想,使杨芳灿刚刚还升腾的心,就慢慢地落了下来。良久,他苦笑一下,想,从当年送二弟入藏,到今年,已经有八年了吧?算下来,兄弟俩真的已是八年不见了。一世兄弟,人生又能有几个八年?杨芳灿忽就潸然泪下。

他想起当年,与二弟别后的一首词来:

万里分携真草草。流水东西,呜咽伤怀抱。削雪千山山四绕。塞程迢递何时到。

我亦风尘行未了。羸马黄昏,缺月来相照。独火荧荧村店小。夜寒禁断人声悄。

——杨芳灿《凤栖梧·与二弟别后宿平戎驿作》

也许,人生有聚便有散、有合便有离,然而,这分别,还是会使人伤感啊。如今,二弟分明是回甘肃,眼看着兄弟团聚,可似乎这团聚便是又要分离啊。

良久,良久,杨芳灿抬起手来,擦干眼角的泪,黯然长叹。

嘉庆四年(1799),五月,杨芳灿抵达兰州,与二弟杨揆相见,两人握手，俱是泪潸潸而落，不能止。

这一年的八月，次女德娵许字兰州太守龚海峰之子瑞毂。

嘉庆五年（1800），正月初四，杨揆生日，杨芳灿为其设宴，平凉僚属均来称祝。初五，杨揆接军令，又要启程剿匪。

三月，遣杨夒生南归，就婚德清沈氏。

五月，杨芳灿前往省城兰州，请咨北上。九月，入都。十月，掣签得户部，分广东司行走。

十一月，徐氏来京，寓居官菜园上街。

时隔二十年，杨芳灿回到京城，新朋旧友，相见甚欢。张问陶、汪端光、赵怀玉、吴锡麒、法式善，诗词唱和，与在甘肃时相比，不可同年而语矣。按照后世的话来说，甘肃，实在是一块文化沙漠啊……

十二

北京的诗文会热闹了起来。

对于北京的官员们及依附于官员的文士们来说，大约没有比诗文会更容易使他们互相之间更为亲近的东西了。

他们诗酒宴会，说着彼此的诗文，称赞着，以为彼此俱是一时俊彦，将来必然会青史留名；他们说着"文章千古事"，以为天下间没有比这更重要的东西了；他们说着后辈，啧啧称叹，说着前辈，啧啧称叹。对于诗文，他们早就习惯了称叹，在酒席宴会之上。而对于身有官位的人来说，随着官位的提升，其诗文品质也会提升，等做到一品二品大员的时候，其诗文，更俨然是天下领袖，以为乾嘉朝，当以此为最。

他们从不吝惜自己的赞美之词。

杨芳灿与吴锡麒、法式善等人为诗文会，一月一集，或于崇效寺，或于陶然亭，或于诗龛及各人寓斋，论文角艺，便得一日之乐。或许，在他们看来，赞美别人，然后为别人赞美，这便是人生之中最大的快乐吧。这种赞美，随着袁通的到来，更是在京师掀起一场新高潮，京师的文士们也就因此而变得更加快乐。

对于文士们来说，很多时候，这快乐，真的很简单。

嘉庆八年（1803）的某一天，杨芳灿忽然兴致勃勃地对杨夒生道:"袁兰村要到北京来了。"杨夔生成亲之后,游历江南,又回到无锡老家住了一阵,然后,与顾敏恒之子顾翰一起来到北京。到北京之后,杨芳灿原本想将顾翰留在家里住,却被顾翰拒绝了。

杨芳灿说,顾杨两家世代姻亲,即使不算亲戚,我与你父亲,当年也是生死之交,如何到了北京,竟不肯住在我这里?

顾翰不语,只是摇头。等顾翰走后,杨芳灿便问杨夔生,以为杨夔生与顾翰这对表兄弟有了什么隔膜。杨夔生笑道,他说要是跟父亲住在一起的话,会不自在。又道,蒲塘自小就被家里长辈管得紧紧的,如今,好不容易出来,多自在的事啊,可不愿意又有一个长辈,随时要管着他。

杨芳灿大笑。笑罢,沉吟道,也许,这是好事……

一个人,独立,困苦,看起来显得很可怜,其实,这样的经历,又何尝不是后世所谓的财富?很多事,人只有亲身经历,才会明白,无论是快乐还是悲伤,是艰难还是安适。

杨夔生没有告诉父亲的,是顾翰随他到北京来,是想像当年的杨芳灿一样,碰碰机会,哪怕是到陕甘做一个县令也行……

但杨夔生知道,这样的机会,在北京,或许有,可真的是很难碰到的。

"袁兰村? 袁兰村是谁?"杨夔生愣愣的,一时之间,竟也想不起这是什么人。

杨芳灿一瞪眼,道:"是你世叔!"

"世叔?"杨夔生还是愣愣的,瞧着父亲,道,"我怎么不认识?很有名么?"

杨芳灿又一瞪眼,道:"袁兰村有没有名我不知道,但他的父亲名满天下。"

杨夔生心中一动,道:"袁子才?"

杨芳灿啪地一巴掌打了过去,道:"随园老人是为父恩师,你还'袁子才'?"

杨夔生嘿嘿地笑了起来,道:"大家都叫他袁子才嘛。他岂非本来就叫袁子才?"

杨芳灿哼了一声,又一巴掌打了过去,被杨夔生轻轻躲过。

杨夔生嘻嘻笑道:"那袁兰村比他父亲如何?"

杨芳灿断然道:"倜傥隽才,诗词工雅,吾师后起有人也。"说着,便从书箧中翻出一封信来,抽出信笺,自己先翻看一下,然而,将其中两张抽出,递给杨奥生,哼道:"别以为就自己的诗词好,看看人家的,才应该明白,什么叫作'山外有山,人外有人'!"很显然,在杨芳灿心目之中,袁兰村的诗词,应该是比儿子杨奥生强了。

带宽移孔,愁是新来种。坐到满城钟欲动,衣薄不禁寒重。

前宵月子弯弯,今宵月子团圞。想遍故园高阁,凉生何处阑干。

——袁通《清平乐·月下忆家》

谁家繁杏开如许,倦眼频惊顾。几番欲折又逡巡,要向天涯多剩几枝春。

凝睇似笑红千片,娇映朝霞倩。相看那得不思家。又负凤凰台畔一村花。

——袁通《虞美人·单家桥小憩,见杏花一枝,红亚墙缺》

两阕词读罢,杨奥生默然无语,心道:袁子才果然是后起有人了。

袁通原是袁树长子,继嗣袁枚。继嗣之后,袁枚竟生一子,袁迟。不过,一则是继嗣原是极庄重的事,不可能反悔;二则即使不论继嗣,原也是亲侄子。所以,袁家兄弟的感情一向都很好,袁通自是以袁枚嗣子之名示人,亦以示不坠家声。

杨芳灿瞧着儿子一副若有所思的样子,不觉老怀安慰,道:"伯奥啊,千万别以为自己会写几首诗词,就眼高于顶,觑得天下无人似的。还有啊,伯奥……"他略一迟疑,续道:"这诗词,会写,能写,写得好,其实,又怎样? 你二叔如今的地位,可不是通过诗词获得的。还有,像仲则,诗词多好啊,天分之高,或以为是乾隆朝第一,然而,那又怎样? 一生穷困,潦倒不堪,到最后客死异乡。便是古人,若屈子,若陶潜,若太白,若老杜,若东坡,若稼轩……算了,不说了,不举例子了,这样的人太多太多。这些名垂青史的诗人、词人,又有哪一个能够有好下场的? 所以啊,伯奥,你要记住,诗词不是不可写,但只能看作是余事。诗词乃余事。……正经功课不可落下啊。"

杨芳灿瞧着儿子,语重心长地说着。在儿子的身上,他仿佛看见自己的影子。儿子跟他年轻时一样,很早就在诗词上表现出天分,十几岁时所作,便是斫轮老手一般;然后,儿子还是跟他年轻时一样,乡试屡屡不售……

虽说儿子还年轻。可这乡试的不售,总是使杨芳灿隐隐有些担忧。这一生,他可很是明白,没有功名,不是正途出身,在官场上走得是何等之艰难。即使是有着二弟的照看,这些年,他也一直都只能在甘肃为官,难以升迁;如今,回到北京,应也是朝廷看在二弟功劳的份上。可是,要是哪一天,二弟不在了呢? 一旦二弟不在,杨家只怕立刻就又被打回原样,困窘异常了。

因为以军功获得的官位,就似空中楼阁一般,没有根基——正途出身的,有同年,有师门,相互照应着;而像二弟,靠的就只有福康安。

杨揆生瞧着父亲略显苍老的脸,心中一暖,道:"儿子省得。"父亲才五十出头,可瞧着,真的很老了。杨揆生忽然想起,父亲在京的这几年,几乎每一个月都去参加诗文会,结识一切能够结识的人,是不是就像那些正途出生的举人、进士一般,找"同年"呢?

只可惜,此诗文之友,怎么也比不上人家正宗"同年"的啊。

嘉庆八年(1803)秋,袁通进京,京师的文士们纷纷与会,诗词唱和,极一时之盛事。后袁通编《燕市联吟集》以传世。(参见《恋他芳草不多时》之顾翰篇、杨揆生篇。)

重九后一日同梧门、芗泉过极乐寺访菊,识袁兰村不至。

叩招提、四三吟伴,襟怀萧澹如许。黄花半已移根去,寂寞乱莎荒圃。霜叶舞。任红到销魂,不是吴江树。乡心漫苦。只目送寥天,闲云过尽,一碧洗残雨。

西风里,野色苍凉无主。亭台高下烟雾。山僧留客餐香积,共趁瓢堂斋鼓。听俊语。道此度清游,惜少袁临汝。沿畦小步,又回首疏林,依依暝翠,雁背断霞暮。

——杨芳灿《摸鱼儿》

嘉庆九年(1804),二月,袁通南归。

六月,杨揆病逝。对于杨家、对于杨芳灿来说,这无异于晴天霹雳,直教人肝肠寸断。要知道,杨揆去世之时,才四十五岁。

　　杨揆去世之后，杨英灿奉太夫人顾氏及眷属扶杨揆灵榇沂川江南下。然而，此时的家乡无锡，杨家无一椽可庇。幸好陕西巡抚方维甸在江宁买宅，才算是使太夫人有了一个落脚之地。方维甸，字南藕，号葆岩，曾与杨揆一起，入福康安军中，从征廓尔喀。

　　杨揆去世之后，果然如所料的那般，京师的杨芳灿日益困顿，几靠典卖度日。

　　嘉庆十一年(1806)，太夫人顾氏病逝。

　　虽说生老病死原是人之常情，可二弟与老母的相继病逝，还是使杨芳灿痛不可当。杨芳灿典卖书籍，启程还乡。到嘉庆十二年(1707)正月回到无锡，距离少年时离开，已经二十九年了。当年旧居，双梧树久催，折平无催，门径亦稍改，而亲戚相见，有不相识，有相视惊疑者，或面目仿佛犹能辨，或问其姓名恍然才想起这当年的少年，才想起，这白发苍苍者，也曾经年轻过。正所谓：蓉湖依旧，杨柳青青，而昔日折柳的少年今已垂垂老矣。

　　而又有少年故友，相继凋零者，徒留模糊的记忆，其面目早已记不清了。

　　故乡云水，忆蓉湖佳绝。滑笏波光漾春色。何时归计准、小坐苔矶，衣尘浣，俯照明漪千尺。

　　昨宵清梦好，柔橹咿哑，惊起轻鸥度环碧。略约夕阳斜、穿过前湾，林影外、烟岚层叠。有三两、渔舟傍桃花，看网出银鳞、一罾红雪。

　　　　　　　　　　　　——杨芳灿《洞仙歌·忆蓉湖》

　　山色零青，土花剩碧，苍凉亭榭重过。泥雪行踪，能禁几度销磨。梨魂絮影迷离极，认前尘、比梦还讹。绕回廊，断尽柔肠，燕子只么。

　　青衫我自伤憔悴，怪红羞粉涩，一样蹉跎。风飐残花，无端吹荡帘波。西陵翠烛知何处，渺天涯、斜照关河。恨无情，春水林塘，弄影罗罗。

　　　　　　　　　　　　——杨芳灿《高阳台·江亭感旧》

　　望乡园、柴桑松菊，风船小住淮浦。寒潭雪影明漪浸，净浣征衣尘上，还起舞。忆几载、平泉满座夸豪举。京华俊侣。定酒煨茶甘,清欢浅醉,刻烛引诗虎。

长干好,好在石城东渚。苍波澹宕佳处。五陵游侠挥金尽,短发霜丝垂素。惊倦旅。听独夜、西乌杳杳南飞去。吟身感遇。证后约前缘,林扉深隐,真不羡怀祖。

——杨芳灿《摸鱼儿》

浴鹭明漪,藏鸳近渚。小舟凉载菰蒲雨。晚山相对话清愁,当年曾是卢家住。

衰草迷烟,幽兰泣露。郁金堂上人何处。西风吹冷半湖秋,双栖海燕辞巢去。

——杨芳灿《踏莎行·莫愁湖秋泛》

半世飘零,到头来,不过几首词而已。

十三

杨芳灿不复为官。

一则丁母忧,不可为官;二则是二弟去世,按照后世的说法,就是在官场上没了后援,整个杨家都将开始走下坡路;三则是年纪也逐渐地大了,不复有年轻时的朝气,对官场,隐隐地已有些恐惧。至于看透了世态炎凉,那倒是次要的了。

因为正如季节有春夏一样,这世态,原本就有炎凉。

该做些自己喜欢做的事情了,杨芳灿想。人这一生,总要做些自己喜欢做的事情才好,虽然说,这很艰难。

因为人生总是很无奈。就像当初,杨芳灿未必就想去做官,但他还是去了,而且,一做就是二十多年,从一个少年,熬到了两鬓苍苍。又如二弟,原本只是内阁中书,然后,为了守护这个家,他从军了,得了军功了,官位也是蒸蒸日上,短短数年工夫,便到了布政使的高位,然而,那又怎样?四十五岁就英年早逝。

杨芳灿曾经坐在二弟的坟前,想了很久,想,倘若当初二弟不去从军,不到福康安军中,一直都在内阁,虽说穷困些,艰难些,可也未必就一定没有升迁的机会;更重要的是,没有那样的军中劳顿,时常挣扎在生死线上,或许,他也就不会这么早去世了。

杨芳灿曾经经历过战事,很清楚,在军中,人的精神将高度紧张。

因为不能败。

一旦败了，不仅或许会在战场上丢了性命，即使逃过，朝廷也会追究。

朝廷赏赐军功，当然就会追究战败。

杨芳灿叹息着。世事不可重来，人生不可假设。但活着的人，总会反省自己，想，自己这一生，到底想要些什么；这一生，所做的一切，到底是对，还是错。

杨芳灿不经意之间，想起年轻时的一首词来：

> 游蜂触树僵，喧雀争枝坠。暗里觉春回，尚有余寒在。
> 小步粉墙阴，剔雪寻梅蕊。零落惜花魂，满眼伤春泪。
>
> ——杨芳灿《生查子》

人较游蜂、喧雀，又能好上多少？到最后，徒有"伤春泪"而已。杨芳灿处理好母亲的丧事之后，受浙江巡抚安泰之延聘，转道杭州，前往衢州，主讲正谊书院。或许，这应是他所喜欢做的。

从本质上来讲，杨芳灿到底只是文人。

安泰曾任甘肃凉州、兰州知府。

杨芳灿到衢州之后不久，阮元调任浙江巡抚，又请他主诂经精舍。

诂经精舍是阮元嘉庆六年（1801）任浙江巡抚时所建，当时，便延请王昶、孙星衍主讲。乾隆五十八年（1793），王昶已经辞官，举家南归。

嘉庆十年（1805），其父阮承信病逝于浙江官署，阮元丁父忧解职归扬州。三年丁忧期满，奉上谕补授兵部右侍郎，于嘉庆十三年（1808）三月二十八日抵达杭州，再任浙江巡抚。

洪亮吉斯时正在杭州，闻得杨芳灿到来，便招邀同住，此外，吴锡麒、郭麟等人此时也在杭州，一时往来，仿佛诗文会从北京搬到杭州，又可重开矣。然而，不知道为什么，杨芳灿诗还写些，可词的兴致，竟慢慢地淡了下来。与杨芳灿不同的是，洪亮吉早年填词，后来极少，等从塞外归来，竟又开始兴致勃勃地填起词来。

朱竹垞说："老去填词，一半是、空中传恨。"或许，正是此意吧。

　　杨芳灿在诂经精舍没待多久,就接到方维甸的来信,延请他主讲关中书院。阮元也曾挽留,杨芳灿则道,方葆岩中丞是我二弟生前好友,二弟殁后,又在江宁买房,好让先母南下有个落脚之处。杨芳灿的意思很明显,就是说方维甸对杨家有恩,而今对他招邀,不能不去。阮元只好放行。

　　洪亮吉却有些依依不舍。当日洪亮吉出关,杨揆赠之以衣裘,杨芳灿亲至河桥送行;到今日,洪亮吉已经放还,而杨揆却已不在矣。

　　"今日一别,却不知何时能够相见。"洪亮吉有些伤感地说道。

　　这使得杨芳灿也未免有些伤感。

　　"江南人文荟萃,"杨芳灿沉吟着说道,"关中却不同……"

　　洪亮吉点点头,道:"老夫明白了。"

　　两人相视而笑,一揖而别。

　　他们都深知,或许,这将是他们这一生最后一次的相见了。

　　人生有聚有散,有生有死,那么,就这样吧,一揖而别,或许,也没什么不好。

　　柳丝不绾离人住,蓬窗一枕残醉。衣上香痕,酒边愁绪,小梦暗随潮尾。红牙拍碎。忘不得樽前,销魂曲子。解说相思,晓寒曾汲井华水。

　　轻桡堤坝初舣。望高楼天末,个人憔悴。林月微黄,溪风澹碧,夜色半江迢递。倚舷凝睇。又津鼓频催,峭帆千里。渺渺啼鸦,水天渔唱起。

——杨芳灿《台城路》

　　别矣,江南。或许,这将是他这一生最后的一首词了。

　　别矣,江南。或许,今生将不再归来。

　　别矣,江南。或许,这江南,从很久以前开始,就不再是他的故乡。

　　他的故乡,在甘肃,在西北,在那风沙弥漫之处。在甘肃,在西北的时候,他无时无刻不想着自己的家乡;却何以回到故乡之后,总感到有些游离、有些陌生呢?

　　这一生,离开家乡的时间,实在是太长,太长,长得回家时就好像是一个异乡人一样。

二弟、老母都已去世,长埋地下。三弟又将外出为官。这故乡,又还有什么可留恋的呢?

十四

成都的冬天不是很冷,岁末,更是有新春的气象。

杨芳灿到成都已经有四年了。四年前,应人修《四川通志》,从关中来到了成都,而后,便留在了成都。

杨揆曾在四川任布政使多年。如今,杨英灿也在四川,任安县知县。老兄弟两个,在四川,得以时常相见。

老了。杨芳灿想。不知不觉之间,人真的就老了。到今年,已是嘉庆二十年(1815),杨芳灿六十三岁矣。去年的年底,杨夒生一路经行游历,也到了成都。到成都之后,杨夒生将这一路所写的新词拿给父亲看,使得杨芳灿竟隐隐有重为冯妇之意。

好多年不填词了。

从离开江南,到关中,而后又入川,这么多年过去,杨芳灿竟没有填过一阕词。填词是需要心情的。是谓之词心。对于杨芳灿来说,这些年来,可能是人渐渐老去的缘故吧,词心竟渐渐不再。前些年,也曾想过填几首词,结果却是搜肠刮肚,愣是一首也填不出、一句也得不到。

他发了个狠,将温庭筠的诗集翻了出来,集成三十二首《菩萨蛮》,而后,觉着还有些不过瘾,便又将李商隐的诗集翻了出来,又集成三十二首《菩萨蛮》。这集句而成的六十四首《菩萨蛮》使杨芳灿开怀大笑。

但他知道,这终只是文字游戏而已。

就像百衲衣。

再好看的百衲衣,也只是百衲衣啊,看着就是一个又一个补丁,最多也就是有规则地排列着。

词心不复。

不过,这倒也没有使杨芳灿感觉到失落,或者苦恼,相反,他感觉到一阵轻松。

人世间,有很多事可以做的,远比填词要重要的多了。

比如说,教书,育人。

比如说,修志,传世。

然而,当杨夔生将一叠词稿交给他的时候,还是使他忽地就想重为冯妇了。

只是很可惜,老人呆呆地坐了很久,还是一句都不得,一首也填不出。

杨夔生笑着说道:"父亲如今的文章却是越发地老到了。"

这些天以来,杨芳灿几乎每天都要读几本书,兴致来时,则会一口气连写数篇文章。杨夔生也曾劝他悉心静养,不要太劳累,然而,杨芳灿拒绝了。杨芳灿道:"吾自乐此,非尔曹所知也。"杨夔生便笑,想,人道老人便似孩童一般,原来,还真是这样。

这样想着,杨夔生心里却觉有些难过。他知道,父亲虽说看着像是大病初愈,可实际上,那病还在,随时都会复发。

杨夔生这一次从京师来成都,也像是鬼使神差似的,仿佛是心中有所预料似的。

杨芳灿听得儿子夸他的文章,不觉也有些得意。"吾家诗词传家,一门词人,这文章嘛,好像还真不怎么行。"他这样很认真地说着,然后,又紧盯着儿子的脸,语重心长,道,"伯夔啊,你就是没将我的话放在心上。"

杨夔生愣愣地问道:"什么话?"

杨芳灿一瞪眼,像许多年前一样:"诗词无用!要少做!文章要多做!文章做得好,才能考取功名啊。"说着,将手中的那叠词稿就抖了抖,道:"喏喏喏,你看,这一路行来,文章没有,词倒又有一大叠,有什么用?"

杨夔生笑道:"那你老人家怎么还想着也填几首词?"

杨芳灿一阵语塞,恼羞成怒,道:"你老子现在填不出词了,怎么了?你老子现在不喜欢填词了!不稀罕!"说着,就重重地"哼"了一声。

杨夔生笑着替父亲捶背,听着父亲的训斥。

杨芳灿大声道:"当年,你老子的词,可不比你差!"

杨夔生笑道:"父亲的词一样都是极好的。"想了想,道:"当年,在德清,儿子听见江上有人唱歌,唱的便是父亲的词呢。"

杨芳灿微微地愣了一下,道:"哪一首?哪一首?"

杨夔生又想了想,道:"好像是一首《酷相思》。"

"《酷相思》?"杨芳灿微微皱眉,像是想不起来似的。

杨夔生点点头,轻轻地哼了起来:"一剪香风吹柳絮。恼乱寸心如许。尽望断、天涯芳草路。春去也、花无主。花落也、春无主……"

"还有,还有!"

"……回首池台行乐处。斜照飞红雨。只可惜、流光空掷度。人愁也、莺无语。莺愁也、人无语。"杨夔生继续哼着,恍然回到当年的德清,当年新婚的日子。一眨眼的工夫,父亲已经老矣,而他,也不再年轻。

杨芳灿呆呆的,也不知道有没有听清楚儿子的哼唱。

"父亲?"杨夔生轻轻地叫了一声。他以为父亲会很开心的,可结果,看在他眼里的,好像不是这样。

父亲显得有些颓然。

"记不得了……"杨芳灿颓然道,"记不得这是不是我写的了,我写过这首词么?"

杨夔生忙安慰道:"父亲几十年前的词,记不得也没什么的。"

杨芳灿黯然道:"小时候,我记性很好的,后来,生了一场病,从前记住的,就全然忘记了,像变了一个人似的……"

杨夔生心中忽就一恸:"父亲……"

杨芳灿道:"这一次啊,我觉着啊,就好像小时候那一次的病一样,好多原来记得的,现在,都记不得了……"

杨夔生心中又是一恸道:"所以父亲这些天每天都要看好几本书?"

杨芳灿点点头道:"想温习一下,看看能不能记住,结果,还是记不住了。"

"父亲……"杨夔生只觉心中很是难过。他知道要孝顺父亲、照顾父亲,可他不知道,父亲苦恼的不是他的病,而是从前读过的书,现在,他好多都记不得了;或许,还有从前的人、事……那些,父亲还记得么?

一个人的一生,其实,就在于一个人的记忆;倘若记忆消失,活着与死去,又还有什么区别?

见儿子有些难过有些失落的样子,杨芳灿不觉失笑,道:"放心,为父虽说记性不行了,可这儿孙啊,还是记得的,可不像前街里的那个叫张什么的来着? 年纪也只比为父大那么一点点吧,可两眼一睁,老婆孩子一个都不认识了。嘿嘿。"说着,杨芳灿心头只觉很是得意。那个叫张什么的来着? 日常里,在街市上遇见,他叫他杨先生,他叫他老张,也算是认识的了;可没几年,在街市上再次遇

杨芳灿　春愁如梦不分明,却又吉梁燕子唤他醒

见,那老张便是昂然而过,宛然不识。起初,杨芳灿还觉着奇怪,后来,就知道了,那老张已经谁都不识了。嗯,也不好说谁都不识,他总还是识得自家养的一条老黄狗的。或许,也正因如此,那老张即使独自出门,只要带着那条老黄狗,就能轻车熟路地回家。

或许,人老了以后,就是这样吧。

很可怕的事。

幸好,杨芳灿也只是记不得从前读过的书、写过的文字而已,对家人,他可一直都没忘。

有些人,有些事,这一生,是怎么也不会忘记的,即使是在老去之后,人痴了,傻了,呆了,几乎忘掉一切的时候。

杨芳灿一边说着,一边就去翻书篚。书篚中,堆放着旧日诗词文稿,还有一些亲友往来的书信。准确说来,应是这些年的诗词文稿与往来书信,从前的,都收拾起来了,放在书房中的一口箱子里。箱子很大,便是将平生文字都放在里面,也只放了一角而已;不过,除了杨芳灿自己的文字之外,还放着杨揆的,说,什么时候要将二弟的诗词整理出来,刊印一下。因为杨芳灿深深明白,倘若不及时刊印的话,只怕用不了多久,就会埋没了。此外,还有女儿杨芸、儿子杨夑生的,杨芳灿也都郑重地收着,包括他们刚刚学习诗词时写得有些稚嫩的那种。

杨夑生也曾抗议,说,这会让人笑话的。

杨芳灿便大笑,说,谁都年轻过,谁都曾写得稚嫩过,又有什么好笑话的?

他没说的话是,每当看到儿女那些稚嫩的文字,他便会想起他们的小时候,想起那一段美好的时光。只可惜,那样的时光不再有了。女儿跟随着女婿,不可能陪伴在自己的身边;儿子也有儿子的路,就像年轻时的他一样,在奔波着。

有时候,杨芳灿也会叹息,想,倘若二弟还活着的话……

倘若杨揆还活着,或许,杨夑生就不会像现在这样,像个没头的苍蝇似的,到处乱撞了。

"父亲,"见杨芳灿乱翻书篚,杨夑生忙问道,"您想找什么?儿子帮您找。"

杨芳灿皱着眉头,道:"我记得年轻时的一些词,是放在这里的,怎么找不到了?"

杨夑生愣了一下,是又好气又好笑,又是越发难过。因为早在嘉庆六年(1801),《芙蓉山馆诗稿》《芙蓉山馆词稿》俱已刊印,如果要找年轻时的词,实在是用不着这么麻烦的,将刻本拿过来翻找一下就可以了。这十多年的诗词文稿倒还没有刊印,不过,也俱放在手边的书箧之中,按年份放着,翻找的话,也不算是什么难事。可是父亲仿佛什么都不记得了,忘了。

杨夒生这样想着,忙就到书橱里将四卷《芙蓉山馆词稿》找了出来,递给了父亲。

"这是……"杨芳灿接过,认得是"芙蓉山馆词稿",不觉就有些疑惑,道,"刊印出来的?"

"早刊印出来了。"杨夒生道。

杨芳灿轻轻翻开手中的词稿,看了会儿,不觉失笑道:"忘了,早就忘了,一点都不记得了。"说着,就又呵呵呵地笑了起来,笑得愉快,又有些苍凉。

杨夒生没有问父亲,是忘了词稿刊印这回事,还是从前的词,如今都忘了。

杨芳灿慢慢地翻看着,脸上带着淡淡的笑,一会儿忍不住赞叹道:"嗯,这里不错,好,好。"一会儿又沉吟片刻,道:"这里欠缺些,有待斟酌。"仿佛还是在书院之中,面对弟子们的求教似的。他似乎又忘了,他手中拿着的,是他自己的词稿。

杨夒生忍着心酸,瞧着父亲那天真的模样,眼泪蓄在眼眶之中,盈盈的,强忍着才未滚落。

"我想起来了!"杨芳灿翻着翻着,忽然大叫一声。

杨夒生一愣:"想起什么来了?"

"这里,这里,这里……"杨芳灿指着翻开的词稿中的一页,面色忽就有些苍白,有些惊恐。这使得杨夒生大吃一惊。他忙将头凑了过去,看那页词稿上,究竟是哪一首词。

一点幽怀难写,深夜。窗烛背人红,三更残梦雁声中。相见总朦胧。

冷月黄花篱落,萧索。一别两重阳,故园对酒也凄凉,何况是他乡。

——杨芳灿《荷叶杯·寄二弟》

"二弟死了。"杨芳灿抬起头来,瞧着杨夒生,泪眼模糊,"伯夔,你二叔死了……"说着,就放声大哭。

嘉庆二十年(1815),十二月初二,杨芳灿复病。病中强起拂拭几席,构思作文,谓三弟杨英灿道:"吾平生无诸责,虽文章亦然也。"又口授长子杨夔生作与省中诸公书,井井有条,神明不衰。

二十一日亥时,忽自起坐,曰:"去矣,去矣。"返席少顷,溘然而逝。

张惠言

梅花雪，梨花月，总相思，自是春来不觉去偏知

忆江南

常州路，烟水塑清嘉。微雨黄昏藏翡翠，画帘吹动晚风斜。身世老杨花。

—— 李旭东 ——

"皋文啊,你不该来!"当张惠言在眼前出现,毕恭毕敬施礼的时候,洪亮吉忍不住这样责怪道。这一次获谴,虽说有很多人来看望他,赵怀玉甚至大哭着拜伏在地,可洪亮吉还是为张惠言担起心来。

其实,张惠言只是洪亮吉所教过的庶吉士之一。简单说来,就是翰林院中新进的庶吉士,要有人教他们尽快地熟悉工作。后世的很多单位,也是如此,说起来也叫作师徒,然而,当事人是否真的将彼此当作师傅或徒弟,那就只有天晓得了。因为老实说,做师傅的,能够教给徒弟的,着实有限;而做徒弟的,即使没师傅教,也会很快就熟悉工作,至于熟悉工作之后超过师傅,那更是很寻常的事。

说到底,这只是一个单位的老人教新人尽快熟悉工作而已。

然而,张惠言却一向都对洪亮吉执弟子礼,甚是恭敬。要知道,此时的张惠言已经四十岁,虽说刚刚进士及第,可其在经学尤其是易学上的成就,便是洪亮吉,也极为佩服的。洪亮吉在学术上长于舆地,论经学、尤其是易学,未必就及得上张惠言。

对张惠言的执弟子礼,洪亮吉一直都表示"余不敢当也"。这倒不是他谦逊,而是真心话,真心以为,他实在是没什么可以教给张惠言的,在他看来,张惠言在学术上已经俨然大家,不亚于当世任何一个名家。至于张惠言所编集的《词选》,风靡一时,那倒是次要的了。

张惠言神色恭敬,庄重,道:"老师出京,弟子不能不来。"

洪亮吉一跺脚:"那会牵累了你!"他想起,翰林院的庶吉士们,正愤愤具呈,不要朝廷另派新教习。这固然使洪亮吉感到欣慰,然而,又有谁敢说,这批刚入翰林院的新科进士不会受到株连?尤其是张惠言,屡次三番来看他,先是到刑部狱中,现在,更是来送他出京。要知道,洪亮吉是被皇帝判决充军伊犁的啊。这要是让皇帝知道,对张惠言,皇帝会怎么看?

如今的新皇帝,可不像是个能纳人言的人,否则,洪亮吉也不会因上书而被判充军了——而最初的时候,判的是"斩立决"。更重要的是,从上书到入狱到判决到发配离京,前后不过短短数日。

而皇帝之所以没有杀了他，恐怕也只是不愿担个杀直臣的名吧，而并非是不想杀。这也是使洪亮吉庆幸之余，感觉到恐惧的原因。当洪亮吉准备上书的时候，他以为自己是个英雄；然而，当他被送入刑部大狱的时候，他才明白，他不是。

在狱中，他认罪了，表示了后悔。因为唯有这样，或许，还能活命。人真的只有在生死关头，才会明白，自己到底是个什么东西。

与张惠言一起来送洪亮吉的，还有庄曾仪与崔景俨。

庄曾仪，字传永，心崖，阳湖人，太学生，工书画、碑帖、篆刻。

崔景俨，阳湖人，祖籍山西永济，其兄崔景仪，与洪亮吉是同科进士，其父崔龙见是乾隆二十六年（1761）进士，母亲钱孟钿是钱维城之女，妻子庄素馨是庄钧次女。钱维城是乾隆十年的状元，钱孟钿、庄素馨俱工吟咏，有诗集传世。常州钱家、庄家，俱为世家，书香门第、学术门第，几乎代代都有学人名世。

庄曾仪三十上下的年纪，听洪亮吉说起"牵累"二字，忍不住便笑了起来，道："吾等若怕牵累，便也不敢来给先生送行了。再说，先生敢犯言直谏，上书皇上，吾等就不敢来给先生送行？"

崔景俨点头道："正是，正是，稚存先生正是吾等楷模，只恨吾等终不敢似先生那般，上书皇上，但来给先生送行，这点胆量，吾等还是有的。"

洪亮吉瞧着这三个早已不算年轻的中年人，心知他们也不是一时冲动，不由心中感激，叹了口气，道："其实，老夫一人刑部大牢，就怕了……"他这样说着，不觉就老脸一红，变得滚烫，额头上更是渗出一粒粒的汗珠来。他也曾想过宁死不屈，像前朝的海瑞海刚峰似的，但他终究没能做到。

他真的曾经以为自己是一个英雄的。

但他真的不是。

然则承认自己的懦弱与恐惧，岂非也是一种勇气？

张惠言三人对望一眼，仿佛不知该如何回答老人的这话似的。不错，按照史书中的记载，从前的那些直臣，尤其是前明的那些直臣，往往是不惜一死的，纵死也不肯、也不会认错。前明因此而被杖毙的直臣，屡屡不绝。到本朝，或有直臣，但是到最后，似乎都是认罪的。按照后世的话来说，就是到最后都怂了。

洪亮吉笑了起来，轻轻摇头，自嘲似的道："老夫终不是什么英雄，不值得诸君来送啊。"说着，向三人一揖。

张惠言很认真地瞧着洪亮吉,忽地也轻轻摇头,道:"但在学生看来,老师依旧是英雄。"在翰林院,张惠言说话不多,但他每一句话,都是经过深思熟虑而后说出来的,以至于翰林院中都有这样的传言,说张惠言平生不说一句废话。要知道,人生那么漫长,一生之中,不说一句废话……又怎么可能?所以,这样的传言,也只能当做传言,信不得真的。然而,翰林院中的每一个人却都因此而知道,张惠言所说出的每一句话,都不会是敷衍、客套,无论赞叹,或批评,皆如是。

庄曾仪与崔景俨也俱点头,道:"倘若是晚辈,一进大牢,估摸着也会认罪——留得青山在,不愁没柴烧嘛。"他们也俱自嘲似地笑。

"不然,"张惠言却很认真地说道,"我以为,这也是不让皇上难为。"

"不错!"庄、崔二人虽说原先没有想到,听得张惠言这么一说,立刻就明白了,倘若在狱中的洪亮吉依旧倔强,决不肯认错的话,那么,皇帝怎么办?真的将洪亮吉杀了?那样的话,就会在史书上留下一个杀直臣、言臣之名,也就会成为说部之中的所谓"昏君"。这是皇帝无论如何都不愿接受的;可就这样将洪亮吉给放了呢?就这样将洪亮吉给放了,岂非就是说洪亮吉上书中的"罪名"皇帝真的都有?那皇帝还是一个"昏君"……

于是,最好的结局,就是洪亮吉认罪。这样的话,既说明洪亮吉的上书是对皇帝的诬陷,同时,又可以使皇帝网开一面,饶他一命,也就不至于担了杀直臣、言臣之名。

张惠言叹了口气,道:"京中已有人在说,老师是在卖直求名。"这话他曾对赵怀玉说过。当时,赵怀玉是勃然大怒,骂了脏话。然而,纵然是赵怀玉骂了脏话,张惠言却也明白,这话一旦传出,有人会替洪亮吉辩解,必然也就会有人相信。

这世间,你永远也别指望所有的人站在你这一边。

洪亮吉苦笑一下,道:"卖直求名老夫还不至于,不过,老夫也的确没有想到,皇上会……"他叹了口气,没有继续说下去。

洪亮吉是真的没有想到,这封上书,皇帝的反应会如此之强烈,仿佛是恼羞成怒似的,几乎不隔夜地就将他送进了大牢。他也想过皇帝会愤怒,只是没想到皇帝会愤怒到这地步。昔人云,雷霆之怒。这一回,皇帝所发的,正是这样的雷霆之怒。

张惠言微微一笑，轻声说道："皇上会放老师入关的。"

洪亮吉心中一动："哦？"

张惠言心道，皇上登基不久，老师一封书奏，即使都是真的，却也真的是将皇上说得那么不堪，皇上又焉能忍受？然而，皇上终不是昏君，等过那么一阵，事情冷淡了下来，想开了，再有个台阶下，也就会放老师入关了。

只不过这话，是怎么也不好明说的了。

三人一路相送，一路说话，直将洪亮吉送到卢沟桥，抵足而谈。崔景俨忽就提起张惠言写给杨绍文的那五首《水调歌头》来。洪亮吉道："哦？是什么词？老夫似还不曾读到呢。"崔景俨笑道："皋文昔日所作，不过，愚以为，亦可为今日所作，以送稚存先生。"这使得洪亮吉越发好奇，问道："君可还记得？"崔景俨道："记得，记得。不过，正主在这儿，可轮不到我啊。"张惠言不由莞尔，便拨亮油灯，取出笔墨纸砚，缓缓写道：

东风无一事，装出万重花。闲来阅遍花影，唯有月钩斜。我有江南铁笛，要倚一枝香雪，吹澈玉城霞。清影渺难即，飞絮满天涯。

飘然去，吾与汝，泛云槎。东皇一笑相语，芳意在谁家。难道春花开落，更是春风来去，便了却韶华。花外春来路，芳草不曾遮。

百年复几许，慷慨一何多。子当为我击筑，我为子高歌。招手海边鸥鸟，看我胸中云梦，蒂芥近如何。楚越等闲耳，肝胆有风波。

生平事，天付与，且婆娑。几人尘外相视，一笑醉颜酡。看到浮云过了，又恐堂堂岁月，一掷去如梭。劝子且秉烛，为驻好春过。

疏帘卷春晓，蝴蝶忽飞来。游丝飞絮无绪，点点碧云钗。肠断江南春思，粘着天涯残梦，剩有首重回。银蒜且深押，疏影任徘徊。

罗帷卷，明月入，似人开。一尊属月起舞，流影入谁怀。迎得一钩月到，送得三更月去，莺燕不相猜。但莫凭阑久，重露湿苍苔。

今日非昨日，明日复何如。揭来真悔何事，不读十年书。为问东风吹老，几度枫江兰径，千里转平芜。寂寞斜阳外，渺渺正愁予。

千古意，君知否。只斯须。名山料理身后，也算古人愚。一夜庭前绿遍，三月雨中红透，天地入吾庐。容易众芳歇，莫听子规呼。

长镵白木柄,劚破一庭寒。三枝两枝生绿,位置小窗前。要使花颜四面,和着草心千朵,向我十分妍。何必兰与菊,生意总欣然。

晓来风,夜来雨,晚来烟。是他酿就春色,又断送流年。便欲诛茅江上,只恐空林衰草,憔悴不堪怜。歌罢且更酌,与子绕花间。

——张惠言《水调歌头·春日赋示杨生子掞》

写罢,递给洪亮吉,道:"可博先生一粲。"洪亮吉借着昏暗的灯光读罢,不觉失声道:"组词若此,吾不如也——这杨子掞便是杨六士家的杨绍文?"崔景偁笑道:"正是。"洪亮吉指着他笑道:"那与你应是姨表兄弟了,谁大些?"崔景偁道:"我要痴长几岁。"洪亮吉点点头,叹道:"不觉六士已经去世好些年了,昔日,他曾有诗与吾,倒也还记得。"说着,便也提笔写了起来。

故人已别西窗雨,贱子空成东阁吟。槛外寒钟残夜酒,枕边落木五更心。贫交几辈如公等,殊俗无端变土音。三日晴皋听过雁,旧枝谁是越山禽。

——杨梦符《秋夜忆别心牧并柬家悝园、庶常洪大稚存》

曾言卖赋办归装,归著蓑衣住蟹庄。不道雍容美车骑,游梁便拟作赀郎。

——杨梦符《寄洪稚存》

写罢,洪亮吉问道:"子掞可能为诗?"张惠言笑道:"他喜作文,而不喜作诗。"洪亮吉指着张惠言,笑道:"如此,子掞是像你这个做老师的,而不像他的父亲了。"张惠言笑道:"也不像他妻子。"洪亮吉奇道:"啊?子掞之妻是谁?"张惠言道:"松江王春煦之女王韫徽,字澹音的便是。前些年,王春煦为官湖北,子掞前往就婚。"洪亮吉愣了愣,大笑道:"王春煦能诗,老夫记得曾读过。王澹音承家学,亦能诗,吾记得有一首《荆州道中怀古》,大有男儿气象者。诗曰:'群山高拱大江流,形胜相传列九州。千古词章开屈宋,三分事业创孙刘。猿啼巴峡通云栈,雁度衡阳近荻洲。欲吊二妃何处所,潇湘咫尺洞庭秋。'……如何?"众人皆赞道:"果然有男儿气象,不过,先生记性更好啊。"说着,又都笑了起来。洪亮吉捋须微笑，道："其父、其岳父、其妻俱能诗，何以子掞不为诗？"崔景俨笑道："亲戚之中，能诗者亦多矣，唯吾与子掞不能也。"洪亮吉又是愣了一下，失声笑道："老夫差点儿忘了，汝与子掞，亦可谓苏州金祖静之后也。苏州金氏，能诗者亦多矣。"老人这样呵呵呵地笑着，笑得极是愉快。

杨梦符，字六士，又字西躔，号与岑，乾隆丁未（1787）进士。钱维城之婿。当日，苏州金祖静，官至贵州按察使，有三女，长女金兑，随园女弟子之一；次女金安，嫁钱维城，长女即钱孟钿；三女则嫁江阴杨大德，生杨梦符。

钱维城长女钱孟钿嫁崔龙见，生崔景仪、崔景俨兄弟；另有一女嫁杨梦符，杨绍文是其次子。杨梦符官至刑部员外郎，乾隆五十八年（1793）已经去世。

张惠言大姐张观书嫁到董家，她的婆婆钱桥，是钱维城、钱维乔兄弟的从姐。这样算下来，张惠言与崔景仪、崔景俨兄弟、杨绍文，其实都是亲戚。也正因这层关系，杨绍文才拜入张惠言门下。

杨绍文外祖钱维城是状元，父亲杨梦符是进士，岳父王春煦是进士，姨夫崔龙见是进士，姨表兄弟崔景仪，也是进士……姨母钱孟钿是才女，妻子王韫徽是才女，如果再论曾外祖金祖德家，姨奶奶金兑是才女是随园女弟子，金兑有三个女儿，计捷庆、计趋庭、计小莺，皆工诗……可杨绍文不能诗，乡试也不得过……

张惠言进京以后，师徒相见，杨绍文忍不住便抱怨，道，都无颜回家见妻子了。张惠言呵呵一笑，便填写了这五首《水调歌头》，算是勉励。张惠言悠悠道："为师我考了六次，六次落第；如今，是第七次，子掞，你觉着这一次，为师能中否？"杨绍文恨恨地说道："老师的文章是极好的，只可恨那些考官有眼无珠……"张惠言呵呵地笑了起来："花外春来路，芳草不曾遮。子掞啊，莫急，莫急……"

然而，这五首《水调歌头》，今夜，给洪亮吉送行，岂非也正合适？

那一晚，洪亮吉、张惠言、庄曾仪、崔景俨四人说了很多话，直到四鼓，方才各自歇息。翌日，长亭之外，洪亮吉忽道："是他酿就春色，又断送流年。"一笑而别。

张惠言呆呆地望着洪亮吉苍老的背影，喃喃道："是他酿就春色，又断送流年……"一时间，真不知说什么才好。

二

年年负却花期,过春时,只合安排愁绪送春归。

梅花雪,梨花月,总相思。自是春来不觉去偏知。

重帘护了窗纱,玉钩斜,燕子成巢长自趁飞花。

秋千倦,银筝乱,莫看他。帘外游丝落絮是天涯。

枝头觅遍残红,更无踪,春在斜阳荒草野花中。

溪边树,堤间路,几时逢。昨夜梦魂飞过小桥东。

新莺啼过清明,有谁听,何况朝风夜雨杜鹃声。

留春住,催春去,若为情。拟化一只蝴蝶抱花醒。

——张惠言《相见欢》

张琦进来的时候,张惠言正端坐在书桌旁,一笔一笔地,写着这四首《相见欢》,字迹工整有力。

张惠言作词不多,而且,起笔也很晚。然而,这些词,却使他的弟子们很是欢喜,而且,几乎改变了弟子们的词学观。金式玉曾经叹道:"恨不能早从先生游。"金式玉、金英瑊、金应珪及江承之、郑抡元等人,都是张惠言在歙县设馆时候的嫡传弟子。那个时候,金式玉已经二十多岁了。老头说,当张惠言第一次走进讲堂的时候,金家兄弟并不以为能够从这个清瘦的中年人的身上学到些什么。

只是一个落第举子而已。金家兄弟这样议论着。也不知伯父请他回来做甚。

张惠言是金云槐请回歙县老家,来教授族中子弟的。据说,张惠言原先还不肯来,后来,金榜答应将他收入门下,他方才带着二弟张琦,来到歙县。这也使得金家兄弟很是鄙夷。因为谁都知道,金榜是状元出身,当世学者,张惠言得以拜入他老人家的门下,就等于是说在科考之路上走了一条捷径。

趋炎附势。最初的时候,金家兄弟这样评价他们的新任老师。

张惠言人很是清瘦,颧骨分明,脸色还有些发青,只是他的脸上,始终都带着和蔼的微笑,就像春风一般,以至于不久以后,金家兄弟都坚定地以为,他们是被这春风给吹迷糊了,所以,才成为张惠言的嫡传弟子。这自然只是个笑话,然而,那张和蔼的脸,也的确是使得金家兄弟最初的敌意减少了很多。

最多,也就是等着张惠言在课堂上讲错,他们好群起而笑之。

当张惠言进来的时候,后面还跟着两个人。一个跟张惠言长得有些相像,不过要显得年轻一些,也有精神一些。那人的脸上也始终都带着笑,只是那笑,看在金家兄弟的眼里,却显得很是神秘。那人便是张琦。许多年以后,张惠言门下还活着的弟子偶然想起当初张琦脸上那神秘的笑,便心下恍然:张琦通"易",且真的能够用"易"来替人算命、看风水舆地,仿佛一切都在他计算之中一般。此外,张琦还精于医。昔人云,不为良相,当为良医。良相治国,良医治人。张琦便是这样的良医。只是在张惠言还活着的时候,他未曾显露出这方面的本事。因为在张惠言看来,读书才是正道。

另一个,只有十四五岁,跟张惠言一样的清瘦,但与张惠言淡淡的目光不同,他的年轻的双眼,显得很是清澈,还有着些许的傲气。

"一个小屁孩儿,跟着进来做甚?"金应珪忍不住嘀咕道。讲堂之中的金家兄弟,大多在二十开外了,便是年轻一些的,也有十七八。他们金家请张惠言来设馆,并不是启蒙,而是直冲举业的,准确说来,是为考进士做准备的。

金家一门三进士。金云槐是乾隆二十六年(1761)的进士,金榜是乾隆三十七年(1772)的进士,他们的父亲金长溥是乾隆十三年(1748)的进士。普天之下,父子三人俱中进士的家族又有几个? 更不用说金榜还是状元。

倘若金氏兄弟再能中进士的话,金家就会是一门五进士、六进士,那时,普天之下,大约也没几个家族能比。

所以,金家的子弟,瞄准的便是进士。

"小书童吧?"金英瑊笑道。

"……不像。"金应珪上下打量了一下那孩子,怎么都不觉得这像个小书童。

金式玉忽地脱口道:"是他?"

"他?"金应珪一愣,"谁?"

"江家的神童,江承之。"金式玉很认真地说道,"我去年见过他。一个孩子,已经精通《周易》。"只要是读过书的,就不会不明白,这《周易》有多难;然而,江承之却精通《周易》。这样的孩子,只要见过,想忘记都难。

"是他?"金英珹与金应珪俱是吃了一惊,"这孩子不是声称没人做得了他老师的么?"

金式玉点点头,道:"歙县通易之人可不多。"心中一动,道:"莫非这位张先生通易?"心道:倘若这位张先生通易且能使神童江承之折服,那么,他的学问肯定是不会差的了。可要是学问不差的话,何以到现在也没中个进士? 据说,这位张先生是屡试屡败的。

也正因为张惠言的会试屡次落第,所以,这一次到金家来设馆,金家的子弟才会有些瞧不起他。他们固执地以为,一个本人都不是进士的塾师,如何能够教出进士弟子来?

张惠言一进讲堂,就看见底下坐着的金家子弟们叽叽喳喳的,像早起觅食的雀儿似的。虽说听不清楚他们在议论些什么,然而,从十四岁出来做塾师,到如今,已经二十余年,看那些学生的表情,早就明白他们在议论些什么了。

只不过张惠言并没有生气,他清瘦的脸上,依旧带着和蔼的笑,春风一般。二十余年的养气,纵然是天崩地裂,张惠言也会神色不改,更何况只是一些年轻人坐在课堂下面议论而已。

张惠言在讲台之后站定,环视了一下整个讲堂。刹那间,那些方才还在叽叽喳喳说话的金家子弟们,竟不由自主地就闭了嘴,瞧着身量并不算高大的张惠言,心中忽然有些紧张起来。

张琦与江承之在讲堂的一侧,找了两张凳子,坐了下来。

"我姓张,名叫惠言,字皋文,"张惠言淡淡地开口,"常州武进人,乾隆五十一年的举人,会试不第,只中了个中正榜——诸君可知什么叫作中正榜?"

张惠言是常州人,可他十四岁就离开家乡,到东北做塾师,后来,辗转南北,飘零了这么多年,所以,他的口音便显得略有些南腔北调。好在说的是北京官话,即使是南腔北调,总还算是能使人听得懂。

金式玉迟疑一下,站起,很认真地说道:"学生听说,中正榜是从当年会试落第者之中选一部分人出来,担任内阁中书或国子监学。"这内阁中书或国子监学,原就是举人所能担任的职务;然而,任谁都知道,举人进入仕途,前程有限,在官场上,很难走远。所以,对于绝大多数的落第举子来说,他们宁愿回乡备考,等下一科,也不愿就此去任什么内阁中书或国子监学的。

张惠言点点头,道:"不错,正是此意。谢谢。请坐,朗甫。"

这便使金式玉很是惊异:"先生认得我?"

张惠言微微一笑,道:"既然是做你们的先生,又焉能不认识学生?金英瑊、金应珪、郑抡元……"张惠言便一个学生接一个学生地点了过去,结果是一个都没有点错。这使得整个讲堂里的学生都愣住,无论是金家的子弟,还是外姓来金家借读的,都睁着吃惊的双眼,瞧着这个清瘦的中年人。这时,他们才注意到,中年人不仅脸上始终都带着微笑,更带着一路行来的风霜。

——点名之后,张惠言依旧微笑着,道:"鄙人四岁丧父,幼时,时常晚饭都不得吃……"说着,一指张琦,续道:"不仅鄙人,家母、家姐、舍弟,都一样,往往要饿着肚子睡一夜。诸君想来都不曾有过这样的经历。"张琦也微笑着,笑得淡淡的,很是优雅。

讲台下的众人却有些不知所措,心道:这位先生哭穷却是何意?

张惠言道:"所以,鄙人为稻粱谋,很早就出来做事。"顿了顿,又道:"做塾师。最早的时候,是教几个蒙童;后来,就什么都教,只要是学生想学的,鄙人都教。"

金英瑊忍不住道:"那要是先生不会的怎么办?"他自是不信张惠言什么都会。普天下就没有这样的人。便是圣人,也有不会的,所以,才会向老子问礼、向师襄问琴、向苌弘问乐,据说,还曾向郯子问远古时期少昊氏以鸟名官之事。后来,韩愈将这些写入《师说》,以至于后世学子无人不知,原来便是圣人,也不可能什么都会。韩愈又说,"师不必贤于弟子,弟子不必不如师",更是指出,老师不可能什么都会,都比学生强。

张惠言笑道:"如君所言,鄙人该怎么办?"

金英瑊嘿嘿地笑着,却没有回答张惠言的话,而是说道:"学生不信先生什么都会。"

张惠言点头,道:"鄙人自然不可能什么都会。——那么,如君所言,遇到学生要学鄙人所不会的,鄙人该怎么办?"

金英瑊大声笑道:"我又没说只要学生想学的,鄙人都教……"他两眼睥睨,略带着挑衅的样子,瞧着张惠言。在他想来,无论有无功名在身,做老师的,只能是他会什么教给学生什么;倘若是学生想学什么做老师的就教什么,那么,普天之下也就没人能做老师了。便是金榜,也不敢说什么都会啊。金榜年纪已经大了,精力大不如前,再加上他向来就没什么耐心,对族中子弟,也就没有亲自教授。有学问,与能教人,很多时候,并不是一回事。

张惠言点点头,笑道:"鄙人家贫,做人塾师,要是学生想学的鄙人都教不了,那这塾师便做不长,一家老小也就要喝西北风了。没办法啊,只能是学生想学什么,鄙人就教什么。"说着,两手一摊,好像丝毫不见金英瑊挑衅的目光似的。

"适才金君问我,倘若学生想学的,偏偏是我不会的,怎么办?"张惠言人很精瘦,更使得他的目光变得炯炯,瞧着讲台下的这些年轻人们,"……其实,很简单啊。我不会,那就学。等学会了,再教学生!"

金英瑊忍不住便嚷道:"先生,你说得太容易了吧?不会就学?你能一学就会?"心道,要是能够一学就会,何以一直到现在也只是个举人,考不到个进士?虽然说他也明白,文章好、学识高,未必就能金榜题名,可他还是有意无意地忽略掉了。毕竟在世人的眼中,文章与学识是看不到的,而进士的身份,却是看得到的。就像在歙县,没几个人能懂金榜的学问,却没人不知道金榜是状元。

众人没有像金英瑊那样嚷出来,但他们的眼神之中,一样有些怀疑之色。他们中的大多数已有秀才功名,又不是小小蒙童,对张惠言的话,可做不到一说就信。

张惠言依旧微笑,轻轻点头:"能。"这一回,他只说了一个字。但这个字,却是斩钉截铁,不容置疑。

金英瑊微微地愣了一下,道:"我不信。"

张惠言笑道:"那你想学什么?"

金英瑊又是一愣:"那你会什么?"

张惠言想了想,道:"制艺、古文、骈文、辞赋、经学、方志……经学之中,对《仪礼》与《易》的心得多些,其他的就比较一般了。"

金英瑊愣愣地,转头看向金式玉与金应珪,小声道:"你们说,要他教什么?"

金式玉苦笑一下,道:"不知道他不会什么啊。"

金英瑊眼前一亮,便又抬头瞧向张惠言,道:"那有什么是先生不会的么?"

张惠言失笑,想了想,道:"从前,不会的东西很多,这些年都慢慢地学了过来,不过,好像还真有什么是从来没学过的。"

金英瑊眼前又是一亮:"什么?"说罢,仿佛生怕张惠言不肯回答似的,便又说道:"你是先生,可不好骗我们做弟子的。"

张惠言笑着点头,道:"我没学过词。"他没说"诗"。因为他学过诗,只是一直都无所成,后来就放弃了。

"词?"金英瑊仿佛不相信自己的耳朵似的,心道:骗人,骗人,骗人……

词又哪里用得着学?读书人,又哪有不会填词的?本朝词学大兴,大凡识得几个字的,便都会填词吧?什么什么会骈文、会辞赋、会古文,连经学、方志都会,哦,还通《仪礼》与《易》,说没学过词,谁信啊?这词嘛,要填得好,可能有些难,可要只是填,那再简单不过了。词者,诗之余也。古人都说了,词乃诗余。康熙朝,编了个什么来着?《历代诗余》?对了,就是《历代诗余》。写诗之余,才填词嘛。

金英瑊心里乱想着,脸上便显出一副嘲笑之色:"先生是要我们向你学词吧?哈哈,哈哈,然后,教我们什么?拿一本《钦定词谱》给我们?哦,不止一本,一大叠呢。哈哈。"很显然,他不信张惠言没学过词,更以为张惠言这样说,就是要他们说"学词"……因为"学词"比学经或其他什么,要容易得多了。

张惠言也笑,笑罢,很认真地说道:"倘若你们想学的话,我可以教。"顿了一下,补充道,"我先学,然后再教。"

金英瑊大笑,笑得几乎眼泪都下来了。他指着张惠言,也不再说什么,就那样笑着,仿佛这是人世间最可笑的事情一样。

"诸君,"笑罢,金英瑊站直了身子,环顾着四周,一本正经地说道,"我教你们吃饭,好不?当然,我现在还不会,不过,没关系,我先学,学会了再教你们,教你们吃饭……"起先还真是一本正经,说到最后,实在是忍不住了,又自大笑起来。笑的时候,他没在意,金式玉微微地皱了一下眉头。

等金英瑊笑得无趣、笑声停止下来,张惠言很认真地说道:"何不稍待时日、等鄙人学词之后教你们的时候再笑呢?倘若届时不满意,再笑,岂非更好?"

"好!"金英瑊大声道,"那我就等先生你教我们词!哈哈,哈哈哈。"

张惠言依旧微笑。张琦与江承之也都笑着。只不过他们的笑容里,好像有几分讥嘲之意。

因为他们相信,只要是张惠言,哪怕是教授这被人称之为"小道"的词,也必然会使人折服。

吃饭?呵呵,还真不是所有人都学会吃饭的。那些狼吞虎咽一般地,也叫吃饭?很久以前,这简简单单的吃饭,圣人以为是有"仪礼"的;便是如今,大户人家的吃饭,谁敢在饭桌上砸吧砸吧嘴?谁又敢咕嘟咕嘟大口喝汤?

嘿嘿,吃饭,说起来简单,其实,真的是很有讲究的。

三

金式玉喜欢词。

不仅金式玉,金家的其他子弟,无论是金英瑊还是金应珪,都喜欢。外姓来金家借读的,像郑抡元,也是。这一方面固然是由于本朝词学大兴的缘故,另一方面,又何尝不是因为他们年轻?对于年轻人来说,词,实在是很有意思。不用说跟制艺、古文相比了,便是与诗相较,他们喜欢的,还是词。

金英瑊曾经笑着说道:"诗就像大房,一本正经的,虽说看着也好看,还雍容华贵,可就是叫人喜欢不上来。词就不同了。词就像美妾,漂亮,活泼,而且,不止一个。"

他指的是词的变化。小令,中调,长调,各种词牌,如果还不满意的话,还能自度曲,像姜夔姜白石那样。宋时,这样的自度曲还是很多的,到本朝,因为唱法的失传,自度曲就少了很多,但还是有一些的,像顾贞观的《风马儿》,就是自度曲。

总之,写诗的话,写来写去,不是五言就是七言,不是律诗就是绝句,哦,还可以加上古风,可古风呢,也就五言、七言,变化或许有一些,可写来写去,也就那么多了。还有就是诗一向都显出一本正经的模样,或者说,是庄重,总有些情感,是很难写入诗里面去的,至少是写了也不那么好看。或许,也正是因为这个原因,当初,词才会兴起吧?律诗、绝句、古风,写得多了,就会叫人生厌。

词不同。

因为词的变化实在是太多。

一个词牌写厌了,那就换个词牌。有时候,找到一个生僻的词牌,甚至会使人眼前一亮,就像后世人所说的"哥伦布发现新大陆"一样,惊喜万分。

所以,金英瑊的这个比方,听起来像是玩笑,却实在是很有些道理的。

金应珏说:"那还有曲子呢?"

金英瑊想了想,笑道:"曲子却像是青楼女子了,虽也活泼,却活泼得太过了。"

金式玉笑道:"诗庄词媚曲谐。也不好将曲比作青楼女子的。"

"也就那意思吧。"金英瑊道,"诗过于庄重,曲过于不庄重,这样说,可以了吧?还是词好,介乎两者之间。"

"诗庄词媚曲艳?"金应珏忽道,"我好像是看到过这说法,诗庄词媚没问题,但说到曲,是下了这个'艳'字。"

金英瑊大笑道:"那就更像是青楼女子了……"

金式玉莞尔,不过,也没有继续争论下去。对曲子,他也只是稍稍读了一点,不喜欢。谐?艳?好像都有一些。前者大俗,后者……其实也是大俗。人或许可以俗一些,可要是文字俗了,就不那么好看了。诗庄,使人宁远望而不愿亲近;曲谐或艳,前者似乞儿,后者似娼妓,一般的人怎么也要洁身自好不愿或假装不愿去亲近的;只有词,恰到好处,婉媚,活泼,使人容易亲近,喜欢。

所以,年轻人喜欢词,实在是很有道理的事。

然而,喜欢,就能填写得好么?

与金英瑊不同,金式玉首先想到的便是,喜欢词,并不意味着就能将词填好啊。

填词不难。难的是填好词。

金式玉很想有人能够教他填好词。

问题是,张惠言,他行么?

金式玉未必以为张惠言就是信口开河。因为他觉得,一个中年人,又是在金家,不大可能这样信口开河的。

可一个现学现卖的人,说能够教人学词……

这怎么都使人难以置信啊。

金式玉去找张惠言时,开门的是江承之。

"朗甫兄。"江承之客客气气地招呼道。江承之虽是神童,可对人一向都有礼有节,据说,他一言一行,都是以《仪礼》为规范的。曾有人说，这孩子懂礼。也有人说，这孩子少年老成。不管是什么说法，意思其实是一样的。

"先生在么?"金式玉问道。

江承之点头："在的。"

金式玉迟疑一下，道："他在……忙什么?"他担心自己的不期而来，会打扰了张惠言。

"先生在看书。"江承之答道。

"看书?"

"找了一些词集、词话，先生正在读。"江承之道。本来，要系统地学词，找足词集、词话，也真不是一件很容易的事。可这里是金家，"一门三进士"的金家，所以，这看起来有些难的事情，也就变得很简单了。只是将这些词集、词话借来，先是要去找金榜，得到金榜的首肯;然后，还要找人搬到这里的寓所来。这就稍稍有些麻烦了。好在金榜听闻张惠言的要求之后，只是微微一笑，便安排人将一切事情都办妥了。

金榜虽说不填词，也不怎么读词，可金家这方面的书，收罗得还是很全的。读书人喜欢书，爱书，往往是爱所有的书，而不管这书他是不是喜欢读，会不会读。不然，有些藏书人家，上万乃至数十万本的书，穷其一生，也未必能全部读过啊。

金式玉原本已往前走，听得江承之的话之后，不由自主地就站住了脚，转头瞧着江承之，道："你是说，先生正在读词?"

江承之点头："是的。"

金式玉顿了一下，道："他原先真没读过词?"

江承之轻轻摇头，道："我到先生门下之后，没见他读过，也没见他写过。"

"从来没有?"金式玉依旧不死心。

江承之轻轻地但很是坚决地说道："没有。"

这使得金式玉心中便犹豫起来。不错，他来找张惠言，是想请教如何将词填好的;对讲堂上的话，金式玉终不是很相信。虽然说，张惠言那春风般的笑，也使他觉得，这个人应该值得相信。

江承之微微一笑，道："先生从前有没有学过词很重要么?"

"这……"金式玉微微一怔。

江承之轻声说道："有的人，天生就是老师，哪怕他从前没学过词，我也相信，只要你想学，他就能教。"

"教词?"

"是的。"江承之点点头。

金式玉苦笑,两脚却不动,依旧迟疑着。倒不是迟疑张惠言到底能不能教他,能教他多少,而是迟疑万一张惠言什么都不懂,说的全是外行话,那就比较尴尬了。金式玉与金英瑊不同。金式玉待人一向都很宽容。

"为什么不试试呢?"江承之鼓励道。

金式玉奇怪地瞧着江承之,道:"你就对先生这么有信心?"

江承之笑了起来,道:"朗甫兄,《周易》是如此之难懂,先生都能使我折服,何况这区区曲子词呢?"在江承之想来,这曲子词,实不能与《周易》相比的。《周易》就像天书一样,解读起来,千难万难;而曲子词,只要是读过书、识得字的,就会吧?便是没读过书、不识得字的,也能听得懂那曲子词啊。江承之对诗都不感兴趣,更不用说词了。江承之只喜欢那难懂的。因为读懂那些别人难以读懂的东西,会使他很开心。

金式玉也笑了起来,道:"没想到咱们歙县的江神童居然被张先生所折服……"

"因为先生是真有学问的人。"江承之很认真地说道。从前,他只以为自己是天才;现在,他明白了,他这样的天才,在有些人的面前,什么都不是。这使他有些失落,同时,也有些开心。所以,就心甘情愿地拜在了张惠言的门下,成为张惠言的忠实弟子。

拜师,原本就不是一件很容易的事,尤其是对天资绝顶的江承之来说。

三

其实,张惠言这是第二次到金家来坐馆了。只不过这中间相隔了十二年。十二年前的那些弟子,如今,早浮云一般地散了;十二年后重来,满目都是陌生的人。

人的一生之中,遭遇最多的,便是陌生人。遭遇陌生人,实在是很寻常的事。最多,就是有些陌生人,会渐渐地走进彼此的生活、彼此的生命里,成为一生之中重要的人;而有的陌生人,则会擦肩而过,彼此不再相见,或者,便是相见也不相识。

人与人,从陌生,到熟悉,原就是要讲缘分的。

这一次来金家,张惠言忽然说教词,并不是心血来潮。因为在进讲堂之前,他已经打听到,金家的这些年轻人,都喜欢词,而且,是很喜欢,以至于金榜都有些生气——在词上花太多时间与精力的话,必然会影响举业。张惠言却摇头,道,不然。

金榜有些奇怪,便问,何以曰不然?

张惠言沉吟一下,道,词虽小道,其缘情造端,兴于微言,以相感动,极命风谣,里巷男女哀乐,以道贤人君子幽约怨诽不能自言之情,低徊要眇以喻其致,盖《诗》之比、兴,变风之义,骚人之歌则近之矣。然以其文小,其声哀,放者为之,或跌荡靡丽,杂以猖狂俳优,然要其至者,莫不恻隐盱愉,感物而发,触类条鬯,各有所归,非苟为雕琢曼辞而已……

张惠言一段话说将出来,使得金榜不觉脱口而道:"如皋文所言,词亦诗经之流?"

张惠言点头道:"正是此意。意内而言外,谓之词。唐五代之人,正此之谓也。只可惜,到后世慢慢地就走入末流,不复词之根本矣。"他叹了口气,喃喃道:"后进弥以驰逐,不务原其指意,破析乖剌,攘乱而不可纪,自宋之亡而正声绝,元之末而规矩堕,以至于今四百余年,作者十数,谅其所是,互有繁变,皆可谓安蔽乖方,迷不知门户者也。"很显然,张惠言说是没学过词,而实际上,早已有所思考。这几句关于词的思考,使得金榜有些动容,道:"老夫也没想到,这区区曲子词,还有这样的说道。"

张惠言笑道:"老师精于经学,于这区区曲子词,自不会放在心上。学生只是闲来无事,读了一些近词,感觉痛心,以为他们都错矣。"

金榜道:"皋文或可拨乱反正。"

张惠言笑道:"学生正有此意。"

两人相视而笑。十二年不见,金榜已经年过六十,然而,师徒之间的情感,终不曾变。

金式玉进来的时候,张惠言的手中正拿着本《花间集》,慢慢地看着,脸色平静,嘴角有一丝微微的笑。张琦在另一边,手中拿着的,是一本《周易》。

"先生。"金式玉很恭敬地施礼。这些天回去,他已打听到,十二年前,张惠言曾经来过金家。只是这使得金英瑊更加不屑,道,都十二年过去了,这位皋文先生,还没考到个进士?对金英城的不屑,金式玉只是笑笑,没有去争什么。因为他深知科举之难。他的父亲金杲,到现在也只能是国子监的学生,科考无望。时也,运也。科考实是需要有些运气的。

"朗甫来了啊。"张惠言一边笑着招呼,一边就将手中的《花间集》放下。

金式玉脱口道:"先生在看《花间集》?"

"是啊。"张惠言微笑着说道。

"可是先生怎么看这个?"话一出口,金式玉便觉得有些不妥,不由得脸色微微一红。

"哦?为什么不能看这个?"张惠言饶有兴味地反问道。

金式玉愣了会儿,有些着急地道:"这是艳词啊。"

"艳词?"张惠言依旧微笑。

金式玉使劲地点头:"花间艳词。"

张惠言笑了起来,悠悠道:"我记得放翁曾有跋写道……朗甫可曾读过?"

金式玉想了想,道:"好像还能记得。"

"哦?"

"《花间集》,皆唐五代时人作。方斯时,天下岌岌,生民救死不暇,士大夫仍流宕至此,可叹也哉。或者,出于无聊故耶?"

"嗯。这是其中一则。"

"啊?"金式玉惊异地道,"莫非还有一则?"

张惠言点头道:"放翁给《花间集》所写的跋文,应有两则。另一则稍长些,其中有几句是这样的……"他顿了一下,慢慢念道:"……会有倚声作词者,本欲酒间易晓,颇摆落故态,适与六朝跌宕意气相近,此集所载是也。故历唐季、五代,诗愈卑而倚声辄简古可爱……"笑道:"不过,放翁到晚年,却是后悔早年曾作小词了。……千余年后,乃有倚声制辞,起于唐之季世,则其变愈薄,可胜叹哉。予少时汨于世俗,颇有所为,晚而悔之,然渔歌菱唱,犹不能止。今绝笔已数年,念旧作终不可掩,因书其首以识吾过……"

金式玉瞧着张惠言,不觉暗自钦服。须知放翁的这些序跋,并非名篇,大多数的人俱是一读而过,不会放在心上,而张惠言居然能够张口即来,仿佛熟读的经史一般。至于金式玉自己,则是因为一向喜欢词,故而在读过《花间集》之后,相关的文字,就留心了一下。也正因留心了一下，故而，心中才认定《花间集》其词艳、其格卑，就像前朝的《金瓶梅》似的，虽说也会偷偷地读来，却怎么也不好说其如何如何好的。

张惠言笑着，轻轻摇头，忽道："君以为，关关雎鸠为艳词乎？"

金式玉稍稍一愣，脱口道："当然不是。"

"静女其姝呢？"

"不是！"金式玉再次摇头，心道，诗三百怎么能说是艳词？这……这肯定不是，也不能是嘛。

"那野有蔓草呢？"张惠言笑着，缓缓吟哦道，"野有蔓草，零露溥兮。有美一人，清扬婉兮。邂逅相遇，适我愿兮……"

金式玉目瞪口呆。这首《野有蔓草》，历来有人以为是写男女野合的，朱熹索性便以"淫奔之辞"来做评价。

张惠言笑着续道："比诸《花间》如何？"

金式玉心中便有些乱，不知所措地瞧着张惠言，不知张惠言到底何意。

张惠言笑道："前明徐奋鹏《诗经删补》中却道，'晤好友也，即班荆之意'。陈组绶《诗经副墨》中则道，'贤君不世出，贤臣亦不世出，时之相值，非偶然也，故有人不及则世待人，此而邂逅，何其□□，然特思如是，非果已如是也'。……'何其'后有两个字看不清了，不敢乱猜。"班荆之意，语出《左传》，"初楚伍参与蔡太师子朝友，其子伍举与声子相善也。伍举娶于王子牟，王子牟为申公而亡，楚人曰：'伍举实送之。'伍举奔郑。将遂奔晋，声子将如晋，遇之于郑郊，班荆相与食，而言复故"。杜预注："班，布也。布荆坐地，共议归楚事。朋友世亲。"班荆之意，也就是朋友相遇共坐谈心之意。而陈组绶《诗经副墨》中所言，索性便是指此诗乃君臣相遇而复相得之意。这与所谓"淫奔之辞"相较，也差得太远了。

金式玉更复目瞪口呆、瞠目结舌。这两部前明的诗经评注，金式玉并没有看过，甚至听都没听说过，但他相信，张惠言不会骗他。苟如是，那就是说，这首被朱夫子定为"淫奔之辞"的《野有蔓草》，其实，并不"淫奔"，而是大有深意啊。

良久，金式玉道："《诗经》为圣人手定，或有深意，可《花间集》……"他很想说《花间集》不一样，可到底还是没能说出来。隐约间，他明白了张惠言的意思。

张惠言悠悠道："诗三百或有寄托，花间词独不可耶？"

"先生的意思是……"金式玉小心地问道。

张惠言点点头，正色道："当唐季五代之乱世，花间词出，愚以为当深有寄托也，所谓'意内言外'，后世小子不可单以艳词目之。"

"……那放翁之意又当如何观之？"

张惠言轻轻摇头："放翁没能读懂花间词。"他叹了口气，道："两宋以来，大多数人都没能读懂花间词，仅以艳词目之，故而词之一道，渐渐走入末流矣。"神色之间，深自惋惜。

金式玉久久无语，半晌，向张惠言深施一礼，道："学生谨受教。"隐约间，他只觉张惠言为他打开了一扇大门。

一扇词学上的全新的大门。

四

一部手抄的书，封面上，是简简单单的两个字：

词选。

张惠言很自信地说道："诸君看一看这一部《词选》，或许，便会知道什么叫作词了。"

这一回，金英瑊没有站起来辩驳，而是与其他人一样，眼中充满了好奇之色。从张惠言寓所出来之后，金式玉便将张惠言关于词的一些看法讲给了金英瑊、金应珪与郑抡元听。这使得三人都很惊讶。"张先生的意思是说，如花间那样的艳词，其实都有寄托？"金英瑊喃喃地问道。金式玉点点头："就像诗三百。""可是……"如同金式玉一样，三人想提出反驳的意见，结果却发现，他们似乎无从反驳。是啊。诗三百可以有寄托，花间词为什么不可以？倘若以为诗三百无寄托，真的如朱夫子所言，"淫奔之辞"，圣人又哪会删定？后世儒家又哪会将之放入"经"中？《诗经》《诗经》，古往今来，又有几本书能称之为"经"？且圣人早就说过，"诗三百，一言以蔽之，思无邪。"

思无邪。

诗三百可以思无邪，花间词就不可以？

诗三百或有寄托，花间词就不可以？

金英瑊三人面面相觑，心道，莫非两宋以来，很多人对的词看法，都错了？词者，诗之余也……莫非也错了？要知道，张惠言的这种看法，是将词提升到诗经的高度了。

"先生，我可以看一看么？"金式玉站起，向着张惠言恭恭敬敬地问道。

张惠言笑道："原本便是让诸君看的。"说着，便将手中的《词选》递给了金式玉。金式玉翻开，扉页上，也是"词选"二字，只不过在这二字的左下角，还有几个小字：张惠言录。

金式玉再次翻开，到第一页，是李白的《菩萨蛮》。这使得他微微地愣了一下。因为大凡词选，选李白的话，会选两首，一是这首《菩萨蛮》，还有一首，便是《忆秦娥》。这两首词，被词家称为"百代词曲之祖"。然而，张惠言就选了这一首，另一首《忆秦娥》落选了。

开篇便是李白的《菩萨蛮》，这是金式玉意料之中的，但没有选《忆秦娥》，却是他意料之外的事了。人人都选的词，何以张先生不选呢？

不过，他也没有多想，因为他又翻开一页，便看见，温飞卿庭筠的名下，满满的都是字迹：十四首《菩萨蛮》，三首《更漏子》，还有一首"梳洗罢"的《梦江南》。这使金式玉不由得不惊讶。

这薄薄的一本《词选》，竟选入温庭筠的十八首词？而李白，才选入一首啊。不过，当他再仔细看时，便更为惊讶了。

因为他看到张惠言的评解。

对李白的《菩萨蛮》，张惠言没有评解；而对温庭筠的这十八首词，竟大多都有小字评解。比如，《菩萨蛮》第一首的"小山重叠金明灭"，在词的后面，张惠言用小字写道："此感士不遇也。篇法仿佛《长门赋》，而用节节逆叙。此章从梦晓后领起'懒起'二字，含后文情事。'照花'四句，《离骚》初服之意。"

虽然说，金式玉早就了解到张惠言的词学观点，知道张惠言以为花间词当有寄托，然而，当看到张惠言在这《菩萨蛮》之后写的短短几行字时，他还是很惊讶。

因为这是前人从未有过的观点。

金式玉继续看了下去。第二首，"水精帘里颇黎枕"的后面，张惠言写道："梦字提，江上以下略叙梦境，人胜参差，玉钗香隔，言梦亦不得到也，'江上柳如烟'是关络。"第三首，"蕊黄无限当山额"的后面，写道："提起，以下三章本入梦之情。"第六首，"玉楼明月长相忆"的后面，写道："'玉楼明月长相忆'，又提。'柳丝袅娜',送君之时,故江上柳如丝,梦中情境亦尔。七章阑外垂丝柳,八章绿杨满院,九章杨柳色依依,十章杨柳又如丝,皆本此。'柳丝袅娜'言之,明相忆之久也。"第八首,"牡丹花谢莺声谢"的后面,写道:"'相忆梦难成',正是残梦迷情事。"第十首,"宝函钿雀金鸂鶒"的后面,写道:"鸾镜二句结,与'心事竟谁知'相应。"第十一首,"南园满地堆轻絮"的后面,写道:"此下乃叙梦,此章言黄昏。"第十二首,"夜来皓月才当午"的后面,写道:"此自卧时至晓,所谓相忆梦难成也。"第十三首,"雨晴夜合玲珑日"的后面,写道:"此章正写,垂帘凭阑,皆梦中情事,正应'人胜参差'三句。"第十四首,"竹风轻动庭除冷"的后面,写道:"此言梦醒,'春恨正关情',与五章'春梦正关情'相对。双锁青琐金堂,故国吴宫,略露寓意。"到三首《更漏子》,张惠言先后写道:"此三首亦菩萨蛮之意,'惊塞雁'三句,言欢戚不同,兴下'梦长君不知'也。""'兰露重'三句,与'塞雁''城乌'义同。"

金式玉没有继续往下看。

他将《词选》轻轻合上,心中将温庭筠的这十八首默诵一遍,忽就觉得,张先生所言,似乎很有道理,怎么吾从前只将这些当作是艳词?

其实,不仅金式玉,从五代以后,后世词家、学人,都是将温庭筠的这些词当作艳词;便是张惠言《词选》出,影响词坛两百余年,后世之人也因此承认张惠言一代词宗的地位,然而,对温庭筠的这些词……还是有很多人以为当作艳词观,甚而至于因此以为张惠言的温词"寄托"说是牵强附会。

然而,倘若肯再读几遍,再仔细想想,就会发现,张惠言的这些话,又何尝没有道理?香草美人,原就是吾国诗词的传统写法啊。

这时,金英璩早忍不住,道:"我也看看。"说着,也不待金式玉答应,便已从他手中将《词选》夺过。

金式玉没有紧抓不放。他想,他得好好儿地想一下先生的这词主寄托之说。词主寄托,意内言外,对于词来说,这将是崭新的天地。寄托并不是张惠言的首创,只是这被称之为诗余的词,向无人以为当寄托啊,否则,又焉能一直将花间词看作艳词?柳七又焉能被东坡诟病?便是秦七,也曾被东坡哂笑啊。

金应珪与郑抡元没有去抢那本《词选》,而是从两边将头凑了过去,与金英璩一起看着。起初,他们的表情也只是好奇,等翻开,看了几页，立刻就与金式玉一样，感觉到惊讶，或许，还有些迷惘。

原来，花间词还能这样解？几乎是不约而同的，他们这样想道。然而，这样解的话，岂非也很有道理？也许，是有些牵强。可是，在晚唐那样的乱世之中，又有谁能说，温飞卿没有这样的寄托呢？倘若果真是艳词的话，那可以将温飞卿看作没心肝之人了。问题是，温飞卿其人，虽说纵酒放浪，却也性喜讥刺，何尝真没心肝？或与《唐才子传》中说他"薄行无检幅"有关？然而，能够写出"下国卧龙空误主，中原逐鹿不因人"诗句的人，又怎么可能全无心肝？苟如是，岂非其词果真有寄托？

三人这样想着，再去看温庭筠的这些词，便忍不住轻轻点头，只觉张惠言的观点，实在是很有道理。他们没想到，只是一本薄薄的《词选》而已，居然给他们带来这么大的冲击。从前，他们读《词综》的时候，都不曾有过这样的感觉的。他们想起，当初，金式玉曾经说过，《词综》更像是一套词总集，就像《历代诗余》似的，而不像是一本"词选"。总集的话，汇编一下就可以了；而"词选"，要有选家的眼光，更可见选家的观点。

"先生，"金英瑊抬起头来，瞧着张惠言，道，"可是，我们是想学做词。"跟十数日前相比，他的态度已经要好了很多，但目光之中，依旧还带着些许的挑衅。

张惠言和蔼地道："此书可作范本。"

金英瑊嘿嘿一笑，道："此书乃先生所录，那先生可曾以此为范本，填几首词？"

金式玉忙就踢了他一脚，心道：选词是一回事，填词是一回事，这就像大将能指挥大军作战，却未必能亲自去厮杀啊。三国时，若诸葛、司马，若周郎，楚汉时，若韩信，俱曾是三军统帅，却不闻他们赤膊上阵的。填词亦然。张惠言或可教他们填词，可他自己，未必就能填得好的。须知，张惠言从未学词，更未填词，这蓦然之间，即使填出来几首词，只怕也会惹人笑话。

张惠言笑了起来，笑得依旧和蔼："这些天，余兄弟俱曾作过几首，诸君指教。"说着，便示意张琦取出一叠词笺来，放到了桌上。

甚心情还自来小楼凝望。一丝丝、看他愁样。软东风、暂禁着、柳花飞飏。却无端、催着桃花飘荡。

者心情付春雨绕遍天壤。一丝丝、看侬愁样。是啼痕、染就了、万重烟障。问江南、芳草可还惆怅?

——张惠言《粉蝶儿·春雨》

已帘纤听昨宵枕儿上滴。一声声、替侬愁绝。是东风、生怕者、春魂飞越。却由他、檐底共心头咽。

又帘纤看今日帘儿外滴。一丝丝、做侬愁绝。是东风、更怕那、春人浓觅。却由他、芳草衬桃花泣。

——张琦《粉蝶儿·春雨和茗柯》

鹧鸪飞上罗襦绣,银屏春向鸳鸯透。香袅鬓花风,玉钗蝴蝶红。

柳丝千种碧,窈窕吴山色。山色正如眉,销残春不知。

——张惠言《菩萨蛮》

沉沉漏箭催银烛,相思立尽阑干曲。门外木兰桡,月明烟水遥。

欲留应未许,争忍相看去。清夜两人长,休教错怨郎。

——张琦《菩萨蛮》

碧云无渡碧天沉。是湖心,是侬心。心底湖头,路断到如今。郎到断桥须有路,侬住处,柳如金。

南高峰上望郎登。郎愁深,妾愁深。郎若愁时,好向北峰寻。相对峰头俱化石,双影在,照清浔。

——张惠言《江城子·填张春溪西湖竹枝词》

一庭花月弄清姿。是相思,是相知。记否阶前,对影折新枝。一样精帘低映处,空留得、月如规。

开奁看取定情词。不分飞,又分飞。侬已无眠,那有梦寻伊。最苦伊家今夜梦,寻不到,小楼西。

——张琦《江城子》

众人看罢,默默无言,心中却翻着滔天骇浪,想:张氏兄弟莫非真的刚刚学词?这分明便是斫轮老手啊。可要是说他们真是斫轮老手,这些日子,也曾打听过很多人,都说没见过张氏兄弟填词。不要说填词,便是诗,他们也不曾写过。据说,张惠言年轻的时候曾学过诗,后来大约是觉得自己怎么也写不好,故而就放弃了。

张惠言这不会写诗的消息,使众人惊讶之余,也有些窃喜:原来先生也有不会的啊。哼。当初,应该说想学诗才是。转念一想,便又想到,先生屡次落榜,莫非就是败在试帖诗上?因为试帖诗的问题而被黜落的举子,历来就不在少数,前明的时候,据说,还有因为一个韵用错,用了邻韵,而结果被黜落的。也就是说,整张卷子再出色,也抵不得一个韵字的错。

良久良久,金式玉恭敬地向张惠言施了一礼,道:"先生,我明白什么叫作词了。"张氏兄弟的这几首词,分明就是花间遗响,然而,不知道为什么,他还是从中看出了不一样的东西。像春雨,表面上是春雨,可仔细看来,却会发现,似乎又不仅仅是春雨。大约"意内言外",就是这个意思吧?又或者,是张惠言的词贵寄托的说法,不知不觉间已经影响到他,使他不由自主地去想,这可谓是神似花间词的词,或许,有什么寄托?金式玉忽就想起白居易的那首《花非花》来:"花非花,雾非雾。夜半来,天明去。来如春梦几多时,去似朝云无觅处。"张氏兄弟的这几首词,岂非就是这样?

或许,词就应该这样。金式玉想。而不是直白无味。

金英瑊、金应珪、郑抡元也自恭敬施礼,道:"先生,这本《词选》,能不能借我们抄录一下?"

张惠言含笑点头:"可以。"他编录出这本《词选》,原本就是为了教词,当然不会反对抄录。

其他人也纷纷上前,道,我们也看看,我们也看看……

对金英瑊等人的神情变化,他们可看在眼里呢。

五

词学上的这扇崭新的大门,不仅向金式玉等人打开,同样的,也向许许多多的人打开,使他们发现,这原先被人视为"小道"的词,并不是"小道",不仅不是"小道",还可看作诗经之亚——这就将词提升到一个极高的地位。如果按照后世的说法,就等于是说,将流行歌歌词提升到与小说、散文、戏剧、诗歌同等的地位……谁都知道,搞严肃文学的人,一向都是瞧不起流行歌歌词的,更不用说研究了,即使这歌真的很流行,很多人将这歌的歌词抄录在小本子上,喜欢的时候就看几眼,不喜欢的时候也看几眼,快乐的时候哼上几句，不快乐的时候也哼上几句……

词者，诗之余也。即使本朝词学大兴，词人辈出，可这词的地位，着实还是很尴尬的。比如，很多诗人，是不屑为词的，若国朝初的牧斋，若乾隆朝的赵翼，又若张惠言与金式玉提起的陆游，年轻的时候也曾填过词，但是到晚年，他后悔了。

便是喜填词之人，到刊印他们平生文字的时候，这词，大多也是附录在自己的文集、诗集之后，极少单独刊印的。也就是说，便是他们自己，也是将词看作诗之余也，仿佛写诗很高尚，而填词总使人有些丢人一般。就像后世，写歌词的，倘若说自己是搞文学的，大约会被人笑话。

张惠言的这本《词选》及在《词选》之中明明白白体现出来的词学观，使爱词的人一下子恍然大悟：原来我亦高尚，原来词亦有寄托，原来词亦可代圣人立言……

然后，他们打听之下，很快就知道，张惠言不仅是在金家设馆做塾师的，更是一个经学家，在经学，尤其是在易学上，造诣极深，以至于金榜都曾慨叹，说，乾隆朝堪与张皋文相较之易学家，二三子耳。

这样一个经学家所说的话，也就更使人相信，词，真的可以很高尚的……

常州派因此而慢慢崛起，影响词坛二百余年。

二百余年以来，天下词家，常州其半，便是从张惠言这本薄薄的《词选》始。不过，张惠言编录这本《词选》，真的只是偶然。

因为他首先是经学家，尤其是易学，虞氏易经上的研究，在整个清代，也是首屈一指。

过了一些日子，金式玉又去找张惠言，问道："先生，有朋友问，何以先生在《词选》中没有选录柳屯田与吴梦窗……"要知道，柳永与吴文英俱可谓是宋词名家，但凡选宋词者，没有不选他们两家的。

张惠言饶有兴味地问道："那你说说看，为什么呢？"

金式玉依旧笑着，说道："我向他解释过了，是因为这两家的词，几无寄托，故而先生摒弃了。"

张惠言点点头，叹道："柳七之词，固然风华绝代，却真直似青楼之词耳，了无寄托，为我所不取。至于梦窗……"

梦窗词,向来有"七宝楼台"之说。这是宋时张炎评价吴文英的话。原话是:"吴梦窗词如七宝楼台,眩人眼目,碎拆下来,不成片段。"其实也就是说梦窗词有句无篇,不够质实。

金式玉恭敬地瞧着张惠言,等他说下去,

张惠言想了一下,续道:"若'何处合成愁'一阕,历来为人所赞赏。然则若仔细推究的话,便会使人大不以为然。便似开头两句,'何处合成愁,离人心上秋'两句,拆'愁'字为'心上秋'之意,直是猜谜耳,文字游戏罢了,又哪里算得上是词家手段?便是以这拆字而论,'愁'也罢,'心上秋'也罢,都是一样的了无深意,难以动人。"顿了顿,又道:"不仅开篇两句了无深意,便是整首的《唐多令》,也是如此,全词就只说了一个意思,愁啊愁,吾太愁。此外,还有什么意思?"

金式玉笑道:"没了。"张惠言说着的时候,他已在心中默诵了一遍,只觉句句诛心,这首所谓名篇,真的是毫无意义,说来说去,就只说了一个"愁"字。

"还有柳七的'寒蝉凄切',"张惠言悠悠道,"亦可谓名篇。然则,朗甫,这首长调,一百余字,说了多少意思?"

金式玉想了想,道:"只道是男女分别,然后……然后……那男子睡不着,喝酒了,然后在杨柳岸睡着了……"说着,心道:从前,也曾很喜欢过这首词啊,可先生这么一说,这首千古传唱的《雨霖铃》,好像真的就一下子变得索然寡味了。

"吾选词,无论名家,只选可谓是词者,故如韩元吉、尹焕等人,词佳,吾便选入;若柳七、梦窗,吾以为毫无寄托,便不选。"张惠言淡淡地说道。词选有两种,一种是以词存人,一种是以人存词。也就是说,前者是选词,是文学选本;而后者是选人,有史料价值。无疑,张惠言选择的是前一种。

金式玉笑道:"朋友问的时候,我也解释过了,说是柳七、梦窗的词,了无寄托,故先生不选。不过,他们还是以为先生太……苛刻了……"说着,不好意思地笑了起来,道,"其实,是因为先生选得太少,他们读着有些不满足,呵呵。"

张惠言轻轻摇头,微笑着:"学词莫贪多。"顿了一下,道:"若金风亭长之《词综》,选词两千余首,多则多矣,却使人无所适从,不知当从何人何词学起,为吾所不取。少的话呢,不妨好好揣摩,得其做法,而后自为之。还有,读词莫贪多,填词亦如是。古来名家，但有几百几千首的，能传后世者，不过十数首而已，甚至更少；且某些篇章，还易为后人诟病，若东坡的一些游戏应酬文字，像回文词之类，又有何意义？宁花作十首的时间来作一首，莫花作一首的时间来作十首。诗词文章俱是一样，在精，不在多。"

金式玉施礼道："学生谨受教。"

张惠言道："那就先填几首词试试看吧，嗯，从咏物作起，有所寄托，即可。"

金式玉道："学生明白。——子彦他们也要作吧?"金英琭，字子彦，对张惠言原先是有些不服的，这些天，已经好了很多。无论是《词选》，还是张惠言、张琦兄弟所作之词，都已使他无话可说，甚至有些钦服。只是年轻人脸皮薄，一时之间还不好意思认错罢了。

张惠言明白金式玉的意思，笑道："不强求，喜欢就作。"

金式玉也嘿嘿地笑了起来。

六

又黄昏近也，看柳外、飞鸦肃肃。似曾倦游，恁风前断续。谙尽漂泊。试问归何处，暝烟深锁，是故巢依约。严风剪剪催丛薄。倦羽多惊，哀音易促。归时又还萧索。只寻他旧侣，枝上同宿。

垂杨池阁。记年时栖托。一片香云暖，花□□。燕儿细羽争掠。只舞衣老尽，可还如昨。西风里、共谁商略。纵说与、如此天涯凄怨，总成错莫。南飞处、莫傍阑角。看乱山、漠漠平芜晚，斜阳又落。

——金式玉《六丑·归鸦》

镇愁人、画帘尽日低垂。一任蝶舞莺歌，都付与斜晖。无奈梁间燕子，带东风一缕，蓦地归来。又深苔细草，和将春思，吹入啼眉。

屏山倦倚，薰炉欲烬，宝篆微微。且上银钩，恰放得、纤纤月影，斜卷花枝。雕阑旧梦，倩谁删、万缕相思。算只是、把双犀依旧，从教深押，莫问天涯。

——金英琭《湘春夜月·帘》

一丝丝。替侬织就相思。只是一片湘波，怎便隔天涯。约住满庭花气，问东风可解，吹送芳菲。算惊回残梦，唯应燕子，频蹴双犀。

游丝千尺，杨花万点，恼乱春晖。庭院凄凉，却凭得、深深为我，低护鬈眉。朝来欲卷，怕暗尘、点上罗衣。从此便、更休论春事，任教银蒜，终日垂垂。

——郑抡元《湘春夜月·帘》

三人将各自的新词交到张惠言的手上，心头俱略有些紧张。金应珪站在一边，神态轻松。因为他没有作词。金应珪笑道，作不好，就不丢这个人了。

要说起来，在张惠言这部《词选》上最用功的，大约就是金应珪了，不仅手抄一遍，还有事没事就抓在手中，慢慢揣摩，琢磨。不过，这说法，郑抡元不同意。郑抡元觉得，他才是在这部《词选》上用功最多、最深的。因为他手抄了好多部，送人，结果就是这些日子以来，不断有人来向他索要这部《词选》。有的客气些，只说借去抄一下；有的就毫不客气了，直接拿过他的抄本就跑，也不说要归还的话。

郑抡元却因此而很高兴，说，这说明先生的观点，大家都赞成嘛。他的这话，无疑是对的。倘若张惠言的"寄托说"是谬论的话，大家即使不痛骂一顿，至少也不会纷纷传抄。"寄托说"出，后世再论词的时候，至少无法忽视。以温庭筠为例，张惠言之后，固有不以为然者，然则，深以为然者亦不在少数。道光年间，王拯在《龙壁山房文集忏庵词序》中写道："其文窈深幽约，善达贤人君子恺恻怨悱不能自言之情，论者以庭筠为独至。"周济在《介存斋论词杂著》中写道："词有高下之别，有轻重之别。飞卿下语镇纸，端已揭响入云，可谓极两者之能事。"又道："皋文曰：'飞卿之词，深美闳约。'信然。飞卿酝酿最深，故其言不怒不慑，备刚柔之气。针缕之密，南宋人始露痕迹，《花间》极有浑厚气象。如飞卿则神理超越，不复可以迹象求矣；然细绎之，正字字有脉络。"到清末，刘熙载在《艺概》中写道："温飞卿词，精妙绝人。"无不来自张惠言的寄托说。周济所言"深美闳约"四字，直接出自张惠言的《词选序》；刘熙载所言的"精妙绝人"，也则是张惠言这"深美闳约"四字的另一种说法。总之，张惠言之后对温庭筠的评价，很多都与张惠言一致。

张惠言微笑着，低头，看着这三首词。张琦跟往常一样，在旁边拿着本《周易》，仿佛是漫不经心地读着。

"不错，"张惠言没有让他的弟子们久等，已自点头，道，"诸君已能登堂，知何为寄托、何为词了。"他没有问这些词到底有什么寄托。因为这已不重要。重要的是，这三首词，每一首，都能做到意内言外，使读者有想象的余地。《六丑·归鸦》表面上是咏归鸦，实际上，是写人，"纵说与、如此天涯凄怨，总成错莫"，这"凄怨"，这淡淡的后悔与惆怅，唯人才有；金英瑊与郑抡元的两首《湘春夜月·帘》，同样如此，处处是帘，处处有人。

倘若咏物只有物，那不是词，而是谜矣。在弟子们请教如何咏物的时候，张惠言曾如此说道。不仅咏物，咏人、咏史，俱如是，须有寄托，须有作者的情怀。

一首好的词，就是需要有作者的情怀。张惠言正色道。前人说，作诗呕心沥血，吾辈固不须如此惨烈，却也终须有"我"。

词中有"我"，方有"寄托"。

张惠言将三首词放下，轻声地说着关于词的一些看法。

若金风亭长之《茶烟阁体物集》《蕃锦集》，可谓恶道。张惠言斩钉截铁地道。至于近来咏物，或有咏美人乳、美人指甲者，更等而下之矣。

金应珪忽道，是为淫词。

张惠言想了想，点头道，正是。

金应珪道，还有鄙词、游词。

张惠言笑道，何为鄙词？何为游词？

金应珪心中小心地措辞，缓缓说道，猛起奋末，分言析字，诙嘲则俳优之末流，叫啸则市侩之盛气，此犹巴人振喉以和阳春，鼃蝈怒嗌以调疏越，是谓鄙词；规模物类，依托歌舞，哀乐不衷其性，虑叹无与乎情，连章累篇，义不出乎花鸟，感物指事，理不外乎酬应，虽既雅而不艳，斯有句而无章，是谓游词。

张惠言忍不住赞道，不错，不错。他赞赏地瞧着金应珪，沉吟一下，道，君可为《词选》作一序，以言此意。

金应珪愣了一下，先生……

张惠言微微一笑，要改变词坛恶习，自要首先将自己的观点阐明，而不是由人猜测。

金应珏又愣了一下,恍然道,我明白了,先生。

众人正说话间,忽就见江承之带着一个年轻的后生进来,笑道:"先生,你看我将谁带来了?"在他后面,是风尘仆仆的一个年轻人,眉眼之间略有些激动之色。

"晋卿?"张惠言微微地愣了一下。

"大舅,"董士锡有些腼腆,向张惠言施礼之后,又向张琦施了一礼,"二舅。"

张琦啐道:"什么大舅?还不快拜见岳父大人?"

董士锡脸色微微地一红,忙又重新施礼:"小婿拜见岳父大人……"

张惠言笑道:"行了,自家人,用不着这么多礼。你娘早写信给我了,算算行程,以为还要过几天才到的,想不到今儿就到了。呵呵。"张惠言说得淡淡的,但任谁都看得到他眼中的那一抹欢喜之色。

六

"晋卿,快写一个'帘'吧。"待张惠言与张琦离去,金英瑊几乎是迫不及待地冲着董士锡嚷嚷道。

"什么'帘'?"董士锡不明所以地瞧着这刚刚结识的同门。董士锡是张惠言的外甥、女婿,不过,与金英瑊等人相见,却是以同门的身份。董士锡这一次来歙县,一方面是遵母命来探望舅父,另一方面,则是来随张惠言读书。

金式玉笑道:"就是以'帘'为题,填一首词。"

董士锡眨了眨眼,道:"可我从来没有填过词啊。"

"不会吧?"金英瑊惊异地瞧着这个年轻人。

"真没有。"董士锡很认真地说道。

金英瑊道:"先生没教过你填词?"这样说着的时候,他的眼神之中,带着些小小的狡黠。对张惠言说刚刚学词、刚刚填词,他总是有些不信。即使很多人,包括老爷子金榜,都说从未见皋文学词、填词,他还是有些不信。他也知道,诗词讲究天分,有的人写了一辈子,也写不好;有的人乍一出手,便能惊人。可他的疑心,总还是有些。金式玉曾笑道,你这是嫉妒先生呢。金英瑊讪讪地笑着,自不肯承认。

董士锡奇道："我大舅自己都没填过词,怎么教我?"大舅曾随他父亲董达章学过诗,这倒是他所知道的。不过,因为一直都写不好,对诗,大舅到最后还是放弃了。大舅连诗都不写,还填词?

金英瑊笑着,便将抄录的张惠言与张琦的几首词递给了董士锡。董士锡低头看过,奇道："这真是我大舅、二舅写的?"

金式玉忍不住笑了起来,道："不信的话,你去问他们就是。"

董士锡挠着头,道："从未见他们填过词,故而有些奇怪。"心道:他们怎么忽然填起词来?大舅不是不再写诗了么?不写诗,便填词?好像,好像古来诗人往往可以是词人,而词人则未必是诗人?若稼轩,其词冠绝千古,而其诗,则实在是无足观。而若本朝的钱牧斋,平生不肯填词,然而,偶作四首《永遇乐》,却远过常人。

这倒是一件奇怪的事。

金式玉似笑非笑,瞧了金英瑊一眼,心道:这回该死心了吧?从神情上来看,怎么也看不出董士锡作伪啊——这根本就是一个老实孩子。

金英瑊好像没看见金式玉那似笑非笑的神情似的,只是瞧着董士锡,道："先生正教我们词呢……这一回,布置我们作的便是咏物,嗯,我们几个作了咏帘词。怎么样,晋卿,也作一个?"

"这……"董士锡只是迟疑,道,"我真没作过词啊。"

金英瑊道："我们也没作过,所以,才学着作嘛。"

董士锡脸色微红,迟疑一下,道："那我大舅教词的话,说了什么没有?"

金式玉笑道："先生说,作词的,当意在言外,贵有寄托。喏,这是先生前些日子选录的一本《词选》,晋卿,你先看一下。"说着,将自己手钞的《词选》递给了董士锡。董士锡接过,低头翻开,便赞道："好字。"

金式玉笑道："说不上好,只是工整罢了,不至于让人看着要猜。"他写的是馆阁体。科考的话,必须使用馆阁体。所以,平日里写的,也都是馆阁体。这么多年写下来,一手馆阁体的字,也可谓是炉火纯青了。金榜对族中子弟的要求便是写馆阁体,说,便是钟王复生,一手行书冠绝千古,可倘若考官认不出的话,一样会落榜,所以,考场之上最基本的一条就是,写出的每一个字,都必须让考官一眼就认出。

也正因如此,考场之上要求考生写的,便是馆阁体,字字清晰、大方、工整、自然，从书家的角度来看，也就显得古板了。

董士锡翻开了《词选》，聚精会神地看了起来，竟有些旁若无人的模样。这是他自小养成的习惯，无论是什么书，也无论是在什么样的情况下，哪怕是闹市酒楼，只要将书册翻开，便会忘却身外的一切。

因为只有这样，才是真的读书。用心，读书。

金式玉、金英瑊诸人面面相觑。他们怎么也没有想到，这年轻人翻开《词选》之后，便像是换了一个人似的，眼睛只是低垂着，再也没有抬起，赞了一声"好字"之后，再也没有说话。一页，一页，又一页……偶尔，会微微地闭眼，好像在思索着什么似的。

董士锡终于看完最后一页，轻轻地将《词选》合上，眉眼之间，若有所思的模样，嘴角则有一丝会心的微笑。

这竟然使金式玉想起佛陀说法时的迦叶尊者来。传说，佛陀于灵山会上，拈花示众，众皆默然，唯迦叶尊者破颜微笑。佛陀因此说道："吾有正法眼藏，涅盘妙心，实相无相，微妙法门，不立文字，教外别传……令方付嘱摩诃迦叶。"

莫非，对于董士锡来说，这本《词选》，便是佛陀手拈的那朵金婆罗花？金式玉的心头忽然生出这个古怪的念头来。

"有纸笔么？"董士锡轻声问道。

金英瑊微微一愣，忙道："有，有。"心道：不会是这就写词吧？这样想着，却早吩咐人将笔墨纸砚拿了过来。金式玉道："我来帮你磨墨。"董士锡道："不用。我自己磨。"腼腆地笑了一下，续道："我习惯了自己磨。"一边说着，一边又指指自己的脑袋，道："磨墨的时候，还可以再想一想。"金式玉呵呵一笑，便也不与他争。董士锡一边磨墨，一边思忖，待磨好墨，便提笔写道：

> 湘竹，摇绿。一丝丝，风漾波移故迟。雨中隔烟看转迷。年时。卷帘春未归。
>
> 银蒜沉沉深押夜。阶下拜，新月如钩挂。燕穿棂，棂外声。半明，绿窗人梦惊。

——董士锡《河传·帘》

写罢，又腼腆地笑了一下，道："见笑了。"

金式玉还未看词，已自赞道："晋卿是捷才啊。"

董士锡忙道："我写东西一向都很慢的，可算不上是捷才。只不过《河传》这牌子没几个字，像是写得快了一些。"

金式玉呵呵一笑，道："曹子建七步成诗，也不过五言六句，晋卿，你这个，可不止六句。"他这里说着，金英璥早就将词笺抓在手中，读了起来："湘竹，摇绿。一丝丝……"一首小令，很快就读完。读罢，金英璥瞧着董士锡，欲言又止。

"子彦，你又想怎样？"金式玉忙道。

金英璥苦笑，心道：若说是宿构，好像不应这么巧；若说不是，天下间哪有第一次写词就写成这样的？更何况，大家是眼睁睁地瞧着他将一本《词选》看完，然后，提笔成词的……

"晋卿啊，若不是这一首写的是'帘'，我还真疑心，这是你从前写的呢。"金英璥忍了忍，终究还是没能忍住，将憋在肚子里的话说了出来。

董士锡道："我没写过词的。就是读，也没好好读过。像这部《词选》，十之八九都是第一次读到。"

金英璥瞧着董士锡，像瞧着一个怪物，半晌喃喃道："太欺负人了！是不是你们常州人都这么欺负人啊？"众人俱笑了起来。

"不信，我还是不信……"金英璥眼珠子骨碌碌一转，断然说道。

"子彦！"金式玉低喝了一声。

董士锡却没有生气，只是笑道："子彦兄不信我这是第一次填词？""不信！"金英璥恶狠狠地说道。

董士锡依旧笑着道："那子彦兄如何才能信呢？"

"再填一首！"金英璥嚷道，"我出题！"

"就这样说定了。"金英璥嘿嘿道，"也别说我欺负你，这选牌子嘛……"说着，抓过《词选》，随意翻开，正是东坡的《水龙吟·和章质夫杨花韵》。

"《水龙吟》？"金式玉脱口道，"这牌子可不容易写。"学词之人，基本上都会知道，有些词牌，是很难写得好的，像《菩萨蛮》《钗头凤》《西江月》等，都是。无疑，《水龙吟》也是。因为此词之中，四字句太多。词又称长短句，其好处便在于句子的长短相间，有所变化，而像《水龙吟》这样，整齐的四字句，一旦处理不好，就会显得呆板，不像是词了。可以这样说，填词，大凡遇到句式整齐的，都很难处理得好。因为句式整齐是诗的特点。而以诗为词，是词家大忌。

金英瑊嘿嘿笑道："此乃天意,再说了,太简单了也没意思不是?"

金式玉瞪了他一眼,道:"晋卿,明天能不能写好?"

金英瑊嚷道:"晋卿捷才,又哪里需要等到明天? 就以一炷香为限吧。嘿嘿。"他这是存心想为难一下董士锡吧。

董士锡忽道:"什么题?"

"题?"

"是啊,总要出个题才是,要不然的话,一时之间,我也不知写什么才好了。"

金英瑊微微怔了一下,道:出题的话,就有限制了,也就更能看出到底是不是宿构。想了想,道:"那就写'送春'吧。"

"送春?"

"'似花还似非花,也无人惜从教坠',"金英瑊道,"这岂非正是暮春时节? 那么,就写'送春'吧。"

董士锡点点头,道:"好。"

"晋卿?"金式玉一惊,心道:这年轻人不会真的现在就写吧? 却见董士锡已自磨起墨来……

东风梦里归来,醒时已是春将晚。芳菲吹尽,年华只似,水流云卷。点点深苔,芊芊细草,望中都满。便多情、纵有游丝千缕,绾不住、残春转。

送得残春去也,锁凄清、废池空馆。为伊消瘦,可还知道,者番愁怨。为语空枝,沾将飞絮,留春一线。莫教他、多少柔情,都付与、闲庭院。

——董士锡《水龙吟·送春》

写罢,董士锡将词笺递向金英瑊,道:"子彦兄指教。"董士锡再憨厚、腼腆,此刻也明白,金英瑊这是存心想看他笑话了。然而,金英瑊没想到的是,这反而使董士锡燃起了斗志,如有神助一般。无论如何,也要替大舅、二舅争口气。董士锡这样想道。

像这样如有神助一般的状态,董士锡不是第一个,也不会是最后一个。当日,太白楼头的黄景仁,就是这样;如果再往前推,滕王阁上的王勃,也是这样。

"……莫教他、多少柔情,都付与、闲庭院。"金英瑊小声念完,默然无语。董士锡也不做声,只是那么静静地瞧着他。过了一会儿,还是金式玉忍不住开口言道:"子彦,怎样?"

"什么怎样?"

"晋卿的这首《水龙吟》写得怎样?"心道,倘若金子彦批评得太厉害的话,我要想办法说些好话了。这对于金式玉应该不难。一首词,一首诗,一篇文,即使被批得体无完肤,只要想说好话,总还是能够说好几句的。更何况,董士锡能够写出《河传·帝》这样的小令,那么,这《水龙吟》的长调,怎么着也不会太差。

金英瓅长叹一声,将词笺放下,整顿衣裳,向董士锡深施一礼,道:"是我孟浪了,还请晋卿海涵。"

"子彦?"这使得金式玉吓了一跳,董士锡也连忙让过,不敢受金英瓅这一礼。

金英瓅苦笑道:"人道有天才,江安甫是一个,眼前的董晋卿,无疑也是一个。唉,晋卿,你倒是说说,是不是你们常州都是这样的人啊?"

董士锡想了想,道:"瓯北先生赵翼算不算?"

"算!"

"稚存先生洪亮吉算不算?"

"算!"

"仲则先生黄景仁?"

"算!"

"杨蓉裳、杨荔裳、杨萝裳兄弟呢?"

"……"

"还有顾氏四兄弟?"

"……"

"还有恽子居、丁若士、钱黄山、左仲甫、李申耆、陆祁生……嗯,还有我大舅、二舅……嗯,闺阁中人算不算?"

"……"

董士锡微微一笑:"吾毗陵隽才辈出,若士锡者,车载斗量,实不足道也。"

金英瓅瞪着董士锡,半晌,喃喃道:"董晋卿啊董晋卿,你这是存心来气我呢。"

众人大笑。

嘉庆二年(1797),《词选》编定,计选录唐、五代、宋词人四十四家,词一百一十六首。若柳永、吴文英者,俱未入选。《词选》编定之后,远近传抄,众人以为若此书者,当刊印行世。张惠言遂作《词选序》,将《词选》付诸雕版。《词选》刻既成,郑抡元又谓张惠言曰:"词学衰且数百年,今世作者,宁有其人耶?"张惠言为道其友七人,曰:恽子居(敬)、丁若士(履恒)、钱黄山(季重)、左仲甫(辅)、李申耆(兆洛)、陆祁生(继辂)、黄仲则(景仁),各诵其词数章,曰:此几于古矣。郑抡元以此七家,再加上张惠言、张琦兄弟,与金英瑊、金式玉,再加上他自己,合并十二家,刻作《词选附录》,以示吾国词学道统终不绝也。

嘉庆四年(1799),张惠言取道杭州,进京赶考。江承之、金式玉等弟子随他北上。董士锡回常州成亲。

这第七次的会试,张惠言终于得中二甲进士,改庶吉士——一甲进士直入翰林,二三甲则通过考选庶吉士得入翰林。

七

"大兄。"张琦进来之后,一直等到张惠言一字一笔,将四首《相见欢》都写完,方才叫了一声。

张惠言轻轻地放下笔,低头瞧着这刚刚写在纸上的四首小令,久久无语。

"大兄。"张琦忍不住又叫了一声。

张惠言长叹 声,两眼便有些湿润。

张琦见状,忙安慰道:"稚存先生得以活命,总算是不幸中的万幸……"

张惠言依旧无语。

张琦道:"……大兄也不必难过,再过些日子,等皇上气消了,或许就赦免他了呢?"

"我难过的不是这个。"张惠言声音有些嘶哑地说道。

张琦一愣:"那大兄的意思是……"

张惠言轻轻说道:"稚存先生上书之后,皇上大怒,交与成亲王审讯,成亲王竟判了个'斩立决'……他们有交情的……"洪亮吉与成亲王永瑆一向交好,至少,也算得上是诗友。然而,洪亮吉上书、嘉庆帝大怒之后,成亲王为以示与自身无关,便以"大不敬"之罪判了个"斩立决"。虽说在给皇帝的奏呈之中也代为求情，可要是皇帝不允呢？是不是真的就要将洪亮吉斩立决？在这件事上，成亲王选择的是明哲保身，他的求情，也只是在确保自身无恙的前提条件下。

张琦也自默然，半晌，道："也怪不得成亲王，他怕受到牵连。"

张惠言黯然长叹，道："还有南崖先生与云房先生……"朱珪，字石君，号南崖，吏部尚书，帝师。刘权之，字德舆，号云房，左都御史。刘权之任安徽学政的时候，洪亮吉曾在其幕中。洪亮吉的这一次上书，便是委托成亲王、朱珪与刘权之代为呈奏。只不过，最终径以上达的是成亲王，而朱珪与刘权之俱未即呈奏。很显然，洪亮吉的这份上书，他们已自觉得不妥，生怕惹祸上身，便压下了。但他们也没有因此去劝说洪亮吉。对这一点，张惠言倒并无责怪。因为他知道，这件事，洪亮吉并不是一时兴起，而是深思熟虑，任谁也劝不了的。张惠言感觉悲哀的是，事发之后，这两位老臣俱只是认罪，竟无一言替洪亮吉说情。否则，以皇帝对他们的信任与重用，事情又何至于发展到这一地步。还有，洪亮吉入狱之后，很多人都到狱中去看望；等洪亮吉被判戍发伊犁，又有很多人前往送行；可他们两位老臣呢？要知道，洪亮吉也算得上是他们的门下，是尊他们为老师的啊，否则，洪亮吉也不会将上书委托成亲王与他们两位了。

张惠言不想对他们不敬，尤其是朱珪。张惠言乡试、会试，朱珪俱是主考，中进士之后，又是由任吏部尚书的朱珪特奏改庶吉士，充实录馆纂修官，而不是通过考试。朱珪是张惠言座师，在这个时代，他们的关系是相当亲近、密切的。朱珪为人也可谓正直、清廉，平生"养心、勤业、虚己、致诚"，与其兄朱筠号称"二朱"，名传南北。其他的不说，仅一条，就值得人尊敬：朱珪四十余岁丧妻之后，便不复续娶，也无侍妾，至于今，已近三十年。古往今来，像朱珪这样的高官，谁不是妻妾成群？朱珪不然。朱珪在丧妻之后，便独居终老。

然而，在洪亮吉一事之上，他老人家还是保持了沉默……

这真的使张惠言很是难过。在卢沟桥，与洪亮吉等人夜话的时候，洪亮吉倒并未责怪朱珪与刘权之，相反，还在为他们说话，说，以他们的地位，倘若来狱中看我或者送行，只怕皇帝会更加生气……

张惠言知道,洪亮吉的这话是肺腑之言。因为当他去狱中看望洪亮吉的时候,洪亮吉就曾再三劝说,叫他别去,免得受到牵连。洪亮吉道,诸君都是大有前途之人,倘若受到老夫牵连,便不好了。洪亮吉说这话的时候,很是真诚,也很是黯然。

洪亮吉没有觉得,自己出事之后,朋友们来狱中看望然后受到牵连是理所应当。

我不是英雄。洪亮吉再三这样说道。我只不过是做了自己觉得应该做的事。

我认罪了。他又这样自嘲似的说道。说这话的时候,眼中满是哀伤。

张惠言回来之后,眼前总是洪亮吉的那种哀伤,挥之不去。

"大兄,"默然良久,张琦劝道,"南崖先生与云房先生或许是等待时机呢? 如今,皇帝正是在气头之上,两位先生去劝说的话,只怕会火上浇油,等过了一阵……"

张惠言点点头,道:"我明白。"这些道理,他真的都明白,只是心里还是有些难过。大丈夫有所为有所不为,当应有所为的时候,"虽万千人吾往矣"。只可惜,今之人,便若朱珪、刘权之这样的君子之人,也做不到了。

张琦苦笑一下,也不复相劝,道:"大姐写信过来,说,让晋卿明年开春以后进京。"

张惠言点点头,道:"学业不可废。"

张琦笑道:"晋卿这孩子,有天分……"

张惠言又复点头,没有言语。张琦一边说着,一边便看那四首《相见欢》:"……梅花雪,梨花月,总相思,自是春来不觉去偏知……"忽就心中一动,瞧着张惠言,想说些什么,可不知道为什么,话到嘴边,竟又硬生生地咽了下去。

因为他忽然发现,又能说什么?

自是春来不觉去偏知……

还能说什么?

"大兄……"

"……怎么?"

张琦嘴唇微微地动了一下,忽地微笑,道:"没什么。"在这瞬间,对"意内言外""寄托",他就有了更深刻的认识。

自是春来不觉去偏知。

大清朝。洪亮吉。

洪亮吉。大清朝。

自是春来不觉去偏知……

张琦笑着，不敢再想下去。

或许，我是杞人之忧吧。张琦自嘲似的笑了一下。然而，盛世实不应如此啊。

绿天窗户，几阵疏疏雨。不见西风吹碧树，已觉嫩凉如许。

藕花还倚红娇，垂杨依旧长条。谁递井梧消息，惊心一叶先凋。

——张琦《清平乐·立秋》

八

江承之是嘉庆五年（1800）正月初一那天没了的。这使得张惠言伤心异常。江承之十四岁拜入张惠言门下，酷好学经，于虞氏易、仪礼犹有心得。这一次到北京，张惠言原不欲带他一起来的，但他坚执要随老师一起，无论是张惠言还是他父母，都无法劝阻。想不到还不到一年，竟死在了北京。

张琦安慰道，才大，天也忌。

张惠言苦笑不已，连续写文，《江安甫葬铭》《祭江安甫文》《告安甫文》《安甫遗学序》《记江安甫所钞易说》，来纪念他的这位得意弟子。

这一个新年，张惠言过得很不开心。

新年后不久，张惠言便写信催促董士锡早日北上，在信中，也告知了江承之的死讯。他知道，在歙县的时候，或许是年龄相近的缘故，董士锡与江承之一向交好。

张惠言门下弟子众多，其中，更有五人，可谓是得意门生，曰，江承之、金式玉、金英城、董士锡、杨绍文。

这五人之中，张惠言最为赏识的，便是江承之与董士锡。许多年以后，江承之、金式玉、张惠言相继去世，董士锡屡困有司，役役奔走，杨绍文无限感慨，乃哀辑众人遗文各数卷及自著文一卷合刊之，名曰《受经堂汇稿》，曰，《茗柯文编》（张惠言）、《竹邻遗稿》

（金式玉）、《齐物论斋赋》《齐物论斋词》（董士锡）、《安甫遗学》（江承之）、《云在文稿》（杨绍文）。受经堂者,张惠言在京师之时,教授弟子之处所也。

　　式玉、士锡工辞赋,而士锡与承之治《易》与《礼》,并能通其说。绍文少喜议论,偶有闻见,辄著之于文,习久稍稍得规矩。之数人者,年相及相善,凡所造述,皆锐然思各有成就,朝夕寒暑,未尝一日废,先生顾之,愉愉如焉。

——杨绍文《受经堂汇稿序录》

　　也就是说,在张惠言看来,江承之病逝之后,能继其道统者,只剩下董士锡一人了。张惠言平生最为得意者,是《易》《礼》,也唯有此,方能称为道统。至于辞赋、文章,还有词,终不好与《易》《礼》相较。

　　董士锡很快就到了北京,与张惠言、张琦相见,说起江承之病逝之事,不觉唏嘘不已,张惠言的眼眶忍不住便红了。金式玉与杨绍文劝道:"先生原已经好了,晋卿,你何苦又惹得先生难过?"董士锡愣了一下,道:"这好像是《石头记》里的话?"杨绍文笑道:"《石头记》里的原话可不是这样的。"董士锡点点头,道:"我好像还记得,是黛玉第一次进贾府,与贾母方才痛哭一场,凤姐却赶了过来,假模假样地又哭了一场,故而众人这样劝说,不对啊,这凤姐哭林姑妈,可没有一滴眼泪呢……"众人忍俊不禁,指着董士锡道:"晋卿啊晋卿,你这是说你哭安甫不是真心呢。"张惠言也不由莞尔,道:"昔日在歙县,晋卿与安甫最是要好,说他不真心,我可不信。"金式玉笑道:"安甫却道晋卿与我最是要好,说这话的时候啊,那酸溜溜的口气,就像陈醋似的,一直酸到现在呢。"杨绍文道:"这个我信。"金式玉奇道:"为什么,子揆?"杨绍文道:"安甫只是读经,其余诗词文赋,几乎一概不问;而朗甫你与晋卿,都雅好词赋,走得更为亲近,换我是安甫的话,也会疑心呢。"金式玉嘿嘿一笑,道:"晋卿却也跟老师学易与仪礼,与安甫时常论学呢。"他想起,在歙县的时候,两个少年人一本正经地论易与仪礼,有时争得面红耳赤,有时相视而笑莫逆于心,不觉长叹一声。杨绍文忙道:"得,朗甫,我这边刚劝完晋卿,你又待怎的?"这一说,众人又自笑了起来。张惠言笑道:"罢了,安甫已经归葬,咱们也不必再痛哭流涕的，不过，子揽……"杨绍文忙道："老师……"张惠言沉吟一下，道："安甫的遗稿，是你收起来了吧？"杨绍文点头道："是的，老师。"张惠言道："待有空的话，你或者与晋卿一起整理一下吧，好尽快刊印，以避免他日遗失。本来呢，安甫的遗稿应该由我这个老师来整理的，可我很快就要出关，恐怕没这个时间了。"

"出关？"

张惠言点点头，道："皇上给列圣加尊号，盛京太庙旧藏宝，例遣官磨治，篆所加尊号，刻入之。吾因能篆书，受廷推，当出关往赴盛京。"

杨绍文奇道："何必将旧藏宝磨治？于京师令所司贡纳上等玉，刻好之后，再遣人送往盛京就是，旧藏宝实不必磨治。"

董士锡接口道："子揽所言正是，列祖列宗的印玺，应该原样保存。"

张惠言瞧着他的这两位弟子，神情便有些异样。他人很清瘦，眉角分明，须眉黑里透红，面色则一向和易，性情更是和蔼，然而，此刻，却隐隐地有些不平的模样。

"老师？"杨绍文、董士锡、金式玉等人也注意到了张惠言神情的变化，便忍不住都叫了一声。

张惠言叹息一声，道："这话，吾已言于当事者了。"他没说这当事者到底是谁。

"那……老师还要出关？"杨绍文便很是不解。

张惠言苦笑一下，没有做声。

"莫非……当事者不以为然？"杨绍文又问道。

张惠言轻轻摇头，道："不，他以为然。"

"那……学生就不解了，既然他以为然，又何以还要让老师出关？"

"因为这件事，要奏告皇上……"

"他不敢奏告皇上？"董士锡脱口道。

张惠言又叹息一声，道："正是。"

众人面面相觑，各自都想到，洪亮吉之后，再无人敢对皇帝直谏矣。张惠言见众人神情忽就也有些异样，心中一动，失笑道："不要这样看吾，吾不是不欲奏告皇上，而是吾位卑，欲语亦不可得也。"张惠言去年才中的进士，因朱珪之助，转庶吉士，说到底，就是国家秘书处的秘书而已，想见到皇上固然不可能，便是想奏告，亦

张惠言

梅花雪，梨花月，总相思，自是春来不觉去偏知

349

不可能也。不要说张惠言了,便是洪亮吉,上书也是托成亲王、刘权之与朱珪三人的。

杨绍文讪讪道:"是学生的错了。去年,稚存先生获罪,老师又是去狱中探望,又是自去送人,这样的胆量,比那些大人先生们要大得多了。且吾曾闻,老师与稚存先生俱曾面折南崖于大庭广众之下,真是一点面子也不给啊。"他说的是洪亮吉、张惠言与朱珪争辩之事。张惠言乡试、会试,皆出朱珪门,然而,他从未私自求见,而是俱随众弟子进退。去年,中进士之后,朱珪举荐,让他直接转庶吉士,可谓更复有恩。然而,当觉得朱珪观点不对的时候,他依然诤谏。朱珪说,天子当以宽大得民,张惠言却道国家承平百余年,至仁涵育,远出汉唐之上,吏民习于宽大,故奸孽萌芽其间,宜大伸罚以肃内外之政。朱珪言天子当优有过大臣,皋文言庸猥之辈,幸致通显,复坏朝廷法度,惜全之,当何所用?朱珪喜进淹雅之士,皋文言当进内治官府、外治疆场者。那一回,他正是与洪亮吉一起,诤谏于大庭广众之下。只是后来洪亮吉索性上书,而他没有。从这一点来说,他多少有些愧疚,故而洪亮吉一旦出事,他无论如何都要去狱中探望;洪亮吉戍发伊犁,他无论如何都要去送行。至于后果,便不计矣。

大丈夫当做他以为该做的事,而不必管这样做会有什么样的后果。

"子掞!"张惠言听得杨绍文说起这件事,忙就喝止,道,"南崖是吾恩师,不可无礼。"

杨绍文嘻嘻一笑,道:"老师总是宽厚。"

张惠言轻轻摇头,道:"可面折,不可背后说人。"

杨绍文微微一怔,凛然道:"是,是学生错了。"说着,便向张惠言深施一礼,恭敬异常。因为他知道,这就是张惠言的为人,也是在教他如何做人。

嘉庆五年(1800)四月,张惠言出关。出关之前,张惠言向当事者言道:"翰林院乃皇帝侍从,奉命篆列圣宝,宜奏请驰驿,不得由部给火牌。"当事者点头,道:"你是对的,应该由各地驿站供应食宿,而不是去领取兵部火牌,只是……"火牌用于军事,证明驿兵身份,并凭此领取车马口粮。作为翰林院的庶吉士,又是奉命出关篆刻列圣玺印,实不应领取火牌、以驿兵的身份出行的。

"这等小事，又何必麻烦皇上？"当事者这样说道。

张惠言回到寓所，收拾行李的时候，越想心里越不是滋味，不由叹道："天下事皆如是邪？吾位卑，能言之而已。"

张惠言离开北京，向山海关而行。出关之后，蓦见桃花盛开，心中怔怔，漫自吟哦：

海风吹瘦骨，单衣冷、四月出榆关。看地尽塞垣，惊沙北走；山侵溟渤，送嶂东还。人何在，柳柔摇不定，草短绿应难。一树桃花，向人独笑，颓垣短短，曲水弯弯。

东风知多少，帝城三月暮，芳思都删。不为寻春较远，辜负春阑。念玉容寂寞，更无人处，经他风雨，能几多番。欲附西来驿使，寄与春看。

——张惠言《风流子·出关见桃花》

多少事，在心头，总艰难。

更无人处，经他风雨，能几多番。

关外的春天，随着桃花的零落，即将归去。

到晚上，听得海涛声声，张惠言彻夜难眠，又自写道：

梦魂快趁天风，琅然飞上三山顶。何人唤起，鱼龙叫破，一泓杯影。玉府清虚，琼楼寂历，高寒谁省。倩浮槎万里，寻侬归路，波声壮，侵山枕。

便有成连佳趣，理瑶丝、写他清冷。夜长无奈，愁深梦浅，不堪重听。料得明朝，山头应见，雪昏云醒。待扶桑净洗，冲融立马，看风帆稳。

——张惠言《水龙吟·夜闻海涛声》

九

前面已是宁远。也就是后世的兴城市，归属葫芦岛。

前明的天启六年，太祖努尔哈赤正是在宁远城下被袁崇焕的红衣大炮击伤，后伤重不治而崩亡。然而，这一场所谓的"宁远大捷"，终不能改变历史的进程，大明的命运，大清的命运，仿佛天注定一般。

山气清人远梦苏，海天摇白转空虚。马蹄不碍岭云孤。杨柳官桥通碧水，桃花小市卖黄鱼。东风未起早阴初。

王气东来百战艰，行人指点土花斑。杏山过了又松山。边马百年思塞草，征夫双泪唱刀环。何人回首战场间。

——张惠言《浣溪沙》

出关之后，一路行来，张惠言词兴大发，方才感慨了松锦之战——此战大明十三万人或战死或被俘，主帅洪承畴被大清生擒，后降服，可谓是明亡清兴的转折点——又来到了当日使太祖努尔哈赤饮恨之处，不由得更是心潮澎湃。正沉思间，蓦见城门口处一人大步而来，看官服，应是此间的知州。这使得张惠言微微地愣了一下。

"可是张皋文？"那人一边大步走着，一边大声说道，"我是刘松岚……"张惠言恍然道："原来是松岚兄。"忙也就迎上前去。

刘大观，字正孚，号松岚，山东临清州邱县人，乾隆四十二年（1777）丁酉拔贡，如今，正是宁远州知州。刘大观不到五十岁的年纪，工诗善画，与洪亮吉、翁方纲、法式善、张问陶、杨芳灿、王文治、吴锡麒、刘嗣绾、陆继辂、余鹏年等人都有交往，黄景仁殁后，向翁方纲索要其诗，为之刊刻。

一瓣心香契独神，此公高义出风尘。应怜少日齐名者，已作千秋传世人。检点溪山余笠屐，删除花月少精神。向平婚嫁为君毕，亦拟穿云访列真。

——洪亮吉《刘刺史大观为亡友黄二景仁刊〈悔存轩集〉八卷，
工竣，感赋一首，即柬刺史》

不过，张惠言之所以知道刘大观，竟是周湘花的原因。这两年，已不知有多少人说起周湘花，说刘松岚之簉室周湘花如何如何漂亮，吐属如何如何得体，又说，这"湘花"二字，还是吴嵩梁给取的，并且还作了一首诗——《湘花词为刘大令松岚大观家姬赋》。然后，王文治又作了两首——《湘花诗和吴兰雪二首》，此外，还有袁枚、法式善等人，俱曾说起周湘花，还说周湘花善绣，吴嵩梁赠字赋诗之后，周湘花因绣《兰雪夫妇石溪看桃花诗》为报，一时江南题咏甚众。

吴嵩梁，字子山，号兰雪。翁方纲弟子。曾跟蒋士铨学诗法。

曾与黄景仁并称。王昶、法式善、吴锡麒与其师翁方纲等人并相推重。其妻蒋徽、其妹素云、其女吴萱善画,其女吴芸华善诗,这自是后话了。嘉庆五年(1800)的吴嵩梁不过三十五岁耳。

张惠言听得那么多的诗人、才子说起周湘花,说起周湘花的夫君刘松岚,想不知道天壤之间有个刘松岚大观也不可能啊。更何况,他虽不作诗,但刘大观的诗,总还是读过一些的……

也是作手。张惠言这样评价道。想想也是,刘大观倘若不能诗,又怎么可能与这么多的当今诗人为友。

正思忖间,刘大观已到眼前,上下打量了几眼,爽朗地笑道:"人道张皋文清赢,面有风棱,须眉作青绀色,今日一见,果然如此啊。"张惠言一边施礼,一边悠悠道:"人还道张皋文性子和易,可与任何人交,不知君可曾听闻?"刘大观嘿嘿道:"吾却听说张皋文诤谏南崖公而面不改色,洪稚存入狱而决然探望呢,这可不大像性子和易呢。"两人相视而笑,仿佛认识多年的朋友似的。

刘大观将张惠言迎至衙斋住下,又让周湘花出来相见。周湘花是苏州人,二十三四岁的年纪。张惠言赞道:"夫人果然慧丽,松岚兄得此佳偶,今生之幸也。"刘大观大笑,道:"吾曾有《兰雪吟》一首,嘿嘿。"说着,让张惠言在书房坐下,便将那首诗找了出来。张惠言心道:夫人不是名湘花么? 怎么作起《兰雪吟》来了? 兰雪不是吴嵩梁么?

十月之杪,积雪满庭,推窗延眺,情怀甚适。侍姬湘花忽慨然曰:"雪大如许,未知吴兰雪何在。"余愕然异之,为作《兰雪吟》。兰雪者,江西人,姓吴名嵩梁,苕生既死,诗鲜出其右者。在吴门作《湘花词》,清丽可爱,故湘花有知己之感。

兰雪兰雪,才气高绝。人以诗名,福被名折。北走燕王台,南登馆娃宫。鼠须麝煤两吟具,自谓身穷道不穷。寥天鹤,奚所止。风雪满天无定踪,怜才兴叹一女子。

——刘大观《兰雪吟》

蒋士铨,字心余,一字苕生。

张惠言赞道:"君亦吴兰雪知音也。"蒋士铨去世后,世人都道江西诗人当以他为首,不过,张惠言还未曾与他有缘相见。

刘大观兴致勃勃,又取出那首《湘花词》来,递给张惠言,捋须微笑:"兰雪妙笔,果是湘花知音也。"

姬氏周,苏州人,姿性慧丽,余与松岚约游灵岩,过其寓观,命姬出拜,赠以今名。潘农部榕皋奕隽为画《湘花图》,松岚属咏其事,湘花将绣余诗以报云。

馆娃宫外花如雾,一种幽兰抱心素。紫蝶黄蜂不敢过,天与才人特珍护。长卿佳句妙当时,到处旗亭唱竹枝。三生来践寻春约,一顾先邀旷代知。钿车迎嫁归金屋,罗幔摧妆围桦烛。大妇当初见亦怜,新人自倚颜如玉。玉貌天然爱澹妆,秋云叶叶翦衣裳。黛痕薄扫春山湿,花气徐吹晚鬓香。故人酒半传佳话,自卷珠帘催出拜。环佩迟来讶已仙,风神侧坐偏宜画。满靥红潮笑未成,可怜眉目尽聪敏。湘花小字亲题赠,露朵全开悟隔生。随园诗叟眼如月,一见湘花叹殊绝。心赏由来真色难,面诶直愿仙龄折。水云妙墨出清新,香影枝枝替写真。风前一笑无群卉,镜里双花是美人。冰绡持赠花应语,气味相怜但侬汝。录名从此艳宫闱,采佩何劳隔湘渚。刘郎前度访天台,曾傍红云舣棹来。素心一朵能专宠,千树桃花不敢开。人间零落多芳草,玉蕊盈盈开独早。洗砚熏衣过一生,女儿都说湘花好。银钩宛转写乌丝,敢向婵娟责报迟。唾绒五色临花坐,亲绣吴生本事诗。

——吴嵩梁《湘花词》

那一晚,刘大观滔滔不绝,说的便是湘花。湘花在一旁,抿嘴微笑,瞧着刘大观的双眼之中满是柔情,一似江南的水一般。这竟然使张惠言有所羡慕了,想起自己的妻子吴氏。张惠言十六岁成亲,娶国子监生吴承绂之女为妻,不觉已经二十余年了。

翌日,张惠言辞行,前往盛京。临行前,刘大观笑道:"昨晚都是我说话了,怠慢怠慢。"心中对张惠言越发亲近。因为几乎整晚都是他在说话,而张惠言竟没有一丝不耐烦,脸上始终带着微笑,认真倾听。刘大观很清楚,做一个说话的人容易,做一个倾听者很难,因为你所说的话,未必就是那倾听者想听的;因为对于你来说无比美好的事,而对另一个人来说,就未必。

刘大观一边说着,一边就命人将一个盒子交给了张惠言。

"这是……"张惠言奇道。

"一块玉而已,古称'珣玗琪'的那种,"刘大观笑道,"在咱们辽东,可不值钱。"

"这……"张惠言便有些迟疑。

刘大观嘿嘿笑道:"不过,皋文,你也不能白拿,就回赠词一首吧。这两年啊，不知多少人在吾面前说，张皋文出，一改词坛风貌，天下无出其右者。可惜，吾不填词也。嘿嘿。"

张惠言想了想，心知这是刘大观好意，拒收反而不好，便打开盒子，看了看那块古之所谓"珣玗琪"，又思忖一会儿，援笔成词：

> 东方之美者，有医巫闾之珣玗琪焉，今锦川文石殆是也。刘松岚刺史见赠一枚，周圆肉好，作水云漾月之文，莹澈可爱。赋此酬之。
>
> 海云一朵，是何人、招入医闾山骨。千古惊波流不尽，洗出海山明灭。入手秋空，当心夜炯，见此明明月。蓬莱何处，一泓如许澄澈。
>
> 此地宜着神仙，小山高赋罢，琼枝亲折。我是江东飞来鹤，定与闲云相识。出岫无心，平波好住，揽佩还重结。且歌徵角，尊前试扣清越。
>
> ——《念奴娇·赠刘松岚刺史》

"好词。"刘大观大声道，"他日，吾或可因皋文此词而留名也。"两人一笑而别。

十

嘉庆五年（1800）的端午节，张惠言是在关外度过的。那一天，他忽然便又想起江承之来，不觉怅然良久。

> 吾乡五月竞渡，为江南胜事，不得见者十六年矣。丁巳端午，寓居歙县，与舍弟翰凤及金子彦兄弟泛丰溪，至覆舟山，赋《满庭芳》一阕。戊午，则在武林游观西子湖，己未，在京师看荷花于天香楼，亡生江安甫皆从焉。今年索居辽海，风雨如晦，怀人抚序，怅然感之。
>
> 红杏桥边，白云渡口，画船箫鼓端阳。十六年来，故园事事堪伤。前年此日偏相忆，有沙鸥、招得成行。向丰溪、掠过波声，划破山光。
>
> 当时但觉离情远，倩蛮笺缄恨，苦说他乡。谁道而今，回头一样茫茫。客来都问江南好，问江南、可是潇湘。怎凭阑、一缕西风，一寸回肠。

> 听雨湖头，看花日下，两年多少闲情。一卷离骚，有人和我吟声。

而今往事难追省,泪如丝、不透重扃。把深杯、酬向遗编,易传元经。

仙人闻说辽东鹤,问归来丁令,可识湘灵。海阔山高,千年几许冤魂。伤心欲奏招魂赋,怕夜台、猿狄还惊。请看他、怨雨悲风,锁住愁城。

——张惠言《高阳台·庚申五月五日作》

人海飘零,倘若有喜欢的人陪伴在身边,那该是一种怎样的快乐啊。然而,世事总是不肯从人所愿,只给人留下无尽的惆怅与遗憾。

云暗还开,雨疎才歇,急水新涨潺潺。竹篙轻快,随意度平滩。树里几乡家村舍,壶觞暖、笑语阑珊。溪声外,斜阳一片,无数是青山。

乡关。回首处,青桡翠羽,玉管红檀。怅天涯十载,旧梦都删。却道年华似水,将归思、又逐惊湍。浑无耐,丰溪千折,不到白云湾。

——张惠言《满庭芳·五月五日泛丰溪》

……余以嘉庆丙辰至歙,居江村江氏,明年,余书稍稍成,时余之甥董士锡从余,与安甫年相及,相善,并请受《易》,各写读之。所居橙阳山,门前有小池,夫渠盈焉。时五六月间,每日将入,两生手一册,坐池上解说。风从林际来,花叶之气,掩冉振发,余于此时心最乐……

——张惠言《书江安甫所钞易说》

张惠言在关外的事情办完,依旧回到北京。嘉庆六年(1801),四月,散馆,张惠言奉旨以部属用,朱珪奏改翰林院编修。清制,进士经殿试后,除一甲三名授修撰、编修外,其余一部分选为庶吉士,由特派的翰林官教习,三年后经考试优等,原二甲进士授编修,三甲进士授检讨,次者改各部主事或知县。当初,正是朱珪奏改,张惠言直接成为庶吉士,而没有通过甄别考试;进入翰林院之后,洪亮吉是他的教习,故张惠言以老师尊之。庶吉士学习之地称庶常馆,学习期满称散馆,留充编修、检讨者称留馆。张惠言原已奉旨,要分配到各司署任属官,又是朱珪出面,奏改翰林院编修。

倘若分到各司署,很容易就泯然众人矣,成为官场上一个极为寻常的小官;而留在翰林院任编修,就等于后世留在中央党校继续读研,甚至有机会进入中央政策研究室……也就是说,翰林院就是大清政治人才的储备处,留任编修,将来获得重用的机会就会增加很多。

朱珪没有因为张惠言的诤谏而改变对他的看法。事实上,朱珪一向都有令名,是一个正直的人,只不过在洪亮吉一事上,面对皇帝的愤怒,老人实不敢说话而已。很多时候,说话需要的是勇气,与其正直与否无关。至于张惠言的谏诤,只不过是师徒的政治观点不同而已,又焉能强求?

然而,张惠言依旧不快乐。

或许,人的快乐不需要理由;人的不快乐,也一样不需要理由吧。

十一

嘉庆七年(1802),六月,天气渐渐地转凉,已经病了好久的张惠言斜倚在病床上,忽就听到了蟋蟀的鸣声。那声音,听在张惠言的耳朵里,只觉无限凄清。他吃力地转头,吩咐董士锡取过纸笔来,想写些什么。董士锡心中难过,道:"先生,我帮你写罢。"张惠言点点头,慢慢地吟哦:

西风幸未来庭院,秋心便劳深诉。石井苔深,铜铺草浅,别有凄凉情绪。流年暗数。甚蛙黾蝉痏,任他风雨。多谢殷勤,尊前特与说迟暮。

庚郎愁绝如此,便从今夜夜,相和悲语。吟稳还惊,声孤易断,消受一秋凉露。江南梦苦。记雕笼携来,画堂门去。快听雄鸣,为君拂衣舞。

——张惠言《齐天乐·六月闻蛩》

待董士锡写罢,张惠言又将词笺要了过来,看了几遍,改了几个字,方才满意地点头,递给董士锡收了起来。这一阵折腾,他已是满头大汗,倚靠在床头,歇息了一阵,方才平复了一些。

"你二舅呢?"张惠言问道。

董士锡一阵迟疑:"二舅他……"

张惠言微微皱眉,道:"怎么?"

董士锡忽就两行眼泪顺着眼角滚滚而落。

张惠言心中一惊:"到底怎么回事?"

董士锡哽咽着,忍了又忍,到底还是没能忍住:"朗甫……朗甫他去了……"

张惠言怔怔,整个人变得像是土偶木梗一般,一动不动,连眼珠子也都一转不转了。这使得董士锡失色,慌道:"先生,先生……"对于董士锡来说,在张惠言面前,有三个身份,外甥、女婿、弟子。在这三个身份之中,他最喜欢的,是弟子,故而,他很多时候,都是唤张惠言作先生或老师。张惠言也喜欢董士锡这样唤他。江承之死后,张惠言一直以为,唯董士锡能传其道统。杨绍文喜欢作文章,而于《易》与《仪礼》,始终都差些,虽然说,早些年张惠言也曾对他寄予莫大的希望。

董士锡一边惊恐地唤着"先生",一边便上前将张惠言扶着坐正,胡乱地拍打着他的脊背,仿佛这样就能使张惠言清醒过来似的。他的心中,一阵一阵恐惧。

良久,也不知是不是董士锡的拍打脊背起到了作用,张惠言总算是清醒了过来,长叹一声,嘶哑着声音问道:"什么时候去的?"

"六月,六月初三……"董士锡颤抖着声音说道。

张惠言心中一恸,微微地闭上眼,什么也没说,甚至连眼泪也没有流。但董士锡分明看见他的不尽伤心与难过。

金式玉今年进士及第,改庶吉士,是张惠言门下第一个考中进士的,对于张惠言门下众弟子来说,原应是一件很开心的事,然而,才过去两个月,他就因病去世了。去世的时候,才二十八岁。当张琦、杨绍文等人去给金式玉处理丧事的时候,再三吩咐董士锡,不要将这件事告诉病中的张惠言……然而,董士锡终未能忍住。

因为他的心中同样难过,难过得直想大哭一场。

"我记得朗甫有几首《菩萨蛮》来着,你念给我听。"张惠言低低地吩咐道。

董士锡点点头,从书箧中翻找了出来,低着头,轻声念道:

行云乱点遥山碧,重楼深锁垂杨陌。花影入帘低,双双舞燕迷。

黛蛾愁更浅,心似红蕉卷。相忆牡丹时,春风隔鬓丝。

垂帘不放风花入,浓阴满院春芜湿。鸾镜晓妆轻,鬈眉画不成。

宝钗金凤翅,**累猭**芙蓉蕊。轻缕动斜霞,惊回罗袖花。

一春愁绪怜芳草,鹧鸪啼遍空山晓。细雨暗高楼,银筝倦未收。

天涯芳信断,梦晓江南岸。何必怨黄昏,春时半掩门。

——金式玉《菩萨蛮》

董士锡一边念着,一边就忍不住眼泪扑簌簌地往下掉,打湿了那一纸词笺。待他念罢,张惠言微微一笑,说道:"这'累猭'一词啊,在《六丑·归鸦》一词中,用了一次……这里,又用了一次,我记得啊,我当时说,朗甫啊,填词的话,一个'累猭'连用两次,人家会说你用词贫乏的,这孩子当时说啊,说省得,省得,等想到合适的,就改掉。瞧瞧,你瞧瞧,到现在都没有改……"这样说着,脸上还带着微笑,眼角却早有眼泪缓缓流出,滴在了枕头上。

几天后,嘉庆七年(1802)的六月十二日,张惠言去世。张惠言去世之后,妻子吴氏带着十四岁的儿子成孙,以及董士锡扶棺南下,回到常州。

从十四岁离开常州为童子师,张惠言一直都漂泊在外,四海为家而回家似客,直到如今,算是真的回家了。回到常州以后,因张家家贫,或有劝吴氏让成孙去学徒经商者,被吴氏拒绝了。

"吾家十数世食贫矣,然皆业儒,隳祖业不可自吾子始。"吴氏这样说道。声音很轻,很决绝。

十二

去年燕子来无数,不住呢喃语。今年燕子怎无情,知是病余憔悴不堪听。

支离三月幽闺外,强自扶床坐。几时散步倚阑干,已是春花落尽未曾看。

——张絪英《虞美人》

晓来无赖东风，芳菲落尽春犹在。几枝半敛，胆瓶深贮，朱颜未改。银蒜尘轻，玉炉香细，怕他憔悴。尽清明过了，无情飞燕，衔不到、秋千外。

斜倚小窗敧侧，想嫣然、不禁铅泪。一缕柔丝，数声啼鴂，离愁易碎。凭遍阑干，半规新月，那堪无寐。便春归处处，残红却护，得他飘坠。

——张𬘓英《水龙吟·瓶中桃花追和先伯父原韵》

檐蛛暝织，放游丝一缕，黏住香魄。满地余芳，不卷重帘，正怯晚来凄寂。东风又是频吹送，共柳絮、一般轻别。忍看他、罥尽残红，春去者番难觅。

澹月深林乍影，小楼凝望处，悬布篱隙。恰似闲愁，系得芳心，一刻几回敧侧。多情凤子寻香梦，但叶底、双双怜惜。莫教他、粉翅飞来，随着春魂狼藉。

——张𬙋英《疏影·赋得蛛丝网落花》

一枝掩映窗纱，殷勤留得春风在。年时记得，点脂匀粉，而今未改。烂漫娇红，参差嫩绿，未禁憔悴。问天涯多少，絮翻丝罥，乱点向、斜阳外。

独立银屏无语，空飘零、凄凉含泪。澹月飞来，疏帘乍卷，影摇风碎。又怕夜阑，子规啼处，惹他无寐。把琼钩押下，湘云深护，莫教轻坠。

——张𬙋英《水龙吟·瓶中桃花追和先伯父原韵》

春梦惊回，槐阴尽卷，阑前暗逗新秋。雨细风疏，廿番花信皆休。丛残已分同芳草，仗轻云、扶上琼楼。最堪怜、浅笑轻颦，还抱新愁。

东皇应是嫌幽独，怅霜天寥迥，秾艳都收。容我清狂，一般顾影篱头。闲情陶令常相忆，叹江海、沉梦汀洲。好凭他、丹桂清芬，伴我忘忧。

——张纶英《高阳台·和若绮妹咏菊》

云护帘栊，霞烘许院，一枝独倚斜曛。净洗铅华，西风展尽愁痕。幽怀只有姮娥识，傍琼台、避却芳尘。笑东风、花信频番，误了春人。

　　玉楼好伴难重省,剩疏桐夜月,衰草重门。此日相看,休辞频倒芳尊。碧阑干外秋如梦,有幽香、飞上罗巾。愿年年、把酒疏篱,伴我黄昏。

——张纨英《高阳台·咏菊》

　　(张惠言、张琦、董士锡三首《水龙吟·瓶中桃花》词参见《恋他芳草不多时》之董士锡篇)

　　张琦已经老了。老去的张琦坐在窗前,微微地笑着,低头瞧着女儿们的新词。张琦有四个女儿,个个能词,尤其是长女张縴英(字孟缇),沈善宝在《名媛诗话》中写道:

　　孟缇词笔秀逸,真得碧山、白云之神。壬寅荷花生日,余过澹鞠轩。时孟缇初病起,因论夷务未平,养痈成患,相对扼腕。出其近作《念奴娇》半阕,云后半未成,属余足之。余即续成就。孟缇笑曰:"卿词雄壮不减坡仙,余前半太弱,恐不相称。"余觉虽出两手,气颇贯串,唯孟缇细腻之致,予卤莽之状,相形之下,令人一望而知为两人作也。词曰:"良辰易误,尽风风雨雨,送将春去。兰蕙忍教,摧折尽、剩有漫空飞絮。塞雁惊弦,蜀鹃啼血,总是伤心处。已悲衰谢,那堪更听鼙鼓。　　闻说照海妖氛,沿江毒雾,战舰横瓜步。铜礮铁轮虽猛捷,岂少水师强弩。壮士冲冠,书生投笔,谈笑平夷虏。妙高台畔,蛾眉曾佐神武。"

——沈善宝《名媛诗话》

　　平心而论,沈善宝这续写的后半阕,实不如张縴英。前者可谓得张惠言之真传,而后者,直似叫嚣,焉能与坡仙相较? 或谓此可为后世老干体之滥觞也。

　　不仅张琦的四个女儿个个能词,也不仅张惠言之婿董士锡能词,便是董士锡之子、张惠言之外孙董毅,也一样能词。前些年,董毅有感于外公《词选》收词太严、太少,便编录了一部《续词选》,来请张琦作序。张琦便写了几句,以为此"亦先兄之志也"。

　　他没有多写。因为已经不必。

　　这几十年来,天下词家,几乎都受到张惠言的影响,尤其是董士锡、周济之后，常州词派俨然形成。

张琦甚至相信，张惠言将会影响到后世的词坛——如果后世还有词坛、后世还有词人的话。

张惠言之前，词坛之上，流派纷陈，尤其是浙派与阳羡派，影响更是深远；张惠言之后，天下词家，大半常州，至于浙派与阳羡，其道统几乎断绝，吴锡麒、郭麐等人，已是浙派最后的辉煌。

然而，这未必就是先兄想要的。张琦微笑着想道。他知道，先兄平生最得意的，是经学，是虞氏易与仪礼，而不是词。可影响后世的，却是这本薄薄的《词选》，是三百余字的《词选序》，还有四十六首《茗柯词》。

这真的是当初张惠言所没有想到的。

当初编录《词选》，只是为了教授金式玉等爱词的弟子们而已……"只要你们想学，我就能教。"张惠言如是说道。

张琦想起，张惠言去世后不久，嘉庆十四年（1809），阮元左迁编修，充国史总纂，为张惠言作传入儒林。然而，在阮元出抚江西之后，有某尚书以为，张惠言所著书显倍朱注而去之——意思是说，张惠言又焉能与朱熹朱夫子争胜？一时之间，士论大为不平，纷纷来找张琦，要与张琦一起去找那些史官争个是非曲直。张琦笑道："先兄宜入儒林与否，将来自有定论。若如此求人，即与奔竞何异？非先兄意也。"

张惠言一生不肯求人，即使朱珪是他恩师，很赏识他。

张琦相信，张惠言即使不入史书，其经学、词学一样会不朽。

又过了很多年，那一年是道光十九年（1839），张琦也去世六年了。年过古稀的李兆洛主纂《常州府志》，拟于龙城书院院西增祀庄存与与张惠言二人。李兆洛曾录张惠言《易》注，日尽二十纸，又曾在《与祝百十书》中写道："吾党如皋文，庶几不朽。"

在散文上，李兆洛与恽敬、张惠言合称"阳湖三家"，并因此而形成一个流派：阳湖派。

郭麐

正是可怜时候可怜侬

风蝶令

春色谁家院，高楼三月风。碧云深处小帘栊。只是隔窗花语不相逢。

雨向芭蕉滴，灯从寂寞红。奈人消息梦难通。记得画船初见水流东。

李旭东

这些天，郭麐很是不开心。

素君奇道："怎么了？还是为月璘的事?"素君是个很温婉的女子，比郭麐小十七岁，跟着他也已经很多年了。对素君，郭麐总有一种怜惜感，以往，每一次离家外出，素君便是他心中的那份牵挂。有时，郭麐也会想到，或许，这是素君年轻的缘故？妻子终究已经老了。对妻子，郭麐或有几分内疚感，可心中实在是不喜欢。

很多时候，喜欢一个人，或者不喜欢一个人，实在是他自己无法做主的事。

郭麐依旧是心不在焉的模样，瞧着窗外的雨。

江南的雨，总是很多，很缠绵。

"怎么了?"素君越发奇怪，迟疑一下，道，"月璘的事，那也是命，你……你就不必难过了。"

郭麐还是定定出神，瞧着窗外，仿佛窗外的雨真的是莫大的风景似的。是啊，这里是江家桥，可再绝美的风景，看了这么多年，又怎么会还觉得绝美？

风景如人，看得多了，往往便会不觉其美的。

郭麐是嘉庆九年（1804）从魏塘卖鱼桥移居至魏塘东门外江家桥北的，不知不觉，已经五年了。

"频伽?"素君忍不住又叫了一声。

去年年底，郭麐与潘眉从南昌回来以后，一直都是这样，有时呆呆发愣，有时满面忧伤，有时又是紧锁眉头，好像有什么事怎么想也想不通似的。素君也曾悄悄去问潘眉，问在江西到底发生了什么事，以至于郭麐一回到魏塘，就这样一副失魂落魄的模样。

尤其是新年过后，整整一个多月，郭麐连笔都没动一下。这对于郭麐来说，是从未有过的事。郭麐嗜诗、嗜词、嗜文章，从前，几乎每一天都要写一点什么的，哪怕是写一首绝句也好；倘若有哪一天没有动笔，他就会浑身不自在。对于郭麐来说，写诗词、写文章，已是他生活的一部分，就像吃饭穿衣一样，自然而然，一天都不可或缺。

然而，去年从南昌回来，一直到现在，郭麐愣是没动过笔，一天到晚，就这个样子，发呆，发愣，瞧着窗外，瞧着天空，无论是雨，还是晴。

素君没有在意的是，郭麐两眼怔怔瞧着的，正是南昌方向。

"嫂子，你就别问我了。"潘眉这样说道。

潘眉，字稚韩，号寿生，与郭麐一样，都是吴江人。去年，潘眉从吴江移居魏塘辋埭，与郭麐从朋友更是成为近邻。潘眉其实只比郭麐小四岁，如今，也是年近四旬之人了。然而，潘眉喜欢称素君作"嫂子"，即使素君比他要小很多。

素君也喜欢这样的称呼，就像喜欢月璘生前称她"母亲"一样。十年了，月璘从到郭家起，就喊素君母亲。而郭麐，每次出行的衣物行李，都是月璘给准备的；郭麐每写一篇诗词，月璘都能通其意。

月璘姓薛，名娟，其父名魏炯。十年前，郭麐与素君在魏家一见就喜欢上这个小女孩，而这个小女孩，也很是粘着素君，于是，便将她带在了身边。在郭家，月璘名为婢女，与素君却是母女相称。郭麐也不以为意，索性便将她收作义女，与阿茶一样看待。

阿茶是郭麐唯一的女儿，与月璘年龄相仿。

月璘长大之后，无论是魏炯夫妇，还是郭麐夫妇，都曾想过给她说门亲事，结果都被她拒绝了。

她只愿意呆在郭家，呆在郭麐与素君的身边。

然而，谁也没想到，三年多前，魏炯夫妇相继去世，消息传来，月璘悲痛难抑，竟因此而伤神逝去。去世的时候，才十七岁。

那是嘉庆十年（1805）的事了。那一年，素君带着月璘回绍兴省亲。当年五月，月璘之父魏炯去世；一个月之后，其母也追随丈夫而去。月璘闻听之后，悲痛欲绝，卧病不起，纵使素君衣不解带，悉心照顾，也终究无济于事，在新年到来之前离开了这个人世。当时，郭麐正在外游历，等他到绍兴接素君回家的时候，月璘已与他人天永隔。这使郭麐很是伤心。

月璘的父母已经去世，那么，营葬月璘的事，就落在了郭麐的身上。郭麐不想将月璘随随便便地埋掉，一直都想将她葬在杭州，与杭州的山水风光一道。然而，郭麐家贫，一直都是有心无力，直到去年五月，方得以将月璘葬在葛岭，张孝女坟之侧，并且为之作《室女薛月璘葬铭》，而后，又请朋友为之绘《春山埋玉图》，再请朋友题词其上。

对于死去的人，这毫无用处，然而，对于活着的人，或许，也只能如此了。至少，有这样一幅图，有当今名士的题词，月璘的声名便不会随着时间的流逝而湮没，许多年以后，当后人在看到这幅图、读到这些词的时候，便会知道，在当年，曾经有过一个聪慧的女子，名叫月璘。

历史的河流实在是已湮没了太多的名字，即使这名字在当时曾经显赫；而月璘，只是一个郭麐、素君很在意的人而已，对于别人来说，实在是不相干。

室女者，未嫁之女也。月璘始终都不肯嫁。

> 郭频伽义女薛娟，字月璘，杭州人。姿性艳颖。年十七不肯字，殁于越州。频伽为返葬于孤山之侧，而铭其碣，作春山埋玉图，属题此阕。
>
> 桂殿呼鸾，梅梁减燕，冥冥天半轻雾。泪泮红冰，肌消艳雪，人掩西陵麝土。谁惜明珠堕，有他姓、阿耶慈母。孝娥江畔招魂，冷花吹遍归路。
>
> 多少秋坟无主。算择地埋香，禁受风雨。鸳牒先烧，雀屏空画，未要萧郎诔墓。寒食清明节，任女伴、桃夭争赋。终更凄凉，玉钗知葬何处。
>
> ——乐钧《探春》

> 频伽自魏塘移家来杭，主于钱塘薛氏。薛有女月璘名娟者，其夫人素君爱怜特甚，视之若女，女亦以母呼之。会其父卒，频伽将有越行，月璘遂随其夫人共住。不数月，又闻其母死耗，悲痛遽卒，时年才十七也。女慧丽端好，而命薄如此，是可哀已。频伽为买地，葬于葛岭之麓，且为之铭，而属其友孙君蔚堂为图以纪，余题是词。戊辰四月廿五日。
>
> 明明艳骨，怎催教苔瘗。者样蓬腾甚身世。倚东风、只似笛里梅花，花过处、无奈云荒月碎。
>
> 孝娥江上路，谁与招魂，隔了盈盈一条水。松柏认西陵、麦饭年年，还销得、禁烟天气。怕又听萧萧唱秋坟，子夜歌残，白杨风起。
>
> ——吴锡麒《洞仙歌·郭频伽属题春山埋玉图》

去年的年底，十二月二十八日，正是月璘去世三周年。

那一天，郭麐从江西赶了回来，而后，就一直是这样不快乐的模样。即便是新年，也没什么改变，浑浑噩噩的，一个月就悄然地过去了。

二

瞧着郭麕那一副浑浑噩噩的模样，素君忽然一阵心痛，伸出双手，从身后将郭麕轻轻抱住。郭麕浑身一颤，失声道："湘……"他蓦然回头，却正见素君满心担忧的脸。

郭麕将"湘"字后面的那个字生生地咽了下去。

"……是你？"郭麕勉强地笑了笑，说道。

素君将脸轻轻地贴在他的背上，道："相公，我……我要为你生个女儿……"她的声音有些发颤。成亲这么多年，她也没能为郭麕生个孩子。郭麕膝下只有一个女儿阿茶，已经十九岁了。前些年，弟弟郭凤将阿桐过继给他，可这到底不是亲生的啊。

素君明白丈夫心中的遗憾。

她原想说"我要为你生个儿子"来着，可不知道为什么，话出口之后，那"儿子"，还是变成了"女儿"。

因为月璘。

有时候，素君会觉得，丈夫疼爱月璘，比疼爱阿茶更甚。

或许，是月璘善解人意的缘故吧。素君这样想道。

"生个……女儿？"郭麕有些不解。

素君柔声道："月璘如果活着，也不会想看到你现在这副模样……"

"月璘？"郭麕微微地又是一愣。

素君依旧将脸贴在他的背上，轻声说道："对不起，相公，我……我没能为你生个孩子……"成亲十余年了，如果能生孩子的话，早就生了，无论是女儿还是儿子，只是很可惜，素君一直都没能怀上。所谓"我要为你生个女儿"，也只是想安慰一下郭麕而已。或许，也是安慰自己。

郭麕心中一动，便明白了素君的意思。他轻轻转身，将素君揽在怀中，拍打着她的脊背，道："傻话。"

"我……"

"我没事。"郭麕叹息一声，道，"这些天，让你担忧了。"

素君微微仰头，瞧着郭麕。郭麕已经四十三岁了。从前，郭麕只是右眉全白，故而自号白眉生；可是如今，素君方才仰头，蓦然发现，郭麕的额下，也有丝丝白须，两鬓也已斑白……

不知什么时候开始,郭麐已经渐渐老去。虽然说是人都会老去,可当看到身边的人白发渐生的时候,还是会觉得一阵难过。岁月无情,而人,又焉能无情?

"这些天,到底什么事,能……能告诉妾身么?"素君微微仰头,瞧着丈夫,低声问道。

"没事。"郭麐笑着说道,"我没事。"他一边笑着,一边将素君又抱得紧了一些。可在抱紧素君的刹那之间,那一个今生今世都应再也不会相见的女子的笑靥,竟又出现在他的心头……

从南昌回来,在他心头的,始终都是那一个女子的笑靥啊。

郭麐低叹一声,忽然想起,年轻时候的那一阕《风蝶令》:

　　碪入尖风响,灯留短焰红。一衾幽梦断孤鸿,正是可怜时候可怜侬。

　　镜约眉痕外,琴声鬓影中。王昌不合住墙东,赢得伤春伤别恨重重。

　　　　　　　　　　　　　　　　　　——郭麐《风蝶令》

前些年,将年轻时候的一些词刊刻,曰《蘅梦词》,开卷就是这首《风蝶令》。因为郭麐喜欢自己这首年轻时候的词。然而,他怎么也没有想到,这首年轻时候的《风蝶令》,就像词谶一样,在二十余年之后,悄悄地成真。

王昌不合住墙东,赢得伤春伤别恨重重。

正是可怜时候可怜侬。

年轻的时候,当写这些词句的时候,只是写而已;到而今,怅然觉得,原来人生真的可能会像想象当中那样可怜。

然而,在诗中,郭麐也曾意气风发,以为"长风破浪会有时"啊,又何以落魄至今?

还是说,那可怜的人生,会应声成真;而"长风破浪"的想象终只是梦幻?

这上天,总是喜欢捉弄人。

从南昌回来,郭麐也曾想到,倘若两年前不是金光悌相邀,大约他就不会前往江西,也就不会与湘霞偶然相识,那么,也就不会有如今的烦恼了……

然而,当金光悌来信招邀的时候,他又焉能不前往?

金光悌,字兰畦,湖北英山人,时任江西巡抚。

金光悌的相邀,对于困顿之中的郭麐来说,也是一次机会啊,即使那机会其实很是渺茫。

这些年来的经历,早已使他明白,永不要将希望寄托在别人的身上,即使那人对你显得无比友好。

可是,再渺茫的希望,那也是希望啊……

人总是这样,在绝望之中寻找着希望,就像砧板上的鱼,分明刀将落,却还是会挣扎几下,以为那样的话,或许会有一线生机。

三

谢湘霞也一样没有想到会在江西遇见郭麐。

那一天,跟往常一样,谢湘霞坐在船舱之中,静静地读着诗。

是一卷《灵芬馆诗》。

也曾有闺中密友奇怪地问,湘霞,你读这些有什么用啊?

谢湘霞想了想,道,没什么用。

那你还读?

因为喜欢。谢湘霞很认真地回答。

是啊,因为喜欢。

谢湘霞喜欢诗。

尤其是喜欢《灵芬馆诗》。

一读就喜欢。

即使她也知道,喜欢读诗,对于她来说,真的没什么用。

可这没什么用的诗,她喜欢啊。

人这一生,总要有些自己喜欢的事不是?

"小姐,小姐。"谢湘霞正在船舱之中静静读着诗的时候,春草忽然在船舱外的甲板上大惊小怪地叫了起来,"那个人好奇怪哦……"

谢湘霞微微地皱眉。

春草是她的贴身丫鬟,自小就跟着她,已经很多年了。然而,即使跟着她这么多年,春草的性格,依然是她所不喜欢的。

因为谢湘霞喜静,而春草喜动。就像这一次回南昌,上船之后,谢湘霞就在船舱之中静静地读诗,而春草是进进出出,一刻都不得安宁,时不时地就会嚷嚷着,说,小姐,小姐……

仿佛她有说不完的话想对谢湘霞说似的。

谢湘霞也曾说过她好多次,说,要像个淑女的样子……

春草便笑,说,小姐,我只是个丫鬟啊,干嘛要像个淑女的样子?

谢湘霞道,便是丫鬟,将来也要嫁人的,像你现在这个样子,将来怎么嫁人?

春草便嘻嘻笑道,我不嫁人,这一辈子,我就侍候小姐……

每当这时,谢湘霞的心便会软下来。这些年来,主仆两人相依为命,倘若真的就这样将春草嫁出去,谢湘霞还真的有些不舍。

还有些不放心。

"易求无价宝,难得有情郎。"一个女子,想嫁一个好丈夫,真的不是一件很容易的事。

金蟾啮锁金梯滑,一重门外银河阔。犹恐未魂销,夜深闻剪刀。

朝来妆未就,见了伴回首。回首莫嫣然,镜中双靥面。

夜深一口红霞腻,睡尖甜舌残绒细。不肯绣鸳鸯,枝枝秋海棠。

吴绵装袆复,却绣鸳鸯宿。荷叶小于钱,要郎知可怜。

清霜微白黄花瓦,全家上冢逢秋社。特地教人知,纱窗灯上时。

兰姨智琼姊,略识人间事。送与蹙罗裳,一双金凤凰。

五湖船小才如叶,团圞并坐翻欹侧。愁水又愁风,袖边香唾红。

如何还倚醉,压著侬裙睡。当面且由他,阿娘夜色和。

嫩晴天气春阳动,莺喉微涩歌珠痛。蹙损小眉痕,羹汤未入唇。

刀圭分一裹,莫点吴盐可。只说是梅花,赚伊肯嗛他。

猧儿撼得人人起,枕函一片朝云坠。慢脸笑投怀,夜来难出来。

迷藏何处捉,人语阑干角。莫道没人知,被痕红半池。

杜兰四岁来人世,飞琼不肯留名字。略说与排行,雪花蘦蔔香。

近来海水浅,尚有楼三面。烟雨莫登楼,楼头无限愁。

——郭麐《菩萨蛮》

这是郭麐《蘅梦词》里的一组。前些天,在一个朋友的闺中,读到了这本《蘅梦词》。《蘅梦词》是嘉庆八年(1803)刊刻的,至于今,已经六年了。然而,谢湘霞读到的这一本,还保存得像新的一样。

喜欢的话,湘霞,你就拿去吧。朋友这样说道。

谢湘霞道,你不喜欢?

不喜欢。那朋友说道。总觉过于肤浅。湘霞,其实,你要是真想学词的话,我觉着,应该读一读皋文先生的《词选》……

谢湘霞微微一笑,心想,这些年,很多人都在说张皋文的《词选》,以为词当有寄托,当"意在言外",可要是每阕词都这样打哑谜的话,岂非太累?

也许,《蘅梦词》真的不是很好,也没有什么寄托,没有"意在言外",可是,我读着,喜欢啊。谢湘霞又这样想道。

当谢湘霞辞别朋友,乘船回南昌的时候,真的就将《蘅梦词》带走了。只不过坐在船舱中的时候,她读着的,依旧是《灵芬馆诗》。

《灵芬馆诗》伴随着她,已经很多年了。

露荇风梢如有雨,读书灯影太幢幢。自家要做秋深意,又送潇潇雨打窗。

——郭麐《秋雨》

这样的秋雨,不仅打在窗上,也打在谢湘霞的心头。谢湘霞想,这灵芬馆主人郭麐,到底是一个什么样的人呢?

"小姐,小姐,"这时,春草一掀门帘,从船舱外进来,叽叽喳喳地说道,"那个人好生奇怪了,眉毛都是白的……"

谢湘霞将手中的《灵芬馆诗》轻轻放下,淡淡道:"人老了,眉毛自然就白了。"

春草忙道:"不是的,不是的,小姐,那个人只有右边的眉毛是白的,左边的又没有……"

谢湘霞微微一愣:"只有右眉是白的?"心道,一条眉毛白,一条眉毛黑,这倒是难得见的了。不过,这又与依何干?俗话说,天下之大,无奇不有,一条眉毛白、一条眉毛黑,这又算得什么?别人且不说吧,便是灵芬馆主人郭麐,听说,便是右眉全白的……

想到这里,谢湘霞微微地一怔:不会那就是郭麐吧?哪会那么巧?听说,郭麐一直都在杭州那边,哪会没事儿做了跑到江西来?

"还有啊,小姐,"春草继续叽叽喳喳,"我听见那人说话,好像是吴江口音呢。"

"吴江口音?"谢湘霞又是一怔。她这倒不是怀疑春草听错了。春草自幼跟她,从吴江到南昌,现在也是一口南昌话,可吴江话,总还是能说的,更不用说听了。她没想到的是,在江西,居然能听到吴江话。

好多好多年没能听到吴江话了。谢湘霞想道。当年,离开吴江之后,就再也没回去过。那绵绵柔柔的吴江话,这些年,一直都在心头。

稼轩说,醉里吴音相媚好。宋人好像还有一句词说,语娇终带吴音……

"对啊,"春草道,"就是依啊依的,好像好像,我想想啊,奵像是在作诗呢,嘻嘻,跟小姐一样。"

"作诗?"谢湘霞怔怔地瞧着春草,"作的什么诗?"

春草这丫头,喜欢说话,叽叽喳喳的,但她有一个好处,却是其他人所没有的,就是记性特别好。只要是这丫头听过的话,时间隔得又不是太久,就能几乎原封不动地转述出来。谢湘霞曾经笑道:"古人有过目不忘的,春草,你这是过耳不忘呢。"每当这时,春草也很是得意;春草得意的时候,两条眉毛会笑得像后世的括号似的。

"什么诗?我想想啊……"春草嘴唇微微地蠕动着,在心中想了会儿,轻咳一声,念道:

阶下绿蔷薇,架上红鹦鹉。忘却窥帘尚有人,携手潜来去。

轻试踏青鞋,暗蹑凌波步。不道回头别有人,信口相侬汝。

——郭麐《卜算子》

谢湘霞听罢,又默念一遍,笑道:"这是词,《卜算子》,不是诗呢。"

春草也笑:"我哪知道什么诗什么词的,只是听着还怪好听的。嘻嘻,就是那人长着一条白眉毛,怪怪的;跟他站在一起的那个人,倒也俊俏,看着也比那个白眉毛的人要年轻多了……"春草就像清晨的鸟儿似的,说个不停。

谢湘霞却忽然心中一动:右眉是白的,吴江口音,会填词……

她想起一个人来。

郭麐。

这样一想,谢湘霞的一颗心忍不住就怦怦怦地直跳了起来。

她将春草叫了过来,附在她的耳边,低声地说了几句话。春草答应一声,道:"好咧。"蹦蹦跳跳地就出了船舱。不大会儿,就听到外面春草大嗓门的声音:

"前面船上那位白眉毛的先生,可是吴江郭麐郭频伽?"

四

郭麐正在船头与朱文翰说着话。

朱文翰,字苍眉,一字沧湄,号见庵。歙县人。乾隆五十五年(1790)皇帝八旬万寿恩科会元。只可惜,到殿试的时候,只获得个第二甲赐进士出身。这一科的前三甲是石韫玉、洪亮吉、王宗诚。此外,这一科中进士的,还有张问陶。

朱文翰不到四十,三十余岁的年纪。当年,中进士的时候,还不到二十。想来,也是因为这个原因,中了个会元,而到殿试的时候,变成了个二甲赐进士出身了。

郭麐与朱文翰神交十余年,这一次来江西始得相见。两人谈诗论词,倒也说得投机。郭麐吟了自己的几首旧词之后,朱文翰自然而然地,便说起这些年张惠言《词选》的影响来。

"不知不觉,皋文先生已经去世十余年了。"朱文翰叹息着说道,"频伽嗜词,可曾与皋文先生相识?"

郭麐轻轻摇头，想了想，道："张云巢是皋文同门，曾以其所为文见示，嘱余厘正，而余去取之三日，为删去者七篇，可存而不欲刻者二篇，而正其误舛仅十余字耳。其人能自树立之人，其文能自树立之文也。"顿了顿，又道，"这一次在江西，金公道，皋文曾见余与金公父子书札，称'能为古文'，而余其他古文，皋文盖未见者。"

张青选，字云巢，广东顺德人。嘉庆九年（1804）起，任湖北按察使。

朱文翰笑道："频伽啊，我是想问你如何看张皋文之《词选》呢。"

郭麐轻轻道："没读过，焉能妄言？"

"没读过？"朱文翰似笑非笑，瞧着郭麐。

郭麐道："没有。"

"那张皋文之《茗柯词》呢？"

"也没有。"郭麐道，"余所知张皋文之文字，唯其古文耳。"

朱文翰笑了起来，点指道："郭频伽啊郭频伽，你……"也正是在这时，江风送来一个女子的声音——

"前面船上那位白眉毛的先生，可是吴江郭麐郭频伽？"

朱文翰命船停下，待后面的船慢慢靠近。这艘船，原是朱文翰陪着郭麐前来游览江光水色的，停顿在江中，自是无妨。

待船靠近，郭麐与朱文翰也看清楚，那喊话的，竟是个婢女打扮的女子。不过，那女子的模样倒也好，而且，看着还有些俏皮，尤其是两只眼睛，乌溜溜地乱转，就像是会说话一样。

"前面船上那位白眉毛的先生，可是吴江郭麐郭频伽？"那婢女打扮的女子嘻嘻地笑着，上下打量着郭麐，很没有礼貌的样子。不过，郭麐也没有反感，而是觉着有些好奇。因为他怎么也没有想到，在这赣江的江面之上，竟会有一个陌生的女子喊出他的名字来。

"正是郭麐。"郭麐点头道，"不知姑娘是……"

"我叫春草，是个小丫鬟。嘻嘻。"春草嘻嘻地笑着说道。

"哦，春草姑娘，"郭麐越发好奇，道，"不知姑娘叫我何事？"

"你就是郭麐？"春草依旧嘻嘻地笑着。

"是我。"郭麐很有耐心地回答。朱文翰很奇怪地瞧了他一眼，心道：人道郭频伽将家中婢女收作义女，想来是实有其事的了。

月璘的事,朱文翰有所听闻,只是一直都没有向郭麐求证。

"真的是?"春草仿佛还不放心似的,絮絮叨叨地追问。

郭麐笑了起来:"真的是。"

"那……"春草眼珠子一转,道,"我哪知道你有没有骗我呢?"

郭麐微微一笑,道:"姑娘都说是白眉毛的先生了,这右边白眉毛的先生,好像只有郭麐了。"

春草依旧是眼珠子乱转,道:"白眉毛的先生也很多啊,又不能证明你就是郭麐……"

郭麐啼笑皆非,思忖着,正不知该如何应付这"胡搅蛮缠"的小丫头时,便听得后面船舱里传来一声轻喝:"春草,不要无礼。"话音刚落,门帘一挑,从船舱里出来一个女子……

郭麐定睛一瞧,如遭电殛,失声道:"月璘?"

五

那女子自然不是月璘。

等那女子站直,向郭麐施礼的时候,郭麐已自发现,与月璘相比的话,那女子身量要高挑一些,也要丰腴一些,更重要的是,与月璘相比,少了几分天真,多了几分沧桑。而且,论年纪的话,也应比月璘大一些。

郭麐之所以认错,是因为她们的眉眼略有几分相似,又梳着一样的发髻。他不敢想的是,这三年来,他的心中,始终记挂着那个可人的女子。

郭麐低低地叹息一声,即使明白,这只是自己认错了人,可说不来的,还是有一些失望与惆怅。

"小女子谢湘霞,见过频伽先生。"谢湘霞福了福,道,"不知这位先生怎么称呼?"

朱文翰笑道:"我姓朱。"

"朱先生。"谢湘霞便又向朱文翰福了福。

郭麐深吸一口气,又深深地看了谢湘霞一眼,道:"姑娘认得我?"

谢湘霞嫣然一笑,道:"小女子焉能认得先生?只不过听得春草说,前面的船上有个先生,右边的眉毛是白的,又是吴江口音,故而小女子冒昧,'停船暂借问'。"

朱文翰笑了起来,道:"君家何处住,妾住在横塘。停船暂借问,或恐是同乡——莫非谢姑娘与频伽兄是同乡?"

谢湘霞抿嘴笑道:"侬亦是吴江人啦。"这一句话,端的便是吴江口音了。

朱文翰一怔,笑道:"频伽,这果然是同乡了。"

郭麐不觉也有些高兴。人在江西,居然能遇到吴江同乡,怎么着也不是一件很容易的事。

朱文翰便邀请谢湘霞过船说话。谢湘霞想了想,也没有忸怩,吩咐将船靠近,搭上跳板,便上了郭麐的那艘船。朱文翰吩咐人摆酒设宴。谢湘霞迟疑道:"朱先生,这……会不会打扰了?小女子可不敢当。"

朱文翰笑道:"既然与频伽是同乡,便是朋友,有什么打扰不打扰的。只是我很好奇啊,姑娘'停船暂借问,或恐是同乡'倒也罢了,却如何知道这白眉毛的人便是郭麐郭频伽?"

谢湘霞嫣然笑道:"小女子自幼好诗,当今名家若频伽先生之《灵芬馆诗》,小女子很是喜欢,一直都在读呢。"

朱文翰一怔之下,大笑道:"原来是因诗结缘呢。"如果放在后世,大约他会大笑着说,"频伽,这是你的粉丝呢……"

郭麐心中也自欢喜,谦虚道:"从前的诗,作得都不是很好,还请姑娘指教。"

朱文翰嘿嘿一乐,心中可知郭麐对自己的文字一向很自负,可不像他所说的那样,什么"都不是很好",这只是说给人家姑娘听的呢。当然,他也不会煞风景地去揭破。前些天,郭麐将编好的《刚卯集》给他,嘱他题序,在序中,他写道:

今夫做诗叙诗,头巾家大窠白也。必汉必魏,必唐宋,必李杜,展卷皆是,葛藤可厌。然则今者合下又何以叙灵芬馆诗?虽然,《刚卯集》诗则真好诗、好诗也。大氐二集以前,矜严意多,宕逸意少,恬适时多,幽愁时少。以前有温李、有苏黄、有学李学杜,此集则不必学杜而偪真杜矣,偶尔和苏而直竟苏矣。乌虖。以彼婆娑衡宇,跌荡江湖,良有至快之心境。则有时而戚戚靡骋,客抱愍欢,而此之顿挫抑扬,适以喷薄其神明,陶熔其格调,故好至此也。

——朱文翰《刚卯集序》

这样的评价,可谓高矣。朱文翰想起,当他将写好的序文交给郭麐之时,郭麐那副有些自负自得又有些赧然羞涩的模样,不觉好笑。或许,人都是这样,都喜欢听好话的吧。朱文翰这样想道。

谢湘霞抿嘴笑道:"先生的诗,作得是极好的,小女子又哪里敢说指教? 要说指教的话,应该是先生指教小女子一二呢。"

"哦?"郭麐不觉眼前一亮,"姑娘能诗?"朱文翰也不觉眼前一亮,瞧着眼前这"停船暂借问"的女子。女子能诗,在江南,也许很有一些,可终究不会很多,不要说能诗了,便是认得几个字的女子,都不会很多。

谢湘霞微微一笑,轻轻摇头。这使得郭麐未免有些失望,刚想说几句安慰的话,却听得谢湘霞道:"前些天,得到先生的一本《蘅梦词》,一时喜欢,故而效仿先生,作了几首《风蝶令》,还请先生不要笑话。"

"《风蝶令》?"郭麐想起,他《蘅梦词》的开卷,便是一首《风蝶令》。《风蝶令》,其实便是《南歌子》,因宋时田不伐的词中有"帘风不动蝶交飞"之句,故又名《风蝶令》。一般来说,填写这个牌子的,大多都是写作《南歌子》;古来词集之中,写作《风蝶令》者,自是寥寥。

谢湘霞点头道:"正是。不过,小女子觉着,这《风蝶令》,好像就是《南歌子》? 不知是也不是?"

郭麐大笑道:"正是,正是。姑娘,能不能将大作取来,让我们看看?"

谢湘霞笑道:"正想请先生指教。"说着,便吩咐春草去取来。春草答应一声,蹦蹦跳跳地,又踏过踏板,回到了后面的那条船上。

江水轻轻,簇拥着前后两艘船;有风吹过,吹过了脸庞,使人感觉到晚秋的清凉。

有江燕,在船头纷飞。

六

云起天涯远,潮生鸳梦稀。莺啼何事更依依,可是春来花命未轻微。

陌柳空千缕,回文又一机。十年心事九年非,蝴蝶轻轻莫自向人飞。

春在花先落,星沉夜渐深。可堪和病听鸣禽,燕去莺来辜负到如今。

幽恨劳相忆,闲愁唯自寻。怜侬最是此时心,却道此心谁复比黄金。

梦也还难久,情多休更钟。春来春去自匆匆,花落花开更复一般红。

栖鸟无聊听,闲云偶作逢。寒凉约略去年风,漂泊如侬早惯任西东。

——谢湘霞《风蝶令》

郭麐读罢,默然良久,方道:"何凄苦如斯?"朱文翰只是微皱眉头,却没有做声。

谢湘霞也自默然良久,方才开言,低低说道:"小女子是吴江人……"

郭麐点点头,不过,却没有做声,只是静静地听谢湘霞说下去,就像唐时的白乐天,在浔阳江口,听琵琶女述说一样。

"……不过,很小的时候,就离开了吴江,"谢湘霞涩涩地说道,"辗转江湖,飘荡无依,前两年,才在南昌定居。"

郭麐想了想,道:"冒昧地问一句,如何令尊令堂就这样……啊?"话说一半,陡然觉得,这话,问得还真的就是冒昧。

"是啊,"朱文翰奇道,"以姑娘的才貌,如今就单身一人?"

谢湘霞轻轻地笑了一下,道:"如今,小女子的身边,只有春草一人。"春草自幼跟她,从吴江,到辗转江湖,直到现在。当春草刚刚到她身边的时候,不过是个六七岁的孩子;那一年,好像她也只十四五岁。对父母,谢湘霞什么也没有说。或许,是不肯说。有的人,有的事,过去了,就总也不愿再想起。

春草忍不住道:"小姐……"以春草的性子,原是想说什么就说什么,脱口而出,可这一回,还是偷偷地先望了谢湘霞一眼。谢湘霞神情淡淡,也自瞧了春草一眼,只是那淡淡的眼神,使得春草偷偷地一吐舌头,将刚刚还想说的话,硬生生地咽了下去。春草是喜欢说话,一天到晚叽叽喳喳说个不停,但她总还是明白,在外人面前,什么话能说什么话不能说的。

谢湘霞向着郭麐与朱文翰又福了福,歉意地道:"小女子飘零江湖,终有些不可与人言者,二位先生海涵。"

郭麐道:"原是我冒昧了。"

谢湘霞嫣然一笑,道:"原是小女子冒昧,打扰了先生。"

朱文翰笑道:"不打扰,不打扰。"说话间,酒菜已经摆好,朱文翰便邀谢湘霞入座。谢湘霞也没有忸怩,便与二人在船舱中坐下,道:"小女子酒量不好,只能喝一点点。"朱文翰道:"无妨无妨。"三人坐下,几句闲话之后,便说起诗谈起词来。

朱文翰道:"浙派词,竹垞之后,唯频伽一人耳。"

谢湘霞沉吟一下,道:"小女子读张皋文《词选》,皋文先生以为,填词当'意在言外',这与竹垞完全不同啊,不知频伽先生何以观之?"

郭麐还未做声,朱文翰已自笑了起来,道:"频伽,你说说?"这话题,适才被春草打断,想不到这会儿竟又被谢湘霞拾起。这些年,张惠言《词选》流行,越来越多的词人接受了"意内言外"之说,总是想方设法,在一阕词中有所寄托。而浙派词,不是这样的。

词就是词。对于浙派来说,词直抒自己的情感即可,哪里会像猜谜一样,要让人从词中读出多少寄托来。譬如说,朱竹垞的《捣练子》:"思往事,渡江干。青娥低映越山看。共眠一舸听秋雨,小簟轻衾各自寒。"可谓脍炙人口。然而,这首小令,又哪有什么寄托? 哪有什么"意内言外"?

郭麐是浙派传承,近年来,很多人以为,浙派词,从浙西六家的朱彝尊、龚翔麟、李良年、李符、沈皞日、沈岸登到厉鹗,到如今,唯郭麐耳;或以为还有吴锡麒,但吴锡麒的影响,在当世,终不如郭麐。许多年以后,蒋敦复在《芬陀利室词话》中写道:"浙派词,竹垞开其端,樊榭振其绪,频伽畅其风。"那个时候,已是天下词家,大半常州,其余或多或少,也受影响。这自是此刻的郭麐所想不到的。

也就是说,从整个词史上来看,郭麐是浙派词最后的辉煌,是浙派殿军。在这个时代,尤其是在浙江,浙派词坛之上,郭麐俨然便是一面旗帜。然而,张惠言的偶然出世,使他的词坛地位不自禁地动摇。

郭麐不动声色地说道:"惭愧,张皋文的文章,我还读过一些,还应其同门张云巢之请,删订了他的文稿,可他的词,还有《词选》,真的不曾读过。"这话,原先已经与朱文翰说过一遍,如今,谢湘霞问起，便只好再说一遍。

谢湘霞道："那也无妨，只是先生以为，词是不是就一定要'意内言外'，要有所寄托？"这样说着，一双眼便瞧着郭麐，亮晶晶的，就像午夜星辰。

"月璘……"郭麐不自觉地就心中一动，想起月璘那亮亮的眼神来。他也知道，月璘的眼神，比眼前的谢湘霞要清澈得多了，还带有几分天真。可在这瞬间，他还是忍不住将月璘与谢湘霞做了个比较。

"我以为……"郭麐深吸一口气，道，"词写心之所欲出，而取其性之所近即可也。"

"先生的意思是……"谢湘霞似是有些不解的样子。

"填词自其胸臆间出即可。"郭麐便说得更明白了一些。

"嗯。"谢湘霞低头沉思。

"如谢姑娘的三首《风蝶令》，便是出自胸臆，何尝'意内言外'？何尝有什么'寄托'？却依旧是好词。"郭麐索性将这些年来憋在心里的话说了出来，"倘若非要'寄托''意内言外'，谢姑娘，这词，却当如何去写？莫非要从这飘零的凄苦写到家国情怀上去？呵呵，强作'寄托'，端的可笑。"

朱文翰微微一笑，轻轻端起酒杯来，向郭麐举了一下。郭麐也端起身前的酒杯，与朱文翰碰了一下，而后，两人将杯中的酒一口喝尽。酒入肚中，一股暖流懒洋洋地流向四肢百骸，使得郭麐略略地有些兴奋起来："一代有一代之文学，一人有一人之独至，以唐宋人来要求我朝之文学，固然不可；以我之观点来要求他人，岂非也一样可笑？譬如唐之太白，可曾要求老杜如他一样？宋之坡老，可曾要求山谷、少游亦铁板铜琶唱'大江东去'？稼轩居士慨当以慷，似亦不曾要白石亦如此悲歌。前代与今世，不必相同；我与彼，亦如是。彼自'意内言外'，我自独出胸臆，何须因彼而无我？"

"好，好，说得好。"朱文翰赞道，"这几年，个个填词都说'寄托'，连古人词，亦作如是解，若皋文解释温飞卿，俨然飞卿是又一老杜矣。愚亦以为切切不可也。"

郭麐一笑，与朱文翰又碰了碰杯。谢湘霞嫣然一笑，也举起杯来，道："小女子敬二位先生一杯。"酒入肚中，谢湘霞脸色绯红，道："小女子亦不知如何'寄托'，如何'意内言外'，但胸有其情，绰笔成词而已，亦即频伽先生所言之'自其胸臆间出'者也。"

郭麐大笑："吾以为如此即佳,难得谢姑娘亦作如是观。"说着,自斟自饮,又一杯酒入肚。二人说得入神,居然说得越来越投机,俨然将朱文翰冷落在一旁。

朱文翰幽幽道："频伽,谢姑娘,你二位这都是遇到知音了。"

郭麐嘿嘿笑道："谁叫你不肯学词?"

朱文翰道："诗词于我如浮云……"

郭麐笑道："葛长庚词云:'富贵于我如浮云,且看云生云灭。'沧湄,你这将'富贵'二字改作'诗词'二字,可别忘了后面一句哦。"诗词于我如浮云,且看云生云灭。这分明就是冷眼看诗坛词坛啊。谢湘霞不觉莞尔一笑,心道:这位频伽先生倒是好生有趣。

朱文翰指着郭麐,道:"郭频伽啊郭频伽,你可真会解词啊,不作'寄托'之词真真可惜了。"说着,两人相识而笑。

朱文翰正色道:"频伽,我虽不填词,不过,眼见着你们二位如此知音,倒有一个提议……"

"哦? 什么提议?"郭麐奇道。

朱文翰道:"谢姑娘三首《风蝶令》可谓绝妙好辞,频伽,汝何不次韵庚和,也是一段佳话?"

这时,酒意上涌,郭麐已有几分沉醉,便带醉瞧着谢湘霞,道:"谢姑娘以为呢?"

谢湘霞笑道:"求之不得。"说着,向郭麐盈盈一礼。只是可能也喝了杯酒有些酒意的缘故,一个踉跄,便向郭麐倒了过去。郭麐哪里躲得过去? 眼见着谢湘霞便扑入他的怀中,将郭麐扑倒……

"对不住,对不住。"待重新站起,谢湘霞眼见着郭麐的一副狼狈样,忍不住笑道。

郭麐笑道:"没事,没事。"然而,这刹那间,郭麐恍惚想起,从前,每次在外游历之后,回到家中,月璘都会小鸟一般,扑入他的怀中,从很小的时候开始,直到她渐渐长大。

"拿笔来!"郭麐竭力将自己的思绪拉到眼前,大声叫道。

朱文翰一笑,早吩咐人将笔墨纸砚送了进来。郭麐略一思索,提笔便写:

烟视双行近,兰情一见稀。入怀娇鸟向人依,只觉愁多意重语言微。

手里题诗笔,床前织锦机。苏娘谢女是耶非,难忘一灯明处两眉飞。

漂泊年华小，周防用意深。鸳鸯翡翠定珍禽，谁信单栖无侣到而今。

湘影重帘认，霞光断脸寻。两头裙带尽同心，知否一尊相属意千金。

誓恐旁人听，情原我辈钟。别时莫恨太匆匆，肯许名花移入别家红。

病定春来较，人终月下逢。祝他二十四番风，取次送将帆叶五湖东。

——郭麐《风蝶令·和湘霞韵三首》

写罢，颓然醉倒，不觉已是黄昏，不知今夕何夕。至于词中之人，是月璘，还是湘霞，大约郭麐自己也分不清了。

七

一连几日，两船依依，郭麐与谢湘霞谈诗论词，说得是越来越投机。郭麐忍不住便问道："湘霞你原是吴江人，何不回吴江?"不知什么时候开始，郭麐已自直接喊谢湘霞的名字，而不是如初相见时那样，客客气气地称作"姑娘"或"谢姑娘"。

谢湘霞叹了口气，轻轻摇头，道："不是不想回吴江，只是回去又如何? 吴江已经没什么人了。"

郭麐脱口道："怎么没人? 不是还有我么?"话一出口，便觉有些不妥，然而，心中却又有着几分期待。他悄悄地向谢湘霞望去，却正见一张晕红的脸，好似晚霞一般。

郭麐忽然想起，年轻时的那首《菩萨蛮》，仿佛写的就是眼前的谢湘霞:

垂帘押放双金蒜，卷帘腕露双金钏。细雨湿芭蕉，绿窗人寂寥。

好从帘外走,湘影横波溜。珠子护双鸦,两鬓抹丽花。

——郭麐《菩萨蛮》

寄托?要什么寄托?意内言外?要什么意内言外?但能珍重眼前人,便是人间快乐事。

"我……"谢湘霞欲言又止,两眼含羞。

"湘霞……"郭麐心头一荡,将一伸手将谢湘霞的手握住。那双小手,暖暖的,柔柔的,握在郭麐的手中,使得这个早已中年的男人忍不住又是心头一荡。

谢湘霞微微地挣了一下,没有挣脱,便由得郭麐握住她的手:"频伽……"一时间,两人竟都是无言,只有两颗心,在寂静之中,怦怦直跳。

良久良久,郭麐低低地说道:"你……你可明白我的心?"

谢湘霞微微抬头,瞧着郭麐,道:"明白什么?"这样说着,她的眼神之中,却分明有着几分俏皮。

郭麐急道:"我……我的那三首《风蝶令》,可……可没什么寄托……"

谢湘霞嫣然一笑,身子前倾,轻轻地倚靠到郭麐怀中。郭麐先是一怔,紧接着便是大喜,脱口道:"湘霞,我……我娶你……"

谢湘霞将双眼轻轻闭上,不言不语,只是倚靠在郭麐怀中,任得郭麐将她紧抱。郭麐只觉无限温馨,恍然回到年轻时代。好多好多时候,没这样的心动时刻了。便是当年,与素君成亲的时候,也不曾这样心动过。郭麐恍惚之间,这样想道。

原来,人到中年,也一样会心动的。

就像填词。

情到处,出诸胸臆,而成词……

当相聚是快乐的时候,离别便会变得艰难。然而,人生就是这样,聚散离合,无法抉择。

郭麐依依不舍,瞧着同样依依不舍的谢湘霞,道:"你……你要回南昌……"

谢湘霞嫣然一笑:"记住,明年三月。"

"嗯。"郭麐低低地应道,"我记住了。"

"明年三月,你来南昌接我……"谢湘霞脉脉含情。

"嗯。"郭麐道,"明年三月,春暖花开的时候,我一定来接你。"

"你……你一定要来……"谢湘霞仿佛不放心似的,很认真地再次吩咐道。

"嗯。"郭麐也很认真地答应道,"一定会来。"

郭麐没有看见,当谢湘霞转身钻入船舱时,那脸上隐隐的担忧。

秋去冬来,已近残年。嘉庆十二年(1807)十一月,郭麐辞别朱文翰等人,离开江西,回转魏塘。当临别之时,朱文翰笑着说道:"频伽,你可别忘了明年三月之约。"郭麐老脸微红,道:"又不是与你约,你急什么?"朱文翰大笑道:"我等着喝喜酒呢。"两人一揖而别。

到晚上,客途灯下,郭麐忽就觉得一阵阵的寂寞,眼前、心头,总是谢湘霞的娇羞、谢湘霞的笑靥、谢湘霞的吴侬软语,那吴侬软语之中,不时地还会间杂着几句江西话……

她应该到南昌了吧? 郭麐忍不住这样想道。

对谢湘霞的回南昌,郭麐并没有阻止。即使两人定情,郭麐也明白,谢湘霞总要回南昌,将一些事处理好,然后,才能跟他回吴江。

可是,这样的分别,总使人牵挂啊。

不知道她现在有没有也想着我,就像我这样想着她一样。郭麐怔怔地瞧着灯花闪烁,忍不住又这样想道。

他痴痴的,呆呆的,就像一个十六七岁的少年一样。

善恨虫娘,含情蛮女,多生半是啼痕。相思一寸,灰心又长情根。玉钗冷,玉荷温,嘱雏鬟、掩上重门。只愁无睡,对伊絮语,销尽痴魂。

江湖孤冷谁亲,多谢一尊酒渌,相伴温存。殷勤低祝,并头开出兰荪。有何事,报伊闻。道归人、已近家村。不知今后,照他拥髻,几个黄昏。

——郭麐《夜合花·灯花寄湘霞》

写罢,满心温馨,意犹未尽,又继续写道:

憔悴题诗笔,沉吟感遇篇。玉琴三叹息,团扇五流连。鸿鹄同中道,莺花厄小年。樽前与灯背,声影总堪怜。

湘竹唇初动,霞潮脸欲分。歌长欺定子,游倦识文君。燕垒新营得,鸩媒莫与闻。好将求女意,郑重问灵氛。

辛苦章江柳,绵绵系别情。自怜青眼在,又送玉山行。涩布知缝未,新缣待织成。回波与子夜,怅望有同声。

见面翻成恨,倾心未是迟。琴言金不换,酒坐玉交卮。欲去期还讳,垂成意转疑。迢迢二千里,不断是相思。

——郭麐《纪遇四首》

是痴,是喜,是忐忑,是缠绵……

所有的情感,到最后,就化作了那十个字:

迢迢二千里,不断是相思。

想一个人,在心头,即使他已经四十以后,即使在家中,他已有一妻一妾。

人的情感,谁能自决?

八

嘉庆十三年(1808)的新年,郭麐是在思念之中度过的。

二月十二日,花朝,与邵晋涵、乐钧等人在陈文述碧城仙馆雅集,分韵赋诗。

二月二十九日,与吴鹍、郭凤雅集黄凯钧驯鹿庄。

三月十六日,与吴鹍、郭凤踏青郊外。

四月十日,与吴鹍、汪继熊泛舟碧浪湖上……

郭麐没能在三月前往南昌。

三月,踏青郊外的时候,郭凤眼见着郭麐心不在焉的模样,也曾问道,大兄,你有事?

郭麐勉强笑道,没……没有……

四月,碧浪湖上,郭凤几乎是斩钉截铁地说道,大兄,你有心事。

郭麐依旧是勉强笑道,没……没有……

郭麐忽然不知道该如何找个借口再去江西。

去年,是因为作为江西巡抚的金光悌写信相邀。今年呢?而且,去年的岁末刚刚才回到魏塘,这才过了几个月,就又要启程往赴江西?

总不成直接对老妻,对素君,还有阿茶,说,我要去江西接个女人回来……

郭麐无法想象,倘若他真的这样说的话,她们会是怎样的表情。

也许,她们不会反对。然而,她们会开心么?

还有朋友们,他们会是祝贺,还是笑话?郭麐可深知,在私下里,陈文述是被人诟病的;便是恩师袁枚,俨然诗坛领袖,也是被人诟病的。

郭麐年轻的时候,曾拜入随园门下。

郭麐一面"不断是相思",一面又是迟疑不决。恍恍惚惚之中,春天已经过去。

素君说,频伽,月璘还是早些入土为安吧。

郭麐点头,道,我已经托人买了块地了,在葛岭,张孝女坟的旁边。

唉,这孩子。素君幽幽地叹息一声,不觉眼圈就红了。这就使郭麐忽就有些内疚。与湘霞定情以来,他的心头,满是湘霞的影子、名字,似乎都要将月璘给忘了。

有时候,人的忘却真的很容易,哪怕从前曾经刻骨铭心。

五月,月璘终于下葬,在她去世两年多以后。

八月,潘眉移居魏塘辋埭。郭麐终于决心往赴江西。临行前,家中桂花犹未开。

灵芬馆前晚桂一株已蕊未华,夕露晨飔,倾伫良久,念将远游,恐不能待,词以催之。

帘卷凉天,叶明月地,当时试花曾赋。偃蹇淹留,略与小山为主。数年来、几度中秋,已半付、天涯羁旅。容与。待寒金粟缀,嫩黄蜂注。

为底银屏深悄,费似水尖风,似珠凉露。寂寞姮娥,愁损叶儿眉妩。想夜来、碧海青天,定见我、旧丛延伫。知否。便能簪鬓发,镜霜如许。

——郭麐《月华清》

九月初九,重阳节那天,郭麐与潘眉从西湖出发,直往江西。

"寿生有事要往江西,"郭麐对素君说道,"我陪他走这一趟。"当这句话说出的时候,郭麐不觉老脸微红。

好在素君没有注意到。

"一路小心,"素君跟往常一样,轻声说道,"家里没事,有我呢。"

郭麐忽然觉得,二十多岁的素君,似乎已有些憔悴的模样。这使他心头一酸,有心就此留下,不走了;然而,终还是转过身来,与潘眉上了船。

秋风之中,船缓缓开动,缓缓地,离开了西湖。

一路之上,潘眉也曾追问:"频伽,你倒是说说,拿我做幌子,到底是想做什么?"

郭麐嘿嘿地笑着,有些开心,有些羞涩,有些忐忑,还有些期望,那两只已不再年轻的眼睛之中,更是闪烁着灼灼的光芒,就像有一股火,在他的眼中燃烧一样。

潘眉目瞪口呆,喃喃道:"我说频伽,你怎么像是发春了?"两人这么久的交情,自是玩笑无忌。

"到了南昌,你就知道了。"郭麐强作矜持地说道。

潘眉瞪他一眼,道:"罢了,谁叫我误交损友呢。"子曰:"益者三友,损者三友。友直,友谅,友多闻,益矣。友便辟,友善柔,友便佞,损矣。"郭麐应算是哪一种?潘眉想着便忍不住笑了起来,可心中还是有些好奇,继续想道,频伽何以如此迫不及待地要前往江西?到江西去倒也罢了,又何以非要用我的名义?他是不想让素君嫂子知道?这郭频伽,古里古怪的,这其间肯定有问题。

不过,不说就不说吧,反正到了南昌,终归是会知道的了。对这一次的江西之行,潘眉蓦然之间,竟还有些期待起来。

一路行船，一路风光，一路吟诗填词，每一日，还郑重其事地记下日记。后来，这不到一个月的行程，便编成了一卷《江行日记》。

郭麐想，当与湘霞相见，便将这卷《江行日记》送给她，或许，她会喜欢吧？因为这不仅是日记，更是他一路的欢喜、期待与牵挂啊。

只可惜，这样的欢喜、期待与牵挂，不能与人分享。郭麐又不无遗憾地想道。他怕潘眉笑话。不过，当与湘霞相见，潘眉就应明白我了吧？就不会笑话了吧？

九月二十九日，船抵达南昌。

九

啪啪啪。郭麐满心期待，拍打着门环。

这地址，是去年分别的时候，湘霞给的。到南昌以后，郭麐想法设法，撇开了潘眉，独自寻来。南昌虽说不小，可要找一个有确切地址的地方，却也不是很难。

应该是这里了。郭麐想。

所以，他伸出手去，轻轻地拍打起门环。

良久，屋子里杳无声息。

"没错啊。"这使郭麐有些奇怪，也增添了几分忐忑。然而，当他后退几步，仔细观察四周，还是觉得没错。

这一年多来，湘霞的每一句话，他都记得，更不用说是湘霞亲口说的她的地址了。那一首《夜合花·灯花寄湘霞》，也是寄到这个地址来的，只可惜，湘霞一直都不曾有回音，也不知道是因为没有寄到，还是湘霞无暇回信。不过，没事，马上就要相见了，如果没有收到，我再写给她看就是。

那一首《夜合花》，郭麐始终都记在心头。

啪啪啪。郭麐再次拍打。那清脆的声音，在幽深的巷子里轻轻回荡。

门终于"吱呀"一声打开："谁啊，这么早就敲门……"

郭麐心中一喜，脱口道："春草，是我。"

春草脸色微变，呆了会儿，道："你是谁啊……"

这使得郭麐怔住："我……"

春草仿佛很不耐烦的样子，道："你敲错门了吧？"说着，就要将门关上。郭麐慌忙伸手，想将门推开。这一关一推，竟就僵持住了。

"春草，是我啊。"郭麐急道。他也没敢用力，生怕惹恼了这个小丫头。

春草哼道："你是谁啊？我又不认识你……"

"我……我是郭麐，郭频伽，就是……就是那个白眉毛的先生，你看，你看，我的眉毛，右边的眉毛，都是白的，"郭麐几乎是语无伦次地说道，"怎样，春草，认出我来了吧？"

"我……"春草有心想继续说不认识，可话到嘴边，还是变了，"我认出你了，你叫郭麐！"这最后几个字，几乎是咬牙切齿地咬了出来的，使得郭麐在这瞬间，竟感觉到丝丝寒意。但他还是连忙答话："对，对，我是郭麐。"心道，好像这小丫头很恨我的样子？不觉好生奇怪。因为无论怎样，这春草，实在是没有恨他的理由啊。

"好吧，你是郭麐。"春草依旧当门而立，仿佛随时都要将门关上似的，"那你来做什么？"

"我……"郭麐又是一怔。前年的"三月之约"，莫非湘霞没有告诉春草？可即使没有告诉，那些日子，他与湘霞形影不离的模样，任谁都看得出来啊。罢了，又何必与这小丫头计较。郭麐想。先见到湘霞再说吧。

"烦春草姐去告诉湘霞一声，就说郭麐来了。"郭麐很认真地说道。

春草呵呵呵地笑了起来，瞧着郭麐，像瞧着一个笑话似的："知道了，郭先生，我会告诉小姐的，请回吧。"说着，就又要将门关上。

郭麐惊道："春草，你做什么？我……我是来接你家小姐的……"

春草道："用不着了。"

"用不着了？"郭麐一皱眉，道，"什么意思？"

春草道："用不着的意思就是先生从哪儿来，还回哪儿去吧。"

郭麐怔怔，瞧着春草，怎么瞧都瞧不出这丫头是在说笑，然而，他还是干笑了两声，道："别闹了，丫头……"说着，也不管春草正当门而立，便要往里闯。春草年纪毕竟还小，郭麐虽说年岁大了些，还是个书生，可真想往里闯的话，春草这丫头还真就未必拦得住。

不管怎样,总要先见到湘霞再说。郭麐这样想道。去年,分手的时候,临别殷殷,郭麐不相信他如今到了南昌,湘霞面也不肯见一下。纵使变心,也是这样的。更不用说,郭麐真不相信湘霞会变心。一个人的心,纵不好说坚如磐石,却也不会说变就变啊。

"来人啊,有强盗啊,快来人啊,有强盗啊……"春草忽就放开嗓子大喊了起来。春草原就是大嗓门儿,这一放开嗓子,整条巷子就被惊动了起来,连铺在路上的青石板都似乎要跳起来,嗡嗡作响。

郭麐吓了一大跳,忙就住了脚,怎么也不敢硬往里闯了:"春草,春草,你别嚷,别嚷……"一边说着,一边汗就下来了,心道,这要真是让人误会,恐怕跳进黄河也洗不清。好在巷子幽深,大多人家又是"各人自扫门前雪",哪会多管闲事?再加上春草也就嚷了那么两嗓子,竟也就没什么人被惊动出来。不过,饶是这样,还是有几个孩子,跑了过来看热闹。

春草洋洋得意,道:"你别动,我就不嚷。"

"好,好,我不动,不动。"郭麐忙道,"可春草姐,你也要去通报一下你家小姐,就说'郭麐来了'啊。"

春草收敛起脸上的笑意,上下打量了一下郭麐,半晌,很认真地说道:"先生,你回去吧,我家小姐不会见你的。"

郭麐脱口道:"为什么?"顿了顿,道,"我不信。"

春草轻轻摇头,道:"信不信由你,反正我家小姐是不会见你的。"

郭麐瞪着春草,两个眼珠子都发红了,道:"不管怎样,你去通报你家小姐就是。见不见,也要你家小姐说了才算……"

春草稍稍地迟疑了一下,还是很坚决地说道:"我家小姐早就说了,不见。"

"她……"郭麐一呆。

春草道:"今年的三月,你应该来的……"

"我……"

"可是你没来……"

"我……"

"那一个月,我家小姐几乎每天都要到门口来……"

"我……"

"有时候,她瞧着巷口,一瞧就是半天……"

"我……"

"但是你始终都没有来,郭先生。"

"我……"郭靡张口结舌,多少次想替自己辩解一下,可话到嘴边,竟无从说起,很快便又被春草打断。

"后来,到了四月,我家小姐不死心,还是天天到门口来,瞧着巷口,发呆……"

郭靡微微地闭上眼。他可以想象那是一种怎样的失望。他真的很想解释几句。可是,真的无从解释啊。他的额头冷汗涔涔,很快就打湿了睫毛,使得眼睛都几乎睁不开来。

春草却似乎没看见一样,继续说道:"那些日子,我家小姐不食不眠,暴瘦得就像个鬼一样。可是,郭先生,你始终都没有来。"说到最后几句,这一向活泼泼的小丫头竟咬牙切齿起来,双眼之中更似要喷出火来。

郭靡一咬牙,道:"可……可是,我这不是来了么……"

"晚了,郭先生,"春草轻声说道,"我家小姐不会见你的。请回吧。"

"不行,"郭靡稍稍犹豫一下,便很坚决地说道,"我一定要见湘霞一面!"

"不必了。"门内,传来一个淡淡的声音,无悲无喜,无嗔无怒,"春草,进来吧。"

郭靡失声道:"湘霞!"适才春草大声嚷叫的时候,郭靡已自退到门外,到现在,这一失神,春草便"砰"的一声,迅疾地将门关上,而后,便听得门闩落下的声音。

"请回吧,郭先生。"春草大声说道。说罢,门内寂然无声。

郭靡稍稍呆了一下,便又大声叫道:"湘霞,湘霞,是我啊,是我,郭靡,郭频伽,湘霞,是我,是郭频伽,来……接你来了……你听我说,听我说……"

门内依旧寂然无声。

"湘霞!湘霞!"郭靡上前一步,一举手,使劲地拍打起门环来。

门内依旧寂然无声。

"湘霞!湘霞!"郭靡忽就感觉到一阵一阵惊恐,感觉到自己好像真的将失去什么,便松手放开门环,索性使劲地用力敲起门来,直敲得两手发麻、发颤,掌心有血渗出。

门内依旧寂然无声。

"湘……"郭麐的声音都有些嘶哑起来。

"喂！你做什么呢？"郭麐正一阵一阵地感觉心里难受的时候，便听得有人大声呵斥道。郭麐下意识地回头，正见两个官差挎着腰刀大踏步而来。很显然，那是两个官差正在巡街，见郭麐这样发疯似的敲门，又哪里会不过来瞧瞧。

郭麐心中长叹一声，瞧着那两个官差快步而来。

他没有逃跑。

他当然知道，要是逃跑的话，只怕今儿个要进大牢了。

等两个官差走到身前，郭麐也不多话，摸出几两碎银子，递给了那两个官差，小声道："二位官爷，我只是来……找我的一个朋友……"

那两个官差接过银子，纳入怀中，瞧瞧郭麐，分明是个书生打扮，再瞧瞧那紧闭着的大门，忽地笑了起来，对望一眼，道："行了，不用说了，这里没你的朋友。你来做什么，我们兄弟也明白。走吧，走吧。别叫我们兄弟为难。"说着，便将郭麐赶出了巷子；又紧跟着他，直到他上了船，那两个官差方才呵呵一笑，走了。临走前，那两个官差很认真地说道："别说我们兄弟没提醒你，那地儿，你就别去了，再去的话，真可就让我们兄弟为难了。"郭麐忙道："到底发生了什么事？"一边说着，一边又摸出一块银子来，递给了那两个官差。那两个官差分明就是话中有话，郭麐又怎么可能听不出来？那两个官差接过银子，呵呵一笑，转身就走了。

他们什么也没有说。

一夜长吁短叹，潘眉再三盘问，总是无言。翌日，天蒙蒙亮，郭麐便悄然起身，再次前往那巷子，想，无论如何，总也要见到湘霞，问个清楚。然而，等他到湘霞家门口的时候，却见一把铜锁挂在门上。

紧接着，连续数日，无论什么时候赶去，所看到的，都是大门紧闭，门上一把铜锁。这其间，那两个官差也曾见过两回，郭麐有心想问个究竟，却终是开不了口。最后一日，那两个官差好像是忍不住似的，过来说道："我们兄弟也不知你是什么人，不过，听我们兄弟一句劝，也不要让我们兄弟为难，回去吧，从哪儿来，还回哪儿去。这家主人已经搬走了，不会再回来。"

郭麐只觉乏力，颓然地坐到了地上，久久无语，无泪。

他知道,他已经失去湘霞。

因为错过。

他知道,这世间,很多东西,真的是一旦错过,便是永远。

　　湘霞女子姓谢氏,吴人,而豫章居。意不忘归。以余吴人,又尝读《灵芬馆诗》,将为帷幕之征,既成言而违,遭回抑郁,卒非其所。闵彼自伤怀不能已,取玉溪生柳枝意为此曲八章,亦无乖於雅云尔。

　　落絮飞花可自由,章江门外此重游。相期原在春三月,其奈攀条是九秋。

　　流落天涯见一枝,如何欲折更迟迟。多应寒食春城句,不及韩家侍御诗。

　　湘水湘烟荡暮霞,临江高阁惯藏鸦。何人为剔斓斑竹,个个苔文是泪花。

　　密字真珠手自题,封完犹有万行啼。寻常不分三青鸟,都与浮沉弱水西。

　　花命虽微亦未轻,千金真肯买倾城。"可是春来花命未轻微",原词句也。只嫌嵩岳游仙梦,不称人间卫少卿。

　　霍奴容易酒炉旁,依倚将军亦太狂。即事也应输道韫,不如天壤有王郎。

　　恩怨都空了夙因,萧然禅榻鬓丝新。白头已遣闺中赋,不负新人负故人。

　　曾听琵琶泪一潸,从今飘转各江关。博山炉畔溅裙水,惆怅词成李义山。

——郭麐《章江柳枝词并序》

　　潘眉读过这一组诗,也自苦笑一下。

　　没有追问。

十

日子总要继续,生活似乎也没什么改变。在江西,郭麐与往日的朋友们相见,往来,又过了些日子,方才与潘眉返回魏塘。

一路之上,潘眉也曾小心翼翼地询问,你没事吧?

没事。没事。我能有什么事?郭麐爽朗地笑道,仿佛已经将所有的不快乐都忘却了一样。

然而,嘉庆十四年(1809)的新年过后,整整一个月,他都是闷闷不乐,终日发呆,至于诗,更是一首都没有作,——对于郭麐来说,这是从未有过的事。

素君也曾去问潘眉,潘眉说,你就别问了,嫂子,或许,过一阵,就没事儿了。

素君心中狐疑,不过,也没有再追问下去。

好在一个月以后,一切都恢复了正常,郭麐开始访朋问友,开始跟从前一样的生活。这使得素君总算是将一颗心放下。

后来的某一天,素君也曾读到郭麐的那几首诗词,那几首诗词的标题之中,有一个叫"湘霞"的女子……然而,素君什么也没有说,没有问。因为她知道,这一切都已过去。只不过偶尔的,她也会想起,许多年前,郭麐写给她的诗:

银荷叶底烛将灰,又是匆匆唱鸡才。丁嘱晓风凭寄语,梦魂须待五更来。

——郭麐《夜坐寄素君》

绮窗荡影三分水,罗带当风二月寒。无赖柳枝斗眉妩,乱吹浓绿上阑干。

高鬟堕马夜飞蝉,窈窕红窗绝可怜。谁信牵萝茅屋底,时时拥髻一凄然。

——郭麐《素君水阁涂妆小影二首》

每当这时,素君在心头,就会喃喃吟哦——

殷勤低祝,并头开出兰荪……迢迢二千里,不断是相思……白头已遣闺中赋,不负新人负故人……

呵呵。素君这样笑着。无悲无喜,无嗔无怒。

此后二十余年,郭麐绝少填词,据说,是因为发生了一次火灾,将这二十余年间的文字,焚烧殆尽。幸有友朋掇拾,间以钞寄,得三十五首,编成《爨余词》一卷。

后人也自猜测,到底是绝少填词,还是真的被烧掉……

终无人能知晓。

就像郭麐至死也不知湘霞何以不复见他一样……

就因为他失约?

……

图书在版编目(CIP)数据

燕子不来花自落：乾嘉词人的盛世悲歌/沈尘色著
.—镇江：江苏大学出版社,2018.3(2022.11重印)
（清名家词传）
ISBN 978-7-5684-0801-1

Ⅰ.①燕… Ⅱ.①沈… Ⅲ.①传记小说—中国—当代
Ⅳ.①I247.5

中国版本图书馆 CIP 数据核字(2018)第 061673 号

燕子不来花自落：乾嘉词人的盛世悲歌
Yanzi Bu Lai Hua Zi Luo：QianJia Ciren de Shengshi Beige

著　　者/沈尘色
责任编辑/董国军　汪亚洲
出版发行/江苏大学出版社
地　　址/江苏省镇江市梦溪园巷 30 号(邮编：212003)
电　　话/0511-84446464(传真)
网　　址/http：//press.ujs.edu.cn
排　　版/镇江文苑制版印刷有限责任公司
印　　刷/山东华立印务有限公司
开　　本/718 mm×1 000 mm　1/16
印　　张/25
字　　数/299 千字
版　　次/2018 年 3 月第 1 版
印　　次/2022 年 11 月第 2 次印刷
书　　号/ISBN 978-7-5684-0801-1
定　　价/75.00 元

如有印装质量问题请与本社营销部联系(电话：0511-84440882)